二十年目睹之怪現狀

下

清・吳沃堯 著

五南圖書出版公司 印行

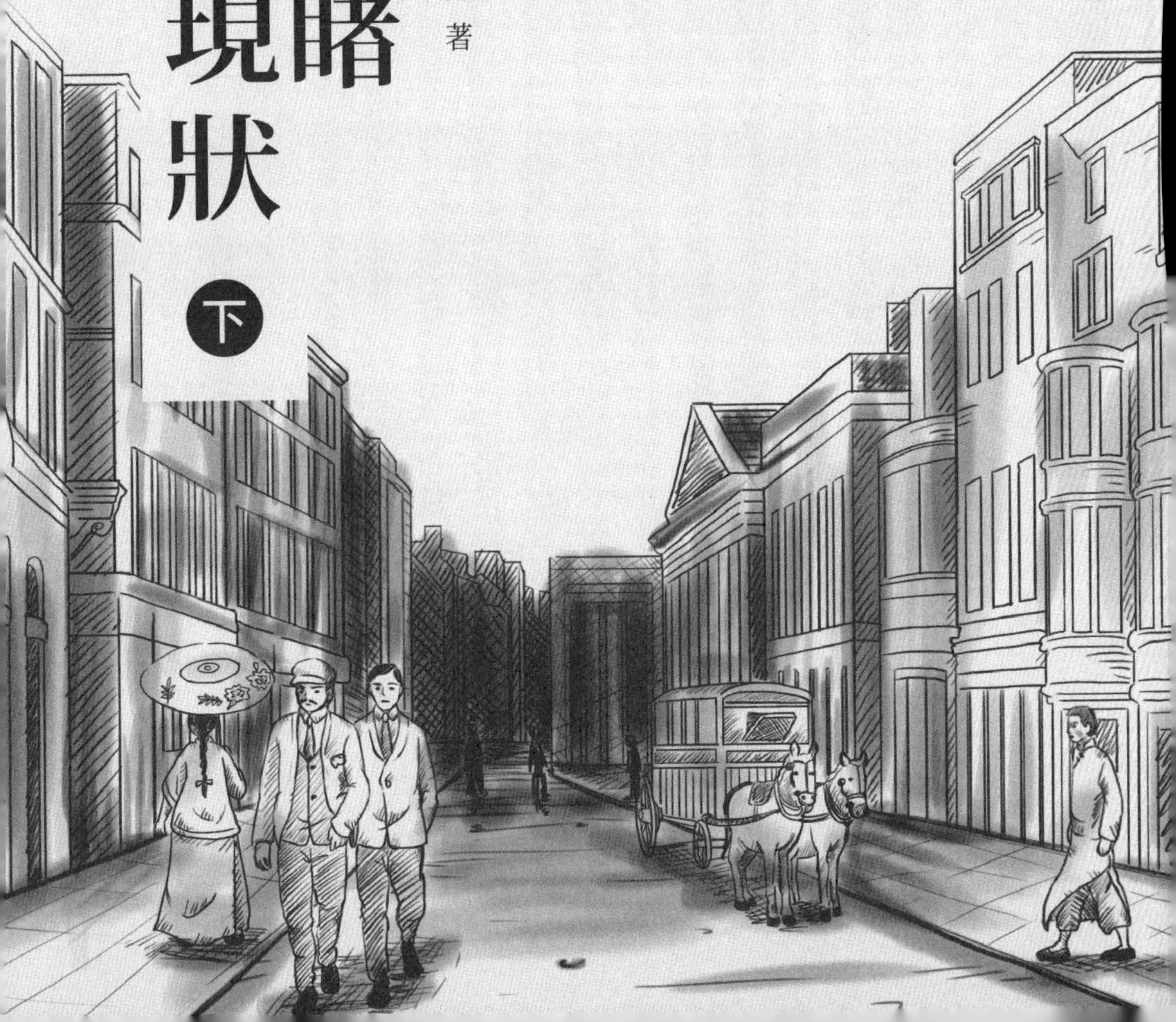

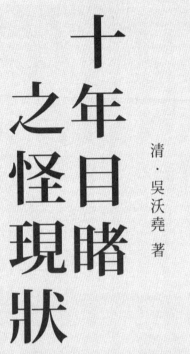

目錄

上冊

下冊

第五十五回　箕踞忘形軍門被逐　設施已畢醫士脫逃

德泉說完了這一套故事，我問道：「協餉銀子，未必是現銀，是打滙票的，他如何騙得去？這也奇了！」德泉道：「這一筆聽說是甘肅協餉；甘肅與各省通滙兌的很少，都是滙到了山西或陝西轉滙的；他就在轉滙的地方，做些手腳，出點機謀，自然到手了。」子安從旁道：「我在一部什麼書上，看見一條，說嘉、道年間，還有一個冒充了成親王到南京，從將軍總督以下的錢，都騙到了的呢。」德泉道：「這是從前沒有電報，才被他瞞過了；若是此刻，只消打個電去一問，馬上就要穿了。」說話時，只見電報局的信差，送來一封電報。我笑道：「說著電報，電報就到了。」德泉填了收條，打發去了。翻出來一看，卻是繼之給我的，說蘇、杭兩處，可託德泉代去；叫我速回揚州一次，再到廣東云云。德泉道：「廣東這個地方，只有你可以去得，要是我們去了，那是同到了外國一般了。」子安道：「近來在上海久了，這裏廣東人多，也常有交易，倒有點聽得懂了；初和廣東人交談，那才不得了呢。」德泉道：「可笑我有一回，到棋盤街一家藥房去買一瓶安眠藥水；跑了進去，那櫃上全是廣東人，說的話都是所問非所答的，我一句也聽不懂。我要買大瓶的，他給了我個小瓶；我要換，他又不懂，必要做手勢，比給他看，才懂了。換了大瓶的，我正在付價給他；忽然內進裏跑出一個廣東人來，右手把那瓶藥水拿起來，提得高與額齊，拿左手指著瓶，眼睛看著我道：『這借瓶貧藥月水綏，頂呱呱囉！頂呱呱囉！有憂仿方單溪在此，你呢拿捺回微去一巽看坎，便知基明命白別了撩。』」聽得我和子安都狂笑起來。德泉道：「我當時聽了他這幾句話，也忍不住要笑。他對我說完之後，還對他那夥計嘰咕了幾句，雖然聽他不懂，看他那神色，好像說他那夥計不懂官話的意思。我付過了價，拿了藥水要走，他忽然又叫住我道：『俄基！俄基！』你猜他說什麼？便是我當時也愣住了。他拿起我付給他的洋錢，在櫃上摜了兩摜，是一塊啞板，這才懂了，他要和我說上海話，說這一塊洋錢是啞子；又說得不正，便說成一個『俄基』。」

當下說笑了一會，我不知繼之叫我到廣東，有什麼要事？便即夜乘了輪船動身。偏偏第二天到鎮江，已經晚上八點鐘。看著不能過江，我也懶得到街上去了，就在躉船上住了一夜。次日一早過江，趕得到城裏，已是十二點多鐘。見了繼之，談起到廣東的事，原來也是經營商業的事情。我不覺笑道：「我本來是個讀書的；雖說是我生來的無意科名，然而困在家裏沒事，總不免要走這條路；無端的跑了出來，遇見大哥，就變了個幕友；這幾年更是變了個商家了。」繼之笑道：「豈但是商家，還是個江湖客人呢。你這回到廣東去，怕要四五個月才得回來；你不如先回南京一轉，敘敘家常再去。」我道：「這倒不必！寫個信回去，告訴一聲便了！」當下繼之檢出一本帳目給我。是夜盤桓了一夜。明日我便收拾行李，別過眾人，仍舊渡過江去，赴了下水船，仍到上海。又添置了點應用東西，等有了走廣東的海船，便要動身。看了新聞紙，知道廣利後天開行，便打發人到招商滬局去，寫了一張官艙船票，到了那天，搬了行李上船。這個船的官艙，是在艙面的，倒也爽快。當天半夜裏開船，及至天亮起來，已經出了吳淞口，走得老遠的了。喜得風平浪靜，沒事便在艙面散步。

到了中午時候，只見一個人，擺著一張小小圓桌，在艙面吃酒；和我招呼起來，請問了姓氏，知道他姓李，便是本船買辦。於是大家敘談起來。我偶然問起這上海到廣東，坐大餐房收多少水腳。買辦道：「一主一僕，單是一去，收五十元；寫來回票，收九十元。這還是本局的船；若是外國行家的船，他還情願空著，不准中國人坐呢。」我道：「這是什麼意思？」買辦道：「這也是我們中國人自取的；有一回，一個什麼軍門大人，帶著家眷，坐了大餐房；那回是夏天，那位軍門，光著脊梁，光著腳，坐在客座裏，還要支起著腿，在那裏鈎腳丫，外國人看著，已經厭煩的了不得了；大餐間裏，本來備著水廁，廁門上有鑰匙，男女可用的；那位太太偏要用自己的馬桶，用了，舀了，洗了，就拿回他自己房裏，倒也罷了；偏又嫌他濕，擱在客座裏晾著。洗了裹腳布，又晾到客座椅靠背上。外國人見了，可大不答應了，把他們攆了出來；船到了上海，船主便到行裏，見了大班，回了這件事。從此外國人家的船，便不准中國人坐大餐房了。你說這不是中國人自取的麼？」我道：「這個本來太不像樣了；然而我們中國人不見得個個如此。」買辦道：「這個合了我們廣東人一句話，『一個小雞不好，帶壞一籠』了。」

正說話時，又有一個廣東人來招呼，自己說是姓何，號理之，是廣東名利客棧招呼客人的夥伴，終年跟著輪船往來，以便招接客人的。便邀我到廣東住到名利棧去。我答應了，託他招呼行李。這船走了三天，到了香港，停泊了一夜；香港沒有碼頭，船在海當中下錨。到了晚上，望見香港萬家燈火，一層高似一層，竟成了個燈山，倒也是一個奇景。次日早晨，啓輪，到了廣東，用駁船駁到岸上。原來名利棧就開在珠江邊上，後門正對珠江；就在後門登岸。安息了一天，便出去勾當我的正事。一面寫信寄給繼之。誰知我到了這裏，頭一次到街上去走走，就遇見了一件新聞。我走到一條街，這條街叫做沙基。沙基上有一所極大的房子，房子外面，掛著藥房的招牌，門口圍了不少的人，像是看熱鬧的光景。我正走過去看看，原來那藥房裏在那裏拍賣。所賣的全是藥水。我暗想這件事好奇怪；既然藥房倒了，只有招人盤受，那裏好拍賣得來；便是那個買的，他不是開藥房，一單一單的藥水買去，做什麼呢？正在想著，只見他又指著兩箱藍玻璃瓶的來叫拍，我吃了一驚，暗想外國藥房的規矩，藍瓶是盛毒藥的；有幾種還是輕易不肯賣，必要外國醫生開到藥方上，才肯賣；怎麼也胡亂拍賣起來呢？此時我身上還有正事，不便多耽擱，只看了一看，便走了。

下午時候，回到名利棧。晚上沒事，廣利船還沒有開行，何理之便到我房裏來談天。他嘴裏有的沒的亂說，一陣說什麼把韮菜帶到新加坡，要賣一塊洋錢一片菜葉；新鮮荔枝帶到法蘭西，要賣五個法郎一個；又是什麼播喊錶，在法蘭西只賣半個法郎一個；他只管亂說，我只管亂聽，也不同他辯論。後來我說起藥房拍賣一節，很以為奇。理之拍手道：「拍賣了麼？可惜我不知道；不然，我倒要去和他記一記帳，看他還撈得回幾個！」我道：「這藥房倒帳的情形，想是你知道的了。」理之道：「倒帳的有甚稀奇！這是一個富而不仁的人，遭了個大騙子。這位大富翁姓荀，名叫鷺樓，本來是由賭博起家；後來又運動了官場，包收什麼捐，盡情剝削。我們廣東人都恨得他了不得。」我道：「他不是廣東人麼？」理之道：「他是直隸滄州人，不過在廣東日子長久，學會說廣東話罷了。他剝削的錢，也不知多少了；忽然一天，他走沙基經過，看見一個外國人，在那裏指揮工匠，裝修房子；裝修得很是富麗，不知要開什麼洋行；託了旁人去打聽，才知道開藥房的。那外國人並不是外國人，不過扮了西裝罷了；還是中國的遼東人呢。這荀鷺樓聽說他是遼東原籍，總算同是北邊人，可以算得同鄉。便又託人介紹去拜訪他。見面之後，才知道他姓關，三國志關壯繆之後，單名一個良字。從四五歲的時候，他老子便帶了他到外國去；到了七八歲時，便到外國學堂裏去讀書，另外取了個外國的名字，叫做 Jame；後來回到中國，又把他譯成中國北邊口音，叫做健模，就把這健模兩個字，做了號。他外國書籍讀得差不多了，便到醫學堂去學西醫。在外國時，所有往來的中國人，都是廣東人，所以他倒說了一口廣東話；把他自己的遼東話，反倒忘記個乾淨了。等在那醫學堂畢業出來，不知在那裏混了兩年，跑到這裏來，要開個藥房。恰好這荀鸞樓是最信用西藥的，兩人見面之下，便談起這件事；荀鸞樓問他藥房生意，有多少利息？健模道：『利息是說不定的！有九分利的，也有一二分利的；然而總是利息厚的居多，統扯起來，可以算個七分利錢。』荀鸞樓道：『照這樣說，做一萬銀子生意，可以賺到七千了；不知要多少本錢？』健模道：『本錢那裏有一定的，外國的大藥房，幾十萬本錢的，不足為奇！』荀鸞樓道：『不知你開這個藥房打算多少？』健模道：『我只備了五萬資本。』荀鸞樓道：『比方有人肯附點本錢，可能附得進去？』健模道：『這有什麼不可的！』荀鸞樓道：『那麼我打算附十萬銀子如何？』健模就滿口答應，便道：『如此我便擴張起來。』他兩個因此成了知己。

「不多幾天，荀鸞樓劃了十萬銀子來；又派了一個帳房來，健模便取出一扣三千銀子往來的莊摺，叫他收存，要支什麼零用，只管去取。從此鋪裏一切雜用，健模便不過問，天天只忙著定貨催貨，鋪裏慢慢的用上十多個夥計。健模逐一細問，卻沒有一個懂得外國話，認得外國字的。荀鸞樓聞得，便又薦了一個懂洋文的來；健模考他一考，說是他的工夫不夠用，不要。又道：『不過起頭個把月忙點；關著洋文的事，我一個人來就是了。』荀鶯樓見他習勤耐勞，倒反十分敬重他起來。

「過得個把月，健模對荀鶯樓道：『我的五萬資本，因為擴充生意起見，已經一齊拿去定了貨了；尊款十萬，我託個朋友拿到滙豐存了；我本要存逐日往來的，誰知他拿去給我存了六個月期，真是誤事！昨日頭批定貨到了，要三萬銀子起貨，只得請你暫時挪一挪，好早點起了出來，早點開張。』荀鶯樓滿口答應，頓時劃了過來。到了明天，果然有人送來無數箱子，方的，長的，大小不等。健模督率各小夥計開箱；開了出來，都是各種的藥水，一瓶一瓶的都上了架，頓時滿坑滿谷起來。後來陸續再送來的，竟來不及開了，開了也沒有架子放了。只得都堆到後頭棧房裏去，足足堆了一屋子。荀鶯樓也來看熱鬧，又一一問訊，這是什麼，那是什麼；健模也一一告訴了。正在忙亂之際，忽然一個電局信差送來一封洋文電報，健模看了失驚道：『怎麼就死了！唉！這便怎麼處？』荀鶯樓忙問死了什麼人。健模把電報遞給他；他看了，是一字不認得的。健模便告訴他道：『香港大藥房裏一個總理配藥的醫生，他是我的好朋友，將來我這裏有多少事，還靠他幫忙呢，誰知他今天死了。他的遺囑，他死後，叫我去暫時代理他的職業。在交情上，又不得不去，這一去，最少也要三個月，那外國派來的人才得到。這裏又有事，怎樣呢？』荀鶯樓也愣住了。健模想了一想道：『這樣罷！我到香港去找一個配藥的人，到這裏代了我罷。』帳房道：『這裏沒有人懂話，怎樣辦呢？』健模道：『這個不要緊，我找一個懂中國話的來；十分找不著，我叫他帶一個西崽來。你們要和他說話，只對西崽說就是。好在只有三個月，我就來的。』荀鷺樓問他香港大藥房，是什麼招牌？健模嘰嘰咕咕說了個外國名字道：『中國名字叫什麼？我也記不大清楚了。等到了那裏，寫信來通知，以便通信罷！我今天要坐輪船去了。』說罷，取出許多外國字紙來，交代給帳房，一一指點。這一疊是燕威士，這個貨差不多就要到了；這一疊是定單，這裏面那幾張是電定的，那幾張是信定的；洋行裏倘有燕威士送來，便好好收下，打還他回單圖書。又拿出一扣摺子來，十分慎重的交代道：『這就是我那誤事朋友，代存滙豐的十萬銀子的存摺，是那一天存的，扣到那一天，便到了六個月期；你便去換上一個逐日往來的摺子，以便隨時應用。』荀鷺樓拿起摺子一看道：『怎麼我存滙豐的存摺，不是這個樣子？』健模道：『滙豐存摺本來有兩種：一種用給中國人的，一種用給外國人的。我這個是託一個外國朋友去存的，所以和用給中國人的兩樣了。』健模交代清楚，也不帶什麼行李，只提了一個大皮包，便匆匆坐晚輪船到香港去了。

「這裏一等五六天，杳無音信，看見貨物堆滿了一鋪子，不便久擱，只得先行開張。誰知開張之後，凡來買藥水的，無有一個不來退換，退換去後，又回來要退還銀子。原來那瓶子裏，全是一瓶一瓶的清水；除了兩箱林文煙花露水，和兩箱洋胰子是真的，其餘沒有一瓶不是清水。帳房大驚，連忙通知荀鷺樓，叫他帶了懂洋文的人來，查看各種定單燕威士，誰知都是假造出來的。忙看那十萬銀子存摺時，那裏是什麼滙豐存摺，是一個外國人用的日記簿子。這才知道遇了騙子，忙亂起來，派人到香港尋他，他已經不知跑到那裏去了。再查那棧房裏的貨箱，連瓶也沒有在裏面，一箱箱的全是磚頭瓦石。所以要拍賣了這些瓶，好退還人家房子啊。」我道：「這個什麼健模，難道知道姓荀要來兜搭他，故意設這圈套的麼？」理之道：「這倒不見得。他是學醫生出身，有意是要開個藥房，自己順便掛個招牌行道，也是極平常的事；等到無端碰了這麼個冤大頭，一口便肯拿出十萬，他便樂得如此設施了。像這樣剝削來的錢，叫他這樣失去，還不知多少人拍手稱快呢！」正是：

悖入自應還悖出，且留快語快人心。

未知後事如何，且待下回再記。

第五十六回 施奇計姦夫變兇手 翻新樣淫婦建牌坊

何理之正和我談得高興，忽然一個茶房走來說道：「何先生，去天字碼頭看殺人不去？帳房李先生已經去了！」何理之道：「殺人有什麼好看；我不去；但不知殺什麼人？」茶房道：「就是殺那個苦打成招的夏作人。」何理之道：「我不看。」那茶房便去了。我問道：「什麼苦打成招的？豈不是一個冤枉案子麼？」理之道：「論情，論理，這個夏作人是可殺的。然而這個案子可是冤枉得很，不過犯了和姦的案子，怎麼殺得他呢？」我不覺納悶道：「依律，強姦也不過是個絞罪，我記得好像還是絞監候呢！怎麼就羅織成一個斬罪？豈不是一件怪事！」

理之道：「這是姦婦的本夫做的圈套；說起來又是一篇長話：這夏作人是新安縣人氏，捐了一個都司職銜；平日包攬詞訟，無惡不作；橫行鄉里，欺壓良懦，那不必說了；更歡喜漁獵女色；因此他鄉里的人，沒有一個不恨他如切骨的了。我們廣東地方，各鄉都設一個公局，公舉幾個紳士在局裏。遇了鄉人有什麼爭執等事，都由公局紳士議斷。這夏作人，又是坐了公局紳士的第一把交椅。你想誰還敢惹他？他看上了本鄉一個婆娘，這婆娘的丈夫，姓李，單名一個壯字，是在新加坡經商的；每年二三月回來一次，歷年都是如此的。夏作人設法和那婆娘上了手之後，只有李壯回家那幾天，是避開的。李壯一走，他就來了，猶如是他的家一般。左右鄰里，無有一個不知道的；就是李壯回來，也略有所聞，不過拿不著憑據。

「有一回，李壯有個本家，也到新加坡去。見了李壯，說起這件事，說的千真萬真；並且說夏作人竟是住在他家裏。李壯聽了，忿火中燒，便想了一個計策：買了一對快刀，兩把是一式無異的；便附了船回家。這李壯本是一個竊賊出身，飛簷走壁的工夫，是很熟的。從前因為犯了案，官府要捉他，才逃走到新加坡，改業經商，居然多了幾個錢；後來事情倒冷了，方才回家鄉來娶親的。他此番回到家鄉，先不到家，在外面捱到天黑，方才掩了回家；又不進門，先聳身上屋，在天窗上望下一看；果然看見夏作人在那裏和那婆娘對面說話，猶如夫妻一般。他此時若跳了下去，一刀一個，只怕也殺了。他一來怕夏作人力大，殺他不動；二來就是殺了，也要到官報殺姦；受了訟累，還要把一頂戴過的綠帽子晾出來；所以他未曾回來之先，已預定下計策。此時看得親切，且不下去，跳至外牆，走到夏作人家裏，踰牆而入，掩到他書房裏，把所買的一對刀，取一把放在炕床底下；方才出來，一逕回家去打門。裏面問是那個，李壯答應一聲。那婆娘認得聲音，未免慌了；先把姦夫安頓，藏在床背後，方才出來開門。

「李壯不動聲色的道：『今天船到得晚了，弄到這個時候才到家，晚飯也不曾吃。』他婆娘聽了，便去弄飯。一面又問他為什麼這一回不先給一個信，便突然回來。李壯道：『這回是香港一家素有往來的字號，打電報叫我到香港去的，所以不及給信。』婆娘到廚下去了，很不放心，恐防李壯到房裏去，看見了姦夫。喜得李壯並不進去，此時七月天氣，他只在院子裏搖著蒲扇取涼。一會兒，飯好了，婆娘擺開了幾樣家常小菜，端了一壺家藏舊酒；又擺了兩份杯箸。李壯道：『怎麼只擺兩份？再添一份來！』婆娘道：『我們只有兩個人，為甚要三份？』李壯笑道：『你何必瞞我！放著一個夏老爺在房裏，難道我們兩個好偏了他麼？』這一句話，把婆娘嚇得面如土色，做聲不得。李壯又道：『這個怕什麼！有什麼要緊？我並不在這個上頭計論的，快請夏老爺出來！雖然家常便飯，也沒有背客自吃之理啊！』那夏作人躲在裏面，本來也有三分害怕；仗著自己氣力大，預備打倒了李壯，還可以脫身。此刻聽了他這兩句話，越發膽壯得意；以為自己平日的威福，足以懾服人，所以李壯雖然妻子被我姦了，還要這等相待。於是昂然而出。及至見了面，不知不覺的，也帶了三分羞慚；倒是李壯坦然無事，一見了面，便道：『夏老爺！違教許久了，舍下一向多承照應，實在感激！』夏作人連道：『不敢！不敢！』李壯便讓坐吃酒。那婆娘倒是羞答答起來。李壯正色道：『你何必如此！我終年出門在外，家中沒人照應，本不是事；就是我在外頭，也不放心；得夏老爺這種好人肯照應你，是最好的了。你總要和我不在家時一樣才好；不然，就同在一處吃飯，也是乏味的。』又對夏作人道：『夏老爺！你說是不是呢？難得你老人家賞臉；不然，這一鄉裏面，夏老爺要看中誰，誰敢道個不字呢？』一席話說得夏作人洋洋得意。李壯又殷勤勸酒。那婆娘暗想：『這個烏龜，自己情願拿綠帽子往腦袋上磕；我一向倒是白擔驚怕的了。』於是也有說有笑起來。夏作人越是樂不可支，連連吃酒。李壯又道：『可笑世上那些謀殺親夫的，我看他們都是自取其禍；若像我這樣，夏老爺，你兩口子捨得殺我麼？』婆娘接口道：『天下那裏有你這樣好人！』李壯笑道：『我也並不是好人；不過想起我們在外頭嫖，不算犯法的，何以你們就養不得漢子呢！這麼一想，心就平了。』夏作人點頭道：『李哥果然是個知趣朋友。』

「說話間，酒已多了。李壯看夏作人已經醉了。便叫婆娘盛飯，匆匆吃過，婆娘收拾開去。夏作人道：『李哥，我要先走了；你初回來，我理當讓你！』李壯道：『且慢！我要和你借一樣東西呢！』夏作人道：『什麼東西？』李壯道：『這件事，我便不計較；只是祖宗面上過不去。人家說：家裏出了養漢子的媳婦，祖宗做鬼也哭的；除非把姦夫捉住，剪了他的辮子，在祖宗跟前，燒香稟告過，已經捉獲姦夫，那祖宗才轉悲為喜呢。夏老爺跟前，我不敢動粗，請夏老爺自己剪下來，借給我供一供祖宗。』夏作人愕然道：『這個如何使得！』李壯忽然翻轉了臉，颼的一聲，在袴帶上拔出一枝六響手槍，指著夏作人道：『你偷了我老婆，我一點不計較，還是酒飯相待；此刻和你借一條無關痛癢的辮子也不肯，你可不要怪我，這枝槍是不認得人的！』這一下把夏作人的酒也嚇醒了。要待不肯時，此時酒後力乏，恐怕鬧他不過；況且他洋槍在手，只要把機簧一扳，就不是好玩的了。只得連連說道：『給你！給你！只求你剪剩二三寸，等我好另外裝一條假的；不然，怎樣見人呢？』李壯重新把洋槍插向袴帶上道：『這個自然！難道好齊根剪下麼？方才鹵莽，夏老爺莫怪！』說罷，叫婆娘拿剪子來，走向夏作人身後，提起辮子。夏作人道：『稍微留長一點！』李壯道：『這個自然。』嘴裏便這樣說，手裏早颼的一聲，把那根辮子，貼肉齊根的剪了下來。夏作人覺著，已經來不及了，只得怏怏而去。幸喜時在黑夜，無人看見，且等明日再設法罷了。

「李壯等他去後，便打開一個皮包，叫那婆娘道：『你來看！這是什麼東西？』婆娘走過去彎腰看時，他颼的一聲，拔出一把一尺四五寸長的雪亮快刀，對準喉嚨，盡力一刺。那婆娘只喊得一聲哎，那呀字還不曾喊出來，便往前倒了下去。李壯又在他左手上左肋上，搠了幾刀，那婆娘便一縷淫魂，望鬼門關去了。李壯卻拿夏作人的辮子，纏在死婆娘的右臂上；把剪下來的一頭，給他握在手裏。才斷氣的時候，手足還未全僵，李壯代他握了頭髮；又拿刀搠了他握髮的手兩刀；又拿自己的手，握住他的手，等他凍僵了才放。安置停當，把自己身上整理潔淨，已是三更多天了。他提了帶回來的皮包，走了出來，把門反掩了。走出村外一間破廟裏，胡亂歇了一夜。到天明起來，提了皮包，仍然走回家裏。昨夜他回來時，是在黑夜；鄉下人一到了斷黑時，便家家關門閉戶的了；卻又起來極早，才破天亮，便家家都起來了，趕集的，耕田的，放牛的，往來的人已是絡繹不絕。所以他提著皮包入村，大家都看見他了；都拱手招呼，說：『李大哥回來了，幾時到的？我們都惦記你呢！新加坡生意可好？你發財啊！』李壯道：『今天一早到的，承記掛，多謝！我託福還好！』如此一路招呼到家，一村的人，都知道李壯今天回來了。到得門前，那左右鄰居，也是一般的招呼；卻是揑了一把汗，知道夏作人準在裏面，今番只怕要撞破了。看著他舉手，輕輕叩了兩下門，不見答應；又叩了兩三下，仍然沒人答應。李壯道：『怎麼這個時候，還不起來呢？』用力打了一下，那門呀的一聲開了。原來是虛掩著的。李壯故裝成詫異的樣子道：『唔！』一面走了進去。不一會，忽然大呼小叫的走了出來道：『不好了！我的女人給人殺死了！』眾人聽說，老大吃了一驚，都紛紛進去。看見他手裏握著一條辮子，鮮血滿地；身上傷了七八刀。個個都稱奇道怪。一面先驚動了地保，先去報官。李壯一面奔到公局，求眾紳士作主。這天眾紳士都到了，單少了個夏作人。眾紳士聽見說地方出了命案，便叫人去請他。一會回來說；夏老爺有點感冒，不能出來。李壯道：『我是今天才回來的，平空遇了這件事，不得主意；向來地方上有事，都是夏老爺做主的，偏偏他又病了。他既然是感冒避風，說不得請眾位老爺，帶著我到他府上，求個主意的了。』眾人見是人命大事，便同了李壯，到夏家來。夏作人仍舊不肯相見，說是在上房睡了，不能起來。眾人道：『今天地方上出了命案，夏老爺不能起來，我們也要到上房去相見的了。』說罷，也不等傳報，一齊蹿了進去。只見夏作人睡在床上，蓋上一床夾被窩，臉向外躺著。眾人告訴這件事，他這一嚇，非同小可，臉色頓時大變起來，嘴裏裝著哼哼之聲；沒有半句說話，卻拿雙眼看著李壯。李壯故意走到床前道：『夏老爺是什麼病？可有點發燒？』說罷，伸手在他額上去摸，故意摸到腦後，說一聲『哎呀！』回頭對眾人道：『我的死女人，手裏握了一條辮子，此刻夏老爺的辮子，是齊根沒了的；莫非殺人的是夏老爺？』眾人聽說，吃了一驚，一擁上前去看。

「李壯不顧眾人，便飛奔到縣裏去擊鼓鳴冤，說夏作人殺人。知縣官方才得了地保的報，正要去驗屍。問了李壯口供，便帶了仵作，出城下鄉相驗。官看了這個情形，明明是拒姦被殺，倒不覺對著那屍首肅然起敬。驗過之後，叫取下辮子，帶回去；順路去拜夏紳士，投帖進去。回出來說擋駕。官怒道：『有人告了他在案，我不傳他，親來拜他；他倒裝模做樣起來了，莫非是情虛麼？』說著，不等請，便自下轎進來。這夏作人喜歡結交官場，時常往來，所以他家裏的路，官也走熟的了；不用引導，便到書房坐下。那官本來聽了李壯說夏作人沒了辮子，所以要親來察看的，如何肯空回去？夏作人沒法，又不曾裝好假辮子，只得把老婆的髭子，打了一條假辮，裝在涼帽箍裏面。匆忙之間，又沒有辮穗子，將就用一根黑頭繩打了結，換上衣冠，出來相見。因為有了虧心的事，臉色未免一陣紅一陣白。知縣已是疑心，相見過後，分賓坐定。官有心要體察他，便說道：『天氣熱得很，我們何妨升冠談談！』說著，自己先除了帽子。夏作人忙說不必，臉上的汗，卻直流下來。偏偏那官帶來裝煙的小跟班，把煙窩掉在地下，低頭去拾；一瞥眼看見炕底下一把霍亮的刀，不覺失驚道：『這個刀是殺人的啊！』夏作人方在那裏說不必不必，忽聽了這句話，猛然吃了一驚道：『那裏有什麼刀？』小跟班道：『炕底下的不是麼？』說著，走進彎腰伸手拾了起來。夏作人此時心虛已經到了極點，一看見了，嚇得魂不附體，汗如雨下。不覺顫抖起來，說道：『這……這……這是誰……誰放在這裏的？這……這……這不是我的啊！』這個時候，恰好一個家人，在夏作人背後，把他辮子揑了一揑，覺得油膩膩的；因回道：『夏老爺的辮子，是假的！』知縣頓時翻了臉，喝叫把他帶了衙門裏去；這把凶刀，也帶了去。說著，先出來上轎去了。回到衙門，把凶刀和屍格一對，竟是一絲不錯的。不由分說，先交代動公事詳革了他的職銜，便坐堂提審。

「夏作人供道：『這婦人向來與職員有姦的。』只說得這一句，官喝住了，便叫先打五十嘴巴。打完了，才說道：『這婦人明明是拒姦被殺的，我見了他還肅然起敬，你開口便誣衊他；這還了得！這五十下，是打你的誣衊烈婦！』又喝再打五十。打完了，又道：『你犯了法，這個職銜經本縣詳革了，你還稱什麼職員？有什麼話，你講！』夏作人道：『小人和這已死婦人，委實一向有姦的。』官大怒道：『你還要誣衊好人！』喝再打一百嘴巴。打得夏作人兩腮紅腫，牙血直流。又供道：

『這婦人不是小人殺的，青天大老爺寃枉！』官怒道：『你不殺他，你的辮子，怎麼給他死握著？』夏作人要把昨夜的情由敘出來，無奈這個官，不准他說和婦人犯姦。一說著，便不問情由，先打嘴巴。竟是無從敘起。又一時心慌意亂，不得主意，只含糊辯道：『這條辮子，怕不是小人的！』官叫差役拿辮子在他頭上去驗，驗得顏色粗細，與及斷處痕跡，一一相符。從此便是跪鐵鍊，上夾棍，背板櫈，天平架，沒有一樣不曾嚐過；熬不過痛苦，只得招了個強姦不遂，一時性起，把婦人殺死。辮髮被婦人扭住，不能擺脫，割辮而逃。於是詳上去，定了個斬決。上頭還誇獎他破案神速。他又敬那婆娘節烈，定了案之後，他寫了『節烈可風』四個字，做了匾，送給李壯懸掛；又辦了祭品，委了典史太爺去祭那婆娘；更兼動了公事，申請大憲，和那婆娘奏請旌表，乞恩准其建坊。今天斬決公文到了，只怕那請旌的公事，也快回來了。」正是：

世事何須問真假，內容強半是糊塗。

未知後事如何，且待下回再記。

第五十七回 充苦力鄉人得奇遇 發狂怒老父責頑兒

理之述完了這件事，我從頭仔細一想：這李壯佈置的實在周密狠毒。因問道：「他種種這秘密佈置，外頭人那裏知得這麼詳細呢？」何理之道：「天下事，若要人不知，除非己莫為；何況我們帳房的李先生，就是李壯的胞叔。他們叔姪之間，等定過案之後，自然說起；所以我們知得格外詳細。」說話之間，已到了吃飯時候，理之散去。我在廣東部署了幾天，便到香港去辦事，也耽擱了十幾天。

一天，走到上環大街，看見一家洋貨店，新開張，十分熱鬧。路上行人，都嘖嘖稱羨，都說不料這個古井，叫他淘著。我雖然懂得廣東話，卻不懂他們那市井的隱語。這「淘古井」是什麼？聽了十分納悶。後來問了旁人，才知道凡娶著不甚正路的婦人——如妓女寡婦之類——做老婆，卻帶著銀錢來的，叫做「淘古井」。知道這件事裏面，一定有什麼新聞，再三打聽，卻又被我查著了。

原來花縣地方，有一個鄉下人，姓惲，名叫阿來，年紀二十來歲，一向在家耕田度日；和他老子兩個，都是當佃戶的。有一天，被他老子罵了兩句，這惲來便賭氣，逃了出來，來到香港，當苦力度日。這「苦力」兩個字，本來是一句外國話Coolie，是扛抬搬運等小工之通稱。廣東人依著外國音，這麼叫叫。日子久了，便成了一個名詞，也忘了他是一句外國話了。惲來當了兩個月苦力之後，一天，公司船到了，他便走到碼頭上去等著，代人搬運行李，好賺幾文工錢。到了碼頭，看見一個鹹水妹。——看官先要明白了「鹹水妹」這句名詞，是指的什麼人？香港初開埠的時候，外國人漸漸來的多了，要尋個妓女也沒有。為什麼呢？因為他們生的相貌，和我們兩樣；那時大家都未曾看慣，看見他那種生得金黃頭髮，藍眼睛珠子，沒有一個不害怕的。那些婦女，誰敢近他？只有香港海面那些搖舢舨的女子，他們渡外國人上下輪船，先看慣了，言語也慢慢的通了，外國人和他們兜搭起來，他們自後就以此為業了。香港是一個海島，海水是鹹的，他們都在海面做生意，所以叫他做「鹹水妹」。以後便成了接洋人的妓女的通稱。這個「妹」字，是廣東俗話；女子未曾出嫁之稱，又可作婢女解。現在有許多人，凡是廣東妓女，都叫他做「鹹水妹」，那就差得遠了。

這鹹水妹從公司輪下來，跨上舢舨，搖到岸邊，恰好碰見惲來，便把兩個大皮包，交給他。問他這裏那一家客棧最好，你和我扛了送去，我跟著你走。惲來答應了，把一個大的扛在肩膀上；一個稍為小點的，提在手裏，領著那鹹水妹走；走到了一處十字路口，路上車馬交馳，一輛馬車，在惲來身後飛馳而來，幾乎馬頭碰到身上；惲來急忙一閃，那邊又來了一輛，又閃到路旁。回頭一看，不見了那鹹水妹，呆呆的站著，等了一會，還不見到。他心中暗想：這裏面不知是什麼東西；他是從外國回來的，除了這兩個皮包，別無行李；倘然失了，便是一無所有的了，只怕性命也要誤出來。這便怎麼好呢？想了半天，還不見來。他便把兩個皮包送到大館裏去。——旅香港粵人，稱巡捕房為大館。——一逕走到寫字間，要報明存放，等失主來領。誰知那鹹水妹已經先在那裏報失了，形色十分張惶；一見了惲來，頓時歡喜的說不出來，一迭連聲說：「你真是好人！」巡捕頭問惲來來做什麼。那鹹水妹表明他不見了物主，送來存放待領的話。巡捕頭道：「那麼你就仍舊叫他給你拿了去罷！」於是兩個出了大館，尋到了客棧揀定了房間。鹹水妹問道：「你這送一送，要多少工錢？有定例的麼？」惲來道：「沒有什麼定例；碼頭上送到這裏，約莫是兩毫子左右。——粵人呼小銀元為毫子。——此刻多走一次大館，隨你多給我幾文罷！」鹹水妹給他三個毫子。他拿了，說一聲「承惠！」——承惠是廣東話，義自明。——便要走。鹹水妹笑道：「你回來！這兩個皮包，是我性命交關的東西，我走失了，你不拿了我的去，還送到大館待領，我豈有僅給你三個毫子之理？你也太老實了。」說罷，在一個小皮夾裏，取出五個金元來給他。惲來歡喜的了不得，暗想我自從到香港以來，只聽見人說金仔，——粵人呼金元為金仔——，卻還沒有見過。總想積起錢來，買他一個玩玩，不料今日一得五個。因說道：「這個我拿回去不便當！我住的地方人雜得很，恐怕失了；你有心給我，請你代我存著罷！」鹹水妹道：「也好。你住在那裏？」惲來道：「我住在苦力館。——小工總會也；粵言。——每天兩毫子租錢，已經欠了三天租了。」鹹水妹又在衣袋裏，隨意抓了十來個毫子給他。惲來道：「已經承惠了五個金仔，這個不要了。」鹹水妹道：「你只管拿了去。你明天不要到別處去了，到我這裏來，和我買點東西罷。」惲來答應著去了。

次日，他果然一早就來了。鹹水妹見他光著一雙腳，拿出兩元洋錢，叫他自己去買了鞋襪穿了。方問他：「滙豐在那裏？你領我去。」他便同著鹹水妹出來。在路上，鹹水妹又拿些金元，向錢鋪裏兌換了墨銀。一路到了滙豐，只見那鹹水妹取出一張紙，交到櫃上，說了兩句話，便帶了他一同出來，回到客棧。因對他說道：「我住在客棧裏，不甚便當；你沒有事，到外面去找找房子去。找著了，我就要搬了。」又給他幾元銀道：「你自己去買一套乾淨點衣服，身上穿的太要不得了！」惲來答應著，便出去找房子。他當了兩個多月苦力，香港的地方也走熟了，那裏冷靜，那裏熱鬧，那裏是鋪戶多，那裏是人家多，一一都知道的了。出來買了衣服，便去尋找房子；繞了幾個圈子，隨便到小飯店裏吃了午飯。又走了一趟，看了有三四處，到三點鐘時候，便回到客棧。劈面遇見鹹水妹，從棧裏出來。惲來道：「房子找了三四處，請你同去看看，那一處合適？」鹹水妹道：「我此刻要到滙豐去，沒有工夫。」說著，在衣袋裏取出房門鑰匙，交給他道：「你開了門，在房裏等著罷！」說罷，去了。惲來開門進房，趁著此時沒有人，便把衣袴換了。桌上放著一面屏鏡，自己彎下腰來一照，暗想我不料遇了這個好人，天下那裏有這便宜事？此刻我身上的東西，都是他的了。不過代他扛送了一回東西，便賺了這許多錢。想著，又鎖了房門；把兩件破衣袴拿到露臺上去洗了，晾了，方才下來。恰好鹹水妹回來了，手裏提著一個小皮包，兩個人扛著一個保險鐵櫃，送了來。惲來連忙開了門，把鐵櫃安放妥當。送來的人去了。鹹水妹開了鐵櫃，把小皮包放進去。又開了那兩個大皮包，取了好些一包一包的東西，也放了進去；又開了一個洋式拜匣，檢了一檢，取了一個鑽石戒指帶上，方才鎖起來。惲來便問去看房子不去，又把買衣服賸下的錢繳還。鹹水妹笑道：「你帶在身邊用罷！我也性急得很，要搬出去，我們就去看看罷！」於是一同出來，去看定了一處，是三層樓上，一間樓面。講定了租錢，便交代惲來去叫一個木匠來，指定地方，叫他隔作兩間，前間大些，後間小些，都要裝上洋鎖，價錢大點都不要緊。明天一天之內，定要完工的。木匠聽說價錢大也不要緊，能多賺兩文，自然沒有不肯的了。講定之後，二人仍回到客棧裏。惲來看見沒事，便要回去。

鹹水妹道：「你去把鋪蓋拿了來。叫棧裏開一個房，住一夜罷。從此你就跟著我幫忙，我每月給還你工錢，不比做苦力輕鬆麼？」惲來暗想我是什麼運氣，碰了這麼個好人。因說道：「我本來沒有鋪蓋，一向都是和人家借用的。」鹹水妹道：「那麼你就不要去了。」一會，茶房開了飯來，鹹水妹叫多開一客。一會添了來，鹹水妹叫惲來同吃。惲來道：「那不行！你吃完了我再吃。」鹹水妹道：「這什麼要緊？我請你來幫忙，就和請個夥計一般，並不當你是個下人！」惲來只得坐下同吃，卻只覺著坐立不安。吃過了晚飯，已是上火時候。鹹水妹想了一想，便叫惲來領到洋貨鋪裏去，揀了一張美國紅氈，便問惲來這個好不好。惲來莫名其妙，只答應好。鹹水妹便出了十八元銀，買了兩張。又揀了一床龍鬚蓆，問惲來好不好。惲來也只答應是好的。鹹水妹也買了。又買了一對洋式枕頭，方才回棧。對惲來道：「你叫茶房另外開一個房，你拿這個去用罷！你跑了一天，辛苦了！早點去睡！」惲來大驚道：「這幾件東西，我看著買了二十多元銀，怎麼拿來給我？我沒有這種福氣！只怕用了一夜，還不止折短一年的命呢！」鹹水妹笑道：「我給了你，便是你的福氣；不要緊的，你拿去用罷！」惲來推托再三，無奈只得受了。叫茶房另外開了一間房，把東西放好；恐怕自己身上髒，把東西都蓋髒了；走上露臺自來水管地方，洗了個澡，方才回房安睡。一夜睡的龍鬚蓆，蓋的金山氈，只喜得個心癢難撓，算是享盡了平生未有之福。酣然一覺，便到天亮。鹹水妹又叫他同去買鐵床桌椅，及一切動用傢私，一切都送到那邊房子裏去。又叫惲來去監督著木匠趕緊做，我飯後就要搬來的。惲來答應去了。到了午飯時候，便回棧吃飯。吃過飯，便算清房飯錢，叫人來搬東西。惲來道：「只要叫一個人來，我幫著便抬去了；只有這鐵箱子重些。」鹹水妹道：「我請你幫忙，不過是買東西等輕便的事；這些粗重的事，不要你做；你以後不要如此！」於是另外叫了苦力，搬了過去。那三四個木匠，還在那裏砰砰訇訇的做工。直到下午，方才完竣。兩個人收拾好了，一一陳設起來。把惲來安置在後間，睡的還是一張小小鐵床。又到近處包飯人家，說定了包飯。從此惲來便住在鹹水妹處，一連幾個月，居然「養尊處優」的，養得他又白又胖起來。然而他到底是個忠厚人，始終不涉於邪；並好像不知那鹹水妹是女人似的。那鹹水妹也十分信他，門上配了兩個鑰匙，一人帶了一個，出入無礙的。

一天，惲來偶然在外面閒行，遇見一個從前同做苦力的人，問道：「老惲！你好啊！幾個月沒看見，怎麼這樣光鮮了？那裏發的財？」惲來終是個老實人，人家一問，便一五一十的都告訴了。那人一愣道：「你和他有那回事麼？」惲來愕然道：「是那一回事？」那人知道他是個獃子，便不和他多說。只道：「這是從金山發財回來的，鐵櫃裏面不知有多少銀紙；——粵言鈔票也。——好歹撈他幾張，逃回鄉下去，還不發財麼？何必還在這裏聽使喚，做他的西崽？」惲來聽了，心中一動，默默無言，各自分散。回到屋裏，恰好那鹹水妹不在家，看看桌上小鐘，恰是省河輪船將近開行的時候。回想那苦力之言不錯，便到鹹水妹枕頭邊一翻，翻出了鐵櫃鑰匙；開了櫃門，果然橫七豎八的放了好幾捲銀紙。惲來心中暴暴亂跳，取了兩捲；還想再取。一想不要拿得太多了，害得他沒得用。又怕他回來碰見，急急的忘了關上櫃門，忙忙出來，把房門順手一帶。喜得房門是裝了彈簧鎖的，一碰便鎖上了。

惲來急急走了出來，逕登輪船，竟回省城去了。回到省城，又附了鄉下渡船——猶江南之航船也。——回到花縣。到了家，見了他老子。便喜孜孜的拿出銀紙來道：「一個人到底是要出門，你看我已經發了財了。」他老子名叫阿亨，因年紀老了，人家都叫他老亨。當下老亨聽了兒子的話，拿起一捲，打開一看，大驚道：「這是銀紙錢啊！我還是前年才見過，我歡喜他，湊了一元銀，買了一張藏著，永遠捨不得用。你那裏來這許多？莫非你在外面做了強盜麼？你可不要在外頭闖了禍累我！」惲來是老實到極的人，便把上項事一一說出。老亨不聽猶可，聽了之時，頓時三尸亂爆，七竅生煙，飛起腳來，就是一腳；接連就是兩個嘴巴。大罵：「你這畜生！不安分在家耕田，卻出去學做那下流事情；回來辱沒祖宗！還不給我去死了！」說著，又是沒頭沒腦的兩三拳。惲來知道自己的錯，不敢動，也不敢則聲。老亨氣過一陣，想了個主意，取了一根又粗又大拴牛的麻繩來，把兒子反綁了，手提了一根桑木棍，把那兩捲銀紙緊緊藏在身邊，押著下船。在路上飯也不許他吃。到了省城，換坐輪船，到了香港，叫他領到鹹水妹家裏。

那鹹水妹為失了五百元的銀紙，知是惲來所為，心中正自納悶。過了一天，忽見一個老頭子，綁著他，押了來，心中正在不解。看那老頭子，又不是公差打扮。正要開言相問，老亨先自陳了來歷，又把兒子偷銀紙的事說了；取出銀紙，一一點交，然後說道：「這個人從此不是我的兒子了，聽憑阿姑，——粵人面稱妓者為阿姑——怎樣發落。打死他，淹死他，殺他，剮他，我都不管了！」說著，舉起桑木棍，對準惲來頭上盡力打去。嚇得鹹水妹搶上前來，雙手接住。只聽得「哎呀」一聲。正是：

雙手高擎方撻子，一聲嬌囀忽驚人。

不知叫哎呀的是誰，打痛了那裏，且待下回再記。

第五十八回　陡發財一朝成眷屬　狂騷擾遍地索強梁

原來惲老亨用力過猛，他當著盛怒之下，巴不得這一下就要結果了他的兒子。鹹水妹搶過來雙手往上一接，震傷了虎口，不覺喊了一聲哎呀。一面奪過了桑木棍，忙著舀了一碗茶送過來。又去鬆了惲來的綁。方才說道：「這點小事，何必動了真氣！老爺不要氣壞了自己，我還有說話商量呢！」這惲老亨一向在鄉下耕田，只有自己叫人家老爺，那裏有人去叫過他一聲老爺的呢，此刻忽然聽得鹹水妹這等稱呼，弄得他周身不安起來。然而那個怒氣終是未息。便說道：「偷了許多銀紙，還算是小事；當真要殺了人才算大事麼？阿姑你便饒了他，我可饒他不得！此刻銀紙交還了你，請你點一點，我便要帶他回去治死了他；免得人家說起來，總說我惲老亨沒家教，縱容兒子作賊。」說著，又站起來，揮起拳頭，打將過去。鹹水妹連忙攔住道：「老爺有話慢慢說！等我說明白了，你就不惱了！」說罷，便把上岸遇見惲來的事，從頭說了一遍。又道：「我因為看他為人忠厚，所以十分信他敬他；就是他拿了這五百多元，我想也未必是他自己起意，必是有人唆弄他的。他雖然做了這個事，到底還是忠厚；若是別人，既然開了我的鐵櫃，豈有不盡情偷去之理？就是銀紙，一起放著的，也有十二三捲；他只拿得兩捲，還有多少鑽石寶石金器首飾，都在裏面，他還絲毫沒動。這不是他忠厚之處麼？所以我前天回來，看見鐵櫃開了，點了點數，只少了五百多元；我心中還自好笑，這個就像小孩子偷兩文錢買東西吃的行為。我還耽著心，恐怕他懼罪，不知逃到那裏去，就可惜了這個人了。難得老爺也這般忠厚，親自送了來。我這一向本來有個心事，今天索性說明白了！我從十八歲那年，在這裏香港做生意；頭一個客人就是個美國人，一見了我就歡喜了，便包了我；一住半年，他得了電報要回去，又和我商量，要帶我到美國，情願多加我包銀。我便跟他到美國去了。一住七年，不幸他死了。這個人本是個富家，他一心只想娶我，我也未嘗不肯嫁他。然而他因為我究竟擔了個妓女的名字，恐怕朋友看不起，所以遲遲未果。他卻又不肯另娶別人，所以始終未曾娶親。他臨死的時候，寫了遺囑，把家財分給我二萬；連我平日積蓄的也有萬把。我想有了這點，在美國不算什麼，拿回中國來，是很好的一家人家了。所以附了公司船回來。不想一登岸，便碰了他。見他十分老實可靠；他雖然無意，我倒有意要想嫁他了！我在外國住了七八年，學了些外國習氣，不敢胡亂查問人家底細；後來試探了他的口氣，知道他還沒有娶親，我越發歡喜。然而他家裏的人是怎樣的，還沒有知道；此刻見了老爺，也是這等好人，我意思更加決定了。但不知老爺的意思怎樣？」

惲老亨聽了，心中不覺十分詫異，他何以看上了我們鄉下人。娶了他做媳婦，馬上就變了個財主了。只是他帶了偌大的一份家當過來，不知要鬧什麼脾氣；倘使鬧到一家人都要聽他號令起來，豈不討厭！心中在那裏躊躇不定。鹹水妹見他遲疑，便道：「我雖然不幸吃了這碗飯，然而始終只有一個客。自問和那胡拉亂扯的還不同。老爺如果嫌到這一層，不妨先和他娶一房正室，我便情願做了侍妾。」惲老亨吐出舌頭道：「我們鄉下人，還講納妾麼？」鹹水妹道：「那麼就請老爺給個主意。」惲老亨還自沈吟。鹹水妹道：「老爺不要多心！莫非疑心到我帶了幾個錢過來，怕我仗著這個，在翁姑丈夫跟前失了規矩麼？我是要終身相靠的；要嫁他，也是我的至誠，怎肯那個樣子呢！」惲老亨見他誠懇，便歡喜起來，一口應允。鹹水妹見他應允了，更是歡喜。只有那惲來在旁邊聽得呆了，自己也不知是歡喜的好，還是不歡喜的好。心裏頭好像有一件東西，在那裏七上八下，自己也不知是何原故。鹹水妹便拿了兩張銀紙給惲來，叫他帶著老子，先去買一套光鮮衣袴鞋襪之類。惲老亨便頓時光鮮起來。又叫了裁縫來，量了他父子兩個的身裁，去做長衣。因為惲老亨住在這裏不便，又買了一份鋪蓋。叫他父子兩個，先到客棧裏住下。一面另尋房屋。不到兩天，尋著了一處，置備木器及日用家私，搬了進去。擇了吉日迎娶。一般的鼓樂彩輿，鳳冠霞帔，花燭拜堂，成了好事。那女子在美國多年，那洋貨的價錢，都知道的。到了香港，看見香港賣的價錢，以為有利，便拿出本錢，開了這家洋貨店。我打聽得這件事，覺得官場士類商家等，都是鬼蜮世界；倒是鄉下人當中，有這種忠厚君子，實在可歎！那女子擇人而事，居然能賞識在牝牡驪黃以外，也可算得一個奇女子了。

勾當了幾天，便回省城。如此來來去去，不覺過了幾個月。有一天，又從香港坐了夜船到省城。船到了省河時，卻不靠碼頭，只在當中下了錨，不知是什麼意思。停了一會，來了四五艘舢舨，搖到船邊來；二三十個關上扦子手，一擁上船。先把各處艙口守住，便到艙裏來翻箱倒匣的搜索。此時是六月下旬天氣，帶行李的甚少。我來往向來只帶一個皮包，統共不過八九寸長，五六十寸高；他們也要開來看看。裏面不過是些筆墨帳單之類，也舀了出來翻檢一遍；連坐的籐椅，也翻轉來看過；甚至客人的身上，也要摸摸。有兩起外國人，帶了家眷從上海來，在香港上岸，玩了兩天，今天才附了這個船來的，有二三十件行李，那些扦子手，便逐一翻騰起來，鬧了個亂七八糟。也有看了之後，還要重新再看的。連那女客帶的馬桶，也揭開看過；夜壺箱也要開了，把夜壺拿出來看看。忽然又聽得外面訇的一聲，放了一響洋槍，嚇得人人驚疑不定。忽然又在一個搭客衣箱裏，搜出一桿六響手槍來。那扦子手便拿出手銬，把那人銬住了；派人守了。又搜索了半天，方才一哄而去。

我要到外面看時，艙口一個關上洋人守著，搖手禁止，不得出去。此時買辦也在艙裏面，我便問為了什麼事。買辦道：「便是連我也不知道。方才船主進來，問那關上洋人，那洋人回說：『不便洩漏。』正是不知為了什麼事呢？」我道：「已經搜過了，怎麼還不讓我們出去？」買辦道：「此刻去搜水手火夫的房呢；大約是恐怕走散了，有搜不到的去處，所以暫時禁止。」我道：「剛才外面為什麼放槍？」買辦道：「關上派人守了船邊，不准舢舨搖攏來。有一個舢舨，不知死活，硬要搖過來，所以放槍嚇他的。」我聽了，不覺十分納悶；這個到底為了什麼，何以忽然這般嚴緊起來。又等了一大會，扦子手又進來了，把那銹了的客，帶了出去。然後叫一眾搭客，十個一起的，魚貫而出。走到船邊，還要搜檢一遍，方才下了舢舨，每十個人一船，搖到碼頭上來。碼頭上卻一字兒站了一隊兵，一個藍頂花翎，一個晶頂藍翎的官，相對坐在馬鞁上。眾人上岸要走，卻被兩個官喝住。便有兵丁過來，每人搜檢了一遍。我皮包裏有三四元銀，那搜檢的兵丁，便拿了兩元，往自己袋裏一塞，方放我走了。走到街上，遇著兩個兵勇，各人扛著一枝已經生銹的洋槍，迎面走來。走不多路，又遇了兩個。一逕走到名利棧，倒遇見了七八對；也有來的，也有往的。回到棧裏，我便問帳房裏的李吉人，今天為了什麼事，香港來船，搜得這般嚴緊？街上又派了兵勇，到底為了什麼事？吉人道：「我也不知道；昨夜二更之後，忽然派了營兵，在城裏城外各客棧，挨家搜查起來，說是捉拿黨人。到底是怎麼回事，也不得而知。我已經著人進城去打聽了。」我只得自回房裏去歇息，寫了幾封信。吃過午飯，再到帳房裏問信。那去打聽的夥計已經回來了，也打聽不出什麼。只說總督巡撫兩個衙門，都紮了重兵，把甬道變了操場，官廳變了營房；還聽說昨天晚上，連夜發了十三枝令箭調來的。此刻陸續還有兵來呢。督撫兩個衙門，今天都止了轅，只傳了臬臺去問了一回話，到底也不知商量些什麼。城門也嚴緊得很；箱籠等東西，只准往外來，不准往裏送。若是要送進去，先要由城門官檢搜過才放得進去呢。兩縣已經出了告示，從今天起，起更便要關閘。——街上柵欄，廣東謂之閘。」我道：「這些都不過是嚴緊的情形罷了；至於為了什麼事這般嚴緊，還是毫無頭緒。」

正說話時，忽聽得門外一聲叱喝。回頭看時，只見兩名兵丁在前開道，跟著一匹馬，駝著一個骨瘦如柴，滿面煙色，幾莖鼠鬚的人；戴著紅頂花翎。我們便站到門口去看，只見後頭還有五六匹馬；馬上的人，也有藍頂子的，也有晶頂子的。幾匹馬過去後，便是一大隊兵：起先是大旗隊；大旗隊過去，便有一隊扛叉的，扛刀的，扛長矛的；過完這一隊，又是一隊抬槍；抬槍之後，便是洋槍隊。最是這洋槍隊好看：也有長桿子林明敦槍的；也有短桿子毛瑟槍的；有拿槍扛在肩膀上的；有提在手裏的；有上了槍頭刀的；有不曾上槍頭刀的。路旁歇了一擔西瓜，一個兵便拿槍頭刀向一個西瓜戳去，順手便挑起來；那瓜又重，瓜皮又脆，挑起來時，便破開了，豁喇一聲，掉了下來，跌成七八塊。那兵嘴裏說了一句□□□□。我聽他這一句，是合肥人罵人的村話。方知道是淮軍。隨後來的兵，又學著拿槍頭刀去戳。嚇得那賣西瓜的，挑起來要走，可憐沒處好走。我便招手叫他，讓他挑到棧裏避一避。賣瓜的便踉踉蹌蹌挑了進來；已經又被他戳破一個了。賣瓜的進來之後，又見一個老婆子，手裏拿著一個碗，從隔壁雜貨店裏出來，顫巍巍的走過去。不期誤踏了那跌破的西瓜，仰面一跤跌倒；手裏那碗，便摜了出去打破了；碗裏的醬油，潑了出來。那一個兵身上穿的號衣，濺著了一點。那兵便出了隊，抓住那老婆子要打。那老婆子才爬了起來，就被他抓住了，嚇得跪在地下叩頭求饒，還合著掌亂拜；又拿自己衣服，代他拭了那污點。旁邊又走過幾個人，前去排解，說他年紀大了，又不是有心的，求你大量饒了他罷。那個兵方悻悻的胡亂歸隊去了。這洋槍隊過完之後，還有一個押隊官，戴著硨磲頂子，騎著馬。看他過完之後，我們方進來。大家議論這一隊兵，又不知是從什麼地方調來的了。此時看大眾情形，大有人心惶惶的樣子。我想要探聽這件事情的底細，在帳房裏坐到三點多鐘。忽又見街上一對一對往來巡查的兵都沒了，換上街坊團練勇，也是一對一對的往來巡查。手中卻是拿的單刀藤牌，腰上插了六響手槍。這些團練勇，都是土人；吉人多有認識的，便出去問為什麼調了你們出來？今天到底為了什麼事？團練勇道：「連我們也不知道；只聽吩咐查察形跡可疑之人，上半天巡查那些兵，聽說調去保護藩庫了。」我聽了這話，知道是有了強盜的風聲；然而何至於如此的張惶，實在不解。只得仍回房裏，看一回書，覺得煩熱，便到後面露臺上去乘涼。原來這家名利棧，樓上設了一座倒朝的客廳，作為會客之地。廳前面是一個極開闊的露臺，正對珠江，十分豁目。我走到外面，先有一個人在那裏，手裏拿著水煙筒，坐在一把皮馬鞍上；是一個同棧住的客人，他也住了有個把月，相見得面也熟了。彼此便點頭招呼。我看他那舉動，頗似官場中人，便和他談起今天的事，希冀他知道。那客道：「很奇怪！我今天進城上院，正到城門口，那城門官逼著住了轎，把帽盒子打開看過；又要我出了轎，他要驗轎裏有無夾帶，我不肯，他便拿出令箭來，說是制臺吩咐的。沒法只得給他看了，才放進去。到了撫院，又碰了止轅，衙門裏紮了許多兵，如臨大敵。我問了巡捕，才知道兩院昨夜接了一個什麼洋文電報，便頓時張惶起來。至於那電報說些什麼，便連簽押房的家人也不知道。」

正說話時，有客來拜他。他就在客廳裏會客。我仍在露臺上乘涼。聽見他和那客談的也是這件事，只是聽不甚清楚。談了一會，他的客去了。便出來對我說道：「這件事了不得！剛才我敝友來說起，他知道詳細。那封洋文電報，說的是有人私從香港運了軍火過來，要動手起事；已經挖成了隧道，直達萬壽宮底下；裝滿了炸藥，等萬壽那天，全城官員聚會拜牌時，便要施放。此刻城裏這個風聲傳開來了，萬壽宮就近的一帶居民鋪戶，膽小的都紛紛搬走了。兩院的內眷，都已避到泮塘——地名——一個鄉紳人家去了。」我吃了一驚道：「明天就是二十六了，這還了得！」那客道：「明天行禮，已經改在制臺衙門了。」正是：

如火如荼，軍容何盛；疑神疑鬼，草木皆兵。

未知這件事鬧得起來與否，且待下回再記。

第五十九回　乾兒子貪得被拐出洋　戈什哈神通能撤人任

我聽那同棧寓客的話，心中也十分疑慮，萬一明日出起事來，豈不是一番擾亂。早知如此，何不在香港多住兩天呢；此刻如果再回香港去，又未免太張惶了。一個人回到房裏，悶悶不樂。到了傍晚時候，忽聽得房外有搬運東西的聲音；這本來是客棧裏的常事，也不在意。忽又聽得一個人道：「你也走麼？」一個應道：「暫時避一避再說；好在香港一夜就到了，打聽著沒事再來。」我聽了，知道居然有人走避的了。便到帳房裏去打聽打聽，還有什麼消息。吉人一見了我，就道：「你走麼？要走就要快點下船了；再遲一刻，只怕船上站也沒處站了。」我道：「何以擠到如此？」吉人道：「而且今天還特地多開一艘船呢，孖舲艇——廣東小快船——碼頭舲都叫空了。」我道：「這又到那裏去的？」吉人道：「這都是到四鄉去的了。」我道：「要走，就要到香港澳門去。這件事要是鬧大了，只怕四鄉也不見得安靖。若是一哄而散的，這裏離萬壽宮很遠，又有一城之隔，只怕還不要緊。而且我撤開的事情在外面，走了也不是事。我這回來，本打算料理一料理，就要到上海去的了，所以我打算不走了。」吉人點頭無語。我又到門口閒望一回，只見團練勇巡得更緊了。忽然一個人，扛著一扇牌，牌上貼了一張四言有韻告示，手裏敲著鑼，嘴裏喊道：「走路各人聽啊！今天早點回家。縣大老爺出了告示，今天斷黑關閘，沒有公事，不准私開的啊！」這個人想是個地保了。看了一會，仍舊回房。

雖說是定了主意不走，然而總不免有點耽心。幸喜我所辦的事，都在城外的，還可以稍為寬慰。又想到明天既然在督署行禮，或者那強徒得了信息，罷了手不放那炸藥，也未可知。既而又想到，他既然預備了，怎肯白白放過；雖然眾官不在那裏，他也可以藉此起事。終夜耽著這個心，竟夜不曾合眼。聽著街上打過五更，一會兒天窗上透出白色來，天色已經黎明了。便起來走到露臺上，一來乘涼，二來聽聽聲息。過了一會，太陽出來了，卻還絕無聲息。這一天大家都是驚疑不定，草木皆兵；迨及到了晚上，仍然毫無動靜。一連過了三天，竟是沒有這件事。那巡查的就慢慢疏了，再過兩天，督撫衙門的防守兵也撤退了，算是解嚴了。這兩天我的事也料理妥貼，打算走了。一天正在客廳閒坐，同棧的那客也走了來道：「無罪而戮民，則士可以徙，我們可以走了！」我問道：「這話怎講？」他道：「今天殺了二十多人，你還不知道麼？」我驚道：「是什麼案子？」他道：「就是為的前兩天的謠言了；也不知在那裏抓住了這些人，沒有一點憑據，就這麼殺了。有人上了條陳，叫他們僱人把萬壽宮的地挖開，查看那隧道通到那裏，這案便可以有了頭緒了。你想這不是極容易極應該的麼？他們卻又一定不肯這麼辦。你想照這樣情形看去，這挖成隧道，動手起事的話豈不是他們以意為之擬議之詞麼？此刻他們還自詡為弭巨患於無形呢！」說罷，喟然長歎。

我和他談論了一回，便各自走開。恰好何理之走來，我問可是廣利到了。理之道：「不是！我回鄉下去一個多月，這回要附富順到上海。」我問富順幾時走。理之道：「到了好幾天了，說是今天走，大約還要明天。此刻還上貨呢。」我道：「既如此，代我寫一張船票罷。」理之道：「怎麼便回去了？幾時再來？」我道：「這個一年半載說不定的；走動了，總要常來。」理之便去預備船票，定了地方。到了明天，發行李下船。下午時展輪出口。到了香港，便下錨停泊。這一停泊，總要耽擱一天多才啓輪。我便上岸去走一趟，買點零碎東西。廣東用的銀元，是每經一個人的手，便打上一個硬印的。硬印打多了，便成了一塊爛板；甚至碎成數片，除了廣東福建，沒處使用的。此時我要回上海，這些爛板銀，早在廣州貼水換了光板銀元。此時在香港買東西，講好了價錢，便取出一元光板銀元給他。那店夥拿在手裏，看了又看，摜了又摜，說道：「換一元罷！」我換給他一元，他仍然要看個不了，摜個不了；又對我看看。我倒不懂起來，難道我貼了水換來的，倒是銅銀；便把小皮夾裏十幾元一起拿出來道：「你揀一元罷！」那店夥又看看我，倒不另揀，就那麼收了，再到一家買東西，亦復如此。買完了，又走了幾處有往來的人家，方才回船上去。停泊了一夜，次日便開行。

在船上沒事，便和理之談天，談起我昨天買東西，那店夥看銀元的光景。理之笑道：「光板和爛板比較，要伸三分多銀子的水；你用出去，不和他討補水，他那得不疑心你用銅銀呢？」我聽了方才恍然大悟。然而那些香港人，也未免太不張眼睛了。我連年和繼之辦事經營，雖說是蹇來蹇去，也是一般的做買賣，何嘗這樣小器來。於是和理之談談香港的風氣。我談起那鹹水妹嫁鄉下人的事。理之道：「這個是喜出意外的；我此次回家，住了一個多月，卻看見一件禍出意外的事。」我問什麼禍出意外。理之道：「我家裏隔壁一家人家，有兩間房子空著，便貼了一張『餘屋召租』的條子。不多幾天，來了一個老婆子，租來住了；起居動用，像是很寬裕的。然而只有一個人，用了一個僕婦。住了兩個月，便與那女房東相好起來。他自己說是在新加坡開什麼行棧的，丈夫沒了，又沒有兒子；此刻回來，要在同族中過繼一個兒子。誰知回來一查，族中的子姪，竟沒有一個成器的。自己身後，正不知倚靠誰人。說著，便不勝悽惶，以後便常常說起。新加坡也常常有信來，有銀子滙來；來了信，他便央男房東念給他聽。以後更形相熟了。房東本有三個兒子，那第二個已經十七八歲了。那老婆子常常說他好：『我有了這麼個兒子就好了。』那女房東便說：『你歡喜他，何不收他做個乾兒子呢？』那老婆子不勝歡喜，便看了黃道吉日，拜乾娘。到了這天，他還慎重其事的，置酒慶賀。乾娘乾兒子，叫得十分親熱。他又說要替乾兒子娶親了，一切費用，他都一力擔任。那房東也樂得依他。於是就張羅起來，便有許多媒人來送庚帖說親。說定了，便忙著揀日子行聘迎娶，十分熱鬧。待媳婦也十分和氣。又替媳婦用了一個年輕梳頭老媽子。房東見他這等相待，便說是親生兒子，也不過這樣了。老婆子道：『我們沒有兒子的人，乾兒子就和親生的一般。我今年五十多歲，沒有幾年的人了，只要他將來肯當我親娘一般，送我的終，我的一份家當，便傳授給他，也不去族中過繼什麼兒子了。』女房東一想，他是個開行棧的人，家當至少也有幾萬，如何不樂從。便叫了兒子來，說知此事，兒子自然也樂得應允。老婆子更是歡喜，就在那裏天天望孫了。偏偏這媳婦娶了來差不多一年，還沒有喜信。老婆子就天天求神拜佛，請醫生調理身子。過了幾個月，依然沒有信息；老婆子急不能待，便要和乾兒子納妾。叫了媒婆來說知，看了幾家丫頭和貧家女兒；看對了，便娶了一個過來。一樣的和他用一個年輕梳頭老媽子。剛娶了沒有幾天，忽然新加坡來了一封電信，說有一單貨到期要出，恰好行裏所有存款，都支發了出去；放在外面的，一時又收不回來；銀行的一個存摺，被女東帶了回家，務祈從速寄來云云。老婆子央房東翻出來，念了一遍，便道：『你看！我不在那裏，便一點主意都沒了。自己的款項雖然支發出去，又何妨在別處調動呢？我們幾十年的老行號，還怕沒人相信麼？』說著，悶悶不樂。又道：『這個存摺，怎好便輕易寄去；倘或寄失了，那還了得麼？』商量了半天道：『不如我自己回去一趟罷！我還想帶了乾兒子同去。他此刻是小東家了，叫他去看看，也歷練點見識出來；經歷過一兩年，自己就好當事了。』房東一心以為兒子承受了這份大家當，有什麼不肯之理。他見房東應允了，自是不勝歡喜。於是帶了一個乾兒子，兩房乾媳婦，兩個梳頭老媽子，一同到新加坡去了。這是去年的事。我這回到家裏去，那房東接了他兒子來信了。你曉得他在新加坡開的是什麼行號？原來開的是娼寮。那老婆子便是鴇婦。一到新加坡，他便翻轉了面皮，把乾兒子關在一間暗室裏面。把兩房乾媳婦和兩個梳頭老媽子，都改上名字，要他們當娼；倘若不從，他家裏有的是皮鞭烙鐵，便要請你嚐這個滋味。可憐這四個好人家女子，從此便跳落火坑了。那個乾兒子呢，被他幽禁了兩個月，便把他賣豬仔到吉林去了。賣了豬仔到那邊做工，那邊管得極為苛虐，一步都不能亂走的。這位先生，能夠設法寄一封信回來，算是他天大的本領了。」

我道：「賣豬仔之說，我也常有得聽見；但不知是怎麼個情形？說得那麼苦，誰還去呢？」理之道：「賣豬仔其實並不是賣斷了。就是那招工館，代外國人招的工，招去做工，不過訂定了幾年合同；合同滿了，就可以回來。外國人本來招去做工，也未必一定要怎麼苛待；後來偶然苛待了一兩次，我們中國政府，也不過問；那沒有中國領事的地方，不要說了，就是設有中國領事的地方，中國人被人苛虐了，那領事就如不見不聞，與他絕不相干的一般。外國人從此知道中國人不護衛自己百姓的；便一天苛似一天起來了。」我道：「那苛虐的情形，是怎麼樣的呢？」理之道：「這個我也不仔細；大約各處的辦法不同。聽說南洋那邊，有一個軟辦法：他招工的時候，恐怕人家不去，把工錢定得極優。他卻在工場旁邊，設了許多妓館，賭館，酒館，煙館之類，無非是銷耗錢財的所在。做工的進了工場，合同未滿，本來不能出工場一步的。惟有這個地方，他准你到；若是一無嗜好的，就不必說了；倘使有了一門嗜好，任憑你工錢怎麼優，也都被他賺了回去，依然兩手空空。他又肯借給你，等你十年八年的合同滿了，總要虧空他幾年工錢，脫身不得，只得又連幾年合同下去。你想這個人這一輩子還可以望有回來的一天麼？還不和賣了給他一樣麼？因此廣東人起他一個名字，叫他賣豬仔。」

說話之間，船上買辦，打發人來招呼理之去有事，便各自走開。一路無事。到了上海，便登岸，搬行李到字號裏去。德泉接著道：「辛苦了！何以到此時才來？繼之半個月前，就說你要到了呢。」我道：「繼之到上海來過麼？」德泉道：「沒有來過；只怕也會來走一趟呢；有信在這裏，你看了就知道了。」說著，檢出一封信來道：「半個月前就寄來的；說是不必寄給你，你就要到上海的了。」我拆開一看，吃了一驚。原來繼之得了個撤任調省的處分，不知為了什麼事？此時不知交卸了沒有？連忙打了個電報去問。直到次日午間，才接了個回電。一看電碼的末了一個字，不是繼之的名字；繼之向來通電給我，只押一個「吳」字，這吳字的碼，是〇七〇二；這是我看慣了，一望而知的。這回的碼，卻是個六六一五，因先翻出來一看，是個「述」字，知道是述農覆的了。逐字翻好，是「繼昨已回省。述。」六個字。

我得了這個電，便即晚動身，回到南京；與繼之相見。卻喜得家中人人康健。繼之又新生了一個兒子，不免去見老太太，先和乾娘道喜。老太太一見了我，便歡喜的了不得。忙叫奶娘抱撤兒出來見叔叔。我接過一看，小孩子生得血紅的臉兒，十分茁壯。因讚了兩句，交還奶娘道：「已經有了名兒了，乾娘叫他什麼？我還沒有聽清楚。是幾時生的？大嫂身子可好？」老太太道：「他娘身子壞得很；繼之也為了他趕回來的。此刻交代還沒有算清，只留下文師爺在那邊。這小孩子還有三天就滿月了；他出世那一天，恰好掛出撤任的牌來，所以繼之給他個名字叫撤兒。」我道：「大哥雖然撤了任，卻還得常在乾娘跟前！又抱了孫子，還該喜歡才是！」老太太道：「可不是麼？我也說繼之丟了一個印把子，得了個兒子，只好算秤鈎兒打針，扯直罷了。」我笑道：「印把子什麼稀奇，交了出去，樂得清淨些；還是兒子好。」說罷，辭了出來；仍到書房，和繼之說話，問起撤任緣由，未免著惱。繼之道：「這有什麼可惱？得失之間，我看得極淡的。」於是把撤任情由，對我說了。

原來今年是大閱年期；這位制軍，代天巡狩到了揚州。江甘兩縣，自然照例辦差。揚州兩首縣，是著名的甜江都，苦甘泉。然而州縣官應酬上司，與及衙門裏的一切開銷，都有個老例，有一本老帳簿的；新任接印時，便由新帳房向舊帳房要了來。也有講交情要來的；也有出錢買來的。這回帥節到了揚州，述農查了老例。去開銷一切。誰知那戈什哈嫌錢少，退了回來。述農也不和繼之商量；在例外再加豐了點再送去。誰知他依然不受。述農只得和繼之商量。還沒有商量定，那戈什哈竟然親自到縣裏來，說非五百兩銀子不受。繼之惱了，便一文不送，由他去。那戈什哈見詐不著，並且連照例的都沒了；那位大帥向來是聽他們說話的，他倘去說繼之壞話，撤他的任倒也罷了，誰知後來打聽得那戈什哈並未說壞話。正是：

不必蜚言騰毀謗，敢將直道撥雷霆。

那戈什哈不是說繼之壞話，不知說的是什麼話，且待下回再記。

第六十回　談官況令尹棄官　亂著書遺名被罵

那戈什哈，他不是說繼之的壞話，難道他倒說繼之的好話不成？那有這個道理！他說的話，說得太爽快了，所以我聽了，就很以為奇怪。你猜他說什麼來？他簡直的對那大帥說：「江都這個缺很不壞，沐恩等向吳令借五百銀子，他居然回絕了，求大帥作主。」這種話你說奇不奇？那大帥聽了，又是奇怪；他不責罰那戈什哈，倒也罷了；卻又登時大怒起來，說：「我身邊這幾個人，是跟著我出生入死過來的，好容易有了今天；他們一個一個都有缺的，都不去到任，都情願仍舊跟著我；他們不想兩個錢，想什麼？區區五百兩都不肯應酬，這種糊塗東西，還能做官麼？」也等不及回省，就寫了一封信，專差送給藩臺，叫撤了江都吳令的任。還說回省之後，要參辦呢。我問繼之道：「他參辦的話，不知可是真的？又拿個什麼考語出參？」繼之道：「官場中的辦事，總是起頭一陣風雷火炮；打一個轉身，就要忘個乾淨了。至於他一定要怎樣我，那出參的考語，正是欲加之罪，何患無詞。好在參屬員的摺子上去，總是著照所請；該部知道的，從來沒有駁過一回。」我道：「本來這件事很不公的；怎麼保舉摺子上去，總是交部議奏；至於參摺，就不必議奏呢？」繼之道：「這個未盡然；交部議奏的保摺，不過是例案的保舉；就是交部，那部裏你當他認真的堂官司員會議起來麼？不過交給部辦去查一查舊例，看看與舊例符不符罷了。其實這一條就是部中書吏發財的門路。所以得了保舉，以及補缺，都首先要花部費。那查例案，最是混帳的事；你打點得到的，他便引這條例；打點不到，他又引那條例。那裏有一定的呢？至於明保密保的摺子上去，也一樣不交部議的。」我道：「雖說欲加之罪，何患無詞；究竟也要拿著人家的罪案，才有話好說啊。」繼之道：「這又何必！他此刻隨便出個考語，說我心地糊塗，或者辦事顢頇，或者聽斷不明，我還到那裏同他辯去呢。這個還是改教的局面。他一定要送斷了我，就隨意加重點，難道我還到京裏面告御狀，同他辯是非麼？」

我道：「提起這個，我又想起來了。每每看見京報，有許多參知縣的摺子，譬如聽斷不明的改教，倒也罷了；那辦事顢頇，心地糊塗的；既然難膺民社，還要說他文理尚優，著以教職歸部銓選。難道儒官就一點事都沒得辦麼？把那心地糊塗的去當學老師，那些秀才們，不都叫他教成了糊塗蟲麼？」繼之道：「照你這樣說起來，可駁的地方也不知多少，參一個道員，說他品行卑污，著以同知降補，可見得品行卑污的人，都可以做同知的了；這一位降補同知的先生，更是奉旨品行卑污的了。參一個知縣，說他行止不端，以縣丞降補；那縣丞就是奉了旨行止不端的了。照這樣說穿了，官場中辦的事，那一件不是可笑的。這個還是字眼上的虛文，還有那辦實事的；候選人員到部投供，以及小班子的驗看，大約一大半都是請人去代的；

將來只怕引見也要鬧到用替身的了。」我道：「那些驗看王大臣，難道不知道的麼？」繼之道：「那有不知之理！就和唱戲的一樣，不過要唱給別人聽，做給別人看罷；肚子裏那一個不知道是假的。碰了岔子。那王大臣還幫他忙呢！有一回，一個代人驗看，臨時忘了所代那人的姓名，報不出來；漲紅了臉，愣了半天；一位王爺看見他那樣子，一想這件事要鬧穿了，事情就大了，便假意著惱道：『唔！這個某人，怎麼那麼糊塗？』這明明是告訴他姓名，那個人才報了出來。你想！這不是串通做假的一樣麼？」我笑道：「我也要託人代我去投供了。」繼之道：「你幾時弄了個候選功名？」我道：「我並不要什麼功名，是我家伯代我捐的一個通判。」繼之道：「花了多少錢？」我道：「頗不便宜，三千多呢。」

繼之默然，一會道：「你倒弄了個少爺官，以後我見你，倒要上手本，稱大老爺、卑職呢！」我道：「怎麼叫做少爺官？這倒不懂。」繼之道：「世上那些闊少爺，想做官，州縣太煩劇，他懶做；再小的，他又不願意做；要捐道府，未免價錢太貴；所以往往都捐個通判。這通判就成了個少爺官了。這裏頭他還有個得意之處：這通判是個三府，所以他一個六品官，和四品的知府，是平行的；拜會時，只拿個晚生帖子。只是比他小了一級的七品縣官，卻是他的下屬，見他要上手本，稱大老爺卑職。實缺通判，和知縣行起公事來，是下札子的，他的署缺又多，上可以署知府直隸州；下可以署州縣。占了這許多便宜，所以那些少爺，便都走了這條路了。

其實你既然有了這個功名，很可以辦了引見到省，出來候補。」我道：「我舒舒服服的事不幹，卻去學磕頭請安作什麼？」

繼之想了一想道：「勸你出來候補是取笑的。你回去把那第幾卯，第幾名，及部照的號數，一切都抄了來。我和你設法，去請個封典。」我道：「又要花這個冤錢做什麼？」繼之道：「因為不必花錢，縱使花，也花不上幾個；我才勸你幹啊！你拿這個通判底子，加上兩級，請一個封贈，未嘗不可以博老伯母的歡喜。」我道：「要是花得少，未嘗不可以弄一個；但不知到那裏去弄？」繼之道：「就是上海那些辦賑捐的，就可以辦得到。」我道：「他們何以能便宜，這是什麼講究？」繼之道：「說來話長。向來出資助賑，是可以請獎的；那出一千銀子，可以請建坊，是大家都知道的了。其餘不及一千的，也有獎虛銜，也有獎封典，是聽隨人便的。甚至那捐助的小數，自一元幾角起，至幾十元，那夠不上請獎的，拿了錢出去，就完了，誰還管他。可是數目是積少成多的，那一本總冊在他那裏，收條的存根，也在那裏；那辦賑捐的人，一定兼辦捐局；有人拿了錢去捐封典虛銜，他們拿了那零碎賑捐，湊足了數目，在部辦那裏打點幾個小錢，就給你弄了來，你的錢，他可上了腰了。所以他們那裏捐虛銜封典，格外便宜，總可以打個七折。然而已經不好了，你送一百銀子去助賑，他不錯一點弊都不做，完全一百銀子拿去賑飢；他可是在這一百之外，穩穩的賺了七十了。所以善人是富的，就是這個道理。這個毛病，起先人家還不知道；這又是他們做賊心虛弄穿的。有一回，一個當道，薦一個人給他，他收了，派這個人管理收捐帳目，每月給他二十兩的薪水。這個人已經覺得出於意外了。過得兩個月，便是中秋節，又送他二百兩的節敬。這個人就大疑心起來，以為善堂辦賑捐，那裏用得著如此開銷；而且這種錢，又往那裏去報銷。若說他自己掏腰包，又斷沒有這等事。一定這裏面有什麼大弊病，拿這個來堵我的口的；我倒不可不留心查查他，以為他日要挾地步。於是細心靜意的查他那帳簿。果然被他查了這個弊病出來，自此外面也漸漸有人知道了。有知道他這毛病的，他們總肯送一個虛銜，或者一個封典，這也同賄賂一般，免得你到處同他傳揚。前回一個大善士，專誠到揚州去勸捐，做得那種痌瘝在抱，愁眉苦目的樣子，真正有『己飢己溺』的神情；被述農譏誚了兩句。他們江蘇人最會的是譏誚人，也最會聽人家話裏的因由；他們兩個江蘇人碰在一起，自然彼此會意；述農不知弄了他一個什麼，他還要送我的封典；我是早請過的了，不曾要他的。此刻叫述農寫一封信去，怕不弄了來！頂多部裏的小費由我們認還他罷了。」我道：「這也罷了！等我翻著時，順便抄了出來就是！」當下，又把廣東香港所辦各事，大略情形，告訴了繼之一遍；方才回到我那邊，和母親，嬸娘，姊姊，說點別後的事，又談點家務事情。

在行李裏面，取出兩本帳簿，和我在廣東的日記，叫丫頭送去給繼之。過得兩天，撤兒滿月，開了個湯餅會；宴會了一天，來客倒也不少。再過了十多天，述農算清交代回省，就在繼之書房下榻。繼之便去上衙門稟知，又請了個回籍措資的假，我和述農都不曾知道。及至明天，看了轅門抄，方才曉得。便問為甚事請這個假。繼之道：「我又不想回任，又不想求差，只管住在南京做什麼？我打算把家眷搬到上海去住幾時，高興我還想回家鄉去一趟。這個措資假，是沒有定期的，我永遠不銷假，就此少陪了；隨便他開了我的缺也罷，參了我的功名也罷；我讀書十年，總算上過場，唱過戲了，遲早總有下場的一天，不如趁此走了的乾淨。」述農道：「做官的人，像繼翁這樣樂於恬退的，倒很少呢。」繼之道：「我倒不是樂於恬退。從小讀書，我以為讀了書，便什麼事都可以懂得的了。從到省以來，當過幾次差事，做了兩年實缺，覺得所辦的事，都是我不曾經練的；兵刑錢穀，沒有一件事不要假手於人。我縱使處處留心，也怕免不了人家的矇蔽。只有那回分校鄉闈試卷，是我在行的；此刻回想起來，那一班取中的人，將來做了官，也是和我一樣。老實說一句：只怕他們還不及我想得到這一層呢。我這一番到上海去，上海是個開通的地方，在那裏多住幾天，也好多知點時事。」述農道：「這麼說，繼翁倒深悔從前的做官了？」繼之道：「這又不然。寒家世代是出來作官的，先人的期望我，是如此；所以我也不得不如此，還了先人的期望；已經還過了，我就可告無罪了。以後的日子，我就要自己做主了。我們三個，有半年不曾會齊了；從此之後，我無官一身輕，咱們三個痛痛快快的敘他幾天。」說著，便叫預備酒菜吃酒。述農對我道：「是啊！

你從前只夥人家談故事，此刻你走了一次廣東，自然經歷了不少，也應該說點我們聽了。」繼之道：「他不說，我已經知道了；他備了一本日記，除記正事之外，把那所見所聞的，都記在上面，很有兩件稀奇古怪的事情，你看了便知，省他點氣，叫他留著說那個未曾記上的罷。」於是把我的日記給述農看。述農看了一半，已經擺上酒菜。三人入席，吃酒談天。

述農一面看日記，末後指著一句道：「『見續客窗閒話毀於潮人』是什麼道理？」我道：「不錯！這件事本來我要記個詳細，還要發幾句議論的；因為這天，恰好有事，來不及，我便只記了這一句，以後便忘了。我在上海動身的時候，恐怕船上寂寞，沒有人談天，便買了幾部小說，預備破悶的。到了廣東，住在名利棧裏，隔壁房裏住了一個潮州人，他也悶得慌，看見我桌子上堆了些書，便和我借來看。我順手拿了部續客窗閒話給他。誰知道看出他的氣來了。我在房裏，忽聽見他拍桌子跺腳的一頓大罵。他說的潮州話，我不甚懂，還以為他罵茶房；後來聽來聽去，只有他一個人的聲音，不像罵人。便到他門口望望。他一見了我，便指手畫腳的剖說起來。我見他手裏拿著一本撕破的書，正是我借給他的。他先打了廣州話對我說道：『你的書，被我毀了；買了多少錢？我照價賠還就是！』我說：『賠倒不必！只是你看了這書，為何動怒？倒要請教！』他找出一張撕破的，重新拼湊起來，給我看。我看時，是一烏蛇已癩的題目。起首兩行泛敘的是：『潮州凡幼女皆蘊癩毒，故及笄須有人過癩去，方可婚配。女子年十五六，無論貧富，皆在大門外工作，誘外來浮浪子弟，交住彌月。女之父母，張燈彩，設筵席，會親友，以明女癩去，可結婚矣……』云云。那潮州人便道：『這麻瘋是我們廣東人有的，我何必諱他；但是他何以誣衊起我合府人來？不知我們潮州人殺了他合族；還是我們潮州人謀了他的祖宗；他造了這個謠言，還要刻起書來，這不要氣死人麼？』說著，還拿紙筆，抄了著書人的名字：『海鹽吳熾昌號薌厈』，夾在護書裏。說要打聽這個人，如果還在世，要約了潮州合府的人，去同他評理呢。」

述農道：「本來著書立說，自己未曾知得清楚的，怎麼好胡說；何況這個關乎閨女名節的呢！我做了潮州人，也要恨他。」我道：「因為他這一怒，我倒把那廣東麻瘋的事情，打聽明白了。」述農道：「是啊！他那條筆記，說是癩，怎麼拉到麻瘋上來？」我道：「這個是朱子的典故。他註伯牛有疾章，說：『先儒以為癩也。』據說文：『癩，惡疾也。』廣東人便引了他做一個麻瘋的雅名。」繼之撲嗤一聲，回過臉來，噴了一地的酒道：「麻瘋有雅名呢！」我道：「這個不可笑，還有可笑的呢。其實麻瘋這個病，外省也未嘗沒有，我在上海便見過一個。不過外省人不忌，廣東人極忌罷了。那忌不忌的原故，也不可解。大約廣東地土熱，犯了這個病，要潰爛的；外省不至於潰爛。所以有忌有不忌罷了。廣東地方，有犯了這個病的，便是父子也不相認的了；另外造了一個麻瘋院，專收養這一班人，防他傳染。

這個病非但傳染，並且傳種的；要到了第三代，才不發出來，然而骨子裏還是存著病根。這一種人，便要設法過人了；男子自然容易設法；那女子，卻是掩在野外，勾引行人，不過一兩回就過完了。那上當的男子，可是從此要到麻瘋院去的了。這個名目，叫做『賣瘋』。卻是背著人，在外面暗做的；沒有彰明昭著，在自己家裏做的；也不是要經月之久，才能過盡；更沒有張燈宴客的事；更何至於闔府都如此呢？」繼之愣愣的道：「你說還有可笑的；卻說了半天麻瘋的掌故，沒有可笑的啊！」我道：「可笑的也是麻瘋掌故；廣東人最信鬼神，也最重始祖，如靴業祀孫臏；木匠祀魯班；裁縫祀軒轅之類；各處差不多相同的。惟有廣東人，那怕沒得可祀的，他也要硬找出一個來。這麻瘋院當中，供奉的卻是冉伯牛。」正是：

享此千秋奇血食，斯人斯疾尚模糊。

未知麻瘋院還有什麼掌故，且待下回再記。

第六十一回 因賭博入棘闈舞弊 誤虛驚製造局班兵

我說了這一句話，以為繼之必笑的了；誰知繼之不笑。說道：「這個附會得豈有此理！痳瘋這個毛病，要地土熱的地方才有；大約總是濕熱相鬱成毒，人感受了就成了這個病。冉子是山東人，怎麼會害起這個病來。並且癩雖然是個惡疾，然而惡疾焉見得就是痳瘋呢？這句注，並且曾經毛西河駁過的。」我道：「那一班潰爛得血肉狼藉的，拈香行禮起來，那冉子才是血食呢。」述農皺眉道：「在這裏吃著，喝著，你說這個，怪噁心的。」我道：「廣東人的迷信鬼神，有在理的；也有極不在理的。他們醫家豈止有個華佗；那些華佗廟裏，每每在配殿上供了神農氏，這不是無理取鬧麼？至於張仲景，竟是沒有知道的。真是做古人也有幸有不幸。我在江浙一帶，看見水木兩作，都供的是魯班；廣東的泥水匠，卻供著個有巢氏。這不是還在理麼？」繼之搖頭道：「不在理！有巢氏構木為巢，還應該是木匠的祖師！」我道：「最可笑的是那搭棚匠，他們供的不是古人。」述農道：「難道供個時人？」我道：「供的是個人，倒也罷了；他們供的卻是一個蜘蛛，說他們搭棚，就和蜘蛛佈網一般，所以他們就奉以為師了。這個還說有所取意的。最奇的是薙頭匠，這一行事業，本來中國沒有的；他又不懂得到滿洲去查考查考，這個事業是誰所創；卻供了一個呂洞賓。他還附會著說，有一回，呂洞賓座下的柳仙下凡，到薙頭店裏去混鬧，叫他們薙頭；那頭髮只管隨薙隨長，足足薙了一整天，還薙不乾淨。幸得呂洞賓知道了，也搖身一變，變了個凡人模樣，把那斬黃龍的飛劍，取出來；吹了一口仙氣，變了一把薙刀，走來代他薙乾淨了。柳仙不覺驚奇起來，問你是什麼人，有這等法力。呂洞賓微微一笑，現了原形；柳仙才知道是師傅，連忙也現了原形，腦袋上長了一棵柳樹，倒身下拜。師徒兩個，化一陣清風而去。一班薙頭匠，方才知道是神仙臨凡；連忙焚香叩謝，從此就奉為祖師。」繼之笑道：「這才像鄉下人講封神榜呢！」述農道：「薙頭雖是滿洲的制度，然而漢人薙頭，有名色的，第一個要算范文程了，何不供了他呢？」繼之道：「范文程不過是被薙的，不是主薙的；必要查著當日第一個和漢人薙頭的人，那才是薙頭祖師呢。」

我道：「這些都是他們各家的私家祖師；還有那公用的，無論什麼店鋪，都是供著關神。其實關壯繆並未到過廣東，不知廣東人何以這般恭維他；還有一層最可笑的：凡姓關的人都要說是原籍山西，是關神之後。其實三國志載：『龐德之子龐會，隨鄧艾入蜀，滅盡關氏家。』那裏還有個後來。」繼之道：「這是小說之功。那一部三國演義，無論那一種人，都喜歡看的。這部小說，卻又做得好，卻又極推尊他；好像這一部大書，都是為他而作的；所以就轟動了天下的人。」我道：「三國這部書，不錯，是好的。若說是為關壯繆而作，卻沒有憑據。」繼之道：「雖然沒有憑據，然而一部書之中，多少人物，除了皇帝之外，沒有一個不是提名道姓的。只有敘到他的事，必稱之為『公』。這還不是代一個人作墓碑家傳的體裁麼？其實講究敬他忠義，我看岳武穆比他還完全得多，先沒有他那種驕矜之氣。然而後人的敬武穆，不及敬他的多；就因為那一部岳傳做得不好之故。大約天下愚人居多；愚人不能看深奧的書，見了一部小說，就是金科玉律。說起話來，便是有書為證；不像我們看小說，是當一件消遣的事。小說能把他們哄動了，他們敬信了，不因不由的。便連上等人也跟著他敬信了。就鬧得請加封號，什麼王咧，帝咧，鬧這種把戲？其實那古人的魂靈，已經不知散到那裏去了。想穿了真是笑得死人！」我道：「此刻還有人議論岳武穆不是的呢！」繼之道：「奇了！這個人還有甚批評？倒要請教！」我道：「有人說他，『將在外，君命有所不受』；況且十二道金牌，他未必不知道是假的，何必就班師回去，以致功敗垂成。」繼之道：「生在千年以後，去議論古人，也要代古人想想，所處的境界。那時候嚴旨催迫，自有一番必要他班師的話。看他百姓遮留時，出詔示之曰：『我不得擅留。』可見得他自有必不能留的道理。不過史上沒有載上那道詔書罷了。這樣批評起古人來，那裏不好批評；怪不得近來好些念了兩天外國書的，便要譏誚孔子不知洋務；看得一張平圓地球圖的，便要罵孔子動輒講平天下，說來說去都是千乘之國，不知支那之外，更有五洲萬國的了。」我笑道：「天下未必有這等人。」繼之道：「今年三月裏，一個德國人到揚州遊歷，來拜我；帶來的一個翻譯，就是這種議論。」述農道：「這種人談他做什麼，談起來嘔氣！還是談我們那對著迷信的見解，還可以說說笑笑。」我道：「要講究迷信，倘使我開個店鋪，情願供桓侯，斷不肯供壯繆！」述農道：「這又為什麼？」我道：「俗人凡事都取個吉利；店鋪開張交易，供了桓侯，還取他的姓是個開張的『張』字；若供了壯繆，一面才開張，一面便供出那關門的『關』字來，這不是不祥之兆麼？」說得述農、繼之一齊笑了。

述農道：「廣東的賭風，向來是極盛的；不知你這回去住了半年，可曾賭過沒有？」我道：「說起來，可是奇怪！那攤館我也到過，但是擠擁的不堪，總挨不到檯邊去看看；我倒並不要賭，不過要見識見識他們那個賭法罷了。誰知他們的賭法，不曾看見，倒又看見了他們的祖師；用綠紙寫了什麼地主財神的神位，不住的燒化紙帛；那香燭更是燒得煙霧騰天的。」述農道：「地主是廣東人家都供的，只怕不是什麼祖師。」我道：「便是我也知道；只是他為甚用綠紙寫的，不能無疑。問問他的土人，他們也說不出個所以然來。」述農道：「這龍門攤的賭博，上海也很利害，也是廣東人玩的；而且他們的神通實在大，巡捕房那等嚴密，卻只拿他們不著。有一回，巡捕頭查得許多人，都得了他們的陋規；所以想著要去拿他，就有人通了風聲。這一回出其不意，叫一個廣東包探，帶了幾十個巡捕，自己還親自跟著去捉，真是雷厲風行，說走就走的了。走到半路上，那包探要吃呂宋煙，到一家煙店去買；

揀了許久，才揀了一支，要自來火吸著了。及至走到賭檯時，連桌椅板櫈都搬空了，只剩下兩間大篷廠；巡捕頭也愣住了，不知他們怎樣得的信。沒奈何只放一把火，把那篷廠燒了回來。」我驚道：「怎麼放起火來？」述農笑道：「他的那篷廠，是搭在空場上面；縱使燒了，也是四面牽連不著的。」我道：「這只可算是聊以解嘲的舉動；然而他們到底那裏得的信呢？」述農道：「他們那個賭場也是合了公司開的；有股份的人，也不知多少。那家煙鋪子，也是股東。那包探去買煙時，輕輕的遞了一個暗號；又故意以揀煙為名，俄延了許久。那鋪子裏早差人從後門出去，坐了車子，飛奔的報信去了。這邊是步行去的，如何不搬一個空？」

繼之道：「不知是什麼道理，單是廣東人歡喜賭；那骨牌，紙牌，骰子，製成的賭具，拿他去賭，倒也罷了；那絕不是賭具，落了廣東人的手，也要拿來賭；豈不奇麼？像那個闈姓，人家好好的考試，他卻借著他去做輸贏。」述農道：「這種賭法，倒是大公無私，不能作弊的。」我道：「我從前也這麼想；這回走了一次廣東，才知道這裏面的毛病大得很呢！第一件是主考學臺，自己買了闈姓，那個毛病便說不盡了；還有透了關節給主考學臺，中這個不中那個的；最奇的，俗語常說：『沒有場外舉子』，廣東可鬧過不曾進場，中了舉人的了。」述農道：「這個奇了！不曾入場，如何得中？」我道：「他們買闈姓的賭，所奪的只在一姓半姓之間；倘能多中了一個姓，便是頭彩；那一班賭棍，揀那最少人的姓買上一個，這是大眾不買的，他卻查出這一姓裏的一個不去考的生員，請了槍手，或者通了關節，冒了他的姓名進場去考，自然要中了。等到放出榜來，報子報到，那個被人冒名去考的，還疑心是做夢，或是疑心報子報錯的呢。」繼之道：「犯到了賭，自然不會沒弊的；然而這種未免太胡鬧了。」我道：「這個鄉科冒名的，不過中了就完了，等到赴鹿鳴宴，謁座主，還通知本人，叫他自己來。還有那外府荒僻小縣，冒名小考的，並謁聖，簪花，謁師，都一切冒頂了；那個人，竟是事後安享一名秀才呢。」述農道：「聽說廣東進一名學，極不容易。這等被人冒名的人，未免太便宜了。」我道：「說也奇怪，一名秀才，值得什麼？聽說他們院考的時候，竟有交了白卷，拿銀票夾在卷裏，希冀學臺取進他的呢。」繼之道：「隨便哪一項，都有人發迷的；像這種真是發秀才迷了。其實我也當過秀才，回想起來，有什麼意味呢。我們且談正經事罷！我這幾天，打算到安慶去一趟，你可到上海去，先找下一處房子，我們仍舊同住；只是述農就要分手，我們相處慣了，倒有點難以離開呢。我們且設個什麼法子呢？」述農道：「我這幾年總沒有回去過，繼翁又說要到上海去住，我最好就近在上海弄一個館地；一則我也免於出門，二則同在上海，時常可以往來。」繼之想了一想道：「也好！我來同你設一個法。但不知你要什麼館地？」述農道：「那倒不必論定，只要有個名色，說起來不是賦閒就罷了。我這幾天，也打算回上海去了。我們將來在上海會罷！」

當下說定了。過得兩天，繼之動身到安慶去。我和述農同到上海。述農自回家去了。我看定了房子，寫信通知繼之。約過了半個月，繼之帶了兩家家眷，到了上海，搬到租定的房子裏，忙了幾天，才忙定了。繼之託我去找述農。我素知他住在城裏也是園濱的，便進城去訪著了他，同到也是園一逛。這小小的一座花園，也還有點曲折；裏面供著李中堂的長生祿位。遊了一回出來，迎面遇見一個人，年紀不過三十多歲，卻留了一部濃鬍子，走起路來，兩眼望著天。等他走過了，述農問道：「你認得他麼？」我道：「不！」述農道：「這就是為參了李中堂被議的那位太史公。此刻因為李大先生做了兩廣，他迴避了出來，住在這裏蕊珠書院呢。」我想起繼之說他在福建的情形，此刻見了他的相貌，大約是色厲內荏的一流人了。一面和述農出城，到字號裏去，與繼之相見。述農先笑道：「繼翁此刻居然棄官而商了；其實當商家倒比做官的少耽心些。」繼之道：「耽心不耽心，且不必說；先免了受那一種齷齪氣了。我這回到安慶去，見了中丞，他老人家也有告退之意了。我說起要代你在上海謀一個館地，又不知你怎樣的才合適，因和他要了一張啓事名片，等你想定了那裏，我就代你寫一封薦信。」述農道：「有這種好說話的薦主，真是了不得！但是局卡衙門的事，我不想幹了；這些事情，東家走了，我們也跟著散；不如弄一個長差的好。好在我並不較量薪水，只要有了個處館的名色罷了。這裏的製造局，倒是個長局，……」我不等說完，便道：「好！好！我聽說那個局子裏面，故事很多的；你進去了，我們也可以多聽點故事。」述農也笑了一笑。議定了，繼之便寫了一封信，夾了片子，交給述農。不多幾天，述農來說，已經投了信，那總辦已經答應了。此刻搬了行李，到局裏去住，只等派事。坐了一會，就去了。

此時已過了中秋節，繼之要到各處去逛逛；所以這回長江蘇杭一帶，都是繼之去的。我在上海沒有甚事，一天，坐了車子，到製造局去訪述農。述農留下談天，不覺談得晚了。述農道：「你不如在這裏下榻一宵，明日再走罷。」我是無可無不可的，就答應了。到得晚上，一同出了局門，到街上去散步。到了一家酒店，述農便邀我進去，燙了一壺酒對吃。說道：「這裏倒很有點鄉村風味，為十里洋場所無的，也不可不領略領略。」一面談著天，不覺吃了兩壺酒。忽聽得門外一聲洋號吹起，接連一陣咯蹬咯蹬的腳步聲；連忙抬頭往外望時，只見一隊兵，排了隊伍，向局子裏走去。正不知為了什麼事。等那隊兵走過了，忽然一個人闖進來道：「不好了！局子裏來了強盜了！」我聽了，吃了一驚，取出錶來一看，只得八點一刻鐘。暗想時候早得很，怎麼就打劫了呢？此時述農早已開發了酒錢，就一同出來。走到柵門口，只見兩排兵，都穿了號衣，擎著洋槍，在黑暗地下對面站著。進了柵門，便望見總辦公館門口，也站了一排兵，嚴陣以待。走過護勇棚時，只見一個人，生得一張狹長青灰色的臉兒，濃濃的眉毛，一雙摳了進去的大眼睛，下頦上生成的掛臉鬍子，卻不曾留；穿一件缺襟箭袖袍子，卻將袍腳撩起，掖在腰帶上面，外面罩一件馬褂，腳上穿了薄底快靴，腰上佩了一把三尺多長的腰刀，頭上卻還戴的是瓜皮小帽，年紀不過三十多歲；在那裏指手畫腳，撇著京腔說話。一班護勇都垂手站立。述農拉我從旁邊走過道：「這個便是總辦！」走過護勇棚，向西轉彎，便是公務廳。這裏又是有兩排兵守著。過了公務廳，往北走了半箭多路，便是述農的住房。述農到得房裏，叫當差的來問，外面到底是什麼事？當差的道：「就是洋槍樓藏了賊呢。」述農道：「誰見來？」當差的道：「不知道。」正說話間，聽得外面又是一聲洋號。出來看時，只見燈球火把，照耀如同白日；又是一大隊洋槍隊來。看他那號衣，頭一隊是督標忠字營，第二隊是督標信字營字樣。正是：

調來似虎如貔輩，要捉偷雞盜狗徒。

未知到底有多少強盜，如何捉獲，且待下回再記。

第六十二回　大驚小怪何來強盜潛蹤　上張下羅也算商人團體

述農指著西北角上道：「那邊便是洋槍樓，到底不知有了什麼賊？這忠字營在徽州會館前面，信字營在日暉橋，都調了來了。」我道：「我們何妨跟著去看看呢！」述農道：「倘使認真有了強盜，不免要放槍，我們何苦冒險呢！」說話間，兩隊兵都走過了。跟著兩個藍頂行裝的武官，押著陣；那總辦也跟在後頭，一個家人扛著一枝洋槍伺候著過去。我到底耐不住，往北走了幾步；再往西一望，只見那些兵一字兒排班站著，一個個擎槍在手，肅靜無嘩。到底不知強盜在那裏，只得回到述農處，述農已經叫當差的打聽去了。一會兒回來說道：「此刻東柵門，只放人進來，不放人出去；進來的兵，只有兩哨；其餘的，也有分派在碼頭上，也有分派在西炮臺；滬軍營也調來了；都在局外面團團圍住。聽見有幾十個強盜，藏在洋槍樓裏面呢。此刻又不敢開門，恐怕這裏一開門，那裏一擁而出，未免要傷人呢。」述農道：「奇了！洋槍樓是一放了工便鎖門的。難道把強盜鎖到裏頭去了？」正說話間，外面來了一群人，當頭一個身穿一件蜜色寧綢單缺襟袍，罩了一件嶄新的團花天青寧綢對襟馬褂，腳穿的是一雙粉底內城式京靴，頭上卻是光光的沒有戴帽；後面跟著兩個家人，打著兩個燈籠；家人後面，跟了四名穿號衣的護勇，手裏都拿著回光燈，在天井裏亂照。述農便起身招呼。當頭那人只點了點頭；對我看了一眼，便問這是誰。述農道：「這是晚生的兄弟！」那人道：「兄弟還不要緊，局子裏不要胡亂留人住！」述農道：「是！」又道：「本來吃過晚飯要去的；因為此刻東柵門不放出去，不便走。」那人也不回話，轉身出去；跟來的人，一窩蜂似的都去了。述農道：「這是會辦！大約因為有了強盜，出來查夜的。」我道：「這個會辦，生得一張小白臉兒，又是那麼打扮，倒很像個京油子；可惜說起話來，是湖南口音。」

說話間，忽聽得遠遠的一聲槍響。我道：「是了，只怕是打強盜了！」過了一會，忽聽得有人說話，述農喊著問是誰。當差的進來說道：「聽說提調在大廳上打倒了一個強盜。」述農忙叫快去打聽，那當差的答應著去了。一會回來，笑了個彎腰捧腹。我和述農忙問什麼事情。當差道：「今天晚上出了這件事，總辦親自出來督兵；會辦和提調，便出來查夜；提調查到大廳上面，看見角子上一團黑影，窸窣有聲，便喝問是誰；喝了兩聲，不見答應。提調手裏本來拿了一枝六響手槍，見喝他不答應，以為是個賊，便放了一槍。誰知這一槍放去，汪的一聲叫了起來，不是賊，是兩隻狗，打了一隻，跑了一隻；那隻跑得直撲門口來，在提調身邊擦過；提調吃了一驚，把手槍掉在地下；拾起來看時，已經跌壞了機簧；此刻在那裏跺腳罵人呢。」說得我和述農一齊笑了。我道：「今天我進來時，看見這局裏許多狗，不知都是誰養的？」述農道：「誰去養他？大約是衙門，大局子，都有一群野狗，聽其自己孳生；左右大廚房裏現成的賸菜賸飯，總夠供他吃的。這裏的狗，聽說曾經捉了送到浦東去；誰知他遇了渡江的船，仍舊渡了過來。」我道：「狗這東西，本來懂點人事的，自然會渡回來。」述農道：「說這件事，我又想起一件事了：浙江撫臺衙門，也是許多狗；那位撫臺討厭他，便叫人捉了，都送到錢塘江當中一塊漲灘上去。這塊漲灘上面，有幾十家人家，那灘地都已經開墾的了；那灘上的居民，除了完糧以外，絕不進城，大有與世隔絕的光景。那一群狗，送到之後，一天天孳生起來；不到兩年，變了好幾百；內中還有變了瘋狗的，踐踏得那田禾不成樣子；鄉下人要趕他，又沒處可趕，迫得到錢塘縣去報荒。錢塘縣派差去查過，果然那些狗東奔西竄，踐踏田禾。差人回來稟知，錢塘縣回了撫臺，派了兩棚兵，帶了洋槍出去剿狗。你說不是笑話麼？」我聽了，又說笑了一會。惦記著外面的事，和述農出來望望。見那些兵，仍舊排列著，那兩個押隊官和總辦，卻在熟鐵廠帳房裏坐著。此時已有三更時分，望了一會，殊無動靜，仍回到房裏去。方才坐下，外面查夜的又來了。當頭那人，生得臃腫肥胖，唇上長了幾根八字鼠鬚，臉上架了一副茶碗口大的水晶眼鏡，身上穿的是半截湖色熟羅長衫，也沒罩馬褂，挺著一個大肚子，腳上卻也穿了一雙靴子，一樣的帶了家人護勇，只站在門口望了一望。述農起身招呼。那人道：「還沒睡麼？」述農道：「沒有呢！外面亂得很，也睡不安穩。」那人自去了。述農道：「這個便是提調。」我道：「這局子只有一個總辦，一個會辦麼？」

述農道：「還有一個襄辦，這兩天到蘇州去了。」……兩個談至更深，方才安歇。

外面那洋號一回一回的，吹得嗚嗚響。人來人往的腳步聲音；又是那打更的梆子，敲個不住；如何睡得著？方才朦朧睡去，忽聽得外面嗚嗚的洋號聲，蓬蓬的銅鼓聲；大振起來，連忙起身一望，天色已經微明。看看桌上的鐘，才交到五點半的時候。述農也起來了，忙到外面去看，只見忠字營，信字營，滬軍營，炮隊營的兵，紛紛齊集，到洋槍樓外面。我見路旁邊一棵柳樹，柳樹底下放著一件很大的鐵傢伙，也不知是什麼東西。我便跨了上去，借他墊了腳，扶住了柳樹，向洋槍樓那邊望去。恰好看見兩個人在門口，一個拿了鑰匙開鎖，這邊站的三四排兵，都拿洋槍對著洋槍樓門口；那開鎖的人開了，便一人推一扇門，只推開了一點，便飛跑的走開了；卻又不見有甚動靜。忽見一個戴水晶頂子的官，嘴裏喊了一句什麼話，那穿炮隊營號衣的兵，便一步步向洋槍樓走去；把那大門推得開足了，魚貫而入。這裏忠信兩營，以及滬軍營的兵，也跟著進去。不一會，只見樓上樓下的窗門，一齊開了。眾兵在裏面來來往往；一會兒，又都出來了。便是嘻嘻哈哈的一陣說笑。進去的是兵，出來的依舊是兵，何嘗有半個強盜影子？便下來，和述農回房。述農道：「驚天動地鬧了一夜，這才是笑話呢！」我道：「到底怎樣鬧出這句話來呢？」說話時，當差送上水，盥洗過，又送上點心來。當差說道：「真是笑話！原來昨天晚上，熟鐵廠裏的一個師爺，提了手燈，到外面牆腳下出恭；那手燈的火光，正射在洋槍樓向東面的玻璃窗上；恰好那打更的護勇，從東面走來，遠遠的看見玻璃窗裏面的燈影子，便飛跑的到總辦公館去報；說洋槍樓裏面有了人；那家人傳了護勇的話進去，卻把一個『人』字，說成了一個『賊』字。那總辦慌了，卻又把一個『賊』字，聽成了『強盜』兩個字；便即刻傳了本局的炮隊營來，又揮了條子，請了忠信兩營來；去請滬軍營，請不動，還專差人到道臺那裏，請了令箭調來呢。此刻聽說總辦在那裏發氣呢。」我和述農不覺一笑。

吃過點心，不久就聽見放汽筒開工了。開過工之後，述農便帶著我到各廠去看看。十點鐘時候，方才回房。走過一處，聽得裏面人聲嘈雜，抬頭一看，門外掛著「議價處」三個字的牌子。我問這是什麼地方。述農道：「這不明明標著議價處麼？是買東西的地方。你可要做生意？進去看看，或者可以做一票。」我道：「生意不必一定要做，倒要進去見識見識，怎麼個議法？」述農便領了我進去。只見當中一間是空著的，旁邊一間，擺著一張西式大桌子，圍著許多人。也有站的，也有坐的；上面打橫坐了三個人。述農介紹了與我相見，通過姓名，方知兩個是議價委員，一個是謄帳司事。那委員問我可是要做生意。我道：「進來見識見識罷了；有合適的，也可以做點。」委員一面問我寶號，一面遞一張紙給我看。我一面告訴了，一面接過那張紙看時，上面寫著：「請飭購可介子煤三千噸，豆油十簍，高粱酒二簍」等字，旁邊又批了「照購」兩個字。還有兩個長方圖書磕在上面。我想這一票煤，倒有萬把銀子生意；但不知那豆油，高粱酒，這裏買來何用？看罷了，交還委員。委員問道：「你可會做煤麼？這是一票大生意呢！」我道：「會是會的；不知要棧貨，還是路貨？」旁邊一個寧波人接口道：「此地向來不用棧貨的，都是買路貨。」我道：「這兩年頭番可介子可少了！」委員道：「我們不管頭番二番，只要東西好，價錢便宜。」我道：「關稅怎樣算呢？」委員道：「關稅是由此地請免單的。」我道：「不知要幾天交貨？」委員道：「二十天，一個月，都可以；你原船送到碼頭就是。起到岸上，是我們的事。多少銀子一噸？你說罷！」我默算一算道：「每噸四兩五錢銀子罷！」一個寧波人看了我一眼道：「我四兩四！」那委員又對那些人道：「你們呢？」卻沒人則聲。委員又對我道：「你呢，再減點，你做了去！」我道：「那麼就四兩三罷！」又一個寧波人搶著道：「我四兩二！」我心中暗想，這個那裏是議價，只是在這裏跌價。外國人的拍賣行是拍賣，這裏那是拍賣呢。算一算，這個價錢沒甚利息，我便不再跌了。那寧波人對我道：「你再跌罷；再跌一錢，你做了去！」我道：「三千噸呢；跌一錢，便是三百兩；好胡亂跌麼？」委員道：「你再減點罷，早得很呢。」我籌算了一會道：「再減去五分罷！」說猶未了，忽聽得一聲拍桌子響，接著一聲大吼道：「我四兩，齊頭數！」接著，哄然一聲叫好。我暗想這個明明是欺我生，和我作對。這個情形，外頭拍賣行也有的；幾個老拍賣，聯合了不肯抬價；及至有一個生人到了要拍，他們便狠命把價抬起來。照這樣看起來，縱使我再跌，他們也不肯讓給我做的了。我何不弄他們一弄，看他們怎樣。想罷，便道：「三兩九罷！」道猶未了，忽的一聲跳起一個寧波人來，把手一揚喊道：「三兩五！」接著又是哄然叫好。委員拿了一張承攬紙，叫他寫。我在旁邊看時，那承攬紙上，印就的格式；什麼限月日交貨，什麼不得以低貨矇充等字樣，都是刻就的。只要把現在所定的貨物，價目，填寫上去，便是了。看他拿起筆要寫時，我故意道：「三兩四如何？」那人拿著筆往桌子上一拍道：「三兩三！」我道：「三兩二！」便有一班人勸他道：「讓他做了去罷。」我心中一想，不好，他倘讓我做了，吃虧不少；要弄他，倒弄了自己了。想猶未了，只聽他大喊道：「三兩一！我今日要讓旁人做了，便不是個好漢！」我笑道：「我三兩，你還能進關麼？」他搶著喊道：「二兩九！」我也搶著道：「二兩八！」他把雙腳一跳，直站起來道：「二兩五！」我道：「二兩四錢半。」他便道：「讓你！讓你！」我一想，不好了，這回真上當了。便坐下去，拿過承攬紙來，提筆要寫。忽聽得另外一個人道：「二兩四我來！」我聽了，方才把心放下，樂得推給他去做了。那個人寫好了，兩個委員畫了押；又議那豆油高粱酒，卻是一個南京人做去的，並沒有人向他搶跌價錢。等他寫好時，已聽得嗚嗚的汽筒響，放工了。

我回頭一看，不見了述農，想是先走了。那些人也一哄而散。我也出了議價處，好得貼著隔壁便是述農住的地方。我見了述農，說起剛才的情形。因說道：「這一票煤，最少也要賠兩把銀子一噸，不知他怎麼做法？你在這裏頭，我倒拜託你打聽打聽呢。」述農道：「這裏是各人管各事的，怎樣打聽得出來？而且我還生得很呢！」我道：「倒是那票油酒，是好生意；我看見為數太少了，不去和他搶奪罷了。」說話間，已經開飯。飯後別過述農，出來叫了車，回家走了一次，再到號裏去。閒閒的又和管德泉說起製造局買煤的情形來。德泉吐出舌頭來道：「你幾乎惹出事來！這個生意做得的麼！只怕就是四兩五錢給你做了，也要累得你一個不亦樂乎呢！」我道：「我算過，從日本運到這裏，不過三兩七八錢左右，便夠了。如果四兩五錢做了，何至受累！」德泉道：「就算三兩八錢到了，賺了七錢銀子一噸，三七二千一到手了；輪船到了黃浦江，你要他駛到南頭，最少要加他五十兩；到了碼頭上，看煤的人來看了，憑你是拿花旗白煤代了東洋可介子，也說你是次貨；不是碎了，便是潮了，挑剔了多少；有神通的，花上二三百，但求他不要原船退回，就萬幸了。等到要起貨時，歸庫房長夫經手；不是長夫忙得沒有工夫，便是沒有小工，給你一個三天起不清；輪船上耽擱他一天，最少也要賠他五百兩，三五已經去了一千五了；好容易交清了貨，要領貨價時；他卻給你個一擱半年。這筆拆息，你和誰算去？他們是做了多年的，一切都熟了；應酬裏面的人，也應酬到了；所有裏面議價處，核算處，庫房，帳房，處處都要招呼到。見了委員司事，卑污苟賤的，稱他老爺師爺；見了長夫聽差，呵腰打拱的，和他稱兄道弟。到了禮拜那天，白天裏在青蓮閣請長夫聽差喝茶開燈；晚上請老爺師爺在窰姐兒裏碰和喝酒。這都是好幾年的歷練資格呢。」我道：「既如此，他們免不得要遍行賄賂的了。那裏面人又多，照這樣辦起來，縱使做點買賣，那裏還有好處？」德泉道：「賄賂遍不遍，未曾見他過付，不能亂說。然而他們是聯絡一氣的，所以你今天到了，他們便拚命的和你跌價，等你下次不敢去。他吃虧做了的買賣，便拿低貨去充。譬如今天做的可介子，他卻去弄了蒲古來充；如果還要吃虧，他便攙點石頭下去，也沒人挑剔。等你明天不去了，他們便把價錢掯住了不肯跌；再不然，值一兩銀子的東西，他們要價的時候，卻要十兩；幾個人輪流減跌下來，到了五六兩，也就成交了。那議價委員，是一點事也不懂得，單知道要便宜。他們那賺頭，卻是大家記了帳，到了節下，照人數公攤的。你想初進去的人，怎麼做得他們過？」我聽了這話，不覺恍然大悟。正是：

回首前情猶在目，頓將往事一攖心。

不知悟出些什麼來，且待下回再記。

第六十三回 設騙局財神遭小劫 謀復任臧獲託空談

我聽德泉一番話，不覺恍然大悟道：「怪不得今日那承攬油酒的，沒有人和他搶奪；這兩天豆油的行情，不過三兩七八錢，他卻做了六兩四錢；高粱酒行情，不過四兩二三，他卻做了七兩八錢；可見得是通同一氣的了。」德泉道：「這些話，我也是從佚廬處聽來的；不然我那裏知道。他們當日本來是用了買辦出來採辦的；後來一個什麼人，上了條陳，說買辦不妥，不如設了報價處，每日應買什麼東西，掛出牌去，叫各行家彌封報價。派了委員，會同開拆，揀最便宜的定買。誰知一班行家，得了這個信，便大家聯絡起來。後來局裏也看看不對，才行了這個當面跌價的規矩；報價處便改了議價處。起先大家要搶生意，自然總跌得賤些；不久卻又聯絡起來了。其實做買賣聯絡了同行，多要點價錢，不能算弊病；那賣貨的和那受貨的聯絡起來，那個貨卻是公家之貨，不是受貨人自用之貨；這個裏面，便無事不可為了。」我道：「從前既是用買辦的，不知為什麼又要改了章程，只怕買辦也出了弊病了。」德泉道：「這個就難說了；官場中的事情，只准你暗中舞弊，卻不准你明裏要錢。其實用買辦倒沒有弊病，商家交易一個九五回佣，幾乎是個通例的了。製造局每年用的物料，少說點，也有二三十萬；那當買辦的，安分照例辦去，便坐享了萬把銀子一年，他何必再作弊呢？雖然說人心沒厭足，誰能保他？不過作了弊，萬一給人家攻擊起來，撤了這個差使，便連那萬把一年的好處也沒了，不比這個單靠幾兩銀子薪水的，除了舞弊，再不想有絲毫好處；就是鬧穿了，開除了，他那個事情本來不甚可惜；這般利害相衡起來，那當買辦的，自然不敢舞弊了。誰知官場中卻不這麼說；拿了這照規矩的佣錢，他一定要說是弊，不肯放過。單立出些名目來，自以為弊絕風清；中間卻不知受了多少矇蔽。」我道：「他買貨是一處，收貨是一處，發價又是一處，要舞弊，可也不甚容易。」德泉道：「豈但這幾處？那專跑製造局做生意的，連小工都是通同一氣的。小工頭，上海人叫做『籠間』；那邊做籠間的人，卻兼著做磚灰生意。製造局所用的磚灰，都是用他的。他也天天往議價處跑，所以就格外容易串通了。有一回，買了一票磚，害得人家一個痛快淋漓。這裏起造房子的磚，叫做『新放磚』；名目是二寸厚，其實總不免有點厚薄。製造局買磚，向來是要驗過厚薄的；其實此舉也是多事，一二分的上下，起造時，那泥水匠本可以在用灰上設法的。他那驗厚薄之法，是用五塊磚疊起，把尺一量，是十寸，便算對了。那做磚灰生意的，自己是個籠間，驗起來時，自然容易設法，厚的薄的攙起來疊，自然總在十寸光景；他也不知壟斷了若干年了。有一回跑了個生臉的人，去承攬了十萬新放磚。等到送貨的時候，不免要請教他的小工。那小工卻把厚的和厚的疊在一處；薄的和薄的疊在一處。拿尺量起來，不是量了十一寸，便是量了九寸。取貨的司事，便擺出滿臉公事樣子來，說一定不能用，完全要退回去。又說什麼工程趕急，限時限刻，要換了好貨來。害得那家人家，僱了他的小工，一塊一塊的揀起來，十成之中，不過三成是恰合二寸厚的。只得到窯裏去商量，窯裏也不能設法一律勻淨。十萬磚，送了七次，還揀不到四萬。一面又是風雷火炮的催貨。那家人家沒了法；只得不做這個生意。把下餘未曾交齊的六萬多磚，讓給他去交貨。每萬還貼還他若干銀子，方才了結。還要把人家那三萬多的貨價，捺了五個月，才發出來。照這樣看去，那製造局的生意，還做得麼？這樣把持的情形，那當總辦的木頭人，那裏知道。說起來，還是只有他家靠得住呢！」我道：「發價是局裏的事，他怎麼能捺得住？」德泉道：「他只要弄個玄虛，叫收貨的人不把發票送到帳房裏，帳房又從何發起？縱使發票已經到了帳房，他帳房也是通的，又奈他何呢？」

凡做小說的有一句老話，是有話便長，無話便短。等到繼之查察了長江蘇杭一帶回來，已是十月初旬了，此時外面倒了一家極大的錢莊，一時市面上沸沸揚揚起來，十分緊急。我們未免也要留心打點。一時談起這家錢莊的來歷。德泉道：「這位大財東，本來是出身極寒微的，是一個小錢店的學徒，姓古，名叫雨山，他當學徒時，不知怎樣，認識了一個候補知縣，往來得甚是親密。有一回，那知縣太爺，要緊要用二百銀子，沒處張羅，便和雨山商量。雨山便在店裏，偷了二百銀子給他。

過得一天，查出了，知道是他偷的；問他偷了給誰，他卻不肯說；百般拷問，他也只承認是偷，死也不肯供出交給誰。累得薦保的人，受了賠累。店裏把他趕走了，他便流離浪蕩了好幾年。碰巧那候補知縣得了缺，便招呼了他，叫他開個錢莊。把一應公事銀子，都存在他那裏；他就此起了家。他那經營的手段，也實在利害；因此一年好似一年，各碼頭都有他的商店；也真會籠絡人，他到一處碼頭，開一處店，便娶一房小老婆，立一個家。店裏用的總理人，到他家裏去，那小老婆是照例不迴避的；住上幾個月，他走了，由得那小老婆和總理人鬼混。那總理人辦起店裏事來，自然格外巴結了。所以沒有一處店不是發財的。外面人家都說他是美人局；像他這種專會設美人局的，也有一回被人家局騙了，你說奇不奇？」我道：「是怎麼個騙法呢？」德泉道：「有一個專會做洋錢的，常常拿洋錢出來賣；卻賣不多，不過一二百、二三百光景。然而總便宜點。譬如今天洋價七錢四分，他七錢三就賣了；明天洋市七錢三，他七錢二，也就賣了；總便宜一分光景。這些錢莊上的人，眼睛最小，只要有點便宜給他，那怕叫他給你捧屁股，都是肯的。上海人恨得叫他『錢莊鬼』。一百元裏面，有了一兩銀子的好處，他如何不買。甚至於有定著他的。久而久之，鬧得大家都知道了；問他洋錢是那裏來的，他說是自己做的。看著他那雪亮的光洋錢，絲毫看不出是私鑄的。這件事叫古雨山知道了，託人買了他二百元；請外國人用化學把他化了，和那真洋錢比較；那成色絲毫不低。不覺動了心，託人介紹，請了他來，問他那洋錢是怎麼做的？究竟每元要多少成本？他道：『做是很容易的，不過可惜我本錢少；要是多做了，不難發財。成本每元不過六錢七八分的譜子。』古雨山聽了，不覺又動了心，要求他教那製造的法子。他道：『我就靠這一點手藝吃飯；教會了你們這些大富翁，我們還有飯吃麼？』雨山又許他酬謝，他只是不肯教。雨山沒奈何，便道：『你既然不肯教，我就請你代做，可使得麼？』他道：『代做也不能；你做起來，一定做得不少，未必信我把銀子拿去做，一定要我到你家裏來做。這件東西，只要得了竅，做起來是極容易的，不難就被你們偷學了去。』雨山道：『我就信你，請你拿了銀子去做；但不知一天能做多少？』他道：『就是你信用我，我也不敢擔承得多；至於做起來，一天大約可以做三四千。』雨山道：『那麼我和你定一個合同，以後你自己不必做了，專代我做；你六錢七八的成本，我照七錢算給你，先代我做一萬元來，我這裏便叫人先送七千兩銀子到你那裏去。』他只推說不敢承擔。說之再四，方才應允。訂了合同，還請他吃了一頓館子。約定明天送銀子去。除了明天不算，三天可以做好。第四天便可以打發人去取洋錢。到了明天，這裏便慎重其事的，送了七千兩現銀子過去。到第四天，打發人去取洋錢，誰知他家裏，大門關得緊緊的，門上黏了一張招租的帖子。這才知道上當了。」我道：「他用了多少本錢？費了多少手腳，只騙得七千銀子，未免小題大做了。」德泉道：「你也不是個好人，還可惜他騙得少呢？他能用多少本錢，頂多賣過一萬洋錢，也不過蝕了一百兩銀子罷了。好在古雨山當日有財神之目，去了他七千兩，也不過是『九牛一毛』，『太倉一粟』。若是別人，還了得麼？」我道：「別人也不敢想發這種財；你看他這回的倒帳，不是為屯積了多少絲，要想壟斷發財所致麼？此刻市面，各處都被他牽動，吃虧的還不止上海一處呢。」

正說話間，繼之忽然跑了來，對我道：「苟才那傢伙又來了。他來拜過我一次，我去回拜過他一次，都說些不相干的話。我厭煩得了不得，交代過家人們，他再來了，只說我不在家，擋駕。此刻他又來了，直闖進來；家人們回他說不在家，他說有要緊話，坐在那裏，叫人出來找我；我從後門溜了出來。請你回去敷衍他幾句，說到我的事情，你是全知道的，隨意回覆他就是了。」我聽了莫名其妙，只得回去。原來我們住的房子，和字號裏只隔得一條胡同，走不多路便到了。當下與苟才相見，相讓坐下。苟才便問繼之到那裏去了。我道：「今天早起還在家，午飯後出去，遇了兩個朋友，約著到南翔去了。」苟才愕然道：「到南翔做什麼？怎麼家裏人也不曉得？」我道：「是在外面說起就走的，家裏自然不知。聽說那邊有個古漪園，比上海的花園，較為古雅；還有人在那邊起了個搓東詩社；只怕是尋詩玩景去了。」苟才道：「好雅興！但不知幾時才回來？」我道：「不過一兩天罷了，不知有什麼要緊事？」苟才沈吟道：「這件事，我已經和他當面說過了；倘使他明天回來，請他儘快明天給我個信；我有人到南京。」我道：「到底為什麼事？何妨告訴我！繼之的事，我大半可以和他作主的；或者馬上就可以說定，也未可知。」

苟才又沈吟半晌道：「其實這件事，本是他的事；不過我們朋友，彼此要好，特地來通知一聲罷了。兄弟這回到上海，是奉了札子，來辦軍裝的。藩臺大人今年下要嫁女兒，順便託兄弟在上海代辦點衣料之類。臨行的時候，偶然說起，說是還差四十兩金首飾，很費躊躇。兄弟到了這裏，打聽得繼之還在上海；一想，這是他回任的好機會，能夠託人送了四十兩金子進去，怕藩臺不請他回江都去麼？」我道：「大人先和繼之說時，繼之怎樣說呢？」苟才道：「他總是含含糊糊的。」我道：「他請假措資，此時未必便措了多少，一時怕拿不出來。」苟才道：「他那裏要措什麼資；我看他不過請個假，暫時避避大帥的怒罷了。那裏有措資的人，堂哉皇哉，在上海打起公館的？」我暗想：大約繼之被他這種話聒得麻煩了，不如我代他回絕了罷。想罷，便道：「大人這一個避字，倒是說著了；然而只著得一半：繼之的避，並不是暫時避大帥的怒，卻是要永遠避開仕路的意思。此刻莫說是要花錢回任；便是不花錢，要他回任，只怕他也不願意的了。他常常和我說，等過了一年半載，上頭不開他的缺，他也要告病開缺，他要自己去註銷這個知縣呢。」苟才愕然道：「這個奇了！江都又不是要賠累的缺，何至如此！若說碰釘子呢，我們做官的人，那一天不碰上個把釘子！要都是這麼使脾氣，官場中的人，不要跑光了麼？」我道：「便是我也勸過他好幾次，無奈他主意打定了，憑勸也勸不過來；大人這番美意，我總達到就是了。」苟才道：「就是繼翁正當年富力強的時候，此刻已經得了實缺，巴結點的幹，將來督撫也是意中事！」我沒得好說，只答應了兩個是字。苟才又道：「令伯許久不見了，此刻可好？在那裏當差？」我道：「在湖北；此刻當的是宜昌土捐局的差事。」苟才道：「這個差事怕不壞罷？」我道：「這倒不知道。」苟才道：「沾著釐捐的，左右沒有壞差使。」說著，兩手拿起茶碗，往嘴唇上送了一送，並不曾喝著一點茶；放下茶碗，便站起來，說道：「費心！繼翁跟前達到這個話；並勸勸他，不要那麼固執，還是早點出山的好！」我一面答應著，就送他出去。我要送他到胡同口上馬車，他一定攔住，我便回了進來。

繼之的家人高升對我道：「這麼一個送上門的好機會，別人求也求不著的，怎麼我們老爺不答應？求老爺好歹勸勸，我們老爺答應了，家人們也沾點兒光！」我笑道：「你們老爺自己不願意做官，叫我怎樣勸呢？」高升道：「這是一時氣頭上的話，不願意做官，當初又何必出來考試呢？不要說有這麼個機會，就是沒有機會，也要找路子呢。前年鹽城縣王老爺，不是的麼？到任不滿三個月，上忙沒趕上，下忙還沒到，為了鄉下人一條牛的官司，叫他那舅老爺出去，左弄右弄，不知怎樣弄擰了，就撤了任，鬧了一身的虧空。後來找了一條路子，是一個候補道蔡大人，和藩臺有交情，能說話；可是王老爺沒有錢花，還是他的兩三個家人，湊上了一吊多銀子，不就回了任了嗎？雖然趕回任的時候，把下忙又過了，明年的上忙還早著；

到此刻，可是好了。倘使我們老爺，不肯拿出錢來，就是家人們代湊著先墊起來，也可以使得；請老爺和家人說說。」我道：「你跟了你老爺這幾年，還不知他的脾氣嗎？我可不能代你去碰這個釘子，要說，你自己說去。」高升道：「家人們去說更不對了。」我正要走進去，字號裏來了個出店，說有客來了。我便仍到字號裏來。正是：

仕路方聆新怪狀，家庭又聽出奇聞。

不知那來客是誰，且聽下回再記。

第六十四回　無意功名官照何妨是假　縱非因果惡人到底成空

那客不是別人，正是文述農。述農一見了我，便猝然問道：「你那個搖頭大老爺，是那裏弄來的？」我愕然道：「什麼搖頭大老爺？我不懂啊！」繼之笑道：「官場禮節：知縣見了同通，都稱大老爺；同知五品，比知縣大了兩級，就叫他一聲大老爺，似乎還情願的，所以叫做『點頭大老爺』。至於通判，只比他大得一級，叫起來未免有點不情願；不情願，就要搖頭了。所以叫做『搖頭大老爺』。那回我和你說過請封典之後，我知道你於此等事，是不在心上的，所以託你令姊抄了那卯數號數出來，託述農和你辦去。其餘你問述農罷。」我道：「這是家伯託人在湖南捐局辦來的。」述農道：「你令伯上了人家的當了！這張照是假的。」我不覺愕然。愣了半天道：「難道部裏的印信，都可以假的麼？你又從那裏知道的呢？」述農道：「我把你官照的號碼抄去，託人和你辦封典；部裏覆了出來，說沒有這張照；還不是假的麼？」我道：「這真奇了！那一張官照的板，可以假得；怎麼假起紫花印信來？這做假的，膽子就很不小。」繼之道：「官照也是真的，印信也是真的，一點也不假；不過是個廢的罷了。你未曾辦過，怨不得你不知道。本來各處辦捐的老例，係先填一張實收；由捐局彙齊捐款，解到部裏。由部裏填了官照發出來；然後由報捐的拿了實收，去倒換官照。遇著急於籌款的時候，恐怕報捐的不踴躍，便變通辦理，先把空白官照，填了號數，發了出來；由各捐局分領了去勸捐。有來報捐的，馬上就填給官照。所有賸下來用不完的，不消繳部，只要報明由第幾號起，用到第幾號；其餘均已銷毀。部裏便註了冊，自第幾號至第幾號作廢，叫做廢照。外面報過廢的照，卻不肯銷毀，仍舊存著，常時填上個把功名，送給人作個玩意兒；也有就此穿了那個冠帶，充做有職人員的，誰還去追究他；也有拿著這廢照去騙錢的，聽說南洋新加坡那邊最多。大約一個人，有了幾個錢，雖不想做官，也想弄個頂戴。到新加坡那邊發財的人很多，那邊做官，極不容易，因就有人搜羅了許多廢照，到那邊去騙人。你的那張，自然也是廢照。你快點寫信給你令伯，請他向前路追問。只怕，……」說到這兩個字，繼之便不說了。述農道：「其實功名這樣東西，真的便怎麼，假的弄一個玩玩也好。」

我聽了這話，想起苟才的話來，便告訴了繼之。繼之道：「這般回絕了他也好，省得他再來麻煩。」我道：「大哥放著現成真的不去幹，我卻弄了個假的來，真是無謂！」述農道：「這樣東西，真的假的，最沒有憑據。我告訴你一個笑話：我們局裏在前幾年，上頭委了一個鹽運司來做總辦；這局子向來的總辦，都是道班，這一位是破天荒的。到差之後，過了一年多，才捐了個候選道。你道他為什麼加捐起來？原來他那鹽運司是假的。」繼之道：「假功名，戴個頂子玩玩就罷了，怎麼當起差來？」述農道：「他還是奉憲准他冒官的呢！他本是此地江蘇人。他的老兄，是個實缺撫臺。他是個廣東鹽大使。那年丁憂回籍，辦過喪事之後，不免出門謝弔；謝過弔，就不免拜客。他老兄見了兩江總督，便代自家兄弟求差使。說本籍人員，雖然不能當地方差使，但如洋務工程等類，也求賞他一個。總督答應了，他便遞了一張廣東候補鹽大使某某的條子。說過之後，許久沒有機會。忽然一天，這局子裏的總辦報了丁憂，兩江總督便想著了他。可巧那張條子不見了，書桌上，書架上，護書裏，抽屜裏，翻遍了都沒有。便仔細一想，把他名字想了出來，卻忘了他的官階。想了又想，彷彿想起一個『鹽』字，便糊裏糊塗給他填上一個鹽運司。這不是奉憲冒官麼？」我道：「他已經捐過了道班，這件事又從那裏知道他的呢？」述農道：「不然那裏知道；後來他死了，出的訃帖，那官銜候選道之下，便是廣東候補鹽大使；竟沒有鹽運司的銜頭，大家才知道的啊！」繼之道：「自從開捐之後，那些官兒竟是車載斗量；誰還去辨什麼真假？我看將來是穿一件長衣服的，都是個官，只除了小工車夫，以及小買賣的，是百姓罷了。」述農道：「不然！不然！上一個禮拜，有個朋友，請我吃花酒，吃得時候晚了，我想回家去，叫開老北門，或新北門，到也是園濱，還遠得很，不如回局裏去。趕到寧波會館叫了一輛東洋車；那車夫是個老頭子，走得慢得很；我叫他走快點，情願加他點車錢。他說走不快了，年輕時候，出來打長毛，左腿上受過槍彈，所以走起路來很不便當。我聽了很以為奇怪，問他跟誰去打長毛，他便一五一十的背起履歷來。他還是花翎，黃馬褂，『碩勇巴圖魯』，記名總兵呢。背出那履歷來，很是內行，斷不是個假的。還有這裏虹口鴻泰木行，一個出店，也是個花翎參將銜的都司。這都是我親眼看見的，何必穿長衣的才是個官呢！」德泉道：「方佚廬那裏一個看門的，聽說還是一個曾經補過實缺的參將呢。」繼之道：「軍興的時候，那武職功名，本來太不值錢了；到了兵事過後，沒有地方安插他們，流落下來，也是有的。那年我進京，在客店裏看見一首題壁詩，署款是：『解弁將軍』。那首詩很好的，可惜我都忘了。只記得第二句是『到頭贏得一聲驅』，只這七個字，那種抑鬱不平之氣，也就可想了。」

當下談了一會，述農去了，各自散開。我想這廢照一節，不便告訴母親。倘告訴了，不過白氣惱一場，不如我自己寫個信去問問伯父便了。於是寫就一封信，交信局寄去。回到家來，我背著母親、嬸娘，把這件事對姊姊說了。姊姊道：「這東西一寄了來，我便知道有點蹊蹺。伯娘又不曾說過要你去做官；你又不是想做官的人，何必費他的心，弄這東西來？你此刻只不要對伯娘說穿，有心代他瞞到底，免得伯娘白生氣。」我道：「便是我也是這個意思；姊姊真是先得我心了！」姊姊道：「本來做官不是一件容易的事；便是真的，你未必便能出去做；就出去了，也未必混得好。前回在南京的時候，繼之得了缺，接著方伯升到安徽去；那時你看乾娘，歡喜得什麼似的，以為方伯升了撫臺，繼之更有照應了。他未曾明白，隔了一省，就是鞭長不及馬腹了。俗語說的好：『朝裏無人莫做官』。所以才有撤任的這件事。此刻譬如你出去候補，靠著誰來照應呢？並且就算有人照應，這靠人終不是個事情；並且一走了官場，就是你前回說的話，先要學的卑污苟賤，滅絕天良；一個人有好人不學，何苦去學那個呢？這麼一想，就管他真的也罷，廢的也罷，你左右用他不著。不過……」說到這裏，就頓住了口。歇一歇道：「這兩年字號裏的生意也很好，前兩天我聽繼之和伯娘說起，我們的股本，積年將利作本，也上了一萬了。那裏不弄回三千銀子來，只索看破點罷了。」我道：「不錯！這裏面很像有點盈虛消息。倘使老人家的幾個錢，不這般糊裏糊塗的弄去了，我便不至於出門；不出門，便不遇見繼之，那裏能掙起這個事業來呢？到了此刻，卻強我做達人。」

說話之間，嬸娘走了進來道：「姪少爺在這裏說什麼？大喜啊！」我愕然道：「嬸嬸說什麼？喜從何來？」嬸娘對我姊姊說道：「你看他一心只巴結做生意，把自己的事，全然不管，連問他也裝做不知道了。」姊姊道：「這件事來往信，一切都是我經理的，難怪他不知道。」嬸娘道：「難道繼之也不向他提一句？」姊姊道：「他們在外面遇見時，總有正經事談，何必提到，況且繼之那裏知道我們瞞著他呢。」說著，又回頭對我道：「你從前定下的親，近來來了好幾封信催娶了；已經定了明年三月的日子。這裏過了年，就要動身回去辦喜事。瞞著你，是伯娘的主意！說你起頭那一年，伯娘和你說過好幾遍，要回去娶媳婦兒；你總是推三阻四的；所以這回不和你商量，先定了日子，到了時候，不由你不去。」我笑著站起來道：「我明年過了年，正月裏便到宜昌去看伯父，住他一年半載才回來。」說著，走了下樓。

光陰荏苒，轉瞬又到了年下，正忙著各處的帳目，忽然接到伯父的回信，我拆開一看，上面敷衍了好些不相干的話，末後寫著說：「我因知王俎香在湘省辦捐，代吾姪之款，被其久欠不還，屢次函催伊，總推稱滙兌不便；故託其即以此款，代捐一功名，以為吾姪他日出山之地。不圖其以廢照塞責。今俎香已死，雖剖吾心，無以自明；惟有俟吾死後，於九泉之下，與之核算」云云。我看了，只好付之一笑。到了晚上回家，給姊姊看了。姊姊也是一笑。

臘月的日子格外易過，不覺又到了新年。過年之後，便商量動身，繼之老太太也急著要帶撤兒回家謁祖，一定要繼之同去。繼之便把一切的事，都付託了管德泉；退了住宅房子，一同上了輪船。在路走了四天，回到家鄉。真是河山無恙，桑梓依然。在上海時，先已商定由繼之處撥借一所房子給我居住。好在繼之房子多，盡撥得出來。所以起岸之後，一行人轎馬紛紛，都向繼之家中出發。伯衡接著，照應一切行李。當日草草在繼之家中歇了一天。次日，繼之把東面的一所三開間兩進深的宅子，指撥給我。我道：「我住不了這些房子啊。」繼之道：「住是住不了，然而辦起喜事來，卻用得著。並且家母和你老太太同住熱鬧慣了，住遠了不便；我自己這房子後面，一所花園，卻跨到那房子的後面；只要在那邊開個後門，內眷們便可以不出大門一步，從花園裏往來了。這是家母的意思，你就住了罷。」我只得依了。繼之又請伯衡和我過去，叫人掃除一切。原來這所房子，是繼之祖老太爺晚年之習靜處。正屋是三開間兩進深；西面還有一個小小院落，一間小小花廳，帶著一間精雅書房；東面另有一間廚房；位置得十分整齊。伯衡幫著忙，掃除了一天，便把行李一切搬了過來；動用的木器傢伙，還是我從前託伯衡寄存的，此時恰好應用；不夠的便添置起來。母親住了裏進上首房間，嬸娘暫時住了花廳，姊姊急著回婆家去了。我這邊張羅辦事，都是伯衡幫忙。安頓了三天，我才到各族長處走了一次，於是大家都知道我回來娶親了。自此便天天有人到我家裏來，這個說來幫忙，那個說來辦事；我和母親都一一謝去了。

有一天，要配兩件零碎首飾；我暗想尤雲岫向來開著一家首飾店的，何不到他那裏去買，也順便看看他。想罷，便一路走去。久別回鄉的人，走到路上，看見各種店鋪，各種招牌，以及路旁擺的小攤，都是似曾相識，如遇故人；心中另有一種說不出的情景。走到雲岫那店時，誰知不是首飾店了，變了一家綢緞店。暗想莫非我走錯了，仔細一認，卻並未走錯。只得到左右鄰居店家去問一聲，是搬到那裏去了。誰知都說不是搬去，卻是關了。我暗想雲岫這個人，何等會算計，何等尖刻，何至好好的一家店關了呢？只得到別家去買。這條街，本是一個熱鬧所在，走不上多少路，就有了首飾店。我進去買了，因為他們同行，或者知道實情，順便問問雲岫的店，為什麼關了？一個店夥笑道：「沒有關！」說著，把手往南面一指道：「搬到那邊去了！往南走出了柵欄，路東第一家，便是他的寶號。」我聽了，又暗暗詫異，怎麼他的舊鄰又說是關了呢？謝過了那店夥，便向南走去。走出半里多路，到了柵欄，踱了過去。向路東第一間一望，只是這間房子，統共不過一丈開闊，還不到五尺深；地下擺了兩個矮腳架子，架著兩個玻璃扁匣，匣裏面擺著些殘舊破缺的日本要貨。匣旁邊坐了一個老婆子，臉上戴著黃銅邊老花眼鏡，在那糊自來火匣子。連櫃檯也沒有一張。回過頭來一看，卻有一張不到三尺長的櫃檯，櫃檯上面也放著一個玻璃扁匣，匣裏零零落落的放著幾件殘缺不全的首飾，旁邊放著一塊寫在紅紙貼在板上的招牌，是「包金法藍」四個字。櫃檯裏面坐著一個沒有留鬍子的老頭子，戴了一頂油膩膩的瓜皮小帽；那帽頂結子，變了黑紫色的了；露出那蒼白短頭髮，足有半寸多長，猶如洋灰鼠一般；身上穿了一件灰色洋布棉襖，肩上襟前，打了兩個大補釘。仔細一看，正是尤雲岫，不過面貌憔悴了好些。

我跨進去一步，拱拱手，叫一聲世伯。他抬起頭來，我道：「世伯還認得我麼？」雲岫連忙站起來彎著腰道：「嗄！咦！啊！唔！哦！哦！哦！認得！認得！到那裏去？請坐！請坐！」我見他這種神氣，不覺忍不住要笑。正要答話，忽聽得後面有人叫我。我回頭一看，卻是伯衡。我便對雲岫道：「我有一點事，回來再談罷！」彎了彎腰，辭了出來，問伯衡什麼事。伯衡道：「繼之老太太，要送你一套袍褂，叫我剪料；恰好遇了你，請你同去看看花樣顏色。」我道：「這個隨便你去買了就是，那有我自己去揀之理！」伯衡道：「既如此，買了穿不得的顏色，你不要怨我。」我道：「又何苦要買穿不得的顏色呢！」伯衡道：「不是我要買，老太太交代，袍料要出爐銀顏色的呢。」我笑道：「老太太總還當我是小孩子；在他跟前，穿得老實點，他就不歡喜。今年新年裏，還送我一條灑花腰帶，硬督著要我束上，你想怎好拂他的意思。這樣罷，袍料你買了蜜色的罷，只說我自己歡喜的。他老人家看了，也不算老實，我還可以穿得出，勞了你駕罷。我要和雲岫談談去。」伯衡答應去了。我便回頭再到雲岫那裏。雲岫見了我，連忙站起來道：「請坐！請坐！你幾時回來的？我這才想起來了！你頭回來，我實在茫然。後來你臨去那一點頭；一呵腰，那種神氣，活像你尊大人，我這才想起來了。請坐！請坐！」我看他只管說請坐，櫃檯外面，卻並沒一把椅子。正是：

臢有階前盈尺地，不妨同作立談人。

櫃檯外面既沒有椅子，不知坐到那裏，且待下回再記。

第六十五回 一盛一衰世情商冷暖 忽從忽違辯語出溫柔

雲岫一口氣說了六七句「請坐」，猛然自己覺著櫃檯外面沒有櫈子，連忙彎下腰去，要把自己坐的櫈子端出來。我忙著：「不必了！我們到外面去談談罷！但不知這裏要看守不？」雲岫道：「好好！我們外面去談；這裏不要緊的。」於是一同出來，揀了一家酒樓要上去。雲岫道：「到茶樓上去談談，省點罷！」我道：「喝酒的好！」於是相將登樓；揀了坐位，跑堂的送上酒菜。雲岫問起我連年在外光景，我約略說了一點。轉問他近年景況。雲岫歎口氣道：「我不料到了晚年，才走了壞運！接二連三的出幾件事，便弄到我一敗塗地。上前年先母見背下來；不上半年，先兄，先嫂，以及內人，小妾，陸續的都不在了；半年工夫，我便辦了五回喪事。直是令我不堪正在鬧得筋疲力盡，接著小兒不肖，闖了個禍，便鬧了個家散人亡。直是令我不堪回首！」我道：「此刻寶號裏生意還好麼？」雲岫道：「這個那裏好算一個店，只算個攤罷了；並且也沒有貨物，全靠代人家包金、法藍，賺點工錢；那裏算得個生意！」我道：「那個老婆子，又是什麼人？」雲岫道：「我租了那一點點地方，每年租錢要十元洋錢。在這個時候，那裏出得起？因此分租給他，每年也得他七元；我只要出三元就夠了。」說時不住的欷歔歎息。我道：「這個不過暫屈一時，窮通得失，本來沒有一定的。像世伯這等人，還怕翻不過身來麼？」雲岫道：「這麼一把年紀，死期也要快到了；才鬧出個朝不謀夕的景況來，不餓死就好了，還望翻身麼？」我道：「世伯府上，此時還有甚人？」雲岫見問，搖頭不答；好像就要哭出來的樣子。我也不便再問，讓他吃酒，吃菜；又叫了一盤炒麵。他也就不客氣，風捲殘雲的吃起來。一面又訴說他近年的苦況，竟是斷炊的日子也過過了。去年一年的租錢還欠著，一文不曾付過；分租給人家的七元，早收來用了。我見他窮得著實可憐，在身邊摸一摸，還有幾元洋錢，兩張鈔票；洋錢留著，恐怕還要買東西；拿出那兩張鈔票一看，卻是十元一張的，便遞了給他道：「身邊不曾多帶得錢，世伯不嫌褻瀆，請收了這個，一張清了房錢，一張留著零用罷。」雲岫把臉漲得緋紅，說道：「這個怎好受你的？」我道：「這個何須客氣！朋友本來有通財之義，何況我們世交；這緩急相濟，更是平常的事了。」雲岫方才收了。歎道：「人情冷暖，說來實是可歎。想我當日光景好的時候，一切的鄉紳世族，那一家那一個，不和我結交？辦起大事來，那一家不請我幫忙？就是你們貴族裏，無論紅事，白事，那一回少了我的？自從倒敗下來，一個個都掉頭不顧了。先母躺了下來，還是很熱鬧的；及至內人死後，散出訃帖去，應酬的竟就寥寥了。到了今日，更不必說了。難得你這等慷慨，真是有其父必有其子。你老翁在家時，我就受他的惠不少，今天又叨擾你了。到底出門人，世面見得多，手段是兩樣的。」說著，不住的恭維。

一時吃完了酒，我開發過酒錢，吃得他醺然別去。我也就回家。晚上沒事，我便到繼之那邊談天。可巧伯衡也在書房裏。我談起雲岫的事，不覺代他歎息。伯衡道：「你便代他歎息！這裏的人，看著他敗下來，沒有一個不拍手稱快呢！你從前年紀小，長大了就出門去了，所以你不知道他。他本是一個包攬詞訟，無惡不作的人啊！」我道：「他好好的一家鋪子，怎樣就至於一敗塗地？」伯衡道：「你今天和他談天，有說起他兒子的事麼？」我道：「不曾說起。他兒子怎樣？」伯衡道：「殺了頭了！」我猛吃了一大驚道：「怎樣殺的？」伯衡笑道：「殺頭就殺了；還有多少樣子的麼。」我道：「不是！是我說急了，為什麼事殺的？」伯衡道：「他家老大，沒有兒子；雲岫也只有這一個庶出兒子，要算是兼祧兩房的了，所以從小就驕縱得非常。到長大了，便吃喝嫖賭，沒有一樣不幹。沒錢花，到家來要；賭輸了，也到家來要。雲岫本來是生性慳吝的，如何受得起；無奈他仗著祖母疼愛，不怕雲岫不依。及至雲岫丁了憂，便想管束他，那裏管束得住？接著，他家老大夫妻都死了，手邊未免拮据，不能應他兒子所求。他那兒子妙不可言，不知跑到那裏，弄了點悶香來，把他夫妻三個，都悶住了。在父母身邊，搜出鑰匙，把所有的現銀首飾，搜個一空；又搜出雲岫的一本底稿來。這本底稿在雲岫是非常秘密的；內中都是代人家謀佔田產，謀奪孀婦等種種信札，以及誣捏人家的呈子。他兒子得了這個，歡喜得了不得。說道：『再不給我用錢，我便拿這個出首去！』雲岫雖然悶住，心中，眼中，是很明白的；只不過說不出話來，動彈不得。他兒子去了許久，方才醒來。任從氣惱暴跳，終是無法可施。他兒子從此可不回家來了；有時到店裏去走走，也不過匆匆的就去了。你道他外面做什麼？原來是做了強盜；搶了東西，便拿到店裏。店裏本有他的一個臥房，他便放在自己臥房裏面。有一回，又糾眾打劫，拒傷事主；告發之後，被官捉住了，追問贓物窩藏所在，他供了出來，官派差押著到店裏起出贓物；便把店封了，連雲岫也捉了去，拿他的同知職銜也詳革了。罄其所有打點過去，方才僅以身免。那家店就此沒了。因為案情重大，並且是積案累累的，就辦了一個就地正法。雲岫的一妻一妾，也為這件事，連嚇帶痛的死了。到了今日，雲岫竟變了個孤家寡人了。」我聽了，方才明白，日裏我問他還有甚人；他現出了一種悽惶樣子的原故。當下又談了一會，方才告別回去。

這幾天沒事，我便到族中各處走走。有時談到尤雲岫，卻是沒有一個不恨他的。我暗想雖然雲岫為人可惡，然而還是人情冷暖之故。記得我小的時候，雲岫那一天不到我們族中來，那一個不和他拉相好。既然知道他不是個好人，為什麼那時候不肯疏遠他，一定要到了此時才恨他呢？這種行徑，雖未嘗投井，卻是從而下石了。炎涼之態，想來著實可笑可怕。閒話少題。不知不覺，已到了三月初旬，娶親的吉期了。到了這天，雲岫也還備了蠟燭，花爆等四式禮物送來。我想他窮到這個樣子，那裏還好受他的。然而這些東西，我縱然退了回去，他卻不能退回店家的了，只得受了下來，交代多給他腳錢。又想到這腳錢是來人得的，與他何干，因檢出一張五元的鈔票，用信封封固了，交與來人。只說是一封要緊信，叫他帶回去，交與雲岫。這裏的拜堂，合巹，鬧房，回門等事，都是照例的，也不必細細去說他了。

匆匆過了喜期，繼之和我商量道：「我要先回上海去了，你在家裏多住幾時；從此我們兩個人替換著回家。我到上海之後，過幾時寫信來叫你；等你到了，我再回來。」我道：「這個倒好，正是瓜時而往，及瓜而代呢！」繼之道：「我們又不是戍兵，何必約定日子，不過輪流替換罷了。」商量既定，繼之便定了日子，到上海去了。一天，雲岫忽然著人送一封信來，要借一百銀子。我回信給他，只說我的錢，都放在上海，帶回來有限，辦喜事都用完了。回信去後，他又來了一封信，說什麼尊翁去世時，弟不遠千里，送足下到浙，不無微勞，足下豈遂忘之？……云云。我不禁著了惱，也不寫回信，只對來人說知道了。來人道：「尤先生交代說：要取回信呢！」我道：「回信明日送來。」那人才去了。我暗想你要和我借錢，只訴訴窮苦還好；若提到前事，我巴不得吃你的肉呢！此後你莫想我半文。當日若是好好的彼此完全一個交情，我今日看你落魄到此，豈有不幫忙之理。到了明日，雲岫又送了信來。我不覺厭煩了，叫人把原信還了他；回說我上墳修墓去了，要半個月才得回來。從此我在家裏，一住三年。嬸娘便長住在我家裏。姊姊時常歸寧。住房後面，開了個便門，通到花園裏去，便與繼之的住宅相通，兩家時常在花園裏聚會。

這日子過得比在南京上海，又覺有趣了。

撤兒，已經四歲，生得雪白肥胖，十分乖巧。大家都逗著他玩笑，更不寂寞；所以日子更容易過了。直到三年之後，繼之才有信來，叫我去。我便定了日子，別過眾人，上輪船到了上海，與繼之相見。德泉、子安都來道候。盤桓了兩天，我問繼之幾時動身回去。繼之道：「我還不走，卻要請你再走一遍。」我道：「又到那裏？」繼之道：「這三年裏面，辦事倒還順手；前年，去年，我親到漢口，辦了兩年茶，也碰了好機會。此刻打算請你到天津，京城兩處去走走，察看那邊的市面，能做些什麼？」我道：「幾時去呢？」繼之道：「隨便幾時，這不是限時限刻的事。」說話之間，文述農來了，大家握手道契闊，說起我要到天津的話。述農道：「你到那邊很好。舍弟杏農在水師營裏，我寫封信給你帶去，好歹有個人招呼招呼。」我道：「好極！你幾時寫好？我到你局裏來取。」述農道：「不必罷！那邊路遠。今天是禮拜，我才出來；等再出來，又要一禮拜了；我就在這裏寫了罷。」說罷，就在帳桌上一揮而就，寫了交給我，我接過來收好了。大家談些別後之事，我又問問別後上海的情形。述農道：「你到了兩天，這上海的情形，總有人告訴過你了。我來告訴你我們局裏的情形罷。你走的那年夏天，我們那位總辦便高陞了，放了上海道。換了一個總辦來，局裏面的風氣，就大變了。前頭那位總辦是愛樸素的，滿局裏的人，都穿的是布長褂子布袍子；這一位是愛闊的，看見這個人樸素，便說這個人沒用；於是乎大家都闊起來。他愛穿紅色的，到了新年裏團拜，一色的都是棗紅摹本緞袍子。有一個委員，和他同姓，出來嫖，窰姐兒裏，都叫他大人。到了節下，窰姐兒裏照例送節禮給嫖客。那送給委員的到了局裏，便問某大人。須知局子裏，只有一個總辦是大人。那看柵門的護勇見問，便指引他到總辦公館裏去了。底下人回上去，他卻茫然；叫了來人進去問，方知是送那委員的，他還叫底下人，帶了他到委員家去。若是前頭那位總辦，還了得麼？」我道：「那麼說，這位總辦，也嫖的了。」述農道：「怎麼不嫖，還嫖出笑話來呢。我們局裏的議價處，是你到過的了；此刻那議價處沒了權了，不過買些零碎東西；凡大票的煤鐵之類，都歸了總辦自己買。有一個什麼洋行的買辦，叫做什麼舒淡湖，因為做生意起見，竭誠盡瘁的巴結。有一回，請總辦吃酒，代他叫了個局，叫什麼金紅玉；總辦一見了，便賞識的了不得，當堂給了他一百元的鈔票。到第二回吃酒，又叫了他。不住口的讚好，舒淡湖便在自己家裏。鋪陳了一間密室，把總辦請到家裏來，把金紅玉叫到家裏來，由他兩個去鬼混了兩次。我們這位總辦著了迷了，一定要娶他。舒談湖便挺了腰子，攬在身上，去和金紅玉說，往返說了幾遍，說定了身價，定了日子要娶了。誰知金紅玉有一個客人，聽見紅玉要嫁人，便到紅玉處和他道喜。說道：『恭喜你高陞了！做姨太太了！只是有一件事，我很代你耽心！』紅玉問：『耽心什麼？』客人道：『耽心做官的人，脾氣不好；況且他們湖南人，長毛也把他殺絕了，你看兇得還了得麼？』紅玉笑道：『我又不是長毛，他未必殺我；況且殺長毛是一事，娶妾又是一事，怎麼好扯到一起去說呢？』客人道：『話是不錯，只是做官的人家，與平常人家不同，斷不能准你出入自由的。況且他五十多歲的人，已經有了六七房姬妾了。今天歡喜了你，便娶了去；可知你進門之後，那六七個都冷淡的了；你保得住他過幾時不又再看上一個，又娶回去麼？須知再娶一個回去時，你便和這六七個今天一樣了。若在平常人家，或者還可以重新出來，或者嫁人，或者再做生意；他們公館裏，能放你出來麼？還不是活著在那裏受冷淡。我是代你耽心到這一層，好意來關照你，隨你自己打主意去。』

紅玉聽了，猶如冷水澆背一般；唇也青了，面也白了，做聲不得。等那客人去了，便叫外場去請舒淡湖。舒淡湖是認定紅玉是總辦姨太太的了，莫說請他他不敢不來，就是傳他他也不敢不來。來了之後，恭恭敬敬的請示。紅玉劈頭一句便道：『我不嫁了！』舒淡湖吃了一驚道：『這是什麼話？』紅玉道：『承某大人的情，抬舉我，我有甚不願意之理！但是我想來想去，我的娘只有我一個女兒，嫁了去，他便舉目無親了；雖說是大人賞的身價不少，但是他幾十歲的一個老太婆，拿了這一筆錢，難保不給歹人騙去，那時叫他更靠誰來？』舒淡湖道：『我去和大人說，接了你娘到公館裏，養他的老，不就好了麼？』紅玉道：『便是我何嘗不想到這一層；須知官宦人家，看那小老婆的娘，不過和老媽子一樣，和那丫頭老媽子同食同睡；我嫁了過去，便那般錦衣肉食，卻看著親生的娘，這般作踐，我心裏實在過不去。若說和親戚一般看待呢，莫說官宦人家，沒有這種規矩；便是大人把我寵到頭頂上去，我也不敢拿這種非禮的事去求大人啊！我十五歲出來做生意，今年十八歲了，這幾年裏面，只掙了兩副金鐲子。』說著，便在手上每副除下一隻來，交給舒淡湖道：『這是每副上面的一隻，費心舒老爺，代我轉送給大人，做個紀念；以見我金紅玉不是忘恩負義的人。——上海標緻女人儘多著，大人一定要娶個人，怕少了比我好的麼？』舒淡湖聽了一番言語，竟是無可挽回的了；就和紅玉剛才聽了那客人的話一般，唇也青了，面也白了，如水澆背，做聲不得。接了金鐲子，快快回去。暗想只恨不曾先下個定；倘是下了定，憑他怎樣，也不能悔議。此刻弄到這個樣子，別人不打緊，倘使總辦惱了，說我不會辦事，以後的生意，便難做了。這件事竟急了他一天一夜，在床上翻來覆去想法子，總不得個善法。直至天明，忽然想一條妙計，便一躍而起。」只因這一條妙計，有分教：

譖語不如蜚語妙，解鈴還是繫鈴人。

不知是一條什麼妙計，且待下回再記。

第六十六回　妙轉圜行賄買蜚言　猜啞謎當筵宣謔語

「舒淡湖一躍而起，匆匆梳洗了，藏好了兩隻金鐲子，拿了一百元的鈔票，坐了馬車，到四馬路波斯花園對過去。找著了品花寶鑑上侯石翁的一個孫子，叫做侯翶初的，和他商量。這侯翶初是一家什麼報館的主筆，當下見了淡湖，便乜斜著眼睛，放出那一張似笑非笑的臉來道：『好早啊！有什麼好意？你許久不請我吃花酒了，想是軍裝生意忙！』淡湖陪笑道：『一向少候，今日特來，有點小事商量！』翶初拍手道：『你進門我就知道了！你們這一班軍裝大買辦，平日眼高於天，何嘗有個朋友在心上！除了呵外國人的卵脬，便是拍大人先生的馬屁。天天拿這兩件事當功課做；餘下的時候，便是打茶圍，吃花酒，放出闊老的面目去驕其娼妓了。那裏有個朋友在心上！所以你一進門，我就知道你是有為而來的了。這才是無事不登三寶殿啊！』淡湖被他一頓搶白，倒沒意思起來。搭訕了良久，方才說道：『我有件事情，和你商量，求你代我設一個善法，我好好的謝你！』翶初搖手道：『莫說！莫說！說到謝字，嘔得死人。前回一個朋友代人家來說項了一件事。你道是什麼事呢？是一個賭案裏面牽涉著三四個體面人，恐怕上出報來，於聲名有礙，特地來託我，請我不要上報。我念朋友之情，答應了他；更兼代他轉求別家報館，一齊代他諱了。到了案結之後，他卻送我一份「厚禮」；用紅封套封了，簽子上寫了「袍金」兩個字。我一想，也罷了，今年恰好我狐皮袍子要換面子；這一封禮，只怕換兩個面子也夠了。及至拆開一看，卻是一張新加坡什麼銀行的五元鈔票，這個鈔票，上海是不流通的；拿去用，每元要貼水五分。算起來只有四元七角半到手。我想這回我的狐皮袍子倒了運了，要靠著他，只怕換個斗紋布的面子，還不夠呢！你說可要嘔死人？』舒淡湖道：『翺翁你不要罵人，我可不是那種人；你若不放心時，我先謝了你，再商量事體也使得。』說罷，拿出一百元鈔票來，擺在桌上道：『我們是老朋友，我也不客氣，不用什麼封套簽子，也不寫什麼袍金褂金，簡直是送給你用的；憑你換面子也罷，換裏子也罷。』翺初看見了一百元鈔票，便頓時眉花眼笑起來，說道：『淡翁！有事只管商量，我們老朋友，何必客氣！』淡湖方才把金紅玉一節事，詳詳細細，訴說了一遍。翺初聳起了一面的肩膀，側著腦袋聽完了，不住口的說：『該死！該死！此刻有甚法子挽回呢？』淡湖道：『此刻那裏還有挽回的法子；只要設法弄得那一邊也不要討就好了。』翺初道：『這有什麼法子呢？』淡湖便坐近一步，向翺初耳邊細細的說了兩句話。翺初笑道：『虧你想得好法子，卻來叫我無端誣謗人。』淡湖站起來一揖到地，說道：『求你老哥成全了我，我生生世世不忘報答！』翺初看在一百元的面子上，也就點頭答應了。淡湖又叮囑明天要看見的。翺初也答應了。淡湖才歡天喜地而去。這一天心曠神怡的過去了。

「到了次日，一早起來，便等不得送報人送報紙來，先打發人出去買了一張報紙，略略看了一遍，歡天喜地的坐了馬車，到總辦公館裏去，總辦還沒有起來；好得他是走攏慣的，一切家人，又都常常得他的好處，所以他到了，絕無阻擋；先引他到書房裏去坐。一直等到十點鐘，那總辦醒了，知道淡湖到了，想來是為金紅玉的事，便連忙升帳，匆匆梳洗，踱到書房相見。淡湖那廝，也虧他真做得出，便大人長大人短的亂恭維一陣，然後說是：『娶新姨太太的日子近了，一切事情，卑職都預備了。他們向來是沒有妝奩的，新房裏動用物件，卑職也已經敬謹預備。那個馬桶，卑職想來桶店裏買的，又笨重，又不雅相，卑職親自到福利公司去買了一個洋式白瓷的，是法蘭西的上等貨。今天特地來請大人的示，幾時好送到公館裏來？專等大人示下，卑職好遵辦。』總辦聽了，也是喜歡，便道：『一切都費心得很，明後天隨便都可以送來。至於用了多少錢，請你開個帳來，我好叫帳房還你。』淡湖道：『卑職孝敬大人的，大人肯賞收，便是萬分榮耀，怎敢領價？到了喜期那天，大人多賞幾鍾喜酒，卑職是要領吃的。』一席話，說得那一位總辦大人，通身鬆快，便留他吃點心。

「這時候，家人送進三張報紙來，淡湖故意接在手裏，自己拿著兩張；單把和侯翽初打關節的那張，放在桌上。總辦便拿過來看，看了一眼，顏色就頓時變了，再匆匆看了一會，忽然把那張報，往地下一扔，跳起來大罵道：『這賤人還要得麼？』淡湖故意做成大驚失色的樣子，連忙站起來，垂了手問道：『大人為什麼忽然動氣？』那總辦氣喘如牛的說道：『那賤人我不要了！你和我去回絕了他，叫他還是嫁給馬夫罷。至於這個情節，我不要談他。』說時，又指著扔下的報紙道：『你自己看罷！』淡湖又裝出一種惶恐樣子，彎下腰，拾起那張報來一看，那標題是『論金紅玉與馬夫話別事』。這個論題，本是他自己出給侯翶初去做的；他早起在家，已是看過的了；此時見了，又裝出許多詫異神色來，說道：『只怕未必罷！』又嘮嘮叨叨的說道：『上海同名的妓女，也多得很呢！』總辦怒道：『他那篇論上，明明說是將近嫁人，與馬夫話別；難道別個金紅玉，也要嫁人了麼！』淡湖得了這句話，便放下報紙不看，垂了手道：『那麼，請大人示下辦法！』總辦啐了他一口道：『不要了，有什麼辦法！』他得了這一句話，死囚得了赦詔一般，連忙辭了出來。回到家中，把那兩隻金鐲子，秤了一秤，足有五兩重；金價三十多換，要值到二百多洋錢；他雖給了侯翶初一百元，還賺著一百多元呢。」

述農滔滔而談，大家側耳靜聽。我等他說完了，笑道：「依你這樣說，那舒淡湖到總辦公館裏的情形，算你近在咫尺，有人傳說的；那總辦在外面吃酒叫局的事，你又從何得知？況且舒淡湖的設計一層，只有他心裏自己知道的事，你如何也曉得了？這事未必足信，其中未免有些點染出來的！」述農道：「你那裏知道！那舒淡湖後來得了個瘋癱的毛病，他的兒子出來濫嫖，到處把這件事告訴人，以為得意的。

所以我們才知道啊。」繼之道：「你們不必分辯了，這些都是人情險惡的去處，盡著談他作什麼？我們三個人，多年沒有暢敘，今日又碰在一起，還是吃酒罷！明天就是中秋，天氣也甚好，我們找一個什麼地方，去吃酒消遣他半夜，也算賞月。」述農道：「是啊！我居然把中秋忘記了；如此說，我明天也還沒有公事，不要到局，正好陪你們痛飲呢。」我道：「這裏上海，紅塵十丈，有什麼好去處；莫若就在家裏的好。子安、德泉都是好量；若是到外面去，他們兩個人！總不能都去，何不就在家裏，大家在一起呢？」繼之道：「這也好，就這麼辦罷！」德泉聽說，便去招呼廚房弄菜。

我對繼之道：「離了家鄉幾年，把故園風景都忘了，這一次回去，一住三年，方才溫熟了。說起中秋節來，我想起一件事，那打燈謎不是元宵的事麼？原來我們家鄉，中秋節也弄這個玩意兒的。」繼之道：「你只怕又看了好些好燈謎來了。」我道：「看是看得不少，好的卻極難得，內中還有粗鄙不堪的呢。我記得一個很有趣的，是『一畫，一豎，一畫，一豎，一畫，一豎，一畫，一豎，一畫，一豎，一畫，一豎，一畫』，打一個字。大哥試猜猜！」繼之聽了，低頭去想。述農道：「這個有趣，明明告訴了你一豎一畫的寫法，只要你寫得出來就好了。」金子安、管德泉兩個，便伸著指頭，在桌子上亂畫。述農也仰面尋思。我看見子安等亂畫，不覺好笑。繼之道：「自然要依著你所說寫起來，才猜得著啊；這有什麼好笑？」我道：「我看見他兩位拿指頭在桌子上寫字，想起我們在南京時所談的那個旗人上茶館吃燒餅蘸芝麻，不覺好笑起來。」繼之笑道：「你單拿記性去記這些事。」述農道：「我猜著一半了！這個字，一定是『弓』字旁的；這『弓』字不是一畫，一豎，一畫，一豎，一畫，一豎的麼。」我道：「弓字多一個鈎；他這個字，並沒有鈎的。」繼之道：「『曹』字可惜多了一畫，不然都對了。」於是大家都伸出指頭把「曹」字寫了一回。述農笑道：「只可以向那做燈謎的人商量，叫他添一畫算了『曹』字罷！我猜不著了！」金子安忽然拍手道：「我猜著了，可是個『亞』字？」我道：「正是！被子翁猜著了。」大家又寫了一回，都說好。

述農道：「還有好的麼？」我道：「還有一個猜錯的，比原做還好的；是一個不成字的謎面，『川』，打一句四書，原做的謎底是『一介不以與人』，你猜那猜錯的是什麼？」子安道：「我們書本不熟，這個便難猜了。」繼之道：「這個做的本不甚好，多了一個『以』字；若這句書是『一介不與人』就好了。」說話間，酒菜預備好了，繼之起來讓坐。坐定了，述農便道：「那個猜錯的，你也說了出來罷！此刻大家正要吃酒下去，不要把心嘔了出來。」我道：「那猜錯的是『是非之心』。」繼之道：「好，卻是比原做的好！大家賞他一杯。」吃過了，繼之對述農道：「你怕嘔心出來，我卻想要借打燈謎行酒令呢。」述農未及回言，子安先說道：「這個酒令，我們不會行；打些什麼書句，我們肚子裏那裏還掏得出來？只怕算盤歌訣，還有兩句。」繼之笑道：「會打謎的打謎；不會的，只管行別的令，不要緊。」述農道：「既如此，我先出一個。」繼之道：「我是令官，你如何先出？」我道：「不如指定要一個人猜，猜不出，罰一杯；猜得好，大家賀一杯；倘被別人先猜出了，罰說笑話一個。」德泉道：「好！好！我們聽笑話下酒。」繼之道：「就依這個主意，我先出一個，給述農猜！我因為去年被新任藩臺開了我的原缺，通身為之一快。此刻出一個是：『光緒皇帝有旨，殺盡天下暴官污吏。』打四書一句。」我拍手道：「大哥自己離開了那地位，就想要殺盡他們了；但不知為什麼事開的缺，何以家信中總沒有提及？」繼之道：「此刻吃酒猜謎，你莫問這個。」述農道：「這一句倒難猜，孔孟都沒有這種辣手段。」我道：「猜謎不能這等老實，總要從旁面著想；其中虛虛實實，各具神妙；若要刻舟求劍，只能用朱註去打四書的了。」說到這裏，我忽然觸悟起來道：「我倒猜著了。」述農道：「你且莫說出來，我不會說笑話。」繼之道：「你猜著了，何妨說出來，看對不對？」我道：「今之從政者殆而。」述農拍手道：「妙！妙！是罵盡了也！只是我不會說笑話，我情願吃三杯，一發請你代勞了罷。」說罷，先自吃了三杯。

德泉道：「我們有笑話聽了。你不要把笑林廣記那個聽笑話的說了出來，可不算數的。」繼之道：「他沒有這種粗鄙的話，你請放心；並且老笑話也不算數。」我道：「玉皇大帝一日出巡，群仙都在道旁舞蹈迎駕；只有李鐵拐坐在地下，偃蹇不為禮。玉皇大怒道：『你雖然跛了一隻腳，卻還站得起來，何敢如此傲慢？』拐仙奏道：『臣本來只跛一隻腳，此刻卻兩隻都跛了也。』玉皇道：『這卻為何？』拐仙道：『下界的畫家，動輒喜歡畫八仙，那七個都畫得不錯，只有畫到臣像，有個畫臣跛的左腳，有個畫臣跛的右腳，豈非兩腳全跛了麼？』」眾人笑了一笑。繼之道：「你猜著了，應該還要你出一個給我們猜。」我道：「有便有一個；我說出來，大家猜，不必限定何人。猜著了，我除飲酒之外，再說一個笑話助興。」述農道：「這一定是好的，快說出來。」我道：「『含情疊問郎。』四書一句，唐詩一句。」述農道：「好個旖旎風光的謎兒！娶了親，領略過溫柔鄉風味，作出這等好燈謎來了。」繼之道：「他這一個謎面，倒要佔兩個謎底呢；我們大家好好猜著他的，好聽他的笑話。」述農道：「這個要往溫柔邊著想。」繼之道：「四書裏面，除了一句『寬裕溫柔』，那裏還有第二句？只要從問的口氣上著想，只怕還差不多。」述農道：「如此說，我猜著了；四書是『夫子何為』；唐詩是『夫子何為者』。」繼之道：「這個又妙！活畫出美人香口來，傳神得很！我們各賀一大杯，聽他的笑話。」我道：「觀音菩薩到玉皇大帝處告狀，說：『我本來是西竺國公主；好好一雙大腳，被下界中國人，搬了我去；無端裹成一雙小腳，鬧得筋枯骨爛，痛徹心脾。求請做主！』玉皇攢眉道：『我此刻自顧不暇，焉能再和你做主呢？』觀者詫問何故。玉皇道：『我要下凡去嫁老公了。』觀音大驚道：『陛下是個男身，如何好嫁人？』玉皇道：『不然！不然！我久已變成女身了。』觀音不信。玉皇道：『你如果不信，只要到凡間去打聽那一班憊內的朋友，沒有一個不叫老婆做玉皇大帝的。』」說得合席大笑。述農道：「只怕你是叫慣了玉皇大帝的，所以知道。」我道：「你不要和我取笑；你猜著了我的，你快點出一個我們猜。」述農道：「有便有一個，只怕不好；我們江南的話，叫拿尖利的兵器去刺人，叫做『戳』。我出一句上海俗話：『戳弗殺。』打西廂一句，請你猜！」我道：「這有何難猜；我一猜就著了，是：『銀樣蠟槍頭』。」述農道：「我也知道這個不好，太顯了，我罰一杯。」我道：「我出一個晦的你猜：『大會於孟津』。孟子二字。」述農道：「只有兩個字，倒難了；不然就可以猜『武王伐紂』。」我道：「這兩個字，其實也是一句；所以不說一句，要說二字的原故，就怕猜到那上頭去。」繼之道：「這個謎好的，我猜著了，是『征商』。」子安道：「妙妙！今夜盡有笑話聽呢。」述農道：「我向不會說笑話，還是那一位代我說個罷。」我道：「你吃十杯，我代你說一個。」述農道：「只要說得發笑，便是十杯也無妨！」我道：「你先吃了，包你發笑。」述農道：「你只會說菩薩，若再說了菩薩，雖笑也不算數。」我道：「只要你先吃了，我不說菩薩，說鬼如何？」述農只得一杯一杯的吃了十杯。正是：

只要蓮花翻妙舌，不妨麴蘗落歡腸。

未知說出什麼笑話來，且待下回再記。

第六十七回 論鬼蜮挑燈談宦海 冒風濤航海走天津

我等述農吃過了十杯之後，笑說道：「無常鬼，齷齪鬼，冒失鬼，酒鬼，刻薄鬼，吊死鬼，圍坐吃酒行酒令；要各誇說自己的能事，誇說不出的，罰十杯。」述農道：「不好了！他要說我了！」我道：「我說的是鬼，不說你，你聽我說下去。——當下無常鬼道：『我能勾魂攝魄，免吃。』齷齪鬼道：『我最能討人嫌，免吃。』冒失鬼道：『我最工於闖禍，免吃。』酒鬼道：『我最能吃酒，也免吃。』刻薄鬼道：『刻薄是我的專長，已經著名，不必再說，也免吃。』輪到吊死鬼說，吊死鬼攢眉道：『我除了求代之外，別無能處，只好認吃十杯的了。』」說得眾人一齊望著述農大笑。述農道：「好！好！罵我呢！我雖是個吊死鬼，你也未免是刻薄鬼了！」繼之道：「不要笑了。子安他們說是書句不熟，我出一個小說上的人名，不知可還熟？」子安道：「也不看什麼小說。」繼之道：「三國演義總熟的了？」子安道：「姑且說出來看。」繼之道：「我說來大家猜罷：『曹丕代漢有天下。』三國人名一。」德泉道：「三國人名多得很呢，劉備，關公，張飛，趙雲，黃忠，曹操，孔明，孫權，周瑜……」述農道：「叫你猜，不叫你念，你只管念出來做什麼？」德泉道：「我僥倖念著了，不是好麼？」我笑道：「這個名字，你念到天亮，也念不著的。」德泉道：「這就難了！然而你怎麼知道我念不著呢？」我道：「我已經猜著了！是：『劉禪』。」子安道：「三國演義上那裏有這個名字？」我道：「就是阿斗。」德泉道：「這個我們那裏留心，怪不得你說念不到的了。」繼之道：「你猜了，快點出一個來。」我道：「我出一個給大哥猜：『今世孔夫子。』古文篇名一。」繼之凝思了一會道：「虧你想得好！這是《後出師表》。」述農道：「好極！好極！我們賀個雙杯。」於是大眾吃了。子安道：「我們跟著吃了賀酒，還莫名其妙呢。」述農道：「孔夫子只有一個，是萬世師表；他出的是今世孔夫子，是又出了個孔夫子了，豈不是後出的師表麼？」子安，德泉，都點頭領會。

繼之道：「我出一個：『大勾決。』西廂一句。大家猜罷！不必指定誰猜了。」我道：「大哥今天為何只想殺人？方才說殺暴官污吏，此刻又要勾決了。」述農拍手道：「妙啊！『這筆尖兒橫掃五千人』。」我道：「果然是好！若不是五千人，也安不上這個『大』字。」述農拿筷子蘸了酒，在桌子上寫了半個字，是：「示」。說道：「四書一句。」子安道：「只半個字，要藏一句書，卻難！」我道：「並不難！是一句『視而不見』。」述農道：「我本來不長此道，所以一出了來，就被人猜去了。」我道：「我出一個：『山節藻梲』素腰格。《三字經》一句。這個可容易了，子翁德翁都可以猜了。」子安道：「三字經本來是容易，只是什麼素腰格，可又不懂了。」述農道：「就是白字格；若是頭一個字是白字，叫白頭格；末了一個是白字，叫粉底格；素腰格是白當中一個字。」德泉道：「照這樣說來，遇了頭一個字是要圈聲的，應該叫紅頭格；未了一個圈聲的，要叫赤腳格；上下都要圈聲，只有當中一個不圈的，要叫黑心格；若單是圈當中一個字的，要叫破肚格了。」我道：「為什麼要叫破肚？」德泉道：「破了肚子，流出血來，不是要紅了麼？」繼之道：「不必說那些閒話，我猜著了，是『有歸藏』。我也出一個：『南京人』捲簾格。也是一句《三字經》。」子安道：「什麼又叫捲簾格？」述農道：「要把這句書倒念上去的；你看捲簾子，不是從下面捲上去的麼？」我笑道：「才說了『有歸藏』，就說南京人，叫南京人聽了，還當我們罵他呢。這『南京人』可是『漢業建』？」繼之道：「是。」

述農道：「我們上海本是一個極純樸的地方，自通商之後，五方雜處，壞人日見其多了；我不禁有所感慨，出一個：『良莠雜居，教刑乃窮。』孟子二句。」我接著歎道：「『雖日撻而求其齊也，不可得矣。』」述農道：「怎麼我出的，總被你先搶了去？」繼之道：「非但搶了去，並且亂了令了；他猜著我的，應該他出，怎麼你先出了？」一言未了，忽聽得門外人聲嘈雜，大嚷大亂起來。大眾吃了一驚，停聲一聽，彷彿聽說是火。於是連忙同到外面去看。只見胡同口一股濃煙，沖天而起。金子安道：「不好！真是走了火也！」連忙回到帳房，把一切往來帳簿及一切緊要信件票據，歸到一個帳箱裏，鎖起來。叫出店的拿著，往外就走。我道：「在南面胡同口，遠得很呢；真燒到了，我們北面胡同口也可以出去，何必這樣忙？」子安道：「不然！上海不比別處，等一會巡捕到了，是不許搬東西的。」說罷，帶了出店，向北面出去了。我們站在門口，看著那股濃煙，一會工夫，轟的一聲，通紅起來，火星飛滿一天。那人聲更加嘈雜，又聽得警鐘亂響。不多一會，救火的到了，四五條水管，望著火頭射去；幸而是夜沒有風，火勢不大，不久便救熄了。大家回到裏面，只覺得滿院子裏還是濃煙；大家把酒意都嚇退了，也無心吃飯，叫打雜的且收過去，等一會再說。

過了一會，子安帶著出店的，把帳箱拿回來了。我道：「子翁到那裏去了一趟？」子安道：「就在北面胡同外頭，熟店家裏坐了一會，也算受了個虛驚。」我道：「火燒起來，巡捕不許搬東西，這也未免過甚。」子安道：「他這個例，是一則怕搶火的，二則怕搬的人多，礙著救火。說來雖在理上。然而據我看來，只怕是保險行也有一大半主意。」我道：「這又為何？」子安道：「要不准你們搬東西，才逼得著你們家家保險啊！」德泉道：「凡是搬東西，都一律以為是搶火的，也不是個道理。人家莫說沒有保險，就算保了險，也有好些不得不搬的東西；譬如我們此地，也是保了險的，這種帳簿等，怎麼能夠不搬？最好笑有一回三馬路富潤里左右火燒，那富潤里裏面住的，都是窮人家居多。有一個聽說火燒，連忙把些被褥布衣服之類，歸在一隻箱子裏；扛起來就跑。巡捕當他是搶火的，捉到巡捕房裏去，押了一夜。到明天早堂解審，那問官也不問青紅皂白，就叫打。打了三十板，又判贓候失主具領。那人便叩頭道：『小人求領這個贓！』問官怒道：『你還嫌打得少呢！』那人道：『這箱子本來是小人的東西，裏面只有一床花布被窩，一床老藍布褥子，那褥子並且是破了一塊的；還有幾件布衣服。因為火起，嚇得心慌，把鑰匙也鎖在箱子裏面；老爺不信，撬開來一看便知道了。』問官叫差役撬開，果然一點不錯，未免下不了臺，乾笑著道：『我替你打脫點晦氣也！』你說冤枉不冤枉？」

金子安道：「這點冤枉，算得什麼？我記得有一回，一個鄉下人，才冤枉呢。靜安寺路——上海馬路名——一帶，多是外國人的住宅。有一天，一個鄉下人放牛，不知怎樣，被那條牛走掉了；走到靜安寺路一個外國人家去，把他家草皮地上種的花，都踐踏了。外國人叫人先把那條牛拴起來。那鄉下人不見了牛，一路尋去，尋到了那外國人家；外國人叫了巡捕，連人帶牛，交給他。巡捕帶回捕房，押了一夜。明日早上解送公堂，稟明原由。那原告外國人，卻並沒有到案。那官聽見是得罪了外國人，被外國人送來的，便不由分說，給了一面大枷，把鄉下人枷上，判在靜安寺路一帶遊行示眾；一個月期滿，還要重責三百板釋放。任那鄉下人叩響頭哭求，只是不理。於是枷起來，由巡捕房派了一個巡捕，押著在靜安寺路遊行。遊了七八天，忽然一天，那巡捕要拍外國人馬屁，把他押到那外國人住宅門口站著，意思要等那外國人看見，好喜歡他的意思。站了半天，到下午，那外國人從外面坐了馬車回來；下了車，認得那鄉下人，也不知他為了甚事，要把這木頭東西，箍著他的頸脖子；便問那巡捕，巡捕一一告訴了。那外國人吃了一驚，連忙仍跳上馬車，趕到新衙門去，拜望那官兒。那官兒聽說是一個絕不相識的外國人來拜，嚇得魂不附體，手足無措；連忙請到花廳相會。外國人說道：『前個禮拜，有個鄉下人的一隻牛，跑到我家裏……』那官兒恍然大悟道：『是！是！是！這件事，兄弟不敢怠慢，已經判了用五十斤大枷，枷號在尊寓的一條馬路上遊行示眾；等一個月期滿後，還要重責三百板，方才釋放。如果密司脫不相信，到了那天，兄弟專人去請密司脫來監視行刑。』外國人道：『原來貴國的法律，是這般重的。』官兒道：『敝國法律上，並沒有這一條專條，兄弟因為他得罪了密司脫，所以特為重辦的；如果密司脫嫌辦得輕，兄弟便再加重點也使得，只請密司脫吩咐！』外國人道：『我不是嫌辦得輕，倒是嫌太重了。』那官兒聽了，以為他是反話，連忙說道：『是是！兄弟本來辦得太輕了，因為那天密司脫沒有親到，兄弟暫時判了枷號一個月；既是密司脫說了，兄弟明天改判枷三個月，期滿責一千板罷！』那外國人惱了道：『豈有此理！我因為他不小心，放走那隻牛，蹧蹋我兩棵花，送到你案下；原不過請你申斥他兩句，警戒他下次小心點；大不了罰他幾角洋錢就了不得了。他總是個耕田安分的人。誰料你為了這點小事，把他這般凌辱起來。所以我來請你趕緊把他放了。』那官兒聽了，方才知道這一下馬屁，拍在馬腿上去了。連忙說道：『是！是！是！既是密司脫大人大量，兄弟明天便把他放了就是。』外國人道：『說過放，就把他放了；為什麼還要等到明天，再押他一夜呢？』那官兒又連忙說道：『是！是！是！兄弟就叫放他。』外國人聽說，方才一路乾笑而去。那官兒便傳話出去，叫把鄉下人放了。又恐怕那外國人不知道他馬上釋放的，於是格外討好，叫一名差役，押著那鄉下人，到那外國人家裏去叩謝。面子上是這等說，他的意思，是要外國人知道他惟命是聽，如奉聖旨一般。誰知那外國人見了鄉下人，還把那官兒大罵一頓，說他豈有此理；又叫鄉下人去告他。鄉下人嚇得吐出了舌頭道：『他是個老爺，我們怎麼敢告他？』外國人道：『若照我們西例，他辦冤枉了你，可以去上控的；並且你是個清白良民，他把那辦地痞流氓的刑法來辦你，便是損了你的名譽，還可以叫他賠錢呢。』鄉下人道：『阿彌陀佛！老爺都好告的麼？』那外國人見他著實可憐，倒不忍起來，給了他兩塊洋錢。你說這件事不更冤枉麼？」繼之道：「冤枉個把鄉下人，有什麼要緊！我在上海住了幾年，留心看看官場中的舉動，大約只要巴結上外國人，就可以升官的；至於民間疾苦，冤枉不冤枉，那個與他有什麼相干！」我道：「此風一開，將來怕還不止這個樣子，不難有巴結外國人去求差缺的呢。」述農道：「天下奇奇怪怪的事，想不到的，也有人會做得到；你既然想得到這一層，說不定已經有人做了，也未可知。」繼之歎了一口氣。大眾又談談說說，夜色已深，遂各各安歇。述農也留在號裏。明日是中秋佳節，又暢敘了一天。述農別去。

過了幾天，我便料理動身到天津去。附了招商局的普濟輪船。子安送我到船上。這回搭客極多，我雖定了一個房艙，後來也被別人搭了一個鋪位，所以房裏擠得了不得。子安到來，只得在房門口外站著說話。我想起繼之開缺的原故，子安或者得知，因問道：「我回家去了三年，外面的事情，不甚了了。繼之前天說起開了缺，到底不知是什麼原故？」子安道：「我也不知底細，只聞得年頭上換了一個旗人來做江寧藩臺，和苟才是什麼親戚。苟才到上海來找了繼翁幾次，不知說些什麼；看繼翁的意思，好像很討厭他的；後來他回南京去了，不上半個月光景，便得了這開缺的信了。」我聽了子安的話，才知道又是苟才做的鬼；好在繼之已棄功名如敝屣一般的了；莫說開了他的缺，便是奏參了他，也不在心上的。當下與子安又談了些別話，子安便說了一聲順風，作別上岸去了。我也到房裏拾掇行李，同房的那個人，便和我招呼。彼此通了姓名，才知道他姓莊，號作人，是一個記名總兵，山東人氏；向來在江南當差。這回是到天津去見李中堂的。彼此談談說說，倒也破了許多寂寞。忽然一個年輕女人，走到房門口，對作人道：「從上船到此刻，還沒有茶呢，渴的要死，這便怎樣？」作人起身道：「我給你泡去！」說罷，起身去了。我看那女子年紀，不過二十歲上下；說出話來，又是蘇州口音；生得雖不十分體面，卻還五官端正；而且一雙眼睛，極其流動；那打扮又十分趨時。心中暗暗納罕。

過了一會，莊作人回到房裏，說道：「這回帶了兩個小妾出來，路上又沒有人招呼，十分受累。」我口中唯唯答應。心中暗想，他既是做官當差的人，何以男女僕人都不帶一個？說是個窮候補，何以又有兩房姬妾之多？心下十分疑惑，不便詰問。只拿些閒話，和他胡亂談天。到了半夜時，輪船啓行；及至天明已經出海多時了。我因為艙裏悶得慌，便終日在艙面散步閒眺。同船的人，也多有出來的，那莊作人也同了出來。一時船舷旁，便站了許多人。我忽然一轉眼，只見有兩個女子，在那邊和一夥搭客調笑；內中一個，正是叫莊作人泡茶的那個。其時莊作人正在我這一邊，和眾人談天。料想他也看見那女子的舉動，卻只不做理會。我心中又不免暗暗稱奇。站了一會，忽然海中起了大浪，船身便顛簸起來。眾人之中，早有站立不住的；都走回艙裏去了。慢慢的風浪加大，船身搖撼更甚，各人便都一齊回房。到了夜來，風浪更緊，船身兩邊亂歪；搭客的衣箱行李，都存放不穩，滿艙裏亂滾起來。內中還有女眷們帶的淨桶，也都一齊滾翻，鬧得臭氣逼人。那暈船的人，嘔吐更甚。足足鬧了一夜一天，方才略略寧靜。及至船到了天津，我便起岸，搬到紫竹林佛照樓客棧裏。揀了一間住房，安置好行李。歇息了一會，便帶了述農給我的信，僱了一輛東洋車，到三岔河水師營，去訪文杏農。正是：

閱盡南中怪狀，來尋北地奇聞。

未知訪著文杏農之後，還有何事？且待下回再記。

第六十八回　笑荒唐戲提大王尾　恣囂威打破小子頭

當時我坐了一輛東洋車，往水師營去。這裏天津的車夫，跑得如飛一般，風馳電掣，人坐在上面，倒反有點害怕。況且他跑的又一點沒有規矩，不似上海只靠左邊走，便沒有碰撞之虞；他卻橫衝直撞，恐後爭先；有時到了擠擁的地方擠住了，半天走不動一步；街路兩旁，又是陽溝，有時車輪陷到陽溝裏面，車子便側了轉來，十分危險。我被他擠了好幾次，方才到了三岔河口。過了浮橋，便是水師營。此時天色已將入黑，我下了車，付過車錢，正要進去，忽然耳邊聽見哈打打，哈打打的一陣喇叭響。抬頭看時，只見水師營門口，懸燈結彩，一個營兵，正在那裏點燈。左邊站了一個營兵，手中拿了一個五六尺長的洋喇叭，在那裏鼓起兩腮，身子一俯一仰的，哈打打哈打打吹個不住。看他忽然喇叭口朝天，忽然喇叭口貼地，我雖在外多年，卻沒有看過營裏的規矩，看了這個情景，倒也是生平第一回的見識，不覺看得呆了。正看得出神，忽又聽得咚咚咚的鼓聲。原來右邊坐了一個營兵，在那裏擂鼓。此時營裏營外，除了這兩種聲音之外，卻是寂靜無聲；也不見別有營兵出進。我到了此時，倒不好冒昧進去。只得站住了腳，等他一等再說。抬眼望進去，裏外燈火，已是點得通明，彷彿看見甬道上，黑魆魆的站了不少人，正不知裏面辦什麼事。足足等了有十分鐘的時候，喇叭和鼓一齊停了。又見一個營兵，轟轟轟的放了三響洋鎗。我方才走過去，向那吹喇叭的問道：「這營裏有一位文師爺，不知可在家？」那兵說道：「我也不知道，你跟我進去問來！」說罷，他在前引路，我跟著他走。只見甬道當中，對站了兩排兵士，一般的號衣整齊，擎著光晃晃的刀槍。我們只在甬道旁邊走進去，行了一箭之地，旁邊有一所房子，那引路的指著門口道：「這便是文師爺的住房！」說罷，先走到門口去問道：「文師爺在家麼？有客來！」裏邊便走出一個小廝來，我把名片交給他，說有信要面交。那小廝進去了一會，出來說請，我便走了進去。杏農迎了出來，彼此相見已畢，我把述農的信交給他。他接來看過道：「原來與家兄同事多年，一向少親炙得很！」我聽說，也謙讓了幾句。因為初會，彼此沒有什麼深談，彼此敷衍了幾句客氣說話。杏農方才問起我到天津的原故，我不免告訴一二。談談說說，不覺他營裏已開夜飯，杏農便留我便飯。我因為與述農相好多年，也不客氣。杏農便叫添菜添酒，我要阻止時，已來不及。當下兩人對酌了數杯。

我問起今日營裏有什麼事，裏裏外外都懸燈結彩的原故。杏農道：「原來你還不知！我們營裏，接了大王進來呢！」我不覺吃了一驚道：「什麼大王？」杏農笑道：「你向來只在南邊，不曾到北邊來過，怨不得你不懂。這大王是河神，北邊人沒有一個不尊敬他的。」我道：「就是河神，應該尊敬；你們營裏，怎麼又要接了他來呢？」杏農道：「他自己來了。指名要到這裏，怎麼好不接他呢？」我吃驚道：「那麼說，這大王居然現出形來，和人一般，並且能說話的了。」杏農笑道：「不是現人形，他原是個龍形。」我道：「有多少大呢？」杏農道：「大小不等，他們船上人都認得，一見了，便分得出這是某大王，某將軍。」我道：「他又怎會說話，要指名到那裏那裏呢？」杏農道：「他不說話，船上人見了他，便點了香燭，對他叩頭行禮；然後筶卜他的去處。他要到那裏，問的對了，跌下來便是勝筶；得了勝筶之後，便飛跑往大王要到的地方去報；這邊得了信，便排了執事，前去迎接了來。我們這裏，是昨天接著的；明天還要唱戲呢。」我道：「這大王此刻供在什麼地方？可否瞻仰瞻仰？」杏農道：「我們飯後，可以到演武廳上去看看；但是對了他，不能胡亂說話。」我笑道：「他又不能說話，我們自然沒得和他說的了。」

一會飯罷之後，杏農便帶了我同到演武廳去。走到廳前，只見簷下排了十多對紅頂藍頂，花翎藍翎的武官，一般的都是箭袍馬褂佩刀，對面站著，一動也不動，聲息全無。這十多對武官之下，才是對站的營兵；這便是我進營時，看見甬道上站的了。走到廳上看時，只見當中供桌上，明晃晃點了一對手臂粗的蠟燭；古鼎裏香煙裊繞，燒著上等檀香；供桌裏面，掛了一堂繡金杏黃幔帳，就和人家孝堂上的孝帳一般；不過他是金黃色的罷了。上頭掛了一堂大紅緞子紅木宮燈；地下鋪了五彩地氈；當中加了一條大紅拜墊；供桌上繫了杏黃繡金桌帷。杏農輕輕的掀起幔帳，招手叫我進去。我進去看時，只見一張紅木八仙桌，上面放著一個描金硃漆盤；盤裏面盤了一條小小花蛇，約莫有二尺來長，不過小指頭般粗細，緊緊盤著，猶如一盤小盤香模樣。那蛇頭卻在當中，直昂起來。我低頭細看時，那蛇頭和那蘄蛇差不多，是個方的；周身的鱗，濕膩且滑；映著燭光，顯出了紅藍黃綠各種顏色；其餘沒有什麼奇怪的去處。心中暗想，為了這一點點小么魔，便鬧得勞師動眾，未免過於荒唐了，我且提他起來，看是個什麼樣子。想定了主意，便仔細看準了蛇尾所在，伸手過去，揑住了，提將起來。——凡捕蛇之法：提其尾而抖之，雖至毒之品，亦不能施其惡力矣；此老於捕蛇者所言也。——還沒提起一半，杏農在旁邊，慌忙在我肘後，用力打了一下。我手臂便震了一震，那蛇是滑的，便揑不住，仍舊跌到盤裏去。杏農拉了我便走；一直回到他房裏，喘息了一會，方說道：「幸而沒有鬧出事來！」我道：「這件事荒唐得很！這麼一條小蛇，怎麼把他奉如神明起來？我著實有點不信！方才不是你拉了我走，我提他起來，把他一陣亂抖，抖死了他，看便怎樣？」杏農道：「你不知道，這順，直，豫，魯一帶，凡有河工的地方，最敬重的是大王。況且這是個金龍四大王，又是大王當中最靈異的。你要不信，只管心裏不信，何苦動起手來？萬一鬧個笑話，又何苦呢？」

我道：「這有什麼笑話可鬧？」杏農道：「你不知道，今天早起才鬧了事呢。昨天晚上四更時候，排隊接了進來；破天亮時，李中堂便委了委員來敬代拈香。誰知這委員才叩下頭去，旁邊一個兵丁，便昏倒在地；一會兒跳起來，亂跳亂舞；原來大王附了他的身，嘴裏大罵李鴻章沒有規矩，好大架子；我到了你的營裏，你還裝了大模大樣，不來叩見，委什麼委員恭代；須知我是受了煌煌祀典，只有諭祭是派員拈香的；李鴻章是什麼東西，敢這樣胡鬧起來。說時，還舞刀弄棒，跳個不休。嚇得那委員重新叩頭行禮，應允回去稟覆中堂，自來拈香。這兵丁才躺了下來。過一會醒了。此刻中堂已傳了出來，明天早起，親來拈香呢。」我道：「這又不足為信的。這兵丁或者從前賞罰裏面，有憾於李中堂，卻是敢怒而不敢言；一向無可發洩，忽然遇了這件事，他便借著神道為名，把他提名叫姓的，痛罵一罵，以洩其氣，也是料不定的。」杏農笑了一笑道：「那兵丁未必有這麼大膽罷！」我道：「總而言之，人為萬物之靈，怎麼向這種小小么魔，叩頭禮拜起來，當他是神明菩薩？我總不服。何況我記得這四大王。本來是宋理宗謝皇后之姪謝暨，因為宋亡，投錢塘江殉國；後來封了大王，因為他排行第四，所以叫他四大王。不知後人怎樣，又加上了『金龍』兩個字？他明明是人，人死了是鬼，如何變了一條蛇起來呢？」杏農笑道：「所以牛鬼蛇神，連類而及也。」說得大家都笑了。

杏農又道：「說便這樣說，然而這樣東西，也奇得很；聽說這金龍四大王，很是神奇的；有一回，河工出了事，一班河工人員，自然都忙得了不得；忽然他出現了，驚動了河督，親身迎接他；排了職事，有用顯轎，預備請他坐的；不料他老先生忽然不願坐顯轎起來，送了上去，他又走了下來。如此數次，只得向他卜筶。誰知他要坐河督大帥的轎子。那位河督，只得要讓他；然而又沒有多預備轎子，自己總不能步行；要騎馬罷，他又是賞過紫韁的；沒有紫韁，就不願意騎。後來想了個通融辦法，是河督先坐到轎子裏，然後把那描金硃漆盤，放在轎裏扶手板上。說也作怪，走得沒有多少路，他卻忽然不見了，只賸了一個空盤。那河督是真真近在咫尺的，對了他，也不曾看見他怎樣跑的，也只得由他的了。誰知到了河督衙門下轎時，他卻盤在河督的大帽子裏；把頭昂起，在頂珠子上。你道奇不奇呢？這還是我傳聞得來的。還有一回，是我親眼見的事：我那回同了一個朋友去辦河工，此刻我的同知直隸州，還是那回的保案，從知縣上過的班。我那個同事姓張，別字星甫，我和他一同奉了札，去查勘要工。一天到了一個鄉莊上，在一家人家家裏借住，就在那裏耽擱兩天。這是我們辦河工常有的事。住了兩天，星甫偶然在院子裏一棵向日葵的葉子上，看見一個壁虎，——即守宮，北人呼為壁虎，粵中謂之鹽蛇。——生得通身碧綠，而且佈滿了淡黃斑點，十分可愛。星甫便叫我去看。我便拿了一個外國人吃啤酒的玻璃杯出來，一手托著葉子，一手拿杯把他蓋住；叫星甫把葉子摘下來；便拿到房裏，蓋在桌上，細細把玩。等到晚飯過後，我們兩個還在燈底細看，星甫還輕輕的把玻璃杯移動，把他的尾巴露出來，給他拴上一根紅線，然後關門睡覺。這房裏除了我兩個之外，再沒有第三個人了。誰知到了明天，星甫一早起來看時，那玻璃杯依然好好蓋住，裏面的東西卻不見了。星甫還罵底下人放跑了的，然而房門的確未開，是沒有人進來過的，鬧了一陣，也就罷了。又過了幾天，我們趕到工上，只見工上的人，都宣傳說大王到了，就好望合龍了。我和星甫去看那大王時。正是我們捉住的那個壁虎；並且尾巴上拴的紅線還在那裏。問他們幾時到的，他們說是某日晚上三更天到的。說的那天，正是我們拿住他的那天。你說這件事奇不奇呢？」我道：「那裏有這等事！不過故神其說罷了。」杏農道：「這是我親眼目睹的，怎麼還是故神其說呢？」我道：「又焉見得不是略有一點影響，你卻故神其說，作為談天材料呢？總而言之，後人治河，那一個及得到大禹治水。你看禹貢上面，何嘗有一點這種邪魔怪道的話？他卻實實在在把水治平了；當日敷土刊木，奠高山大川，又何嘗仗什麼大王之力？那奠高山大川，明明是測量高低廣狹深淺，以為納水的地位，水流的方向；孔穎達疏尚書不該說是以別祀禮之崇卑，遂開後人迷惑之漸；大約當日河工極險的時候，曾經有人提倡神明之說，以壯那工人的膽，未嘗沒有小小效驗；久而久之，變本加厲，就鬧出這邪說誣民的舉動來了。時候已經將近二炮了，我也暫且告辭，明日再來請教一切罷。」說罷，起身告辭。杏農送我出來。我仍舊僱了東洋車，回到紫竹林佛照樓客棧。

夜色已深，略為拾掇，便打算睡覺了。此時雖是八月下旬，今年氣候卻還甚熱。我順手推開窗扇乘涼，恰好一陣風來，把燈吹滅了。我便暗中摸索洋火。此時棧裏已是靜悄悄的，忽然間一陣抽抽噎噎的哭聲，直刺入我耳朵裏，不覺呆了一呆。且不摸索洋火，定一定神，仔細聽去，彷彿這聲音出在隔壁房裏。黑暗中看見板壁上一個脫節的地方，成了一個圓洞，洞中卻射出光來，那哭聲好像就在那邊過來的。我便輕移腳步，走近板壁那邊；那洞卻比我高了些，我又移過一張板櫈，墊了腳，向那洞中望去。只見隔壁房裏坐了一個五十多歲的頒白婦人，穿了一件三寸寬黑緞滾邊的半舊藍熟羅衫，藍竹布紮腿袴，伸長兩腿，交放起一雙四寸來長的小腳，頭上梳了一個京式長頭，手裏拿了一根近五尺長的旱煙筒，在那裏吸煙。他前面卻跪了一個二十來歲的年輕小子，穿一件補了兩塊的竹布長衫，腳上穿的是毛布底的黑布鞋；只對著那婦人嗚嗚飲泣。那婦人面罩重霜般，一言不發。再看那小子時，卻是生得骨瘦如柴，臉上更是異常瘦削。看了許久，他兩個人只是不作聲，那小子卻哭得更利害。我看了許久，看不出其所以然來，便輕輕下了板櫈。正要重新去摸洋火，忽又聽得隔壁一陣劈拍之聲。又是一陣詈罵之聲。不覺又起了多事之心，重新站上板櫈，向那邊一張。只見那婦人站了起來，拿著那旱煙筒，向那小子頭上亂打，嘴裏說道：「我只打死了你，消消我這口氣；我只打死了你，消消我這口氣！」說來說去，只是這兩句；手裏卻是不住的亂打。那小子仍是跪在那裏，一動也不動，伸著脖子受打。不提防拍折一聲，煙筒打斷了。那婦人嚷道：「我吃了二十多年的煙袋，——北人通稱煙袋。——在你手裏送折了，我只在你身上討賠！」說時，又拿起那斷煙筒，狠命的向那小子頭上打去。不料煙筒桿子短了，格外力大，那銅煙鍋兒，——粵人謂之煙斗，蘇，滬間謂之煙筒頭。——恰恰打在頭上，把頭打破了，流出血來，直向臉上淌下去。那小子先把袖子揩拭了兩下；後來在袖子裏取出手帕來擦，仍舊是端端正正跪著不動。那婦人彎下腰來一看，便搥胸頓足，嚎啕大哭起來，嘴裏嚷道：「天啊！天啊！我好命苦啊！一個兒子也守不住啊！」

我起先只管呆看，還莫名其妙。聽到了這兩句話，方才知道他是母子兩個。卻又不知為了什麼事。若說這小子是個逆子呢，看他那飲泣受杖的情形又不像；若說不是逆子呢，他又何以惹得他母親動了如此大氣。至於那婦人，也是測度他不出來：若說他是個慈母呢，他那副狠惡兇悍的尊容又不像；若說他不是個慈母，何以他見兒子受了傷，又那麼痛哭起來。正在那裏胡思亂想，忽然他那房門已被人推開，便進來了四五個人。認得一個是棧裏管事的，其餘只怕是同棧看熱鬧的人。那管事的道：「你們來是一個人來的，雖是一個人吃飯，卻天天是兩個人住宿；住宿也罷了，還要天天晚上鬧什麼神號鬼哭；弄得滿棧住客都討厭；你們明天搬出去罷！」此時跪下的小子，早已起來了。管事的回頭一看，見他血流滿面，又厲聲說道：「你們吵也罷，哭也罷，怎麼鬧到這個樣子，不要鬧出人命來！」管事的一面說，那婦人一面哭喊，那小子便走到那婦人跟前，說道：「娘不要哭！不要怕！兒子沒事，破了一點點皮，不要緊的！」那婦人咬牙切齒的說道：「就是你死了，我也會和他算帳去！」那小子一面對管事的說道：「是我們不好，驚動了你貴棧的寓客；然而無論如何，總求你擔待這一回，我們明日搬到別家去罷。」管事的道：「天天要我擔待，擔待了七八天了，我勸你們安靜點罷；要照這個樣子，隨便到誰家去，都是不能擔待的。」說罷，出去了。那些看熱鬧的，也就一哄而散。我站得久了，也就覺得困倦，便輕輕下了板櫈，摸著洋火，點了燈；拿出錶來一看，誰知已經將近兩點鐘了。便連忙收拾睡覺。正是：

貪觀隔壁戲，竟把睡鄉忘。

未知此一婦人，一男子，到底為了什麼事？且待下回再記。

第六十九回　責孝道家庭變態　權寄宿野店行沽

且喜自從打破了頭之後，那邊便聲息俱寂，我便安然鼾睡。一覺醒來，已是九點多鐘。連忙叫茶房來，要了水，淨過嘴臉，寫了兩封信，拿到帳房裏，託他代寄。走過客堂時，卻見杏農坐在那裏，和昨夜我看見的那小子說話。原來佛照樓客棧除了客房之外，另外設了兩座客堂。以為寓客會客之用。杏農見我走過，便起身招呼道：「起來了麼？」我道：「想是到了許久了！」杏農道：「到了一會兒。」說著，便走近過來。我順便讓他到房裏坐。他一面走，一面說道：「方才來回候你，你未起來，恰好遇了一個朋友，有事託我料理。此時且沒工夫談天，請你等我一等，我去去再來。」說罷，拱手別去。我回到房裏，等了許久，直到午飯過後，仍不見杏農來。料得他既然有事，未必再來的了，我便出門到外面逛了一趟；又到向來有來往的幾家字號裏去走走。及至回到棧時，已經四點多鐘。客棧飯早，茶房已經開上飯來。吃飯過後，杏農方才匆匆的來了。喘一口氣，說道：「有勞久候了！」我道：「我飯後便出去辦了一天事，方才回來！」杏農道：「今天早起，我本來專誠來回候你。不料到得此地，遇了一個敝友，有點為難的事；就代他調排了一天，方才停當。」我道：「就是早起在客堂裏那一位麼？」杏農道：「正是！他本來住在你這裏貼隔壁的房間，我到此地時，才八點鐘，打你的門，你還沒有起來；我正要先到別處走走，不期遇了他開門出來；我便攬了這件事上身，直到此刻才辦妥了。」我道：「昨夜我聽見隔壁房裏有人哭了許久，後來又吵鬧了一陣，不知為的是什麼事？」杏農歎道：「說起來，話長得很。我到了天津，已經十多年；初到的時候，便識了這個朋友。那時彼此都年輕，他還沒有娶親，便就了這裏招商局的事。只有一個母親，在城裏租了我的兩間餘房，和我同住著；幾兩銀子薪水，雖未見得豐盛，卻也還過得去。」我笑道：「你說了半天他，究竟他姓甚名誰？」杏農道：「他姓石，別字映芝，是此地北通州人。他祖父是個翰林，只放過兩回副主考，老死沒有開坊；所以窮得了不得。他老子是個江蘇知縣，署過幾回事；臨了，鬧了個大虧空，幾乎要查抄家產；為此急死了。遺下兩房姨太太，都打發了。那時映芝母子，本沒有隨任；得信之後，映芝方才到南京去運了靈柩回來。可憐那年映芝只得十五歲！」

我聽了這話，不覺心中一動。暗想我父親去世那年，我也只得十五歲，也是出門去運靈柩回家的；此人可謂與我同病相憐的了。因問道：「你怎麼知道得這般詳細？」杏農道：「我同他一相識之後，便氣味相投，彼此換了帖，無話不談的；以後的事，我還要知得詳細呢。他運柩回來之後，便到京裏求了一封薦信，薦到此地招商局來。通州離這裏不遠，便接了他母親來津。那時我的家眷也在這裏，便把我住的房子騰出兩間，轉租給他。因此兩下同居，不免登堂拜母。那時卻也相安無事。

映芝為人，十分馴謹，一向多有人和他做媒；映芝因為家道貧寒，雖有人提及，自己也不敢答應。及至服闋之後，才定了這天津城裏的一位貧家小姐。卻也是個書香人家，丈人是個老儒士。誰知過門之後，不到一年光景，便鬧了個婆媳不對，天天吵鬧不休，連我們同居的也不得安。」我道：「想是娶了個不賢的婦人來了。這不賢妻，不孝子；最是人生之累。」杏農歎道：「在映芝說呢，他母親在通州和妯娌親戚們，都是和和氣氣的，從來不會和人家拌嘴；在我們旁觀的呢，實在不敢下斷語。從此那位老太太，因為和媳婦不對，便連兒子也厭惡起來了；逢著人便數說他兒子不孝。鬧得映芝沒有法子，便寫了一紙休書要休了老婆；他老太太知道了，便鬧得天翻地覆起來，說映芝有心和他賭氣；難道你休了老婆，便罷了不成？左右我和你拚了這條命。如此一來，嚇得映芝又不敢休了。這位媳婦受氣不過，便回娘家去住幾天。那柴米油鹽的家務，未免少了人照應。老太太又不答應了，說道是：『我是偌大年紀了，兒子也長大了，媳婦也娶了，還要我當這個窮家。』映芝沒法子，只得把老婆接了回來。映芝在招商局領了薪水回來，總是先交給母親；老太太又說我不當家，交給我做什麼？只得另外給老太太幾塊錢零用，他又不要。及至吵罵起來，他總說兒子媳婦沒有錢給我用，我要買一根針，一條線，都要求媳婦指頭縫裏寬一寬，才流得出來。……諸如此類的鬧法，一個月總有兩三回。他老太太高興起來，便到街坊鄰舍上去，數落他兒子一番；再不然，便找到映芝朋友家裏去，也不管人家認得他不認得，走進去便把自己兒子盡情數落。最可笑的，有一回我一個舍親，從南邊來了，便到我家裏去，談起來是和映芝老人家認得的。我那舍親，姓丁，別字紀昌，向來在南京當朋友的；談到映芝老人家，虧空急死的，也十分歎息。卻被那老太太聽見了，便到我這邊來，對紀昌著著實實的，把映芝數落了一頓，總說他怎麼的不孝。這是路過的一個人，說過也就罷了，誰知後來卻累得映芝不淺！」

我道：「怎麼累呢？」杏農道：「你且莫問！等我慢慢的說來。到後來他竟跑到招商局裏去，求見總辦，要告他兒子的不孝。總辦那裏肯見他。便坐在大門口外面，哭天哭地的訴說他兒子怎麼不孝，怎麼不孝。經映芝多少朋友，勸了他，才回來。還有一回，白天鬧得不夠，晚上也鬧起來。等人家都睡了，他卻拍桌子打板櫈的大罵。又把瓷器傢伙一件件的往院子裏亂摔，攪了個雞犬不寧；到明天，實在沒有法子了，映芝的老婆，避回娘家去了，映芝也住在局裏，不敢回家。過了一夜，這位老太太見一個人鬧得沒味了，便拿了一根帶子，自己勒起頸脖子來。恰好被我用的老媽子看見了，便嚷起來。那天剛剛我在家，便同內人過去解救。一面叫我用的一個小孩子，到招商局去叫映芝回來；偏偏映芝又不在局裏；那小孩子沒輕沒重的，便說不好了，石師爺的老太太上了吊。這句話恰被一個和映芝不睦的同事聽了去，便大驚小怪的傳揚起來；說什麼天津地方，要出逆倫重案了，快點叫人去捉那逆子，不要叫他逃脫了。這麼一傳揚起來，叫總辦知道了，便把映芝的事情撤去。

好好的二十兩銀子的館地，從此沒了。天津如何還住得下，只好搬回通州去了。住了一年，終不是事，聽說有幾個祖父的門生，父親的相好，在南京很有局面；便湊了盤纏，到南京去希圖謀個館地。不料我方才說的那位舍親丁紀昌，聽了他老太太的話，回到南京之後，逢人便說，沒處不談。待映芝到了南京，一個個的無不是白眼相加。映芝起初還莫名其妙，後來有人告訴了他丁紀昌的話，方才知道。幸虧回到上海，尋著了述農家兄，方才弄了一份盤纏回來。你說這個不是大受其累麼？誰知回到通州，他那位老太太，又出了花樣了，不住在家裏，躲向親戚家裏去了。映芝去接他回家時，他一定不肯，說是我不慣和他同居。映芝沒法，把老婆送到天津來，住到娘家去了。然後把自己母親，接回家中。通州地面小，不能謀事；自己只得仍到天津來，謀了東局的一件事。東局離這裏遠，映芝有時到市上買東西，或到這裏紫竹林看朋友，天晚了，不便回去，便到丈人家去借住。不知怎樣，被他老太太知道了，又從通州跑到天津來，到親家家裏去大鬧。說親家不要臉，嫁女兒猶如婊子留客一般，留在家裏住宿。」

我道：「難道映芝的老婆，一回娘家之後，便永遠不回夫家了麼？」杏農道：「只有過年過節，由映芝領回去給婆婆拜年拜節；不過住一兩天便走了。倒是這個辦法，家裏過得安靜些；然而映芝卻又擔了一個大名氣了！」我道：「什麼名氣呢？」杏農道：「他那位老太太，滿到四處的去說，說他的兒子賺了錢，只顧養老婆的全家，不顧娘的死活。所以映芝便擔了這個名氣。那東局的事，也沒有辦得長，不多幾個月，就空下來了。一向都是就些短局，一年倒有半年是賦閒的。所謂『人窮志短』，那映芝這兩年，鬧得神采也沒有了。今年春上，弄了一個籌防局的小館地，一個月只有六吊大錢；他自己一個人，連吃飯每月只限定用一吊五百文，給老婆五百文的零用，其餘四吊，是按月寄回通州去的。館地愈小，事情愈忙，這是一定之理。他從春上得了這件事之後，便沒有回通州去過。所以他老太太這回趕了來，先把行李落在這裏，要到籌防局去找兒子；卻不料找錯了，找到巡防局裏去。人家對他說，我們局裏沒有這個人；他便說是兒子串通了門丁，不認娘了，在那裏叫天叫地的哭罵起來。人家辦公事的地方，如何容得這個樣子，便有兩個局勇驅趕他；他又說兒子趕娘了。人家聽了這個話，越發恨了。在那裏受了一場大辱，方才回到這裏，哭喊了一夜。第二天映芝打聽著了，連忙到了這裏來，求他回去。他見了映芝，便是一場大罵，說他指使局勇，羞辱母親。映芝和他分辯，說兒子並不在那個局裏，是母親走錯了地方。他說既然不是這個局，是那個局？映芝是前回招商局的事情，被他母親鬧掉了的；這回怕再是那個樣，如何敢說。他見映芝不說，便天天和映芝鬧。可憐映芝白天去辦公事，晚上到這裏來捱罵。如此一連八九天，這裏房飯錢又貴，每客每天要三百六十文，五天一結算；映芝實在是窮，把一件破舊熟羅長衫當了，才開銷了五天房飯錢。再一耽擱，又是第二個五天到了。昨天晚上，映芝央求他回通州去。不知怎樣觸怒了他，便把映芝的頭也打破了。今天早起，我來了。知道了這件事，先把他老人家連哄帶騙的，請到了我一個朋友家裏，然後勸了他一天。映芝還磕了多少頭，陪了多少小心，直到方才，才把他勸肯了；和他僱定了船，明天一早映芝送他回通州去。一切都說妥了，我方才得脫身到這裏來。」這一席長談，不覺已掌燈多時了。知道杏農沒有吃夜飯，便叫廚房裡弄了兩樣菜，請他就在棧裏便飯。飯後又談了些正事，杏農方才別去。

我在天津住了十多天，料理定了幾樁正事，便要進京。我因為要先到河西務去辦一件事；河西務雖係進京的大路，因恐怕到那邊有耽擱，就沒有僱長車，打算要騎馬；誰知這裏馬價很貴，只有騎驢的便宜；我便僱了一頭驢。好在我行李無多，把衣箱寄在杏農那裏；只帶了一個馬包，跨驢而行。說也奇怪，驢這樣東西，比馬小得多，那性子卻比馬壞；我向來沒有騎過，居然使他不動。出了西沽，不上十里路，他忽然把前蹄一跪；幸得我騎慣了馬的，沒有被他摔下來。然而盡拉韁繩，他總不肯站起來了。只得下來，把他拉起，重新騎上。走不了多少路，他又跪下了。如此幾次，我心中無限焦躁；只得拉著韁繩步行一程，再騎一程，走到太陽偏西，還沒有走到楊村。——由天津進京尖站——越覺心急。看見路旁一家小客店，只得暫且住下，到明天再走。入到店裏，問起這裏的地名，才知道是老米店。我淨過嘴臉之後，拿出幾十錢，叫店家和我去買點酒來。店家答應出去了。

我見天時尚早，便到外面去閒步。走出門來，便是往來官道。再從旁邊一條小巷子裏走進去，只見巷裏頭一家，便是個燒餅攤；餅攤旁邊，還擺了幾棵半黃的青菜；隔壁便是一家鴉片煙店。再走過去，約莫有十來家人家，便是盡頭。那盡頭的去處，卻又是一家賣鴉片煙的。從那賣鴉片煙的大家前面走過去，便是一片田場。再走幾十步，回頭一望，原來那老米店，通共只有這幾家人家，便算是一條村落的了。信步走了一回，仍舊回到店裏，呆呆的坐了一大會。看看天要黑下來了，那店家才提了一壺酒回來，交給我。我道：「怎麼去這半天？」店家道：「客人只怕是初走這裏？」我道：「正是。」店家道：「這老米店沒有賣酒的地方；要喝一點酒，要走到十二里地外去買呢！客人初走這裏，怨不得不知道！」我一面聽他說話，一面舀出酒來呷了一口，覺得酒味極劣；暗想天津的酒甚好；何以到了此地，便這般惡劣起來？想是那買酒的人，賺了我的錢，所以買這劣酒搪塞；深悔方才不曾多給他幾文。心裏正在這麼想著，外面又來了一個客人；卻是個老者，鬢髮皆白，臉上卻是一團書卷氣；手裏提著一個長背搭，也走到房裏來。原來北邊地方的小客店，每每只有一個房，一鋪炕，無論多少寓客，都在一個炕上歇的。那老者放下背搭，要了水淨面；便和我招呼。我也隨意和他點頭。因見桌上有一個空茶碗，順手便舀一碗酒讓他喝。他也不客氣，舉杯便飲。我道：「這裏的酒很不好！」老者道：「這已經是好的了！碰了那不好的，簡直和水一樣。」我道：「這裏離天津不遠，天津的酒很好，何以不到那邊販來呢？」老者道：「衞裏嗎？——北直人通稱天津為衞裏，以天津本衞也。——那裏自然是好酒。老客想是初步這邊，沒知道這些情形。做酒的燒鍋都在衞裏，衞裏的酒，自然是好的了；可是一過西沽，就不行了；為的是釐卡上的捐太重；西沽就是頭一個釐卡，再往這邊來，過一個卡子，就捐一趟，自然把酒捐壞了。」我道：「捐貴了，還可以說得，怎麼會捐壞了呢？」老者道：「賣貴了，人家喝不起；只得攙和些水在酒裏。那釐捐越是抽得利害，那水越是攙得利害，你說酒怎麼不壞？」我問道：「那抽捐是怎麼算法？可是照每擔捐多少算的嗎？」老者道：「說起來可笑得很呢！他並不論擔捐，是論車捐；卻又不講每車捐多少，偏要講每個車輪子捐多少。說起來，是那做官的混帳了！不知道這做買賣的，也不是個好東西；他要照車輪子收捐，這邊就不用牲口拉的車，只用人拉的車。」我道：「這又有什麼分別？」老者道：「牲口拉的車，總是兩個輪子。他們卻做出一種單輪子的車來。那輪子做的頂小，安放在車子前面的當中；那車架子卻做的頂大；所裝的酒簍子，比牲口拉的車裝的多；這車子前面用三四個人拉，後頭用兩個人推，就這麼個玩法。」正是：

一任你刻舟求劍，怎當我掩耳盜鈴？

未知那老者還說出些什麼來，且待下回再記。

第七十回　惠雪舫遊說翰苑　周輔成誤娶填房

我聽那老者一席話，才曉得這裏酒味不好的緣故，並不是代我買酒的人落了錢。於是再舀一碗，讓他喝。又開了一罐罐頭牛肉請他。大家盤坐在炕上對吃。我又給錢與店家，叫他隨便弄點麵飯來。方才彼此通過姓名。那老者姓徐，號宗生，是本處李家莊人，這回從京裏出來；因為此地離李家莊還有五十里，恐怕趕不及，就在這裏下了店。我順便問問京裏市面情形。宗生道：「我這回進京，滿意要見焦侍郎，代小兒求一封信，謀一個館地；不料進京之後，他碰了一樁很不自在的事，我就不便和他談到謀事一層；只住了兩天，就走了。市面情形，倒未留心。」我道：「焦侍郎可就是刑部的焦理儒？」宗生道：「正是他。」我道：「我在上海看了報，他這侍郎是才升轉的，有什麼不自在的事呢？」宗生道：「他們大老官，一帆風順的升官發財，還有什麼不自在?不過為點小小家事罷了。然而據我看來，他實在是咎由自取；他自己是一個絕頂聰明人，筆底下又好；卻是學也不曾入得一名。如今雖然堂堂八座，卻是異途出身。四五個兒子，都不肯好好的念書，都是些不成材的東西；只有一位小姐，愛同拱璧，立志要招一位玉堂金馬的貴婿。誰知立了這麼一個志願，便把那小姐耽誤了。直到了去年，已過二十五歲了，還沒有人家。耽誤了點年紀，還沒有什麼要緊；還把他的脾氣慣得異乎尋常的出奇，又吃上了鴉片煙癮，鬧得一發沒有人敢問名的了。去年六月間，有一位太史公，斷了絃，這位太史姓周，號輔成，年紀還不滿三十歲，二十歲上便點了翰林，放過一任貴州主考，宦囊裏面，多了三千金，便接了家眷到京裏來。省吃儉用的過日子，望開坊。誰知去年春上，染了個春瘟病，捱到六月間死了。你想這般一位年輕的太史公，一旦斷了絃，自然有多少人家央人去做媒的了。這太史公倒也伉儷情深，一概謝絕。這信息被焦侍郎知道了，便想著這風流太史，做個快婿。雖然是個續絃，且喜年紀還差不多。想定了主意，便打算央媒說合。既而一想，自己是女家，不便先去央求。又打聽得這位太史公，凡是去做媒的，一概謝絕，更怕把事情弄僵了；所以直等到今年春天，才請出一個人來商量。這個人便是刑部主事，和周太史是兩榜同年；卻是個旗人，名叫惠覃，號叫雪舫；為人極其能言舌辯。焦侍郎請他來，把這件事直告訴了他，又說明不願自己先求他的意思。雪舫便一力擔承在身上。說道：『大人放心，司官總有法子說得他服服貼貼的來求親；大人這裏還不要就答應他，放出一個欲擒故縱的手段，然後許其成事，方不失了大人這邊的門面。』焦侍郎大喜，便說道：『那麼這件事，就盡託在老兄身上了。』

「雪舫得了這個差使，便不時去訪周輔成談天，周輔成老婆雖死了，卻還留下一個六歲大的男孩子，生得眉清目秀，十分可人，雪舫到了，總是逗他玩笑，考他認字。偶然談起說道：『怪可憐的一個小孩子，小小年紀沒了娘了。你父親怎麼就不再娶一個？』輔成聽了笑道：『傷心還沒有得過，那裏便談到這一層；況且我是立志鰥居以終的了。』雪舫道：『你莫嘴強，這是辦不到的；縱使你伉儷情深，一時未忍，久後這中饋乏人，總不是事。況且小孩子說大不大，總得要有人照應的；你此刻還趕傷心追悼的那邊去，未必肯信我這個話；久後你便要知道的。』輔成未及回答，雪舫又道：『說來也難，娶了一個好的來也罷了；倘使娶了個不賢的，那非但自己終身之累，就是小孩子對付晚娘，也不容易。』輔成道：『可不是嗎？我這立定鰥居以終之志，也是看到這一著。』雪舫道：『這也足見你的深謀遠慮；其實現在好好的女子很少，每每聽見人家說起某家的晚娘，待兒子怎樣；某家的晚娘，待兒子怎樣；聽著也有點害怕。輔成兄！你既然立定主意不娶，何不把令郎送回家鄉去？自己住到會館裏，省得賃宅子，要省得多呢！』輔成道：『我何嘗不想！只為家母生平，最愛的是內人，去年得了我這裏的信息，已經不知傷心的怎樣了；此刻再把小孩子送回去，老人家見子思母，豈非又撩撥起他的傷心來！何況小兒說大雖不大，也將近可以讀書了；我們衙門清閒無事，也想借課子消遣，因此未果。』雪舫道：『既如此，你也大可以搬到會館裏面去，到底省點澆裹。』輔成道：『我何嘗不想！只因這小孩子還小，一切料理，打辦洗澡，還得用個老媽子侍候。』雪舫道：『就是這個難，並且用老媽子，也不容易用著好的。』輔成道：『這倒不然，我現在用的老媽子，就是小孩子的奶娘，還是從家鄉帶來的。』雪舫道：『這麼說，你夫人雖是沒了，這過日子澆裹，還是一文不能省的。』輔成道：『這個自然。』雪舫道：『這麼說，你還是早點續絃的好。』輔成發急道：『這話怎講？』

雪舫笑了一笑，卻不答話。輔成心下狐疑，便追著問是什麼道理。雪舫道：『我要待不說，又對你不起；要待說了出來，一則怕你不信；二則怕你發急。』輔成道：『說得不近情理，不信或者有之；又何至於發急呢？』雪舫又笑了一笑，依然沒有話說。輔成道：『你這個樣子，倒是令我發急了；我和你彼此同年相好，什麼話不好說，要這等藏頭露尾作什麼呢？』雪舫正色道：『我本待不說，然而若是終於不說呢，實在對朋友不起，所以我只得直說了。但是說了，你切莫發急！』輔成發急道：『你說了半天，還是未說；你這是算什麼呢？』雪舫道：『此刻我直說了罷！若是在別的人呢，這是稀不相干的事；無奈我們是做官的人。』說著，又頓住了。輔成恨道：『你簡直爽快點一句兩句說了罷，我又不和你作什麼文字，只管在題前作虛冒，發多少議論，作什麼？』雪舫道：『你是身居清貴之職的，這個上頭更要緊。』輔成更急了道：『你還要故作盤旋之筆呢，快說罷！』雪舫道：『老實說了罷，你近來外頭的聲名，不大好聽呢！』輔成生平是最愛惜聲名的，平日為人謹飭的了不得；忽然聽了這句話，猶如天上掉下了一個大霹靂來，直跳起來問道：『到底是那裏來的話？』雪舫道：『我說呢，叫你不要著急。』輔成道：『到底是那裏來的話？我不懂啊！到底說的是那一行呢？』雪舫拍手道：『你知道我近來到你這裏來坐，格外來得勤，是什麼意思？我是要來私訪你的，誰知私訪了這幾天，總訪不出個頭緒來，只得直說了。外頭人都說你自從夫人沒了之後，便和用的一個老媽子搭上了，纏綿的了不得，所以凡是來和你做媒的，你都一概回絕。』輔成道：『這些謠言，從那裏來的？』雪舫道：『外頭那個不知，還要問那裏來的呢？不信，你去打聽你們貴同鄉，大約同鄉官，沒有一個不知道的了。』輔成直跳起來道：『這還了得！我明日便依你的話，搬到會館去住，樂得省點澆裹。』雪舫道：『這一著，也未嘗不是；然而你既賃了宅子，自己又住到會館裏，怎麼見得省？』輔成道：『那裏的話，我既住到會館，便先打發了老媽子，帶著小孩子住進去了。』雪舫道：『早就該這樣辦法的了。』輔成便忙著要揀日子就搬。雪舫道：『你且莫忙，這不是一時三刻的事，我也在這裏代你打算呢。小孩子說小雖然不小，然而早起晚睡，還得要人招呼；還有許多說不出的零碎事情，斷不是我們辦得到的，譬如他頑皮攪濕了衣服，或者掛破了衣服等類，都是馬上要找替換，要縫補的；試問你我，可以辦得到麼？這都是平常無事的話。萬一要有什麼傷風外感，那不更費手腳麼？我正在這裏和你再三盤算，左也不是，右也不是。看不出這麼一件小小事情，倒是很費商量的。』一席話說得輔成呆了。歇了半晌道：『不然，索性把小孩子送回家鄉去也好。』雪舫道：『你方才不是說怕傷太夫人的心麼？』輔成搓手頓足了半晌，沒個理會。雪舫又道：『不如我和你想個法子罷，是輕而易舉，絕不費事的，不知你可肯做？』輔成道：『你且說出來，可以做的便做。』雪舫道：『你若肯依了我做去，包管你就可以保全聲名。』輔成道：『你又來作文字了，又要在題前盤旋了，快直說了罷！』雪舫道：『你今日起，便到處託人做媒，只說中饋乏人，要續絃了；這麼一來，外頭的謠言自然就消滅了。』輔成道：『這個不過暫時之計，不可久長的；況且央人做媒，做來做去，總不成功，也不是個事；萬一碰了合適的，他樣樣肯將就，任我怎樣挑剔，他都答應，那卻如何是好呢？』雪舫正色道：『那不就認真續了絃就完了。我勸你不要那麼獃，天下那裏有從一而終的男子。你此刻還是熱烘烘的，自然這樣說；久而久之，中饋乏人，你便知道鰥居的難處了；與其後來懊悔，還是趕早做了的好。依我勸你，趁此刻自己年紀不十分大，兒子也還小，還容易配；倘使耽擱幾年，自己年紀也大了，小孩子也長成了，那時後悔，想到續絃，只怕人家有好好的女兒，未必肯嫁給于思于思的老翁了。況且說起來，前妻的兒子已經若干大了，人家更多一層嫌棄。還有一層，比方你始終不續絃的話；將來開坊了，外放了，老大人、太夫人總是要迎養的，同寅中官眷往來，你沒有個夫人，如何使得；難道還要太夫人代你應酬麼？你細想想，我的話是不是？』輔成聽了低下頭去，半晌沒有話說。雪舫又道：『說雖如此說，這件事卻是不能魯莽的，最要緊是打聽人品；倘使弄了一個不賢的來，那可不是鬧玩的。』輔成歎了一口氣，卻不言語。雪舫又道：『此刻你且莫愁這些，先撒開了話，要求人做媒，趕緊要續絃；先把謠言息一息再講。』輔成也沒有話說。雪舫又談些別樣說話，然後辭去。

「過了一日，雪舫未曾出門，輔成先去拜訪了，說是躊躇了一天一夜，沒有別的法子。只好依你之計，暫時息一息謠言再說的了。雪舫道：『既如此，便從我先做起媒來。陸中堂有一位小姐，是才貌兼備的，等我先去碰一碰看。』輔成道：『你少胡鬧，他家女兒，怎肯給我們寒士？何況又是個填房？』雪舫道：『求不求在你，肯不肯由他；問一問不見得就玷辱了他，那又何妨呢！』輔成也就沒話說了。再過一天，雪舫便來回話說：『陸中堂那邊，白碰了；今日我又到張都老爺那邊去說；因為聽說張都老爺有個妹子，生得十分福氣。今日沒有回話，過幾天聽信罷。』此時輔成因為謠言可怕，也略略活動了一點了。這兩天，也在別個朋友跟前提起續絃的話。一時同衙門的，同鄉的，都知道周太史要續絃了。那做媒的，便絡繹不絕；這個誇說張家小姐才能；那個誇說李家小姐標緻；說得心如槁木的一位太史公，心中活潑潑起來。雪舫又時時走來打動，商量要怎麼的好，怎麼的不好；又說第一年紀大的好。輔成問他是什麼原故。雪舫道：『若是元配，自然年紀不怕小的；此刻你的是續絃，進了你門，就要做娘的，翁姑又不在跟前，倘使年紀過輕，怎麼能當得起這個家？若是年紀大點的，在娘家縱使未曾經練過，也看見得多了；招呼小孩子，料理家務，自然都會的了，你想不是年紀大的好麼？』說得輔成合了意。他卻另外挽出一個人來，和輔成做焦侍郎小姐的媒。輔成便向雪舫打聽。雪舫道：『這一門我早就想著了：一則怕這位小姐不肯許人家做填房；二則我和焦老頭子，有堂屬之分，夠不上去說這些事；所以未曾提及。這門親倘是成了，倒是好的。聽說那一位小姐，雅的是琴棋書畫，俗的是寫算操作，沒有一件不來的；況且年紀好像在二十以外一點了，於料理小孩子一層，自然是好的了。』輔成聽了，也巴望這門親定了，好得個內助。偏偏焦侍郎那邊，又沒有著實回話，倒鬧得輔成心焦起來，又託雪舫去說。求之再四，方才應允。一連跑了四五天，把這頭親事說定。一面擇日行聘。過了幾時，又張羅行親迎大禮，央了欽天監選擇了黃道吉日，打發了鼓吹彩輿去迎娶，擇定了午正三刻拜堂合巹。

「這一天，周太史家裏賀客盈門，十分熱鬧；格外提早點吃了中飯，預備彩輿到了，好應吉時拜堂。一班同年同館的太史公，都預備了催妝詩，合巹詞；誰知看看到了吉時，不見彩輿到門，眾親友都呆呆的等著看新人；等夠多時，已是午過未來。還是寂無消息。辦事的人，便打發人到坤宅去打聽。回報說新人正在那裏梳妝呢。眾人只得仍舊呆等。等到了未末申初，兩頂大媒老爺的轎子到了；說來了來了，快了快了，馬上就登輿了。周太史一面款待大媒。鬧了一會，已交酉刻，天已晚下來了，只得張羅開席宴客。吃到半席時，忽然間鼓樂喧天的，新娘娶回來了，便連忙撤了席，拜堂送房合巹。又忙了一陣，直到戌正，才重新入席。那新人的陪嫁，除了四名丫頭之外，還有兩房僕婦，兩名家人，都是很漂亮的。眾人盡歡散席時，已是亥正了。大家寬坐了一會，便要到新房裏看新人。周太史只得陪著到新房裏去。眾人舉目看時，都不覺楞了一楞。原來那位新人，早已把鳳冠除下，卻仍舊穿的蟒袍霞帔，在新床上擺了一副廣東紫檀木的鴉片煙盤，盤中煙具，十分精良；新人正躺在新床吃舊公煙呢。看見眾人進來，才慢慢的坐起；手裏還拿著煙槍，兩個伴房老媽子，連忙過去接了煙槍，打橫放在煙盤上。一個接手代他戴上鳳冠；陪嫁家人過來，把煙盤收起來，回身要走。忽聽得嬌滴滴的聲音叫了一聲『來』，這個聲音正是新人口中吐出來的。那陪嫁家人，便回轉身子，手捧煙盤，端端正正的站著。只聽得那新人又說道：『再預備十三個泡兒就夠了。』那陪嫁家人，連答應了三四個『是』字，方才退了出去。眾人取笑了一回，見新人老氣橫秋的那個樣子，便紛紛散去。

「新人見客散了，仍舊叫拿了煙具來，一口一口的吹；吹足了十二口時，天色已亮，方才卸妝睡覺。周輔成這一氣，幾乎要死；然米已成飯，無可如何了。只打算日後設法禁制他罷了。那位新人一睡，直到三下鐘方才起來。梳洗已畢，便有他的陪嫁家人，帶了一個面生人，手裏拿了一包東西，到上房裏去。輔成此時一肚子沒好氣，也沒做理會。第二天晚上，便自己睡到書房裏去了。到了第三天，是照例回門，新婿新人，先後回去。行禮已完，新婿也照例先回。及至輔成回到家時，家人送上兩張帳單。輔成接過來一看，一張是市美珠寶店的，上面開著珍珠頭面一副．穿珠手鐲一副、西洋鑽石戒指五個，共價洋四千五百兩；又一張是寶興金店的，上面開著金手鐲一副，押髮簪子等件，零零碎碎，共價是三百十五兩；輔成看了便道：『我家裏幾時有買過這些東西？』家人回道：『這是新太太昨天叫店裏送來的。』輔成嚇了一跳，呆了半晌，沒有話說。慢騰騰的踱到書房，換過便衣，唉聲歎氣的坐立不安。直等到晚上十二點多鐘，新人方才回來。輔成一肚子沒好氣，走到上房。只見那位新夫人，已經躺下吃煙了，看見丈夫進來，便慢騰騰的坐起。輔成不免也欠欠身坐下。半晌開口問道：『夫人昨天買了些首飾？』新人道：『正是！我因為今天回門，倘使還戴了陪嫁的東西，不像樣子；所以叫他們拿了來，些微揀了兩件；其實還不甚合意。』輔成道：『既然不甚合意，何不退還了他呢？』說時，臉上很現出一種不喜歡的顏色。新人聽了這話，看了新婿的顏色，不覺也勃然變色起來。」正是：

房帷未遂齊眉樂，易象先呈反目爻。

未知一對新人，鬧到怎麼樣子，且待下回再記。

第七十一回　周太史出都逃婦難　焦侍郎入粵走官場

「當下新人變了顏色，一言不發。輔成也忍耐不住，說道：『不瞞夫人說，我當了上十年的窮翰林，只放過一回差，不曾有什麼積蓄。』新人不等說完，便搶著說道：『罷罷！幾吊錢的事情，你不還，我娘家也還得起；我明日打發人去要了來，不煩你費心；不過我這個也是掙你的體面。今天回門去，我家裏什麼王爺貝子貝勒的福晉姑娘，中堂尚書侍郎的夫人小姐，擠滿了一屋子；我只插戴了這一點撈什子，還覺著怪寒塵的。誰知你倒那麼驚天動地起來！早知道這樣，你又何必娶什麼親？』說著，又叫了一聲『來』。那陪嫁家人，便走了進來，垂手站著。新人拿眼睛對著鴉片煙盤看了一看。那家人便走到床前，半坐半躺的燒了一口煙，裝到斗上。輔成冷眼覷著，只見那家人把煙槍向那邊一送，新人躺下來，接了，向燈上去吸。那家人此時簡直也躺了下來，一手擋著槍梢，一手拿著煙籤子，撥那斗門上的煙。輔成見了，只氣得三尸亂爆，七竅生煙。只因才做了親不過三朝，不便發作。忍了一肚子氣，仍到書房裏去安歇了。從此那珠寶店金子店的人，三天五天，便來催一次。輔成只急得沒路投奔。雪舫此時，卻不來了。終日悶著一肚子氣，沒處好告訴，沒人好商量。一連過了二十多天，看看那娶來的新人，非但愈形驕蹇放縱；並且對於那六歲孩子，漸漸露出晚娘的面目來了。輔成更加心急，想想轉恨起雪舫來；然而徒恨也無益，總要想一個善後之策。因此焦灼的一連幾夜，總睡不著。並且自從娶親以來，便和上房如同分了界一般，足跡輕易不踏到裏面。小孩子受了晚娘的氣，又走到自己跟前哭哭啼啼，益加煩悶。忽然一日，自己決絕起來，定下一個計策，暗地裏安排妥當。只說家中老鼠多，損傷了書籍字畫，把一切書畫，都歸了箱，送到會館裏存放；一共運去了十多箱書畫。暗中打發一個家人，到會館裏取了，運回家鄉去。等到了滿月那天，新人又照例回門去了。這一次回門，照例要在娘家住幾天。這位周太史等他夫人走了，便寫了個名條，到清秘堂去請了一個回籍措資的假。僱了長車，帶了小孩子，收拾了細軟，竟長行回籍去了。只留下一個家人看門。給了他一個月的工錢，叫他好好看守門戶。誑他說到天津，去去就來的。他自己到了天津之後，卻寄了一封信給他丈人焦侍郎。這封信，卻是駢四驪六的，足有三千多字，寫得異常的哀感頑豔。焦侍郎接了這封信，一氣一個死。無可奈何，只得把女兒權時養在家裏，等日後再做道理。我進京找他求信，恰好碰了這個當口，所以我也不便多說。耽擱了幾天，只得且回家去，過幾時再說的了。」

徐宗生一席長談，一面談著，一面喝著，不覺把酒喝完了，飯也吃了。問店家要了水來淨了面。我又問起焦侍郎為什麼把一位小姐慣到如此地位？宗生道：「這也不懂，論起來，焦侍郎是很有閱歷的人；世途上，仕途上，都走得爛熟的了，不知為什麼家庭中卻是如此？」我道：「世路仕路的閱歷，本來與家庭的事，是兩樣的。」宗生道：「不是這樣說！這位焦理儒，他是經過極貧苦來的，不應把小孩子慣得驕縱到這步田地！他焦家本是個富家，理儒是個庶出的晚子，十七八歲上，便沒了老子，弟兄們分家，他名下也分到了二三萬的家當，經不起他老先生吃喝嫖賭，無一不來。不上幾年，一份家當，弄得精光。鬧得弟兄不理，族人厭惡，親戚冷眼，朋友遠避。在家鄉站不住了，賭一口氣走了出來；走到天津，住在同鄉的一家字號裏；白吃兩頓飯，人家也沒有好面目給他。可巧他的運氣來了，字號裏的棧房，碰破了兩箱花椒，連忙修釘好了，總不免有漏出來的。字號裏的小夥計，把他掃了回來。被這位焦侍郎看見了，不覺觸動了他的一門手藝。把那好的整的花椒，揀了出來，用一根線一顆一顆的穿起來，盤成了一個班指。被字號裏的夥計看見了，歡喜他精緻，和他要了。於是這個要穿一個，那個要穿一個，弄得天天很忙。他又會把他盤成珠子，穿成一副十八子的香珠。穿了香珠，卻沒有人要。只有班指，要的人多；甚至有出錢叫他穿的。恰巧有一位候補道進京引見，路過天津，是他的世伯輩；他用了世愚姪的帖子去見了一回。便把所穿的香珠，湊了一百零八顆，配了一副燃料的佛頭紀念，穿成一掛朝珠；又穿了一個細緻的班指；作一份禮送了去。那位候補道歡喜的了不得，等他第二次去見了，便問他在天津做什麼。他一時沒得好回答，便隨嘴答應，說要到廣東去謀事。那候補道便送了他五十兩銀子程儀；他得了這筆銀子，便當真到廣東去了。

「原來他有一位姑丈，是廣東候補知府；所以他一心要找他姑丈去。誰知他在家鄉那等行為，早被他哥哥們，寫信告訴了姑丈；所以他到了廣東，那位姑丈只給他一個不見；他姑母是早已亡故的了，他姑丈就在廣東續的絃，他向來沒有見過；就是請見也見不著。五十兩銀子有限，從天津到得廣東，已是差不多的了。再是姑丈不見，住幾天客棧，看看銀子沒有了，他心急了，便走到他姑丈公館門口等著，等他姑丈拜客回來，他抓住了轎槓便叫姑丈。他姑丈到了此時，沒有法子，只得招呼他進去，問他來意。他說要謀事。他姑丈說：『談何容易！這廣東地方雖大，可知人也不少；非有大帽子壓下來，不能謀一個館地；並且你在家裏荒唐慣了，到了外面，要守外面的規矩。你怎樣辦得到？不如仍舊回去罷！』他道：『此刻盤纏也用完了，回去不得；只得在這裏等機會。我就搬到姑丈公館來住著等。想姑丈也不多我這一碗閒飯！』他姑丈沒奈何，只得叫他搬到自己公館裏住。這一住又是好幾個月，喜得他還安分，不曾惹出逐客令來。他姑丈在廣東，原是一個紅紅兒的人，除了外面兩三個差使不算，還是總督衙門的文案。這一天總督要起一個摺稿，三四個文案擬了出來，都不合意；便把這件事交代了他姑丈。他姑丈帶回公館裏去弄，也弄不好。他看見了那奏稿節略，便自去擬出一篇稿來，送給他姑丈看，問使得使不得。他姑丈向來鄙薄他的，如何看得在眼裏，拿過來，便擱在一旁；但苦於自己左弄不好，右弄不好，姑且拿他的來看看，看了也不見得好。暗想且不要管他，明天且拿他去塞責。於是到了明天，果然袖了他的稿子去上轅。誰知那位制軍一看見了，便大加賞識，說好得很，卻不像老兄平日的筆墨。他姑丈一時無從隱瞞，又不敢撒謊，只得直說了，是卑府親戚某人代作的。制軍道：『他現在辦什麼事？是個什麼功名？』他姑丈回說沒有事；也沒有功名。制軍道：『有了這個才學，不出身可惜了！我近來正少一個談天的人，老兄回去，可叫他來見我。』他姑丈怎麼好不答應，回去便給他一身光鮮衣服，叫他去見制軍。那制軍便留他在衙門裏住著。閒了時，便和他談天。他談風卻極好，有時悶了，和他下圍棋；他卻又能夠下兩子，並且輸贏當中，極其有分寸；他的棋子雖然下得極高，卻不肯叫制軍大敗；有時自己還故意輸去兩子。偶然制軍高興了，在簽押房裏和兩位師爺小酌，他的酒量，恰恰又不輸與別人；並且出主意行出個把酒令來，都是雅俗共賞的。若要和他考究經史學問，他卻又樣樣對答得上來；有時唱和幾首詩，他雖非元，白，李，杜，卻也才氣縱橫。因此制軍十分隆重他，每月送他五十兩銀子的束脩。他就在廣東闊天闊地起來。

「不多幾時，潮州府出了缺，制臺便授意藩臺，給他姑丈去署了。一年之後，他姑丈卸事回來，稟知交卸，制軍便問他：『我這回叫你署潮州，是什麼意思，你可知道？』他姑丈回說是大帥的栽培。制軍道：『那倒並不是！我想你那個親戚，總要想法子，叫他出身；你在省城當差，未必有錢多，此刻署了一年潮州，總可以寬裕點了，可以代你親戚捐一個功名了。』他姑丈此時，不能不答應，然而也太刻薄一點，只和他捐了一個未入流，帶捐免驗看，指分廣東，他便照例稟到。制軍看見只代他弄了這麼個功名，心中也不舒服。只得吩咐藩臺，早點給他一個好缺署理。總督吩咐下來的，藩司那裏敢怠慢；不到一個月，河泊所出了缺，藩臺便委了他。原來這河泊所，是廣東獨有的官；雖是個從九未入，他那進款，可了不得。事情又風流得很，名是專管河面的事，就連珠江上妓船也管了。他做了幾個月下來，那位制軍奉旨調到兩江去了，本省巡撫坐升了總督，藩臺坐升了撫臺；剩下藩臺的缺，卻調了福建藩臺來做。那時候一個最感恩知己的走了，應該要格外小心的做去才是個道理。誰知他卻不然，除了上峯到任，循例道喜之外，朔望也不去上衙門。只在他自己衙門裏，辦他的風流公案。那時新藩臺是從福建來的，所有跟來的官親幕友，都是初到廣東。聞得珠江風月，那一個不想去賞鑑賞鑑。有一天晚上，藩臺的少爺，和一個衙門裏的師爺，兩個人在穀埠——妓船麕聚之所——船上請客。不知怎樣，妓家得罪了那位師爺；師爺大發雷霆，把席面掀翻了，把船上東西打個稀爛；大呼小叫的，要叫河泊所來辦人。嚇得一眾妓女，鶯飛燕散的，都躲開了。一個鴇婦，見不是事，就硬著頭皮，閃到艙裏去，跪下叩頭認罪。那師爺順手拿起一個茶碗，劈頭摔去，把鴇婦的頭皮摔破了，流出血來。請來的客，也有解勸的，也有幫著嚷打的。這個當口，恰好那位焦理儒，帶了兩個家人，划了一艘小船，出來巡河；剛剛巡到這個船邊，聽得吵鬧，他便跳過船來；剛剛走在船頭，忽見一個人在艙裏走出來。一見了理儒便道：『來得好！來得好！』理儒抬頭一看，卻是一位姓張的候補道，也是極紅的人。原來理儒在督署裏面，當了差不多兩年的朋友。又是大帥跟前極有面子的，所以那一班候補道府，沒有一個不認得他的。

「當下理儒看見是熟人，便站住了腳。姓張的又低低的說道：『藩憲的少大人和老夫子在裏面，是船家得罪了他，閣下來得正好，請辦一辦他們，以儆將來。』理儒聽了，理也不理，昂起頭，走了進去，便厲聲問道：『誰在這裏鬧事？』旁邊有兩個認得理儒的，便都道：『好了！好了！他們的管頭來了。』有個便暗暗告訴那師爺，這便是河泊所焦理儒了。那師爺便上前招呼。理儒看見地下跪著一個頭破血流的婦人，便問誰在這裏打傷人。那師爺便道：『是兄弟捽了他一下！』理儒沈下臉道：『清平世界，那裏來的兇徒？』回頭叫帶來的家人道：『把他拿下了！』藩臺的少爺看見這個情形，不覺大怒道：『你是什麼人？敢這麼放肆？』理儒也怒道：『你既然在這裏胡鬧，怎麼連我也不知道！想也是兇徒一類的。』喝叫家人，把他也拿了。旁邊一個姓李的候補府，悄悄對他說道：『這兩位一個是藩臺少爺，一個是藩臺師爺。』理儒喝道：『什麼少爺老爺，私爺公爺！在這裏犯了罪，我總得帶到衙門裏辦去。』姓李的見他認真起來，便閃在一邊，和一班道府大人，閃閃縮縮的；都到隔壁船上去，偷看他作何舉動。只見他帶來的兩個家人，一個看守了師爺，一個看守了少爺；他卻居中坐了，喝問那鴇婦：『是那一個打傷你的？快點說來！』那鴇婦只管叩頭，不肯供說。那師爺氣憤憤的說道：『是我打的！卻待怎樣？』理儒道：『好了！得了親供了！』叫家人帶了他兩個，連那鴇婦，一起帶到衙門裏去。此時師爺少爺帶來的家人，早飛也似的跑進城報信去了。理儒把一起人也帶進城到衙門裏，分別軟禁起來。自己卻不睡，坐在那裏等信。

「到得半夜裏，果然一個差官拿了藩臺片子來要人。理儒道：『要什麼人？』差官道：『要少爺和師爺！』理儒道：『我不懂！我是一個人在衙門裏辦公，沒帶家眷，沒有少爺；官小俸薄，請不起朋友，也沒有師爺。』差官怒道：『誰問你這個來！我是要藩憲的少大人，以及藩署的師爺！』理儒道：『我這裏沒有！』差官道：『你方才拿來的就是！』理儒道：『那不是什麼少爺師爺，是兩個鬧事傷人的兇徒！』差官道：『只他兩個就是；你請他出來，我一看便知。』理儒把桌子一拍，大喝道：『你是個什麼東西，要來稽查本衙門的犯人？』喝叫家人，給我打出去。兩個家人，一片聲叱喝起來。那差官沒好氣，飛馬回衙門報信去了。藩臺聽了這話，也十分詫異；一半以為理儒誤會，一半以為那差官攪不清楚；只得寫了一封信，再打發別人去要。理儒接了信，付之一笑。草草的回了一個稟，交來人帶了去。稟裏略言：『卑職所拿之人，確係兇徒，現有受傷人為證。無論此兇徒係何人，既以公事逮案；案未了結，未便遽釋』云云。這兩次往返，天已亮了。理儒卻從從容容的吃過了早飯，才叫打轎回公事去。誰知他昨夜那一鬧，外面通知道了；說是河泊所太爺，誤拿藩臺的人；這一回，是死無葬身之地的了；不定合衙門的人，都有些不便呢。此風聲一夜傳了開去。到得天明，合衙門的書吏差役，紛紛請假走了；甚至於抬轎的人，也沒有了。理儒看見，覺得好笑，只得另外僱了一乘小轎，自己帶了那一顆小小的印把，叫家人帶了那少爺師爺鴇婦，一同上制臺衙門去。」這一去，有分教：

胸前練雀橫飛出，又向最高枝上棲。

未知理儒見了制臺，怎樣回法，且待下回再記。

第七十二回 逞強項再登幕府 走風塵初入京師

「前一夜藩臺因為得了幕友兒子鬧事，被河泊所司官捉去的信，心中已經不悅。及至兩次去討不回來，心中老大不舒服。暗想這河泊所是什麼人，他敢與本司作對。當時便有那衙門舊人告訴他，說是這河泊所本來是前任制臺的幕賓，是制臺交代前任藩臺，給他這個缺的。藩臺一想，前任藩臺，便是現任的撫軍，莫非他仗了撫軍的腰子麼？等到天明，便傳伺候上院去。把這件事，囁囁嚅嚅的回了撫臺。撫臺道：『這個人和兄弟並沒有交情，不過兄弟在司任時，制軍再三交代，給他一個缺。恰好碰了河泊所出缺，便委了他罷了。但是聽說他很有點才幹，昨夜的事，他一定明知是公子；但不知他要怎樣玩把戲罷了。我看他既然明知是公子，斷不肯僅於回首縣，說不定還要上轅來。倘使他到兄弟這裏，兄弟自當力為排解，叫他到貴署去負荊請罪；就怕他逕到督憲那裏去，那就得要閣下自己去料理的了。』藩臺聽說，便辭了撫臺，去見制臺。喜得制臺是自己同鄉世好，可以無話不談的，一直上了轅門，巡捕官傳了手本進去，制臺即時請見。藩臺便把這件事，一五一十的回明白了。又說明這河泊所焦理儒係前任督憲的幕賓。

「制臺聽了這話，沈吟了一會道：『他若是當一件公事，認真回上來，那可奈何他不得，只怕閣下身上也有點不便！這個便怎生處置？』藩臺此時也呆了。垂手說道：『這個只求大帥格外設法！』制臺道：『他動了公事來，實在無法可設。』藩臺正在躊躇，那巡捕官早拿了河泊所的手本上來回話了。制臺道：『他一個人來的麼？』巡捕道：『他還帶了兩個犯人，一個受傷的同來。』藩臺起初只知道兒子和師爺在外鬧事，不曾知道打傷人一節。此刻聽了巡捕的話，又加上一層懊惱。制臺便對藩臺說道：『這可是鬧不下來了！或者就請了他進來，你們彼此當面見了，我在旁邊打個圓場，想來還可以下得去。』藩臺道：『他這般倔強，萬一他一定頂真起來，豈不是連大帥也不好看？』制臺忽然想了一個主意道：『有了！只是要閣下每月津貼他多少錢，這件事就包在我身上，霎時間就冰消瓦解了。』藩臺道：『終不成拿錢買他。』制臺道：『不是買！你只管每月預備二百銀子，也不要你出面；你一面回去，只管揀員接署河泊所就是了！』

「藩臺滿腹狐疑，不便多問。制臺已經端茶送客。一面對巡捕說：『請焦大老爺。』向來傳見末秩，沒有這種聲口的。那巡捕也很以為奇，便連忙跑了出去。藩臺一面辭了出來，走到麒麟門外，恰遇見那巡捕官拿著手版，引了焦理儒進去。那巡捕見了藩臺，還站了一站班。只有理儒要理不理的，只望了他一眼。藩臺十分氣惱，卻也無可如何。理儒進去了，見了制臺。常禮已畢。制臺便拉起炕來；理儒到底不敢坐，只在第二把交椅前面站定。制臺道：『老兄的風骨，實在令人可敬！敬請上坐了，我們好談天。將來叨教的地方還多呢！』理儒只得到炕上坐了。制軍又親手送過茶，然後開談道：『昨天晚上那件事，兄弟早知道了。老兄之強項風骨，著實可敬！現在官場中那裏還有第二個人！只可惜屈於末僚。兄弟在任未久，昧於物色，實在抱歉得很！』理儒道：『大帥獎譽過當，卑職絕不敢當！只是責守所在，不敢避權貴之勢。這是卑職生性使然。此刻開罪了本省藩司，卑職也知道罪無可逭；所以帶印在此，情願納還此職，只求大帥把這件事公事公辦。』說著，在袖裏取出那一顆河泊所印來，雙手放在炕桌上。制臺道：『這件事，兄弟另外叫人去辦，不煩閣下費心；不過另有一事，兄弟卻要叨教。』說罷，叫一聲『來』，又努一努嘴。一個家人便送上一副梅紅全帖。制臺接在手裏便站起來，對理儒深深一揖，理儒連忙還禮。制臺已雙手把帖子遞上道：『今後一切，都望指教！』理儒接來一看，卻是延聘書啓老夫子的關書，每月致送束脩二百兩。便連忙一揖道：『承大帥栽培，深恐駑駘，不足以副憲意！』制臺道：『前任督憲，是兄弟同門世好，最有知人之明，閣下不以兄弟不才，時加教誨，為幸多矣！』當下又談了些別話，便把理儒留住。一面叫傳藩司，一面叫人帶了理儒進去；與各位師爺相見。原來那藩臺並不曾回去，還在官廳上，一則等信息；二則在那裏抱怨師爺，責備兒子。一聽得說傳，便連忙進去。制臺把上項事，仔細告訴了一遍，又道：『一則此人之才，一定可用！二則借此可以了卻此事。閣下回去，趕緊委人接署；此後每月二百兩的束脩，由尊處送來就是了。』藩臺聽說，謝了又謝。制臺又把那河泊所的印，交他帶去道：『也不必等他交待；你委了人，就叫他帶印到任便了。』藩臺領命辭去。從此焦河廳又做了總督幕賓，總是他生得人緣美滿。這位制軍得了他之後，也是言聽計從；叫他加捐了一個知縣，制臺便拜了一個摺，把他明保送部引見。回省之後，便署了一任香山，當了好些差使。從此連捐帶補的，便弄了個道臺。就此一帆風順，不過十年，便到了這個地位。只可憐他那姑丈，此刻六十多歲了，還是一個廣東候補府。自從署一任潮州下來，一直不曾署過事。你說這宦海升沈，有何一定呢？」

我本來和宗生談的是焦侍郎不善治家庭的事，卻無意中惹了他這一大套，又被我聽了不少的故事。當下夜色已深，大家安睡一宿，次日便分路而行。我到河西務料理了兩天的事，又到張家灣耽擱了一日，方才進京。在騾馬市大街廣陞客棧歇下。因為在河西務張家灣寄信不便，所以直等到了京城，才發各路的信。一連忙了兩天，不曾出門，方才料理清楚。因為久慕京師琉璃廠之名，這天早上，便在客棧櫃上，問了路徑，步行前去。一路上看看各處市景。街道雖寬，卻是坎坷的了不得，滿街上不絕的駱駝來往；偶然起了一陣風，便黃塵十丈。以街道而論：莫說比不上上海，凡是我經過的地方，沒有一處不比他好幾倍的。一路問訊到了琉璃廠，路旁店鋪，盡是些書坊筆墨古玩等店家。走到一家松竹齋紙店，我想這是著名的店家，不妨進去看看。想定了，便走近店門，一隻腳才跨了進去，裏邊走出一個白鬍子的老者，拱著手，呵著腰道：「你儜來了！——你儜，京師土語，尊稱人也。發音時唯用一儜字，你字之音，蓋藏而不露者；或曰：『你老人家』四字之轉音也，理或然歟？——久違了！你儜一向好！裏邊請坐！」我被這一問，不覺楞住了，只得含糊答應，走了進去。便有一個小後生，送上一枝水煙筒來；老者連忙攔住，接在手裏，裝上一口煙，然後雙手遞給我。那小後生又送上一碗茶；那老者也接過來。一手拿起茶碗，一手把茶托側轉，舀了一舀，重新把茶放上，雙手遞了過來；還齊額獻上一獻。然後自己坐定。嘴裏說些天氣好啊，還涼快，不比前年，大九月裏還是很熱。你儜有好兩個月沒請過來了。我一面聽他說，一面心中暗暗好笑；我初意進來，不過要看看，並不打算買東西；被他這麼一招呼，倒不好意思空手出去了。只得揀了幾個墨盒筆套等件，好在將來回南邊去，送人總是用得著的。老者道：「墨盒子蓋上可要刻個上下款？」我被他提醒了，就隨手寫了幾個款給他；然後又看了兩種信箋。老者道：「小店裏有一種永樂箋，頭回給你儜看過的，可要再看看？」說罷，也不等我回話，便到櫃裏，取出一個大紙匣來。我打開匣蓋一看，裏面是約有八寸見方的玉版箋，左邊下角上一朵套色角花，紙色極舊。老者道：「這是明朝永樂年間，大內用的箋紙；到此刻差不多要到五百年了，真的是古貨。你儜瞧，這角花不是印板的，是用筆畫出來的，一張一個樣子，沒有一張同樣兒的。」我拿起來仔細一看，的確是畫的；看看那紙色，縱使不是永樂年間的，也是個舊貨了。因問他價錢。老者道：「別的東西。有個要價還價；這個紙是言無二價的，五分銀子一張。」我笑道：「怎麼單是這一種做不二價的買賣呢？」老者道：「你儜明見得很！我不能瞞著你儜，別的東西，市價有個上下，工藝有個粗細，唯有這一號紙，是做不出來的，賣了一張，我就短了一張的了。小號收來是三千七百二十四張，此刻只賸了一千三百十二張了。」我心裏雖是笑他搗鬼，卻也歡喜那紙，就叫他數了一百張，一共算帳。因為沒帶錢，便寫了個條子，叫他等一會送到廣陞棧第五號，便走出來。那老者又呵腰打拱的一路送出店門之外，嘴裏說了好些沒事請來談談的話。

我別過了，走到一家老二酉書店，也是最著名的。便順著腳走了進去。誰知才進了門口，劈頭一個人在我膀子上一把抓著道：「哈哈！是什麼風把你儜吹來了！我計算著你儜總有兩個月沒來了！你儜是最用功的，看書又快，這一向買的是誰家的書？總沒請過來？」說話時，又瞅著一個學徒罵道：「你瞧你！怎麼越鬧越傻了？——傻音近耍字音，京師土諺，癡呆之意也。——老爺們來了，茶也忘了送了，煙也忘了裝了。像你這麼個傻大頭，還學買賣嗎？」他嘴裏雖是這麼說，其實那學徒早已捧著水煙筒，在那裏伺候了。那個人把我讓到客座裏，自己用袖子拂拭了椅子，請我坐下。然後接過煙筒，親自送上。此時已是另有一個學徒，泡上茶來了。那人便問道：「你儜近來看什麼書啊？今兒個要辦什麼書呢？」我未及回答，忽見一個人拿了一封信進來，遞給那人。那人接在手裏，拆開一看，信裏面卻有一張銀票。那人把信放在桌上，把銀票看了一看，縐眉道：「這是松江平，又要叫我們吃虧了。」說著，便叫學徒的，把李大人那箱書拿出來，交他管家帶去。學徒捧了一個小小的皮箱過來，擺在桌上，那箱卻不是書箱，像是個小文具箱樣子；還有一把鎖鎖著。那送信的人便過來要拿。那人交代道：「這鎖是李大人親手鎖上的，鑰匙在李大人自己身邊，你就這麼拿回去就得了。」那送信人，拿了就走。

這個當口，我順眼看他桌上那張信，寫的是：「送上書價八十兩，祈將購定之書，原箱交來人帶回」云云。我暗想這個小小皮箱，裝得了多大的一部書，卻值得八十兩銀子；忍不住向那人問道：「這箱子裏是一部什麼書？卻值得那麼大價。」那人笑道：「你傳也要辦一份罷？這是禮部堂官李大人買的。」我道：「到底是什麼書？你傳告訴了我，我也許買一部。」那人道：「那箱子裏共是三部：一部品花寶鑑，一部肉蒲團，一部金瓶梅。」我聽了，不覺笑了一笑。那人道：「我就知道這些書，你傳是不對的；你傳向來是少年老成，是人所共知的。咱們談咱們的買賣罷。」

我初進來時，本無意買書的；被他這一招呼應酬，倒又難為情起來；只得要了幾種書來。揀定了，也寫了地址，叫他送去取價。我又看見他書架上庋了好些石印書，因問道：「此刻石印書，京裏也大行了？」那人道：「行是行了，可是賣不出價錢。從前還好，這兩年有一個姓王的，只管從上海販了來，他也不管大眾行市，他販來的便宜，就透便宜的賣了，鬧得我們都看不住本錢了。」我道：「這姓王的可是號叫伯述？」那人道：「正是！你儜認得他麼？」我道：「有點相熟。不知道他此刻可在京裏？住在什麼地方？」那人道：「這可不大清楚。」我就不問了。

別了出來，到各處再逛逛。心中暗想：這京城裏做買賣的人，未免太油腔滑調了。我生平第一次進京，頭一天出來閒逛，他卻是什麼許久不來啊，兩個月沒來啊，拉攏得那麼親熱，真是出人意外。想起我進京時，路過楊村打尖，那店家也是如此；我騎著驢走過他店門口，他便攔了出來，說什麼久沒見你儜出京啊？幾時到衞裏去的？你儜用的還是那匹老牲口。說了一大套。當時我還以為他認錯了人，據今日情形看來，北路裏做買賣的，都是這副伎倆的了。正這麼想著，走到一處十字街口；正要越走過去，忽然橫邊走出一頭駱駝，我只得站定了，讓他過去。誰知過了一頭，又是一頭，絡繹不絕；並且那拴駱駝之法，和拴牛一般；穿了鼻子，拴上繩，卻又把那一根繩，通到後面來，拴後面的一頭；如此頭頭相連，一連連了二三十頭，那身軀又長大，走路又慢，等他走完了，已是一大會的工夫，才得過去。

我初到此地，路是不認得的，不知不覺，走到了前門大街。老遠的看見城樓高聳，氣象雄壯，便順腳走近去望望。在城邊繞行一遍，只見甕城凸出，開了三個城門，東西兩個城門是開的，當中一個關著。這一門，是只有皇帝出來才開的，那一種嚴肅氣象，想來總是很利害的了；我走近那城門洞一看，誰知裏面瓦石垃圾之類，堆得把城門也看不見了；裏面擠了一大群叫化子，也有坐的，也有睡的，也有捧著燒餅在那裏吃的，也有支著幾塊磚當爐子，生著火煮東西的。我便縮住腳，回頭走。走不多路，經過一家燒餅店；店前擺了一個攤，攤上面擺了幾個不知隔了幾天的舊燒餅。忽然來了一群化子，一擁上前，一人一個，或兩個，搶了便飛跑而去。店裏一個人大罵出來，卻不追趕，低頭在攤檯底下，又抓了幾個出來擺上。我回眼看時，那新擺出來的燒餅，更是陳舊不堪。暗想這種燒餅，還有什麼人要買呢？想猶未了，就看見一個人丟了兩個當十大錢在攤上，說道：「四十。」那店主人便在裏面取出兩個雪白新鮮的燒餅來交給他。我這才明白他放在外面的陳舊貨，原是預備叫化子搶的。順著腳又走到一個胡同裏，走了一半，忽見一個叫化子，一條腿腫得和腰一般粗大；並且爛得血液淋漓；當路躺著。迎頭來了一輛車子，那胡同很窄，我連忙閃避在一旁，那化子卻還躺著不動。那車子走到他跟前，車夫卻把馬韁收慢了，在他身邊走過；那車輪離他的爛腿，真是一髮之頃，幸喜不曾碰著。那車夫走過了之後，才揚聲大罵，那化子也和他對罵。我看了，很以為奇；可惜初到此處，不知他們搗些什麼鬼。又向前走去，忽然抬頭看見一家山東會館。暗想伯述是山東人，進去打聽，或者可以得個消息。想罷，便踱了進去。正是：

方從里巷觀奇狀，又向天涯訪故人。

未知尋得著伯述與否？且待下回再記。

第七十三回 書院課文不成師弟 家庭變起難為祖孫

當下我走到山東會館裏，向長班問訊。長班道：「王伯述王老爺，前幾天才來過，他不住在這裏。他賣書，外頭街上貼的萃文齋招紙，便是他的。好像也住在一家什麼會館裏，你儜到街上一瞧就知道了。」我聽說便走了出來，找萃文齋的招帖，偏偏一時找不著。倒是沿路看見不少的「包打私胎」的招紙；還有許多不倫不類賣房藥的招紙；到處亂貼。在這輦轂之下，真可謂目無法紀了。走了大半條胡同，總看不見萃文齋三個字。直走出胡同口，看見了一張，寫的是「萃文齋洋版書籍」，旁邊寓某處的字，卻是被爛泥塗蓋了的。再走了幾步，又看見一張同前云云；旁邊卻多了一行小字，寫著「等米下鍋，賠本賣書」八個字。我暗想這位先生，未免太兒戲了。及至看那寓某處的地方，仍舊是用泥塗了的。我實在不解。在地下拾了一片木片，把那泥刮了下來，仔細去看，誰知裏面的字，已經挖去的了。只得又走，在路旁又看見一張，這是完全的了。寫著：「寓半截胡同山邑會館」。我便一路問信要到半截胡同，誰知走來走去，早已走回廣陞棧門口了。我便先回棧裏。又誰知松竹齋，老二酉的夥計，把東西都送來了。等了半天了。

客棧中飯早開過了。我掏出錶來一看，原來已經一點半鐘了。我便拿銀子到櫃上換了票子，開發了兩家夥計去了。然後叫茶房補開飯來，胡亂吃了兩口。又到櫃上去問半截胡同，誰知這半截胡同，就在廣陞棧的大斜對過，近得很的。我便走到了山邑會館，一直進去。果然看見一個房門首，貼了萃文齋寓內的條子。便走了進去，卻不見伯述；只有一個頒白老翁在內。我便向他叩問。老翁道：「伯述到琉璃廠去了，就回來的；請坐等一等罷！」我便請教姓名。那老翁姓應，號暢懷，是紹興人。我就坐下，同他談天，順便等伯述。等了一會，伯述來了。彼此相見，談了些別後的話。我說起街上招帖塗去了住址一節。伯述道：「這是他們書店的人幹的，我的書賣得便宜，他又奈何我不得，所以出了這個下策。」我道：「怪不得，我在老二酉打聽姻伯的住處，他們只回說不知道。」伯述道：「這還好呢，有兩回有人到琉璃廠打聽我，他們簡直的回說我已經死了；無非是妒忌我的意思。老二酉家，等一會就要來拿一百部大題文府，怎麼不知我住處呢？」

我又說起在街上找萃文齋招帖，看見好些「包打私胎」招紙的話。伯述道：「你初次來京，見了這個，自以為奇；其實稀奇古怪的多得很呢；這京城裏面，就靠了這個維持風化不少。」我不覺詫異道：「怎麼這個倒可以維持風化起來？」伯述道：「在外省各處，常有聽見生私孩子的事；惟有京城裏出了這一種寶貨，就永無此項新聞了。豈不是維持風化麼？你還沒有看見滿街上貼的招紙，還有出賣婦科絕孕丹的呢，那更是弭患於無形的善法了。」說罷，呵呵大笑。又談了些別話，即便辭了回棧。連日料理各種正事，伯述有時也來談談。

一連過了一個月，接到繼之的信，叫我設法自立門面。我也想到長住在棧裏，終非久計。但是我們所做的都是轉運買賣，用不著熱鬧所在，也用不著大房子。便到外面各處去尋找房屋。在南横街找著了一家，裏面是兩個院子，東院那邊已有人住了，西院還空著。我便賃定了，置備了些動用傢伙，搬了進去，不免用起人來。又過了半個月，繼之打發他的一個堂房姪子吳亮臣，進京來幫我；並代我帶了冬衣來。亮臣路過天津時，又把我寄存杏農處的行李帶了來。此時又用了一個本京土人李在茲幫著料理各項，我倒覺得略為清閒了點。

且說東院裏住的那一家人，姓符，門口榜著「吏部符宅」；與我們雖是各院，然而同在一個大門出入，總算同居的。我搬進來之後，便過去拜望；請教起臺甫，知道他號叫彌軒，是個兩榜出身；用了主事，籤分吏部。往來過兩遍，彼此便相熟了。我常常過去。彌軒也常常過來。這位彌軒先生，真的是一位道學先生，開口便講仁義道德，閉口便講孝悌忠信。他的一個兒子，名叫宣兒，只得五歲。彌軒便天天和他講朱子小學。常和我說：「仁義道德，是立身之基礎；倘不是從小薰陶他，等到年紀大了，就來不及了。」因此我甚是敬重他。有一天，我又到他那邊去坐；兩個談天正在入彀的時候，外面來了一個白鬚老頭子，穿了一件七破八補的棉袍，形狀十分瑟縮；走了進來，彌軒望了他一眼，他就瑟瑟縮縮的出去了。我談了一回天之後，便辭了回來，另辦正事。過了三四天，我恰好在家沒事，忽然一個人闖了進來，向我深深一揖；我不覺愕然。定睛一看，原來正是前幾天在彌軒家裏看見的老頭子。我便起身還禮。那老頭子戰兢兢的說道：「忝在同居，恕我荒唐，有殘飯乞賜我一碗半碗充飢！」我更覺愕然道：「你住在那裏？我幾時和你同居過來？」那老頭子道：「彌軒是我小孫，彼此豈不是有個同居之誼？」我不覺吃了一驚道：「如此說是太老伯了！請坐請坐！」老頭子道：「不敢不敢！我老朽走到這邊，也是無可奈何的事；只求有吃殘的飯，賜點充飢，就很感激了！」我聽說忙叫廚子炒了兩碗飯來給他吃；他忙忙的吃完了，連說幾聲多謝，便匆匆的去了。我要留他再坐坐談談。他道：「恐怕小孫要過來不便。」說著，便去了。

我遇了這件事，一肚子狐疑，無處可問。便走出了大門，順著腳步兒走去。走到山邑會館，見了王伯述，隨意談天，慢慢的便談到今天那老頭子的事。伯述道：「彌軒那東西，還是那樣嗎？真是豈有此理！這是認真要我們設法告他的了。」我道：「到底是什麼樣一樁事呢？符彌軒雖未補缺，到底是個京官，何至於把乃祖弄到這個樣子？我倒一定要問個清楚。」伯述道：「他是我們歷城——山東歷城縣也——同鄉，我本來住在歷城會館，就因為上半年，同鄉京官在會館議他的罪狀，起了底稿給他看過，要他當眾與祖父叩頭伏罪；又當眾寫下了孝養無虧的切結；說明倘使仍是不孝，同鄉官便要告他。當日議事時，我也在會館裏；同鄉中因為我從前當過幾天京官，便要我也署上一個名；我因為從前雖做過官，此刻已是經商多年了，官不官，商不商，便不願放個名字上去。好得暢懷先生和我同在一起，他是紹興人，我就跟他搬到此地來避了。論起他的家世，我是知得最詳。那老頭子本來是個火居道士，除了代別人唪經之外，還鬼鬼祟祟的會代人家畫符治病，偶然也有治好的時候。因此人家上他一個外號，叫做『符最靈』。這個名氣，傳了開去，求他治病的人更多了；居然被他積下了幾百吊錢。生下一個兒子，卻是很沒出息的；長大了，遊手好閒，終日不務正業。老頭兒代他娶了一房媳婦，要想仗媳婦來管束兒子；誰知非但管束不來，小夫妻兩個，反時時向老頭兒吵鬧；說老人家是個守財奴，守著了幾百吊錢，不知道拿出來給兒子做買賣，好歹也多掙幾文；反要怪做兒子的不務正業，你叫我從那個上頭做起。吵得老頭兒沒了法了，便拿幾吊錢出來，給兒子做小買賣。不多幾天，虧折個罄盡。他不怪自己不會打算，倒怪說本錢太少了。所以不能賺錢。老頭兒沒奈何，只得又拿些出來。不多幾天，也是沒了。如此一拿動了頭，以後便無了無休了；足足把他半輩子積攢下來的幾百吊錢，花了個一乾二淨。真是俗語說的是個討債兒子。把他老子的錢弄乾淨了，便得了個病；那時候符最靈變了『符不靈』了，醫治無效，就此嗚呼了。且喜代他生下一個孫子，就是現在那個寶貝符彌軒了。他兒子死了不上一個月，他的媳婦就帶著小孩子去嫁了。這一嫁嫁了個江西客人，等老頭子知道了時，那江西客人已經帶著那婆娘回籍去了。老頭兒急得要死，到歷城縣衙門去告，上下打點，不知費了多少手腳，才得歷城縣向江西移提了回來，把這個寶貝孫子斷還了他。

「那時這寶貝只有三歲，虧他祖父符最靈百般撫養，方得長大。到了十二三歲時，實在家裏窮得不能過了，老頭子便把他送到一家鄉紳人家去做書僮。誰知他卻生就一副聰明，人家請了先生教子弟讀書，他在旁邊聽了，便都記得。到了背書時，那些子弟有背不下去的，他便在旁邊偷著提他。被那教讀先生知道了，誇他聰明；便和東家說了，不叫他做事，只叫他在書房伴讀。一連七八年，居然被他完了篇。那一年跟隨他小主人入京鄉試。他小主人下了第，正沒好氣，他卻自以為本事大的了不得，便出言無狀起來。小主人罵了他，他反唇相譏。他小主人怒極了，把他攆走了。從此他便流落在京。幸喜寫的一筆好字，並且善變字體，無論顏，柳，歐，蘇，都能略得神似。別人寫的字，被他看一遍，他摹仿起來，總有幾分意思。因此就在琉璃廠賣字。倒也虧他，混了三年，便捐了個監生；下鄉場，誰知一出就中了。次年會試連捷。用了主事，籤分了吏部。那時還是住在歷城會館裏。可巧次年是個恩科，他的一個鄉試座主，又放了江南主考，愛他的才，把他帶了去幫閱卷，他便向部裏請了個假，跟著到了江南。從中不知怎樣鬼混，賣關節舞弊。弄了幾個錢，等主考回京覆命時，他便逗留在上海，濫嫖了幾個月，娶了一個煙花中人，帶了回山東，騙人說是在蘇州娶來的，便把他作了正室，在家鄉立起門戶。他那位令祖，看見孫子成了名，自是歡喜。誰知他把一個祖父，看得同贅瘤一般。只是礙著鄰里，不敢公然暴虐。在家鄉住了一年，包攬詞訟出入衙門，無所不為。歷城縣請他做歷城書院的山長，他那舊日的小主人，偏是在書院肄業；他便擺出山長的面目來。那小主人也無可如何。

「有一回，書院裏官課，歷城縣親自到院命題考試。內中有一個肄業生，是山東的富戶，向來與山長有點瓜葛的；私下的孝敬，只怕也不少。只苦於沒有本事，作出文字來，總不如人；屢次要想取在前列，以驕同學；私下的和山長商量過好幾次。彌軒便和他商定，如取在第一，酬謝若干；取在五名前，酬謝若干；十名前又酬謝若干。商定之後每月師課，也勉強取了兩回在十名之內，得過些酬謝；要想再取高些，又怕諸生不服。恰好這回遇了官課，照例當堂繳卷之後，彙送到衙門裏，憑官評定甲乙的。那彌軒真是利令智昏，等官出了題目之後，他卻偷了個空，慘淡經營，作了一篇文字；暗暗使人傳遞與那肄業生。那肄業生卻也荒唐，得了這稿子，便照謄在卷上；謄好了，便把那稿子捽了；卻被別人拾得，看見字跡是山長寫的，便覺得奇怪。私下與兩個同學議論，彼此傳觀。及至出了案，特等第一名的文章，貼出堂來，是和拾來的稿子一字不易。於是合院肄業生童，大譁起來；齊集了一眾同學，公議辦法。那彌軒自恃是個山長，眾人奈何他不得，並不理會；也並未知道自己筆跡落在他人手裏。那肄業生卻是向來恃財傲物的，任憑他人紛紛議論，他只給他一概不知。眾人議定了，聯合了合院肄業生童，具稟到歷城縣去告。歷城縣受了山長及那富戶的關節，便捺住這件公事，並不批出來。眾人只得又催稟。他沒法，只得批了；那批的當中，只說：『官課之日，本縣在場監考，當堂收卷，從何作弊？諸生童工夫不及他人，因羨生妒，屢次冒瀆多事，特飭不准』云云。批了出來，各生童又大譁；又聯名到學院裏去告，又把拾來的底稿，粘在稟帖上，附呈上去。學院見了大怒。便傳了歷城縣去。把那稟及底稿給他去看，叫他澈底根究。誰知歷城縣仍是含糊稟覆上去。學院惱了，傳了彌軒去，當堂核對筆跡。對明白了，把他當面痛痛的申飭一番。下了個札給歷城縣，勒令即刻將彌軒驅逐出院。又把那肄業生衣頂革了。彌軒從此便無面目再住家鄉。便帶了那上海討來的婊子，撇下了祖父，一直來到京城。仍舊扯著他幾個座師的旗號，在那裏去賣風雲雷雨。

「有一回，博山——山東縣名，出玻璃料器甚佳。——運了一單料貨到煙臺，要在煙臺出口裝到上海；不知是漏稅或是以多報少，被關上扣住要充公。那運貨的人與彌軒有點瓜葛，打了個電報給他，求他設法。他便出了他會試座主的銜名，打了一個電報給登萊青道，叫把這一單貨放行。登萊青道見是京師大老的電報，便把他放了。事後才想起這位大老是湖南人，何以干預到山東公事；並且自己與他向無往來，未免有點疑心。過了十多天，又不見另有墨信寄到；便寫了一封信，只說某日接到電報如何云云，已遵命放行了。他這座主接到這封信，十分詫異；連忙著人到電報局查問這個電報是那個發的，卻查不出來。把那電報底稿調了去，核對筆跡；自己親信的幾個官親子姪，又都不是的；便打發幾個人出來，明查暗訪，那裏查得出來。卻得一個少爺，是個極精細的人，把門房裏的號簿，調了進來，逐個人名抄下，自己卻一個個的親自去拜訪。拜過了之後，便是求書求畫。居然叫他把筆跡對了出來。他卻又並不聲張，拿了那張電底，去訪彌軒；出其不意，突然拿出來給他看。他忽然看見了這東西，不覺變了顏色，左支右吾了一會。卻被那位少爺查出了。便回去告訴了老子，把他叫了來，痛罵了一頓，然後攆走了，交代門房，以後永不准他進門。他壞過這一回事之後，便黑了一點下來。他那位令祖，因為他雖然衣錦還鄉，卻不曾置得絲毫產業，在家鄉如何過得活，便湊了盤川，尋到京裏來。誰知這位令孫卻是拒而不納。老人家便住到歷城會館去。那時候恰好我在會館裏，那位老人家，差不多頓頓在我那裏吃飯；我倒代他養了幾個月的祖父。後來同鄉官知道這件事，便把彌軒叫到會館裏來，大眾責備了他一番；要他對祖父叩頭認罪，接回宅子去奉養，以為他總不敢放恣的了，卻不料他還是如此。」伯述正在汩汩而談，誰知那符最靈已經走了進來。正是：

暫停閒議論，且聽個中言。

未知符最靈進來有何話說，且待下回再記。

第七十四回　符彌軒逆倫幾釀案　車文琴設謎賞春燈

當下符最靈走了進來，伯述便起身讓坐。符最靈看見我在座，便道：「原來閣下也在這裏。早上我荒唐得很，實在餓急了，才蒙上一層老臉皮。」我道：「彼此同居，這點小事，有什麼要緊！」伯述接口道：「怎麼你那位令孫，還是那般不孝麼？」符最靈道：「這是我自己造的孽，老不死，活在世界上，受這種罪，我也不怪他；總是我前一輩子做錯了事，今生今世受這種報應！」伯述道：「自從上半年他接了你回去之後，到底怎樣對付你？我們雖見過兩回，卻不曾談到這一層。」符最靈道：「初時也還沒有什麼，每天吃三頓，都是另外開給我吃的。」伯述道：「不同在一起吃麼？你的飯，開在什麼地方吃？」符最靈道：「因為我同孫媳婦一桌吃不便當，所以另外開的。」伯述道：「到底把你放在什麼地方吃飯？」符最靈囁嚅著道：「在廚房後面的一間柴房裏。」伯述道：「睡呢？」符最靈道：「也睡在那裏。」伯述把桌子一拍道：「這還了得！你為什麼不出來驚動同鄉去告他？」符最靈道：「阿彌陀佛！如此一來，豈不是斷送了他的前程；況且我也犯不著再結來生的冤仇了。」伯述歎了一口氣道：「近來怎樣呢？」符最靈又喘著氣道：「近來一個多月不是吃小米粥，——小米，南人謂之粟，無食之者，惟以飼鳥。北方貧人，取以作粥。——便是棒子饅頭。——棒子，南人謂之珍珠米。北人或磨之成屑，調蒸作饅頭，色黃如蠟，而粗如砂，極不適口；謂之棒子饅頭，亦貧民之糧也。——吃得我胃口都沒了，沒奈何對那廚子說，請他開一頓大米飯。——南人所食之米，北方土諺謂之大米；蓋所以別於小米也。——也不求什麼，只求他弄點鹹菜給我過飯便了。誰知我這句話說了出去，一連兩天也沒開飯給我吃；我餓極了，自己到竈上看時，卻已是收拾的乾乾淨淨，求一口米泔水都沒了。今天早起，實在捱不過了，只得老著臉向同居求乞。」伯述道：「鬧到如此田地，你又不肯告他；我勸你也不必在這裏受罪了，不如早點回家鄉去罷！」符最靈道：「我何嘗不想！一則呢，還想看他補個缺；二則我自己年紀大了，啐經畫符都幹不來了，就是幹得來，也怕失了他的體面；家裏又不曾掙了一絲半絲產業，叫我回去靠什麼為生？有這兩層難處，所以我捱在這裏；不然啊，我早就拔碇了。」——拔碇，山東濟南土諺；言捨此他適也。——伯述道：「我本來怕理這等事，也懶得理；此刻看見這等情形，我也耐不住了；明日我便出一個知單，知會同鄉，收拾他一收拾。」符最靈慌忙道：「快不要如此！求你饒了我的殘命罷！要是那麼一辦，我這幾根老骨頭，就活不成了。」伯述道：「這又奇了！我們同鄉出面，無非責成他不孝養祖父的意思，又何至關到你的性命呢？」符最靈道：「各同鄉雖是好意，就怕他不肯聽勸，不免同鄉要惱了；倘使當真告他一告，做官的不知道我的下情，萬一把他的功名幹掉了，叫我還靠誰呢？」伯述冷笑道：「你此刻是靠他的麼？也罷！我們就不管這個閒事，以後你也不必出來訴苦了！」符最靈被伯述幾句話一搶白，也覺得沒意思，便搭訕著走了。應暢懷連忙叫傭人來，把符最靈坐過的椅墊子拿出去收拾過，細看有蝨子沒有。他坐過的椅子，也叫拿出去洗，又叫把他吃過茶的茶碗，也拿去了，不要了，最好摔了他；你們捨不得，便把他拿到旁處去，不要放在家裏。伯述見他那種舉動，不覺愣住了，問是何故。暢懷道：「你們兩位，都是近視眼，看他不見；可知他身上的蝨子，一齊的都爬到衣服外頭來了；身上的還不算，他那一把白鬍子上，就爬了七八個，你說膩人不膩人？」伯述哈哈一笑，對我道：「我是大近視，看不見，你怎麼也看不見起來？」我道：「我的近視也不淺了；這東西，倒是眼不見算乾淨的好。」正說話時，外面傭人嚷起來，說是在椅墊子上找出了兩個蝨子。暢懷道：「是不是，倘使我也近視眼，這兩個蝨子，不定往誰身上跑呢？」

大家說笑一陣，我便辭了回去。剛到家未久，彌軒便走了過來。彼此相見熟了，兩句寒暄話之外，別無客氣。談話中間，我說起彼此同居月餘，向不知道祖老大人在侍，未曾叩見，甚為抱歉。彌軒道：「不敢！不敢！家祖年紀過大，厭見生人，懶於應酬；迎養在京寓，卻向不見客的。」我道：「年紀大的人，懶於應酬，也是人情之常；只是老人家久鬱在家裏，未免太悶，不知可常出來逛逛？」彌軒道：「說起來我們做晚輩的很難！寒家本是幾代寒士，家訓相承，都是淡泊自守。只有到了兄弟，僥倖通籍，出來當差，處於這應酬紛繁之地，勢難仍是寒儒本色，不免要隨俗附和，穿兩件乾淨點的衣服；就是家常日用，也不便過於儉嗇。一點點下情，想來當世君子，總可以原諒我的。然而家祖卻還是淡泊自甘。兄弟的舉動支消，較之於同寅中，已是省之又省的了；據家祖的意思，還以為太費；平日輕易不肯茹葷，偶見家人輩吃肉，便是一場教訓；就是衣服一層，平素不肯穿一件綢衣；兄弟做了上去，請老人家穿；老人家非但不穿，反惹了一場大罵；說是暴殄天物，我又不應酬，不見客，要這個何用。這不是叫做小輩的難過麼？兄弟襁褓時，先嚴慈便相繼棄養，虧得祖父撫養成人，以有今日；這昊天罔極之恩，無從補報萬一，思之真是令人愧恨欲死！」我聽了他這一席話，不住的在肚子裏乾笑，只索由他自言自語，並不答他。等他講完了這一番孝子順孫話之後，才拉些別的話和他談談，不久他自去了。到了晚上，各人都已安歇。我在枕上隱隱聽得一陣喧嚷的聲音，出在東院裏；側耳細聽，卻聽不出是嚷些什麼，大約是隔得太遠之故。嚷了一陣，又靜了一陣；靜了一陣，又嚷一陣。雖是聽不出所說的話來，卻只覺得耳根不得清淨，睡不安穩。到得半夜時，忽聽得一陣訇訇之聲，甚是利害，接著，又是一陣亂嚷亂罵之聲。過了半晌，方才寂然。我起先聽得訇訇之聲之時，便披衣坐起，側耳細聽。聽到沒有聲息之後，我的睡魔，早已過了，便睡不著；直等到自鳴鐘報了三點之後，方才朦朧睡去。

等到一覺醒來，已是九點多鐘了。連忙起來，穿好衣服，走出客堂。只見吳亮臣、李在茲和兩個學徒，一個廚子，兩個打雜，圍在一起，竊竊私語。我忙問是什麼事。亮臣早已看見我出來，便叫他們舀洗臉水，一面回我說沒什麼事。我一面要了水漱口，接著洗過臉，再問亮臣、在茲：「你們議論些什麼？」亮臣正要開言，在茲道：「叫王三說罷！省了我們費嘴。」打雜王三便道：「是東院符老爺家的事。昨天晚上半夜裏，我起來解手，聽見東院裏有人吵嘴，我要想去聽聽是什麼事；走到那邊，誰想他們院門是關上的，不便叫門，已經想回來睡覺了；忽然又想到咱們後院是通的，我摸到後院裏，在他們那堂屋的後窗底下偷聽。原來是符老爺和符太太兩個在那裏罵人，也不知他罵的是誰，聽了半天，只聽不出；後來輕輕的用舌尖把紙窗舐破了一點，往裏面偷看，原來符老爺和符太太對坐在上面，那一個到我們家裏討飯的老頭兒，坐在下面；兩口子正罵那老頭子呢。那老頭子低著頭哭，只不做聲。那符太太罵得最出奇，說道：『一個人活到五六十歲，就應該死的了；從來沒見過八十多歲人還活著的！』符老爺道：『活著倒也罷了；無論是粥是飯，有得吃吃點，安分守己也罷了；今天嫌粥了，明天嫌飯了，你可知道要吃好的，喝好的，穿好的，是要自己本事掙來的呢！』那老頭子道：「可憐我並不求好吃好喝，只求一點兒鹹菜罷了。』符老爺聽了，便直跳起來說道：『今日要鹹菜，明日要鹹肉，後日便要雞鵝魚鴨；再過些時，便燕窩魚翅都要起來了；我是個沒補缺的窮官兒，供應不起。』說到那裏，拍桌子，打板櫈的大罵，罵了一回，又是一回，說的是他們山東土話，說得又快，全都是聽不出來。罵到熱鬧頭上，符太太也插嘴，罵到快時，卻又說的是蘇州話，只聽得『老蔬菜』，——吳人詈老人之詞——『殺千刀』兩句是懂的；其餘一概不懂。罵夠了一回，老媽子開上酒菜來，擺在當中一張獨腳圓桌上。符老爺兩口子對坐著喝酒；卻是有說有笑的。那老頭子坐在底下，只管抽抽咽咽的哭。符老爺喝兩杯，罵兩句；符太太只管拿骨頭來逗著叭兒狗玩。那老頭子哭喪著臉，不知說了一句什麼話，符老爺頓時大發雷霆起來，把那獨腳桌子一掀，訇訇一聲，桌上的東西翻了個滿地，大聲喝道：『你便吃去。』那老頭子也太不要臉，認真就爬在地下拾來吃。符老爺忽的站了起來，提起坐的櫈子對準了那老頭子摔去，幸虧旁邊站著的老媽子搶著過來接了一接；雖然接不住，卻擋去勢子不少；那櫈子雖還摔在那老頭子的頭上，卻只摔破了一點頭皮；倘不是那一擋，只怕腦子也磕出來了！」

我聽了這一番話，不覺嚇了一身大汗，默默自己打主意。到了吃飯時，我便叫李在茲趕緊去找房子，我們要搬家了。在茲道：「大臘月裏，往來的信正多，為什麼忽然要搬家起來？」我道：「你且不要問這些，趕著找房子罷。只要找著了空房子，合適的自然合適，不合適的也要合適；我是馬上就要搬的。」在茲道：「那麼說，繩匠胡同就有一處房子，比這邊還多兩間，也是兩個院子；北院裏住著人，南院子本來住的是我的朋友，前幾天才搬走了，現在還空著。」我道：「那麼你吃過飯，趕緊去看，馬上下定，馬上今天就搬。」在茲道：「何必這樣性急呢？大臘月裏天氣短，怕來不及！」我道：「怕來不及，多僱兩輛大敞車，一會兒就搬走了。」在茲答應著，飯後果然便去找房東下定；又趕著回來招呼搬東西。東西搬完了，新屋子還沒拾掇清楚，那天氣已經斷黑了，便招呼先吃晚飯；晚飯中間，我問起李在茲：「你知道今天王三說的，被符彌軒用櫈子摔破頭的那老頭子，是彌軒的什麼人？」在茲道：「雖是兩個月同居下來，卻還不得底細；一向只知道是他的一個窮親戚。」我道：「比親戚近點呢。」在茲道：「難道是自家人？」我道：「還要近點。」在茲道：「到底是什麼人？」我道：「是他嫡親的祖父呢！」在茲吐舌道：「這還了得！」我道：「非但是嫡親的祖父，並且他老子先死了，他還是一個承重孫呢！你想今天聽了王三的話，怕人不怕人？萬一弄出了逆倫重案，照例左右鄰居，前後街坊，都要波及的；我們好好的作買賣，何苦陪著他見官司；所以趕著搬走了。此刻只望他昨天晚上的傷，不是致命的，我們就沒事；萬一因傷致命，只怕還要傳舊鄰問話呢。」當下我說明白了，眾人才知道我搬家的意思。一連幾日，收拾停妥了，又要預備過年。這邊北院裏同居的，也是個京官，姓車，號文琴，是刑部裏的一個實缺主事；卻忘了他在那一司了。為人甚是風流倜儻。我搬進來之後，便過去拜望他；打聽得他宅子裏只有一位老太太；還有一個小孩子，已經十歲，斷了絃七八年，還不曾續娶。我過去拜望過他之後，他也來回拜。走了幾天，又走熟了。

光陰迅速，殘冬過盡，早又新年。新年這幾天，無論官商士庶，都是不辦正事的。我也無非是看看朋友，拜個新年，胡亂過了十多天。這天正是元宵佳節，我到伯述處坐了一天。在他那裏吃過晚飯，方才回家。因為月色甚好，六街三市，甚是熱鬧；便和伯述一同出來，到各處逛逛。繞著道兒走回去。回到家時，只見門口圍了一大堆人。抬頭一看，門口掛了一個大燈，燈上糊了好些紙條兒，寫了好些字，原來是車文琴在那裏出燈迷呢。我和伯述都帶上了眼鏡來看。只見一個個紙條兒排列得十分齊整，寫的是：

(一)吊者大悅……論語一句

(二)四……論語一句

(三)硬派老二做老大……孟子一句

(四)颶……書經一句

(五)焚林……字一

(六)楊玉環嫁王約……縣名一

(七)霹靂……西遊地名

(八)一角屏山……水滸渾一

(九)廣東地面……孟子一句
(十)監照……孟子一句
(十一)斗……藥名一
(十二)子不子……孟子一句
(十三)不可奪志……孟子一句
(十四)徐稺下榻……縣名一
(十五)老太太……字一
(十六)地府國喪……聊目一
(十七)開門見山……水滸渾一
(十八)丨……常語一句
(十九)宮……易經一句
(二十)鳳鳴岐山……紅樓人一

看到這裏，伯述道：「我已經射著好幾條了；請問了主人，再看底下罷。」說話時，人叢裏早有一個人，踮著腳，伸著脖子，望過來。看見伯述和我說話，便道：「原來是□老爺來了。」——第一回楔子，敘明此書為『九死一生』之筆記，此『九死一生』始終以一『我』字代之，不露姓名；故此處稱其姓之處，仍以□代之。——自己一家人，屋裏請坐罷，咱們老爺還在家裏做謎兒呢。」原來是車文琴的家人，在那裏招呼。我便約了伯述，回到文琴那邊去，才進了大門，只見當中又掛了一個燈，上面寫的全是西廂謎兒：

(二一)一杯悶酒尊前過

(二二)望梅止渴

(二三)破鏡重圓

(二四)北嶽恒山……………………………三句

(二五)藏屍術

(二六)虧本潛逃

(二七)強盜宴客

(二八)天兵天將捉嫦娥

(二九)相片

(三十)啞巴看戲

(三一)走馬燈人物

(三二)謎面太晦

(三三)新詩成就費推敲…………………………白一字

㊄打不著的燈謎

我兩人正看到這裏，忽然車文琴從裏面走了出來，一把拉著我手臂道：「請教！請教！」我連說：「不敢，不敢。」於是相讓入內。正是：

門前榜出雕蟲技，座上邀來射虎人。

未知所列各條燈謎，均能射中否，且待下回再記。

第七十五回 巧遮飾贄見運機心 先預防嫖界開新面

當下我和伯述兩個跟了文琴進去。只見堂屋當中，還有一個燈。文琴卻讓我們到旁邊花廳裏去坐。花廳裏先有了十多個客，也有幫著在那裏發給彩物的，也有商量配搭贈品的，也有在那裏苦思做謎的。彼此略略招呼，都來不及請教貴姓臺甫。文琴一面招呼坐下。便有一個家人拿了三張條子進來，問猜的是不是。原來文琴這回燈謎，比眾不同，在門外謎燈底下，設了桌椅筆硯，凡是射的，都把謎面條子撕下，把所射的寫在上面，由家人拿進來看；射著的，即由家人帶贈彩出去致送；射錯的，重新寫過謎面粘出去。那家人拿進來的三條，我看時，射的是第十一條「百合」，第五條「樵」字，第二十條「周瑞」。文琴說對的，那家人便照配了彩物，拿了出去。伯述道：「我還記得那外面第一條可是『臨喪不哀』？第三條可是『吾必以仲子為巨擘焉』？第九條可是『五羊之皮』？」文琴拍手道：「對！對！非但打得好，記性更好！只看了一看，便連粘的次第都記得了，佩服！佩服！」說罷，便叫把那幾條收了進來，另外換新的出去。一面取彩物送與伯述。家人出去收了伯述射的二條，又帶了十二條進來。我看時，是第二條射「非其罪也」，第十二條射「當是時也」，第十條射「以粟易之」，第十三條射「此匹夫之勇」。我道：「作也作得好！射也射得好！並且這個人四書很熟，是孟子論語的，只怕全給他射去了。」文琴給了贈彩出去。我道：「第六條只怕我射著了，可是『合肥』？」文琴拍手道：「我以為這條沒有人射著的了，誰記得這麼一個癡肥王約！」我道：「這個應該要作捲簾格更好。」文琴想了一想，大笑道：「好！好！好個合肥！原來閣下是個老行家！」我道：「不過偶然碰著了，何足為奇！不知第二十一條可是『未飲心先醉』？」文琴道：「正是正是！」我道；「這一條以西廂打西廂，是天然佳作。」文琴忙叫取了那兩條進來，換過新的出去，一面又送彩給我。伯述道：「兩個縣名，你射了一個難的去，我射一個容易的罷。第十四條可是『陳留』？」我道：「姻伯射了第十四條，我來射第十八條，大約是『小心』。」文琴道：「敏捷得很！這第十八條是很泛的。真了不得！」又是一面換新的，一面送彩過來，不必多贅。文琴檢點了一回道：「西廂謎只射了一個。」我道：「我恰好想了幾個，不知對不對？第二十六可是『撇下賠錢貨』？三十三可是『反吟伏吟』？二十七可是『這席面真乃烏合』？三十四可是『只許心兒空想』？」文琴驚道：「閣下真是老行家！堂屋裏還有幾條，一併請教罷。」說著，引了我和伯述到當中堂屋裏去。只見先有幾個人在那裏抓耳撓腮的想。抬眼看時，只見：

(35)與……………………孟子一論語一

㊱正……………………………論語一中庸一
㊲尸解 ……………………孟子二句不連
㊳饍……………………………論語一孟子一
㊴諫迎佛骨……………………論語一孟子一
㊵、（此一點乃硃筆所點）…孟子一論語一

我們正要再看，忽聽得花廳上哄堂大笑。連忙走過去問笑什麼。原來第十九條謎面的「宮」字，有人射著了「乾道乃革」一句，因此大眾哄堂。伯述道：「我射一條雖不必哄堂，卻也甚可笑的。那第三十條定是『眼花撩亂口難言』。」眾人想一想謎面，都不覺笑起來。我道：「請教那第四十條一點兒紅的，孟子可是『觀其色』？論語可是『赤也為之小』？」伯述不等文琴開口，便拍手道：「這個射得好！我也來一個：第三十九可是『故退之』，『不得於君』？」文琴搖頭道：「你兩位都是健將！」正說話時，堂屋裏走出一個人，拿了第三十五條問道：「《孟子》可是『可以與』？《論語》可是『可以興』？」文琴連忙應道：「是！是！是！」即叫人分送了彩，又換粘上新的。伯述道：「這一條別是一格。我們射的太多了，看看旁人射的罷。」於是又在花廳上檢看射進來的。只見第四條射了「四方風動」，十七條射了「沒遮攔」，八條射了「小遮攔」，七條射了「大雷音」。我看見第三十六條底下注明贈彩是時錶一枚，一心要得他這時錶來玩玩，因此潛心去想。想了一大會，方才想了出來，因問文琴道：「三十六條可是『天之未喪斯文也』，『則其政舉』？」文琴連忙在衣袋裏掏出一個時錶，雙手送與我道：「承教！承教！這一條又晦又泛，真虧你射！」我接過謙謝了，拿起來一看，卻是上海三井洋行三塊洋錢一個的；雖不十分貴重，然而在燈謎贈彩中，也算得獨豎一幟的厚彩了。伯述看見了道：「你不要瞧他是三塊錢的東西，我卻在他身上賺過錢的了；這東西買他一個要三塊錢，要是買一打，可以打九折；買十打，可以打八折；買五十打，可以打到七五折。我前年買了五十打，回濟南走了一趟，後來又由濟南到河南去；從河南再來京，我販的五十打錶，一個也沒有賣去；沿路上見了當鋪，我便拿一個去當，當四兩銀子一個也有；當五兩一個的時候也有，一路當到此地，六百個錶全當完了，碰巧那當票還可以賣幾百文；我仔細算了一算，賺的利錢，比本錢還重點呢！」說笑了一回，又看別人射了幾個，夜色已深，各自散去。

過了幾天，各行生意都開市了，我便到向有往來的一家錢鋪子裏去，商量一件事。到得那裏，說是掌櫃的有事，且請坐一坐。原來那掌櫃的姓惲，號洞仙，我自從入京之後，便認得了他，一向極熟的。每來了，總是到他辦事房裏去坐。這一回我來了，鋪裏的人，卻讓我坐到客堂裏。說辦事房裏另外有客，請在這裏等一等。我只得就在客堂裏坐下。等了一大會，才見惲洞仙笑吟吟的送一個客出來，一直送到大門口，上了車，方才回轉來，對我拱手道：「有勞久候了！屈駕得很！請屋裏坐罷！」於是同到他辦事房裏去，重新讓坐送茶。洞仙道：「兄弟今年承周中堂委了一個差使，事情忙點，一向都少候；你儜是大量的，想來也不怪我懶。」我道：「好說好說！得了中堂的差使，一定是恭喜的。」洞仙道：「不過多點窮忙的事罷了；但得有事辦，就忙點也是值得的。」說時，手指著桌上道：「你儜瞧，這就是方才那個客送我們老中堂的贄見；特誠來煩兄弟代送的，說不得也要給他當差。」我看那桌上時，擺著兩個柴檀木匣子；走過去揭開蓋子一看，一匣子是平排列著五十枝筆；一匣子是平列著十錠墨；都是包了金的。我暗想雖是送中堂之品，卻未免太講究了。墨上包金，還有得好說；這筆桿子是竹子做的，怎麼都包上金呢？用兩天不要都掉了下來麼？一面想著，順手拿起一枝筆來看，誰知拿到手裏，沈甸甸的重的了不得，不覺十分驚奇。拔去筆套一看，卻又是沒有筆頭的，更覺奇怪。洞仙在旁，呵呵大笑道：「我要說一句放肆的話，這東西你儜只怕是頭一回瞧見罷！」我道：「為什麼那麼重？難道是整根是金子的麼？」洞仙道：「可不是！你儜瞧那墨麼？」我伸手取那墨時，誰知用力少點，也拿他不動，想來自然也是金子了。便略為看了一看，仍舊放下道：「這一份禮很不輕！」洞仙道：「也不很重！那筆是連筆帽兒四兩一枝，——京師人呼筆套為帽——這墨是二十兩一錠；統共是四百兩。」我道：「這又何必！有萬把兩銀子的禮，不會打了票子送去，又輕便；在受禮的人，有了銀子，要什麼可以置辦什麼，何必多費工錢做這些假筆墨呢？送進去，就是受下他來，也是沒用的。」洞仙呵呵大笑道：「我看天底下就是你儜最闊，連金子都說是沒用的。」我道：「誰說金子沒用？我說拿金子做成假筆墨，是沒用的罷了。」洞仙道：「那麼你儜又傻了，他用的是金子，並不用假筆墨；我也知道打了票子進去最輕便的，怎奈大人先生不願意擔這個名色，所以才想法做成這東西送去；人家看見，送的是筆墨，很雅的東西，就是受了，也取不傷廉。」我道：「這是一份贄禮，卻送得那麼重？」洞仙道：「凡有所為而送的，無所謂輕重，也和咱們做賣買一般，一分行情一分貨。你還沒知道，去年裏頭，大叔生日，閩浙蕭制軍送的禮，還要別緻呢。是三尺來高的一對牡丹花，白玉的花盆，珊瑚碎的泥，且不必說；用了一對白珊瑚作樹，配的是瑪瑙片穿出來的花，蔥綠翡翠作的葉子，都不算數；這兩顆花，統共是十二朵，那花心兒卻是用金絲鑲了金鋼鑽做的，有人估過價，這一對花，要抵得九萬銀子。送過這份禮之後，不上半年，那位制軍便調了兩廣總督的缺。最苦是閩浙，最好是兩廣，你想這份禮送得著罷？」我道：「這一份筆墨，又是那一省總督的呢？」洞仙道：「不配！不配！早得很呢！然而近來世界，只要肯應酬，從府道爬到督撫，也用不著幾年工夫。你儜也弄個功名出來幹罷！」我笑道：「好！好！趕明天我捐一個府道，再來託你送筆墨。」說著，大家都笑了。我便和他說了正事，辦妥了，然後回去。

回到家時，恰好遇見車文琴從衙門裏回來，手裏拿了一個大紙包。我便讓他到我這邊坐。他便同我進來，隨意談天。我便說起方才送金筆墨的話。文琴忙問道：「這經手的是什麼人？」我道：「是一個錢鋪的掌櫃，叫做惲洞仙。」文琴道：「我們窮京官不等人倒不可不結識結識。」我笑道：「你也想送禮麼？」文琴道：「我們窮京官不配。然而結識了他，萬一有什麼人到京裏來走路子，和他拉個皮條，也是好的。」說話時，桌上翻了茶碗，把他那紙包弄濕了，透了許久，方才覺得；連忙打開，把裏面一張一張的皮紙抖了開來。原來全是些官照，也有從九的，也有未入流的，也有巡檢的，也有典史的，也有把總的。我不覺詫異道：「那裏弄了這許多官照來？」文琴笑道：「你可要？我可以奉送一張。」我道：「這都填了姓名三代的，我要他作什麼？」文琴道：「這個不過是個玩意兒罷了，頂真那姓名做什麼？」我道：「奇極了！官照怎麼拿來做玩意兒？這又有什麼玩頭呢？」文琴道：「你原來不知道，這個雖是官照，卻又是嫖妓的護符；這京城裏面，逛相公是冠冕堂皇的，什麼王公，貝子，貝勒，都是明目張膽的，不算犯法；惟有妓禁極嚴，也極易鬧事，都老爺查的也最緊。逛窰姐兒的人，倘給都老爺查著了，他不問三七二十一，當街就打；若是個官，就可以免打。但是犯了這件事，做官的照例革職。所以弄出這個玩意兒來。大凡逛窰姐兒的，身邊帶上這麼一張，倘使遇了都老爺，只把這一張東西繳給他，就沒事了。」我道：「為了逛窰姐兒，先捐一個功名，也未免過於張致了。朝廷名器，卻不料拿來如此用法！」文琴道：「誰捐了功名去逛窰姐兒？這東西正是要他來保全功名之用；比方我去逛窰姐兒，被他查著了，誰願意把這好好的功名去幹掉了；我要是不認是個官，他可拉過來就打；那更犯不上了。所以備了這東西在身邊，正是為保全功名之用。」我道：「你弄了這許多來，想是一個老嫖客了；然而未見得每嫖必遇見都老爺的，又何必要辦這許多呢？」文琴道：「這東西可以賣，可以借，可以送，我向來是預備幾十張在身邊的。」我道：「賣與送不必說了，這東西有誰來借？」文琴道：「你不知道！這東西不是人人有得預備的；比方我今日請你吃花酒，你沒有這東西，恐怕偶然出事，便不肯到了；我有了這個預備，不就放心了麼。」

一面說話時，已把那濕官照一張一張的印乾了，重新包起來。又殷殷的問惲洞仙是那一家錢鋪的掌櫃。我道：「你一定要結識他，我明日可以給你們拉攏。」文琴大喜。到了次日，一早就過來央我同去。我笑道：「你也太忙，不要上衙門麼？」文琴道：「不相干！衙門裏今日沒有我的事。」我道：「去得太早了，人家還沒有起來呢！」文琴又連連作揖道：「好人！沒起來，我們等一等；倘使去遲了，恐怕他出去了呢！」我給他纏得沒法，只得和他同去。誰知洞仙果然出門去了。問幾時回來，說是到周宅去的，不定要下午才得回來。文琴沒法，只得回去。我卻到伯述那裏去有事。辦過正事之後，便隨意談天。我說起文琴許多官照的事，伯述道：「這是為的從前出過一回事，後來他們才想出這個法子的。自從行出這個法子之後，戶部裏卻多了一單大買賣；甚至有早上填出去的官照，晚上已經繳了的；那要嫖的人，不免又要再捐一個，那才是源源而來的生意呢。」我道：「從前出的什麼事？」伯述道：「京城裏的窰姐兒最粗最賤，不知怎麼那一班人偏要去走動；真所謂逐臭之夫了。有一回，巡街御史查到一家門內有人吵鬧，便進去拿人。誰知裏面有三個闊客：一個是侍郎，一個是京堂，一個是侍講；一聲說都老爺查到了，便都嚇得魂不附體。那位京堂最靈便，跑到後院裏，用梯子爬上牆頭，往外就跳。誰知跳不慣的人，忽然從高落下，就手足無措的了，不知怎樣一閃，把腿跌斷了，整整的醫了半年，才得好；因此把缺也開了。那一位侍郎呢，年紀略大了，跳不動，便找地方去躲，跑到毛廁裏去，以為可以躲過了；誰知走得太忙，一失腳掉到了糞坑裏去，幸得那糞坑還淺，不曾占滅頂之兇，然而已經鬧得異香遍體了。只有那位侍講，一時逃也逃不及，躲也躲不及，被他拿住了，自己又不敢說是個官；若是說了，他問出了官職，明日便要專摺奏參的；只得把一個官字藏起來；那位都老爺拿住了，便喝叫打了四十下小板子；這一位翰林侍講，平空受此奇辱，羞愧的無地自容，回去便服毒自盡了；卻又寫下了一封遺書，給他同鄉；只說被某御史當街羞辱，無復面目見人。同鄉京官得了這封書，便要和那御史為難；恰好被他同嫖的那兩位侍郎京堂知道了，一個是被他逼斷了腿的，一個是被他逼下糞坑的，如何不恨？便暗中幫忙，慫慂起眾人；於是同鄉京官，斟酌定了文飾之詞，只說某侍講某夜由某處回寓，手燈為風所熄，適被某御史遇見，平日素有嫌隙，指為犯夜，將其當街笞責云云：據了這個意思，聯銜入奏。那兩位侍郎京堂，更暗為援助，鍛鍊成獄；把那都老爺革職，發往軍臺。這件事出了以後，一班逐臭之夫，便想出這官照的法子來。」正說得高興時，家裏忽然打發人來找我，我便別過伯述回去。正是：

只緣一段風流案，斷送功名更戍邊。

不知回去之後，又有甚事？且待下回再記。

第七十六回 急功名愚人受騙 遭薄倖淑女蒙冤

我回到家時，原來文琴坐在那裏等我。我問在茲找我做什麼。在茲道：「就是車老爺來說有要緊事情奉請的。」我對文琴道：「你也太性急了，他說下午才得回家呢。」文琴道：「我另外有事和你商量呢。」我問他有什麼事時，他卻又說不出來，只得一笑置之。捱到中飯過後，便催我同去。及至去了，惲洞仙依然沒回來，我道：「算了罷，我們索性明天再來罷。」文琴正在遲疑，恰好門外來了一輛紅圍車子，在門首停下，車上跳下一個人來，正是洞仙。一進門見了我，便連連打拱道：「有勞久候！失迎得很！今天到周宅裏去，老中堂倒沒有多差使，倒是叫少大人把我纏住了，留在書房裏吃飯，把我灌個稀醉，才打發他自己的車子，送我回來。」說罷，呵呵大笑。又叫學徒的：「拿十吊錢給那車夫；把我的片子交他帶一張回去，替我謝謝少大人。」說罷了，才讓我們到裏面去。我便指引文琴與他相見。彼此談得對勁，文琴便扯天扯地的大談起來，一會兒大發議論；一會兒又竭力恭維。我自從相識他以來，今天才知道他的談風極好。談到下午時候，便要拉了洞仙去上館子。洞仙道：「兄弟不便走開，恐怕老中堂那邊有事來叫。」文琴道：「我們約定了在什麼地方，萬一有事，叫人來知照就是了。你大哥是個爽快人，咱們既然一見如故，應該要借杯酒敘敘，又何必推辭呢？」洞仙道：「不瞞你車老爺說，上午我給周少大人硬灌了七八大杯，到此刻還沒醒得了呢。」文琴道：「不瞞你大哥說，我有一個朋友從湖北來，久慕你大哥的大名，要想結識結識，一向託我，我從去年冬月裏就答應他引見你大哥的，所以他一直等在京裏；不然，他早就要趕回湖北去的了。今兒咱們遇見了，豈有不讓他見見你大哥之理？千萬賞光！我今天也並不是請客，不過就這麼二三知己，藉此談談罷了。」洞仙道：「你車老爺那麼賞臉，實在是卻之不恭，咱們就同去；不過還有一說，你儜兩位請先去，做兄弟的等一等就來。」文琴連忙深深一揖道：「老大哥！你不要怪我！我今兒沒具帖子，你不要怪我！改一天我再肅具衣冠，下帖奉請如何？」洞仙呵呵大笑道：「這是什麼話？車老爺既然那麼說，咱們就一塊兒走；不過有屈兩位，稍等一等；我幹了一點小事就來。」文琴大喜道：「既如此，就請便罷，咱兩個就在這裏恭候。」我道：「我卻要先走一步，回來再來罷。」文琴一把拉住道：「這是什麼話？我知道你是最清閒的，成天沒事；不過找王老頭子談天。我和你是同院子的街坊，怎麼好拿我的腔呢？」我道：「這是什麼話？我是有點小事，要去一去；你不許我去我就不去也使得，何嘗拿什麼腔呢？」洞仙道：「既如此，你兩位且在這裏寬坐一坐，我到外面去去就來。」說罷，拱拱手，笑融融的往外頭去了。

這一去，便去得寂無消息；直等到天將入黑，還不見來，只急得文琴和熱鍋上螞蟻一般。好容易等得洞仙來了，一迭連聲只說：「屈駕屈駕！實在是為了一點窮忙，分身不開，不能奉陪，千萬不要見怪！」文琴也不及多應酬，拉了便走。出了大門，各人上了車，到了一家館子裏，揀定了座，文琴忙忙的把自己車夫叫了來，交待道：「你趕緊去請陸老爺，務必請他即刻就來；說有要緊話商量。」車夫去了。這邊文琴又忙著請點菜。忙了一會，文琴的車夫引了一個人進來；文琴便連忙起身相見，又指引與洞仙及我相見，一一代通姓名。又告訴洞仙道：「這便是敝友陸儉叔，是湖北一位著名的能員；這回是明保來京引見的。」又指著洞仙和儉叔說道：「這一位惲掌櫃，是周中堂跟前頭一個體己人；為人極其豪爽，所以我今兒特為給你們拉攏。」說罷，又和我招呼了幾句。儉叔便問有煙具沒有，值堂的忙答應了一個「有」字，即刻送了上來，把煙燈剪好，儉叔便躺下去燒鴉片煙。我在旁細看那陸儉叔，生得又肥又矮，雪白的一張大團臉，兩條縫般的一雙細眼睛。此時正月底邊，天氣尚冷，穿了一身大毛衣服，竟然像了一個圓人。值堂的送上酒來，他那鴉片煙，還抽個不了。文琴催了他兩次，方才起來坐席。文琴一面讓酒讓菜，一面對了儉叔吹洞仙如何豪爽，如何好客；一面對了洞仙吹儉叔如何慷慨，如何至誠。吃過了兩樣菜，儉叔又去煙炕上躺下。文琴忽然起身拉了洞仙到旁邊去，唧唧噥噥，說了一會話；然後回到席上招呼儉叔吃酒。儉叔又抽了一口，方才起來入席。洞仙問道：「陸老爺歡喜抽兩口？」儉叔道：「其實沒有癮，不過歡喜擺弄他罷了。」

這一席散時，已差不多要交二鼓，各人拱揖分別，各自回家。從此一連十多天，我沒有看見文琴的面。

有一天，我到洞仙鋪裏去；恰好遇了文琴。看他二人光景，好像有什事情商量一般。我便和洞仙算清楚了一筆帳，正要先行，文琴卻先起身道：「我還有點事，先走一步，明天問了實信，再來回話罷。」說罷，作辭而去。洞仙便起身送他，兩個人一路唧唧噥噥的出去，直到門口方休。洞仙送過文琴，回身進內，對我道：「代人家辦事真難！就是車老爺那位朋友，什麼陸儉叔，他本是個一榜，由揀選知縣，在法蘭西打仗那年，廣西邊防上得了一個保舉，過了同知直隸州班，指省到了湖北；不多幾年，倒署過了幾回州縣；這回明保送部引見，要想設法過個道班，卻又不願意上兌，要避過這個『捐』字；轉託了車老爺來託我辦。你儜想！這是什麼大事，非得弄一個特旨下來不為功，咱們老中堂，聖眷雖隆，只怕也辦不到。他一定要那麼辦，不免我又要央及老頭子設法。前幾天拜了門，是我給他擔待的，只送得三撇頭的贄見。這兩天在這裏磋磨使費，那位陸老爺一天要抽三兩多大煙，沒工夫來當面，總是車老爺來說話，凡事不得一個決斷。說了幾天，姓陸的只肯出八竿使費。他們外官，看得一班京官，都是窮鬼；老實說，八千銀子誰看在眼裏？何況他所求的是何等大事，倒處處那麼慳吝起來。我這幾天叫他們麻煩的夠了；他再不爽爽快快的，咱們索性撒手，叫他走別人的路子去。」正說得高興時，文琴又來了。我便辭了出去。

光陰迅速，不覺到了八月。我一面打發李在茲到張家口，一面收拾要回上海一轉。把一切事，都交給亮臣管理。便到伯述那邊辭行。恰好伯述因為暢懷往上海去了，許久並未來京。今年收的京版貨不少，也要到上海去。於是約定同行。僱了長車，我在張家灣，河西務兩處，也並不耽擱；不過稍為查檢查檢便了。一直到了天津，仍在佛照樓住下，伯述性急，碰巧有了上海船，便先行了。我因為天津還有點事，未曾同行。安頓停當，先去找杏農。杏農一見我，便道：「你接了家兄的信沒有？」我道：「並未接著有什麼信？」杏農道：「家兄到山東去了，我今天才接了信。」我道：「到山東有什麼事？」杏農道：「有一個朋友叫蔡侶笙，是山東候補知縣，近日有了署事消息，打電報到上海叫他去的。」我不覺歡喜道：「原來蔡侶笙居然出身了！我這幾年從未得過他的信，不知他幾時到的？山東那邊我還有一個家叔呢。」杏農道：「家兄給我的信，說另有信給你，想是已經寄到京裏去了。」我稍為談了一會，便回到棧裏，連忙寫了一封信入京，叫如有上海信來，即刻寄出天津，把信發了，我又料理了一天的正事。次日下午，杏農來談了一天。就在棧裏晚飯。飯後，約了我出去。到侯家后一家南班子裏吃酒。——天津以上海所來之妓院為南班子——另外又邀了幾個朋友。

這等事，本是沒有什麼好記的。這一回杏農請的，都是些官場朋友；又沒有什麼唐玉生的「竹湯餅會」故事，又何必記他呢。因為這一回我又遇了一件奇事，所以特為記他出來。你道是什麼事呢？原來這一席中間，他們叫來侍酒的，都是南班子的人。一時燕語鶯聲，盡都是吳儂嬌語。內中卻有兩個十分面善的，非但言語聲音很熟，便是那眉目之間，也好像在那裏見過的，一時卻想不起來。回思我近來在家鄉一住三年，去年回到上海，不上幾天，就到北邊來了；在上海那幾天，並未曾出來應酬，從何處見過這兩個人呢？莫非四年以前所見的，然而就是四年以前，我也甚少出來應酬，何以還有這般面善的人呢？一面滿肚子亂想，一雙眼睛，便不住的盯著他看。內中一個，是杏農叫的。杏農看見我這情形，不覺笑道：「你敢是看中了他？何不叫他轉一個條子？」我道：「豈有此理！我不過看見他十分面善，不知從何處見來。他又叫什麼名字？」杏農道：「他叫紅玉。」又指著一個道：「他叫香玉。都是去年才從上海來的，要就你在上海見過他。」我道：「我已經三年沒住上海了，去年到得一到，並沒有出來應酬；不上兩天，我就到這邊來了，從何見起？」杏農道：「正是！你去年進了京，不多幾天，我就認識了他。那時候，他也是初到沒有幾天。」我聽了這話，猛然想起這兩個並非他人，正是我來天津時，同坐普濟輪船的那個莊作人的兩個小老婆。如何一對都落在這個地方來？不覺心中又是懷疑，又是納罕，不住的要向杏農查問；卻又礙著耳目眾多，不便開口，直等到眾人吃到熱鬧時，方才離了座，拉杏農到旁邊問道：「這紅玉、香玉到底是什麼出身？你知道麼？」杏農道：「是這裏的王八到上海販來的，至於什麼出身，又從何稽考呢。你既然這麼問，只怕是有點知道的了。」我道：「我彷彿知道他是人家的侍妾。」杏農道：「嫁人復出，也是此輩之常事；但不知是誰的侍妾？」我道：「這個人我也是一面之交，據說是個總兵，姓莊，號叫作人。」杏農道：「既是一面之交，你怎麼便知道這兩個是他侍妾？」我便把去年在普濟船上遇見的話，說了一遍。杏農想了一想道：「呸！你和烏龜答了話，還要說呢，這不明明是個王八，從上海買了人，在路上拿來冒充侍妾的麼？」我回頭想了一想當日情形，也覺得自己太笨，被他當面瞞過，還不知道。於是也一笑歸座。等到席散了，時候已經不早，杏農還拉著到兩家班子裏去坐了一坐，方才僱車回棧。叩開了門，取錶一看，已經兩點半鐘了。

走過一個房門口，只見門是敞著的，門口外面，蹲著一個人，地下放著一盞鴉片煙燈；手裏拿著鴉片煙斗，在那裏出灰；門口當中，站著一個人，在那裏罵人呢。只聽他罵道：「這麼大早，茶房就都睡完了，天下那有這種客棧！」一回眼看見我走過，又道：「你看我們說睡得晚了，人家這時候才從外面回來呢。」我聽了這話，不免對他望一望。原來不是別人，正是在京裏車文琴的朋友陸儉叔。不免點頭招呼。彼此問了幾時到的，住在幾號房，便各自別去。

次日，我辦了一天正事，到得晚飯之後，我正要到外面去散步，只見陸儉叔踱了進來，彼此招呼坐下。儉叔道：「早沒有知道你老哥也出京，若是早知道了，可以一起同行，兄弟也可以靠個照應。」我道：「正是！出門人有個伴，就可以互相照應了。」儉叔道：「像我兄弟是個廢人，那裏能照應人；約了同伴，正是要靠人照應。這一回雖說是得了個明保進京引見，卻賠累的不少；這也罷了，這回出京，卻又把一件最要緊的東西失落了。此刻趕信到京裏去設法，過兩天回信來，正不知怎樣呢？」我道：「丟了東西，應該就地報失追查，怎麼反到京裏去設法呢？」儉叔歎道：「我丟了的，不是別的東西，卻是一封八行書，夾在護書裏面；那天到楊村打了個尖，我在枕箱裏取出護書來，記一筆帳，不料一轉眼間，那護書就不見了；連忙叫底下人去找，卻在店門口地下找著了。裏面什麼東西都沒有丟，單單就丟了這封信，你說奇不奇呢？你叫我如何報失？」我道：「那麼說，就是寫信到京裏也是沒用。」儉叔道：「這是我的妄想，要想託文琴去說，補寫一封，不知可辦得到？」我道：「這一封是誰的信呢？」儉叔道：「一言難盡！我這封信，是花了不少錢的了。兄弟的同知直隸州，是從揀選知縣上保來的；一向在湖北當差；去年十月裏，章制軍給了一個明保送部引見；到了京城，遇了舍親車文琴，勸我過個道班。兄弟怕的是擔一個捐班的名氣，況且一捐升了，到了引見時，那一筆捐免保舉的費，是很可觀的，所以我不大願意。文琴他又說在京裏有路子可走，可以借著這明保，設法過班；叫我且不要到部投到。我聽了他的話，一耽擱就把年過了。直到今年正月底，才走著了路子；就是我們同席那一個姓惲的，煩了他引進，拜了周中堂的門。那一份贄見，就花了八千；只見得中堂一面，話也沒有多說兩句，只問得一聲幾時進京的，湖北地方好，就端茶送客了。後來又是打點什麼總管咧，什麼大叔咧，前前後後，……花上了二萬多，連著那一筆贄見，已經三萬開外了。滿望可以過班的了，誰知到了引見下來，只得了『仍回原省照例用』七個字。你說氣死人不呢？我急了，便向文琴追問。文琴也急了，代我去找著前途經手人。找了十多天，方才得了回信。說是引見那天，裏頭弄錯了。你想裏頭便這樣稀鬆，可知道人家銀子是上三四萬的去了。後來還虧得文琴替我竭力想法，找了原經手人，向周中堂討主意。可奈他老人家也無法可想。只替我寫了一封信，給兩湖章制軍，那封信卻寫得非常之切實，求他再給我一個密保，再委一個報銷或解餉的差使云云。其意是好等我再去引見。那時他卻竭力想法。我得了這一封信，似乎還差強人意，誰知偏偏把他丟了，你說可恨不可恨呢？」

我聽了他這一番話，不覺暗暗疑訝，又不便說什麼。因搭訕著道：「原來文琴是令親，想來總可以為力的。」僉叔道：「兄弟就信的是這一點；文琴向來為朋友辦事，是最出力的；何況我當日也曾經代他排解過一件事的。他這一回無論如何，似乎總應該替我盡點心。」我道：「既如此，更可放心了。」嘴裏是這樣說，心中卻很想知道他所謂排解的是什麼事。因又挑著地道：「這排難解紛，最是一件難事！

遇了要人排解的事，總是自己辦不下來的了，所以尤易感激。文琴受過你老哥這個惠，這一回一定要格外出力的。」儉叔道：「文琴那回事，其實他也不是有心弄的。不過太過於不羈，弄出來的罷了。他斷了絃之後，就續定了一位填房；也是他家老親，那女子和文琴是表兄妹；從前文琴在揚州時，是和他常見的。誰知文琴喪偶之後，便縱情花柳；直到此刻還是那個樣子。所以他雖是定下繼配，卻並不想娶。定的時候，已是沒有丈人的了；過了兩年，那外母也死了；那位小姐，只依了一個寡嬸居住。等到母服已滿，仍不見文琴來娶。那小姐本事也大，從揚州找到京師，拿出老親的名分，去求見文琴的老太太。他到得京裏，是舉目無親的，自然留他住下。誰知這一住，就住出事情來了。」正是：

鳧雁不成同命鳥，鴛鴦翻作可憐蟲。

未知住出了什麼事，且待下回再記。

第七十七回　潑婆娘賠禮入娼家　闊老官叫局用文案

「那小姐在他宅子裏住下，每日只跟著他老太太。逢沒有人的時候，不免向老太太訴苦，說依著孀娘不便，求告早點娶了過來，那是一定的了。文琴這件事，卻對人不住；覷老太太不在旁時，便和那小姐說體己話，拿些甜話兒騙他。那小姐年紀雖大，卻還是一個未經出閣的閨女，主意未免有點拿不定。況且這個又是已經許定了的丈夫，以為總是一心一意的了，於是乎上了他的當。文琴又對他說：『你此時尋到京城，倘使就此辦了喜事，未免過於草草；不如你且回揚州去，我跟著就請假出京，到揚州去迎娶，方為體面。』那小姐自然順從。不多幾天，便仍然回揚州去了。文琴初意本也就要請假去辦這件事，不知怎樣被一個窰姐兒把他迷住了，一定要嫁他；便把他迷昏了，寫了一封信給他的叔丈母——便是那小姐的孀子——說：『本來早就要來娶的，因為訪得此女不貞，然而還未十分相信，尚待訪查清楚，然後行事。詎料渠此次親身到京，不貞之據，已被我拿住，所以不願再娶』云云。那小姐得了這個信，便羞悔交迸，自己吊死了。那女族平時好像沒有什麼人，要那小姐依寡孀而居；及至出了人命，那族人都出來了；要在地方上告他；倘告他不動，還商量京控，那時我恰好在揚州有事，知道鬧出這個亂子，便一面打電報給他，一面代他排解；費了九牛二虎之力，把這件事弄妥了，未曾涉訟。經過這一回事之後，他是極感激我的；一向我和他通信，他總提起這件事，說不盡的感激圖報。所以我這回進京，一則因為自己抽了兩口煙，未免懶點；二則也信得他可靠，所以一切都託了他經手的。不料自己運氣不濟，一連出了這麼兩個岔子。」說罷，連連歎氣。我隨意敷衍他幾句。他打了兩個呵欠，便辭了去，想是要緊過癮去了，所以我也並不留他。

自此過了幾天，京裏的信，寄了出來，果然有述農給我的一封信。內中詳說侶笙歷年得意光景：「兩月之前，已接其來信，言日間可有署缺之望；如果得缺，即當以電相邀，務乞幫忙。前日忽接其電信，囑速赴濟南；刻擬即日動身，取道煙臺前去」云云。我見了這封信，不覺代侶笙大慰。正在私心竊喜時，忽然那陸儉叔哭喪著臉走過來，說道：「兄弟的運氣真不好，車文琴的回信來了，說接了我的信，便連忙去見周中堂，卻碰了個大釘子；周中堂大怒，說『我生平向不代人寫私信，這回因為陸某人新拜門，師弟之情難卻，破例做一遭兒。不料那荒唐鬼，糊塗蟲，才出京，便把信丟了；丟了信不要緊，倘使被人拾了去，我幾十年的老名氣，也叫他弄壞了；他還有臉來找我再寫。我是他什麼人，他要一回就一回，兩回就兩回，你叫他趕快回湖北去聽參罷，我已經有了辦法了』云云。這件事叫我如何是好？」我聽了他的話，看了他的神色，覺得甚是可憐；要想把我自己的一肚子疑心，向他說說；又凝著我在京裏和文琴是個同居，他們到底是親戚，說得他相信還好；倘使不相信，還要拿我的話去告訴文琴，我何苦結這種冤家；況且看他那呆頭呆腦的樣子，不定我說的他果然信了，他還要趕回京裏和文琴下不去，這又何苦呢！因此隱忍了不曾談。只把些含糊兩可的話，安慰他幾句就算了。儉叔說了一回，不得主意，便自去了。

再過幾天，我的正事料理清楚，也就附輪回上海去。見了繼之，不免一番敘別；然後把在京在津各事，細細的說了一遍；把帳略交了出來。繼之便叫置酒接風。金子安在旁插嘴道：「還置什麼酒呢？今天不是現成一局麼？」繼之笑道：「今天這個局，怕不成敬意！」德泉道：「成敬意也罷，不成敬意也罷，今日這個局，既然允許了，總逃不了的；就何妨借此一舉兩得呢？」我問：「今天是什麼局？何以碰得這般巧？」繼之道：「今天這一局，是干犯名教的；然而在我們旁邊人看著，又不能不作是快心之舉。這裏上海有一個著名的女魔王，平生的強橫，是沒有人不知道的了；他的男人，一輩子受他的氣；到了四十歲上便死了。外面人家說，是被他折磨死的。這件以前的事，我們不得而知。後來他又拿折磨男人的手段來折磨兒子；他管兒子是說得響的，更沒有人敢派他不是了。他就越鬧越強橫起來。」我道：「說了半天，究竟他的兒子是誰？」繼之道：「他男人姓馬，叫馬齋臣，是廣西人，本是一個江蘇候補知縣，他兒子馬子森，從小是會讀英文的。自從父親死後，便考入新關，充當供事，捱了七八年，薪水倒也加到好幾十兩一月了。他那位老太太，每月要兒子把薪水全交給他，自己霸著當家；平生絕無嗜好，惟有敬信鬼神，是他獨一無二的事，家裏頭供的什麼齊天大聖、觀音菩薩，……亂七八糟的，鬧了個煙霧騰天。子森已是敢怒不敢言的了。他卻又最相信的是和尚，師姑，道士；凡是這一種人，上了他的門，總沒有空過的。一張符，一卷經，不是十元，便是八元。鬧得子森所賺的幾十兩銀子，不夠他用。連子森回家吃一頓好飯也沒得吃，兩塊鹹蘿蔔，幾根青菜，就是一頓。有時子森熬不住了，說何不買點好些小菜來吃呢？只這一句話，便觸動了老太太之怒，說兒子不知足，可知你今日有這碗飯吃，也是靠我拜菩薩保佑來的。嘮叨得子森不亦樂乎。後來子森私下蓄了幾個錢，便與人湊股開了一家報關行，倒也連年賺錢。這筆錢，子森卻瞞了老太太，留以自用的了。外面做了生意，不免便有點應酬。被他老太太知道了，找到了妓院裏去，把他捉回去了，關在家裏，三天不放出門；幾乎把新關的事也弄掉了。

「又有一回，子森在妓院裏赴席；被他知道了，又找了去。子森聽見說老太太又來了，嚇得魂不附體；他老太太在後面上樓，他便在前窗跳了下去；把腳骨跌斷了，把合妓院的人都嚇壞了；恐怕鬧出人命。那老太太卻別有肺腸，非但不驚不嚇，還要趕到房裏，把席面掃個一空；罵了個無了無休。眾朋友礙著子森，不便和他計較。只得勸了他回去。然而到底心裏不甘，便有個促狹鬼，想法子收拾他。前兩天找出一個人來，與子森有點相像的，瞞著子森，去騙他上套。子森的辮頂留得極小，那個朋友的辮頂也極小。那促狹鬼定下計策，佈置妥當，便打發人往那位女魔王處報信；說子森又到妓院裏去了，在那一條巷，第幾家，妓女叫什麼名字，都說得清清楚楚。那位老太太聽了，便雄赳赳，氣昂昂的跑來；一直登樓入房。其時那促狹鬼約定的朋友，正坐在房裏等做戲。聽說是魔頭到了，便伏在桌上，假裝瞌睡。雙手按在桌上，掩了面目；只把一個小辮頂露出來。那魔頭跑到房裏，不問情由，左手抓了辮子，提將起來；伸出右手，就是一個巴掌。這小辮頂朋友，故意問什麼事情。那魔頭見打錯了人，翻身就跑，被隔房埋伏的一班人，一擁上前，把他圍住，和他講理，問他為什麼來打人。他起先還要硬挺，說是來找兒子的？眾人問他兒子在那裏，你所打的可是你的兒子？他才沒了說話，卻又叫天叫地的哭起來。那促狹鬼佈置得真好，不知到那裏去找出一個外國人，又找了兩個探夥來，一味的嚇他，要拉他到巡捕房裏去。那魔頭雖然兇橫，一見了外國人，便嚇得屁也不敢放了。於是乎一班人做好做歹，要他點香燭賠禮，還要他燒路頭。——吳下風俗：凡開罪於人者，具香燭至人家燃點，叩頭伏罪，謂之點香燭。燒路頭，祀財神也，亦祓除不祥之意。燒路頭之典，妓院最盛。——定了今天晚上去點香燭，燒路頭。上海妓院，遇了燒路頭的日子，便要客人去吃酒，叫做『綳場面』。那一家妓院裏，我本有一個相識的在裏面，約了我今天去吃酒，我已經答應了。他們知道了這件事，便頂著我要吃花酒。」我道：「這一檯花酒，不吃也罷！」德泉忙道：「這是什麼話？」我道：「辱人之母博來的花酒，吃了，於心也不安。」繼之道：「所以我說是干犯名教的。其實平心而論，辱人之母，吃一檯花酒，自是不該；若說懲創一個魔頭，吃一檯花酒，也算得是一場快事。」我道：「他管兒子總是正事，不能全說是魔頭。」德泉道：「他認真是拿了正理管兒子，自然不是魔頭；須知他並不是管兒子，不過要多刮兒子幾個錢，去供應和尚師姑。這種人，也應該要懲創懲創他才好。」

子安道：「這還是管兒子呢；我曾經見過一個管男人的，也鬧過這麼一回事。並且年紀不小了，老夫妻都上了五十多歲了；那位太太管男人，管得異常之嚴。男人備了一輛東洋車，自己用了車夫，凡是一個車夫到工，先要聽太太吩咐。如果老爺到什麼妓院裏去，必要回來告訴的；倘或瞞了，一經查出，馬上就要趕滾蛋的。有一回，不知聽了什麼人的說話，說他男人到那裏去嫖了，這位太太聽了，便頓時坐了自己包車，尋了去，不知走到什麼地方，胡亂打人家的門；打開了，看見一個五六十歲的老婦人，他也不問情由，伸出手來就打。誰知那家人家是有體面的，一位老太太平空受了這個奇辱，便大不答應起來。家人僕婦，一擁上前，把他捉住。他嘴裏還是不乾不淨的亂罵，被人家打了幾十個嘴巴，方才住口。那包車夫見鬧出事來，便飛忙回家報信。他男人知道了，也是無可設法，只得出來打聽；託了與那家人家相識的人去說情，方才得以點香燭服禮了事。」我道：「這種女子，真是戾氣所鍾！」繼之歎道：「豈但這兩個女子！我近來閱歷又多了幾年，見事也多了幾件，總覺得無論何等人家，他那家庭之中，總有許多難言之隱的；若要問其所以然之故，卻是給婦人女子弄出來的，居了百分之九十九。我看總而言之，是女子不學之過。」

我聽了這話，想起石映芝的事，因對繼之等述了一遍，大家歎息一番。到了晚上，繼之便邀了我和德泉、子安一同到尚仁里去吃酒。那妓女叫金賽玉。繼之又去請了兩個客：一個陳伯琦，一個張理堂，都是生意交易上素有往來的人。我們這邊才打算開席，忽然丫頭們跑來說：「快點看！快點看！馬老太太來點香燭了！」於是眾人都走到窗戶上去看。只見一個大腳老婆子，生得又肥又矮；手裏捧著一對大蠟燭，步履蹣跚的走了進來。他走到客堂之後，樓上便看他不見了。不知他如何叩頭禮拜，我們也不去查考了。忽然又聽得隔房一陣人聲，嘰嘰喳喳說的都是天津話。我在門簾縫裏一張，原來也是一幫客人，在那裏大說大笑；彼此稱呼，卻又都是大人老爺，覺得有點奇怪。一個本房的丫頭，在我後面拉了一把道：「看什麼？」我順便問道：「這是什麼客？」那丫頭道：「是一幫兵船上的客人。」我聽他那邊的說話，都是粗鄙不文的，甚以為奇。忽又聽見他們嘰哩咕嚕的說起外國話來；我以為他們請了外國客來了。仔細一看，卻又不然，兩個對說外國話的，都是中國人。我們這邊席面已經擺好，繼之催我坐席；隨便揀了一個靠近那門簾的坐位坐下，不住的回頭去張他們。忽然聽見一個人叫道：「把你們的帳房叫了來，我要請客了！」過了一會，又聽得說道：「寫一張到同安里都意芝處請李大人；再寫一張到法蘭西大馬路『老宜青』去。」又聽見一個蘇州口音的問道：「『老宜青』是什麼地方？」這個人道：「王大人！你可知李大人今天是到『老宜青』麼？」又一個道：「有什麼不是，張裁縫請他呢；他們寧波人最相信的是他家。」此時這邊坐席已定，金賽玉已到那邊去招呼。便聽見賽玉道：「只怕是老益慶樓酒館。」那個人拍手道：「可不是嗎？我說了『老宜青』，『老宜青』，你們偏不懂。」賽玉道：「張大人請客，為甚不自己寫條子，卻叫了相幫來坐在這裏？」──蘇、滬一帶，稱妓院之龜奴曰相幫。──那個人道：「我們在船上，向來用的是文案老夫子；那怕開個條子買東西，自己都不動手的。今天沒帶文案來，就叫他暫時充一充罷！」

正說話間，樓下喊了一聲客來；接著那邊房裏一陣聲亂說道：「李大人來了！李大人來了！客票不用寫了！寫局票罷！李大人自然還是叫都意芝了。」那李大人道：「算了，你們不要亂說了。原來他不是叫都意芝，是叫約意芝的；那個字怎麼念成『約』字？真是奇怪！」一個說道：「怎麼要念成『約』字，只怕未必！」李大人道：「剛才我叫張裁縫替我寫條子，我告訴他都意芝，他茫然不懂，寫了個『多意芝』。我說不是的，和他口講指畫，說了半天，才寫了出來。他說那是個『約』字。」旁邊一個道：「管他『都』字『約』字，既然上海人念成『約』字，我們就照著他寫罷；同安里約意芝，快寫罷！」又一個道：「我叫公陽里李流英；那個『流』字，卻不是三點水的，覶瑣得很。」又聽那龜奴道：「到底是那個流？我記得公陽里沒有李流英。」一個說道：「我天天去的，為甚沒有。」龜奴道：「不知在那一家？」那個人道：「就是三馬路走進去頭一家。」龜奴道：「頭一家有一個李毓英；不知是不是？」那人道：「管他是不是，你寫出來看。」歇了一會，忽然聽見說道：「是了！是了！這裏的人很不通，為什麼任什麼字，都念成『約』字呢？」我聽到這裏，才恍然大悟，方才那個約意芝，也是郁意芝之誤，不覺好笑。繼之道：「你好好的酒不喝，菜不吃，盡著出什麼神？」我道：「你們只管談天吃酒，我卻聽了不少的笑話了。」繼之道：「我們都在這裏應酬相好，招呼朋友，誰像你那個模樣，放現成的酒不喝；卻去聽隔壁戲。到底聽了些什麼來？」我便把方才留心聽來的，悄悄說了一遍。說得眾人都笑不可抑。繼之道：「怪道他現成放著吃喝都不顧，原來聽了這種好新聞來。」陳伯琦道：「這個不足為奇，我曾經見過最奇的一件事，也是出在兵船上的。」正是：

鸛鵝軍中饒好漢，燕鶯隊裏現奇形。

未知陳伯琦還說出什麼奇事來，且待下回再記。

第七十八回 巧蒙蔽到處有機謀 報恩施沿街誇顯耀

當下陳伯琦道：「那邊那一班人，一定是北洋來的。前一回放了幾隻北洋兵船到新加坡一帶遊歷，恰好是這幾天回到上海，想來一定是他們。他們雖然不識字，還是水師學堂出身；又在兵船上練習過，然後挨次推升的。所以一切風濤沙線，還是內行。至於一旦海疆有事，見仗起來，是怎麼樣，那是要見了事，才知道的了。至於南洋這邊的兵船，那稀奇古怪的笑話，也不知鬧了多少。去年在旅順南北洋會操，指定一個荒島作為敵船，統領發下號令，放舢舨，搶敵船。於是各兵船都放了舢舨，到那島上去。及至查點時，南洋各兵，沒有一個帶乾糧的。操演本來就是預備做實事的規模。你想一旦有事，也是如此，豈不是糟糕了麼？操了一趟，鬧的笑話也不知幾次。這些且不要說他，單說那當管帶的。有一位管帶，也不知他是個什麼出身；莫說風濤沙線，一些不懂。只怕連東南西北，他還沒有分得清楚呢。恰好遇了一位兩江總督，最是以查察為明的；聽見人說這管帶不懂駕駛，便要親身去考察。然而這位先生，向來最是容易蒙蔽的；他從前在廣東時候，竭力提倡蠶桑。一個月裏頭，便動了十多回公事，催著興辦；動支的公款，也不知多少。若要問到究竟，那一個是實力奉行的？徒然添了一個題目，叫他們弄錢。過了半年光景，他忽然有事要到肇慶去巡閱。他便說出來要順便踏勘桑田。這個風聲傳了出去，嚇得那些承辦蠶桑的鄉紳，屎屁直流。這回是他老先生親身查勘的，如何可以設法蒙蔽呢？內中卻出來了一個人，出了一個好主意，只要三萬銀子，包辦這件事。眾人便集齊了這筆款，求他去辦。他得了這筆款，便趕到西南——三水縣鄉名——上游兩岸的荒田上，連夜叫人紮了籬笆，自西南上游，經過蘆包以上，兩岸三四百里路，都做起來；又在籬笆外面，塗了一塊白灰，寫了『桑園』兩個字。每隔一里半里路，便做一處。不消兩天，就做好了。到得他老先生動身那天，他又用了點小費，打點了衙門裏的人役，把他耽擱到黃昏時候，方才動身。恰好是夜月色甚好，他老先生高興，便叫小火輪連夜開船。走到西南以上，只見兩岸全是桑園，便歡喜得他手舞足蹈起來。你說這麼一個混沌的人，他這回要考察那兵船管帶，還不是一樣被他瞞過麼？」

我道：「他若要親身到了船上，看他駕駛，又將奈何？」伯琦道：「便親看了又怎樣？我還想起他一個笑話呢。他到了兩江任上，便有一班商人具了一個稟帖，去告一個釐局委員。他接了稟帖，便大發雷霆；恰好藩臺來稟見。他便立刻傳見，拿了稟帖，當面給藩臺看了，交代即日馬上立刻把那委員撤了差，調到省裏來察看。藩臺奉了憲諭，如何敢怠慢；回到衙門，便即刻備了公事，把那委員撤了。撤了之後，自然要另委一個人去接差的了。這個新奉委的委員，接了札子之後，謝過藩臺，便連忙到制臺衙門去稟知稟謝。他老先生看見了手本，便立刻傳見。見面之後，人家還在那裏行禮叩頭謝委，未曾起來；他便拍手跳腳的大罵。說你在某處釐局，怎樣營私舞弊，怎樣被人告發，怎樣辜負憲恩，怎樣病商病民；我昨天已經交代藩司撤你的差，你今天還有什麼臉面來見？他從人家拜跪時罵起，直罵到人家起來，還不住口。等人家起來了，站在那裏聽他罵。他罵完了，又說你還站在這裏做什麼？好糊塗的東西，還不給我滾出去！那新奉委的直到此時，才回說卑職昨天下午才奉到藩司大人的委札，今天特來叩謝大帥的。他聽了這話，才呆了半天，嘴裏不住的荷荷荷荷亂叫，然後讓坐。你想這種糊塗蟲，叫他到船上去考驗管帶，那還不容易混過去麼？然而他那回卻考察得兇，這管帶也對付得巧。他在南京要到鎮江，蘇州這邊閱操，便先打電報到上海來調了那兵船去。他坐了兵船到鎮江。船上本來備有上好辦差的官艙，他不要坐，偏要坐到舵房裏，要看管帶把舵。那管帶是預先得了信的，先就預備好了，所以在南京開行，一直把他送到鎮江，非常安穩，騙得他呵呵大笑，握著管帶的手說道：『我若是誤信人言，便要委屈了你。』從此倒格外看重了這管帶。你說奇不奇？」

我道：「既然被他瞞過了，從此成了知遇，那倒不奇。只是他向來不懂駕駛的，忽然能在江面把舵，是用的什麼法子？這倒有點奇呢！」繼之道：「我也急於要問這個。」伯琦道：「兵船上的規矩，成天派一個兵背著一桿槍，在船頭瞭望的，每四點鐘一班。這個兵滿了四點鐘，又換上一個兵來，不問晝夜風雨，行駛停泊，總是一樣的。這位管帶自己雖不懂駕駛，那大副二副等，卻是不能不懂的。他得了信，知道制臺要來考察，他便出了一個好主意，預先約了大副，等制臺叫他把舵時，那大副便扮了那個兵，站在船頭上。舵房是正對船頭的，應該向左扳舵時，那大副便走向左邊；應該向右扳舵時，那大副便向右邊走；暫時不用扳動時，那大副就站定在當中。如此一路由南京到了鎮江，自然無事了。」眾人聽說，都讚道：「妙計！妙計！莫說由南京到鎮江，只怕走一趟海也瞞過了。」伯琦道：「所以他才從此得了意，不到一年，便做了南洋水師統領啊！」我道：「照這樣蒙蔽，自然任誰都被蒙蔽住了。」伯琦道：「不然，那位制軍是格外與人不同的。就是那回閱操，閱到一個什麼軍；這什麼軍是不歸標的，另外立了名目，委了一個候補道去練起洋操來；說是練了這一軍，中國就可以自強的。他閱到這什麼軍時，那一位候補道要賣弄他的精神，請了許多外國人來陪制臺看操；看過了操，就便在演武廳吃午飯，辦的是西菜。誰知那位制軍不善用刀叉，在席上對了別人發了一個小議論，說是西菜吃味很好，不過就是用刀叉不雅觀。這句話被那位候補道聽見了，到了晚上，便請制臺吃飯，仍然辦的是西菜，仍用的是西式盤子，卻將一切牛排雞排是整的都切碎了；席上不放刀叉，只擺著筷子。那制臺見了，倒也以為別緻。他便說道：『凡善學者當取其所長，棄其所短；職道向來都很重西法，然而他那不合於我們中國所用的，未嘗不有所棄取；就如吃東西用刀叉，他們是從小用慣了的，不覺得怎樣；叫我們中國人用起來，未免總有點不便當。所以職道向來吃西菜，都是捨刀叉而用筷子的。』只這麼一番說話，就博得那制軍和他開了一個明保。那八個字的考語，非常之貼切，是『兼通中外，動合機宜』。」繼之笑道：「為了那一頓西菜出的考語，自然是確切不移的了。」說得大家一笑。

大眾一面談天，一面吃喝。看著菜也上得差不多了，於是再喝過幾杯，隨意吃點飯就散了座。賽玉忽向繼之問道：「你們明天可看大出喪？」繼之道：「我不知道。是誰家大出喪？」賽玉道：「咦！那個不知道金姨太太死了，明天大出喪。你怎麼不知道？」金子安道：「好好的你為甚要帶了我姓說起來？」賽玉笑道：「他是姓金的，我總不好說他姓銀。」我道：「大不了一個姨太太罷了，怎麼便大出喪起來？」子安道：「這件事提起來，你要如遇故人的；然而說起來話長，我們回去再談罷。」伯琦、理堂也同說道：「時候不早了，我們都散了罷。」於是一同出門，分路各回。

我回到號裏，就問子安為什麼說這件事，我要如遇故人？子安道：「你忘了麼？我看見你從前的筆記，記著那年到漢口去，遇了什麼督辦夫人吃醋，帶了一個金姨太太從上海趕到漢口。難道你忘了麼？」我道：「這件事，一碰好幾年了，難道就是那位金姨太太麼？那位夫人醋性如此之利害，一個姨太太死了，怎肯容他大鋪排？」子安道：「你不曾知道這位姨太太的來歷，自然那麼說；須知他非但入門在這位繼配夫人之前，並且他曾有大恩德於這位督辦的。這位督辦本來是個宦家公子出身；他老太爺做過一任撫臺，才告老回家。這督辦二十多歲時，便捐了個佐雜，在外面當差。老人家是現任的大員，自然有人照應，等到他老太爺告老時，他已經連捐帶保的弄到一個道臺了，只差沒有引見。因為老子回家享福了，他也就回家鬼混。不知怎樣，弄得失愛於父。就跑到上海來，花天酒地的亂鬧。那時候那金姨太太還在妓院裏做生意呢。他兩個就認識了。後來那位金姨太太嫁了一個綢莊的東家姓蒯的，局面雖大，年紀可也不小了；況且又是一個鴉片煙鬼，一年到頭，都是起居無節，飲食失時的，一個年紀輕輕的女人，況且又是出身妓院的，如何和他過得日子來。便不免與舊日情人，暗通來往。這位督辦，那時候正在上海遊手好閒，無所事事；正好有工夫做那些不相干的閒事。不知他兩人怎樣商通了，等到六月裏，那位蒯老太太照例是要帶了合家人等，到普陀燒香的。本來那位姨太太也要跟著去的。他偏有計謀，悄悄地只對那鴉片鬼說，腹中震動，似是有喜。有了這個喜信，老太太自然要知道的。便說既是有喜，恐妨動了胎，就不要去了，留下他看家罷。這麼一來，正中了他的下懷。等各人走過之後，他才不慌不忙的收拾了許多金珠物件，和那位督辦大人坐了輪船，逃之夭夭的到天津去了。從天津進京，他兩個一路上怎生的盟天誓地，這是我們旁人不得而知的。單知道那督辦答應過他，以後如果得意，一定以嫡禮相待。」

我道：「這又怎麼能知道的呢？」子安道：「你且莫問！聽我說下去，自然有交代啊。他兩個到京之後，就仗著蒯家帶出來的金珠，各處去打點。天下事自然錢可通神，況且那督辦又是前任二品大員之子，寅誼世誼總還多；被他打通了路子，拜了兩個闊老師，引見下來，就得了一個記名簡放。他有了這個引子，就格外的打點，格外的應酬。不到半年，便放了海關道，堂哉皇哉的帶了家眷，出京赴任，到了地頭，自然有人辦差；打好了公館，新道臺擇了接印日期，頒了紅諭出去。到了良時吉日，便具了朝衣朝冠，到衙門接印。再過幾天，前任的官眷搬出衙門，這邊便打發轎子，去接姨太太入衙。誰知去接一次不來，兩次不來，新道臺莫名其妙。只得親身到公館裏，問是什麼事。那位金姨太太面罩重霜的不發一言。任憑這邊賠盡小心，那邊只是不理不睬。急得新道臺沒法，再三的柔聲下氣去問。姨太太惱過了半天，方才冷笑道：『好個嫡禮相待，不知我進衙門，該用什麼禮？就這麼一乘轎子，就要抬了去。我以為就是個丫頭，老遠的跟了大人到任，也應該消受得起的了，卻原來是大人待嫡之禮。』新道臺聽了，連忙說道：『該死！該死！這是我的不是。』又回頭罵伺候的家人道：『你這班奴才，為什麼辦差辦得那麼糊塗！又不上來請示；一班王八，都是飯桶，還不過來認罪。』在那裏伺候的家人，有十來個，便一字兒排列在廊簷底下，行了個一跪三叩禮，起來又請了一個安。這一來，才得姨太太露齒一笑道：『沒臉面的，自己做錯了事；卻壓著奴才們代你賠禮。』新道臺得了這一笑，如奉恩詔一般，馬上吩咐備了執事及綠呢大轎；姨太太穿了披風紅裙，到衙門去了。自從那回事出了之後，他那些家人傳說出來，人家才知道他嫡禮相待之誓。」

我道：「這等相待，不怕僭越了麼？」子安道：「豈但如此，他在衙門裏，一向都是穿紅裙的；後來那督辦的正室夫人也到了，倘使仍然如此，未免嫡庶不分；然而叫他不穿，他又不肯。後來想了一個變通辦法，姨太太穿的裙，仍然用大紅裙門，兩旁打百襇的，用了青黃綠白各種豔色相間，叫做『月華裙』。還要滿鑲裙花，以掩那種雜色。此刻人家的姨娘，都穿了月華裙，就是他起的頭了。後來正室死了，在那督辦的意思，是不再娶的了；只把這一位受恩深重的姨太太扶正了，作為聊報涓埃。倒是他老太爺一定不肯，所以才續娶了吃大醋的那一位。那一位雖然醋心重，然而見了金姨太太，倒也讓他三分。這也是他飲水思源的意思。此刻他死了，他更樂得做人情了，還爭什麼呢！」我道：「這位先生不料鬧過這種笑話。」子安道；「他在北邊鬧的笑話多呢。」我道：「我最歡喜聽笑話，何妨再告訴點給我聽呢。」子安道：「算了罷！他的事情，要盡著說，只怕三天三夜，都說不盡呢。時候不早了，要說，等明天空了再說罷。」

當下各自歸寢。到了次日，我想什麼大出喪，向來在上海，倒不曾留心看過，倒要去看看是什麼情形。便約定繼之，要吃了早飯一同出去看看。繼之道：「不知他走那條路，到那裏去碰他呢？」子安道：「不消問得！大馬路，四馬路是一定要走的。」於是我和繼之吃過早飯；便步行出去，走到大馬路，自西而東，慢慢的行去。一路走過，看見幾處設路祭的，什麼油漆字號的，木匠作頭的，煤行裏的，洋貨字號裏的，各人分著幫，擺設了豬羊祭筵，衣冠濟濟的，在那裏伺候。走到石路口，便遠遠的望見從東面來了。我和繼之便站定了。此時路旁看的，幾於萬人空巷。大馬路雖寬，卻也幾乎有人滿之患。只見當先是兩個紙糊的開路神，幾乎高與簷齊；接著，就是一對五彩龍鳳燈籠；以後接二連三的旗鑼扇傘，銜牌職事；那銜牌是什麼布政使，什麼海關道，什麼大臣，什麼侍郎，弄得人目迷五色；以後還有什麼頂馬、素頂馬、細樂、和尚、師姑、道士、萬民傘、逍遙傘、銘旌亭、祭亭、香亭、喜神亭、功布、亞牌、馬執事，……等類，也記不盡許多。還有一隊西樂，魂轎前面，居然用奉天誥命，誥封恭人，晉封夫人，累封一品夫人的素銜牌；魂轎過後，便是棺材，用了大紅緞子平金的大棺罩，開了六十四抬。棺材之後，素衣冠送的，不計其數；內眷轎子，足有四五百乘。過了半天，方才過完，還要等兩旁看熱鬧的人散了，我們方才走得動。和繼之繞行到四馬路去。誰知四馬路預備路祭的人家更多，什麼公司的，什麼局的，什麼棧的，……一時也記不清楚。我和繼之要找一家茶館去歇歇腳，誰知從第一樓起，至三萬昌止，沒有一家不是擠滿了人的，都是為看大出喪而來。我兩個沒法，只得順著腳打算走回去。誰知走到轉角去處，又遇見了他來了。我不覺笑道：「犯了法的，有遊街示眾之條；不料這位姨太太死了，也給人家抬了棺材去遊街。」正是：

任爾鋪張誇闊閱，有人指點笑遊街。

未知以後還有何事，且待下回再記。

第七十九回　論喪禮痛砭陋俗　祝冥壽惹出奇談

繼之笑道：「自從有大出喪以來，不曾有過這樣批評，卻給你一語道著了。我們趕快轉彎，避了他罷。」隨向北轉彎，仍然走到大馬路。此時大馬路一帶，倒靜了。我便和繼之兩個，到一壺春茶館裏泡一碗茶歇腳。只聽得茶館裏議論紛紛，都是說這件事；有個誇讚他有錢的，有個羨慕死者有福的。我問繼之道：「別的都不管他，隨便怎麼說，總是個小老婆；又不曾說起有什麼兒子做官，那誥封恭人，晉封夫人的銜牌，怎麼用得出？」繼之笑道：「你還不知道呢，小老婆用誥命銜牌，這件事已經通了天，皇帝都沒有說話的了。」我道：「那裏有這等事！」繼之道：「前年兩江總督死了個小老婆，也這麼大鋪張起來；被京裏御史上摺子參了一本，說他濫用朝廷名器。須知這位總督，是中興名臣，聖眷極隆的。得了摺子，便降旨著內閣抄給閱看，並著本人自己明白回奏。這位總督回奏，並不推辭，簡直給他承認了。說臣妾病歿，即令家人等買棺盛殮，送回原籍；家人等循俗例為之延僧禮懺；僧人禮懺，例供亡者靈位，不知稱謂，以問家人。家人無知，誤寫作誥封爵夫人云云。末後自己引了一個失察之罪。這件事不是已經通了天的麼？何況上海是個無法無天的地方。曾經見過一回，西合興里死了一個老鴇，出殯起來，居然也是誥封宜人的銜牌。後來有人查考他，說他姘了一個縣役。這個縣役，因緝捕有功，曾經獎過五品功牌的。這一說雖是勉強，卻還有勉強的說法。前一回死了一個妓女，他出殯起來，也用了誥封宜人，晉封恭人的銜牌。你說這還有什麼道理？」我笑道：「姘了個五品功牌的捕役，可以稱得宜人；做妓女的，難道就不許他有個四五品的嫖客麼？」繼之道：「若以嫖客而論，又何只四五品，他竟可用夫人的銜牌了。總而言之，上海地方，久已沒了王法，好好的一個人，倘使沒有學問根底，只要到上海租界上混過兩三年，便可以成了一個化外野人的。你說他們亂用銜牌是僭越，試問他那『僭越』兩個字，是怎麼解？非但他解說不出來，就是你解說給他聽，說個三天三夜，他還不懂呢！」我道：「這個未免說得太過罷。」繼之道：「你說是說得太過，我還以為未曾說得到家呢。」我道：「難道今日那大出喪之舉，他既然是做著官的，難道還不解僭越麼？」繼之道：「正惟這一班明知故犯的王八蛋，做了出來，才使得那一班無知之徒，跟著亂鬧啊。你以為我說他們不解『僭越』二字，是說得太過了。還有一件三歲孩子都懂的事情，他們會不懂的。我等一會告訴你。」我道：「又何必等一會呢。」繼之道：「我只知得一個大略，德泉他可以說得原原本本，你去問了他，好留著做筆記的材料。」我道：「既如此，回去罷。」

於是給過茶錢，下樓回去。到得號裏，德泉、子安都在那裏有事。我也寫了幾封信，去京裏及天津、張家灣、河西務等處。一會兒，便是午飯。飯後，大家都空閒了。繼之卻已出門去了。我便問德泉說那一件事。德泉道：「到底是那一件事？這樣茫無頭緒的，叫我從何說起！」我回想一想，也覺可笑，於是把方才和繼之的議論，告訴了他一遍。又道：「繼之說三歲孩子都懂的事情，居然有人不懂的，你只向這個著想。」德泉道：「這又從何想起？」我又道：「繼之說我聽了又可以做筆記材料的。」德泉正在低頭尋思，子安在旁道：「莫不是李雅琴的事？」德泉笑道：「只怕繼翁是說的他。去年我們談這件事時，就說過可惜你不在座；不然，又可以做得筆記材料的了。」我道：「既如此，不問是不是，你且說給我聽。」

德泉道：「這李雅琴本來是一個著名的大滑頭，然而出身又極其寒苦，出世就沒了老子。他母親把他寄在人家哺養，自己從寧波走到上海，投在外國人家做奶媽。等把小孩子奶大了，外國人還留著他帶那小孩子。他娘就和外國人說了個情，要把自己孩子帶出來，在自己身邊。外國人答應了，便託人從寧波把他帶了到上海。這是他出身之始。他既天天在外國人家裏，又和那小外國人在一起，就學上了幾句外國話。到了十二三歲上，便託人薦到一家小錢莊去學生意。這年把裏頭，他的娘就死了；等他在錢莊上學滿了三年，不過才十五六歲；莊上便薦他到一家洋貨店裏做個小夥計。他人還生得乾淨，做事也還靈變；那洋貨店的東家，很歡喜他。又見他沒了父母，就認他做個乾兒子。在那洋貨店裏做了五六年，乾老子慢慢的漸見信用了；他的本事也漸漸大了。背著乾老子，挪用了店裏的錢，做過幾票私貨，被他賺了幾個。乾老子又幫他忙，於是娶了一房妻子，成了家。那年恰好上海鬧時症，他乾老子自己的兩個兒子都死了；不到一個月，他乾老子也死了，只賸了一個乾娘。他就從中設法，把一家洋貨店，全行乾沒了過來。就此發財起家，專門會做空架子。那洋貨店自歸了他之後，他便把門面裝潢得金碧輝煌，把些光怪陸離的洋貨，羅列在外。內中便驚動了一個專辦進口雜貨的外國人，看見他外局如此熱鬧，以為一定是個大商家了。便託出人來，請他做買辦。他得了那買辦的頭銜，又格外闊起來。本事也真大，居然被他一帆風順的混了這許多年。又捐了一個不知靠得住靠不住的同知；加了個四品銜；便又戴了一個藍頂子充官場。前幾年又弄著一個軍裝買辦，走了一回南京，兩回湖北，只怕做著了兩票買賣，這軍裝買賣，是最好賺錢的，不知被他撈了多少；去年又想闊闊了；然而苦於沒有題目，窮思極想，才想得一個法子，是給他娘做陰壽。你想他從小不曾讀過書的，不過在小錢莊時認識過幾個數目字，在洋貨店時強記了幾個洋貨名目字，這等人如何會做事？所以他一向結識了一個好友華伯明。這華伯明，是蘇州人，倒是個官家子弟；他父親是個榜下知縣，在外面幾十年，最後做過一任道臺；六十歲開外，告了病，帶了家眷，住在上海。這兩年只怕上七十歲了。只有伯明一個兒子，卻極不長進，文不能文，武不能武；只有一樣長處，出來見了人，那周旋揖讓，是很在行的。所以李雅琴十分和他要好。凡遇了要應酬官場的事，無不請他來牽線索，自己做傀儡。就是他到南京，到湖北，要見大人先生，也先請了伯明來，請他指教一切；甚至於在家先演過幾次禮，盤算定應對的話，方才敢去。這一回要拜陰壽，不免又去請伯明來主持一切。伯明便代他鋪張揚厲起來，什麼白雲觀七天道士懺，壽聖庵七天和尚懺，家裏頭卻鋪設起壽堂來，一樣的供如意，點壽燭。預先十天，到處去散帖。又算定到了那天，有幾個客來，屈著指頭，算來算去，什麼都有了；連外國人都可以設法請幾個來撐持場面，炫耀鄰里。只可惜計算定來客，無非是晶頂的居多。藍頂的已經有限；戴亮藍頂的計算只有一個；卻沒有戴紅頂的；一定要伯明設法弄一個紅頂的來。伯明笑道：『你本來沒有戴紅頂的朋友，叫我到那裏去設法？』雅琴便悶悶不樂起來。伯明所以結交雅琴之故，無非是貪他一點小便宜；有時還可以通融幾文。有了這個貪念，就不免要竭力交結他。看見他悶悶不樂，便滿肚裏和他想法子。忽然得了一計道：『有便有一個人，只是難請。』雅琴便問什麼人。伯明道：『家父有個二品銜，倒是個紅頂；只是他不見得肯來！』雅琴聽說，歡喜得直跳起來道：『原是遠在天邊，近在眼前；無論如何，你總要代我拉了來的！』伯明道：『如何拉得來？』雅琴道：『是你老子，怎麼拉不動？』伯明道：『你到底不懂事；若是設法求他請他，只怕還有法子好想。』雅琴道：『這又奇了，兒子和老子還要那麼客氣。』伯明笑道：『我便是父子，你一面也不曾見過，怎麼不要客氣？』雅琴道：『所以我叫你去拉，不是我自己去拉。』伯明道：『請教我怎麼拉法呢？又不是我給母親做陰壽。』雅琴楞了半天道：『依你說有什麼法子好想？』伯明道：『除非我引了你到我家裏去，先見過他，然後再下一副帖子；我再從中設法，或者可以做得到。』雅琴大喜，即刻依計而行。伯明又教了他許多應對的話，以及見面行禮的規矩，雅琴要把這顆紅頂子來裝門面，便無不依從。果然伯明的老子華國章見了雅琴，甚是歡喜。於是雅琴回來，就連忙補送一份帖子去。此時日子更近了，陸續有人送禮來，一切都是伯明代他支應；又預備叫一班髦兒戲來，當日演唱。

「到了正日的頭一天，便鋪設起壽堂來，伯明親自指揮督率，鋪陳停妥，便向雅琴道：『此刻可請老伯母的喜神出來了。』雅琴道：『什麼喜神？』伯明道：『就是真容。』雅琴道：『是什麼樣的？』伯明道：『一個人死了，總要照他的面龐，畫一個真容出來。到了過年時，掛出來供奉。這拜陰壽，更是必不可少的。』雅琴愕然道：『這是向來沒有的。』伯明道：『這卻怎麼處？偏是到今天才講起來；若是早幾天，倒還可以找了百像圖，趕追一個。』雅琴道：『買一個現成的也罷。』伯明道：『這東西那裏有現成的？』雅琴道：『難道是外國的定貨？』伯明道：『你怎麼死不明白，這真容或者取生前的小照臨下來的，或者生前沒有小照，便是才死下來的時候對著死者追摹下來的。各人各像，那裏有現成的賣！』雅琴道：『死下來追摹，也得像麼？』伯明道：『那怕不像，他是各人自己的東西，那裏有拿出來賣的？』雅琴道：『那麼說，不像的也可以充得過了？』伯明笑道：『你真是糊塗；

誰管你像不像，只要有這樣東西。』雅琴道：『我不是糊塗，我是要問明白了；倘使不像的也可以，倒有法子想。』伯明問什麼法子。雅琴道：『可以設法去借一個來。』伯明聽說，倒也呆了一呆，暗暗服他聰明。因說道：『往那裏借呢？』雅琴道：『借到這樣東西，並且非十分知己的不可！我想一客不煩二主，就求你借一借罷。無論你家那一代的祖老太婆，暫時借來一用，好在只掛一天，用不壞的；就是壞了，我也賠得起。』伯明道：『祖上的，都在家鄉存在祠堂裏；誰帶了這傢伙出門。只有先母是初到上海那年，在上海過的，有一軸在這裏。』雅琴道：『那麼就求你借一借罷。』伯明果然答應了。連忙回家，瞞著老子，把一軸喜神取了出來。還到老子跟前，代雅琴說了幾句務求請去吃麵的話，方才拿了喜神，逕到李家，就把他掛起來。雅琴看見鳳冠霞帔，畫得十分莊嚴，便大喜道：『辦過這件事之後，我要照樣畫一張；倒要你多借幾天呢。』伯明一面叫人掛起來，一面心中暗暗好笑。明天他拜他娘的壽，不料卻請了我的娘來享用；並且我明天行禮時，我拜我的娘，他倒在旁邊還禮，豈不可笑？心裏一面暗想，一面忍笑，卻不曾聽得雅琴說的話。

「到了次日，果然來拜壽的人不少，伯明又代他做了知客。到得十點鐘時，那華國章果然具衣冠來了。在壽堂行過禮之後，抬頭見了那幅喜神，不覺心中暗暗疑訝。此時伯明不便過來揖讓，另外有知客的，招呼獻茶。華老頭子有心和那知客談天，談到李老太太，便問不知是幾歲上過的。那知客回說不甚清楚，但知道雅翁是從小便父母雙亡的。老頭子一想，他既是從小沒父母，他的父母總是年輕的了；何以所掛的喜神，畫的是一個老媼？越想越疑心，不住的踱出壽堂觀看；越看越像自己老婆的遺像，便連麵桌也不曾好好的吃，匆匆辭了回去；叫人打開畫箱一查，所有字畫都不缺少，只少了那一軸喜神。不覺大怒起來，連忙叫人趕著把伯明叫回來。那伯明在李家正在應酬的高興，忽然一連三次，家裏人來叫快回去，老爺動了大氣呢。伯明還莫名其妙，只得匆匆回家。入得門時，他老子正拄著拐杖，在那裏動氣呢。見了伯明，兜頭就是一杖。罵道：『我今日便打死你這畜生！你娘什麼對你不住，他六十多歲上才死的，你還不容他好好的在家，把他送到李家去，逼著你已死的母親失節；害著我這個未死的老子，當一個活烏龜！』說著，又是一杖。又罵道：『還怕我不知道，故意引了那不相干的雜種來，千求萬求，要我去；我糊塗，睡在夢裏，卻去露一張烏龜臉給人家看。你這是什麼意思？我還不打死你！』說著，雨點般打下來。打了一頓，喝家人押著去取了喜容回來。伯明只得帶了家人，仍到雅琴處。一面叫人賞酒賞麵，給那家人，先安頓好了，然後拉了雅琴，到僻靜處，告訴了他，便要取下來。雅琴道：『這件事說不得你要擔待這一天的了！此刻正要他裝門面，如何拿得下來？』伯明正在躊躇，家裏又打發人來催了。伯明、雅琴無可奈何，只得取下，交來人帶回去，換上一幅麻姑畫像。繼之對你說的，或者就是這件事。」

說聲未絕，忽然繼之在外間答道：「正是這件事。」說著，走了進來。笑道：「你們說到商量借喜神時，我已經回來了。因為你們說得高興，我便不來驚動。」又對我說道：「你想喜神這樣東西，能借不能借？不是三歲孩子都知道的麼？他們居然不懂，你還想他們懂得什麼叫做『僭越』。」子安道：「喜神這樣東西，雖然不能借，卻能當得錢用！」我道：「這更奇了！」子安道：「並不奇，我從前在寧波，每每見他們拿了喜神去當的。」我道：「不知能當多少錢？」子安道：「那裏當得多少，不過當二三百文罷了。」我道：「這就沒法想了；倘是當得多的，那些畫師，沒有生意，大可以胡亂畫幾張，裱了去當。他只當得二三百文，連裱工都當不出來，那就不行了。但不知拿去當的，倘使不來贖，那當鋪裏要他那喜神作什麼？」繼之笑道：「想是預備李雅琴去買也！」說得眾人一笑。正是：

無端市道開生面，肯代他人貯祖宗。

未知典當裏收當喜神，果然有什麼用，且待下回再記。

第八十回　販丫頭學政蒙羞　遇馬扁富翁中計

子安道：「那裏有不來取贖的道理！這東西，又不是人人可當，家家收當的；不過有兩個和那典夥相熟的，到了急用的時候，沒有東西可當，就拿了這個去做個名色，等那典夥好有東西寫在票上，總算不是白借的罷了。」各人聽了，方才明白這真容可當的道理。我從這一次回到上海之後，便就在上海住了半年。繼之趁我在上海，便親自到長江各處走了一趟。直到次年二月，方才回來。我等繼之到了上海，便附輪船回家去走一轉；喜得各人無恙，撤兒更加長大了，我姊姊已經擇繼了一個六歲大的姪兒子為嗣，改名念椿，天天和撤兒一起，跟著我姊姊認字。我在家又盤桓了半年光景，繼之從上海回來了，我和繼之敘了兩天之後，便打算到上海去。繼之對我說道：「這一次你出去，或是煙臺，或是宜昌，你揀一處去走走，看可有合宜的事業，不必拘定是什麼。」我道：「亮臣在北邊料來總妥當；所用的李在茲，人也極老實；北邊是暫時不必去的了。長江一帶，不免總要去看看；幾時到了漢口，或者走一趟宜昌，或者沙市也可以去得。」繼之道：「隨便你罷！你愛怎樣就怎樣，我不過這麼提一提；各處的當事人，我這幾年，雖然全用了自己兄弟子姪，至於他們到底靠得住靠不住，也要你隨事隨時去查察的。」我應允了。

不到幾天，便別過眾人，仍舊回上海去。剛去得上海，便接了蕪湖的信，說被人倒了一筆帳，雖不甚大，卻也得去設法。我就附了江輪到蕪湖去，耽擱了十多天，吃點小虧，把事情弄妥了，便到九江走了一趟。見諸事都還妥當，沒甚耽擱，便附了上水船到漢口。考察過一切之後，便打算去宜昌。

這幾年永遠不曾接過我伯父一封信；從前聽說在宜昌，此時不知還在那邊不在。便託人過江到武昌各衙門裏去打聽。不兩日，得了實信，說是在宜昌製驗局裏。我便等到有宜昌船開行，附了船到宜昌去。就在南門外江邊一家吉陞棧住下，安頓好行李，便去找製驗局。這個局就在城外，走不多路，就到了。我抬頭看時，只有一間房子，敞著大門，門外掛了一面製驗川鹽局的牌子，兩旁掛了兩扇虎頭牌；裏面坐著兩個穿號衣的局勇。我暗想，這麼就算一個局了麼？我伯父又在那裏呢？不免上前去問那局勇。誰知我問的這個，那一個答應起來了。說道：「他是個聾子。你問的是誰？」我就告訴他。那局勇聽見說是本局老爺的姪少爺，便連忙站起來回說道：「老爺向來不在局裏辦事，住在公館裏。」我問公館在什麼地方。局勇道：「就在南門裏不遠。少爺初到不認得路，我領了去罷。」我道：「那麼甚好！」那局勇便走在前面。我看他走路時，卻又是個跛的，不覺暗暗好笑。他一拐一拐的走在前面，我只得在後面跟著。進了城不多點路，就到了。那局勇急拐了兩步，先到門房去告訴。門房裏家人聽說，便通報進去。我跟著到了客堂站定。只見客堂東面，關了一座打橫的花廳；西面是個書房；客堂前面的天井很大，種了許多花，頗有點小花園的景致，客堂後面，還有一個天井，想是上房了。

不一會，我伯父出來；我便上前叩見。同入到花廳，伯父命坐。我便在一旁侍坐。伯父問道：「你這回來做什麼？」我道：「姪兒這幾年總跟著繼之，這回是繼之打發來的。」伯父道：「繼之撤了任之後，又開了缺了。近來他又有了差使麼？」我道：「沒有差使，近年來繼之入了生意一途。姪兒這回來，是到此地看看市面的。」伯父道：「好好的缺，自己去幹掉了，又鬧什麼生意？年輕人總歡喜胡鬧！那麼說，你也跟著他學買賣了？」我道：「是。」伯父道：「宜昌是個窮地方，有什麼市面？你們近來做買賣很發財？」我聽了沒有答話。伯父又道：「論理要發財，就做買賣也一樣發財。然而我們世家子弟，總不宜下與市儈為伍；何況還不見得果然發財呢！像你父親，一定不肯做官，跑到杭州去，綢莊咧，茶莊咧，一陣胡鬧；究竟躺了下來，賸了幾個錢？生下你來，又是這個樣；真真是父是子了。你此刻住在那裏？」我道：「住在城外吉陞棧。」伯父道：「有幾天耽擱？」我道：「說不定，大約也不過十天半月罷了。」伯父道：「沒事可常到這裏來談。」說著，便站了起來。我只得辭了出來，依著來路出城。

回到吉陞棧，只見棧門口掛著一條紅綢綵，擠了十多個兵，那號衣是四川督學部院親兵；又有幾個東湖縣民壯，東湖縣的執事銜牌也在那裏。我入到棧，開了房門，便有棧裏的人來和我商量；要我另搬一個房，把這個房讓出來。我本是無不可的，便問他搬到那裏；他帶我到一個房裏去看，卻在最後面又黑又暗逼近廚房的所在。我不肯要這個房。他一定要我搬來，說是四川學臺要住。我便賭氣搬到隔壁一家興隆棧裏去了。搬定之後，才寫了幾封信，發到帳房裏，託他們代寄。對房住了一個客，也是才到的，出入相見，便彼此交談起來。

那客姓丁，號作之，安徽人，向在四川做買賣，這回才從四川出來。我也告訴他由吉陞棧搬過來的原故。作之道：「不和他同一棧也罷，我和他同一船來的。一天到夜，一夜到天亮，不是罵這個，便是罵那個，弄得晝夜不寧。」我道：「怎的那麼的脾氣？」作之道：「我起初也疑心，後來仔細打聽了，才知道他原來是受了一場大氣，沒處發洩，才借罵人出氣的。」我道：「他從四川到此地，自然是個交卸過的了。四川學政，本來甚好的，做滿了一任，滿載而歸，還受什麼氣呢？」作之道：「四川的女人便宜，是著名的。省城裏專有那販人的事業；並且為了這事業，還專開了茶館。要買人的，只要到那茶館裏揀了個座，叫泡兩碗茶：一碗自己喝，一碗擺在旁邊，由他空著。那些人販看見，就知道你要買人了！就坐了過來，問你要買幾歲的。你告訴了他，他便帶你去看。看定了，當面議價，當面交價。你只告訴了他住址，他便給你送到。大約不過十吊八吊錢，就可以買一個七八歲的了。十六七歲的，是個閨女，不過四五十吊錢就買了來。如果是嫁過人的，那不過二十來吊錢，也就買來了。這位學政大人在任上，到處收買，統共買了七八十個，這回卸了事，便帶著走。單是這班丫頭就裝了兩號大船；走到嘉定，被一個釐局委員扣住了！」我道：「這委員倒是強項的。」作之道：「並不是強項，是有宿怨的。那學臺初到任時，不知為的什麼事，大約總是為辦差之類，說這個委員不周到；在上憲前說了他的壞話，這委員從此黑了一年多。去年換了藩臺，這新藩臺是和他有點淵源的，就得了這釐局差使。可巧他老先生趕在他管轄地方經過，所以就公報私仇起來。查著了之後，那委員還親身到船上稟見，說：『只求大人說明這七八十個女子的來歷，卑職便可放行；卑職並不是有意苛求。但細想起來，就是大人官眷用的丫頭，也沒有如許之多；並且訊問起來，又全都是四川土音，只求大人交個諭單下來，說明白這七八十個女子，從何處來，大人帶他到何處去；卑職斷不敢有絲毫留難。』那學臺無可奈何，只得向他求情。誰知他一味的打官話，要公事公辦。一面就打疊通稟上臺，一面把官船扣住。那學臺只得去央及嘉定府去說情。留難了十多天，到底被他把兩船女子扣住，各各發回原籍，聽其父母認領。不動通稟的公事，算賣了面情給嘉定府。稟上去只說緝獲水販船二艘，內有女子若干口，水販某人，已乘隙逃遁；由嘉定府出了一角通緝文書，以掩耳目，這才罷了。他受了這一場大氣，破了這一注大財，所以天天罵人出氣。其實四川的大員，無論到任卸任，出境入境，夾帶私貨是相沿成例的了。便是我這回附他的船，也是為了幾十擔土。」我道：「怎麼那釐卡上沒有查著你的土麼？」作之道：「他在嘉定出的事，我在重慶附他來的，我附他的船時，早已出過了那回事了。」談了一回，各自回房。

我住了兩天，到各處去走走。大約此地係川貨出口的總滙，什麼楠木、陰沈木最多，川裏的藥材也甚多；甚至杜仲、厚樸之類，每每有鄉下人挑著出來，沿街求賣的。得暇我便到作之房裏去，問問四川市面情形；打算入川走一趟。作之道：「四川此時到處風聲鶴唳，沒有要緊事，寧可緩一步去罷！」我道：「有了亂事麼？」作之道：「亂事是沒有，然而比有亂事還難過。」我道：「這又是什麼道理呢？」作之道：「因為出了一個騙子，一個蠢材，就鬧到如此。那騙子扮了個算命看相之流，在成都也不知混了多少年了。忽然一天，遇了一個開醬園的東家來算命，他要運用那騙子手段，便恭維他是一個大貴之命，說是府上一定有一位貴人的；最好是把一個個的八字都算過。那醬園東家大喜，便邀他到家裏去，把合家人的八字都寫了出來，請他算。」我道：「這醬園東家姓什麼？」作之道：「姓張，是一個大富翁；川裏著名的張百萬。那騙子算到張百萬女兒的一個八字，便大驚道：『在這裏了！這真是一位大貴人！』張百萬問怎麼貴法。他道：『是一位正宮娘娘的命！就是老翁的命，也是這一位的命帶起來的；不知是府上那一位？』張百萬也大驚道：『這是什麼話！無論皇上大婚，已經多年，況且滿，漢沒有聯婚之例，那裏來的這個話？』騙子道：『這件事自然不是凡胎肉眼所能看得見，我早就算定真命天子已經降世；我早年在湖北，望見王氣在四川；所以跟尋到川裏來，要尋訪著了那位真命天子，做一個開國元勳。此刻皇帝不曾尋著，不料倒先尋見了娘娘。這位娘娘，是府上什麼人，千萬不要怠慢了他！』張百萬聽得半疑半信，答道：『這是我小女的命。』騙子聽說，慌忙跪下叩頭道：『原來是國丈大人，恕罪恕罪！』嚇得張百萬連忙還禮。又問道：『依先生說，我女兒便是娘娘，但不知這真命天子在那裏？我女兒又如何嫁得到他？近來雖有幾家來求親，然而又都是生意人，那裏有個真命天子在內！』騙子道：『千萬不可胡亂答應。倘把娘娘誤許了別人，其罪不小。大凡真龍降生，沒有一定之地。不信，你但看朱洪武皇帝，他看過牛，做過和尚；除了劉伯溫，那個知道他是真命天子呢？』張百萬道：『話雖如此，但是我又不是劉伯溫，那裏去尋個朱洪武出來呢？』騙子道：『國丈說的那裏話！生命注定的，何必去尋；何況龍鳳配合，自有一切神靈暗中指引；再加我時時小心尋訪，一經尋訪著了，自然引駕到府上來。』張百萬此時將信將疑，便留那騙子在家住下。張家本有個花園，他每天晚上，約了張百萬在園裏指天畫地的，說望天子氣。天天說些蠱惑的話，蠱惑得張百萬慢慢的信服起來。所有來求他女兒親事的，一概回絕。一混了一年多，張百萬又生起疑心來，說那裏有什麼真命天子？那騙子騙了一年多的好吃好喝，恐怕一旦失了，遂造起謠言來，說是近日望見那天子氣，到了成都了，我要親身出去訪查。於是日間扮得不尷不尬，在外頭亂跑。晚上回到張百萬家裏去睡，只說是出去訪尋真命天子。如此者，又好幾個月。

「忽然一天，在市上遇了一個二十來歲的樵夫，那騙子把他一拉拉到一個僻靜去處，納頭便拜，說道：『臣接駕來遲！罪該萬死！』那樵夫是一條蠢漢，見他如此行為，也莫名其妙。問道：『你這先生，無端對我叩頭做什麼？』騙子悄悄說道：『陛下便是真命天子！臣到處訪求了好幾年，今日得見聖駕，萬千之幸！』樵夫道：『怎麼我可以做得真命天子？誰給我做的？』騙子道：『這是上天降生的。陛下跟了臣同到一個去處，自然有人接駕。』那樵夫便跟了騙子到張百萬家。騙子在前，樵夫在後，一直引他入了花園。安置停當，然後叫張百萬來，說：『皇帝駕到了！快點去見駕！』張百萬到得花園，看見那樵夫粗眉大目，面色焦黃，心中暗暗疑訝；怎麼這般一個人，便是皇帝。一面想著，未免住了腳步，遲疑不前。騙子連忙拉他到一邊，和他說道：『這是你一生富貴關頭，快去叩頭見駕，不可自誤。』張百萬道：『這個人面目也沒甚奇異之處，並且衣服襤褸，怎見得是個皇帝？先生，莫非你看差了！』騙子道：『真龍未曾入海，你們凡人那裏看得出來？你如果不相信，我便領了聖駕，到別人家去；你將來錯過了富貴，不要怨我！』張百萬聽了他的話，居然千真萬真，便走過去，對了那樵夫，叩頭禮拜，口稱臣張某見駕。那樵夫本是蠢人，見人對他叩頭，並不知道還禮，只呆呆的看著。張百萬叩過了無數的頭，才起來和騙子商量，怎樣款待皇帝？騙子道：『你看罷！你的命是大貴的，倘使不是真命天子，他如何受得起你的叩頭呢？此刻且先請皇帝沐浴更衣，擇一個潔淨所在，暫時做了皇宮；禁止一切閒雜人等，不可叫他進來，以免時時驚駕。然後擇了日子，請皇帝和娘娘成親。』張百萬道：『知道他幾時才真個做皇帝呢？我就輕輕把女兒嫁他？』騙子道：『凡一個真命天子出世，天上便生了一條龍。要等那條龍鱗甲長齊了，在凡間的皇帝，才能被世上的能人看得出，去輔佐他；還等那條龍眼睛開了，在凡間的皇帝才能登位。這個真命天子，向來在成都，我一向都看他不出。就是那條龍，未曾長齊鱗甲之故。近來我夜觀天象，知道那條龍鱗甲都長齊了，所以一看就看了出來。我勸你一不做，二不休；如果不相信，便由我帶到別處去；如果相信了，便聽我的指揮。』張百萬聽說，還只信得一半。」我道：「這件事要就全行誤信了，要就頓時拒絕他，怎麼會信一半的呢？」正是：

唯有癡心能亂志，從來貪念易招殃。

未知作之又說出什麼來，這件事鬧到怎生了結，且待下回再記。

第八十一回　真愚昧慘陷官刑　假聰明貽譏外族

作之道：「張百萬依了他的話，拿幾套衣服給那樵夫換過，留在花園住下。騙子見張百萬還不死心塌地，便又生出一個計策來，對張百萬說道：『凡是真命天子，到了吃醉酒睡著時，必有神光異彩現出來，直透到房頂上，但是必要在遠處方才望見。你如果不相信，可試一試看！』張百萬聽說，果然當夜備了酒餚，請那樵夫吃酒；有意把他灌得爛醉。騙子也裝做大醉模樣先自睡了。張百萬灌醉了樵夫，打發他睡下；便急急忙忙跑回自己宅內的一座樓上憑欄遠眺，要看那真命天子的神光異彩。那騙子假睡在床上，聽得張百萬已經去了，花園裏侍候的人也陸續去睡了；方才慢慢起來，取出他所預備的松香末。——這松香末，就是戲場上做天神出場時，撒火用的。——他又加上些硝磺藥料，悄悄的取了一把短梯，爬到牆頭上，點上了火，一連向上撒了四五把，方才下來；到了半夜時，又去撒了幾把；然後收拾停當，安心睡覺。張百萬在自己樓上，遠遠的望著花園裏，忽然見起了一陣紅光；不覺吃了一驚，誰知驚猶未了，接著又起了三四陣；不覺又驚又喜，呆呆的坐著，要等再看，誰知越等越看不見了。聽一聽四面寂無人聲，正要起身去睡，忽然又看見起了四五陣。大凡一個人，心裏有了疑念，眼裏看見的東西，也會跟著他的疑念變幻的。

撒那松香火，不過是一陣火光；火光熄了，便賸了一團煙。騙子一連撒了幾把火，便有幾團煙。看在張百萬的眼裏，便隱隱成了一條龍形。他還暗自揣測，那裏是龍頭，那裏是龍尾，那裏是龍爪，越看越像。一時間那煙消滅了，他還閉著眼睛，暗中去想像呢。

「到了次日，一早便爬起來，到花園裏去找騙子；騙子還在那裏睡著呢。張百萬把他叫醒了。他連忙一骨碌爬起來，說道：『甚時候了？我昨夜醉得了不得，一夜也不曾醒。』張百萬便告以夜來所見。又道：『紅光當中，隱隱還現了一條龍形呢！』騙子道：『可惜我也醉了，不曾看得見；不然，倒可以看看他開了眼睛不曾。』張百萬道：『這個還不容易嗎？今天晚上，再請他吃一回酒；先生到我那邊樓上去看便了。』騙子吐出了舌頭道：『這是什麼話！昨天晚上一回，已經是冒險的了；倘使多出現了，被別人看見，還了得麼！何況他已經現了龍形，更不相宜！他那原形，天天在那裏長，必要長足了，才能登極；每出現一次，便阻他一次生機，長得慢了許多。所以從今以後，最要緊不可被他吃醉了；你已經見過一次，就是了；要多見做什麼？』張百萬果然聽了他的話，從此便不設酒了。央騙子揀了黃道吉日，把女兒嫁給那樵夫，張燈結綵，邀請親友，只說是招女婿，就把花園做了甥館；一切都是騙子代他主張。成過親之後，張百萬便安心樂意做國丈，天天打算代女婿皇帝預備登極。買了些綾羅綢緞來，做了些不倫不類的龍袍。那樵夫此時養得又肥又白，腰圓背厚，穿起了龍袍，果然好看。喜歡的張百萬便山呼萬歲起來。騙子在旁指揮，便叫樵夫封張百萬做國丈，自己又討封了軍師。幾個人在花園裏，就同做戲一般亂鬧。這風聲便漸漸傳了出去，外面有人知道了；騙子也知道將近要敗露了，便說：『我夜來望氣，見犍為地方出有能人；我要親去聘了他來，輔佐天子。』就向張百萬討了幾百銀子，只說置辦聘禮，便就此去了。這裏還是天天胡鬧。那樵夫被那騙子教得說起話來，不是孤家，便是寡人。家裏佣人都叫他萬歲。鬧得地保知道了，便報了成都縣；縣官見報的是謀反大案，嚇得先稟過首府，回過司道，又稟知了總督；才會同城守，帶了兵役，把張百萬家團團圍住。男女老幼，盡行擒下，不曾走了一個。帶回衙門，那樵夫身上還穿著龍袍；張百萬的女兒頭上，還戴著鳳冠。縣官開堂審訊，他還在那裏稱孤道寡，嘴裏胡說亂道，指東畫西；說什麼我資州有多少兵；綿州有多少馬；茂州有多少糧；什麼寧遠、保寧、重慶、夔州、順慶、敘永、酉陽、忠州、石硅，處處都有人馬。這些話，總是騙子天天拿來騙他的。他到了公堂，不知輕重，便一一照說出來。成都縣聽了，嚇得魂不附體；連忙把他釘了鐐銬，通稟了上臺。上臺委了委員來會審過兩堂，他也是一樣的胡說亂道。上臺便通行了公事，到各府，廳，州，縣，一律嚴密查拿。那一班無恥官吏，得了這個信息，便巴不得迎合上意，無中生有的找出兩個人來去邀功；還想借此做一條升官發財的門路。就此把一個好好的四川省鬧得闔屬雞犬不寧。這種獃子遇了騙子的一場笑話，還要費大吏的心，拿他專摺入奏；並且隨摺開了不少的保舉。只是苦了我們行客，入店投宿，出店上路，都要稽查。地保衙役，便藉端騷擾。你既然那邊未曾立定事業，又何苦去招這個累呢？」

我道：「聽說四川地方，民風極是儉樸，出產又是富足；魚米之類，都極便宜，不知可確？」作之道：「這個可是的；然而近年以來，也一年不如一年了。據老輩人說的：道光以前，川米常常販到兩湖去賣；近來可是川裏人要吃湖南米了。」我道：「這卻為何？」作之道：「田裏的罌粟，越種越多；米麥自然越種越少了。我常代他們打算，現在種罌粟的利錢，自然是比種米麥的好；萬一遇了水旱為災，那個飢荒，才有得鬧呢！」我道：「川裏吃煙的人，只怕不少？」作之道：「豈但不少，簡直可以算得沒有一個不吃煙的。也不必說川裏；就是這裏宜昌，你空了下來，我和你到街上去看看；那種吃煙情形，才有得好看呢！」我道：「川裏除了鴉片煙之外，還有什麼大出產呢？」作之道：「那不消說！自然是以藥料為大宗了。然而一切蠶桑礦產等類，也無一不備，也沒有一樣不便宜；所以在川裏過日子，是很好的。只有兩吊多錢一石米，幾十文錢一擔煤，這是別省所無的。」我道：「他既然要吃到湖南米，那能這樣便宜？」作之道：「那不過青黃不接之時，偶一為之罷了。倘使終歲如此，那就不得了！」

我道：「那煤價這等賤，何不運到外省來賣呢？」作之道：「說起煤價賤，我卻想起一個笑話來：有一位某觀察，曾經被當道專摺保舉過的；說他留心時務，學貫中西。他本來是一個通判，因為這一保，就奉旨交部帶領引見。引見過後，就奉旨以道員用。他本是四川人，在外頭混了幾年，便仍舊回到四川去，住在重慶。一天，他忽然打發人到外頭煤行裏收買煤斤；又在他住宅旁邊，租了一片四五十畝大的空地；買了煤來，都堆在那空地上頭。不多幾天，把重慶的煤價鬧貴了，他又專人到各處礦山去買。」我道：「他那裏有這許多錢？買那許多煤，又有甚用處呢？」作之道：「你不知道，他一面買煤，一面在那裏招股呢？」

我道：「不知他招什麼股？」作之道：「你且莫忙，等我說下去，有笑話呢！他打發人到四處礦裏收買，一連三四個月，也不知收了多少煤，非但重慶煤貴了，便連四處的煤都貴了。在我們中國人，雖然吃了他的虧，也還不懂得去考問他，為什麼收那許多煤？內中卻驚動起外國人來了；駐紮重慶的外國領事，看得一天天的煤價貴了，便出來查考，知道有這麼一位觀察，在那裏收煤，不覺暗暗納罕。便去拜會重慶道，問起這件事來。誰知重慶道也不曉得。領事道：『被他一個人收得各處的煤都貴了，在我們雖不大要緊，然而各處的窮人，未免受他的累了。還求貴道臺去問問那位某觀察，他收來有甚用處；可以不收，就勸他不要收了；免得窮民受累。』重慶道答應了，等領事去後，便親自去拜那位某觀察，問起這收煤的緣故，並且說起外面煤價昂貴，小民受累的話。某觀察卻慎重其事的說道：『這是兄弟始創的一個大公司，將來非但富家，並且可以富國。兄弟此刻，非但在這裏收煤，還到各處去找尋煤礦，要自己開採煤斤呢。至於小民吃虧受累，只好暫時難為他們幾天；到後來我公司開了之後，還他們莫大的便宜。我勸老公祖不妨附點股份進來，這是我們相好的知己話；若是別人，他想來入股，兄弟還不答應，留著等自己相好來呢。』重慶道道：『說了半天，到底是什麼公司？什麼事業？』那位觀察道：『這是一個提煤油的公司。大凡人家點洋燈用的煤油，都是外國來的；運到川裏來，要賣到七十多文一斤。我到外國去辦了機器來，在煤裏面提取煤油，每一百斤煤，最少要提到五十斤油。我此刻收煤，最貴的是三百文一擔；三百文作二錢五分銀子算。可以提出五十斤油。躉賣出去，算他四十文一斤；這四十文，算他三分二釐銀子。照這樣算起來，二錢五分銀子的本錢，要賣到一兩六錢銀子，便是賺了一兩三錢五分，每擔油要賺到二兩七錢。辦了上等機器來，每天可以出五千擔油，便是每天要賺到一萬三千五百兩；一年三百六十天，要有到四百八十六萬的好處。內中提一百萬報效國家，公司裏還有三百八十六萬。老公祖想想看！這不是富國富家，都在此一舉麼？所以別人的公司招股份，是各處登告白，散傳單，惟恐別人不知。兄弟這個公司，卻是惟恐別人知道；以便自己相好的親戚朋友，多附幾股。倘使老公祖不是自己人，兄弟也絕不肯說的。』

「重慶道聽了他一番高論，也莫名其妙，又談了幾句別的話，就別去了。回到衙門裏，暗想這等本輕利重的生意，怪不得他一向秘而不宣。他今日既然直言相告，不免附他幾股；將來和他利益均沾，豈不是好？並且領事那裏，也不必和他說穿。因為這等大利所在，外國人每每要來沾手，不如瞞他幾時；等公司開了出來，那時候他要沾手也來不及了。定了主意，便先不回領事的信，等那位觀察來回拜時，當面訂定，附了五千兩的股份。某觀察收了銀子，立刻填給收條。那收條上註明，俟公司開辦日，憑條例換股票，每年官息八釐，以收到股銀日起息云云。某觀察更說了多少天花亂墜的話，說得那重慶道越發入了道兒。那領事來問了幾次回信，只推說事忙不曾去問得。俄延了一個多月，那煤越發貴了；領事不能再耐，又親自去拜重慶道。此時重慶道沒得好推擋了，只得從實告訴，說：『是某觀察招了股份，集成公司；收買這些煤，是要拿來提取煤油的。』領事愕然道：『什麼煤油？』重慶道道：『就是點洋燈的煤油。』領事聽了，稀奇的了不得，問道：『不知某觀察的這個提油新法，是那一國人，那一個發明的？用的是那一國，那一個廠家的機器？倒要請教請教！』重慶道道：『這個本道也不甚了了；貴領事既然問到這一層，本道再向某觀察問明白；或者他的機器沒有買定，本道叫他向貴國廠家購買也使得。』領事搖頭道：『敝國沒有這種廠家，也沒有這種機器；還是費心貴道臺去問問某觀察，是從那一國得來的新法子？好叫本領事也長長見識。』重慶道到了此時，才有點驚訝，問道：『照貴領事那麼說，貴國用的煤油，不是在煤裏提出來的麼？』領事道：『豈但敝國；就是歐美各國，都沒有提油之說。所有的煤油，都是開礦開出來的；煤裏面那裏提得出油來？』重慶道大驚道：『照那麼說，他簡直在那裏胡鬧了！』領事冷笑道：『本領事久聞這位某觀察，是曾經某制軍保舉過他留心時務，學貫中西的；只怕是某觀察自己研究出來的，也未可知。』說罷，便辭了去。重慶道便忙忙傳伺候，出門去拜某觀察。偏偏某觀察也拜客去了，重慶道只得留下話來，說有要緊事商量，回來時，務必請到我衙門裏去談談。直到了第二天，某觀察才去拜重慶道。重慶道一見了他，也不暇多敘寒暄，便把領事的一番話，述了出來。某觀察聽了，不覺張嘴結舌。」正是：

忽從天外開奇想，要向玄中奪化機。

未知他那提煤油的妙法，到底在那裏研究出來的，且待下回再記。

第八十二回　紊倫常名分費商量　報涓埃夫妻勤伺候

「某觀察聽重慶道述了一遍領事的話，不覺目定口呆，做聲不得。歇了半晌，才說道：『那裏有這個話？這是我在上海，識了一個寧波朋友，名叫時春甫，他告訴我的。他是個老洋行買辦，還答應我合做這個生意。他答應購辦機器，叫我擔任收買煤斤，此時差不多機器要到上海了。我想起來，這是那領事妒忌我們的好生意，要輕輕拿一句話來嚇退我們。天下事談何容易！我來上你這個當！』重慶道道：『話雖如此，閣下也何妨打個電報去問問，也不費什麼。』某觀察道：『這個倒使得！』於是某觀察別過重慶道，回來打了個電報到上海給時春甫。只說煤斤辦妥，叫他速運機器來。去了五六天，不見回電。無奈又去一個電報，並且預付了覆電費，也沒有回電。這位觀察大人急了，便親自跑到上海；找著了時春甫，問他緣故。春甫道：『這件事，我們當日不過談天談起來，彼此並未訂立合同，誰叫你冒冒失失就去收起煤斤來呢？』某觀察道：『此刻且不問這些話，只問這提煤油的機器，要向那一國定買？』時春甫道：『這個要去問起來看，我也不過聽得一個廣東朋友說得這麼一句話罷了。若要知道詳細，除非再去找著那個廣東人。』某觀察便催他去找。找了幾天，那廣東人早不知到那裏去了。後來找著了那廣東人的一個朋友，當日也是常在一起的。時春甫向他談起這件事，細細的考問，方才悟過來。原來當日那廣東人正打算在清江開個榨油公司，說的是榨油機器。春甫是寧波人，一邊是廣東人；彼此言語不通，所以誤會了。大凡談天的人，每每喜歡加些裝點，等春甫與某觀察談起這件事時，不免又說得神奇點，以致弄出這一個誤會。春甫問得明白，便去回明了某觀察。某觀察這才後悔不迭，不敢回四川，就在江南地方，謀了個差使混起來。好在他是明保過人才的，又是個特旨班道臺，督撫沒有個看不起的，所以得差使也容易；從此他就在江南一帶混住了。」

說到這裏，客棧裏招呼開飯，便彼此走開；我在宜昌耽擱了十多天，到伯父處去過幾次，總是在客堂裏或是花廳裏坐，從不曾到上房去過。然而上房裏總像有內眷聲音。前幾年在武昌打聽，便有人說我伯父帶了家眷，到了此地。但是一向不曾聽說他續絃。此時我來了，他又不叫我進去拜見，我又不便動問，心中十分疑惑。有一天，我又到公館裏去，只見門房裏坐了一個家人，說是老爺和小姐到上海去了。我問道：「是那一個小姐？是幾時動身去的？」那家人道：「就是上前年來的劉三小姐；前天動身去的。」我看那家人生得輕佻活動，似是容易探聽說話的；一向的疑心，有意在他身上打聽打聽這件事情。便又問道：「此刻上房裏還有誰？」一面說著，一面往裏走。那家人跟著進來，一面答應道：「此刻上面臥房都鎖著，沒有人了；只有家人在這裏看家。」

我走到花廳裏坐下，那家人送上一碗茶。我又問道：「這劉三小姐，到底是個什麼人？在這裏住了幾年？你總該知道！」那家人看了我一眼，歇了一歇道：「怎的姪少爺不知道？」我道：「我一向在家鄉，沒有出來；這裏老爺我是不常見的，怎能知道？」那家人道：「三小姐就是舅老爺的女兒。」我道：「這更奇了！怎麼又鬧出個舅老爺來呢？」那家人道：「那麼說，姪少爺是不知道的了。舅老爺是親的是疏的，家人也不得而知，一向在上海的，想是姪少爺向未見過。」我聽了更覺詫異，我向在上海，何以不知道有這一門親戚呢？因答他道：「我可是未見過。」那家人道：「上前年老爺在上海玩了大半年，天天和舅老爺一起。」我道：「你且不要說這些，舅老爺住在上海那裏？是做什麼事的？」那家人道：「那時候，家人跟在老爺身邊伺候，舅老爺公館是常去的；在城裏叫個什麼家衖，卻記不清楚了，那時候正當著什麼衙門的幫審差呢。」我回頭細細一想，才知道這個人是自己親戚；卻是伯父向來沒有對我說過，所以一向也沒有往來。直到今日方知，真是奇事！因又問道：「那三小姐跟老爺到這裏來做什麼？這裏又沒個太太招呼。」那家人道：「這個家人不知道，也不便說。」我道：「這有什麼要緊！你說了，我又不和你搬弄是非。」那家人道：「為什麼要來，家人也不知道；只是來的時候，三小姐捨不得父母，哭得淚人兒一般。他家還有一個極忠心的家人叫胡安，送三小姐到船上，一直抽抽咽咽的背著人哭。直等船開了，他還不曾上岸；只得把他載到鎮江，才打發他上岸；等下水船回上海去的。」

我聽了，不覺十分納悶，怎麼說了半天，都是些不痛不癢的話，內中不知到底有什麼原故。因又問道：「那三小姐到這裏，不過跟親戚來玩玩罷了，怎麼一住兩三年呢？又沒有太太招呼。」那家人道：「這個家人不知道。」我道：「這兩三年當中，我不信老爺可以招呼得過來，就是用了老媽子，也怕不便當。」那家人聽了默默無言。我道：「你好好的說了，我賞你；這是我問我自己家裏的事，你說給我，又不是說給外人去，怕什麼呢！」那家人囁嚅了半晌道：「三小姐到了這裏，不到三個月，便生下個孩子。」我聽了，不禁吃了一大驚，腦袋上轟的一聲響了，兩個臉蛋頓時熱了，出了一身冷汗。嘴裏不覺說道：「嚇！」忽又回想了一想道：「原來是已經出嫁的。」那家人笑道：「這回老爺送他回上海，才是出嫁呢！聽說嫁的還是山東方撫臺的本家兄弟。」我聽了，心中又不覺煩燥起來，問道：「那生的孩子呢？此刻可還在？」那家人道：「生下來，就送到育嬰堂去了。」我道：「以後怎麼耽擱住了，還不走？」那家人道：「這個家人那裏得知！但知道舅老爺屢次有信來催回去，老爺總是留住。這回是有了兩個電報來，說男家那邊迎娶的日子近了，這才走的。」我道：「那三小姐在這裏住得慣？」那家人想了一想，無端給我請了一個安道：「家人已經嘴快，把上項事情都說了，求少爺千萬不要給老爺說！」我笑道：「我說這些做什麼？我們家裏的規矩嚴，就連正經話，常常也來不及說；還說得到這個嗎？」那家人道：「起先三小姐從生下孩子之後，不到一個月，就鬧著要走，老爺只管留著不放。三小姐鬧得個無了無休，有一天，好好的同桌吃飯，偶然說起要走，不知怎樣鬧起來，三小姐連飯碗都摔了，哭了整整一天。後來不知怎樣，又無端的惱了一天，鬧了一天。自從這天之後，便平靜了，絕不哭鬧了。家人們納罕，私下向上房老媽子打聽，才知道接了舅老爺的信，說胡安嫌工錢不夠用，屢次告退，已經薦了他到什麼輪船去做帳房了。三小姐見了這封信，起先哭鬧，後來就好了。」我聽了這兩句話，又是如芒在背，坐立不安。在身邊取出兩張錢票子，給了那家人，便走了。

一路走回興隆棧，當頭遇了丁作之，不覺心中又是一動；好像他知道我親戚有這樁醜事的一般，十分難過。回頭想定了，才覺著他是不知道的，心下始安。作之問我道：「今天晚上彝陵船開，我已經寫定了船票，我們要下次會了。」我想了一想，此處雖是開了口岸，人家十分儉樸，沒有什麼可銷流的貨物；至於這裏的貨物。只有木料藥材是辦得的；然而若與在川裏辦的比較起來，又不及人家了。所以決意不在這裏開號了。不如和作之做伴，先回漢口再說罷。定了主意，便告訴了作之；叫帳房寫了船票，收拾行李，當夜用划子划到了彝陵船上。揀了一個地方，開了鋪蓋。剛剛收拾停當，忽然我伯父的家人走在旁邊，叫了我一聲，說道：「少爺動身了！」我道：「你來作什麼？」那家人道：「送黨老爺下船，因為老爺有兩件行李，託黨老爺帶到南京的。」我心中暗想：既然送什麼小姐到上海，為甚又帶行李到南京去呢？真是行蹤詭秘，令人莫測了。那家人又道：「方才少爺走了，家人想起來，舅老爺此刻不住在城裏，已經搬到新閘長慶里去了。」我點了點頭。那家人便走到那邊去招呼一個搭客。原來這彝陵船沒有房艙，一律是統艙；所以同艙之人，彼此都可以望見的。我看著那家人所招呼的，諒來就是姓黨的了；默默的記在心裏。歇了一會，那家人又走過來，我問他道：「你對黨老爺可曾說起我在這裏？」那家人道：「不曾說起，少爺可要拜他？家人去回一聲。」我道：「不要不要！你並且不要提起我！」那家人答應了，站了一會，自去了。

半夜時，啓輪動身。一宿無話。次日起來，覺得異常悶氣；那一種鴉片煙的焦臭味，撲鼻而來，十分難受。原來同艙的搭客，除了我一個之外，竟是沒有一個不吃煙的。我熬不住，便終日走到艙面上去眺望。艙裏的人，也有出來紓氣的。到了下午時候，只見那姓黨的，也在艙面上站著。手裏拿了一根水煙袋，一面吸煙，一面和一個人說話，說的是滿嘴京腔。其時我手裏也拿著煙袋，因想了一個主意，走到他身邊，和他借火；乘勢操了京話，和他問答起來。才知道他號叫不群，是一個湖北候補巡檢，分到宜昌府差委的。我便和他七拉八扯的先談起來。喜得他談鋒極好，和他談談，倒大可以解悶。過了一天，船已過了沙市，我和他談得更熟了，我便作為無意中問起來，說道：「你儜在宜昌多年，可認得一位敝本家號叫子仁的？」

黨不群道：「你們可是一家？」我道：「不，同姓罷了。」不群道：「這回可見著他？」我道：「沒見著呢！我去找他，他已經動身往上海去了。」不群道：「你們向來是相識的？」我道：「從先有過一筆交易，趕後來結帳的時候，有一點兒找零沒弄清楚，所以這回順便的看看他；其實沒什麼大不了的事情。」不群道：「你停再過兩個月，到南京大香爐陳家打聽他，就打聽著了。」我道：「他住在那邊麼？」不群道：「不！他下月續絃，娶的是陳府上的姑娘。」我聽了這話，不覺心下十分懷疑，因問道：「他既然到南京續絃，為甚又到上海去呢？」不群笑道：「他這一門親，已經定了三四年了；被他的情人盤踞住他，不能迎娶。他這回送他情人到上海去了，回來就到南京娶親。」我聽了這話，心裏兀的一跳，又問道：「這情人是誰？為甚老遠的要送到上海去？」不群道：「他情人本是住在上海的，自然要送回上海去。」我道：「是個什麼樣人？」不群道：「這個不便說他了。」我聽了這話，也不便細問，也不必細問了。忽然不群仰著面，哈哈的笑了兩聲。自言自語道：「料不到如今晚兒，人倫上都有升遷的，好好的一個大舅子，升做了丈人！」我聽了這話，也不去細問。胡亂談了些別的話，敷衍過去。不一天，船到了漢口，各自登岸。我自到號裏去，也不問黨不群的下落了。

我到了號裏之後，照例料理了幾條帳目，歇了兩天，管事的吳作猷，便要置酒為我接風。這吳作猷是繼之的本家叔父，一向在家鄉經商。因為繼之的意思，要將自己所開各號，都要用自己人經管；所以邀了出來，派在漢口，已經有了兩年了。當下作猷約定明日下午在一品香請我。我道：「這又何必呢？我是常常往來的。」作猷道：「明日一則是吃酒，二來是看迎親的燈船；所以我預早就定了靠江邊的一個座兒，我們只當是看燈船罷了。」我道：「是什麼人迎親？有多少燈船？也值得這麼一看？」作猷道：「闊得很呢！是現任的鎮臺，娶現任撫臺的小姐。」我道：「是什麼鎮臺？娶什麼撫臺的小姐？值得那麼熱鬧！」作猷道：「是鄖陽鎮，娶本省撫臺的小姐，還不闊麼？」我搖頭道：「我於這裏官場蹤跡，都不甚了了；要就你告訴我，我才明白呢。」作猷道：「你不厭煩，我就一一告訴你。」我道：「你有本事，說他十天十夜，我總不厭煩，就是了。」

作猷道：「如此，我就說起來罷：這一位鄖陽總鎮姓朱，名叫阿狗，是福建人氏。那年有一位京官，新放了福建巡撫，是姓侯的。這位侯中丞是北邊人，本有北邊的嗜好；到了福建，聞說福建恰有此風，那真是投其所好了。及至到任之後，卻為官體所拘，不能放恣；因此心中悶悶不樂。到任半年之後，忽然他簽押房裏所糊的花紙霉壞了，便叫人重裱；叫了兩個裱糊匠來，裱了兩天，方才裱得妥當。到了第二天下午，兩個裱糊匠走了；只留下一個學徒，在那裏收拾傢伙。這位侯中丞進來察看，只見那學徒生得眉清目秀，唇紅齒白，不覺動了憐惜之心，因問他：『姓甚名誰？有幾歲了？』那學徒說道：『小人姓朱，名叫阿狗，人家都叫小的做朱狗，今年十三歲。』侯中丞見他說話伶俐，更覺喜歡。又問他道：『你在那裱糊店裏，賺幾個錢一月？』朱狗道：『不瞞大人說！小的們學生意，是沒有工錢的。到了年下，師傅喜歡，便給幾百文鞋襪錢；若是不喜歡，一文也沒有呢。』侯中丞眉花眼笑的道：『既是這麼樣，你何苦去當徒弟呢？』朱狗笑道：『大人不知道，我們窮人家都是如此。』侯中丞道：『我不信窮人家都是如此；我卻叫你不如此。你不要當這學徒了，就在這裏侍候我。我給你的工錢，總比師傅的鞋襪錢好看些。』那朱狗真是福至心靈，聽了這話，連忙趴在地下，咯嘣咯嘣的磕了三個響頭。說道：『謝大人恩典！』侯中丞大喜。便叫人帶他去剃頭，打辮，洗澡，換衣服。一會兒，他整個人，便變了樣子。穿了一身時式衣服，剃光了頭，打了一條油鬆辮子，越顯得光華奪目。侯中丞益發歡喜，把他留在身邊侍候。躺下時，叫他裝煙；坐下時，叫他搥腿。一邊是福建人的慣家，一邊是北直人的風尚；其中的事情，就有許多不堪聞問的了。兩個的恩愛，日益加深。侯中丞便藉端代他開了個保舉，和他改了姓侯名虎，弄了一個外委把總，從此他就叫侯虎了。侯中丞把他派了轅下一個武巡捕的差使，在福建著實弄了幾文。後來侯中丞調任廣東，帶了他去；又委他署了一任西關千總，因此更發了財。但只可憐他白天雖然出來當差做官，晚上依然要進去侍候。侯中丞念他一點忠心，便把一名丫頭指給他做老婆。侯虎卻不敢怠慢，備了三書六禮，迎娶過來。夫妻兩個，飲水思源，卻還是常常進去侍候。所以侯中丞也一時少不了他夫妻兩個。前兩年陞了兩湖總督，仍然把他奏調過來；他一連幾年，連捐帶保的，弄到了一個總兵；侯制軍愛他忠心，便代他設法補了鄖陽鎮；他卻不去到任，仍舊跟著侯制軍統帶戈什哈。」正是：

改頭換面誇奇遇，浹髓淪肌感大恩。

未知後事如何，且待下回再記。

第八十三回　誤聯婚家庭鬧意見　施詭計幕客逞機謀

「這一位侯總鎮的太太，身子本不甚好；加以日夕隨了總鎮侍候制軍，不覺積勞成疾，嗚呼哀哉了。侯總鎮自是傷心。那侯制軍雖然未曾親臨弔奠，卻也落了不少的眼淚。到此刻，只怕有了一年多了，侯總鎮卻也伉儷情深，一向不肯續娶。倒是侯制軍屢次勸他，他卻是說到續娶的話，並不贊一詞，只有垂淚。侯制軍也說他是個情種。一天，武昌各官，在黃鶴樓宴會。侯制軍偶然說起侯總鎮的情景來，又說道：『看不出這麼一個赳赳武夫，倒是一個旖旎多情的男子！』其時巡撫言中丞也在坐。這位言中丞的科第，卻出在侯制軍門下；一向十分敬服，十分恭順的。此時雖是同城督撫，禮當平行；言中丞卻是除了咨移公事外，仍舊執他的弟子禮。一向知道侯總鎮是老師的心腹人，向來對於侯總鎮也十分另眼。此時被了兩杯酒，巴結老師的心，格外勃勃，聽了制軍這句話，便道：『師帥賞拔的人，自然是出色的！門生有個息女，生得雖不十分怎樣，卻還略知大義，意思想仰攀這門親，不知師帥可肯作伐？』此時侯總鎮正在侯制軍後面侍候，侯制軍便呵呵大笑，回頭叫侯總鎮道：『虎兒！還不過來謝過丈人麼？』侯總鎮連忙過來，對著言中丞恭恭敬敬叩下頭去。言中丞眉花眼笑的還了半禮。侯總鎮又向侯制軍叩謝過了，仍到後面去侍候。

侯制軍道：『你此刻是大中丞的門婿了，怎麼還在這裏侍候？你去罷！』侯總鎮一面答應著，卻只不動身；俄延到散了席，仍然侍候侯制軍到衙門裏去，請示制軍，應該如何行聘？侯制軍道：『這個自然不能過於儉嗇，你自己斟酌就是了。』侯總鎮歡歡喜喜的回到公館裏，已是車馬盈門了。原來當席定親一節，早已哄傳開去。官場中的人物，沒有半個不是勢利鬼！侯總鎮向來是制軍言聽計從的心腹，此刻又做了中丞門下新婿；那一個不想巴結？所以闔城文武印委各員，都紛紛前來道賀。就是藩臬兩司，也親到投片，由家丁擋過駕；有幾個相識的，便都列坐在花廳上，專等面賀。侯總鎮入得門來，招呼不迭；一個個紛紛道喜，侯總鎮一一招呼讓坐送茶。送去了一班，又來了一班；倒把個侯總鎮鬧乏了。忽然一個戈什哈，捧了一角文書，進來獻上。總鎮接在手裏，便叫家人請趙師爺來。一會兒，趙師爺出來了，不免先向眾客相見，然後總鎮遞給他文書看。趙師爺拆去文書套，抽出來一看，不覺滿臉堆下笑來，對著總鎮深深一揖道：『恭喜大人！賀喜大人！又高陞了！督帥札委了大人做督標統領呢！』於是眾客一齊站起來，又是一番足恭道喜；一個個嘴裏都說道：『這才是雙喜臨門呢！』總鎮也自揚揚得意。送過眾客，便騎上了馬，上院謝委。吩咐家丁，凡來道喜的，都一律擋駕。自家到得督轅，見了制軍，便叩頭謝委。制軍笑道：『這算是我送給你的一份賀禮，倒反勞動你了。』總鎮道：『恩帥的恩典，就和天地父母一般；真正不知做幾世狗馬，才報得盡！奴才只有天天多燒幾爐香，叩祝恩帥長春不老罷了。』侯制軍道：『罷了！你這點孝心，我久已生受你的了。你趕緊回去，打點行聘接差的事罷！』總鎮又請了個安，謝過了恩帥，然後出轅上馬，回到公館。不料仍然是車馬盈門的，幾乎擠擁不開。原來是督標各營的管帶，幫帶，以及各營官等，都來參謁。總鎮下馬，入得門來，各人已是分列兩行，垂手站班。總鎮只呵著腰，向兩面點點頭，吩咐改天再見。逕自到書房裏，和趙師爺商量，擇日行聘去了。

「只苦了言中丞，席散之後，回到衙門，進入內室，被言夫人劈頭唾了幾口；嚇得言中丞酒也醒了。原來席間訂婚之事，早被家人們回來報知，這也是小人們討好的意思；誰知言夫人聽了，便怒不可壓，氣得一言不發，直等到中丞回來，方才一連唾了他幾口。言中丞愕然道：『夫人為何如此？』言夫人怒道：『女兒雖是姓言，卻是我生下來的，須知並不是你一個人的女兒；是關著女兒的，無論什麼事，也應該和我商量商量。何況他的終身大事！你便老賤，不揀人家；我的女兒雖是生得十分醜陋，也不至於給兔崽子做老婆！更不至於去填那臭丫頭的房！你為甚便輕輕的把女兒許了這種人？須知兒女大事，我也要做一半主；你此刻就輕輕許了，我看你怎樣對他的一輩子？』一席話，罵得言中丞默默無言。半晌方才說道：『許也許了，此刻悔也悔不過來；況且又是師帥做的媒，你叫我怎樣推託？』言夫人啐道：『你師帥叫你吃屎，你為甚不吃給他看？幸而你的師帥做個媒人，不過叫女兒嫁個兔崽子；倘使你師帥叫你女兒當娼去，你也情願做老烏龜，拿著綠帽子，往自己頭上去磕了！』說話時，又聽得那位小姐在房裏嚶嚶啜泣。言夫人歎了一口氣，說聲：『作孽！』便自到房裏去了。言中丞此時，失了主意，從此夫妻反目。過得兩天，營務處總辦陸觀察來上轅，稟知奉了督帥之命，代侯總鎮作伐，已定於某日行聘。言中丞只得也請了本轅文案洪太守做女媒。一面到裏面來告訴言夫人說：『你鬧了這幾天，也就夠了。此刻人家行聘日子都定了，你也應該預備點！』言夫人道：『我早就預備好了，每一個丫頭老媽子，都派一根棒，來了便打出去。』言中丞道：『夫人！你這又何苦！生米已成了熟飯了。』言夫人道：『誰管你的飯熟不熟，我的女兒是不嫁他的。你給我鬧狠了，我便定了兩條主意。』言中丞道：『事情已經如此了，還有什麼主意？』言夫人道：『等你們有了迎娶的日子，我帶了女兒，回家鄉去。不啊，我就到你那什麼師帥的地方去，和他評理；問他強逼人家婚嫁，在大清律例那一條上？』言中丞聽了，暗暗吃了一驚。他果然鬧到師帥那邊，如何是好呢？一時沒了主意。因為是家事，又不便和外人商量。身邊有一個四姨太太，生來最有機營；便去和四姨太太商量。四姨太太道：『太太既然這麼執性，也不可不防備著。回家鄉啊，見師帥啊，這倒是第二著；他說聘禮來了，要打出去一層，倒是最要緊。並且沒有幾天了，回盤東西，一點也沒預備，也得要張羅起來。』言中丞道：『我給他鬧得沒了主意了，你替我想想罷！』四姨太太道：『別的都好打算，只有那回盤禮物，要上緊的辦起來。』言中丞道：『你就叫人去辦罷！一切都從豐點，不要叫人家笑寒塵。要錢用，打發人到帳房裏去要。』四姨太太道：『辦了來，都放在那裏？叫太太看見了，又生出氣來。』言中丞道：『罷了！我就撥了外書房給你辦這件事罷！我自到花廳裏設個外書房。』四姨太太道：『這麼說，到了行聘那天也不必驚動上房罷，都在外書房辦事就完了。』言中丞點頭答應。於是四姨太太登時忙起來。倒也虧他，一切都辦的妥妥當當。到了行聘的前一天，一一請言中丞過目；叫書啓老夫子寫了禮單禮書，一切都安排好了。到了這天，竟是瞞著上房，辦起事來；總算沒鬧笑話。侯家送過來的聘禮，也暫時歸四姨太太收貯。不料事機不密，到了下晚時候，被言夫人知道了，叫人請了言中丞來，大鬧，鬧得中丞沒了法子，便賭著氣道：『算了！我明日就退了他的聘禮，留著這女孩子老死在你身邊罷！』言夫人得了這句話，方才罷休。

「這一夜，言中丞便和四姨太太商量，有甚法子可以挽回。兩個人商量了一夜，仍是沒有主意。次日言中丞見了洪太守，便和他商量。原來洪太守是言中丞的心腹，向來總辦本轅文案，這回小姐的媒人，是叫他做的。所以言中丞將一切細情告訴了他，請他想個主意，洪太守想了半天道：『這件事，只有勸轉憲太太之一法；除此之外，實在沒有主意。』言中丞無奈，也只得按住脾氣，隨時解勸。無奈這位言夫人，一聽到這件事便鬧起來，任是什麼說話，都說不上去。足足鬧了一個多月，絕無轉機。偏偏侯制軍要湊高興，催著侯統領——委了督標統領，故改稱統領也。——早日完娶。侯統領便擇了日子，央陸觀察送過去。言中丞見時機已迫，沒了法，又和洪太守商量了幾天，總議不出一個辦法。洪太守道：『或者請少爺向憲太太處求情；母子之間，或可以說得攏。』言中丞道：『不要說起，大小兒，二小兒，都不在身邊，這是你知道的；只有三小兒在這裏，這孩子不大怕我，倒是怕娘；娘跟前，他那裏敢哼一個字！』洪太守道：『這就真真難了！』大家對想了一回，仍是四目相看，無可為計。須知這是一件秘密之事，不能同大眾商量的！只有知己的一兩個人，可以說得；所以總想不出一條妙計。到後來洪太守道：『卑府實在想不出法子，除非請了陸道來，和他商量。他素來有鬼神不測之機，巧奪造化之妙；和他商量，必有法子。但是這個人很貪，無論何人求他設一個法子，他總先要講價錢。前回侯制軍被言官參了一本，有旨交他明白回奏。文案上各委員擬的奏稿，都不洽意；後來請他起了個稿。他也託人對制軍說；一分錢，一分貨，什麼價錢是什麼貨色。侯制軍甚是惱他放恣；然而用人之際，無可奈何，送了他一千銀子。本打算得了他的稿子之後，借別樣事情參了他；誰知他的稿子送上去，侯制軍看了，果然是好；又動了憐才之念，倒反信用他起來。』言中丞道：『果然他有好法子，說不得破費點也不能吝惜的了。但是商量這件事，兄弟當面不好說，還是老哥去拜他一次，和他商議。就是他有點貪念，也可以轉圜。若是兄弟當了面，他倒不好說了。』洪太守依言，便去拜陸觀察。

「你道那陸觀察有什麼鬼神不測之機，巧奪造化之妙？原來他是一個江南不第秀才，捐了個二百五的同知，在外面瞎混。頭一件精明的是打得一手好麻雀牌，大家同是十三張牌，他卻有本事拿了十六張；就連坐在他後面觀局的人，也看他不穿的；這是他天字第一號的本事！前兩年北洋那邊，有一位葉軍門，請了他做文案。恰好為了朝鮮的事，中日失和；葉軍門奉調，帶兵駐紮平壤。後來日本兵到了，把平壤圍住；圍雖圍了，其時軍餉尚足；倘能守待外援，未嘗不可以一戰。這位陸觀察，卻對葉軍門說得日本兵怎生利害，不難殺得我們片甲不留，那時軍門的處分，怎生擔得起？說得葉軍門害怕了，求他設法。他便說：『好在平壤不是朝廷土地，縱然失了，也沒甚大處分。不如把平壤退與日本人，還可以全軍退出，不傷士卒，保全軍餉。』葉軍門道：『但是怎樣對上頭說呢？』陸觀察道：『對上頭只報一個敗仗罷了；打了敗仗，還能保全士卒，不失軍火，總沒甚大處分；較之全軍覆沒，總好得多。』葉軍門被他說得沒了主意。大約總是戀祿固位，貪生怕死之心太重了；不然，就和日本見一仗，勝敗尚未可知，就是果然全軍覆沒，連自己也死了，樂得諡法上坐一個忠字；何至上這種小人的當呢？

「當時葉軍門被生死榮辱關頭嚇住了，便說道：『但是怎生使得日本兵退呢？』陸觀察道：『這有何難！只要軍門寫一封信給日本的兵官，求他讓我們一條出路，把平壤送給他；他不費一槍一彈，得了平壤，還可以回去報捷，何樂不為呢？』葉軍門道：『既如此，就請你寫一封信去罷！』陸觀察道：『這個是軍務大事，別人如何好代，必要軍門親筆的。』葉軍門道：『我如何會寫字？』陸觀察道：『等我寫好一張樣子，軍門照著寫就是了。』葉軍門無奈，只得依他。他便用八行書，寫了兩張紙，起頭無非是幾句恭維話；中間說了幾句卑污苟賤，搖尾乞憐的話；落後便敘明求退開一路，讓我兵士走出，保全性命，情願將平壤奉送的話。葉軍門便也拿了紙，蒙在他的信上寫起來，猶如小孩子寫仿影一般。可憐葉軍門是拿長矛子出身的，就是近日的洋槍，也還勉強拿得來。此刻叫他拿起一枝絕沒分量的筆，向紙上去寫字，他就猶如拿了幾百斤東西一般，撳也撳不開，捺也捺不下；不是畫粗了，便是豎細了。好容易捱了起來，畫過押，放下筆，覺得手也顫了。陸觀察拿過來，仔細看過一遍，忽然說道：『不好！不好！中間落了一句要緊話，不曾寫上，還得另寫一封。』葉軍門道：『算了罷！我寫不動了。』陸觀察道：『這封信去，他不肯退兵，依然要再寫的；不如此刻添上一兩句寫去的爽快。』葉軍門萬分沒法，由得他再寫一遍，照樣又去描了一遍。簽過押之後，非但是手顫，簡直腰也酸了，腿也痛了，兩面肩膀，就和拉弓拉傷一般。放下了筆，便向炕上一躺道：『再要不對，是要了我命了！』陸觀察道：『對了！對了！不必再寫了！可要發了去麼？』葉軍門道：『請你發一發罷！』陸觀察便拿去加了封，標了封面，糊了口，叫一個兵卒拿去日本兵營投遞。日本兵官接到了這封信，還以為支那人來投戰書呢；及至拆開一看，原來如此，不覺好笑。說道：『也罷！我也體上天好生之德，不打你們，就照來書行事罷！』那投書人回去報知，葉軍門就下令準備動身。到了次日，日本兵果然讓開一條大路。葉軍門一馬當先，領了全軍，排齊了隊伍，浩浩蕩蕩，離開平壤；退到三十里之外，紮下行營。一面揑了敗仗情形，分電京津各處。此時到處沸沸揚揚，都傳說平壤打了敗仗。那裏知道其中是這麼一件事。

「當夜夜靜時，陸觀察便到葉軍門行帳裏辭行，說道：『兵凶戰危，我實在不敢在這裏伺候軍門了；求軍門借給我五萬銀子盤費。』葉軍門驚道：『盤費那裏用得許多？』陸觀察道：『盤費數目，本來沒有一定，送多送少，看各人的交情罷了。』葉軍門道：『我那裏有許多銀子送人？』陸觀察道：『軍門牛莊，天津，煙臺各處都有寄頓，怎說沒有？』葉軍門是個武夫，聽到此處，不覺大怒道：『我有我的錢，為甚要送給你？』陸觀察道：『送不送，本由軍門，我不過這麼一問罷了。何必動怒？』說罷，在懷裏取出葉軍門昨天親筆所寫那第二封信來。原來他第二封信，加了『久思歸化，惜乏機緣』兩句。可憐葉軍門不識字，就是模糊影響認得幾個，也不解字義；糊裏糊塗照樣描了。他卻仍把第一封信發了，留下這第二封，此時拿出來逐句解給葉軍門聽；解說已畢，仍舊揣在懷裏，說道：『有了五萬銀子，我便到外國遊歷一趟；沒有五萬銀子，我便就近點到北京玩玩，順便拿這封信出個首，也不無小補。』說罷，起身告辭。嚇得葉軍門連忙攔住。正是：

最是小人難與伍，從來大盜不操戈。

未知葉軍門到底如何對付他，且待下回再記。

第八十四回 接木移花丫鬟充小姐 弄巧成拙枯嶺屬他人

「這件事，到底被他詐了三萬銀子，方才把那封信取回。然而葉軍門到底不免於罪。他卻拿了三萬銀子到京裏去，用了幾吊，弄了一個道臺，居然觀察大人了。有人知道他這件事，就說他足智多謀，有鬼神不測之機了。

「當日洪太守奉了言中丞之命，專誠到營務處去拜陸觀察。閒閒的說起兒女姻親的事情來；又慢慢的說到侯、言兩家一段姻緣，一說即合，我兩個倒做了個現成媒人。說笑一番，方才漸漸露出言夫人不滿意這頭親事的意思。陸觀察道：『這個大約嫌他是個武官，等將來過了門，見了新婿的手采，自然就沒有話說了。』洪太守道：『不呢！聽說這位憲太太，竟有誓死不放女兒嫁人家填房之說。這位撫帥是個懼內的，急得沒有法子，跑來和我商量。』陸觀察道：『既是那麼著，總不是一天的說話；為什麼不早點說，還受他的聘呢？』洪太守道：『這親事，當日席上一言為定的，怎麼能夠不受聘？』陸觀察笑道：『本來當日定親的地方不好；跑到那黃鶴一去不復返的去處定個親，此刻新娘變了黃鶴了，為之奈何？』洪太守道：『我們雖是他們請出來的現成貨，卻也擔著個媒人名色；將來怕不免費手腳，代他們調停呢。』陸觀察道：『說是督帥的意思，只怕言夫人也不好過於怎樣。』洪太守道：

『當日的情形，頓時就有人報到內署；明明是撫帥自己先說起的，怎樣能夠賴到督帥身上？何況言夫人還說過要到督帥那邊，問為甚要把我女兒許做人家填房呢？』洪太守道：『這就難了！據閣下這麼說，言夫人的意思，竟是不能挽回的了。』陸觀察道：『這又何難！揀一個有點姿色的丫頭，替了小姐就是了。』洪太守道：『這個如何使得？萬一鬧穿了，非但侯統領那邊下不去，就是督帥那邊也難為情。』嘴裏雖這麼說，心裏卻暗暗佩服他的妙計；但是此計是他說出來的，不免要拉他做了一黨，方才妥當。陸觀察道：『除此之外，再沒有別的法子；除非撫帥的姨太太連夜再生一位小姐下來；然而也來不及長大啊！』

「洪太守一面低頭尋思，有甚妙策可以拉他做同黨。陸觀察也在那裏默默無言，肚子裏不知打算些什麼。歇了好一會，忽然說道：『法子便有一個，只是我也要破費點；代人家設法，未免犯不著！』洪太守道：『是什麼妙計？倘是面面周到的，破費一層，倒好商量。』陸觀察又沈吟了一會道：『兄弟有個小女，今年十八歲；叫他去拜在撫帥膝下做個女兒，代了小姐，豈不是好！』洪太守大喜道：『得觀察如此，是好極的了！』陸觀察道：『但是如此一來，我把小女白白送掉了；將來親戚也認不得一門。』洪太守道：『這個倒不必過慮，令千金果然拜在撫帥膝下；對人家說，只說是撫帥小姐，卻是觀察的乾女兒，將來不是一樣的往來麼？』陸觀察道：『我賠了小女不要緊；雖說是妝奩一切，都有撫帥辦理；然而我做老子的，不能一點東西不給他。近年來這營務處的差使，是有名無實的，想閣下也都知道。』洪太守道：『這個更不必過慮，要代令千金添置東西，大約要用多少？撫帥那邊，盡可以先送過來。』陸觀察道：『這是我們知己之談，我並不是賣女兒；這一兩吊銀子的東西，是要給他的。』洪太守道：『這都好商量，但不知尊夫人肯不肯？』陸觀察道：『內人總好商量，大約不至於像言憲太太那麼利害？』洪太守道：『那麼兄弟就去回撫帥照辦就是了。』說罷，辭了回去，一五一十的照回了言中丞。中丞正在萬分為難之際，得了這個解紛之法，如何不答應。一面進去告訴言夫人，說：『現在營務處陸道的閨女，要來拜在夫人膝下。將來侯家那門親，就叫他去對付；夫人可以不必惱了。』言夫人道：『什麼浪蹄子！肯替人家嫁；肯嫁給兔崽子，有什麼好東西！我沒那麼大的福氣！認不得那麼個好女兒！你幹！你們幹去！叫他別來見我！』言中丞碰了這個釘子，默默無言。只得又去和洪太守商量。洪太守道：『既然憲太太不願意，就拜在姨太太膝下，也是一樣。』言中丞道：『但不知陸道怎樣？』洪太守道：『據卑府看，陸道這個人，只要有了錢，什麼都辦得到的；就不知他家裏頭怎樣？等卑府再去試探他來。』於是又坐了轎子，到營務處；誰知陸觀察已回公館去了。

「原來陸觀察送過洪太守之後，便回到公館，往上房轉了一轉。望著大丫頭碧蓮，丟了個眼色，便往書房裏去，原來陸觀察除正室夫人之外，也有兩房姨太太。這碧蓮是個大丫頭，已經十八歲了；陸觀察最是寵愛他，已經和他鬼混得不少，就差沒有光明正大的收房。這天看見陸觀察向他使眼色，不知又有什麼事，便跟到書房裏去。陸觀察拉他的手，在身邊坐下。說道：『我問你一句話，你可老實答應我。』碧蓮道：『有什麼話？只管說！』陸觀察道：『你到底願意嫁什麼人？』碧蓮伸手把陸觀察的鬍子一拉，瞟了一眼道：『我還嫁誰？』陸觀察道：『我送你到一個好地方去，嫁一個紅頂花翎的鎮臺做正室夫人，可好不好？』碧蓮道：『我沒有這麼個福氣！你別嘔我！』陸觀察道：『不是嘔你，是一句正經話。』說罷，便把言中丞一節事情，仔細說了一遍。又道：『此刻沒了法子，要找一個人做言小姐的替身。我在言中丞跟前，說有個女兒，情願拜在中丞膝下，替他的小姐；意思就叫你去。』碧蓮道：『那麼你又要做起我老子來了！』陸觀察道：『這個自然！你如果答應了，我和太太說好，即刻就改起口來；不過兩三天，就要到撫臺衙門裏去了。』碧蓮道：『你也糊塗了！還當我是個孩子，好充閨女去嫁人？』陸觀察道：『你才糊塗！須知你是撫臺的小姐，制臺做的媒人，他敢怎樣？何況他前頭的老婆。』說到這裏，附著碧蓮的耳朵，悄悄的說了兩句。碧蓮笑道：『原來是個張著眼睛的烏龜，我可不幹這個！』陸觀察道：『你真是傻子！他又怎敢要你幹這個！便是制臺，也不好意思啊！』碧蓮道：『你好會佔便宜！開罎的酒，自己喝得不要喝，才拿來送人；還不知道是拿我賣了不是呢！』陸觀察道：『我賣你，還要認你做女兒呢！』正說話時，家人報洪大人來了。陸觀察叫請。又對碧蓮道：『這是討回信的來了，你肯不肯，快說一聲，我好答應人家。』碧蓮道：『由得你擺弄就是了，我怎敢做主？』陸觀察便到客堂裏會洪太守。洪太守難於措詞，只得把言夫人的情形，及自己的意思說了。陸觀察故意沈吟了一會，歎一口氣道：『為上司的事情，說不得委屈點，也要幹的了！』洪太守聽得了這句話，便去回覆言中丞，陸觀察便回到上房，對他夫人說知此事。陸太太笑對碧蓮道：『這丫頭居然是一品夫人了！』碧蓮道：『這是老爺太太的抬舉！其實到了別人家去，不能終身伏侍老爺太太；丫頭心裏著實難過。求老爺另外叫一個去罷！』說著，流下兩點眼淚來。陸太太道：『胡說！難道做丫頭的，應該伏侍主人一輩子的麼？』陸觀察道：『叫人預備香燭，明天早起，叫他拜拜祖宗，大家改個稱呼；言中丞那邊，不知幾時來接呢？』到了明天，果然點起蠟燭來。碧蓮拜過陸氏祖宗，又拜過陸觀察夫妻兩個，改口叫爹爹媽媽，又向兩位姨娘行過禮；然後一眾家人僕婦丫頭們，都來叩見，一律改稱小姐。陸觀察又悄悄地囑咐他，到了言家，便是我的親女，言氏是寄父母；到了侯家，便是言氏親女，我這邊是寄父母。碧蓮一一領會。

「這天下午，洪太守送了二千銀子的票子來，順便說明天來接小姐過去認親。陸觀察有了銀子，莫說是認親，就是斷送了，也未嘗不可；何況是個丫頭！過了一天，言中丞那邊打發了轎子來接，碧蓮充了小姐，到撫臺衙門裏去。原來言中丞被他夫人鬧得慌了，索性把四姨太太搬到花園裏去住；就在花園裏接待乾女兒。將來出嫁時，也打算在花園裏辦事；省得驚動上房。這天碧蓮到來，一群丫頭僕婦，早在二門迎著，引到花園裏去。四姨太太迎將出來，攙了手，同到堂屋裏；抬頭看見點著明晃晃的一對大蠟燭，碧蓮先向上拜過言氏祖宗，請言中丞出來拜見，又拜了四姨太太；爹爹媽媽叫得十分親熱。又要拜見言夫人。言中丞只推說有病，改日再見罷。又因為喜期不遠，叫人去和陸觀察說知，留小姐在這邊住了。碧蓮本來生得伶牙俐齒，最會隨機應變，把個言中丞及四姨太太，巴結得十分歡喜，賽如親生女兒一般。丫頭們三三兩兩的便傳說到上房裏去。言夫人忽發奇想，叫人到冥器店裏，定做了一百根哭喪棒；家人們奉命去做，也莫名其妙；便是冥器店裏，也覺得奇怪；不知是那個有福的人死了，足足一百個兒子。買回來堆在上房裏。言中丞過來看見了，問是什麼事，弄了這個東西來。言夫人道：『我有用處，你休管我！』言中丞道：『這些不祥之物，怎麼平空堆了一屋子？』喝叫家人，快拿去燒了。言夫人怒道：『那個敢動？我預備著要打花轎的！』言中丞道：『夫人！你這個是何苦！此刻不要你的女兒了，你算是事不干己的了，何必苦苦作對呢？』言夫人道：『我這個辦法，是代你言氏祖宗爭氣；女兒的事，是叫我扳住了；偏不死心，那裏去弄個浪蹄子來充女兒，是要嫁一個兔崽子的女婿，辱到你言氏祖宗！你自己想想，你心裏過得去過不去？』言中丞說：『此刻是別姓的女兒了，我只當代人嫁女兒，夫人又何必多管呢？』言夫人道：『他可不要到我衙門裏來娶；他踏進我轅門，我便拿哭喪棒打出來！』言中丞知道他不可以理喻的了，因定了個主意；說衙門的方向，沖犯了小姐的八字，要另外找房子出嫁。又想到在武昌辦事，還怕被夫人偵知去胡鬧，索性到漢口來租了南城公所相近的一處房子；打發幾位姨太太及三少爺陪了小姐過來。明日是親迎喜期，拜堂的吉時，聽說在晚上十二點鐘。這邊新人，也要晚上上轎，所以用了燈船。」我道：「看燈船是小事，倒是聽了這段新聞有趣。但是這件事，外面人都知得這麼明亮透徹；難道那侯統領是個聾子瞎子，一點風聲都沒有麼？」作猷道：「你又來了！有了風聲便怎樣？此刻做官的那一個不是自欺欺人，掩耳盜鈴的故智？揭穿了底子，那一個是能見人的？此刻武、漢一帶，大家都說是言中丞的小姐，嫁鄖陽鎮臺；就大家都知道花轎裏面的是個替身，侯統領縱使也明知是個替身，只要言中丞肯認他做女婿，那怕替身的是個丫頭也罷，婊子也罷，都不必論的了。就如那侯統領，那個不知他是個兔崽子？就是他手下所帶的兵弁，也沒有一個不知他是兔崽子；他自己也明知自己是個兔崽子，並且明知人人知道他是個兔崽子；無奈他的老斗闊，要抬舉他做統領；那些兵弁，就只好對他站班唱名了；他自己也就把那回身就抱的旖旎風情藏起來，換一副冠冕堂皇的面目了。說的是侯統領一個，其實如今做官的人，無非與侯統領大同小異罷了。」大家閒談一回，各自走開。

到了次日下午，作猷約了早點到一品香，去眺望江景。到了一品香之後，又寫了條子去邀客。我自在露臺上憑欄閒眺，頗覺得心胸開豁。等到客齊入席。鬧了一回酒；席散時，已是七點多鐘。忽聽得遠遠一陣鼓樂之聲，大家趕到露臺看時，只見招商局碼頭，泊了二三十號長龍舢舨。船上燈球火把，照耀得如同白日。另外有四五號大船，船上一律的披紅掛綵，燈燭輝煌，鼓樂並作；陸續由小火輪拖了開行。就是長龍舢舨，也用了小火輪拖帶。船上人並不打槳，只在那裏作軍樂。一時開到江心，只見陸旗招展，各舢舨上的兵士，不住的燃放鞭炮及高升炮。遠遠望去，猶如一條火龍一般，果然熱鬧。直望他到了武昌漢陽門那邊停泊了，還望得見燈火閃爍。作猷笑道：「這也算得大觀了！」我道：「我來的時候，就看見那些長龍舢舨，停在招商局碼頭，旗幟格外鮮明。我還以為是什麼大員過境，來伺候的；不料卻是迎親之用。然而迎親用了兵船兵隊，似乎不甚相宜。」作猷道：「豈但迎親，他那邊來迎的是督標兵；這邊送親的是撫標兵呢！」我笑道：「自有兵以來，未有遭如是之用者！」作猷道：「在外面如是之用，還不為奇；只怕兩個開戰時，還要他們搖旗吶喊，遙助聲威呢！」說得眾人大笑。閒談一回，各自散了。

我又住了十多天，做了幾次無謂的應酬，便到九江去走一次。管事的吳味辛接著，我清查了一向帳目。我因為到了九江好幾次，卻沒有進過城；這天沒事，邀了味辛到城裏去看看。地方異常齷齪，也與漢口內地差不多。卻有一樣與他省不同之處；大凡人家住宅房屋，多半是歪的，絕少看見有端端正正的一方天井，不是三角的，便是斜方的；問起來，才知道江西人極信風水，其房屋之所以歪斜，都為限於方向與地勢不合之故。

走到道臺衙門前面，忽見裏面一頂綠呢大轎，抬了一個外國人出來。味辛道：「這件交涉只怕還未得了，不知爭得怎樣呢？」我道：「是什麼交涉？」味辛道：「好好的一座廬山，送給外國人了。」我吃驚道：「是誰送的？」味辛道：「前兩年有個外國人，跑到廬山牯牛嶺去逛。這外國人，懂了中國話，還認得兩個中國字的。看見山明水秀，便有意要買一片地，蓋所房子，做夏天避暑的地方。不知那裏來了個流痞，串通了山上一個什麼廟裏的和尚，冒充做地主。那外國人肯出四十元洋銀，買一指地。那和尚與流痞，以為一隻指頭大的地，賣他四十元，很是上算的；便與他成交。寫了一張契據給他，也寫的是一指地。他便拿了這個契據，到道署裏轉道契；道臺看了不懂，問他：『什麼叫一指地？』他說：『用手一指，指到那裏，就是那裏。』道臺吃了一驚道：『用手一指，可以指到地平線上去，那可不知是那裏地界了。我一個九江道，如何做得主填給你道契呢？』連忙即叫德化縣和他去勘驗；並去提那流痞及和尚來。誰知他二人先得了信，早已逃走了。那外國人還有良心，所說的一指地，只指了一座牯牛嶺去。從此起了交涉，隨便怎樣，爭不回來。

鬧到詳了省，省裏達到總理衙門，在京裏交涉，也爭不回來。此時那坐轎子出來的，就是領事官，就怕的是為這件事了。」我歎道：「我們和外國人辦交涉，總是有敗無勝的。自從中、日一役之後，越發被外人看穿了！」味辛道：「你還不知那一班外交家的老主意呢！前一向傳說總理衙門裏，一位大臣，寫一封私函，給這裏撫臺，那才說得好呢。」正是：

一紙私函將意去，五中深慮向君披。

未知那總理衙門大臣的信說些什麼？且待下回再記。

第八十五回　戀花叢公子扶喪　定藥方醫生論病

「這封信，你道他說些什麼？他說：『臺灣一省地方，朝廷尚且拿他送給日本；何況區區一座牯牛嶺，值得什麼？將就送了他罷！況且爭回來，又不是你的產業，何苦呢？』這裏撫臺見了他的信，就冷了許多。由得這裏九江道去攪，不大理會了；不然，只怕還不至於如此呢！」我聽了這一番話，沒得好說；只有歎一口氣罷了。逛了一回，便出城去。看看沒甚事，我便坐了下水船，到蕪湖，南京，鎮江，各處走了一趟，沒甚耽擱，回到上海。恰好繼之也到了，彼此相見。我把各處的正事述了一遍，檢出各處帳略，交給管德泉收貯。

說話間，有人來訪金子安；問那一單白銅，到底要不要？子安回說價錢不對；前路肯讓點價，再作商量。那人道：「比市面價錢，已經低了一兩多了。」子安道：「我也明知道，不過我們買來，又不是自己用，依然是要賣出去的；是個生意經，自然想多賺幾文。」那人又談了幾句閒話，自去了。我問：「是什麼白銅？有多少貨？」子安道：「大約有五六百擔；我已經打聽過，蘇州，上海兩處的腳爐作、煙筒店，盡有銷路。所以和繼翁商量，打算買下來。」我道：「是那裏來的貨？可以比市面上少了一兩多一擔？」子安道：「聽說是雲南藩臺的少爺，從雲南帶來的。」

我道：「方才來的是誰？」子安道：「是個掮客。」——經手買賣者之稱，滬語也。——我道：「用不著他，我明天當面去定了來。」繼之道：「你認得前路麼？」我道：「陳稺農，我在漢口認得他，說是雲南藩臺的兒子，不是他還有那個。是他的東西，自然該便宜的。」子安道：「何以見得？」我道：「他這回是運他娘的靈柩回福建原籍的；他帶的東西，自然各處關卡都不完釐上稅的了。從雲南到這裏，就是那一筆釐稅，就便宜不少。我在漢口，和他同過好幾回席，總沒有談到這個上頭。」繼之道：「他是個官家子弟，扶喪回里，怎麼沿途赴席起來？」我道：「豈但赴席，我和他同席幾回，都是花酒呢！終日沈迷在南城公所一帶，他比我先離漢口的，不知幾時到上海？」子安道：「這倒不知，並且也不知他住在那裏？」我道：「這個容易，一打聽就著了。」說罷，叫一個會幹事的茶房來，叫他去各家大客棧裏去打聽雲南藩臺的少大人住在那裏？那茶房道：「我有個親戚，在天順祥票號裏做出店的，前回他來說過：有個陳少大人，住在那邊，此刻不知在那裏不在？一問便知道了。」說罷，自去。過了一會來說：「陳少大人只在那裏歇一歇腳，就搬到集賢里天保棧去了。住在樓上第五，第六，第七號。」我聽了，等到明天飯後，便到天保棧去找他。誰知他並不在棧裏，只有幾個家人在那裏。回我說：「少爺這幾天有病，在美仁里林慧卿家養病呢。」我聽了，便記了地方，先自回去。等吃過晚飯，再到美仁里林慧卿處。問了龜奴，說房間在樓上，我便登樓。說是看陳老爺的，那丫頭招呼到房裏。慧卿站起來招呼道：「陳老爺！朋友來了！」我卻看不見他；回轉頭來，原來他擁了一床大紅縐紫被窩，坐在床上。欠身道：「失迎！失迎！恕我不能下床！閣下幾時到的？」我道：「昨天才到的；白天裏到天保棧去拜訪。」穉農又忙道：「失迎！失迎！」我接著道：「貴管家說是在這裏，所以特來拜望。」說著，又看了慧卿一眼道：「順便瞻仰瞻仰貴相好。」慧卿笑道：「這位老爺倒會說！來看朋友罷了，偏要拿旁人帶一帶。還不曾請教貴姓啊？」我笑道：「方才我坐車子到這裏來，忘了帶車錢，無可奈何，拿我的姓到當鋪裏當了。」慧卿笑道：「當了多少錢？我借給你去贖出來罷！不然，沒了姓，不像個老爺。」我道：「原來老爺要帶著姓做的，今天又長了見識了。」穉農道：「閣下來了就熱鬧，我這幾天正想著你的談鋒；自從到了這裏，所見的無非是幾個掮客；說出話來，無非是肉麻到入骨的恭維話，聽了就要噁心，恨得我誓不見他們的面了，只叫法人、醉公兩個招呼他們。」

原來穉農帶了兩個人同行：一個姓計，號醉公；一個姓繆，號法人；大抵是他門下清客一流人，我在漢口也同過兩回席的。我聽說，便問道：「此刻繆、計二公在那裏？」穉農問慧卿道：「出去了麼？」慧卿用手一指道：「在那邊呢。」穉農推開被窩下床。我道：「穉翁不要客氣！何必起來招呼。」穉農道：「不！我本要起來了。」慧卿忙過去招呼侍候，穉農早立起來。我看他身上穿的洋灰色的外國縐紗袍子，玄色外國花緞馬褂，羽緞瓜皮小帽，核桃大的一個白絲線帽結，釘了一顆明晃晃白果大的鑽石帽準；較之在漢口時打扮，又自不同。走到煙炕一邊坐下，招呼我過去談天。我此時留神打量一切，只見房裏放著一口保險鐵櫃，這東西是向來妓院裏沒有的，不覺暗暗稱奇。談了幾句應酬話，忽然計醉公從那邊房裏跑了過來，手裏拿著一個鑽戒，見了我便彼此招呼。一面把戒指遞給穉農道：「這一顆足有九釐重。」穉農接來一看道：「幾個錢？」醉公道：「四百塊。」慧卿在穉農手裏拿過來一看道：「是個男裝的，我不要。」醉公道：「男裝女裝好改的。」慧卿道：「這裏首飾店沒有好樣式，是要外國來的才好。」醉公便拿了過去。一面招呼我道：「沒事到這邊來談談。」我順口答應了。

穉農對我道：「這回虧了他兩個；不然，我就麻煩死了。」一言未了，醉公又跑了過來道：「昨天那掛朝珠，來收錢了。」穉農道：「到底多少錢？」醉公道：「五百四十兩。」穉農道：「你打給他票子。」醉公又過去了。一會兒拿了一張支票過來。穉農在身邊掏出一個鑰匙來，交給慧卿；慧卿拿去把那保險鐵櫃開了，取出一個小小拜匣來。穉農打開，取出一方小小的水晶圖書，蓋在支票上面。醉公拿了過去，慧卿把拜匣仍放到鐵櫃裏去；鎖好了，把鑰匙交還穉農。我才知道這鐵匣是穉農的東西。和他又談了幾句，就問起白銅的事。穉農道：「是有幾擔銅，帶在路上壓船的；不知賣了沒有？也要問他們兩個。」我道：「如此，我過去問問看。」

說罷，走了過去，先與繆法人打招呼。原來林慧卿三個房間，都叫稺農占住了。他起坐的是東面一間，當中一間空著，做個過路；繆，計二人在西邊一間。我走過去一看，只見當中放著一張西式大餐檯子，鋪了白檯布，上面七橫八豎的，放著許多古鼎如意玉器之類。除了繆，計二人之外，還坐了七八個人，都是寧波，紹興一路口氣。醉公正和他們說話。我就單向法人招呼了，說了幾句套話，便問起白銅一節。法人道：「就是這一件東西，也很討厭；他們天天來問，又知道我們不是經商的，胡亂還價；閣下倘是有銷路，最好了。」我道：「不知共有多少？如果價錢差不多，我小號裏可以代勞。」法人道：「東西共是五百擔，存在招商局棧裏。至於價錢一層，我有雲南的原貨單在這裏，大家商量加點運費就是了。」說罷，檢出一張票子，給我看過。又商定了每擔加多少運費。我道：「既這麼著，我明天打票子來換提貨單便了，但不知什麼時候可來？」法人道：「隨便下午什麼時候都可以。」商定了，我又過去看稺農。只見一個醫生在那裏和他診脈，開了脈案，定了一個十全大補湯加減，便去了。

稺農問道：「說好了麼？」我道：「說好了，明天過來交易。」慧卿拿了小小的一把銀壺過來道：「酒燙了，可要吃？」稺農點點頭。慧卿拿過一個銀杯，在一個洋瓶裏，傾了些末子在杯裏，沖上了酒，又在頭上拔下一根金簪子，用手巾揩拭乾淨，在酒杯裏調了幾下；遞給稺農。稺農一飲而盡；還剩些末子在杯底；慧卿又沖了半杯酒下去，穉農又吃了。對我說道：「算算年紀並不大，身子不知那麼虛，天天在這裏參啊，茸啊，亂鬧；還要吃藥。」我道：「出門人本來保重點的好。」穉農道：「我在雲南，從來不是這樣；這還是在漢口得的病。」我道：「總是在路上勞頓了。」慧卿道：「可不是，這幾天算好得多了；初來那兩天，還要利害呢！」我隨便應酬了幾句，便作別走了。回到號裏，和子安說知，已經成交了。所定的價錢，比那掮客要的，差了四兩五錢銀子一擔。子安道：「好狠心！少賺點也罷了！」

一宿無話。到了次日下午，我打了票子，便到林慧卿家去，和法人換了提單；走到東面房裏，看看穉農。穉農道：「閣下在上海久，可知道有什麼好醫生？我的病實在了不得！今天早起下地，一個頭暈，就栽下來！」我道：「這還了得！可是要趕緊調理的了。從前我有個朋友叫王端甫，醫道甚好；但是多年不見了，不知可還在上海？回來我打聽著了，送信來。」穉農道：「晚上有個小宴，務請屈尊！」我道：「閣下身子不好，何必又宴客？」穉農道：「不過談談罷了。」說罷，略談了幾句，便作別回來。把提單交給子安；驗貨出棧的事，由他們幹去，我不管了。因問起王端甫不知可在上海。管德泉道：「自從你識了王端甫，我便同他成了老交易；家裏有了毛病，總是請他。他此刻搬到四馬路胡家宅，為甚不在上海？」我道：「在什麼巷子裏？」德泉道：「就在馬路上，好找得很。」

過了一會，穉農那邊送了請客帖子來，還有一張知單。我看時，上面第一個是祥少大人雲甫，第二個便是我，還有兩個都士雁，褚疊三，以後就是計醉公，繆法人兩個。打了知字，交來人去了。我問繼之道：「那裏有個姓祥的，只怕是旗人？」繼之道：「可不是，就是這裏道臺的兒子；前兩天還到這裏來。」我道：「大哥認得他麼？」繼之道：「怎麼不認得！年紀比你還輕得多。在南京時，他還是個小孩子，我還常常撫摩玩弄他呢；怪不得我們老了，眼看見的小孩子，都成了大人了。」大家閒談了一會，沒到五點鐘，稺農的催請條子已經來了；並注了兩句：有事奉商，務請即臨的話。我便前去走一趟。稺農接著道：「恕我有病，不能回候，倒屢次屈駕！」我笑道：「倒是我未盡點地主之誼，先來奉擾，未免慚愧！」稺農道：「彼此熟人，何必客氣！早點請過來，是兄弟急於要問方才說的那位醫生。」我道：「我也方才問了來，他就住在四馬路胡家宅。」稺農道：「不知可以隨時請他不？」我道：「盡可以！這個人絕沒有一點上海市醫習氣。如果要請，兄弟再加個條子，包管即刻就來。」

稺農便央我寫了條子，叫人拿了醫金去請。果然不到一點鐘時候，就來了。先向我道了闊別；我和他二人代通了姓名，然後坐定診脈。診完之後，端甫道：「不知稺翁可常住在上海？」稺農道：「不！本來有事要回福建原籍，就叫這個病耽誤住了。」端甫點頭道：「據兄弟愚見，還是早點回府上去，容易調理點；上海水土寒，恐怕於貴體不甚相宜。」說罷，定了脈案，開了個方子，卻是人參養榮湯的加減。說道：「這個方子只管可以服幾劑；但是第一件最要靜養；多服些血肉之品；似乎較之草根樹皮有用。」穉農道：「鹿茸可服得麼？」端甫道：「服鹿茸——說到這裏，便頓住了。——未嘗沒點功效，但是總以靜養為宜！」說罷，又問我道：「可常在號裏？我明日來望你呢！」我道：「我常在號裏，沒事只管請過來談！」端甫便辭去了。

我又和穉農談了許久，祥雲甫來了，通過姓名。我細細打量他，只見他生得脣紅齒白，瘦削身裁；穿一件銀白花緞棉袍，罩一件夾桃灰線緞馬褂；鼻子上架一副金絲小眼鏡；右手無名指上，套了一個鑲鑽戒指；說的一口京腔。再過了一會，外面便招呼坐席。原來都，褚兩個早來了，不過在西面房裏坐，沒有過來。穉農起身，招呼到當中一間去。親自篩了一輪酒，定了坐；便叫醉公代做主人，自己仍到房裏歇息。醉公便叫寫了局票發出去。坐定了，慧卿也來周旋了一會，篩了一輪酒，唱了一支曲子，也到房裏去了。我和都、褚兩個，通起姓名，才知都士雁是骨董鋪東家；褚疊三是藥房東家。

數巡酒後，各人的局，陸續都來了。祥雲甫身邊的一個，也不知他叫甚名字，生得也還過得去。一隻手搭在雲甫肩膀上，只管唧唧噥噥的說話。忽然看見雲甫的戒指，便脫了下來，在自己中指上一套。說道：「送給我罷！」雲甫道：「這個不能，明日另送你一個罷！」那妓女再三不肯還他。並說道：「我要轉到褚老爺那邊了。」說罷，便走到褚疊三旁邊坐下；疊三身邊本有一個，看見有人轉過來，含了一臉的醋意；不多一會，便起身去了。恰好外面傳進來一張條子，是請雲甫的，雲甫答應就來，隨向那妓女討戒指。那妓女道：「你去赴席，左右是要叫局的；難道帶在我手裏，就會沒了你的嗎？」雲甫便起身向席上說聲少陪。一面要到房裏向稺農道謝告辭。醉公兀的一下跳起來，向房裏便跑。不料門房口立了個大丫頭，雙手下死勁把醉公一推道：「冒冒失失的，做什麼啊？」回身對雲甫道：「陳老爺剛才睡著了；他幾夜沒睡了，祥大人不要客氣罷！」雲甫道：「那麼他醒了，你代我說到一聲！」那丫頭答應了，又叫慧卿送客。慧卿在房裏一面答應，一面說：「祥大人走好啊！怠慢啊！明天請過來啊！」卻只不出來。雲甫又對眾人拱拱手自去了。這裏醉公便和眾人豁拳鬧酒，什麼擺莊咧，通關咧，眾人都有點陶然了。慧卿才從房裏亭亭款款的出來，右手理著鬢髮，左手搭在醉公的椅子靠背上，說道：「黃湯又灌多了！」醉公道：「我不……」說到這裏，便頓住了。眾人都說酒多了，於是吃了稀飯散坐。我問慧卿：「陳老爺可醒著？」慧卿道：「醒著呢。」我便到房裏去，只見稺農盤膝坐在煙炕上，下身圍了一床鸚哥綠縐紗被窩。我向他道了謝，又略談了幾句，便辭了過來，和眾人作別，他們還不知在那裏議論什麼價錢呢；我便先走了。回到號裏，才十點鐘，繼之們還在那裏談天呢。我覺得有點醉了，便先去睡覺。一宿無話。

次日飯後，王端甫果然來訪我，彼此又暢談了許多別後的事。又問起陳稚農可是我的好友。我道：「不過在漢口萍水相識；這回不過要買他的一單銅，所以才去訪他，並非好友。」端甫道：「這個人不久的了！犯的毛病，是個色癆。你看他一般的起行坐立，不過動生厭倦，似乎無甚大病；其實他全靠點補藥在那裏撐持住。一旦潰裂起來，要措手不及的。」我道：「你看得準他醫得好醫不好呢？」端甫道：「我昨天說叫他回去調理的話，就是叫他早點歸正首邱了。」我道：「這麼說，犯了這個病，是一定要死的了。」端甫道：「他從此能守身如玉起來，好好的調理兩個月後，再行決定。你可知他一面在這裏服藥，一面在那邊戕伐，碰了個不知起倒的醫生，還給他服點燥烈之品，正是『潑油救火』，恐怕他死得不快罷了。」我道：「他還高興得很，請客呢！」端甫道：「他昨天的花酒有你嗎？」我道：「你怎麼知道？」端甫道：「你可知這一檯花酒，吃出事情來了。」正是：

杯酒聯歡才昨夜，緘書挑釁遽今朝。

未知出了什麼事，端甫又從何曉得？且待下回再記。

第八十六回　旌孝子瞞天撒大謊　洞世故透底論人情

我連忙問道：「出了什麼事？你怎生得知？」端甫道：「席上可有個褚疊三？」我道：「有的。」端甫道：「可有個道臺的少爺？」我道：「也有的。」端甫道：「那褚疊三最是一個不堪的下流東西！從前在城裏充醫生，什麼婦科，兒科，眼科，痘科，嘴裏說得天花亂墜。有一回，不知怎樣，把人家的一個小孩子醫死了；人家請了上海縣官醫來，評論他的醫方，指出他藥不對症的憑據，便要去告他，嚇得他請了人出來求情，情願受罰。那家人家，是有錢的；罰錢，人家並不要。後來旁人定了個調停之法，要他披麻帶孝，扮了孝子去送殯。前頭抬的棺材，不滿三尺長；後頭送的孝子倒是昂昂七尺的。路上的人，沒有不稱奇道怪的！及至問出情由，又都好笑起來。自從那回之後，他便收了醫生招牌，搜羅些方書，照方合了幾種藥，賣起藥來。後來藥品越弄越多了，又不知在那裏弄了幾個房藥的方子，合起來，堂哉皇哉，掛起招牌，專賣這種東西。叫一個姓蘇的，代他做幾個仿單，那姓蘇的，本來是個無賴文人，便代他作得淋漓盡致，他就喜歡得了不得，拿出去用起來。那姓蘇的，就藉端常常向他借錢。久而久之，他有點厭煩了，拒絕了兩回；姓蘇的就恨起來，做了一個稟帖，夾了他的房藥仿單，向地方衙門一告。恰好那位官兒，有個兒子，是在外頭濫嫖，新近脫陽死的。看了稟帖，疑心到自己兒子也是誤用他的藥所致。即刻批准了，出差去把疊三提了來。說他敗壞人心風俗，偽藥害人。把他當堂的打了五百下板子，打得他皮開肉綻；枷號了三個月，還把他遞解回籍。那雜種也不知他是那裏人，他到堂上時，供的是湖北人，就把他遞解到湖北。不多幾時，他又逃回上海，不敢再住城裏，就在租界上混。又不知弄了個什麼方子，熬了些藥膏，掛了招牌，登了告白，賣戒煙藥。大凡吸鴉片煙的人，勸他戒煙，他未嘗不肯戒；多半是為的從上癮之後，每日有幾點鐘是吃煙的，成了個日常功課；一旦叫他丟了煙槍，未免無所事事；因此就因循下去了。疊三這寶貨，他揣摩到了這一層，卻異想天開，誇說他的藥膏，可以在槍上戒煙：譬如吃一錢煙的，只要秤出九分煙，加一分藥膏在煙裏；如此逐漸減煙加膏，至將煙減盡為止，自然斷癮。一班吃煙的人，信了他這句話，去買來試戒。他那藥膏要賣四塊洋錢一兩，比鴉片煙貴了三倍多。大凡買來試的，等試到煙藥各半之後，才覺得越吃越貴了。看看那情形，又不像可以戒脫的，便不用他的藥了。誰知煙癮並未戒脫絲毫，卻又上了他的藥癮了。從此之後，非用他的藥攙在煙裏，不能過癮。你道他的心計毒麼？」

我聽到這裏，笑道：「你說了半天，還不曾到題。這些閒話，與昨夜吃花酒的事，有甚干涉？」端甫道：「本是沒干涉，不過我先談談疊三的行徑罷了。他近年這戒煙藥一層，弄穿了，人家都知道他是賣假藥的了。他卻又賣起外國藥來了。店裡弄得不中不西，樣樣都有點。這回只怕陳稚農又把他的牛尾巴當血片鹿茸買了。請他吃起花酒來，卻鬧出這件事。他叫的那個局，名字叫林蜚卿，相識了有兩三年的了。後來那祥少大人到了上海，也看上了蜚卿，他便有點醋意，要想設法收拾人家；可巧碰了昨天那個機會，祥雲甫所帶的那個戒指，並不是自己的東西，是他老子的。」我道：「他老子不是現任的道臺麼？」端甫道：「那還用說！這位道臺，和現在的江蘇撫臺是換過帖的，那位撫臺，從前放過一任外國欽差，從外國買了這戒指回來，送給老把弟，這戒指上面，還僱了巧匠來，刻了細如牛毛的上下款的。他少爺見了歡喜，便向老子求了來帶上。昨夜吃酒的時候，被蜚卿鬧著玩，要了去，帶在手上。這本是常有之事。誰知蜚卿卻被疊三騙了去。今天他要寫信向祥雲甫借三千銀子呢！」我道：「他騙了人家的戒指，還要向人家借銀子，這是什麼說話？」端甫道：「須知雲甫沒了這個戒指，不能見他老子；這明明是訛詐，還是借錢麼？」我笑道：「你又是那裏來的耳報神？我昨夜當面的，還沒有知道，你倒知的這麼詳細？」端甫道：「這也是應該的。我因為天氣冷了，買了點心來家吃，往往冷了；今天早起，剛剛又來了個朋友，便同到館子裏吃點心。我們剛到了，恰好他也和了兩三個人同來。在那裏高談闊論，商量這件事，被我盡情聽了。」我道：「原來你也認得他。」端甫道：「我和他並不招呼，不過認得他那副尊容罷了。」我道：「這是秘密的事，他敢在大庭廣眾之下喧揚起來？」端甫道：「他正要鬧得通國皆知，才得雲甫怕他呢！我今日來是專誠奉託一件事，請你對穉農說一聲，叫他不要請我罷！他現在的病情，去死期還有幾天，又不便回絕他，何苦叫我白賺他的醫金呢？」我道：「你放心！他那種人，有甚長性？吃過你兩服藥不見效，他自然就不請你了。」端甫又談了一會，自去了。

到了晚上，我想起端甫何以說得穉農的病，如此利害。我看他不過身子弱點罷了，不免再去看看他，是何情景。想罷，出門，走到林慧卿家，與穉農周旋了一會。問他的病如何？吃了端甫的藥怎樣？穉農道：「總是那樣不好不壞的，此刻除非有個神仙來醫我，或者就好了。」慧卿在旁邊插嘴道：「胡說！不過身子弱點罷了；將息幾天，自然會好的；你總是這種胡思亂想，那病更難好了。」穉農道：「方才又請了端甫來，他還是勸我早點回去，說上海水土寒。」慧卿又插嘴說道：「郎中嘴是口，——吳人稱醫生為郎中——說到那裏是那裏，據他說上海水土寒，上海住的人，早就一個個寒死完了。你的病不好，我第一個不放你走；已經有病的人，再在輪船上去受幾天顛簸，還了得麼？」說罷，又回頭對我道：「老爺！你說是不是？」我只含笑點點頭。穉農又道：「便是我也怕到這一層；早年進京會試，走過兩次海船，暈船暈得了不得！」我故意向慧卿看了一眼，對穉農道：「我看暫時回天保棧去，調養幾時也好。」慧卿搶著道：「老爺，你不要疑心我們怎樣！我不過看見他用的都是男底下人，笨手笨腳，伏侍得不稱心，所以留他在這裏住下。這是我一片好心。難道怎樣了他麼？」我笑道：「我也不過說說罷了；難道我不知道他離不了你？」慧卿笑道：「我說你不過！……」

正說話時，外面報客來。大家定神一看，卻是祥雲甫。招呼坐定，便走近穉農身邊，附著耳要說話。我見此情形，便走到西面房裏，去看繆、計二人。只見另有一個人，拿了許多裙門裙花挽袖之類，在那裏議價；旁邊還堆了好幾疋綢縐之類。我坐了一會，也不驚動穉農，就從這邊走了。從此我三天五天，總來看看他。此時他早已轉了醫生，大劑參茸鎖陽肉蓯蓉專服下去，確見他精神好了許多。只是比從前更瘦了，兩顴上現了點緋紅顏色。如此，又過了半個多月。一天，我下午無事，又走到慧卿處，卻不見了穉農。我問時，慧卿道：「回棧房去了。」我道：「為什麼忽然回去了呢？」慧卿道：「他今天早起，病得太重了！他兩個朋友說在這裏不便當，便用轎子抬回去了。」

我心中暗想，莫非端甫的說話應驗了。我回號裏，左右要走過大馬路，便順到天保棧一看。他已經不住在樓上了，因為扶他上樓不便，就在底下開了個房間。房間裏齊集了七八個醫生。繆，計二人，忙做一團。穉農仰躺在床上，一個家人，在那裏用銀匙灌他吃蔘湯。我走過去望他，他看了我一眼，微微點了點頭。眾醫生在那裏七張八嘴，有說用蔘的，有說用桂的。我問法人道：「我前天看他還好好的，怎麼變動起來？」法人道：「今天早起，天還沒亮，忽然那邊慧卿怪叫起來。我兩個衣服也來不及披，跑過去一看，只見他直挺挺的躺在地下！連忙扶他起來，躺在醉翁椅上，話也不會說了；我們問慧卿是怎生的。他說：『起來小便，立腳不穩，栽了一跤，並沒甚事；近來常常如此的，不過一攙他就起來；今天攙了半天，攙他不動，才叫的。』我們沒了主意，薑湯，蔘湯，胡亂灌救。到天色大亮時，他能說話了，自己說是冷得很。我們要和他加一床被窩，他說不是，是肚子裏冷。我伸手到他口邊一摸，誰知他噴出來的氣，都是冷的。我才慌了，叫人背了他下樓，用轎子抬了回來。」我道：「請過幾個醫生？吃過什麼藥了？」法人道：「今天的醫生，只怕不下三四十個了。吃了五錢肉桂下去，噴出氣來和暖些。此刻又是一個醫生的主意，用乾薑煎了蔘湯，在那裏吃著。」說話時，又來了兩個醫生，向法人查問病情。我便到床前再看看，只見他兩顴的紅色，格外利害。才悟到前幾天見他的顏色，是個病容。因問他道：「此刻可好點？」穉農道：「稍微好點。」我便說了聲保重，走了回去。和繼之說起，果然不出端甫所料，陳穉農大約是不中用的了。到了明天早起，他的報喪條已經到了。我便循著俗例，送點蠟燭長錠過去。

又過了十來天，忽然又送來一份訃帖，封面上刻著幕設壽聖庵的字樣。便抽出來一看，訃帖當中，還夾了一封哀啓。及至仔細看時，卻不是哀啓，是個知啓。此時繼之在旁邊見了道：「這倒是個創見！誰代他出面？又知些什麼呢？」我便攤開了，先看是什麼人具名的，誰知竟是本地印委各員，用了全銜姓名同具的，不禁更覺奇怪。及至看那文字時，只看得我和繼之兩個，幾乎笑破了肚子。你道那知啓當中，說些什麼？且待我將原文照寫出來，大家看看。其文如下：

稺農孝廉，某某方伯之公子也。生而聰穎，從幼即得父母歡；稍長，即知孝父母、敬兄、愛弟；以故孝弟之聲，聞於閭里。方伯歷仕各省，孝廉均隨任；服勞奉養無稍間，以故未得預童子試。某科方伯方任某省監司，為之援例入監，令回籍應鄉試。孝廉雅不欲曰：「科名事小，事親事大；兒不欲暫違色笑也。」方伯責以大義，始勉強首塗。榜發，登賢書。孝廉泣曰：「科名雖僥倖，然違色笑已半年餘矣。」其真摯之情如此。越歲，入都應禮闈試。沿途作思親詩八十章，一時傳誦遍都下，故又有才子之目。及報罷，即馳驛返署，問安侍膳；較之夙昔，益加敬謹。語人曰：「將以補前此之闕於萬一也。」以故數年來，非有事故，未嘗離寢門一步。去秋，其母某夫人示疾，孝廉侍奉湯藥，衣不解帶，目不交睫者三閱月。及冬，遭大故；孝廉慟絕者屢，賴救得甦；哀毀骨立。潛告其兄曰：「弟當以身殉母，兄宜善自珍衛，以奉嚴親。」兄大驚，以告方伯，方伯復責以大義，始不敢言，然其殉母之心已決矣。故今年稟於方伯，獨任奉喪歸里，沿途哀泣，路人為之動容。甫抵上海，已哀毀成病，不克前進。奉母夫人柩，暫厝於某某山莊；已則暫寓旅舍。仍朝夕扶病，親至厝所哭奠，風雨無間；家人苦勸力阻，不聽也。至某月某日，竟遂其殉母之志矣！臨終遺言，以衰絰殮。嗚呼！如孝廉者，誠可謂孝思不匱矣！查例載：孝子順孫，果有瓌行奇節，得詳具事略，奏請旌表。某等躬預斯事，不便湮沒，除具詳督撫學憲外，謹草具事略，伏望海內文壇，俯賜鴻文鉅製，以彰風化。無論詩文詞誄，將來彙刻成書，共垂不朽。無任盼切！

繼之看了還好，我已是笑得伏在桌上，差不多腸都笑斷了。繼之道：「你只管笑什麼？」我道：「大哥沒有親見他在妓院裏那個情形；對了這一篇知啓，自然沒得好笑！」繼之道：「我雖沒有看見，也聽你說的不少了。其實並不可笑；照你這種笑法，把天下事都揭穿了，你一輩子也笑不完呢！何況他所重的，就是一個『殉』字；古人有個成例：『醇酒婦人』，也是一個殉法。」我聽了，又笑起來道：「這個代他辯得好得很！但可惜他不曾變做人蝦！如果也變了人蝦，就沒有這段公案了。」繼之道：「人家說少見多怪，你多見了還是那麼多怪；你可記得那年你從廣東回來說的，有個什麼淫婦建牌坊的事，同這個不是恰成一對麼？依我看，不只這兩件事；大凡天下事，沒有一件不是這樣的。總而言之：世界上無非一個騙局。你看到了妓院裏，他們應酬你起來，何等情殷誼摯；你問他的心裏，都是假的。我們打破了這個關子，是知道他是假的；至於那當局者迷一流，他卻偏要信是真的。你須知妓院的關子，容易打破；至於世界上的關子，就不容易破了。惟其不能破，所以世界上的人，還那麼熙來攘往；若是都破了，那就沒了世界了。」我道：「這一說，只能比人情上的情偽；與這行事上不相干。」繼之道：「行事與人情，有什麼兩樣？你不想想：南京那塊血跡碑，當年鄭而重之的，說是方孝孺的血廕成的，特為造一座亭子嵌起來。其實還不是紅紋大理石；那有血跡可以廕透石頭的道理？不過他們要如此說，我們也只好如此說，萬不宜揭破他；揭破他，就叫做煞風景；煞風景，就討人嫌；處處討了人嫌，就不能在世界上混；如此而已！這血跡碑是一件死物，我還說一件活人做的笑話給你聽：有一個鄉下人極怕官；他看見官出來總是袍、褂、靴、帽、翎子、頂子；以為那做官的，也和廟裏菩薩一般，無晝無夜，都是這樣打扮起來的。有一回，這鄉下人犯了點小事，捉到官裏去，提到案下聽審。他抬頭一看，只見那官，果然是袍兒，褂兒，翎子，頂子，不曾缺了一樣；高高的坐在上面，把驚堂一拍，喝他招拱；旁邊的差役，也幫著一陣吆喝。他心中暗想，果然不差，做老爺的在家裏，也打扮得這麼光鮮。正在胡思亂想的時候，忽然一陣旋風，把公案的桌帷吹開了。那鄉下人仔細往裏一看，原來老爺脫了一隻靴子，脚上沒有穿襪，一隻手在那裏摳脚丫呢！」說得我不覺笑了，旁邊德泉、子安等，都一齊笑起來。繼之道：「統共是他一個人，同在一個時候；看他的外面，何等威嚴！揭起桌帷一看，原來如此。可見得天下事，沒有一件不如此的了。不過我是揭起桌帷看過的；你們都還隔著一幅桌帷罷了。」

我們談天是在廂房裏，正說話之間，忽見門外跨進一個人，直向客堂裏去。我一眼瞥見這個人，十分面善，卻一時想不起來；正要問繼之。只見一個茶房走進來道：「苟大人來了！」我聽得這話，不覺恍然大悟，這個是許多年前見過的苟才。繼之當時即到外面去招呼他。正是：

座中方論欺天事，戶外何來闊別人？

不知苟才來有何事，且待下回再記。

第八十七回　遇惡姑淑媛受苦　設密計觀察謀差

原來苟才的故事，先兩天繼之說過，說他自從那年賄通了督憲親兵，得了個營務處差事，闊了幾年。就這幾年裏頭，彌補以前的虧空，添置些排場衣服，還要外面應酬，面子上看得是極闊；無奈他空了太多，窮得太久；他的手筆又大，因此也未見得十分裕如。何況這幾年當中，他又替他一個十六歲的大兒子娶了親。這媳婦是杭州駐防旗人，父親本是一個驍騎校，早年已經去世，只有母親在侍。憑媒說合，把女兒嫁給苟大少爺。過門那年，只有十五歲，卻生得有沈魚落雁之容，閉月羞花之貌。苟觀察帶了大少爺到杭州就親。喜期過後，回門，會親，諸事停當，便帶了大少爺、少奶奶，一同回了南京。少奶奶拜見了婆婆，三天裏頭，還沒話說；過了三天之後，那苟太太便慢慢發作起來。起初還是指桑罵槐，指東罵西；再過幾天，便漸漸罵到媳婦臉上來了。少奶奶早起請早安，上去早了，便罵：「大清老早的，跑來鬧不清楚，我不要受你那許多禮法規矩，也用不著你的假惺惺。」少奶奶聽說，到明天便捱得時候晏點才上去；他又罵：「小蹄子，不害臊，摟著漢子睡到這時才起來，咱們家的規矩，一輩比一輩壞了。我伏侍老太爺老太太的時候，早上，中上，晚上，三次請安，那裏有不按著時候的，早晚兩頓飯，還要站在後頭伏侍添飯，送茶，送手巾；如今晚兒是少爺咧，少奶奶咧，都藏到自己屋裏享福了，老兩口子，管他咽住了也罷，嗆出來了也罷；誰還管誰的死活？我看，這早安免了罷！到了晚上，一起來罷！省得少奶奶從南院裏跑到北院裏，一天到晚，辛苦幾回。」苟才在旁，也聽不過了，便說道：「夫人算了罷！你昨天嫌他早；他今天上來遲些，就算聽你命令的了；他有什麼不懂之處，慢慢的教起來。」苟太太聽了，兀的跳起來罵道：「連你也幫著派我的不是了！這公館裏都是你們的世界；我在這裏是你們的眼中釘；我也犯不上死賴在這裏，討人嫌；明兒你就打發我回去罷！」苟才也怒道：「我在這裏好好兒的勸你；大凡一家人家，過日子，總得要和和氣氣，從來說：『家和萬事興』，何況媳婦又沒犯什麼事？」這句話還未說完，苟太太早伸手在桌子上一拍，大吼道：「嚇！你簡直的幫著他們派我犯法了！」少奶奶看見公公婆婆一齊反目，連忙跪在地下告求。那邊少爺聽見了，嚇得自己不敢過來見面。卻從一個夾衖裏，繞到後面，找他姨媽。

原來這一位姨媽，便是苟太太的嫡親姊姊；嫁的丈夫，也是一個知縣，早年亡故了；身後只賸了兩吊銀子；又沒個兒子。那年恰好是苟才過了道班，要辦引見；湊不出費用，便託苟太太去和他借了來湊數。說明白到省之後，迎他到公館同住。除了一得了差缺，即連本帶利清還外，還答應養老他；將來大家有福同享，有禍同當。那位姨媽，自己想想，舉目無親，就是摟了這兩吊銀子，也怕過不了一輩子；

沒個親人照應，還怕要被人欺侮呢！因此答應了。等苟才辦過引見之後，便一同到了南京。苟才窮到吃盡當光的那兩年，苟太太偶然有應酬出門，或有個女客來；這位姨媽曾經踐了有禍同當之約，充過幾回老媽子的了。此刻苟才有了差使，便撥了後面一間房子，給他居住。當下大少爺找到姨媽跟前，叫聲：「姨媽！我爹和我媽，不知為甚吵嘴？小丫頭來告訴我，說媳婦跪在地下求告，求不下來。我不敢過去碰釘子，請姨媽出去勸勸罷！」說著，請了一個安。姨媽道：「哼！你娘的脾氣啊！」只說了這一句，便往前面去了。大少爺仍舊從夾衖繞到自己院裏，悄悄的打發小丫頭去打聽。直等到十點多鐘，才看見少奶奶回房。大少爺接著問道：「怎樣了？」少奶奶一言不發，只管抽抽噎噎的哭。大少爺坐在旁邊，溫存了一會。少奶奶良久收了眼淚，仍是默默無言。大少爺輕輕說道：「我娘脾氣不好，你受了委屈，少不得我來陪你的不是；你心裏總得看開些，不要鬱出病來！照這個樣子，將來賢孝兩個字的名氣，是有得你享的。」大少爺只管汩汩而談，不料有一個十二歲的小少爺，——就是那年吃了油麻糰，一雙油手，抓髒了賃來衣服的那寶貨。——在旁邊聽了去；便飛跑到娘跟前，一五一十的盡情告訴了。苟太太手裏正拿著茶碗喝茶，聽了這話，惱得把茶碗向地下盡命的一摔，豁啷一聲，茶碗摔得粉碎。跳起來道：「這還了得！」又喝叫小丫頭，快給我叫他來。小丫頭站著，垂手不動。苟太太道：「還不去嗎？」小丫頭垂手道：「請太太的示！叫誰？」苟太太伸手劈拍的打了一個巴掌道：「你益發糊塗了！」此時幸得姨媽尚在旁邊，因勸道：「妹妹你的火性也太利害了！是叫大少爺，是叫少奶奶，也得你吩咐一聲！你單說叫他來，他知道叫誰呢？」苟太太這才喝道：「給我叫那畜生過來！」姨媽又加了一句道：「快去請大少爺來！說太太叫。」那小丫頭才回身去了。一會兒，大少爺過來，知道母親動了怒，一進了堂屋，便雙膝跪下。苟太太伸手向他臉蛋上劈劈拍拍的先打了十多下；打完了，又用右手將他的左耳，盡力的扭住，說道：「今天先扭死了你這小崽子再說！我問你：是大清律例上那一條的例？你家祖宗留下來的那一條家法？寵著媳婦兒，派娘的罪案；你老子寵媳滅妻，你還要寵妻滅母，你們倒是父是子！」說到這裏，指著姨媽道：「須知我娘家有人在這裏，你們須滅我不得！」一面說，一面下死勁往大少爺耳朵上擰；擰得大少爺痛狠了，不免兩淚交流，又不敢分辯一句。幸得姨媽在旁邊，竭力解勸，方才放手。大少爺仍舊屈膝低頭跪著，一動也不敢動。從十點多鐘跪起，足足跪到十二點鐘。小丫頭來稟命開飯，苟太太點點頭；一會兒先端出杯筷調羹小碟之類，少奶奶也過來了。

原來少奶奶一向和大少爺兩個在自己房裏另外開飯，苟才和太太、姨媽，另在一所屋子裏同吃。今天早起，少奶奶聽了婆婆說他伏侍老太爺老太太時，要站在後頭伺候的，所以也要還他公婆這個規矩，吩咐丫頭們打聽，上頭要開飯，趕來告訴；此刻得了信，趕著過來伺候，仍是和顏悅色的。見過姨媽婆婆，便走近飯桌旁邊，分派杯筷小碟。在懷裏取出雪白的絲巾，一樣樣的擦過。苟太太大喝道：「滾你媽的蛋！我這裏用不著你在這裏獻假殷勤！」嚇得少奶奶連忙垂手站立，沒了主意。姨媽道：「少奶奶先過去罷！等晚上太太氣平了，再過來招呼罷！」少奶奶聽說，便退了出來。苟才今天鬧過一會之後，就到差上去了。他每每早起到了差上，便不回來午飯；因此只有姨媽苟太太兩個，帶著小少爺同吃。及至開出飯來，大少爺仍是跪著。姨媽道：「饒他起來吃飯去罷！我們在這裏吃飯，旁邊跪著個人，算什麼樣子？」苟太太道：「怕什麼？餓他一頓，未見得就餓死他！」姨媽道：「旁邊跪著個人，我實在吃不下去。」苟太太道：「那麼看姨媽的臉，放他起來罷。」姨媽忙接著道：「那麼快起來罷！」大少爺對苟太太磕了三個頭，方才起來。又向姨媽叩謝了。苟太太道：「要吃飯在我這裏吃；不准你到那邊去！」大少爺道：「兒子這會還不餓，吃不下。」苟太太猛的把桌子一拍道：「敢再給我賭氣！」姨媽忙勸道：「算了罷！吃不下，少吃一口兒。丫頭！給大少爺端座過來。」大少爺只得坐下吃飯。一時飯畢，大少爺仍不敢告退。苟太太卻叫大丫頭、老媽子們，檢出一份被褥來，到姨媽的住房對過一間房裏，鋪設下來；姨媽也不知他是何用意。一天足足扣留住大少爺，不曾放寬一步。到了晚上九點鐘時候，姨媽要睡覺了，他方才把大少爺親自送到姨媽對過的房裏。叫他從此之後，在這裏睡。又叫人把夾衖門鎖了，自己掌了鑰匙。可憐一對小夫妻，成婚不及數月，從此便咫尺天涯了。

可巧這位大少爺，犯了個童子癆的毛病。這個毛病，說也奇怪；無論男女，當童子之時，一無所覺；及至男的娶了，或者女的嫁了，不過三五個月，那病就發作起來；任是什麼藥，都治不好，一定是要死的；並且差不多的醫生，還看不出他的病源，回報不出他的病名來，不過單知道他是個癆病罷了。這位大少爺從小得了這個毛病；娶親之後，久要發作；恰好這天當著一眾丫頭僕婦家人們，受了這一番挫辱；又活活的把一對熱剌剌的恩愛夫妻拆開，這一夜睡到姨媽對過房裏，便在枕上飲泣了一夜。到得下半夜，便覺得遍身潮熱；及至天亮，起身來時，只覺頭重腳輕，抬身不得；只得仍舊睡下。丫頭們報與苟太太。苟太太還當他是假裝的，不去理會他。姨媽來看過，說是真病了；苟太太還不在意。倒是姨媽不住過來問長問短；又叫人代他熬了兩回稀飯，勸他吃下。足足耽誤了一天，直到晚上十點多鐘，苟才回來問起，親到後面一看，只見他當真病了。周身上下，燒得就和火炭一般，不覺著急起來。立刻叫請醫生，連夜診了，連夜服藥，足足忙了一夜。苟太太卻行所無事，仍舊睡他的覺。

有話便長，無話便短。大少爺一病三月，從來沒有退過燒。醫生換過二三十個，非但不能癒病，並且日見消瘦。那苟太太仍然向少奶奶吹毛求疵，但遇了少奶奶過來，總是笑啼皆怒；又不准少奶奶到後房看病，一心一意，只要隔絕他小夫妻。究竟不知他是何用意，做書人未曾鑽到他肚子裏去看過，也不便妄作懸擬之詞；只可憐那位少奶奶，日夕以眼淚洗面罷了。又過了幾天，大少爺的病，越發沈重；已經暈厥過兩次。經姨媽幾番求情，苟太太才允了，由得少奶奶到後頭看病。少奶奶一看病情兇險，便暗地裏哀求姨媽，求他在婆婆跟前再求一個天高地厚之恩，准他晝夜侍疾。姨媽應允，也不知費了多少唇舌，方才說得准了。從此又是一個來月，任憑少奶奶衣不解帶，目不交睫，無奈大少爺壽元已盡，參朮無靈；竟就嗚呼哀哉了！少奶奶傷心哀毀，自不必說；苟才痛子心切，也哭了兩三天；惟有苟太太，雖是以頭搶地的哭，那嘴裏卻還是罵人。苟才因是個卑幼之喪，不肯發訃成禮。誰知同寅當中，一人傳十，十人傳百，已經有許多人知道他遭了「喪明之痛」。及至明日轅門抄上，刻出了「苟某人請期服假數天」。大家都知道他兒子病了半年，這一下更是通國皆知了。於是送奠禮的，送祭幛的，都紛紛來了。這是他遇了紅點子，當了闊差使之故。若在數年以前，他在黑路上的時候，莫說死兒子，只怕死了爹娘，還沒人理他呢！閒話少題。

且說苟才料理過一場喪事之後，又遇了一件意外之事；真是福無雙至，禍不單行。你道遇了一件什麼事？原來京城裏面有一位都老爺，是南邊人；這年春上，曾經請假回籍省親，在江南一帶，很採了些輿論；察得江南軍政財政兩項，都腐敗不堪。回京銷假之後，便參了一本。軍政參了十八款，財政參了十二款。奉旨派了欽差，照例到江南查辦。欽差到了南京，照例按著所參務員，咨行總督，一律先行撤差撤任，聽候查辦。苟才恰在先行撤差之列。他自入仕途以來，只會耍牌子，講應酬；至於這等風險，卻向來沒有經過。這回碰了這件事情，猶如當頭打了個悶雷一般，嚇得他魂不附體。幸而不在看管之列，躲在公館裏，如坐針氈一般，沒了主意。一連過了三四天，才想起一個人來。你道這人是誰？是一個候補州同，現當著督轅文巡捕的；姓解，號叫芬臣。這個人向來與苟才要好。芬臣是個極活動的人，大凡省裏當著大差的道府大人們，他沒有一個不拉攏的；苟才自然也在拉攏之列。苟才卻因他是個巡捕，樂得親近親近他；四面消息，都可以靈通點。這回卻因芬臣足智多謀，機變百出，而且交遊極廣，託他或有法子好想。定了主意，等到約莫散轅之後，便到芬臣公館裏來，將來意說知。芬臣道：「大人來得正好！卑職正要代某大人去斡旋這件事，就可以順便帶著辦了；但是這裏頭總得要點綴點綴。」苟才道：「這個自然，但不知道要多少？」芬臣道：「他們也是看貨要價的：一，看官階大小；二，看原參的輕重；三，他們也查訪差缺的肥瘠。」苟才道：「如此，一切費心了！」說罷辭去。

從此之後，苟才便一心一意，重託了解芬臣，到底花了幾萬銀子，把個功名保全了。從此和芬臣更成知己。只是功名雖然保全，差事到底撤了。他一向手筆大，不解理財之法；今番再幹掉了幾萬，雖不至於像從前吃盡當光光景；然而不免有點外強中乾了。所以等到事情平靜以後，苟才便天天和解芬臣在一起，盯著他想法子弄差使。芬臣道：「這個時候最難；合城官經了一番大調動，為日未久；就是那欽差臨行時，交了兩個條子，至今也還想不出一個安插之法，這是一層；第二層是最標緻最得寵的五姨太太，前天死了。」苟才驚道：「怎麼外面一點信息沒有？是幾時死的？」芬臣道：「大人千萬不要提起這件事！老帥就恐怕人家和他舉動起來，所以一概不叫知道。前天過去了，昨天晚上成的殮；在花園裏那竹林子旁邊，蓋一個小房子停放著，也不抬出來，就是恐怕人知的意思。為了此事，他心上正自煩惱；昨天今天，連客也不會；不要說沒有機會，就是有機會，也碰不進去。」苟才道：「我也不急在一時，不過能夠快點得個差使，面子上好看點罷了。」又問：「這五姨太太生得怎麼個臉蛋？老帥共有幾房姨太太？何以單單寵他？」芬臣道：「姨太太共是六位。那五姨太太，其實他沒有大不了的姿色，我看也不過『情人眼裏出西施』罷了；不過有個人情在裏面。」苟才道：「有甚人情？」芬臣道：「這位五姨太太是現任廣東藩臺魯大人送的；那時候老帥做兩廣，魯大人是廣西候補府。自從送了這位姨太太之後，便官運亨通起來，一帆順風，直到此刻地位。」苟才聽了，默默如有所思。閒談一會，便起身告辭。

回到公館，苟太太正在那裏罵媳婦呢！罵道：「你這個小賤人，命帶掃帚星，進門不到一年，先掃死了丈夫，再把公公的差使掃掉了。」剛剛罵到這裏，苟才回來，接口道：「算了罷！這一案南京城裏撤差的，單是道班的也七八個；全案算起來，有三四十人。難道都討了命帶掃帚星的媳婦麼？」苟太太道：「沒有他，我沒得好賴；有了他，我就要賴他！」苟才也不再多說，由他罵去。到了晚上，夫妻兩個，切切私議了一夜。次日是轅期，苟才照例上轅。卻先找著了芬臣，和他說道：「今日一點鐘，我具了個小東，叫個小船，喝口酒去。你我之外，並不請第三個人。在問柳——酒店名——下船。我也不客氣，不具帖子了。」芬臣聽說，知道他有機密事，點頭答應。到了散轅之後，便回公館，胡亂吃點飯，便坐轎子到問柳去。進得門來，苟才先已在那裏，便起來招呼，一同在後面下船。把自己帶來的家人留下，道：「你和解老爺的管家，都在這裏伺候罷！不用跟來了！解老爺管家，怕沒吃飯，就在這裏叫飯叫菜請他吃。可別走開！」說罷，挽了芬臣，一同跨上船去。酒菜自有伙食船跟去。苟才吩咐船家，就近點把船放到夫子廟對岸那棵柳樹底下停著。芬臣心中暗想，是何機密大事，要跑到那人跡不到的地方去。正是：

要從地僻人稀處，設出神機鬼械謀。

未知苟才邀了芬臣有何秘密事情商量，且待下回再記。

第八十八回 勸墮節翁姑齊屈膝 諧好事媒妁得甜頭

當下苟才一面叫船上人剪好煙燈，通好煙槍；和芬臣兩個對躺下來，先說些別樣閒話。苟才的談鋒，本來沒有一定。碰了他心事不寧的時候，就是和他相對終日，他也只默默無言；若是遇了他高興頭上，那就滔滔汩汩，詞源不竭的了。他盤算了一天一夜，得了一個妙計，以為非但得差；就是得缺陞官，也就是在此一舉的了。今天邀了芬臣來，就是要商量一個行這妙法的線索。大凡一個人心裏想到得意之處，雖是未曾成事，他那心中一定打算這件事情一成之後，便當如何佈置，如何享用，如何酬恩，如何報怨，……越想越遠，就忘了這件事未曾成功，好像已經成功了的一般。世上癡人，每每如此，也不必細細表他。

單表苟才原是癡人一流，他的心中，此時已經無限得意。因此對著芬臣，東拉西扯，無話不談。芬臣見他說了半天，仍然不曾說到正題上去，忍耐不住。因問道：「大人今天約到此地，想是有甚正事賜教？」苟才道：「正是！我是有一件事要和閣下商量，務乞助我一臂之力，將來一定重重的酬謝。」芬臣道：「大人委辦的事，倘是卑職辦得到的，無有不盡力報效。此刻事情還沒辦，又何必先說酬謝呢！先請示是一件什麼事情？」苟才便附到他耳邊去，如此這般的說了一遍。芬臣聽了，心中暗暗佩服他的法子想得到。這件事如果辦成功了，不到兩三年，說不定也陳臬開藩的了。因說道：「事情是一件好事，不知大人可曾預備了人？」苟才道：「不預備了，怎好冒昧奉託？」又附著耳，悄悄的說了幾句。又道：「咱們是骨肉至親，所以直說了，千萬不要告訴外人！」芬臣道：「卑職自當效力，但恐怕卑職一個人辦不過來，不免還要走內線。」苟才道：「只求事情成功，但憑大才調度就是了。」芬臣見他不省，只得直說道：「走了內線，恐怕不免要多少點綴些。雖然用不著，也說不定；但卑職不能不聲明在前。」苟才道：「這個自然是不可少的，從來說『欲成大事者，不惜小費』啊！」兩個談完了這一段正事，苟才便叫把酒菜拿上來。兩個人一面對酌，一面談天，倒是一個靜局。等飲到興盡，已是四點多鐘。兩個又叫船戶，仍放到問柳登岸。苟才再三叮囑，務乞鼎力；一有好消息，望即刻給我個信。芬臣一一答應。方才各自上轎分路而別。

苟才回到公館，心中上下打算；一會兒又想發作，一會兒又想到萬一芬臣辦不到；我這裏冒冒失失的發作了，將來難以為情；不如且忍耐一兩天再說。從這天起，他便如油鍋上螞蟻一般，行坐不安。一連兩天，不見芬臣消息；便以上轅為由，去找芬臣探問。芬臣讓他到巡捕處坐下，悄悄說道：「卑職再三想過，我們到底說不上去；無奈去找了小跟班祁福，祁福是天天在身邊的，說起來希冀容易點。誰知那小子不受抬舉，他說是包可以成功，但是他要三千銀子，方才肯說。」苟才聽了，不覺一愣。慢慢的說道：「少點呢，未嘗不可以答應他；太多了，我如何拿得出？就是七拼八湊給了他，我的日子又怎生過呢？不如就費老哥的心，簡直的說上去罷！」芬臣道：「大人的事，卑職那有個不盡心之理？並且事成之後，大人步步高陞，扶搖直上，還望大人栽培呢！但是我們說上去，得成功最好；萬一碰了，連彎也沒得轉，豈不是弄僵了麼？還是他們幫忙容易點，就是一下子碰了，他們意有所圖，不消大人吩咐，他們自會想法子再說上去。卑職這兩天所以不給大人回信的原故，就因和那小子商量少點；無奈他絲毫不肯退讓。到底怎樣辦法？請大人的示！在卑職愚見，是不可惜這個小費，恐怕反誤了大事。」

苟才聽了，默默尋思了一會道：「既如此，就答應了他罷！但必要事情成了，賞收了，才能給他呢。」芬臣道：「這個自然！」苟才便辭了回去。又等了兩天，接到芬臣一封密信，說事情已妥，帥座已經首肯。惟事不宜遲，因帥意急欲得人，以慰岑寂也云云。苟才得信大喜，便匆匆回了個信，略謂此等事，亦當擇一黃道吉日；況置辦奩具等，亦略須時日，當於十天之內，辦妥云云。打發去後，便到上房來，逕到臥室裏去，招呼苟太太，也到屋子裏，悄悄的說道：「外頭是弄妥了，此刻趕緊要說破了。但是一層：必要依我的辦法，方才妥當。萬萬不能用強的。你可千萬牢記了我的說話，不要又動起火來，那就僵了。」苟太太道：「這個我知道！」便叫小丫頭去請少奶奶來。一會兒，少奶奶來了，照常請安侍立。苟太太無中生有的找些閒話來說兩句。一面支使開小丫頭，再說不到幾句話，自己也走出房外去了。房中只賸了翁媳二人，苟才忽然間立起來，對著少奶奶雙膝跪下。這一下子，把個少奶奶嚇得昏了。不知是何事故，自己跪下也不是，站著又不是，走開又不是，當了面又不是，背轉身又不是，又說不出一句話來。苟才更磕下頭去道：「賢媳，求你救我一命！」少奶奶見此情形，猛然想起莫非他不懷好意，要學那「新臺故事」。想到這裏，心中十分著急；要想走出去，怎奈他跪在當路，在他身邊走過時，萬一被他纏住，豈不是更不成事體。急到無可如何，便顫聲叫了一聲婆婆。苟太太本在門外，並未遠去，聽得叫，便一步跨了進去。大少奶奶正要說話，誰知他進得門來，翻身把門關上，走到苟才身邊，也對著少奶奶噗咚一聲雙膝跪下。少奶奶又是一驚，這才忙忙對跪下來道：「公公婆婆有什麼事？快請起來說！」苟太太道：「沒有什麼話，只求賢媳救我兩個的命！」少奶奶道：「公公婆婆；有甚差事，只管吩咐！快請起來！這總不成個樣子！」苟才道：「求賢媳先答應了，肯救我一家性命，我兩個才敢起來。」少奶奶道：「公公婆婆的命令，媳婦怎敢不遵！」苟才夫婦兩個，方才站了起來。苟太太一面攙起了少奶奶，捺他坐下。苟才也湊近一步坐下。倒弄得少奶奶踧踖不安起來。苟才道：「自從你男人得病之後，遷延了半年，醫藥之費，花了幾千；得他好了倒也罷了，無奈又死了。唉！難為賢媳青年守寡！但得我差使好呢，倒也不必說他了；無端的，又把差使弄掉了；我有差使的時候，已是寅支卯糧的了；此刻沒了差使，才得幾個月，已經弄得百孔千瘡，背了一身虧累。家中親丁雖然不多，然而窮苦親戚，弄了一大窩子，這是賢媳知道的。你說再沒差使，叫我以後的日子，怎生得過？所以求賢媳救我一救！」

少奶奶當是一件什麼事，苟才說話時，便拉長了耳朵去聽；聽他說頭一段自己丈夫病死的話，不覺撲簌簌的淚落不止；聽他說到訴窮一段，覺得莫名其妙；自己一家人，何以忽然訴起窮來？聽到末後一段，心裏覺得奇怪，莫不是要我代他謀差使？這件事我如何會辦呢？聽完了便道：「媳婦一個弱女子，能辦得了什麼事？就是辦得到的，也要公公說出個辦法來，媳婦才可以照辦。」苟才向婆子丟個眼色，苟太太會意，走近少奶奶身邊，猝然把少奶奶捺住。苟才正對了少奶奶，又跪下去。嚇得少奶奶要起身時，卻早被苟太太捺住了；況且苟太太也順勢跪下，兩隻手抱住了少奶奶雙膝。苟才卻摘下帽子，放在地下；然後鼕鼕的，碰了三個響頭。原來本朝制度，見了皇帝，是要免冠叩首的；所以在旗的仕宦人家，遇了元旦祭祖，也免冠叩首，以表敬意。除此之外，隨便對了什麼人，也沒有行這個大禮的。所以當下少奶奶一見如此，自己又動彈不得，便顫聲道：「公公這是什麼事？可不要折死兒媳啊！」苟才道：「我此刻明告訴了媳婦，望媳婦大發慈悲，救我一救！這件事除了媳婦，沒有第二個可做的。」少奶奶急道：「你兩位老人家怎樣啊？那怕要媳婦死，媳婦也去死，媳婦就遵命去死就是了。總得要起來好好的說啊！」苟才仍是跪著不動道：「這裏的大帥，前個月沒了個姨太太，心中十分不樂。常對人說，怎生再得一個佳人，方才快活。我想媳婦生就的沈魚落雁之容，閉月羞花之貌，大帥見了，一定歡喜的，所以我前兩天託人對大帥說定，將媳婦送去給他做了姨太太。大帥已經答應下來，務乞媳婦屈節順從，這便是救我一家性命了。」

少奶奶聽了這幾句話，猶如天雷擊頂一般，頭上轟的響了一聲，兩眼頓時漆黑，身子冷了半截，四肢頓時麻木起來；歇了半晌方定，不覺抽抽咽咽的哭起來。苟才還只在地下磕頭。少奶奶起先見兩老對他下跪，心中著實驚慌不安。及至聽了這話，倒不以為意了。苟才只管磕頭，少奶奶只管哭，猶如沒有看見一般。苟太太扶著少奶奶的雙膝勸道：「媳婦不要傷心！求你看我死兒子的臉，委屈點救我們一家；便是我那死兒子，在地底下也感激你的大恩啊！」少奶奶聽到這裏，索性放聲大哭起來。一面哭，一面說：「天啊！我的命好苦啊！爸爸啊！你撇得我好苦啊！」苟才聽了，在地下又鼕的鼕的碰起頭來。雙眼垂淚道：「媳婦啊！這件事辦的原是我的不是；但是此刻已經說了上去，萬難挽回的了；無論怎樣，總求媳婦委屈點，將就下去。」

此時少奶奶哭訴之聲，早被門外的丫頭老媽子聽見。推了推房門，是關著的。只得都伏在窗外偷聽。有個尋著窗縫，往裏張的。看見少奶奶坐著，老爺太太都跪著，不覺好笑。暗暗招手，叫別個來看。內中有個有年紀的老媽子，恐怕是鬧了什麼事，便到後頭去請姨媽出來解勸。姨媽聽說，也莫名其妙。只得跟到前面來，叩了叩門道：「妹妹開門！什麼事啊？」苟太太聽得是姨媽聲音，便起來開門。苟才也只得站了起來。少奶奶兀自哭個不止。姨媽跨進來便問道：「你們這是唱的什麼戲啊？」苟太太一面仍關上門，一面請姨媽坐下，一面如此這般，這般如此的告訴了一遍。又道：「這都是天殺的在外頭幹下來的事，我一點也不曉得。我要是早點知道，那裏肯由得他去幹！此刻事已如此，只有委屈我的媳婦就是了。」姨媽沈吟道：「這件事怕不是我們做官人家所做的罷！」苟才道：「我豈不知道！但是一時糊塗，已經做了出去，如果媳婦一定不答應，那就不好說了。大人先生的事情，豈可以和他取笑?答應了他，送不出人來;萬一他動了氣，說我拿他開心;做上司的，要抓我們的錯處，容易得很；不難栽上一個罪名，拿來參了，那才糟糕到底呢！」說著，歎了一口氣。姨媽看見房門關著，便道：「你們真幹得好事！大白天的把個房門關上，好看呢！」苟太太聽說，便開了房門。當下四個人相對，默默無言。丫頭們便進來伺候，裝煙，舀茶。少奶奶看見開了門，站起來只向姨媽告辭了一聲，便揚長的去了。苟太太對苟才道：「幹他不下來，這便怎樣?」苟才道：「還得請姨媽去勸勸他，他向來聽姨媽說話的。」說罷，向姨媽請了一個安道：「諸事拜託了！」姨媽道：「你們幹得好事!卻要我去勸!這是各人的志向，如果他立志不肯，又怎樣呢?我可不擔這個干係！」苟才道：「這件事，他如果一定不肯，認真於我功名有礙的。還得姨媽費心！我此刻出去，還有別的事呢。」說罷，便叫預備轎子，一面又央求了姨媽幾句。姨媽只得答應了。

苟才便出來上轎，吩咐到票號裏去。且說這票號生意，專代人家滙劃銀錢，及寄頓銀錢的。凡是這些票號，都是山西幫所開。這裏頭的人，最是勢利，只要你有二錢銀子存在他那裏，他見了你時，便老爺咧，大人咧，叫得應天響。你若是欠上他一釐銀子，他向你討起來，你沒得還他；看他那副面目，就是你反叫他老爺大人，他也不理你呢。當時苟才雖說是撤了差窮了，然而還有幾百兩銀子存在一家票號裏。這天前去，本是要和他別有商量的。票號裏的當手，姓多，叫多祝三；見苟才到了，便親自迎了出來，讓到客座裏請坐。一面招呼煙茶，一面說：「大人好幾天沒請過來了，公事忙？」苟才道：「差也撤了，還忙什麼？窮忙罷咧！」多祝三道：「這是那裏的話？看你老人家的氣色，紅光滿面，還怕不馬上就有差使；不定還放缺呢。小號這裏總得求大人照應照應！」苟才道：「咱們不說閒話。我今日來要和你商量，借一萬兩銀子，利息呢，一分也罷，八釐也罷；左右我半年之內，就要還的。」多祝三道：「小號的錢，大人要用，只管拿去好了，還什麼利不利；但是上前天才把今年派著的外國賠款，墊解到上海；今天又承解了一筆京款；藩臺那邊的存款，又提了好些去；一時之間，恐怕調動不轉呢！」苟才道：「你是知道我的，向來不肯亂花錢；頭回存在寶號的幾萬，不是為這個功名，什麼查辦不查辦，我也不至於盡情提了去，只賸得幾百零頭，今天也不必和你商量了。因為我的一個丫頭，要送給大帥做姨太太，由文巡廳解芬臣解大老爺做的媒人，一切都說妥了。你想給大帥的，與給別人的，又自不同。咱們老實的話，我也望他進去之後，和我做一個內線。所以這一份妝奩，是萬不能不從豐的。我打算賠個二萬，無奈自己只有一萬，才來和你商量。寶號既然不便，我到別處張羅就是了。」苟才說這番話時，祝三已拉長了耳朵去聽。聽完了，忙道：「不，因為這兩天，東家派了一個夥計來查帳；大人的明見，做晚的雖然在這裏當手，然而他是東家特派來的人；既在這裏，做晚的凡事不能不和他商量商量。他此刻出去了，等他回來，做晚的和他說一聲，先盡了我的道理；想來總可以辦得到的。辦到了，給大人送來。」苟才道：「那麼，行不行你給我一個回信，好待我到別處去張羅。」祝三一連答應了無數的是字，苟才自上轎回去。

那多祝三送過苟才之後，也坐了轎子，飛忙到解芬臣公館裏來。原來那解芬臣自受了苟才所託之後，不過沒有機會進言；何嘗託什麼小跟班。不過遇了他來討回信，順口把這句話搪塞他；也就順便詐他幾文用用罷了。在芬臣當日，不過詐得著最好，詐不著也就罷了。誰知苟才那廝，心急如焚，一詐就著。芬臣越發上緊，因為辦成了，可以撈他三千；又是小跟班扛的名氣，自己又還送了個交情，所以日夕在那裏體察動靜。那天他正到簽押房裏要回公事，才揭起門簾，只見大帥拿一張紙片，往桌子上一丟，重重的歎了一口氣。芬臣回公事時，便偷眼去瞧那紙片。原來不是別的，正是那死了的五姨太太的照片兒，芬臣心中暗喜。回過了公事，仍舊垂手站立。大帥道：「還有什麼事？」芬臣道：「苟道苟某人，他聽說五姨太太過了，很代大帥傷心。因為大帥不叫外人知道，所以不敢說起。」大帥拿眼睛看了芬臣一眼，道：「那也值得一回！」芬臣道：「苟道還說已經替大帥物色著一個人，因為未曾請示，不敢冒昧送進來。」大帥道：「這倒費他的心！但不知生得怎樣？」芬臣道：「倘不是絕色的，苟道未必在心！」——這位大帥，本是個色中餓鬼；上房裏的大丫頭，凡是稍微生得乾淨點的，他總有點不乾不淨的事幹下去。此刻聽得是個絕色，如何不歡喜？便道：「那麼你和他說，叫他送進來就是了！」芬臣應了兩個是字，退了出去，便給信與苟才。

此時正在盤算那三千頭，可以穩到手了。正在出神之際，忽然家人報說票號裏的多老辦來了。芬臣便出去會他。先說了幾句照例的套話。祝三便說道：「聽說解老爺代大帥做了個好媒人，這媒人做得好，將來姨太太對了大帥的勁兒，媒人也要有好處的呢。我看謝媒的禮，少不了一個缺；應得先給解老爺道個喜。」說罷，連連作揖。芬臣聽了，吃了一驚。一面還禮不迭，一面暗想，這件事除了我和大帥及苟觀察之外，再沒有第四個人知道。我回這話時，並且旁邊的家人，也沒有一個；他卻從何得知呢？因問道：「你在那裏聽來的？好快的消息！」祝三道：「姨太太還是苟大人那邊的人呢！如何瞞得了我？」芬臣是個極機警的人，一聞此語，早已了然胸中。因說道：「我是媒人，尚且可望得缺；苟大人應該怎樣呢？你和苟大人道了喜沒有？」祝三道：「沒有呢，因為解老爺這邊順路，所以先到這邊來！」芬臣正色道：「苟大人這回只怕官運通了，前回的參案，參他不動；此刻又遇了這麼個機會！那女子長得實在好，大帥一定得意的。」祝三聽了，敷衍了幾句，辭了出來。坐上轎子，飛也似的回到號裏，打了一張一萬兩的票子，親自送給苟才。正是：

奸刁市儈眼一孔，勢利人情紙半張。

未知祝三送了銀票與苟才之後，還有何事，且待下回再記。

第八十九回　舌劍唇槍難回節烈　忿深怨絕頓改堅貞

南京地方遼闊，苟才接得芬臣的信，已是中午時候；在家裏胡鬧了半天，才到票號裏去。多祝三再到芬臣處轉了一轉，又回號裏打票子，再趕到苟才公館，已是掌燈時候了。苟才回到家中，先向婆子問：「勸得怎樣了？」苟太太搖搖頭。苟才道：「可對姨媽說，今天晚上起，請他把鋪蓋搬到那邊去。一則晚上勸勸他；二則要防到他有甚意外。」苟太太此時，自是千依百順，連忙請姨媽來，悄悄說知。姨媽自無不依之理。苟才正在安排一切，家人報說票號裏多先生來了。苟才連忙出來會他。祝三一見面，就連連作揖道：「耽誤了大人的事，十分抱歉！我們那夥計方才回來，做晚的就忙著和他商量大人這邊的事。大人猜我們那夥計說什麼來？」苟才道：「不過不肯信任我們這背時的人罷了。」祝三拍手道：「正是，大人猜著了也！做晚的倒狠狠兒給他埋怨一頓，說：『虧你是一號的當手，眼睛也沒生好；像苟大人那種主兒，咱們求他用錢，還怕苟大人不肯用；此刻苟大人親自賞光，你還要活活的把一個主兒推出去；就是現的墊空了，咱們那裏調不動萬把銀子？還不趕著給苟大人送去！』大人！你老人家替我想想！做晚的不過小心點待他，倒反受了他的一陣埋怨；這不是冤枉嗎？做晚的並沒有絲毫不放心大人的意思，這是大人可以諒我的。下回如果大人駕到小號，見著了他，還得請大人代做晚的表白表白！」說罷，在懷裏掏出一個洋皮夾子，在裏面取出一張票子來，雙手遞與苟才道：「這是一萬兩，請大人先收了；如果再要用時，再由小號裏送過來。」苟才道：「這個我用不著，你先拿了回去罷。」祝三吃了一驚，道：「想大人已經向別家用了？」苟才道：「並不！」祝三道：「那麼還是請大人賞用了，左右誰家的，都是一樣用。」苟才道：「我用這個錢，並不是今天一下子就要用一萬，是要來置備東西用的。三千一處也不定，二千一處也不定，就是幾百一處，幾十一處，都是論不定的；你給我這一張整票子，明天還是要到你那邊打散，何必多此一舉呢。」祝三道：「是！是！是！這是做晚的糊塗！請大人的示！要用多少一張的？或者開個橫單子下來，做晚的好去照辦。」苟才道：「這個那裏論得定！」祝三道：「這樣罷，做晚的回去，送一份三聯支票過來罷！大人要用多少，支多少，這就便當了。」苟才道：「我起意是要這樣辦，你卻要推三阻四的；所以我就沒臉說下去了。」祝三道：「大人說這是那裏話來！大人不怪小人錯，準定就照那麼辦，明天一早，再送過來就是了。」苟才點頭答應，祝三便自去了。

苟才回到上房，恰好是開飯時候，卻不見姨媽；苟才問起時，才知道在那邊陪少奶奶吃去了。原來少奶奶當日，本是夫妻同吃的，自從苟太太拆散他夫妻之後，便只有少奶奶一個人獨吃。那時候，已是早一頓遲一頓的了；到後來大少爺死了，更是冷一頓熱一頓，甚至有不能下箸的時候。少奶奶卻從來沒過半句怨言，甘之若素。卻從苟才起了不良之心之後，忽然改了觀；管廚房的老媽，每天還過來請示吃什麼菜。少奶奶也不過如此。這天中上，鬧了事之後，少奶奶一直在房裏嚶嚶啜泣。姨媽坐在旁邊，勸了一天；等到開出飯來，丫頭過來請用飯。少奶奶說：「不吃了，收去罷！」姨媽道：「我在這裏陪少奶奶呢，快請過來用點！」少奶奶道：「我委實吃不下，姨媽請用罷！」姨媽一定不依，勸死勸活，才勸得他用茶泡了一口飯，勉強咽下去。飯後，姨媽又復百般勸慰。今天一天，姨媽所勸的話，無非是埋怨苟才夫妻豈有此理的話；絕不敢提到勸他依從的一句。直到晚飯之後，少奶奶的哭，慢慢停住了；姨媽才漸漸入起殼來。說道：「我們這個妹夫，實在是個糊塗蟲！娶了你這麼個賢德媳婦，在明白點的人，豈有不疼愛得和自己女兒一般的；卻在外頭去幹下這沒天理的事情來！虧他有臉，當面說得出。我那妹子呢，更不用說！平常什麼規矩咧，禮節咧，一天到晚鬧不清楚；我看他向來沒有把好臉色給媳婦瞧一瞧；他男人要幹這沒天理的事情，他就幫著腔，也柔聲下氣起來了。」少奶奶道：「豈但柔聲下氣；今天不是姨媽來救我，幾乎把我活活的急死了。他兩老還雙雙的跪在地下呢；公公還摘下小帽，咯嘣咯嘣的碰頭。」姨媽聽了笑道：「只要你點一點頭，便是他的憲太太了；再多碰幾個，也受得他起。」少奶奶道：「姨媽不要取笑，這等事豈是我們這等人家做出來的！」姨媽道：「啊唷！不要說起！越是官宦人家，規矩越嚴，內裏頭的笑話越多。我還是小時候聽說的：蘇州一家什麼人家，上代也是什麼狀元宰相；家裏秀才舉人，幾幾乎數不過來。有一天，報到他家的大少爺，點了探花了，家中自然歡喜熱鬧；開發報子賞錢，忙個不了。誰知這個當刻，家人又來報三少奶奶跟馬夫逃走了。你想這不是做官人家的故事？直到前幾年，那位大少爺早就扶搖直上，做了軍機大臣了。那位三少奶奶，年紀也大了，買了七八個女兒，在山塘燈船上當老鴇，口口聲聲還說我是某家的少奶奶，軍機大臣某人，是我的大伯爺。有個人在外面這樣胡鬧，他家裏做官的還是做官。如今晚兒的世界，是只能看外面，不能問底子的了。」少奶奶道：「這是看各人的志氣，不能拿人家來講的。」姨媽道：「喔唷！天底下有幾個及得來我的少奶奶的！唷！老天爺也實在糊塗！越是好人，他越給他磨折得利害！像少奶奶這麼個人，長得又好，脾氣又好；規矩，禮法，女紅，活計，那一樣輸給人家；真正是誰見誰愛，誰見誰疼的了。卻碰了我妹子那麼個糊塗蛋的婆婆，一年到晚，我看你受的那些委屈，我也不知陪你淌了多少眼淚。他們索性玩出這個把戲來了。少奶奶啊！方才我替你打算過來，不知你這一輩子的人怎麼過呢？他們在外頭喪良心沒天理的幹出這件事來。我聽說已經把你的小照，送給制臺看過；又求了制臺身邊的人，上去回過；制臺點了頭，並且交代早晚就要送進去的，這件事就算已經成功的了。少奶奶卻依著正大道理做事，不依從他，這個自是神人共敬的。但是你公公這一下子交不出人來，這個釘子怕不碰得他頭破血流。如今晚兒做官的，那裏還講什麼能耐，講什麼才情；會拉攏，會花錢，就是能耐；會巴結，就是才情。你向來不來拉攏，不來巴結，倒也罷了；拉攏上了，巴結上了，卻叫他落一個空；曉得他動的是什麼氣？不要說是差缺永遠沒望，說不定還要幹掉他的功名。他的功名幹掉了，是他的自作自受，極應該的。少奶奶啊！這可是苦了你了！他功名幹掉了，差使不能當了，人家是窮了，這裏沒面子再住了，少不得要回旗去。咱們是京旗，一到了京裏，離你的娘家更遠了。你婆婆的脾氣，你是知道的，不必再說了；到了那時候，說起來，公公好好的功名，全是給你幹掉的。你這一輩子的磨折，只怕到死還受不盡呢！」說著，便淌下淚來。少奶奶道：「關到名節上的事情，就是死也不怕；何況受點折磨？」姨媽道：「能死得去，倒也罷了；只怕死不去呢！老實對你說，我到這裏陪你，就是要監守住你；防到你有三長兩短的意思。你想我手裏的幾千銀子，被他們用了，到此刻不曾還我；他委託我一點事情，我那裏敢不盡心？你又從何死起？唉！總是運氣的原故。你們這件事鬧翻了，他們窮了，又是終年的鬧饑荒；連我養老的幾吊棺材本，只怕從此拉倒了；這才是『城門失火，殃及池魚』呢！」少奶奶聽了這些話，只是默默無言。姨媽又道：「我呢，大半輩子的人了；就是沒了這幾吊養老本錢，好在有他們養活著我；我死了下來，這幾根骨頭，怕他們不替我收拾！」說到這裏，也淌下眼淚來。又道：「只是苦了少奶奶，年紀輕輕的，又沒生下一男半女，將來誰是可靠的？你看那小子——指小少爺也——已經長到十二歲了；一本中庸還沒念到一半，又頑皮又笨，那裏像個有出息的樣子？將來還望他看顧嫂嫂？」說到這裏，少奶奶也抽抽咽咽的哭了。姨媽道：「少奶奶！這是你一輩子的事！你自己仔細想想看！」當時夜色已深，大眾安排睡覺。一宵晚景休題。

且說次日，苟才起來，梳洗已畢，便到書房裏找出一個小小的文具箱，用鑰匙開了鎖；翻騰了許久，翻出一個小包，一個紙捲兒，拿到上房裏來。先把那小包遞給婆子道：「這一包東西，是我從前引見的時候，在城裏同仁堂買的。你可交給姨媽，叫他吃晚飯時候，隨便酒裏茶裏，弄些下去，叫他吃了。」說罷，又附耳悄悄的說了那功用。苟太太道：「怪道呢！怨不得一天到晚在外頭胡鬧，原來是備了這些東西。」苟才道：「你不要這麼大驚小怪！這回也算得著了正用。」說罷，又把那紙捲兒遞過去道：「這東西也交代姨媽，叫他放在一個容易看見的地方。左右姨媽能說能話，叫他隨機應變罷了。」苟太太接過紙捲，要打開看看；才開了一開，便漲紅了臉，把東西一丟道：「老不要臉的！那裏弄了這東西？」苟才道：「你那裏知道！大凡官照扎子銀票等要緊東西裏頭，必要放了這個，作為鎮壓之用。我們做官的人，是個個備有這樣東西的。」苟太太也不多辯論，先把東西收下。覷個便，邀了姨媽過來，和他細細說知，把東西交給他。姨媽一一領會。

這一天，苟才在外頭置備了二三千銀子的衣服首飾之類，作為妝奩。到得晚飯時，姨媽便躡手躡腳把那小包子裏的混帳東西，放些在茶裏面。飯後仍和昨天一般，用一番說話去旁敲側擊，少奶奶自覺得神思昏昏，老早就睡下來了。姨媽覷個便，悄悄的把那個小紙捲兒，放在少奶奶的梳妝抽屜裏。這一夜，少奶奶竟沒有好好的睡，翻來覆去，短歎長吁。直到天亮，只覺得人神困倦。盥洗已畢，臨鏡理妝；猛然在梳妝抽屜裏看見一個紙捲兒。打開一看，只羞得滿臉通紅，連忙捲起來，草草梳妝已畢，終日納悶。姨媽又故意在旁邊說些今日打聽得制軍如何催逼，苟才如何焦急等說話，翻來覆去的說了又說。到了晚上又如法泡製，給他點混帳東西吃下。自己又故意吃兩杯酒，借著點酒意，厚著臉面，說些不相干的話。又說：「這件事，我也望少奶奶到底不要依從；萬一依從了，我們要再見一面，就難上加難了。做了制臺的姨太太，只怕候補道的老太太還不及他的威風呢！何況我們窮親戚，要求見一面，自然難上加難了。」少奶奶只不作聲。如此一連四五天，苟才的妝奩也辦好了，芬臣也來催過兩次了。姨媽看見這兩天少奶奶不言不語，似乎有點轉機了。便出來和苟太太說知，如此如此。苟太太告訴了苟才，苟才立刻和婆子兩個過來。也不再講什麼規矩，也不避什麼丫頭老媽子，夫妻兩個，直走到少奶奶房裏，雙雙跪下。嚇得少奶奶也只好陪著跪下。嘴裏說道：「公公！婆婆！快點請起！有話好說！」苟才雙眼垂淚道：「媳婦啊！這兩天裏頭，叫人家逼死我了；我託了人和制臺說成功了，制臺就要人，天天逼著那代我說的人；他交不出人，只得來逼我；這個是要活活逼死我的了，救人一命，勝造七級浮屠，望媳婦大發慈悲罷！」少奶奶到了此時，真是無可如何，只得說道：「公公！婆婆！且先請起！凡事都可以從長計議。」苟才夫婦，方才起來。姨媽便連忙來攙少奶奶起來；一同坐下。苟才先說道：「這件事本來是我錯在前頭，此刻悔也來不及了。古人說的：『一失足成千古恨，再回頭是百年身！』我也明知道對不住人，但是叫我也無法補救。」少奶奶道：「媳婦從小就知婦人從一而終的大義，所以自從寡居以後，便立志守節終身；況且這個也無須立志的，做婦人的規矩，本是這樣，原是一件照例之事。卻不料變生意外！」——說到這裏，不說了。苟才站起來，便請了一個安道：「只望媳婦順變達權，成全了我這件事。我苟氏生生世世，不忘大恩。」少奶奶掩面大哭道：「只是我的天唷！」說著，便大放悲聲。姨媽連忙過來解勸。苟太太一面和他拍著背，一面說道：「少奶奶別哭，恐怕哭壞了身子啊。」少奶奶聽說，咬牙切齒的跺著腳道：「我此刻還是誰的少奶奶呢？」苟太太聽了，也自覺得無味；要待發作他兩句，無奈此時功名性命，都靠在他身上；只得忍氣吞聲，咽了一口氣下去。少奶奶哭夠多時，方才住哭。望著姨媽道：「我恨的父母生我不是個男子，凡事自己作不動主，只得聽從人家擺佈；此刻我也沒有話說了，由得人家拿我怎樣便怎樣就是了。但是我再到別家人家去，實在沒臉再認是某人之女了。我爸爸死了，不用說他；我媽呢，苦守了幾年，把我嫁了。我只有一個遺腹兄弟，常說長大起來，要靠親戚照應的。

我這一去，就和死一樣。我的娘家，叫我交付給誰？我是死也張著眼兒的。」苟才站起來，把腰子一挺道：「都是我的！」少奶奶也不答話，站起來往外就走。走到大少爺的神主前面。自己把頭上簪子拔了下來，把頭一顛，頭髮都散了；一彎腰，坐在地下，放聲大哭起來。一面哭，一面訴；這一哭，直是哭得「一佛出世，二佛涅槃」；任憑姨媽丫頭老媽子苦苦相勸，如何勸得住。一口氣便哭了兩個時辰。哭得傷心過度了，忽然暈厥過去，嚇得眾人七手八腳，先把他抬到床上；掐人中，灌開水，灌薑湯，一泡子亂救，才救了過來。一醒了，便一咕嚕爬起來坐著；叫聲：「姨媽！我此刻不傷心了，什麼三貞九烈，都是哄人的說話；什麼斷鼻割耳，都是古人的獃氣。唱一齣戲出來，也要聽戲的人懂得；那唱戲的才有精神，有意思，戲臺下坐了一班又瞎又聾的，他還盡著在臺上拚命的唱，不是個獃子麼？叫他們預備香蠟，我要脫孝了！幾時叫我進去，叫他們快快回我！」苟才此時還在房外等候消息。聽了這話，連忙走近門口垂手道：「憲太太再將息兩天，等把哭的嗓子養好了，就好進去。」少奶奶道：「哼！只要燉得濃濃兒的燕窩，吃上兩頓就好了；還有工夫慢慢的將息！」苟太太在旁邊，便一迭連聲叫：「快揀燕窩！要揀得乾淨；落了一根小毛毛兒在裏頭，你們小心摳眼睛，拶指頭。」丫頭們答應去了。這裏姨媽招呼著和少奶奶重新梳裹已畢。少奶奶到大少爺神主前，行過四跪八肅禮；便脫去素服，換上綢衣，獨自一個在那裏傻笑。

過得一天，苟才便託芬臣上去請示。誰知那制臺已是急得了不得，一聽見請示，便說是今天晚上抬了進來就完了，還請什麼？示什麼？苟才得了信，這一天下午，便備了極豐盛的筵席，餞送憲太太。先是苟才，次是苟太太和姨媽，挨次把盞。憲太太此時樂得開懷暢飲，以待新歡。等到筵席將散時，已將交二炮時候。苟才重新起來，把了一盞；憲太太接杯在手，往桌上一擱道：「從古用計，最利害的：是『美人計』。你們要拿我去換差換缺，自然是一條妙計；但是你們知其一，不知其二。可知道古來禍水，也是美人做的？我這回進去了，得了寵，哼！不是我說什麼……」苟才連忙接著道：「總求憲太太栽培！」憲太太道：「看著罷咧！碰了我高興的時候，把這件事的始末，哭訴一遍，怕不斷送你們一輩子！」說著，拿苟才把的一盞酒，一飲而盡。苟才聽了這個話，猶如天雷擊頂一般；苟太太早已當地跪下。姨媽連忙道：「憲太太大人大量，斷不至於如此；何況這裏還答應招呼憲太太的令弟呢！」原來苟才也防到憲太太到了衙門時，貞烈之性復起，弄出事情來；所以後來把那一盞酒，重重的和了些那混帳東西在裏面。憲太太一口飲盡，慢慢的覺得心上有點與平日不同。勉強坐定了一回，雙眼一餳，說道：「酒也夠了，東西也吃飽了，用不著吃飯了；要我走，我就走罷！」說著，站起來，站不穩，重又坐下。姨媽忙道：「可是醉了？」憲太太道：「不！打轎子罷！」苟才便喝叫轎子打進來。苟太太還兀自跪在地下呢，憲太太早登輿去了，所有妝奩也紛紛跟著轎子抬去。這一去，有分教：

宦海風濤驚起落，侯門顯赫任鋪張。

不知後事如何，且待下回再記。

第九十回　差池臭味郎舅成仇　巴結功深葭莩復合

苟才自從送了自己媳婦去做制臺姨太太之後，因為他臨行，忽然有禍水出自美人之說，心中著實後悔。夫妻兩個，互相埋怨。從此便懷了鬼胎，恐怕媳婦認真做弄手腳，那時候真是「賠了夫人又折兵」了。一會兒，又轉念媳婦不是這等人，斷不至於如此。只要媳婦不說穿了，大帥一定歡喜的；那就或差或缺，必不落空。如此一想，心中又快活起來。次日，解芬臣又來說，那小跟班祁福要那三千頭了。苟才本待要反悔，又恐怕內中多一個作梗的；只得打了三千票子，遞給芬臣。說道：「費心轉交過去，並求轉致前路，內中有甚消息，大帥還對勁不？隨時給我個信。」芬臣道：「這還有甚不對勁的！今天本是轅期，忽然止了轅；九點鐘時候，祁福到卑職那裏要這個。卑職問他：『為什麼事止的轅？』祁福說：『並沒有什麼事，我也不知道為甚止轅的。』卑職又問：『大帥此刻做什麼？』祁福說：『在那裏看新姨太太梳頭呢。』大人的明見，想來就是為這件事止的轅了，還有不得意的麼？」苟才聽了，又是憂喜交集。官場的事情，也真是有天沒日，只要賄賂通了，什麼事都辦得到的。不出十天，苟才早奉委了籌防局，牙釐局兩個差使。苟才忙得又要謝委，又要拜客，又要到差，自以為從此一帆順風，扶搖直上的了。卻又恰好遇了蘇州撫臺要參江寧藩臺的故事，苟才在旁邊，倒得了個署缺。這件事是個什麼原因？先要把蘇州撫臺的來歷表白了，再好敘下文。

這蘇州撫臺姓葉，號叫伯芬，本是赫赫侯門的一位郡馬。起先捐了個京職，在京裏住過幾年，學了一身的京油子氣。他有一位大舅爺，是個京堂，倒是一位嚴正君子。每日做事，必寫日記。那日記當中，提到他那位葉妹夫，便說他年輕而紈袴習氣太重；除應酬外，乃一無所長；又性根未定，喜怒無常云云。伯芬的為人，也就可想而知了。他在京裏住得厭煩了，大舅爺又不肯照應，他便忿忿出京，仗著一個部曹，要在外省謀差事。一位赫赫侯府郡馬，自然有人照應。委了他一個軍裝局的會辦。這軍裝局局面極闊，向來一個總辦，一個會辦，一個襄辦，還有兩個提調。總辦向來是道臺；便是會辦襄辦也是個道臺；就連兩個提調，都是府班的。他一個部曹，戴了個水晶頂子，去當會辦；比著那紅藍色的頂子，未免相形見拙。何況這局裏的委員，藍頂子的也很有兩個；有什麼事聚會起來，如新年團拜之類，他總不免跼蹐不安；人家也就看他不起。那總辦更是當他小孩子一般看待。伯芬在局裏覺得難以自容，便收拾行李，請了個假，出門去了。

你道他往那裏去來？原來他的大舅爺，放了外國欽差，到外國去了；所以他也跟蹤而去。以為在京時，你不肯照應我罷了；此刻萬里重洋的尋了去，雖然參贊領事所不敢望；一個隨員，總要安置我的。誰知千辛萬苦，尋到了外洋，訪到中國欽差衙門，投了帖子進去，裏面馬上傳出來請，伯芬便進去相見。欽差一見了他，行禮未完，便問道：「你來做什麼？」伯芬道：「特地來給大哥請安！」欽差道：「哼！萬里重洋的，特地為了請安而來，頭一句就是撒謊。」伯芬道：「順便就在這裏伺候大哥，有什麼差使，求賞一個！」欽差道：「虧你還是仕宦人家出身，怎麼連這一點節目都不懂得！這欽差的隨員，是在中國時逐名奏調的；等到了此地，還有前任移交下來的人員，應去應留，又須奏明在案；某人派某事，都要據實奏明的。你當是和中國督撫一般，可以隨時調劑私人的麼？」伯芬楞了半天，說不出話來。此時他帶來的行李，早已紛紛發到。家人上來請欽差的示，放在那裏？欽差道：「我這衙門裏沒地方放，由他擱過一邊，回來等他找定了客店搬去。」伯芬聽說，更覺楞了。欽差道：「我這裏，一來地方小，住不下閒人；二來我定的例，早晚各處都要點名；早上點過名才開大門；晚上也點過名，才關門；不許有半個閒人在衙門裏面。所以你這回來了，就是門房裏也住你不下，你可趕緊到外頭去找地方。你是見機的，就附了原船回去；要是不知起倒，當作在中國候差委一般候著，我可不理的。這裏澆裹又大，較之中國要頂到一百幾十倍，你自己打算便了。我這裏有公事，不能陪你，你去罷！」

伯芬無奈，只得退了出來，便拿片子，去拜衙門裏的各隨員。誰知各隨員都受了欽差嚴諭，不敢招呼，一個個都回出來說擋駕。伯芬此時急得要哭出來；又是悔，又是恨，又是惱，又是急，一時心中把酸鹹苦辣都湧了上來。到了此地，人生路不熟，又不懂話，正不知如何是好。幸得帶來的家人曾貴，和一個欽差大臣帶來的二手廚子認得。由曾貴去央了那二手廚子出來，代他主僕兩個，找定了一所客店，才把行李搬了過來住下。天天仍然到欽差衙門來求見，欽差只管不見他。到第三天去見時，那號房簡直不代他傳帖子了；說是遞了上去，就碰釘子，還責罵我們，說為甚不打出去。姑老爺，你何苦害我們捱罵呢？伯芬聽了，真是有苦無處訴，帶來的盤費，看看用盡了；恰好那坐來的船，又要開到中國了。伯芬發了急，便寫一封信給欽差，求他借盤纏回去。到了下午，欽差打發人送了回信來，卻是兩張三等艙的船票。伯芬真是氣得脹破了肚皮，只得忍辱受了；附了船，仍回中國。便去銷假，仍舊到他軍裝局的差。在老婆跟前又不便把大舅爺待自己的情形說出，更不敢露出忿恨之色。那心中卻把大舅爺恨得猶如不共戴天一般。又因為局裏眾人看不起他是個部曹；好得他家裏有的是錢，他老太爺做過兩任廣東知縣，很刮了些廣東地皮回家。便向家裏搬這銀子出來，去捐了個候補道，加了個二品頂戴，入京引過見，從此他的頂子也紅了。人情勢利，大抵如此。局裏的人看見他頭上換了顏色，也不敢看他不起了。

伯芬卻是恨他大舅爺的心事，一天甚似一天。每每到睡不著覺時，便打算我有了個道班做底子，怎樣可以謀放缺，怎樣可以陞官，幾年可以望到督撫；怎樣設法，可以調入軍機；那時候大舅爺的辮子，自然在我手裏；那時便可以如何報仇，如何雪恨了。每每如此胡思亂想，想到徹夜不寐。他卻又一面廣交聲氣，凡是有個紅點子的人，他無有不交結的。一天正在局子裏閒坐，忽然家人送上一張帖子，說是趙大人來拜。原這趙大人也是一個江南候補道，號叫嘯存；這回進京引見，得了內記名出來。從前在京時，葉伯芬本來是相識的；這回出京，路過上海，便來拜訪。伯芬見了片子，連忙叫請。兩人相見之下，照例寒暄幾句，說些契闊的話。在趙嘯存無非是照例應酬，在葉伯芬看見趙嘯存新得記名，便竭力拉攏。等嘯存去後，便連忙叫人到聚豐園定了座位；一面坐了馬車去回拜嘯存，當面約了明日聚豐園。及至回到局裏，又連忙備了帖子，開了知單送去；嘯存打了知字回來。伯芬到了次日下午五點鐘時，便到聚豐園去等候。他所請的，雖不只趙嘯存一人，然而其餘的人都是與這書上無干的，所以我也沒工夫去記他的貴姓臺甫了。客齊之後，伯芬把酒入席；坐席既定，伯芬便說悶飲寡歡，不如叫兩個局來談談；同席的人，自然都應允。只有嘯存道：「兄弟是個過路客，又是前天才到，意中實在無人；不啊，就請伯翁給我代一個罷！」伯芬一想，自己只有兩個人：一個是西薈芳陸蘅舫，一個是東棋盤街吳小紅。蘅舫是一向有了交情的，誓海盟山，已有白頭之約，並且蘅舫又親自到過伯芬公館，叩見過葉太太；葉太太雖是滿肚醋意，十分不高興，面子上卻還不十分露出來。倒是葉老太太十分要好，大約年老人歡喜打扮得好的；自己終年在公館裏，所見的無非丫頭老媽子，忽然來了個花枝招展的，自是高興，因此和他十分親熱。這些閒話，表過不提。

且說伯芬當時暗想吳小紅到底是個么二，又只得十三歲；若薦給嘯存，恐怕他不高興。好在他是個過客，不多幾天就要走的，不如把蘅舫薦給他罷。想定了主意，便提筆寫了局票發出去。一會兒各人的局，陸續來了。陸蘅舫來到，伯芬指給嘯存，嘯存一見，十分賞識，讚不絕口。伯芬又使個眼色給蘅舫，叫他不要轉局。蘅舫是吃什麼飯的人，自然會意。席散之後，嘯存定要到蘅舫處坐坐。伯芬只得奉陪。嘯存高興，又在那裏開起宴來。席中與伯芬十分投契，便商量要換帖。伯芬暗想，他是個新得記名的人，不久就可望得缺的；並且他這回的記名，是從制臺密保上的；縱使一時不能得缺，他總是制臺的一個紅人；將來用他之處正多呢。想到這裏，自然無不樂從。互相問了年紀，等到席散，伯芬便連忙回到公館，將一份帖子寫好；次日一早，便差一個家人送到嘯存寓所。又另外備了一分請帖知單，請今天晚上在吳小紅處。不一會，嘯存在單上打了知字回來。且慢，葉伯芬他雖不肖，也還是一個軍裝局會辦；雖是純乎用錢買來的，卻叫名兒也還是個監司大員，何以玩到么二上去？這么二妓院人物，都是些三四等貨；局面尤其狹小，只有幾個店家的小夥計們去走動走動的。豈不是做書的人撒謊也撒得不像麼？不知非也！這吳小紅本是姊妹兩個；小紅居長，那小的叫吳小芳。小紅十一歲，小芳十歲的時候，便出來應局。

有叫局的，他姊妹兩個總是一對兒同來。卻只算一個局錢，這名目叫做「小雙擋」。此時已經長到十六七歲了，卻都出落得秋瞳剪水，春黛銜山。小紅更是生得粉臉窩圓，朱唇櫻小。那時候東棋盤街有一座兩樓兩底的精巧房子，房子裏面，門扇窗格，一律是西洋款式；房子外面，卻是短牆曲繞，芳草平鋪，還種了一棵枇杷樹，一棵七里香。小紅的娘，帶著兩個女兒，就租了那所房子，自開門戶。這是當時出名的叫做「小花園」。因為東西棋盤街，都是么二妓女麇聚之所，眾人也誤認了他做么二。其實他與那一個妓院，聚了四五十個妓女的么二妓院，有天淵之隔呢。不信，但問老於上海的人，總還有記得的。表過不提。

且說嘯存下午也把帖子送到伯芬那裏。到了晚上，便在吳小紅那裏暢敘了一宵。嘯存年長，做了盟兄；伯芬年少，做了盟弟；非常熱鬧。到了次日，嘯存又請在陸蘅舫處鬧了一天。這兩天鬧下來，大哥老弟，已叫得十分親熱的了。加以旁邊的朋友，以賀喜為名，設席相請，於是又一連吃了十多天花酒。每有酒局，嘯存總是帶蘅舫，伯芬總是叫小紅；他兩個也是你叫我大伯娘，我叫你小嬸嬸的，好不有趣。一連二十多天混下來，嘯存便和蘅舫落了交情，兩個十分要好。嘯存便打算要娶他，來和伯芬商量。伯芬和蘅舫雖曾訂約，卻沒有說定；此時聽得嘯存要娶，也就只好由他。況且官場中紛紛傳說，嘯存有放缺消息；便索性把醋意捐卻，幫著他辦事。一面託人和老鴇說定了身價，一面和嘯存租定公館。到了吉期那天，非但自己穿了花衣前去道喜；並且因為嘯存客居上海，沒有內眷；便叫自己那位郡主太太，奉了老太太，到趙公館裏去招呼一切。等新姨太太到來，不免逐一向眾客見禮。到得上房，便先向葉老太太和葉太太行禮。這一雙婆媳，因他是勾欄出身，嘴裏雖連說不敢當，還禮還禮；卻並不曾還禮。忙了一天，成其好事。不多幾時，嘯存便帶了新姨太太晉省。

得過記名的人，真是了不得；不上一年多，嘯存便奉旨放了上海道。伯芬應酬得更為忙碌。可巧這個時候，他的大舅爺欽差任滿回華，路過上海。此時伯芬的主意，早已改換了。從前把大舅爺恨入骨髓，後來屢閱京報，見大舅爺雖在外洋欽差任上，內裏面卻是接二連三的升官，此時已升到侍郎了。伯芬心上一想，要想報仇是萬不能的了，不如還是借著他的勢子，升我的官。主意打定，等大舅爺到了上海之後，便天天到行轅裏伺候。大舅爺本來挈眷同行的，伯芬是郎舅至親，與別的官員不同；上房咧，簽押房咧，他都可以任意穿插。又先把自己太太送到行轅裏去，兄妹相見，自有一番友于之誼。伯芬又設法先把一位舅嫂巴結上了，沒事的時候，便衣到上房；他便拿出手段去伺候，比自己伺候老太太還殷勤，茶咧，煙咧，一天要送過十多次。舅太太是個婦道人家，懂得什麼；便口口聲聲總說姑老爺是個獨一無二的好人。他在外面巴結大舅爺呢，卻又另外一副手段。見了大舅爺，不是請教些政治學問，便是請教些文章學問。大舅爺寫字，是寫魏碑的；他寫起字來，也往魏碑一路中仿。大舅爺歡喜做詩，近體歡喜學老杜，古體歡喜學晉、魏、六朝，大舅爺偶然把自己詩稿給他看，他便和了兩首律詩，專摹少陵；又和了兩首古風，專仿魏、晉。大舅爺能畫畫，花卉翎毛山水，樣樣都來；他雖不懂畫，卻去買了兩部畫徵錄來，連夜去看；及至大舅爺和他談及畫理，他也略能回報一二。因此也騙動了大舅爺，說他與前大不相同了。

他得了大舅爺這點顏色，便又另外生出一番議論來，做一個不巴結之巴結，不要求之要求。他說：「做小兄弟的這幾年來，每每想到少年時候的行徑，便深自怨艾，趕忙要學好，已經覺得來不及了；只好求點實學，以贖前愆。軍裝局總辦某道，化學很精通的，兄弟天天跟他學點；上海道趙道，政治一道，很有把握，兄弟也時時前去討教的。細想起來，我們世受國恩的；若不及早出來報效國家，便是自暴自棄。大哥這回進京覆命，好歹要求大哥代兄弟圖個出身。做小兄弟的，並不是要干求躁進，其實我們先人受恩深重，做子孫的，若不圖個出身報效，非但無以對皇上，亦且無以對先人。此時年力正壯，若不及早出來；等將來老大徒傷，縱使出身，也怕精力有限。非但不能圖報微末，而且還怕隕越貽羞了。」那位大舅爺的老子，便是伯芬的丈人，是一生講究理學的。大舅爺雖沒有老子講得利害，卻也是岸然道貌的。伯芬真會揣摩，他說這一番話時，每說到什麼世受國恩咧，覆命咧，先人咧，皇上咧這些話；必定垂了手，挺著腰，站起來，才說的。起先一下子，大舅爺還不覺得，到後來覺著了。他站起來說，大舅爺也只得站起來聽了。只他這一番言語舉動，便把個大舅爺騙得心花怒放，說「士別三日不見，當刮目相待」，這句話古人真是說得不錯。這也是葉伯芬陞官的運到了，所以一個極精明，極細心，極瞭亮的大舅爺，被他一騙即上。正是：

世上如今無直道，只須狐媚善逢迎。

不知葉伯芬到底如何升官，且待下回再記。

第九十一回 老夫人舌端調反目 趙師母手版誤呈詞

葉伯芬自從巴結上大舅爺之後，京裏便多了個照應。禁得他又百般打點，逢人巴結，慢慢的也就起了紅點子了。此時軍裝局的總辦，因事撤了差；上峯便以以資熟手為名，把他委了總辦。嘯存任滿之後，便陳臬開藩，連陞上去。幾年功夫，伯芬也居然放了海關道，恰好同一日的上諭，趙嘯存由福建藩司坐陞了福建巡撫。伯芬一面寫了稟帖去賀任，順便繳還憲帖；另外備了一份門生帖子，夾在裏面寄去，算是拜門。這是官場習氣，向來如此，不必提他。

且說趙嘯存出仕以來，一向未曾帶得家眷。只有那年在上海娶陸蘅舫，一向帶在任上；升了福建撫臺，不多幾時，便接著家中電報，知道太太死了。嘯存因為上了年紀，也不思續娶；蘅舫一向得寵，就把他扶正了，作為太太。從此陸蘅舫便居然夫人了。

又過得幾時，江西巡撫被京裏都老爺參了一本，降為四品京堂；奉旨把福建巡撫調了江西。嘯存交卸過後，便帶了夫人，乘坐海船，到了上海，以便取道江西。上海官場，早得了電報，預備了行轅。嘯存到時，自然是印委各員，都去迎接。等憲駕到了行轅之後，又紛紛去稟安稟見。嘯存撫軍，傳命一概擋駕，單請道臺相見。

伯芬整整衣冠，便跟著巡捕進內。行禮已畢，嘯存先說道：「老弟！我們是至好朋友，你又何必客氣，一定學那俗套，繳起帖來；還要加上一副門生帖子，叫我怎麼敢當？一向想寄過來恭繳，因為路遠不便；此刻我親自來了，明日找了出來，再親自面繳罷！」伯芬道：「承師帥不棄，收在門下，職道感激得了不得！師帥客氣，職道不敢當！」嘯存道：「這兩年上海的交涉，還好辦麼？」伯芬道：「涉及外國人的事，總有點靦瑣；但求師帥教訓。」伯芬的話還未說完，嘯存已是舉茶送客了。伯芬站起來，嘯存送至廊簷底下，又說道：「一兩天裏，內人要過來給老太太請安。」伯芬連忙回道：「職道母親不敢當；師母駕到，職道例當掃徑恭迎。」

說罷，便辭了出來，上了綠呢大轎，鳴鑼開道，逕回衙門。一直走到上房，便叫他太太預備著，一兩天裏頭，師母要來呢。那位郡主太太，便問什麼師母。伯芬道：「就是趙師帥的夫人。」太太道：「他夫人不早就說不在了，記得我們還送奠禮的。以後又沒有聽見他續娶；此刻又那裏來的夫人？」伯芬道：「他雖然沒有續娶，卻把那年討的一位姨太太扶正了。」夫人道：「是那一年討的那一位姨太太？」伯芬笑道：「夫人還去吃喜酒的，怎麼忘了？」太太道：「你叫他師母？」伯芬道：「拜了師帥的門，自然應該叫他師母。」太太道：「我呢？」伯芬笑道：「夫人又來了，你我還有甚分別？」太太道：「幾時來？」伯芬道：「方才師帥交代的，說一兩天就來；說不定明天就來的。」太太回頭對一個老媽子道：「周媽！你到外頭去，叫他們趕緊到外頭去打聽，今天可有天津船開？有啊，就定一個大菜間；沒有呢，就叫他打聽今天長江是什麼船，也定一個大菜間，是到漢口去的。」周媽答應著要走。伯芬覺得詫異道：「周媽！且慢著！夫人！你這是什麼意思？」那位郡主夫人，臉罩重霜的說道：「有天津船啊，我進京看我哥哥去；不啊，我就走長江回娘家；你來管我！」伯芬心中恍然大悟。便說道：「夫人，這個又何必認真，糊裏糊塗應酬他一次就完了。」夫人道：「完了完了！我進了你葉家的門，一點光也沒有沾著，稀罕過你的兩軸誥命！這東西我家多得拿竹箱子裝著，一箱一箱的餵蠹魚，你自看得稀罕，我看得拿錢買來的東西，不是香貨。我們家的，不是男子們一榜兩榜博到的；就是丈夫們一刀一槍掙來的。我從小兒就看到大，不稀罕了你這點東西！開口夫人，閉口夫人，卻叫我拜臭婊子做師母！什麼趙小子長得那個村樣兒，字也不多認得一個，居然也撫臺了。叫他到我們家去舀夜壺，看用得著他不？居然也不要臉，受人家的門生帖子；也有那一種不長進的下流東西，去拜他的門。周媽！快去交代來！我年紀雖然不大，也上三四十歲了；不能再當婊子，用不著認婊子作師母！」

伯芬道：「夫人！你且息怒！須知道做此官，行此禮；況且現在的官場，在外頭總要融和一點，才處得下去。如果處處認真，處處要擺身分，只怕寸步也難行呢！」太太道：「我擺什麼身分來？你不要看得我是擺身分！我不是擺身分的人家出身。我老人家帶了多少年兵，頂子一直是紅的，在營裏頭那一天不是與士卒同甘苦。我當女兒的敢擺身分嗎？」伯芬道：「那麼就請夫人通融點罷，何苦呢！」夫人道：「你叫我和誰通融？我代你當了多少年家，調和裏外，體恤下情，那一樣不通融來？」伯芬道：「一向多承夫人賢慧……」說到這裏，底下還沒說出來。夫人把嘴一披道：「免恭維罷！少蹧蹋點就夠了！」伯芬道：「我又何敢蹧蹋夫人？」夫人道：「不蹧蹋？你叫我認婊子做師母！」伯芬道：「唉！不是這樣說，我不在場上做官呢，要怎樣就怎樣；既然出來做到官，就不能依著自己性子了。要應酬的地方，萬不能不應酬。我再說破一句直捷痛快的話，簡直叫做要巴結的地方，萬不能不巴結！你想我從前出洋去的時候，大哥把我蹧蹋得何等利害，鬧得幾幾乎回不得中國；到末了給我一張三等船票，叫我回來。這算叫他蹧蹋得夠了罷！論理，這種大舅子，一輩子不見他也罷了；這些事情，我一向並不敢向夫人提起；就是知道夫人脾氣大，恐怕傷了兄妹之情；今天不談起來，我還是悶在肚裏。後來等到大哥從外洋回來，你看我何等巴結他，如果不是這樣，那裏……」這句話還沒說完，太太把桌子一拍道：「嚇！這是什麼話？你今天怕是犯了瘋病了！怎麼拿婊子比起我哥哥來？再不口穩些，也不該說這麼一句話，你這不是要蹧蹋我娘家全家麼？我娘家沒人在這裏，我和你見老太太去，評評這個理看！我哥哥可是和婊子打比較的？」伯芬還沒有答話，丫頭來報道：「老太太來了。」夫妻兩個，連忙起身相迎。原來他夫妻兩個鬥嘴，有人通報了老太太，所以老太太來了。好個葉太太，到底是詩禮人家出身，知道規矩禮法；和丈夫拌嘴時，雖鬧著說要去見老太太評理，等到老太太來了，他卻把一天怒氣，一齊收拾起來，不知放到那裏去了。現出一臉的和顏悅色來。送茶，裝煙。伯芬見他夫人如此，也便斂起那悻悻之色。老太太道：「他們告訴我，說你們在這裏吵嘴，嚇得我忙著出來看；誰知原是好好兒的，是他們騙我。」

伯芬心中定了主意，要趁老太太在這裏，把這件事商量妥當；省得被老婆橫亙在當中，弄出笑話。因說道：「兒子正在這裏和媳婦吵嘴呢。」老太太道：「好好的吵什麼來？你好好的告訴了我！我給你們判斷是非曲直。」伯芬便把上文所敘他夫妻兩個吵鬧的話，一字不漏的述了一遍。老太太坐在當中，兩手拄著拐杖，側著腦袋，細細的聽了一遍。歎了一口氣，對太太道：「唉！媳婦啊！你是個金枝玉葉的貴小姐，嫁了我們這麼個人家，自然是委屈你了。」太太嚇得連忙站起來道：「老太太言重了！媳婦雖不敢說知書識禮，然而『嫁雞隨雞，嫁狗隨狗』這句俗話，是從小兒聽到大的。那裏有什麼叫做委屈！」說罷，連忙跪下。老太太連忙扶他起來，道：「媳婦！你且坐下！聽我細說！這件事，氣呢，原怪不得你氣；就是我也要生氣的。然而要顧全大局呢，也有個無可奈何的時候；到了無可奈何的時候，就不能不自己開解自己。我此刻把最高的一個開解，說給你聽！我一生最信服的是佛門，我佛說『一切眾生，皆是平等』。我們便有人畜之分，到了我佛慧眼裏頭，無論是人，是雞，是狗，是龜，是魚，是蛇蟲鼠蟻，是蝨子虼蚤，總是一律平等。既然是平等，那怕他認真是鼈是鼇，我佛都看得是平等；我們就何妨也看得平等呢？何況還是個人！這是從佛法上說起的，怕你們不信服。你兩口子都是做官人家出身，應該信服皇上。你們可知道皇上眼裏，看得一切百姓，都是一樣的麼？那做官的人，不過皇上因為他能辦事，或者立過功，所以給他功名，賞他俸祿罷了。如果他不能立功，不能辦事，還不同平常百姓一樣麼？你不要看著外面的威風勢力是兩樣的，其實骨子裏頭，一樣的是皇上家的百姓；並不曾說做官的有個官種，做平常百姓的有個平常百姓種，這就不應該誰看不起誰。譬如人家生了幾個兒子，做父母的，總有點偏心；或者疼這個，或者疼那個。然而他們的兄弟，還是兄弟。難道那父母疼的，就可以看不起那父母不疼的麼？這是從人道上說起的。然而你們心中總不免有個貴賤之分，我索性和你們開解到底：媳婦啊！你不要說我袒護兒子，我這是平情酌理的說話；如果說得不對，你只管駁我；並不是我說的話，都合道理的。陸蘅舫呢，不錯，他是個婊子出身；然而伯芬並不是在妓院裏拜他做師母的；亦並不是做趙家姨太太的時候，拜他做師母的；甚至趙嘯存陞了撫臺，這邊璧帖拜門，那時還有個真正師母在頭上；直等到真正師母死了，嘯存把他扶正了，他才是師母。須知這個師母，不是你們拜認的；是他的運氣好，恰恰碰上的。何況堂堂封疆，也認了他做老婆；非但主中饋，主蘋蘩，居然和他請了誥命，做了朝廷命婦。你想，皇上家的誥命都給了他，還有甚門生師母的一句空話呢？媳婦！你懂得『嫁雞隨雞，嫁狗隨狗』，須知他此刻是嫁龍隨龍，嫁虎隨虎了。暫時位分所在，要顧全大局，我請媳婦你委屈一回罷！」

太太起先聽到不是在妓院拜師母的一番議論，已經跼蹐不安；聽得老太太說完了，越覺得臉紅耳熱，連忙跪下道：「老太太息怒！這都是媳婦一時偏執，惹出老太太氣來。」老太太連忙攙起來道：「唉！我怒什麼？氣什麼？你太多禮了！你只說我的話錯不錯？」太太道：「老太太教訓的是！」老太太道：「伯芬呢，也有不是之處。」伯芬聽見老太太派他不是，連忙站了起來。老太太道：「我親家是何等人家！你大舅爺是何等身分！你卻輕嘴薄舌，拿婊子和大舅爺打起比較來。」說著，掄起拐杖，往伯芬腿上就打。伯芬見老太太動氣，正要跪下領責。誰知太太早飛步上前，一手接住拐杖，跪下道：「老太太息怒。他……他……他這話是分兩段說的，並沒有打什麼比較。是媳婦不合，使性兒他的。老太太要打，把媳婦打幾下罷！」老太太道：「唉！你真正太多禮了！我攙你不動了，伯芬快來代我攙你媳婦起來！」伯芬便叫丫頭們快攙太太起來。老太太拿拐杖在地下一拄道：「我要你攙！」伯芬便要走過來攙，嚇得太太連忙站了起來，往後退了幾步。老太太呵呵大笑道：「你們的一場惡鬧，給我一席話，弄得瓦解冰銷。我的嘴也說乾了，你們且慢忙著請師母，先弄一盅酒，替我解解渴罷！」伯芬看著太太陪笑道：「兒子當得孝敬！」太太也看著伯芬陪笑道：「媳婦當得伺候。」老太太便拄了拐杖，扶了丫頭，由伯芬夫妻送回上頭去了。自有老太太這一番調和，才把事情弄妥了。

過了一天，嘯存打發人來知會，說明日我們太太過來，給老太太請安。伯芬便叫人把闔衙門裏裏外外，一齊張燈掛綵。飭下廚房，備了上等滿漢酒席。又打發人去探聽明天師母進城的路由。回報說是進小東門，直到道署。伯芬便傳了保甲東局委員來，交代明天贛撫憲太太到我這裏來，從小東門起到這裏，沿道要派人伺候；局勇一律換上鮮明號衣。又傳了本轅督帶親兵的哨弁來，交代明日各親兵，一個不准告假，在轅門裏面，站隊伺候。又調了滬軍營兩哨勇，在轅門外站隊。一切都預備妥當。到了這天，誥封夫人，晉封一品夫人，趙憲太太陸夫人，在天妃宮行轅坐了綠呢大轎登程；前頭頂馬，後頭跟馬；轎前高高的一頂日照；十六名江西巡撫部院的親兵，轎旁四名戴頂拖貂佩刀的戈哈什，簇著過了天妃宮橋，由大馬路，出黃浦灘，迤邐到十六鋪外灘，轉彎進了小東門，便看見沿路都是些巡防局勇丁，往來梭巡。

這一天城裏的街道，居然也打掃乾淨了；只怕從有上海城以來，也不曾有過這個乾淨的勁兒。走不多時，忽見前面一排兵勇，扛著大旗，在那裏站隊。有一個穿了灰布缺襟袍，天青羽紗馬褂，頭戴水晶頂，拖著藍翎，腳穿抓地虎快靴的，手裏捧著手版；憲太太的轎離著他，還有二三丈路，那個人便跪下；對著憲太太的轎子，吱啊，咕啊，咕啊，吱啊的，不知他說些什麼東西；憲太太一聲也不懂他的，肚子裏還想道：「格格人朝仔倪癡形怪狀格做啥介？」想猶未了，又聽得一聲怪叫；那路旁站的兵隊，便都一齊屈了一條腿，作請安式蹲下。一路都是如此。過了旗隊，便是刀叉隊，長矛隊，洋槍隊；忽見路旁又是一個人，手裏捧著手版跪著；說些什麼，憲太太心中十分納悶。過去之後，還是旗隊，刀叉隊，洋槍隊；抬頭一看，已到轅門。又是一個捧著手版的東西，跪在那裏吱咕。憲太太忽然想道：「這些人手裏都拿著稟帖，莫非是要攔輿告狀的。看見我護衛人多，不敢過來。」越想越像，要待喝令停轎收他狀子，無奈轎子已經抬過了。耳邊忽又聽得轟轟轟三聲大炮，接著一陣鼓吹；又聽得一聲「門生葉某，恭迎師母大駕」。憲太太猛然一驚，轉眼一望。原來已經到了儀門外面。葉伯芬身穿蟒袍補褂，頭戴紅頂花翎，在儀門外垂手站立；等轎子走近，一手搭在轎槓上，扶著轎槓往裏去；一直抬上大堂，穿過暖閣，進了麒麟門，到二堂下轎。葉老太太，葉太太早已穿了披風紅裙，迎到二堂上，讓到上房。憲太太向老太太行禮，老太太連忙回禮不迭。

禮畢之後，又對葉太太福了一福。葉太太卻要拜見師母，叫人另鋪拜氈，請師母上坐；憲太太連說不敢當，葉太太已經拜了下去。憲太太嘴裏連說不敢當，不敢當，還禮還禮，卻並不曾還禮。三句話一說，葉太太已拜罷起身了。然後葉伯芬進來叩見師母，居然也是一跪三叩首，憲太太卻還了個半禮。伯芬退了出去。這裏是老太太讓坐，太太送茶，分賓主坐定，無非說幾句寒暄客套的話。略坐了一會，老太太便請陞珠，請寬衣；擺上點心用過。憲太太又談談福建的景致；又說這上房收拾得比我們住的時候好了。七拉八扯，談了半天，就擺上酒席。老太太定席，請憲太太當中坐下；姑媳兩人，一面一個相陪。憲太太從前給人家代酒代慣的，著名洪量，便一杯一杯吃起來。葉伯芬具了衣冠，來上過一道魚翅，一道燕窩；停了一會，又親來上燒烤。憲太太倒也站了起來，說道：「耐太客氣哉！」

原來憲太太出身是蘇州人，一向說的是蘇州話；及至嫁與趙嘯存，又是浙東出乾菜地方的人氏；所以家庭之中，憲太太仍是說蘇州話，嘯存自說家鄉話，彼此可以相通的。因此憲太太一向不會說官話。隨任幾年，有時官眷往來，勉強說幾句，還要帶著一大半蘇州土話呢。就是此次和老太太們說官話，也是不三不四，詞不能達意的。至於葉伯芬能打兩句強蘇白，是久在憲太太洞鑒之中的；所以衝口而出，就說了一句蘇州話。伯芬未及回答，憲太太又道：「劃一！今早奴進城格辰光，倒說有兩三起攔輿喊冤格呀！」伯芬吃了一驚道：「來浪倽場化？」憲太太道：「就來浪路浪向噲！問倪倽場化，倪是弗認得格噲！」伯芬道：「師母阿曾收俚格呈子？」憲太太道：「是打算收俚格，轎子路得快弗過咯；來弗及哉！」伯芬道：「是格倽底樣格人？」憲太太道：「好笑得勢！俚告到狀子哉，還要箭衣方馬褂，還戴起仔紅纓帽子。」伯芬恍然大悟道：「格個弗是告狀格，是營裏格哨官，來浪接師母；跪來浪唱名，是俚篤格規矩。」憲太太聽了，方才明白。如此一趟應酬，把江西巡撫打發過去。葉伯芬的曳尾泥塗，大都如此。這回事情，不過略表一二。正是：

泥塗便是終南徑，幾輩憑渠達帝閽。

不知葉伯芬後來怎樣做了撫臺，為何要參藩臺，且待下回再記。

第九十二回　謀保全擬參僚屬　巧運動趕出冤家

如今晚兒的官場，只要會逢迎，會巴結，沒有不紅的。你想像葉伯芬那種卑污苟賤的行徑，上司焉有不喜歡他的道理？上司喜歡了，便是升官的捷徑。從此不到五六年，便陳臬開藩，扶搖直上；一直升到蘇州撫臺。因為老太太信佛念經，伯芬也跟著拿一部金剛經，朝夕奉誦。此時他那位大舅爺，早已死了；沒了京裏的照應，做官本就難點；加之他誦經成了功課，一天到晚，躲在上房念經，公事自然廢棄了許多，會客的時候也極少，因此外頭名聲也就差了。慢慢的傳到京裏去，有幾個江蘇京官，便商量要參他一本；因未曾得著實據，未曾動手。各各寫了家信回家，要查他的實在劣跡。恰好伯芬妻黨，還有幾個在京供職的；得了這個風聲，連忙打個電報給他，叫他小心準備。伯芬得了這個消息，心中十分納悶。思量要怎樣一個辦法，方可挽回。意思要專摺嚴參幾個屬員，貌為風厲，或可以息了這件事。無奈看看蘇州合城文武印委各員，不是有奧援的，便是平日政績超著的；在黑路裏的各候補人員，便再多參幾個也不中用；至於外府州縣，自己又沒有那麼長的耳目去覷他的破綻。正在不得主意，忽然巡捕拿了手本上來，說時某人稟見，說有公事面回，伯芬連忙叫請。

原來這姓時的，號叫肖臣，原是軍裝局的一個司事。當日只賺得六兩銀子薪水一月，那時候伯芬正當總辦，不知怎樣看上了他，便竭力栽培他，把他調到帳房裏做總管帳。因此，時肖臣便大得其法起來；捐了個知縣，照例引見，指省江蘇分寧候補。恰好那時候，伯芬放了江海關道。肖臣由南京來賀任，伯芬便重重的託他，在南京做個坐探。所有南京官場一舉一動，隨時報知。肖臣是受恩深重的人，自然竭力報效。從此時肖臣便是伯芬的坐探。也是事有湊巧，伯芬官階的陞轉，總不出江蘇、江西、安徽三省，處處都用得著南京消息的；所以時肖臣便代他當了若干年的坐探。此次專到蘇州來，卻是為了他自己的私事。凡上衙門的規矩，是一定要求見的；無論為了什麼事，都說是有公事面回的。這時肖臣是伯芬的私人，所以見了手版就叫請。巡捕去領了肖臣進來，行禮已畢，伯芬便問道：「你近來差事還好麼？」肖臣道：「大帥明見！卑職自從交卸揚州釐局下來，已經六個月了；此刻還是賦閒著。所以特為到這邊來給大帥請安；二則求大帥賞封信給江寧惠藩臺，吹噓吹噓，希冀得個署缺。」伯芬道：「慢談署缺。那邊的吏治近來怎樣了？」肖臣道：「吏治不過如此罷了；近來賄賂之風極盛，無論差缺，非打點不得到手。」伯芬道：「那麼你也去打點打點就行了，還要我的信做什麼？」肖臣道：「大帥栽培的，較之鬼鬼祟祟弄來的，那就差到天上地下了。」

伯芬心中忽然有所觸，因說道：「你說差缺都要打點，這件事可抓得住憑據麼？」肖臣道：「卑職動身來的那兩天，一個姓張的，署了山陽縣；掛出牌來，合省譁然；無人不知那姓張的，是去年在保甲局內得了記大過三次，停委兩年處分的；此時才過了一年，忽然得了缺；這裏頭的毛病，就不必細問了。有人說是花了三千得的，有人說是花了五千得的；卑職以為事不干己，也沒有去細查。」伯芬道：「要細查起來，你可以查得著麼？」肖臣道：「要認真查起來，總可以查得著。」伯芬道：「那麼寫信的事，且慢著談；你的差缺，我另外給你留心。你趕緊回去，把他那賣差賣缺的實據，查幾件來。這件事第一要機密，第二要神速，你去罷！」說罷，照例端茶送客。肖臣道：「那麼卑職就動身，不再過來稟辭了。」伯芬點點頭，肖臣辭了出來，趕忙趕回南京去。四面八方的打聽，卻被他打聽了十來起。某人署某缺，費用若干；某人得某差，費用若干；開了一張單，寫了稟函，寄給伯芬。伯芬得了這個，便詳詳細細寫了一封信給南京制臺；臚陳惠藩臺的劣跡，要和制臺會銜奏參。制臺得了信，不覺付之一笑。原來這惠藩臺是個旗籍，名叫惠福，號叫錫五；制臺也是旗籍，和他帶點姻親，並且惠藩臺是拜過制臺門的。有了這等淵源，旁人如何說得動壞話；何況還說參他呢！好笑葉伯芬聰明一世，懵懂一時；同在一省做官，也不知道同寅這些底細；又不打聽打聽，便貿貿然寫了信去。制臺接信的第二天，等藩臺上轅，便把那封信給藩臺看了。藩臺道：「既是撫帥動怒，司裏聽參就是了。」制臺一笑道：「葉伯芬近來念金剛經念糊塗了，要辦一件事情，也不知道細細想想；難道咱們倆的交情，還是旁人唆得動的嗎？」藩臺謝過了，回到自己衙門，動了半天的氣。一個轉念，想道：「我徒然自己動氣，也無濟無事；古人說得好：『無毒不丈夫』。且待我幹他一幹，等你知道我的手段！」

打定了主意，便親自起了個一百多字的電稿；用他自己私家的密碼，譯了出來，送到電局，打給他胞弟惠祿。這惠祿，號叫受百，是個戶部員外郎；拜在當朝最有權勢的一位老公公膝下，做個乾孫子，十分得寵；無論京外各官，有要走內線的，若得著了受百這條門路，無有不通的。京官的俸祿有限，他便專靠這個營生；居然臣門如市起來。便是他哥哥錫五，放了江寧藩臺，也是因為走路子起見，以為江南是財富之區，做官的容易賺錢；南京是個大省會，候補班的道府，較他處為多；所以弄了這個缺，要和他兄弟狼狽為奸。有要進京引見的，他總代他寫個信給兄弟，叫他照應。如此弄起來，每年也多了無限若干的生意。這回因為葉伯芬要參他，他便打了個電報給兄弟，要設法收拾葉伯芬，並須如此如此。受百接了電報，見是哥哥的事情，不敢怠慢；便坐了車子，一逕到他乾祖父宅子裏去求見。由一個小內侍引了到上房。只見他乾祖父正躺在一張醉翁椅上，雙眼迷矇，像是要瞌睡的光景！便不敢驚動，垂手屏息，站在半邊。站了足足半個鐘頭，才見他乾祖父打了個翻身，嘴裏含糊說道：「三十萬便宜了那小子！」說著，又朦朧睡去。又睡了一刻多鐘，才伸了伸懶腰，打個呵欠坐起來。受百走近一步，跪了下來，恭恭敬敬叩了三個頭。

說道：「孫兒惠祿，請祖爺爺的金安！」他乾祖父道：「你進來了！」受百道：「孫兒進來一會了。」他乾祖父道：「外頭有什麼事？」受百道：「沒有什麼事。」他乾祖父道：「烏將軍的禮送來沒有？」受百道：「孫兒沒經手，不知他有送宅上來沒有？」他乾祖父道：「有你經著手，他敢嗎！他別裝糊塗！仗著老佛爺腰把子硬，叫他看！」受百道：「這個諒他不敢，內中總還有什麼別的事情？」他乾祖父就不言語了。

歇了半天才道：「你還有什麼事？」受百走近一步，跪了下來道：「孫兒的哥哥惠福，有點小事，求祖爺爺做主。」他那乾祖父低頭沈吟了一會道：「你們總是有了事情，就到我這裏麻煩。你說罷！是什麼事情？」受百道：「江蘇巡撫葉大人，要參惠福。」他乾祖父道：「參出來沒有？」受百道：「沒有。」他乾祖父說道：「那忙什麼？等他參出來再說罷咧！」受百聽了，不敢多說。便叩了個頭道：「謝過祖爺爺的恩典！」叩罷了起來，站立一旁，直等他乾祖父叫他「你沒事去罷」，他方才退了出來，一逕回自己宅子裏去。入門，只見興隆金子店掌櫃的徐老二在座。原來這徐老二，是一個專門代人家走路子的，著名叫徐二滑子；後來給人家叫渾了，叫成個徐二化子。大凡到京裏來要走路子的，他代為經手過付銀錢，從中賺點扣頭過活；所開的金子店，不過是個名色罷了。這回是代烏將軍經手，求受百走乾祖父路子的。

當下受百見了徐二化子；便仰著臉，擺出一副冷淡之色來。徐二化子走上前請了個安，受百把身子一歪，右手往下一拖，就算還了禮。徐二化子歇上一會，才開口問道：「二爺這兩天忙？」受百冷笑道：「空得很呢！空得沒事情做，去代你們碰釘子！」徐二化子道：「可是上頭還不答應？」受百道：「你們自己去算罷！烏某人是叫八個都老爺聯名參的，罪款至七十多條，贓款八百多萬。牛中堂的查辦有了憑據的罪款，已經五十幾條；查出的贓款，已經五百多萬；要你們三百萬沒事，那別說我，就是我祖爺爺也沒落著一個。大不過代你們在堂官大人們司官老爺們處，打點打點罷了。你們總是那麼推三阻四，咱們又不做什麼買賣，論價錢，對就對，不對咱們撒手，何苦那麼一天推一天的，叫我代你們碰釘子！」

徐二化子忙道：「這個呢，怨不得二爺動氣！就是我也叫他們鬧得厭煩了。但是君子成人之美，求二爺擔待點罷！我才到刑部裏去來，還是沒個實在。我也勸他，說已經出到了二百四十萬了，還有那六十萬，值得了多少；模模糊糊拿了出來，好歹顧全個大局。無奈烏老頭子，總像仗了什麼腰把子似的。」受百道：「叫他仗腰把子罷！已經交代出去，說我並不經管這件事，上頭又催著要早點結案；叫從明天起，只管動刑罷！」徐二化子大驚道：「這可是今天的話？」受百不理他，逕自到上房去了。徐二化子無可奈何，只得出了惠宅，幹他的事去。到了下午，又來求見，受百出來會他。徐二化子道：「前路呢，三百萬並不是不肯出，實在因為籌不出來，所以不敢胡亂答應。我才去對他說過，他也打了半天的算盤；說七拼八湊，還勉強湊得上來；三天之內，一定交到，只要上頭知道他冤枉就是了。可否求二爺再勞一回駕，進去說說？免了明天動刑的事！」受百道：「老實說，我祖爺爺要是肯要人家的錢；二十年頭裏，早就發了財了，還等到今天？這不過代你們打點的罷了。要我去說是可以的，就是動刑一節話，已經說了出去，只怕不便就那麼收回來，也要有個辦法罷。」

徐二化子聽了，默默無言，歇了一會道：「罷罷！無非我們做中人的晦氣罷了！我再走一回罷！二爺！你儜等我來了再去。」說罷，匆匆而去；歇了一大會，又匆匆來了，又跟著一個人，捧了一大包東西。徐二化子親自打開包裹，裹面是一個紫檀玻璃匣，當中放著一柄羊脂白玉如意；匣子裏，還有一個圓錦匣子。徐二化子取了出來，打開一看，卻是一掛朝珠，一百零八顆都是指頂大的珍珠穿成的。徐二化子又在身邊取出兩個小小錦匣來，道：「這如意朝珠，費心代送到令祖老太爺處，是不成個禮的；不過見個意罷了！」說罷，遞過那兩個小匣子道：「這點點小意思，是孝敬二爺的，務乞笑納。」受百接過，也不開看，只往桌上一放道：「你看天氣已經要黑下來了，鬧到這會才來，又要我連夜的走一趟；你們差使人，也得有個分寸。」徐二化子連忙請了個安道：「我的二爺！你儜那裏不行個方便，這個簡直是作好事！二爺把他辦妥了，就是救了他一家四五十個人的性命；還不感動神佛，保佑二爺陞官發財嗎？」受百道：「一個人總不要好說話，像我就叫你們麻煩死了！」徐二化子又請了一個安道：「務求二爺方便這一回！我們隨後補報就是。我呢，以後再有這種覶瑣事情，我也不敢再經手了。」受百哼了一聲，又歎了一口氣，便直著嗓子喊套車子，徐二化子又連忙請了個安道：「謝二爺！」方才辭了出去。忽然又回轉來道：「那兩樣東西，請二爺過目。」受百道：「誰要他的東西？你給他拿回去罷！」徐二化子道：「請二爺留著賞人罷！」一面說，一面把兩個小匣子打開，等受百過了目，方才出去。

受百看那兩樣東西，一個是玻璃綠的老式班指；一個是銅錢大的一座鑽石帽花。仍舊把匣子蓋好，揣在懷裏。叫家人把如意朝珠拿到上房裏去。一面心中盤算，這如意可以留著做禮物送人，帽花、班指留下自用；只有這掛朝珠，就是留著他，也掛不出去；不如拿去孝敬了祖爺爺，和哥哥斡旋那件事，左右是我動刑的一句話嚇出來的。定了主意，專等明天行事，一夜無話。

次日，趕一個早，約莫是他乾祖父下值的時候，便懷了朝珠，趕到他宅子裏去。叩過頭，請過安，便稟道：「烏將軍那裏，一向並不是敢慳吝，實在一時湊不上來。昨天孫兒去責備過了，他說三天之內，照著祖爺爺的吩咐送過來。請祖爺爺大發慈悲，代他們打點打點！」他乾祖父道：「可不是嗎？我眼睛裏還看得見他的錢嗎？現在那些中堂大人們，那一個不是棺材裏伸出手來死要的！」受百跪下來磕了個頭道：「孫兒孝敬祖爺爺的。」一面將一匣朝珠呈上。他乾祖父並不接受道：「你揭開看！」受百揭開匣蓋，他乾祖父定睛一看，見是一掛珍珠朝珠。暗想老佛爺現在用的，雖然有這個圓，卻還沒有這個大。我一向要弄這麼一掛，可奈總配不勻停，今天可遇見了。想罷，才接在手裏道：「怎好生受你的？」受百又磕了一個頭，謝過賞收；才站起來道：「這個不是孫兒的，是孫兒哥哥差人連夜趕送進來，叫孫兒代獻祖爺爺的。」他乾祖父道：「是啊！你昨天說什麼人要參你哥哥？」受百道：「是江蘇巡撫。」他乾祖父道：「你哥哥在那裏？」受百道：「是江寧藩司。」他乾祖父想了一想道：「江寧藩司，江蘇巡撫，不對啊，他怎麼可以參他呢？」受百道：「他終究是個上司，打起官話來，他要參就參了。」他乾祖父道：「豈有此理！你哥哥也是我孫子一樣；咱家的小孩子出去，都叫人家欺負了，那還成個話？你想個什麼法子懲治懲治那姓葉的；我替你辦。」受百道：「孫兒不敢放恣，只求把姓葉的調開了就好。」他乾祖父道：「你有什麼主意？和軍機上華中堂說去，就說是我的主意。」

受百又叩頭謝過，辭了出來。就去謁見華中堂，把主意說了，只說是祖爺爺交代如此辦法。華中堂自然唯唯應命。過了幾天，新疆巡撫出了缺，軍機處奉了諭旨，新疆巡撫著葉某人調補。江蘇巡撫著惠福補授，卻把一個順天府府尹，放了江寧藩司。另外在京員當中，檢了個順天府府尹。這一個電報到了南京，頭一個是藩臺快活，闔城文武印委員，紛紛稟賀。制臺因為新藩臺來，尚須時日，便先委巡道署理了藩臺，好等升撫交代藩篆，先去接印。卻委苟才署了巡道。苟才這一喜，正是：

憲恩深望知氂戴，僉事威嚴展狗才。

未知苟才署了巡道之後，又復如何，且待下回再記。

第九十三回　調度才高撫臺運泥土　被參冤抑觀察走津門

苟才得署了巡道，那且不必說。只說惠升撫交卸了藩篆，便到各處辭行。乘坐了釣和差船，到了鎮江起岸。自長鎮道鎮江府以下文武印委各員，都到江邊恭迎憲節。丹徒，丹陽兩縣，早已預備行轅。新撫臺捨舟登陸，坐了八抬綠呢大轎，到行轅裏去。轎子走過一處地方，是個河邊，只見河岸上的土，堆積如山，沿岸迤邐不絕。惠撫臺坐在轎子裏，默默尋思：這鎮江地方，想不到倒是出土的去處，……一路思思想想，不覺已到行轅。徒，陽兩縣，已在那裏伺候。惠撫臺便叫兩縣上來見，兩縣連忙進內，行禮已畢，惠撫臺問道：「方才兄弟走過一處地方，看見一條河道，兩岸上的土卻堆放得不少，那是什麼地方？」丹陽縣一想回道：「那條河便是丹徒，丹陽的分界，叫做徒陽河。因為年久淤塞，近來僱工挑濬，兩岸的土，都是從河底挖上來的；一時沒地方送，暫時堆在那裏的。」惠撫臺大喜道：「兄弟倒代你們想了一個送處，南京現在開闢馬路，漫到四處的找土填地；誰知南京的土少得很。這裏有了那麼許多土，從明日起，就陸續把他送到南京去，以為填馬路之用。」徒，陽兩縣，一時未便稟駁，只得應了幾個是字下來。恰好遇了開濬徒陽工程委員進去，兩縣便把上項話告訴了他。委員道：「這個辦不到！為了那不相干的泥土，還出了運費，運到南京呢！」說罷，自跟了手版上去謁見。

原來惠撫臺的意思，到了鎮江，只傳見幾個現任官。那地方上一切委員，都不見的。因為看了這個手版，是開濬徒陽河的工程委員，他心中有了運土往南京的一篇得意文章，恰好這是個工程委員，便傳見了。委員行過禮之後，撫臺先開口道：「那某處河的工程，是你老哥辦著？」委員道：「是！卑職辦著徒陽河工程。」撫臺道：「我不管『徒羊』也罷，『徒牛』也罷；河裏挖出來的土，都給我送到南京去；因為南京此刻要修馬路，沒土；這裏挖出來的土太多，又沒個地方存放，往南京一送，豈不是兩得其便嗎？」委員道：「這裏的土往南京送，恐怕僱不出那許多船；並且船價貴了，怕不合算。」撫臺道：「何必要僱船，就由輪船運去就行了，又快。」委員不敢多說，只得答應了幾個是字。撫臺也就端茶送客。委員退了出來，一肚子又好氣又好笑，一逕到鎮江府去上衙門，稟知這件事；求府尊明日謁見時，轉個圜。府尊道：「這個怎樣辦得到？那稀髒的，人家外國人的輪船肯裝嗎？我明日代你們回就是了。」委員退了出來，又到長鎮道衙門去求見，稟知這件事。道臺聽了，不覺好笑起來道：「好了！有了這種精明上司，咱們將來有得伺候呢。你老哥也太不懂事了，這是撫憲委辦的，你何不就照辦；將來報銷多少，是這一筆運費，都注著奉撫憲諭的；款子不夠，管上來領，也說是奉撫憲諭的，咱們好駁你嗎？」委員聽了道臺一番氣話，默默無言。道臺又道：「趕明天見了再說罷！」一面拿起茶碗，一面又道：「還是你們當小差使的好；像這種事情，到兄弟這裏一回，老兄的干係就都卸了，釘子由得我去碰。」委員也無言可答，又不便說是是是；只得一言不發，退了出來。

到了明日，道府兩位，一同到行轅稟安稟見。及至相見之下，撫臺又說起要運土往南京的話。府尊道：「昨天委員已經到卑府這邊說過，用民船運呢，怕沒那麼些民船；要用輪船運罷，這個稀髒的東西，怕輪船不肯裝。」撫臺道：「外國人的輪船不肯罷了；咱們招商局的船呢，也不肯裝，說不過去罷。」府尊道：「招商局船，也是外國人在那裏管事。」撫憲道：「他們嫌髒，也有個法子；弄了麻布袋來，一袋一袋的都盛起來，縫了口，不就裝去了嗎？」府尊道：「那麼一來，費用更大了，恐怕不上算，到底不過是點土罷了。」撫臺怒道：「你們怎都沒聽見？南京地方沒土，這會兒等土用，花了錢還沒地方買；你當兄弟真糊塗了。」

府尊和撫臺答話時，道臺坐在半邊，一言不發，只冷眼看著府尊去碰釘子。此時撫臺卻對道臺說道：「凡是辦事的人，全靠一個調度；你老哥想，這裏挖出來的土，堆得漫到四處都是，走路也不便當；南京恰在那裏等土用，這麼一調度，不是兩得其益麼？」道臺道：「往常職道晉省，看見南京城裏的河道，也淤塞得了不得；其實也很可以開濬開濬，那土就怕要用不完了。」撫臺一想，這話不錯，然而又不肯認錯。便道：「那麼這邊的土，就由他那麼堆著？」道臺道：「這邊租界上有人造房子，要來墊地基，叫他們挑去；非但不花挑費，多少還可以賣幾個錢呢。」

撫臺道：「南京此刻沒有開河的工程，咱們既然辦到這個工程，也不在乎賣土那點小費，叫人家聽著笑話。還是照兄弟的辦法罷！」道府二人，無可奈何，只得傳知工程委員去辦。那工程委員聽說用麻袋裝土，樂得從中撈點好處，便打發人去辦，頓時把鎮江府城鄉內外各麻包店的麻包蓆包買個一空。僱了無限若干人，在那裏一包一包的盛起來；又用了麻線縫針，一律的縫了口。從徒陽河邊一直運送到江邊，上了招商躉船。這東西雖然不要完稅，卻是出口貨物，照例要報關的，又要忙著報關；等上水船到了，便往船上送。船上人問知是爛泥，便不肯放在艙裏，只叫放在艙面上；把一個艙面，堆積如山的堆起來。到了南京，又要在下關運到城裏，鬧得南京城鄉內外的人，都引為笑話。說新撫臺一到鎮江，便刮了多少地皮，卻往南京來送。如此裝運了三四回，還運不到十分之一。

恰好一回土包上齊了船之後，船便開行，卻遇了一陣狂風暴雨，那艙面的土包，一齊濕透了，慢慢的溶化起來；加之船上搭客，看見船上堆了那許多麻包，不知是些什麼東西；挖破了看，看見是土，還以為土裏藏著什麼呢，又要挖進去看，那窟窿便越溶越大；又有些是縫口時候，沒有縫好的，遇了這一陣狂風大雨，便溶化得一齊卸了下來，鬧得滿艙面都是泥漿。船主恨極了，叫了買辦來罵。買辦告訴他這是蘇州撫臺叫運往南京去的。外國人最是勢利，聽說是撫臺的東西，就不敢多說了。

一面叫人洗，那裏禁得黃豆般大的雨點，四面八方打過來，如何洗得乾淨？只好由他。等趕到南京時，天色還沒大亮。輪船剛靠了躉船，便有一班挑夫，車夫，以及客棧裏接客的，一齊擁上船來。有個喊的是挑子要罷；有個喊的是車子要罷；有兩個是大觀樓啊，名利棧啊；不道一律的聲猶未了，或是仰跌的，或是撲跌的；更有一班挑夫，手裏拿著扁擔扛棒，打在別人身上的；及至爬起來，立腳未定，又是一跌；那站得穩，不至於跌的，被旁邊的人一碰，也跌下去了。頓時大亂起來。不上一會功夫，帶得滿艙裏面都是泥漿。恰好這一回有一位松江提督，附了船來，要到南京見制臺的。船到時，便換了行裝衣帽，預備登岸。這裏南京自然也有一班營弁，接他的差；無奈到了船上，一個個都跌得頭暈眼花；到官艙裏稟見時，沒有一個不是泥蛋似的。那提督大人，便起身上岸，不料出了官艙，一腳踏到外面，仰面就是一個跟斗；把他一半跌在裏面；一半跌在外面；嚇得一眾家人，連忙趕來攙扶。誰知一個站腳不穩，恰恰一跌，跌在提督身上；趕忙爬起來時，已被提督大罵不止。一面起來重新到艙裏去開衣箱，換衣服，一根花翎幸而未曾跌斷。更衣既畢，方才出來。這回卻是戰戰兢兢的，低下頭一步一步的捱著走；不敢擺他那昂藏氣概了。那一班在艙外站班的，見他老人家出來，軍營裏的規矩，總是請一個安。誰知這一請安，又跌下了四五個人。那提督也不暇理會，慢慢的一步一步捱到躉船上；又從躉船上，捱到碼頭上。這一回幸未隕越，方才上轎而去。再說船上那些爛泥包兒，一個個多已瘺了；用手提一提，便擠出無限泥漿。碼頭上小工，都不肯搬。鬧了一會，船上買辦急了，通知了岸上巡防局，派了局勇，到船上來彈壓；眾小工無奈，只得連拖帶拽的，起到躉船上。好好的一座躉船，又變成一隻泥船了。躉船上人急了，只得又叫人拖到岸上去。偏偏連日大雨不止，鬧得招商局碼頭，泥深沒踝。只這一下子，便鬧到怨聲載道，以後招商船也不肯裝運了，方才罷休。

且說惠撫臺在鎮江耽擱了兩天，遊過金山，焦山，北固山等名勝；便坐了官船，用小火輪拖帶，向蘇州進發。一面頒出紅諭，定期接印。蘇州那邊，合城文武，自然一體恭迎。在八旗會館備了行轅。撫臺接見過僚屬之後，次日便去拜前任撫臺，無非說幾句寒暄套話。到了接印那天，新撫臺傳諭，因為前任官眷未曾出署，就在行轅接印。舊撫臺便委了中軍，賫了撫臺印信，及旗牌令箭等，排齊了職事，送至八旗會館。新撫臺接印，謝恩，受賀等煩文，不必細表。且說舊撫臺葉伯芬交過印之後，便到新撫臺惠錫五處辭行。坐談了一會，伯芬興辭。錫五道：「兄弟有一句臨別贈言的話，不知閣下可肯聽受？」伯芬當他是什麼好話，連忙應道：「當得領教！」錫五道：「閣下到了新疆那邊，正好多參兩個藩司！」伯芬聽了，不覺目瞪口呆，漲紅了臉，回答不上來；只好搭訕著走了。到了動身那天，錫五只差人拿個片子去送行，伯芬也自覺得無味。這裏錫五卻又專人到京裏去和他兄弟受百商量，羅織了伯芬前任若干款，買出兩個都老爺參出去。有旨即交惠福查明覆奏。他那覆奏中，自然又加了些油鹽醬醋在裏面，葉伯芬便奉旨革職。可憐他萬里長征的到了新疆，上任不到半年，便碰了這一下子，好不氣惱；卻又無可出氣，只揀了幾十個屬員，有的沒的，出了些惡毒考語，繕成奏摺，倒填日子，奏參出去，以洩其忿。等他交卸去了之後，過了若干日子，才奉了上諭，葉某奏參某某等，著照所請，該都知道。這一個大參案出了來，新疆官場，無不恨如切骨；無奈他已去得遠了，奈何他不得。只此一端，亦可見葉伯芬的為人了。

且說苟才自從署了巡道之後，因為是個短局，卻還帶著那籌防局、牙釐局的差使，署了兩個多月。新任藩臺到了，接過了印；那原任巡道，應該要回本任的了；因為制臺要栽培苟才，就委原任巡道去署淮揚道。傳見的時候，便說道：「老兄交卸藩篆下來，極應該就回本任。無奈揚州近日出了一起鹽務訟案，連鹽運司都被他們控到兄弟案下。兄弟意思要委員前去查辦；無奈此時第一要機密，若是委員前去，恐怕他們得了消息，倒查不出個實情來；並且兄弟意中，也沒有第二個能辦事的人，所以奉託辛苦一趟。務請到任之後，暗暗查訪，務得實情，以憑照辦。所有那訟案的公事，回來叫他們點查清楚，送過來就是了。」巡道受了這個迷湯，自然是覺得憲恩高厚，憲眷優隆了。奉了公事，便到署任去了。這裏苟才，便安安穩穩署他的巡道。

此時一班候補道，見苟才的署缺，變了個長局；便有許多人鑽謀他的籌防局、牙釐局了。制臺也覺得說不過去，便委了別人。苟才雖然不高興，然而自己現成抓了印把子，也就罷了。誰知這個當刻兒，又出了調動那位兩江制臺，調了直隸總督，並且有「迅速來京陛見」字樣；兩湖總督，調了兩江。電報一到，那兩京城裏的官場，忙了個奔走汗流。頓時稟賀的轎馬，把「兩江保障」「三省鈞衡」兩面轅門，都塞滿了。制臺忙著交卸進京，照例是藩臺護理總督，巡道署理藩臺。苟才這一樂，頓時就同成了天仙一般。雖然是看幾天印把，沒有什麼大不了的好處；面子上卻增了多少威風，因此十分得意。誰料他所用的一個家人，名叫張福的，係湖北江夏人；他初署巡道時；正是氣焰初張的時候；那張福忽然偷了他一點什麼東西，他便拿一張片子，叫人把張福送到首縣去叫辦。首縣便把張福打了兩百小板子，遞解回籍。

張福是個在衙門公館當差慣了的人，自有他的路子。遞回江夏之後，他便央人薦到總督衙門文案委員趙老爺處做家人。他心中把苟才恨如切骨；沒有事時，便把苟才送少奶奶給制臺的話，加點材料，對同事各人淋漓盡致的說起來；大家傳作新聞。久而久之，給趙老爺聽見了。便把張福叫上去問。張福見主人問到這一節，便盡情傾吐。趙老爺聽了，也當作新聞，茶餘酒後，未免向各同事談起。久而久之，連兩湖督憲都知道了，說南京道員當中有這麼一個人，還叫他署事，那吏治就可想了。加以他的大名，叫得別緻；大家都叫別了，總是叫他「狗才」；所以一入耳之後，便不會忘記的。

因此苟才的行為，久已在兩湖督憲洞鑿之中的了。兩湖督憲，奉了上諭，調補兩江之後，便料理交代這邊的印務，是奉旨交湖北巡撫兼署的。交代過後，便料理起程。坐了一號淺水兵輪，到了南京，頒出紅諭，定期接印。那時離原任總督交卸的日子，雖然不過十多天，然而苟才已經心滿意足了。卻是新制臺初到時，各官到碼頭迎迓；新制臺見了苟才手版，心中已是一條刺；及至延見之時，不住的把雙眼向苟才盯住；苟才那裏知道這裏面的原委，還以為新制臺賞識他的相貌呢！及至新制臺接印之後，苟才也交卸藩篆，仍回署任。不出三日之內，忽然新制臺一個札子下來，另委一個候補道去署淮揚道篆；卻飭令原署淮揚道，仍回巡道本任；現署巡道苟才，著另候差委。

這麼一個札子下來，別人猶可，惟有苟才猶如打了個悶雷一般，正不知是何原故。要想走走路子，無奈此時督轅內外各人，都已換了；重新交結起來，很要費些日子。有兩個新督憲奏調過來的人，明知他是紅的；要去結交他時，他卻有點像要理不理的樣子。苟才心中滿腹狐疑，無從打聽。不料新督憲到任三個月之後，照例甄別屬員；便把苟才插入當中，用了「行止齷齪，無恥之尤」八個字考語，把他參掉了。這一氣，把苟才氣得直跳起來。罵道：「從他到任之後，我統共不過見了他三次，他從那裏看見我的『行止齷齪』？從何知道我是『無恥之尤』？我這官司，要和他到都察院裏打去！」罵了一頓，於事無濟；又不免拿家人僕婦去出氣。那些家人僕婦，看見主人已經革職，便有點看不在眼裏的樣子；從前受了主人的罵，無非逆來順受；此時受罵，未免就有點退有後言了。何況他是借此出氣的，罵得不在理上。便有兩個，借此推辭，另投別人的了。苟才也無可如何，回到上房，無非是唉聲歎氣。還是太太有主意，說道：「自從我們把少奶奶送給前任制臺之後，也不曾得著他什麼好處，他便走了。」苟才忙道：「可不是！早知道這樣，我不會留下，等送這一個！」姨媽道：「不是這樣說，你要送姨太太給他，也要探聽著他的脾氣，是對這一路的，才送得著；要是不對這一路的，送他也不受呢。」苟太太道：「罷！罷！我看他們男人們，沒有一個不對這一路的。隨便什麼臭婊子，都拿著當寶貝，何況是人家送的呢？」姨媽道：「你們都不知說些什麼，我在這裏替你們打算正經事呢！大凡人總有一個情字，前任制臺，白受了我們一位姨太太；我們並未得著他什麼好處，他便走了。此時妹夫壞了功名，這邊是站不住的了。我看不如到北洋走一趟，求求他，總應該有個下文。你們看我的話怎樣？」只這一句話，便提醒了苟才道：「是呀！我到天津伸冤去。」即日料理到北洋去。正是：

三窟未能師狡兔，一枝尚欲學鷦鷯。

不知苟才到北洋去後如何，且待下回再記。

第九十四回　圖恢復冒當河工差　巧逢迎壟斷銀元局

苟才自從聽了姨媽的話，便料理起程到天津去。卻是苟太太不答應，說是要去大家一股腦兒去。你走了，把我們丟在這裏做什麼？苟才道：「我這回去，不過是盡人事以聽天命罷了；說不定有差使沒差使。要是大家同去，萬一到了那邊，沒有事情，豈不又是個累？好歹我一個人去，有了差使，仍舊接了你們去；謀不著差事，我總要回來打算的。一個人往來的澆裹輕，要是一家子同去，有那澆裹，就可以過幾個月的日子了，何苦呢？」姨媽也從旁相勸。苟太太道：「你不知道，放他一個人出去，又是他的世界了。什麼浪蹄子，臭婊子，弄個一大堆，還不算數；還要叫他們充太太呢。」姨媽道：「此刻他又多了好幾年的年紀了，斷不至於這樣了。你放心罷！」苟太太仍是不肯。苟才道：「如果必要全眷同行，我就情願住在南京餓死，也不出門去了。」還是虧得姨媽從旁百般解勸，勸得苟太太點了頭；苟才方才收拾行李，打算動身。附了江輪，到得上海，暫時住在長發棧。卻在棧裏認得一個人，這個人姓童，號叫佐誾，原是廣東人氏；在廣東銀元局裏做過幾天工匠，犯了事革出來。便專門做假洋錢，向市上混用；被他騙著的錢不少。此時因為事情穿了，被人告發，地方官要拿他；他帶了家眷，逃到上海，也住在長發棧。恰好苟才來了，住在他隔壁房間。兩人招呼起來，從此相識。

苟才問起他到上海何事的。佐誾隨口答道：「不要說起！是兄弟前幾年向制臺處上了一個條陳，說：現在我們中國所用的全是墨西哥銀圓，利權外溢，莫此為甚！不如辦了機器來，我們設局自鑄。制臺總算給我臉，批准了；辦了機器來，開了個銀元局鼓鑄；委了總辦，會辦，提調。因為兄弟上的條陳，機器化學一道，兄弟也向來考究的；就委了兄弟做總監工。當時兄弟曾經和總辦說明白，所有局中出息，兄弟要用二成；餘下八成，歸總辦、會辦、提調以及各司事等人攤分。辦了兩年，相安無事。不料前一回換了個總辦，他卻要把那出息一股腦提去，只給我五釐。因此我不願意，辭了差，到上海玩一玩。」苟才道：「那銀元局總辦，一年的出息有多少呢？」佐誾道：「那就看他派幾成給人家了。我拿他二成，一年就是八十萬。」苟才聽了，暗暗把舌頭一伸；從此天天應酬佐誾。

佐誾到上海，原是為的避地而來，住棧究非長策。便在虹口篷路地方，租了一所洋房，置備家私，搬了進去。在新賃房子裏，也請苟才吃過兩頓。苟才有事在身，究竟不便過於耽擱，便到天津去了。到得天津，下了客棧，將息一天，便到總督衙門去稟見。制臺見了手本，觸起前情，便叫請；苟才進去，行禮之後，制臺先問道：「幾時來的？」苟才道：「昨天才到。」制臺道：「我走了之後，你到底怎麼攬的？把功名也弄掉了。」苟才道：「革道一向當差謹慎，是大帥明鑒的；從大帥榮升之後，不到半個月，就奉札交卸巡道任務，以後並沒得過差使。究竟怎樣被革的，革道實在不明白。」制臺道：「你這回來有什麼意思沒有？」苟才道：「求大帥栽培！」制臺道：「北洋這邊呢，不錯，局面是大；然而人也不少。現在候補的人，兄弟也記不了許多；況且你老哥是個被議的人，你只管候著罷！有了機會，我再來知照。」說罷，端茶送客。苟才只得告辭出來。

從此苟才十天八天，去上一趟轅；朔望照例掛號請安。上轅的日子，未必都見著；然而十回當中，也有五六回見著的。幸得他這回帶得澆裹豐足，在天津一耽擱，就是大半年，還不至於拮据。而且制臺幕裏，一個代筆文案，姓冒，號叫士珍，被他拉攏得極要好；兩人居然換了帖，苟才是把兄，冒士珍是把弟；因此又多一條內線。看看候到八個月光景，仍無消息，又不敢當面盡著催。正想託冒士珍在旁邊探一探聲口，忽然來了個戈什哈，說是大帥傳見。苟才連忙換了衣冠，坐轎上轅。手版上去，馬上就請。制臺一見面，便道：「你老兄來了，差不多半年了罷？」苟才想了一想，回道：「革道到這邊八個多月了。」制臺道：「我一點事沒給你，也抱歉得很！」苟才道：「革道當得伺候大帥。」制臺道：「今天早起，來了個電報，河工上出了事了，口子決得不小；兄弟今天忙了半天，人都差不多委定了；才想起你老兄來。」苟才道：「這是大帥栽培！」制臺道：「你雖是個被議的人員，我要委你個差使呢，未嘗不可以；但是無端多你一個人，去分他們的好處，未免犯不上。

你曉得他們巴了多少年，就望這一點工程上撈兩個；此刻仗了我的面子，多壓你一個人下去；在我固然犯不上，在你老哥，也好像……」說到這裏，就停住了口。苟才道：「只求大帥的栽培！什麼都是一樣。」制臺道：「所以啊，我想只管給你一個河工上的公事，你也不必到差，我也不批薪水，就近點就在這裏善後局領點夫馬費，暫時混著。等將來合龍的時候，我隨摺開復你的功名。」苟才聽到這裏，連忙爬在地下叩了三個頭道：「謝大帥恩典！」制臺道：「這麼一來啊，我免了人家的閒話；你老哥也得了實在了。」苟才連連稱是。制臺端茶送客。

苟才回到下處，心中十分得意。到了明日，轅上便送了札子來。苟才照例賞了札費，打發去了。看那札子時，雖不曾批薪水，卻批了每月一百兩的夫馬費，也就樂得拿來往侯家後去送。光陰似箭，日月如梭；早又過了三四個月，河工合龍了，制臺的保摺出去了。不多幾日，批回到了。別的與這書上不相干的，不要提他。單說苟才是賞還原官原銜，並賞了一枝花翎。苟才這一樂，樂得他心花怒放。連忙上轅去叩謝憲恩。一面打電報到南京，叫滙銀來，要進京引見。不日銀子滙到，便上轅稟見請咨，恭辭北上。

到京之後，他原想指到直隸省的；因為此時京裏京外，沸沸揚揚的傳說，北洋大臣某人，聖眷優隆，有召入軍機之議。苟才恐怕此信果確，不難北洋一席，又是調來南京那魔頭。我若指了直隸，豈非自己碰到太歲頭上去。因此進京之後，未曾引見；先走路子，拜了華中堂的門。心中一算：安徽撫臺華筱池，是華中堂的堂兄弟；並且是現任北洋大臣的門生；因此引見指省，便指了安徽。在京求了新拜老師華中堂一封信；到了天津，又求了制臺一封信；對制臺只說澆裹帶得少，短少指省費，是掣籤掣了安徽的。制臺自然給他一封信。苟才得了這封信，卻去和冒士珍商量。不知鬼鬼祟祟的送了他多少，叫他再另寫一封。原來大人先生薦人的信，若是泛泛的，不過由文案上寫一封楷書八行就算了。要是親切的，便是親筆信。但是說雖說是親筆，仍由代筆文案寫的。這回制臺給他的信，已是冒士珍代筆的了。他卻還嫌保舉他的字眼不甚著實；所以不惜工本，央求冒士珍，另寫一封異常著實的。方才上轅辭行，仍走海道，到了上海。先去訪著了童佐誾，查考了銀元局的章程，機器的價錢，用人多少，每天能造多少，官中餘利多少，一一問個詳細；便和童佐誾商定，有事大家招呼。方才回南京去。見了婆子，把這一年多的事情，約略述了一遍。稍停幾天，便到安慶去到省。

安徽撫臺華熙，本是軍機華中堂的遠房兄弟，號叫筱池，因他歡喜傻笑，人家就把他叫渾了，叫他做「笑癡」。當下苟才照例穿了花衣稟到，一面繳憑投信，一面遞履歷。撫臺見有了一封軍機哥哥的信，一封老師的信，自然另眼相看；並且老師那封信，還說得他「品端學粹，才識優長」，更是十分器重。當下無非說兩句客套話，問問老中堂好啊！老師帥好啊！京裏近來光景怎樣啊？兄弟在外頭一碰，又七八年沒進京了。你老哥的才具是素仰的。這回到這裏幫忙，將來仰仗的地方多著呢！照例說了一番過去。不上半個月，便委了他一個善後局總辦。苟才一面謝委，拜客，到差；一面租定公館，專人到南京去接取眷屬。一面又自己做了一個條陳底稿；自到差之後，本來請的有現成老夫子，便叫老夫子修改。老夫子又代他斟酌了幾條，又把他連篇的別字改正了，文理改順了，方才謄正。到明日上轅，便遞了上去。

他是北洋大臣保說過「才識優長」的，他的條陳，撫臺自然要格外當心去看。當下只揭了一揭，看了大略，便道：「等兄弟空了，慢慢細看罷。」苟才又回了幾件公事，方才退出。又過了兩天，他南京家眷到了；正在忙得不堪，忽然來了個戈什哈，說院上傳見。苟才立刻換了衣冠上院。撫臺一見了便道：「老兄的才具，著實可以！我們安徽本來是個窮省分，要說到理財呢，無非是往百姓身上想法子。安徽百姓窮，禁得住幾回敲剝；難為老兄想得到！」苟才一聽，知道是說的條陳上的事情。便道：「大帥過獎了！其實這件事，首先是廣東開辦的，其次是湖北，此刻江南也辦了；職道不過步趨他人後塵罷了。」撫臺道：「是啊，兄弟從前也想辦過來；問問各人，都是說好的；什麼『裕國便民』啊，『收回利權』啊，說得天花亂墜；等問到他們要辦的話，卻都楞住了。你老哥想，沒一個內行懂得的人，單靠兄弟一個，那裏擔待得許多？老哥的手摺，兄弟足足看了兩天，要找一件事再問問，都沒有了，都叫老哥說完了。」苟才此時心中十分得意。因說道：「便是職道承大帥栽培，到了善後局差之後，細細的把歷年公事看了一遍。這安徽公事，實在難辦！在底下當差的，原是奉命而行，沒有責任的；就難為上頭的籌劃；所以不能不想個法子出來，活動活動。」撫臺道：「是啊！這句話對極了！當差的人，要都跟老哥一樣，還有辦不下來的事情嗎？但是這件事情，必要奏准了，才可以開辦；你老兄肯擔了這個干紀，兄弟就馬上拜摺了。」苟才道：「大帥的栽培，職道自然有一分心，盡一分力。」撫臺喜孜孜的，送客之後，便去和奏摺老夫子商量，繕了個奏摺。次日清晨，拜發出去。

苟才上院回家之後，滿面得意，自不必說。忙了兩天，才把一座公館收拾停當。那位苟太太卻在路上受了風寒，得了感冒；延醫診治，迄不見效；纏綿了一個多月，竟嗚呼哀哉了。苟才平日本是厭惡他悍妒潑辣，樣樣俱全，巴不得他早死了；不過有姨媽在旁，不能不乾號兩聲罷了。苟才一面料理後事，一面叫家人拿手版上轅去請十天期服假。可巧這天那奏摺的批回到了，居然准了。撫臺要傳苟才來見，偏偏他又在假內，把個撫臺急得了不得。苟才是撫帥的紅人，同寅中那個不巴結？出了個喪事，吊唁的人，自然不少。忙過了盛殮之後，便又商量刻訃，擇日開弔；又到城外一個什麼廟裏，商量寄放棺木；諸事辦妥，假期已滿，上院銷假。撫臺便和他說：「上頭准了，這件事要仰仗老兄的了！兄弟的意思，要連工程建造的事，都煩了老兄。」苟才道：「這一著，且慢一慢！先要到上海定了機器，看了機器樣子，量了尺寸，才可以造房子呢。」撫臺見他樣樣在行，越覺歡喜。又說了兩句唁慰的話，苟才便辭了回家。

到了晚時，院上已送了一個札子來，原來是委他到上海辦機器的。苟才便連忙上院謝委辭行，乘輪到了上海，先找著了童佐誾，和他說知辦機器一事。童佐誾在上海已經差不多兩年了，一切情形，都甚熟悉。便帶苟才到洋行裏去，商量了兩天，妥妥當當的定了一分機器；訂好了合同，交付過定銀。他上條陳時，原是看定了一片官地，可以作為基址的；此番他來時，又叫人把那片地皮量了尺寸四址，草草畫了一個圖帶來的；又託佐誾找一個工程師，按著地勢打了一個廠房圖樣。凡以上種種，無非是童佐誾教他的；他那裏懂得許多？事情已畢，還不到二十天功夫，他便忙著趕回安慶給死老婆開弔。一面和童佐誾商定，一力在撫臺跟前保舉他。叫他一得信，就要趕來的。童佐誾自然答應。

苟才回到安慶之後，上院銷差。順便請了五天假。因為後天，便是他老婆五七開弔之期。到了那天，卻也熱鬧異常。便是撫院也親臨弔奠，當由家丁慌忙擋駕。忙過了一天，次日便出殯；出殯之後，又謝了一天客，方才停當，上院銷假。順便就保舉了童佐誾，說他熟悉機器工藝，又深通化學。撫臺就答應了，將來用他，先叫他來見。苟才又呈上那張廠房圖。撫臺看過道：「這可是老兄自己畫的？」苟才道：「不，職道不過草創了個大概，這回奉差到上海，請外國工程師畫的。」撫臺道：「有了這個，工程可以動手了罷？」苟才道：「是。」撫臺送過客之後，跟著就是一個督辦銀元局房屋工程的札子送來。苟才一面打電報給童佐誾，叫他即日動身前來，撫院立等傳見。

不多幾天，佐誾到了；苟才便和他一同上轅。撫院也都一齊請見。無非問了幾句機器製造的話，便下來了。從此苟才專仗了佐誾做線索，自己不過當個傀儡。一面招募水木匠前來估價，起造房屋；有應該包工做的，有應該點工造的；又揀幾個平素肯巴結他的佐貳，稟請下來；派做了什麼木料處，磚料處，灰料處的委員；便連他自己公館裏一班不識字，沒出息，永遠薦不出事情的窮親戚，都有了事了；什麼督工司事，監工司事，某處司事，某處司事，胡亂裝些名目，一個個都支領起薪水來了。誰知他當日畫那片地圖時，畫擰了一筆，稍為畫開了二三分；那個打樣的工程師，是照他的地勢打的，此時按圖佈置起來，卻少了一個犄角；約莫有四尺多長，是個三角式。雖然照面積算起來，不到十方尺的地皮；然而那邊卻是人家的一座祠堂；若把那房子挪過點來，這邊又沒出路；承造的工匠，便來請示。苟才也無法可想，只得和佐誾商量。佐誾自去看過，又把這圖樣再三審度，也無法可想，道：「為今之計，只有再畫清楚地圖，再叫人打樣的了。」苟才道：「已經動了工了，那裏來得及？」佐誾道：「不然，就把他那房子買了下來。」苟才一想，這個法子還可以使得。便親自去拜懷寧縣，告知要買那祠堂的原故。請他傳了地保來查明祠主，給價買他的。

懷寧縣見是省裏第一個紅人委的，如何敢不答應？便傳了地保，叫了那業主來，說明要買他祠堂的話。那業主不肯道：「我這個是七八代的祠堂，如何賣得？」縣主道：「你看築起鐵路來，墳墓也要遷讓呢，何況祠堂！這個銀元局，是奏明開辦的，是朝廷的工程；此刻要買你的，是和你客氣辦法；不啊，就硬拆了你的，你往那裏告去？」那業主慌道：「這不是我一個人的事。這是合族的祠堂；就是賣，也要和我族人父老商量妥了，才賣得啊！」懷寧縣道：「那麼，限你明天回話，下去罷！」那人回去，只好驚動了族人父老商量。他以官勢壓來，無可抵抗，只得賣了。含淚到祠堂裏，請出神主。至於業主，到底得了多少價，那是著書的無從查考，不能造他謠言的。不過這筆錢，苟才是不能報銷的。不知他在那一項上的中飽，提出來彌補的就是了。從此之後，直到廠房落成，機器運到，他便一連當了兩年銀元局總辦。直到第三個年頭，卻出了欽差查辦的事。正是：

追風莫漫誇良驥，失火須防困躍龍。

從第八十六回之末苟才出現，八十七回起，便敘苟才的事；直到此處九十四回已終，還不知苟才為了何事，再到上海。誰知他這回到上海，又演出一場大怪劇的，且待下回再記。

第九十五回　苟觀察就醫遊上海　少夫人拜佛到西湖

苟才自從當了兩年銀元局總辦之後，腰纏也滿了。這兩年當中，弄了五六個姨太太。等那小兒子服滿之後，也長到十七八歲了，又娶了一房媳婦。此時銀子弄得多，他也不想陞官得缺了；只要這個銀元局總辦，由得他多當幾年，他便心滿意足了。不料當到第三年上，忽然來了個九省欽差，是奉旨到九省地方清理財賦的。那欽差奉旨之後，便按省去查。這一天到了安慶，自撫臺以下各官，無不懍懍慄慄。第一個是藩臺，被他纏了又纏，弄得走投無路。什麼釐金咧、雜捐咧、錢糧咧、查了又查，駁了又駁。後來藩臺走了小路子，向他隨員當中去打聽消息；才知道他是個色厲內荏之流；外面雖是雷厲風行，裝模作樣；其實說到他的內情，只要有錢送給他，便萬事全休的了。藩臺得了這個消息，便如法泡製；果然那欽差馬上就圓通了。回上去的公事，怎樣說怎樣好，再沒有一件駁下來的了。

欽差初到的時候，苟才也不免慄慄危懼。後來見他專門和藩臺為難，方才放心。後來藩司那邊設法調和了，他卻才一封咨文到撫臺處，叫把銀元局總辦苟道先行撤差，交府廳看管，俟本大臣澈底清查後，再行參辦。這一下子，把苟才嚇得三魂去了二魂，六魄賸了一魄。他此時功名倒也不在心上，一心只愁兩年多與童佐閭狼狽為奸，所積聚的一注大錢，萬一給他查抄了去，以後便難於得此機會了。當時奉了札子，府經廳便來請了他到衙門裏去，他那位小少爺，名叫龍光，此時已長到十七八歲了；雖是娶了親的人，卻是字也不曾多認識幾個。除了吃喝嫖賭之外，一樣也不懂得。此刻他老子苟才撤差看管；他倘是有點出息的，就應該出來張羅打點了；他卻還是昏天黑地的，一天到晚躲在賭場妓館裏胡鬧。苟才打發人把他找來，和他商量，叫他到外頭打聽打聽消息。龍光道：「銀元局差事又不是我當的，怎麼樣的做弊，我又沒經過手；這會兒出了事，叫我出來打聽些什麼！」苟才大怒，著實把他罵了一頓；然而於實事到底無濟，只好另外託人打聽。幸得他這兩年出息的好，他又向來手筆是闊的，所有在省印委候補各員，他都應酬得面面周到；所以人緣還好。自從他落了府經廳之後，來探望他、安慰他的人，倒也絡繹不絕。便有人暗中把藩臺如何了事的一節，悄悄的告訴了他。苟才便託了這個人，去代他竭力斡旋，足足忙了二十多天，苟才花了六十萬兩銀子，好欽差，就此偃旗息鼓的去了。

苟才把事情了結之後，雖說免了查辦，功名亦保住了。然而一個銀元局差使，卻弄掉了。花的六十萬雖多，幸得他還不在乎此，每每自己寬慰自己道：「我只當代他白當了三個月差使罷了。」幸得撫臺憲眷還好，欽差走後，不到一個月，又委了他兩三個差使。雖是遠不及銀元局的出息，面子上卻是很過得去的了。如此又混了兩年，撫臺調了去，換了新撫臺來，苟才便慢慢的不似從前的紅了。幸得他宦囊豐滿，不在乎差使的了；閒閒蕩蕩的過了幾年。覺得住在省裏沒甚趣味，兼且得了個怔忡之症，夜不成寐，聞聲則驚；在安慶醫了半年，不見有效，便帶了全眷，來到上海。在靜安寺路租了一所洋房住下。遍處訪問名醫，醫了兩個月，也不見效。所以又來訪繼之，也是求薦名醫的意思。已經來過多次，我卻沒有遇著，不過就聽得繼之談起罷了。

當下繼之到外面去應酬他，我自辦我的正事；等我的正事辦完，還聽得他在外面高談闊論；我不知他談些什麼，心裏熬不住，便走到外面與他相見，他已經不認得我了。重新談起，他方才省悟。又和我拉拉扯拉，說些客氣話。我道：「你們兩位，在這裏高談闊論，不要因我出來了，打斷了話頭，讓我也好領教領教。」苟才聽說，又回身向繼之汩汩而談；直談到將近斷黑時，方才出去。

我又問了繼之他所談的上半截，方才知道是苟才那年帶了大兒子到杭州去就親，聽來的一段故事。今日偶然提起了，所以談了一天。你道他談的是誰？原來是當日做兩廣總督汪中堂的故事：那位汪中堂是錢塘縣人，正室夫人早已沒了，只帶了兩個姨太太赴任，其餘全眷人等，都住在錢塘原籍。把自己的一個妹子，接到家裏來當家。他那位妹子，是個老寡婦了；夫家沒甚家累，哥哥請他回去當家，自然樂從。汪府中上下人等，自然都稱他為姑太太。中堂的大少爺，早已亡故，只賸下一個大少奶奶；還有一個孫少爺，年紀已經不小，已娶過孫少奶奶的了。那位大少奶奶，向來治家嚴肅，內外界限極清；是男底下人，都不准到上房裏去；丫頭們，除了有事跟上人出門之外，不准出上房一步。因此家人們上他一個徽號，叫他迂奶奶。自從中堂接了姑太太來家之後，迂奶奶把他待得如同婆婆一般，萬事都稟命而行。教訓兒子，也極有義方。因此內外上下，都有個賢名。只有一樣未能免俗之處，是最相信的菩薩。除了家中香火之外，還天天要入廟燒香；別的婦女入廟燒香起來，是無論什麼廟都要到的；迂奶奶卻不然，只認定了一個什麼寺，是他燒香所在；其餘各廟，他是永遠不去的。

有一天，他去燒香回來，轎子進門時，看見大門上家裏所用的裁縫，手裏做著一件實地紗披風，便喝停住了轎，問那披風是誰叫做的，裁縫連忙垂手，稟稱是孫少爺叫做的，大約是孫少奶奶用的。迂奶奶便不言語。等轎子抬了進去，回到上房之後；把兒子叫來。孫少爺不知就裏，連忙走到。迂奶奶見了，劈面就是一個巴掌，問道：「你做紗披風給誰？」孫少爺被打了一下，吃了一驚，不知何故。及至迂奶奶問了出來，方才知道。回道：「這是媳婦要用的，並不是給誰。」迂奶奶道：「他沒有這個？」孫少爺道：「有是有的；不過是三年前的東西，不大時式了；所以再做一件。」迂奶奶聽說，劈面又是一個巴掌。嚇得孫少爺連忙跪下。孫少奶奶知道了，也連忙過來跪著陪不是。迂奶奶只是不理。旁邊的丫頭老媽子看見了，便悄悄的去報知姑太太。姑太太聽了，便過來說情。迂奶奶道：「這些賤孩子，我平日並不是不教訓他，他總拿我的話當做耳邊風。出去應酬的衣裳，有了一件就是了；倒是時式咧，不時式咧，做了又做。三年前的衣服，就說不時式了；我穿的還是二十年前的呢！不要說是自己沒能耐，不能進學中舉，自己混個出身去賺錢；吃的穿的，都是祖老太爺的。就是自己有能耐，做了官，賺了錢，也要想想朱柏廬先生治家格言的話『一絲一縷，當思來處不易。』這些話，我少說點，一天也有四五遍教他們，他們拿我的話不當話，你說氣人不氣人？」姑太太道：「少奶奶說了半天，到底誰做了什麼來啊？」迂奶奶道：「那年辦喜事，我們盤裏是四季衣服都全的；他那邊陪嫁過來的，完全不完全，我可沒留神；就算他不完全罷，有了我們盤裏的，也就夠穿了。叫少奶奶什麼嫌式子老了，又在那裏做什麼實地紗披風了。你說他們闊不闊？」姑太太道：「年輕孩子們，要時式，要好看，是有的，少奶奶教訓過就是了；饒了他們叫起去罷！叫他們下回不要做就是了。」迂奶奶道：「呀！姑太太！這句話可寵起他們來了！什麼叫做年輕小孩子，就應該要時式要好看？我也從年輕小孩子上過來的，不是下娘胎就老的，我可沒那樣過！我偏不饒他們，看拿我怎麼！」

姑太太無端碰了這麼個釘子，心裏老大不快活。冷笑道：「不要說我們這種人家，多件把披風算不了什麼；就是再次一等的人家，只要做起來，不拿他瞎蹧蹋，也就算得『一絲一縷，想到來處不易』的了。要是天下人都像了少奶奶的脾氣，只怕那開綢緞鋪子的人，都要餓死了！」迂奶奶聽了，並不答姑太太的話，卻對著兒子媳婦道：「好！好！怨得呢，你們是仗了硬腰把子來的！可知道你們終究是我的兒子媳婦，憑你腰把子再硬點，是沒用的！」姑太太聽了，越發氣了上來。說道：「少奶奶這是什麼話？他是姓汪的人，花他姓汪的錢；再花多點，也用不著我旁人做什麼腰把子！」迂奶奶道：「就是這個話！我嫁到了姓汪的就是姓汪的人，管得著姓汪的事，我可沒管到別姓人家的去。」姑太太這一氣，更是非同小可；要待和他發作起來，又礙著家人僕婦們看著不像樣。暫時忍了這口氣不再理他。回到自己房裏，把迂奶奶近年的所為，起了個電稿；用自己家裏的密碼，編了電報，叫家人們送到電報局發到廣東。那位兩廣制軍，得了電報，心裏悶悶不樂，想了半天，才發一個電報，給錢塘縣。這裏錢塘縣知縣無端接了廣東一個頭等印電，心中驚疑不定，不知是何事故，連忙叫師爺譯了出來。原來是：「某寺僧，名某某，不守清規；祈速訪聞，提案嚴辦，餘俟函詳。」共是二十二個字。其餘便是收電人名及一個印字。知縣看了，十分惶惑。不知這位老先生，為了甚事，老遠的從廣東打個電報來辦一個和尚？這和尚又犯了什麼事？杭州城裏多少紳士，都不來告發，卻要勞動他老先生老遠的告起來？又叫我作為訪案，又叫我嚴辦，卻又只說得他「不守清規」四個字，叫我怎樣嚴辦呢？辦到什麼地步才算嚴呢？便拿了這封電報，和刑名老夫子商量。老夫子道：「據晚生看來，我們這位老中堂，是一位阿彌陀佛的人。聽說他在廣東殺一回強盜，他還代那強盜念一天往生咒呢。他有電報要辦的人，所犯的罪，一定是大的；不啊，便怕有關涉到他汪府上的事。據晚生的意思，不如一面先把和尚提了來；一面打個電報，請示辦法。好得他有『餘俟函詳』一句。他書信裏頭，總有一個辦法在內；我們就照他辦就是了。老父臺以為如何？」知縣也沒甚說得，只好照他的辦法。立刻出了票子，傳了值日差役，去提和尚。說馬上要人問話。不一會提到了，知縣意思要先問一堂；回想這件事，又沒個原告，那電報又叫我作為訪案的，叫我拿什麼話問他呢？沒奈何，叫把他先押起來，明天再問。

誰知到了明天，大清老早，知縣才起來，門上來報汪府上大少奶奶來了。知縣吃了一驚，便叫自己孺人迎接款待。迂奶奶行過禮之後，便請見老父臺。知縣在房中聽見，十分詫異，只得出來相見。見禮已畢，迂奶奶先開口道：「聽說老父臺昨天把某寺的某和尚提了來，不知他犯了什麼事？」知縣聽說，心中暗想，刑席昨天料說這和尚關涉他家的事，這句話想是對了。此刻他問到了，叫我如何回答呢？若說是我訪拿的，他更要釘著問他犯的是什麼罪，那更沒得回答了。迂奶奶見知縣不答話，又追問一句道：「這個案，又是誰的原告？」知縣道：「原告麼，大得很呢！」嘴裏這麼說，心裏想道，不如推說上司叫拿的，他便不好再問；回想又不好，他們那等人家，那個衙門他不好去，我頂多不過說撫臺叫拿的，萬一他走到撫臺那裏去問，我豈不是白碰釘子？迂奶奶又頂著問道：「到底那個的原告？大到那麼個樣子，也有個名兒？」知縣此時主意已定，便道：「是閩浙總督，昨天電札叫拿的。」迂奶奶吃了一驚道：「他有什麼事，犯到福建去，要那邊電札來拿他？」知縣道：「這個侍生那裏知道，大約福建那邊有人把他告發了。」迂奶奶低頭一想道：「不見得！」知縣道：「沒有人告發，何至於驚動到督帥呢。」迁奶奶道：「這麼罷，此刻還不知道他犯的是什麼罪，老父臺也不便問他；拿他擱在衙門裏，倒是個累贅；念他是個佛門子弟，准他交了保罷！」知縣道：「這是上憲電拿的犯人，似乎不便交保。」迂奶奶道：「交一個靠得住的保人，隨時要人，隨時交案，似乎也不要緊。」知縣道：「那麼侍生回來叫保出去就是。」迂奶奶道：「叫誰保呢？」知縣道：「那得要他自己找出人來。」迂奶奶道：「就是我來保了他罷！」知縣心中只覺好笑，因說道：「府上這等人家，少夫人出面保個和尚，似乎叫旁人看著不大好看；不如少夫人回去，叫府上一個管家來保去罷。」迂奶奶臉上也不覺一紅，說道：「那就叫我的轎夫具個名，可使得？」知縣道：「這也使得。」迂奶奶便叫跟來的老媽子，出去叫轎夫阿三具保狀，馬上保了知尚出去。知縣便道：「如此，少夫人請寬坐，侍生出去發落了他們。」說罷，便到外頭去，叫傳地保。原來知縣心中早就打了主意，知道這裏面一定有點蹊蹺；不過看著那迂奶奶也差不多有五十歲的人，疑心不到那裏去就是了。但是叫他們保了去，萬一將來汪中堂一定要人，他們又不肯交，未免要怪我辦理不善；所以特地出來傳了地保，硬要他在保狀上也具個名字；並交代他切要留心，如果被他走了，追你的狗命。那地保無端背了這個干係，只得自認晦氣，領命下去。

這件事，早又傳到姑太太耳朵裏去了，不覺又動了怒，詳詳細細的，又是一個電報到廣東去。此時錢塘縣，也有電報去了；不一日，就有回電來，和尚仍請拿辦；並請到西湖邊某圖某堡地方，額鐫某某精舍屋內，查抄本宅失贓，並將房屋發封云云。知縣一見，有了把握，立刻飭差去提和尚，立時三刻就要人；一面親自坐了轎子，帶了差役書吏，叫地保領路，去查贓封屋。到得那裏，入門一看，原來是三間兩進的一所精緻房屋，後面還有一座兩畝多地的小花園。外進當中，供了一尊哥窰觀音大士象，有幾件木魚鐘磬之類。入到內進，只見一律都是紅木傢伙，擺設的都是夏鼎商彝；牆上的字畫，十居其九，是汪中堂的上款。再到房裏看時，紅木大床，流蘇熟羅帳子；妝奩器具，應有盡有；甚至便壺馬桶，也不遺一件。衣架上掛著一領袈裟，一頂僧帽；床下又放著一雙女鞋，還有一面小鏡架子，掛著一張小照。仔細一看，正是那個迂奶奶。知縣先拿過來，揣在懷裏，書吏便一一查點東西登記。差役早把一個十二三歲的小和尚，及兩個老媽，一個丫頭，拿下了。查點已畢，便打道回衙。一面發出封條，把房屋發封。知縣回到衙門時，誰知迂奶奶已在上房了。見了面，就問道：「聽說老父臺把我西湖邊上一所別墅封了，不知為著何事？」知縣回來時，本要到上房更衣歇息；及見了迂奶奶，不覺想起一樁心事來。便道：「侍生是奉了老中堂之命而行；回來問過了，果然是少夫人的，自然要送還。此刻侍生要出去發落一件稀奇古怪的案件，就在二堂上問話。」又對孺人道：「你們可以到屏風後面看看。」說著，匆匆出去了。正是：

只為遭逢強令尹，頓教愧煞少夫人。

不知那錢塘縣出去發落什麼稀奇古怪案件，且待下回再記。

第九十六回　敎供詞巧存體面　寫借據別出心裁

原來那錢塘縣知縣，未發跡時，他的正室太太，不知與和尚有了什麼事，被他查著憑據，欲待聲張，卻又怕於面子有礙；只得咽一口氣，寫一紙休書，把老婆休了；再娶這一位孺人的。此刻恰好遇了這個案子，那迂奶奶又自己碰了來；他便要借這個和尚出那個和尚的氣，借迂奶奶出他已出老婆的醜。當時坐了二堂，先問和尚提到了沒有。回說提到了。又叫先提小和尚上來。問道：「你有師父沒有？」回說：「有。」又問：「叫甚名字？」回說：「叫某某。」又問：「你還有什麼人？」回說：「有個師太。」問：「師太是什麼人？」回說：「師太就是師太，不知道是什麼人？」問：「師父師太，可是常住在那裏？」回說：「不是！他兩個天天來一遍就去了。」問：「天天甚時候來？」回說：「或早上，或午上，說不定的。」問：「他們住在那裏？」回說：「師父住在某廟裏，師太不知道住在那裏。」問：「他們天天來做什麼？」回說：「不知道。來了便都到裏面去了；我們都趕在外面，不許進去。不知他們做什麼？有一回，我要偷進去看看，老媽媽還喝住我，不許我進去，說師父和師太太□□呢。」知縣喝道：「胡說！」隨在身邊取出那張小照，叫衙役遞給小和尚。問他：「這是誰？」小和尚一看見，便道：「這就是我的師太。」

知縣叫把小和尚帶下去，把和尚帶上來。知縣叫抬起頭來。和尚抬起頭。知縣把他仔細一端詳；只見他生得一張白淨面孔，一雙烏溜溜的色眼，倒也唇紅齒白。知縣把驚堂一拍道：「你知罪麼？」和尚道：「僧人不知罪。」知縣冷笑道：「好個不知罪！本縣要打到你知罪呢！」把籤子往下一撒，差役便把和尚按倒，褪下袴子；一啊，二啊……的打起來。打到二十多下，知縣喝叫停住了。問那行刑的差役道：「你們受了那和尚多少錢？打那個虛板子。」差役嚇得連忙跪下道：「小的不敢，沒有這件事。」知縣道：「哼！我做了二十多年老州縣，你敢在我跟前搗鬼呢！」喝叫先把他每人先打五十大杖，鎖起來；打得他兩個皮開肉綻，鎖了下去。

知縣喝叫再打和尚。這回行刑的，雖是受了錢，也不敢做手腳了；用盡平生之力，沒命的打下去，打得那和尚殺豬般亂叫。一口氣打了五百板，打得他血肉橫飛，這才退堂。入到上房，只見那迂奶奶臉色青得和鐵一般，上下三十二個牙齒，一齊叩動，渾身瑟瑟亂抖。原來知縣說是發落稀奇古怪案子，又叫他孺人去看，孺人便拉了迂奶奶同去。迂奶奶就有點疑心，不肯去，無奈一邊儘管相讓。迂奶奶回念一想，那和尚已經在保，今天未聽見提到，或者不是這件事也未可知，不妨同去看看。原來那和尚被捉時，他一黨的人，都不在寺裏；所以沒人通信。及至同黨的人回來知道了，趕去報信，迂奶奶已先得了封房子的信，趕到衙門裏來了；所以不知那和尚已經提到。當下走到屏風後頭，往外一張，見只問那小和尚；心中雖然吃了一驚，回想小和尚不知我的姓氏，問他，我倒不怕；諒他也不敢叫我去對質。後來見知縣拿小照給小和尚看，方才顏色大變，身上發起抖來。孺人不知就裏，見此情形，也吃了一驚。忙叫丫頭，仍扶了到上房去。再三問他覺得怎麼，他總是一言不發。又叫打轎子我回去。誰知這縣衙門宅門在二堂之後；若要出去，必須經過二堂。堂上有了堂事，是不便出去的。迂奶奶愈加驚怪，以為知縣故意和他為難。又聽得老媽子們來說：「老爺好古怪！問了小和尚的話，卻拿一個大和尚打起來，此刻打得要死快了！」迂奶奶聽了，更是心如刀刺，又是羞，又是惱，又是痛，又是怕：羞的是自己不合到這裏來當場出醜；惱的是這個狗官，不知聽了誰的唆使，毫不留情；痛的是那和尚的精皮嫩肉，受此毒刑；怕的是那知縣雖然不敢拿我怎樣，然而他退堂進來，著實拿我挖苦一頓；又何以為情呢？有了這幾個心事，不覺越抖越利害，越見得臉青唇白，慢慢的通身抖動起來。嚇得孺人沒了主意。恰好知縣退堂進來，他的本意是要說兩句挖苦話，給他受受的；及至見了他如此光景，也就不便說了。連忙叫人去拿薑湯來，調了定驚丸，灌下去。歇了半晌，方才定了。又不覺一陣陣的臉紅耳熱起來。知縣道：「少夫人放心！這件事只怪和尚不好。別人不打緊，老中堂臉上，侍生是要顧著的；將來辦下去，包管不礙著府上絲毫的體面。」

迂奶奶此時，說謝也不是，說感激也不是，不知說什麼好；把一張臉，直紅到頸脖子上去。知縣便到房裏換衣去了。迂奶奶無奈，只得搭訕著坐轎回府。這邊知縣卻叫人拿了傷藥去替和尚敷治，說用完了再來拿，他的傷好了來回我。家人拿了出去，交代明白。過了幾天，卻不見來取傷藥。知縣心裏疑惑，打發人去問。回說是已經有人從外頭請了傷科醫生，天天來診治了。知縣不覺一笑。等過了半個月，人來說和尚的傷好了；他又去坐堂，提上來喝叫打。又打了一百板，押下去。那邊又請醫調治，等治得差不多好了，他又提上來打；如此四五次，那知縣借這個和尚出那個和尚的氣，也差不多了。然後叫人去給那和尚說：「你犯的罪，你自己知道，你到了堂上，如果供出實情，你須知汪府上是什麼人家，只怕你要死無葬身之地呢！我此刻教你一個供法：你只說向來以化齋為名，去偷人家的東西；並且不要說都是偷姓汪的，只揀那有款的字畫，說是偷姓汪的，其餘一切東西，偷張家的，偷李家的，胡亂供一陣。如此，不過辦你一個積竊，頂多不過枷幾天就沒事了。」和尚道：「他提了我上去，一問也不問，就是打；打完了，就帶下來，叫我從何供起！」那人道：「包你下次上去不打了；你只照我所教的供，是不錯的。」

和尚果然聽了他的話，等明日問起來，便照那人教的供了。知縣也不再問，只說道：「據你所供東西是偷來的，是個賊；但是你做和尚的，為甚又置備起婦人家的妝奩用具來？又有女鞋在床底下，顯見得是不守清規了。」喝叫拖下去打。又打了三百板，然後判了個永遠監禁。一面叫人去招呼汪家，叫人來領贓，只把幾張時人字畫，領了去。一面寫個稟帖稟覆汪中堂，也只含含糊糊的，說和尚所偷贓物，已訊明由府上領去。和尚不守清規，已判永遠監禁。汪中堂還感激他辦得乾淨呢。他卻是除了汪府領去幾張字畫之外，其餘各贓，無人來領，他便聲稱存庫，其實自行享用了。更把那一所什麼精舍，充公召賣；卻又自己出了二百吊錢，用一個旁人出面來買了，以為他將來致仕時的菟裘。苟才和繼之談的，就是這麼一樁故事。我分兩概聽了，便拿我的日記簿子記了起來。

天已入黑了。我問繼之道：「苟才那廝，說起話來，沒有從前那麼亂了。」繼之道：「上了年紀了，又經過多少閱歷，自然就差得多了。」我道：「他來求薦醫生，不知大哥可曾把端甫薦出去？」繼之道：「早十多天我就薦了，吃了端甫的藥，說是安靜了好些；他今天來算是謝我的意思。」說話間，已開夜飯，忽然端甫走了來。繼之便問吃過飯沒有。端甫道：「沒有呢。」繼之道：「那麼不要客氣，就在這裏便飯罷。」端甫也就不客氣，坐下同吃。

飯後，端甫對繼之道：「今天我來，有一件奇事奉告！」繼之忙問：「什麼事？」端甫道：「自從繼翁薦我給苟觀察看病後，不到兩三天，就有一個人來門診。說是有了個怔忡之症，夜不成寐，聞聲則驚，求我診脈開方。我看他六脈調和，不像有病的，便說你六脈裏面，都沒有病象，何以說有病呢？他一定說是晚上睡不著，有一點點小響動，就要嚇得了不得。我想這個人，或者膽子太小之故，這膽小可是無從醫起的；雖然藥書上或有此一說，我看也不過說說罷了，未必靠得住。就隨便開了個安神定魄的方子給他。他又問這個怔忡之症，會死不會？我對他說：『就是真正得了怔忡之症，也不見得一時就死；何況你還不是怔忡之症呢！』他又問忌嘴不忌，我回他說不要忌的，他才去了。不料明天他又來，仍舊是覼覼瑣瑣的問，要忌嘴不要？怕有什麼吃了要死的不？我只當他一心怕死，就安慰他幾句。誰知他第三天又來了，無非是那幾句話。我倒疑心他得了痰病了；及至細細的診他脈象，卻又不是；仍舊胡亂開了個寧神方子給他。叫他纏了我六七天。上前天我到苟公館裏去，可巧巧兒碰了那個人。他一見了我，就漲紅了臉，回身去了；當時我還不以為意。後來仔細一想，這個情形不對。他來看病時，口口聲聲說的病情，和苟觀察一樣的；卻又口口聲聲只問要忌嘴不要，吃了什麼是要死的；從來沒問過吃了什麼快好的話；這個人又是苟公館裏的人，不覺十分疑惑起來。要等他明天再來問他。誰知他從那天碰了我之後，就一連兩天沒來了。真是一件怪事！我今天又細細的想了一天，忽然又想起一個疑竇來；他天天來診病，所帶來的原方，從來是沒有抓過藥的。大凡到藥鋪裏抓藥，藥鋪裏總在藥方上蓋個戳子，打個碼子的；我最留神這個，因為常有開了要緊的藥，那病人到那小藥鋪子裏去抓；我常常知照病人，誰家的藥靠得住，誰家的靠不住，所以我留神到這個。繼翁！你看這件事奇不奇？」

我和繼之聽了，都不覺楞住了。我想了一想道：「這個是他家什麼人？倒不得明白。」端甫道：「他家一個少爺，一個書啓老夫子，一個帳房，我都見過的。並且我和他帳房談過，問他有幾位同事，他說只有一個書啓，並無他人。」我道：「這樣說來，難道是底下人？」端甫道：「那天我在他們廳上碰見他，他還手裏捧著個水煙袋抽煙，並不像是個下人。」繼之道：「他的窮親戚，本來極多；然而據他說，早都打發完了。」端甫道：「不問他是誰，我今天是過來給繼翁告個罪！那個病我可不敢看了！他家有了這種人，不定早晚要出個什麼岔子，不要怪到醫生頭上來。」繼之道：「這又何必呢？端翁只管就病治病，再知照他忌吃什麼；他要在旁邊出個什麼岔子，可與你醫生是不相干的。」端甫道：「好在他的病，也不差什麼要痊癒了。明天他再請我，我告訴他要出門去了；叫他吃點丸藥。他那種闊佬，知道我動了身，自然去請別人；等別人看熟了，他自然就不請我了。」說罷，又談了些別的話，方才辭去。

我和繼之參詳這個到底是什麼人，聽那個聲口，簡直是要探聽了一個吃得死的東西，好送他終呢。繼之道：「誰肯作這種事情，要就是他的兒子。」我道：「幹是旁人是不肯幹這個的；幹到這個，無非為的是錢。旁人幹了下來，錢總還在他家裏，未必拿得動他的；要說是兒子呢，未必世上真有這種梟獍。」繼之道：「這也難說！我已經見過一個差不多的了。這裏上海有一個富商，是從極貧寒極微賤起家的。年輕時候，不過提個竹筐子，在街上叫賣洋貨，那出身就可想而知了。不多幾時，便發了財；到此刻是七八家大洋貨鋪子開著；其餘大行大店，他有股份的，也不知多少。生下幾個兒子，都長大成人了；內中有一個最不成器的，終年在外頭非嫖即賭。他老子知道了，便限定他的用錢，每月叫帳房支給他二百洋錢。這二百塊錢，不定他兩三個時辰，就花完了，那裏夠他一個月的用？鬧到不得了，便在外頭借債用；起初的時候，仗著他老子的臉，人家都相信他；商定了利息，訂定了日期，寫了借據。及至到期，向他討時，非但本錢討不著，便連一分幾釐的利錢也付不出。如此攪得多了，人家便不相信他了。他可又鬧急了，找著一個專門重利盤剝的老西兒，要和他借錢。老西兒道：『咱借錢給你是容易的，但是你沒有還期，咱有點不放心；所以啊，咱就不借了！』他說道：『我和你訂定一個日子，說明到期還你；如果不還，憑你到官去告。好了罷？』老西兒道：『哈哈！咱老子上你的當呢！打到官司，多少總要花兩文，這個錢叫誰出啊？你說罷，你說訂個甚期限罷？』他說道：『一年如何？』老西兒搖頭不說話。他道：『半年如何？』老西兒道：『不對不對！』他道：『那麼準定三個月還你！』老西兒哈哈大笑道：『你越說越不對了。』他想這個老西兒，倒不信我短期還他，我就約他一個遠期，看他如何。他要我訂遠期，無非是要多刮我幾個利錢罷了；好在我不在乎此。因說：『短期你不肯，我就約你的長期；三年五年，隨便你說罷！』老西兒搖搖頭。他急道：『那麼十年八年，再長久了，恐怕你沒命等呢！』老西兒仍是搖頭不語。他著了氣道：『長期又不是，短期又不是，你不過不肯借罷了。你既然不肯借，為甚不早說，耽擱我這半天！』老西兒道：『咱老子本說過不借的啊！但是看你這個急法兒，也實在可憐，咱就借給你；但是還錢的日期，要我定的。』他道：『如此要那一天還？你說。』老西兒道：『咱也不要你一定的日子，你只在借據上寫得明明白白的，說我借到某人多少銀子，每月行息多少；這筆款子等你的爸爸死了，就本利一律清算歸還，咱就借給你了。』他聽了一時不懂，問道：『我借你的錢，怎麼要等你的爸爸死了還錢？莫非你這一筆款子，是專預備著辦你爸爸喪事用的麼？』老西兒道：『呸！咱說是等你的爸爸死了，怎麼錯到咱的爸爸頭上來？呸，呸！呸！』他心中一想，這老西兒的主意，卻打得不錯。我老頭子不死，無論約的那一年一月，都是靠不住的；不如依了他罷。想罷，便道：『這倒依得你。你可以借一萬給我麼？』老西兒道：『你依了咱，咱就借你一萬；可要五分利的。』他嫌利息太大。老西兒說道：『咱這個是看見款子大，格外相讓的；咱平常借小款子給人家，總是加一加二的利錢呢。』兩個人你爭多，我論少，好容易磋磨到三分息。那老西兒又要逐月滾息，一面不肯；於是又重新磋磨，說到逐年滾息，方才取出紙筆寫借據。

「可憐那位富翁的兒子，從小不曾好好的讀書，提起筆來，要有十來斤重。平常寫十來個字的一張請客條子，也要費他七八分鐘時候，內中還要犯了四五個別字；筆畫多點的字，還要拿一個字來對著臨仿；及至仿了下來，還不免有一兩筆裝錯的。此刻要他寫一張借據，那可就比新貢士殿試寫一本策，還難點了。好容易寫出了『某人借到某人銀一萬兩』幾個字，以後便不知怎樣寫法。沒奈何，請教老西兒。老西兒道：『咱是不懂的，你只寫上等爸爸死了還錢就是。』他一想，先是爸爸兩個字，非但不會寫，並且生平沒有見過。不要管他，就寫了父親罷。提起筆來先寫了一個『父』字，卻不曾寫成『艾』字，總算他本事的了。又寫了半天，寫出一個『親』字來；卻把左半邊寫了個『幸』字，底下多了兩點；右半邊寫成一個『頁』字，又把底下兩點變成個『兀』字。自己看看有點不像，也似乎可以將就混過去了。又想一想，就寫『死了』兩個字，總不成文理，卻又想不出個什麼字眼來。拿著筆，先把寫好的念了一遍。偏又在『父』字上頭，漏寫了個『等』字，只急得他滿頭大汗。沒奈何，放下筆來說道：『我寫不出來，等我去找一個朋友商量好稿子，再來寫罷！』老西兒沒奈何，由他去。他一走走到一家煙館裏，是他們日常聚會所在；自有他的一班嫖朋賭友。他先把原由敘了出來，叫眾人代他想個字眼。一個道：『這有什麼難！只要寫「等父親死後」便了。』一個說：『不對，不對！他原是要避這個「死」字，不如用「等父親歿後」。』一個道：『也不好。我往常看見人家死了父母，刻起訃帖來，必稱孤哀子，不如寫「等做孤哀子後」罷』。」正是：

局外莫譏牆面子，此中都是富家郎。

不知到底鬧出個什麼笑話，且待下回再記。

第九十七回　孝堂上伺候競奔忙　親族中冒名巧頂替

「內中有一個稍為讀過兩天書的，卻是這一班人的篾片，起來說道：『列位所說的幾個字眼，都是很通的，但是都有點不很對。』眾人忙問何故。那人道：『他因為「死了」兩個字不好聽，才來和我們商量改個字眼；是嫌那「死」字的字面不好看之故。諸位所說的，還是不免死啊，歿啊的；至於那「孤哀子」三個字，也嫌不祥；我倒想了四個字很好的，包你合用。但是古人一字值千金，我雖不及古人，打個對折是要的。』他屈指一算，四個字是二千銀子。便說道：「承你的情，打了對折，卻累我借來的款，就打了八折了。如何使得？』於是眾人做好做歹，和他兩個說定；這四個字，一百元一個字；還要那人跟了他去代筆。那人應充了；才說出是『待父天年』四個字。眾人當中還有不懂的，那人早拉了他同去見老西兒了。那人代筆寫了，老西兒又不答應；說一定要親筆寫的，方能作數。他無奈又辛辛苦苦的對臨了一張，簽名畫押，式式齊備。老西兒自己不認得字，一定要拿去給人家看過，方才放心。他又恐怕老西兒拿了借據去，不給他錢，不肯放手。於是又商定了，三人同去。他自己拿著那張借據，走到胡同口，有一個測字的，老西兒叫給他看。測字的看了道：『這是一張寫據。』又顛來倒去看了幾遍，說道：『不通不通！什麼父天年？老子年紀和天一般大，也寫在上頭做什麼？』老西兒聽了，就不答應。那人道：『這測字的不懂，這個你要找讀書人去請教的。』老西兒道：『有了，我們到票號裏去，那裏的先生們，自然都是通通兒的了。』於是一起同行，到得一家票號。各人看了，都是不懂；偏偏那個寫往來書信的先生，又不在家。老西兒便嚷靠不住：『你們這些人串通了，做手腳騙咱老子的錢，那可不行！』

「其時票號裏有一個來提款子的客人，老西兒覺得票號裏各人都看過了，惟有這個客人，沒有看過，何不請教請教他呢？便取了那借據，請那客人看。那客人看了一遍，把借據向桌子上一拍道：『這是那一個沒天理，沒王法，不入人類的混帳畜生王八旦幹出來的！』老西兒未及開口，票號裏的先生，見那客人忽然如此臭罵，當是一張什麼東西，連忙拿起來再看；一面問道：『到底寫的是什麼？我們看好像是一張借據啊！』那客人道：「可不是個借據！他卻拿老子的性命抵錢用了。這不是放他媽的狗臭大驢屁！』票號裏的先生不懂道：『是誰的老子？可以把性命抵得錢用！』客人道：『我知道是那個梟獍幹出來的，他這借據上寫著等他老子死了還錢；這不是拿他老子性命抵錢嗎？唉！外國人常說雷打是沒有的，不過偶然觸著電氣罷了；唉！雷神爺爺不打這種人，只怕外國人的話有點意思的！』一席話，當面罵得他置身無地，要走又走不得。幸得老西兒聽了，知道寫得不錯，連忙取回借據，辭了出來。去劃了一萬銀子給他。那人坐地分了四百元。他還問道：『方才那個客人，拿我這樣臭罵；為甚又忽然說我孝敬呢？』那人不懂道：『他幾時說你孝敬？』他道：『他明明說著「孝敬」兩個字，不過我學不上他那句話罷了。』那人低頭細想，方悟到『梟獍』二字被他誤作『孝敬』，不覺好笑。也不和他多辯，樂得拿了四百元去享用。這個風聲傳了出去，凡是曾經借過錢給他的，一律都拿了票子來，要他改做了待父天年的期；他也無不樂從，免得人家時常向他催討。據說他寫出去的這種票子，已經有七八萬了。」我聽了不禁吐舌道：「他老子有多少錢？禁得他這等胡鬧！」繼之道：「大約分到他名下，幾十萬總還有；然而照他這樣鬧，等他老子死下來，分到他名下的家當，只怕也不夠還債了。」說話時夜色已深，各自安歇。

過得幾天，便是那陳稺農開弔之期。我和他雖然沒甚大不了的交情，但是從他到上海以來，我因為買銅的事，也和他混熟了；況且他臨終那天，我還去看過他。所以他訃帖來了，我亦已備了奠禮過去。到了這天，不免也要去磕個頭應酬他，借此也看看他是什麼場面。吃過點心之後，便換了衣服，坐個馬車，到壽聖庵去。我一逕先到孝堂去行禮。只見那孝帳上面，七長八短，掛滿了輓聯；當中供著一幅電光放大的小照。可是沒個親人，卻由繆法人穿了白衣，束了白帶，戴了摘纓帽子，在旁邊還禮謝奠。我行過禮之後，回轉身，便見計醉公穿了行裝衣服，迎面一揖；我連忙還禮，同到客座裏去。座中先有兩個人，由醉公代通姓名；一個是莫可文，一個是卜子修，這兩位的大名，我是久仰得很的；今日相遇了，真是聞名不如見面；

可惜我一枝筆不能敘兩件事，一張嘴不能說兩面話，只能把這開弔的事敘完了，再補敘他們來歷的了。

當下計醉公讓坐送茶之後，又說道：「當日我們東家躺了下來，這裏道臺知道穉翁在客邊，沒有人照應，就派了卜子翁來幫忙。子翁從那天來了之後，一直到今天，調排一切，都是他一人之力，實在感激得很！」卜子修接口道：「那裏的話！上頭委下來的差事，是應該效力的。」我道：「子翁自然是能者多勞。」醉公又道：「今天開弔，子翁又薦了莫可翁來，同做知客。一時可未想到，今天有好些官場要來的，他二位都是分道差委的人員；上司來起來，他二位招呼，不大便當。閣下來了最好，就奉屈在這邊多坐半天，吃過便飯去，代招呼幾個客。」說罷，連連作揖道：「沒送帖子，不恭得很！」我道：「不敢不敢！左右我是沒事的人，就在這裏多坐一會，是不要緊的。」卜子修連說：「費心！費心！」我一面和他們周旋；一面叫家人打發馬車先去，下半天再來；一面卸下元青罩褂，一面端詳這客座。只見四面掛的都是輓幛、輓聯之類，卻有一處牆上，粘著許多五色箋紙。我既在這裏和他做了知客，此刻沒有客的時候，自然隨意起坐；因走到那邊仔細一看，原來都是些輓詩；詩中無非是讚歎他以身殉母的意思。我道：「訃帖散出去沒有幾天，外頭弔輓的倒不少了。」醉公道：「我是初到上海，不懂此地的風土人情。幸得卜子翁指教，略略吹了個風到外面去；如果有人作了輓詩來的，一律從豐送潤筆。這個風聲一出去，便天天有得來；或詩，或詞，或歌，或曲，色色都有。就是所掛的輓聯，多半也是外頭來的。他用詩箋寫了來，我們自備綾綢重寫起來的。」我道：「這件事情辦得好，陳稺翁從此不朽了！」醉公道：「這件事已經由督撫學三大憲聯銜出奏，請宣付史館，大約可望准的。」

說話之間，外面投進帖子來，是上海縣到了；卜莫兩個，便連忙跑到門外去站班；我做知客的，自不免代他迎了出去，先讓到客座裏。這位縣尊，是穿了補褂來的；便在座裏罩上元青外褂，方到靈前行禮。卜莫兩個，早跑到孝堂裏，筆直的垂手挺腰站著班。上海縣行過禮之後，仍到客座裏，脫去罩褂坐下；才向我招呼，問貴姓臺甫。此時我和上海縣對坐在炕上。卜、莫兩個，在下面交椅上；斜簽著身子，把臉兒身子向裏，只坐了半個屁股。上海縣問：「道臺來過沒有？」他兩個齊齊回道：「還沒有來！」忽然外面轟轟放了三聲大炮，把雲板聲音都蓋住了。人報淞滬釐捐局總辦周觀察，糖捐局總辦蔡觀察同到了。上海縣便站起來到外頭去站班迎接，卜、莫兩個，更不必說了。這兩位觀察，卻是罩了元青褂來的，逕到孝堂行禮。他三個早在孝帳前站著班了。行禮過後，我招呼著讓到客座升炕；他兩個就在炕上，脫去罩褂，自有家人接去。略談了幾句套話，便起身辭去。大家一齊起身相送；到得大門口時，上海縣和卜、莫兩個，先跨了出去，垂手站了個出班；等他兩個轎子去後，上海縣也就此上轎去了。卜、莫兩個，仍舊是站班相送。從此接連著是會審委員，海防同知，上海道，及各局總辦委員等，紛紛來弔。卜、莫兩個，但是遇了州縣班以上的，都是照例站班。計醉公又未免有些瑣事，所以這知客竟是我一個人當了。幸喜來客無多，除了上海幾個官場之外，就沒有什麼人了。

忙到十二點鐘之後，差不多客都到過了。開上飯來，醉公便招呼陸冠陸珠；於是大眾換過小帽，脫去外褂；法人也脫去白袍。因為人少，只開了一個方桌；我和卜、莫兩個，各坐了一面；繆、計二人，同坐了一面；醉公起身把酒。我正和莫可文對坐著，忽見他襟頭上垂下了一個二寸來長的紙條兒，上頭還好像有字，因為近視眼，看不清楚；故意帶上眼鏡，仔細一看，上頭確是有字的；並且有小小的一個紅字，像是木頭戳子印上去的。我心中莫名其妙，只是不便做聲。席間談起來，才知道莫可文現在新得了貨捐局稽查委員的差使。卜子修是城裏東局保甲委員，這是我知道的。大家因是午飯，只喝了幾杯酒就算了。吃過飯後，莫可文先辭了去。我便向卜子修問道：「方才可翁那件袍子襟上，拴著一個紙條兒，上頭還有幾個字，不知是甚道理？」卜子修愕然，楞了一楞。才笑道：「我倒不留神，他把那個東西露出來了。」醉公道：「正是！我也不懂，正要請教呢！那紙條兒上的字，都是不可解的；末末了還有個什麼四十八兩五錢的碼子。」卜子修只是笑。我此時倒省悟過來了。禁不住醉公盯著要問。卜子修道：「莫可翁他空了多年下來了，每有應酬，都是到兄弟那邊借衣服用。今天的事，兄弟自己也要用，怎麼能夠再借給他呢？兄弟除了這一身灰鼠之外，便是羔皮的，褂子是個小羔，還可以將就用得，就借給了他；那件袍子，可是毛頭太大了，這個天氣穿不住。叫他到別處去借罷，他偏又交遊極少，借不出來；幸得兄弟在東局多年，彩衣街一帶的衣莊都認得的，同他出法子。昨天去拿了兩件灰鼠袍子來，說是代朋友買的，先要拿去看過，看對了才要。可是這個朋友在吳淞；要送到吳淞去看；今天來不及送回來，要耽擱一天的。那衣莊上看兄弟的面子，自然無有不肯的；不過交代說，鈕絆上的碼子是不能解下來的。解了下來，是一定要買的。其實解了下來，穿過之後，仍舊替他拴上，有甚要緊？這位莫可翁太老實了，恐怕他們拴的有暗記，便不敢解下來，大約因為有外褂罩住，想不到要寬衣吃飯；穿衣時，又不曾掖進去，就露了人眼。真是笑話！」醉公聽了方才明白。

坐了一會，家人來說馬車來了，我也辭了回去。換過衣服，說起今天的情形，又提到陳稺農要宣付史館一節，不禁歎道：「從此是連正史都不足信的了。」繼之道：「你這樣說，可當二十四史都是信史嗎？」我道：「除他之外，難道還有比他可信的麼？」繼之道：「你只要去檢出南北史來看便知；儘有一個人的列傳，在這一朝是老早死了，在那一朝卻又壽登耄耋的。你信那一面的好？就舉此一端，已可概其餘了。後人每每白費精神，往往引經註史，引史證經；生在幾千年之後，瞎論幾千年以前的事；還以為我說得比古人的確。其實極顯淺的史事，隨便一個小學生都知道的，倒沒有人肯去考正他。」我道：「是一件什麼史事？」繼之道：「天下最可信的書，莫如經；禮記上載的：『文王九十七乃終，武王九十三而終。』這可是讀過禮記的小孩子都知道的。武王十三年伐紂，十九年崩；文王是九十七歲死的，再加十九年，是一百十六歲；以此算去，文王二十三歲就生武王的了。通鑑卻載武王生於帝乙二十三祀；計算起來，這一年文王六十三歲；請教依那一說的好？還有一層，依了通鑑，武王十九年崩，那年才得五十四歲；那又列入六經的禮記，反以不足信了。有一說，說是五十四歲，是依竹書紀年的。竹書紀年，託稱晉太康二年，發魏襄王墓所得的；其書未經秦火，自是可信。然而我看了幾部版子的竹書紀年，都載的是武王九十四歲，並無五十四歲之說。據此看來，九十三、九十四，差得一年，似是可信的了，似乎可以印證禮記的了；然而武王死了下來，他的長子成王，何以又只得十三歲？難道武王八十一歲，才生長子的麼？你只管拿這個翻來覆去的去反覆印證，看可能尋得出一個可信之說來？這還是上古的事。最近的莫如明朝；並且明朝遺老，國初尚不乏人，只一個建文皇帝的蹤跡，你從那裏去尋得出信史來？再近點的，莫如明末，只一個弘光皇帝，就有人說他是個假的，說是張獻忠捉住了老福王宰了，和鹿肉一起煮了下酒，叫做『福祿酒』。那時候福王世子，亦已被害了，家散人亡，庫藏亦已散失；這廝在冷攤上買著了福王那顆印，便冒起福王來。亦有人說，是福王府中奴僕等輩冒的。但是當時南都許多人，難道竟沒有一個人認得他的？貿貿然推戴他起來，要我們後人瞎議論，瞎猜測。但是看他童妃一案，始終未曾當面，又令人不能不生疑心。像這麼種種的事情，又從那裏去尋一個信據？」我道：「據此看來，經史都不能信的了。」繼之道：「這又不然；總而言之，不能泥信的就是了。大凡有一篇本紀，或世家，或列傳的，總有這個人；但不過有這個人就是了。至於那本紀，世家，列傳所說的事跡，只能當小說看；何必去問他真假？他那內中或有裝點出來的，或有傳聞失實的，或有故為隱諱的，怎麼能信呢？譬如陳稺農宣付史館，將來一定入孝子傳的了；你生在今日，自然知道他不是孝子；百年以後的人，那就都當他孝子了。就如我們今日看古史，那些孝子傳，誰敢保他那裏頭沒有陳稺農其人呢？」

說話之間，外面有人來請繼之去有事。繼之去了，我又和金子安他們，說起今天莫可文袍子上帶著紙條兒的事，大家說笑一番。我又道：「這兩個人，我都是久仰大名的；今日見了，真是聞名不如見面！」子安道：「據此說來，那兩個人又是一定有甚故事的；你每每叫人家說故事，今天你何妨說點給我們聽呢！」我道。「說是可以，叫我先說那一個呢？」德泉道：「你愛先說誰，就說誰；何必問我們呢？」

我道：「我頭一次到杭州，就聽得這莫可文的故事。原來他不叫莫可文，叫莫可基；十八歲上便進了學，一直不得中舉；保過兩回廩，都被革了；他的行為，便不必說了。一向以訓蒙為業；但是訓蒙不過是個名色；骨子裏頭，唆攬詞訟，魚肉鄉民，大約無所不為的了。到三十歲頭上，又死了個老婆，便又借著死老婆為名，硬派人家送奠分，撈了幾十吊錢。可巧出了那莫可文的事。可文是可基的嫡堂兄弟；可文的老子，是一個江西候補縣丞；候了不知若干年，得著過兩次尋常保舉。好容易捱得過了班，滿指望署缺抓印把子。誰知得了一病，就此嗚呼了。可文年紀尚輕，等到三年服滿之後，才得二十歲左右；一面娶親，一面想克承父志，便寫信到京城，託人代捐了一個巡檢，並代辦驗看，指省江蘇，到部領憑。領到之後，便寄到杭州來。誰知可文連一個巡檢都消受不起，部憑寄到後，正要商量動身到省稟到，不料得了個急痧症死了。可基是嫡堂哥哥，至親骨肉無多，不免要過來幫忙，料理喪事。虧得他足智多謀，見景生情；便想出一個法子來，去和弟婦商量，說此刻兄弟已經死了，又沒留下一男半女；弟婦將來的事，我做大伯子的，自然不能置身事外；但是我只靠著教幾個小學生度日，如何來得及呢？兄弟捐官的憑照，放在家裏，左右是沒用的，白蹧蹋了，不如拿來給我；等我拿了他去到省，弄個把差使，也可以顧家，總比在家裏坐蒙館好上幾倍。他弟婦見人已死了，果然留著也沒用，又不能抵錢用的，就拿來給了他。他得了這個，便馬上收拾乘船，到蘇州冒了莫可文名字去稟到。」正是：

源流雖一派，涇渭竟難分。

未知假莫可文稟到之後，尚有何事，且待下回再記。

第九十八回　巧攘奪弟婦作夫人　遇機緣僚屬充西席

「從此之後，莫可基便變成了莫可文了；從此之後，我也只說莫可文，不再說莫可基了。莫可文到了蘇州，照例稟到繳憑，自不必說。他又求上頭分到鎮江府當差，上頭自然無有不准的。他領到札子，又忙到鎮江去稟到。你道他這個是什麼意思？原來鎮江府王太尊，是他同鄉，並且太尊的公子，號叫伯丹，小時候曾經從他讀過兩三年書的。他向來雖未見過王太尊，卻有個賓東之分在那裏。所以莫可文到得鎮江，稟見過本府下來；就拿帖子去拜少爺。片子後面，註明原名可基。王伯丹見是先生來了，倒也知道敬重，親自迎了出來，先行下拜。行禮已畢，便讓可文上坐。可文也十分客氣，口口聲聲只稱少爺；只得分賓坐了。說來說去，無非說些套話。在可文的意思，是要求伯丹在老子跟前吹噓，給個差使；但是初見面，又不便直說。只說得一句此次到這邊來，都是仰仗尊大人栽培。伯丹還是個十七八歲的孩子，只當他是客氣話，也支些客氣話回答他。可文住在客棧裏十多天，不見動靜，又去拜過兩次伯丹；伯丹請他吃過一回館子，卻是個早局；又叫了四五個局來，都是牛鬼蛇神一般的。伯丹卻傾倒的了不得。可文很以為奇，暗暗的打聽；才知道王太尊自從斷絃之後，並未續娶，又沒有個姨太太；衙門裏頭，並無內眷，管兒子極嚴；平常不准出衙門一步，閒話也不敢多說一句。伯丹要出來玩玩，無非是推說那裏文會，那裏詩會，出來玩玩個半天；不到太陽下山，就急急的回去了。就是今天的請客，也是稟過命，說出去會文，才得出來的。所以雖是牛鬼蛇神的妓女，他見了，就如海上神仙一般，可望不可及的了。可文得了這個消息，知道伯丹還純乎是個孩子家，雖託了他，也是沒用。據如此說，太尊還不知我和他是賓東呢。要想當面說，自己又初入仕途，不知這話說得說不得？躊躇了兩天，忽然想了一個辦法。便請了幾天假，趕回杭州去。

「此時，他住的兩間祖屋，早已租了給人家住了；這一次回來，便把行李搬到弟婦處，告訴弟婦：『已經稟到過了，此刻分在鎮江，不日就可以有差使了。我此刻回來，接你到鎮江同住。從此就一心一意在鎮江當差候補，免得我身子在那邊，心在這邊；又不曉得你幾時沒了錢用，又恐怕不能按著時候給你；因此想把你接了去，同住在一起；我賺了錢，便交給你替我當家；有是有的過法，沒有是沒有的過法；自己一家人，那是總好說話的。』弟婦聽了他這個話，自然是感激，便問他幾時動身。可文道：『我來時，只請了十五天的假；自然越趕快越好。今天不算數，我們明天收拾起來罷！』弟婦答應了。因為他遠道回來，便打了二斤三白酒，請他吃晚飯；居鄉的人，不甚講究規矩，便同桌吃起飯來。可文自吃酒，讓弟婦先吃飯。等弟婦飯吃完了，他的酒，還只吃了一半；卻仗著點酒意，便和弟婦取笑起來，說了幾句不三不四的話。他弟婦本是個鄉下人，雖然長得相貌極好，卻是不大懂得道理。聽了他那不三不四的話，雖然知道漲紅了臉，卻不懂得迴避開去。可文見他如此，便索性道：『弟婦，我和你說一句知己話，你今年才二十歲……』弟婦道：『只有十九歲，你兄弟才二十歲呢。』可文道：『那更不對了！你十九歲便做了寡婦，往後的日子怎樣過？雖說是吃的穿的有我大伯子當頭，但是人生一世，並不是吃了穿了，就可以過去的啊！並且還有一層，我雖說帶了你去同住，但是一個公館裏面，只有一個大伯子，帶著一個小嬸，人家看著，也不雅相。我想了一個兩得其便的法子，但不知你肯不肯？』弟婦道：『怎樣的法子呢？』可文道：『如果要兩得其便，不如我們從權做了夫妻。』弟婦聽了這句話，不覺頓時滿面通紅，連頸脖子也紅透了；卻只低了頭不言語。可文又連喝了兩杯酒道：『你如果不肯呢，我斷不能勉強你。不過有一句話，你要明白：你要替我兄弟守節，那是再好沒有的事；不過像你那個守法，就守到頭髮白了，那節孝牌坊，都輪不到你的頭上。街鄰人等，都知道你是莫可文的老婆；我此刻到了省，通江蘇的大小官員，都知道我叫莫可文；兩面證起來，你還是個有夫之婦。你這個節，豈不是白守了的麼？可巧我的婆子死在前頭，你我做了夫妻，豈不是兩得其便？並且你肯依了，跟我到得鎮江，便是一位太太。我亦並不拘束你，你歡喜怎樣就怎樣；出去看戲咧、上館子咧，只要我差使好，花得起，盡你去花，我斷不來拘管你的。你看好麼？』他弟婦始終不曾答得一句話。

還伏侍他吃過了酒飯，兩個人大約就此茍且了。幾日之間，收拾好家私行李，僱了一號船，由內河到了鎮江，仍舊上了客棧。忙著在府署左近，找了一所房子，前進一間，後進兩間，另外還有個小小廚房，甚為合適，便搬了進去。喜得木器傢伙，在杭州帶來不少，稍微添買，便夠用了。搬進去之後，又用起人來，用了一個老媽子；又花幾百文一月，用了一個十四五歲的男孩子，便當是家人。弟婦此時便升了太太。安排妥當，明日便上衙門銷假，又去拜少爺。

「稍停了兩天，自己家裏弄了兩樣菜，打了些酒，自己一早專誠去請王伯丹來吃飯。說是前回擾了少爺的，一向未曾還東，心上十分不安；此刻舍眷搬了來，今日特為備了幾樣菜，請少爺賞光去吃頓晚飯。伯丹道：『先生賞飯，自當奉陪；怎奈家君向來不准晚上在外面，天未入黑，便要回署的，因此不便。』可文道：『那麼就改作午飯罷，務乞賞光！』伯丹只得答應了。不知又向老子搗個什麼鬼，早上溜了出來，到可文家去。可文接著，自然又是一番恭維。又說道：『兄弟初入仕途，到此地又沒得著差使，所以租不出好地方；這房子小，簡慢得很；好在我們同硯，彼此不必客氣，回來請到裏面去坐。就是內人，也無容迴避。』伯丹連稱：『好說，好說。門生本當要拜見師母。』坐了一會，可文又到裏面走了兩趟。方才讓伯丹到裏面去。到得裏面，伯丹便先請見師母。可文揭開門簾，到房裏一會，便帶了太太出來。伯丹連忙跪下叩頭，太太也忙說不敢當，還禮還禮；一面說，一面還過禮。

可文便讓坐，太太也陪在一旁坐下。先開口說道：『少爺！我們都同一家人一般，沒有事時候，不嫌簡慢，不妨常請過來坐坐！』伯丹道：『門生應該常來給師母請安。』閒話片時，老媽子端上酒菜來，太太在旁邊也幫著擺設。一面是可文敬酒，伯丹謙讓入座。又說師母也請喝杯酒。可文也道：『少爺不是外人，你也來陪著吃罷！』太太也就不客氣，坐了過來，敬菜敬酒，有說有笑。暢飲了一回，方才吃飯。飯後，就在上房散坐。可文方才問道：『兄弟到了這裏，不知少爺可曾對尊大人提起我們是同過硯的話？』伯丹道：『這個倒不曾。』

「原來伯丹這個人，有點傻氣；他老子恐怕他學壞了，不許他在外交結朋友。其時有幾個客籍的文人，在鎮江開了個文會，他老子只准他到文會上去，與一班文人結交；所以他在外頭識了朋友，回去絕不敢提起。這回他先生來了，也絕不敢提起。在可文是以為與太尊有個賓東之分，自己雖不便面陳；幸得學生是隨任的，可以借他說上去。所以稟到之後，就去拜少爺。誰知碰了這麼個傻貨？今天請他吃飯，正是想透達這個下情。當下又說道：『少爺何妨提一提呢！』伯丹道：『家君向來不准學生在外面結交朋友，所以不便提起。』可文道：『這個又當別論；尊大人不准少爺在這裏結交朋友，是恐怕少爺誤交損友；尊大人是個官身，不便在外面體察的原故。像我們是在家鄉認得的，務請提一提！』伯丹答應了，回去果然向太尊提起。又說這位莫可文先生是進過學的。太尊道：『原來是先生，你為甚不早點說？

我還當是一個平常的同鄉，想隨便安插他一個差使呢。你是幾歲上從他讀書的？』伯丹道：『十二三四歲那幾年。』太尊道：『你幾歲上完篇的？』伯丹道：『十三歲上。』太尊道：『那麼你還是他手上完的篇。』隨手又檢出莫可文的履歷一看，道：『他何嘗在庠？是個監生報捐的功名。』伯丹道：『孩兒記得清清楚楚，先生是個秀才。』太尊道：『我是出外幾十年的人，家鄉的事，全都糊塗的了。你既然在他手下完篇的，明天把你文會上作的文章，謄一兩篇去，請他改改看，可不必說是我叫的。』伯丹答應了，回到書房，謄好了一篇文章；明日便拿去請可文改。可文讀了一遍，搖頭擺尾的，不住讚好道：『少爺的文章進境，真是了不得！這個，叫兄弟從何改起，只有五體投地的了！』伯丹道：『先生不要客氣！這是家君叫請先生改的！』可文兀的一驚道：『少爺昨天回去，可是提起來了？』伯丹道：『是的！』可文丟下了文章不看，一直盯住問，如何提起？如何對答？尊大人的顏色如何？伯丹不會撒謊，只得一一實說。可文聽到秀才監生一說，不覺呆了一呆；低頭默默尋思，如果問起來，如何對答？須要預先打定主意。到底包攬詞訟的先生，主意想得快，一會兒的功夫，早想定了。並且也料到叫改文章的意思。便不再和少爺客氣，拿起筆來，颼颼颼的一陣改好了，加了眉批總批，雙手遞與伯丹道：『放恣放恣！尊大人跟前，務求吹噓吹噓！』伯丹連連答應。坐了一會，便去了。

「到了明日是十五，一班佐雜太爺，站過香班，上過道臺衙門，又上本府衙門。

太爺們見太尊，向來是班見，沒有坐位的。這一天，號房拿了一大疊手版上去；一會兒下來，把手版往桌上一丟；卻早抽出一個來道：『單請莫可文，莫太爺。』眾佐雜太爺們聽了這句話，都把眼睛向莫可文臉上一望，覺得他臉上的氣色是異常光彩，運氣自然與眾不同，無怪他獨荷垂青了。莫可文也覺得洋洋得意，對眾同寅拱拱手，說聲失陪；便跟了手版進去。走到花廳，見了太尊，可文自然常禮請安。太尊居然回安拉炕。可文那裏敢坐，只在第二把交椅上坐下。太尊先開口道：『小兒久被化雨，費心得很！老夫子到這邊來，又不提起，一向失敬！還是昨天小兒說起，方才知道。』可文聽了這番話，又居然稱他老夫子，真是受寵若驚；不知怎樣才好？答應也答應不出來；末了只應得兩個是字。太尊又道：『聽小兒說，老夫子在庠。』可文道：『卑職僥倖補過廩，此次為貧而仕，是不得已之舉；所以沒有用廩名報捐。到了鄉試年分，還打算請假下場。』太尊點頭道：『足見志氣遠大！』說罷，舉茶送客。可文辭了出來，只見一班太爺們還在大堂底下，東站兩個，西站三個的，在那裏談天。見了可文，便都一哄上前圍住，問見了太尊說些什麼，想來一定得意的。可文洋洋得意的說道：『無意可得，至於太尊傳見，不過談談家鄉舊事，並沒有什麼意思。』內中一個便道：『閣下和太尊想來必有點淵源？』可文道：『沒有沒有！不過同鄉罷了。』說著，便除下大帽子，自有他帶來那小家人接去，送上小帽換上；他又卸下了外褂，交給小家人。他的公館，近在咫尺，也不換衣服，就這麼走回去了。

「從此之後，伯丹是奉了父命的，常常到可文公館裏去；每去，必在上房談天。那師母也絕不迴避，一會兒送茶，一會兒送點心，十分殷勤。久而久之，可文不在家，伯丹也這樣直出直進的了。可文又打聽得本府的一個帳房師爺，姓危，號叫瑚齋的，是太尊心腹，言聽計從的；於是央伯丹介紹了見過幾面之後，又請瑚齋來家裏吃飯；也和請伯丹一般，出妻見子的，絕無迴避。那位太太近來越發出落得風騷，逢人都有說有笑，因此危瑚齋也常常往來，如此又過了一個來月，可文才求瑚齋向太尊說項，太太從旁也插嘴道：『正是！總要求危老爺想法子，替他弄個差使當當才好！照這樣子空下去，是要不得了的。這裏鎮江的開銷，樣樣比我們杭州貴；要是鬧到不得了，我們只好回杭州去的了。』說罷，嫣然一笑。危瑚齋受了他夫妻囑託，便向太尊處代他說項。太尊道：『這個人啊，我久已在心的了。因為不知他的人品如何，還要打聽打聽，所以一直沒給他的事。只叫小兒仍然請他改改課卷，我節下送他點節敬罷了。』瑚齋道：『莫某人的人品，倒也沒什麼。』太尊道：『你不知道：我看讀書人當中，要就是中了進士，點了翰林，飛黃騰達上去的；十人之中，還有五六是個好人。若是但進了個學，補了個廩，以後便蹭蹬住的；那裏頭，簡直要找半個好人都沒有。他們也有不得不做壞人之勢，單靠著坐館，能混得了幾個錢，自然不夠他用；不夠用起來，自然要設法去弄錢。你想他們有甚弄錢之法？無非是包攬詞訟，干預公事，魚肉鄉里，傾軋善類，佈散謠言，混淆是非；甚至窩娼庇賭，暗通匪類，……那種種奇奇怪怪的事，他們無做不到。我府底下，雖然沒有什麼重要差使，然而委出去的人，也要揀個好人，免得出了岔子，叫本道說話。莫某人他是個廩生；他捐功名，又不從廩貢上報捐，另外弄個監生；我很懷疑他在家鄉幹了什麼事，是個被革的廩生；那就好人有限了。』瑚齋道：『依晚生看去，莫某人還不至於如此；不過頭巾氣太重，有點迂腐騰騰的罷了。晚生看他世情都還不甚了了，太尊所說種種，他未必去做。』太尊道：『既然你保舉他，我就留心給他個事情罷了。』既而又說道：『他既是世情都不甚了了的，如何能當得差呢？我看他筆墨還好，我這裏的書啓張某人，他屢次接到家信，說他令兄病重，一定要辭館回去省親。我因為一時找不出人來，沒放他走，不如就請了莫某人罷！好在他本是小兒的先生，一則小兒還好早晚請教他，二來也叫他在公事上歷練歷練。』瑚齋道：『這是太尊的格外栽培。如此一來，他雖是個壞人，也要感激的學好了。』說罷，辭了出來；揮個條子，叫人送給莫可文，通知他。可文一見了信，直把他喜得賽如登仙一般。』正是：

任爾端嚴衡品行，奈渠機智善欺蒙。

不知莫可文當了鎮江府書啓之後，尚有何事，且待下回再記。

第九十九回　老叔祖娓娓講官箴　少大人殷殷求僕從

「莫可文自從做了王太尊書啓之後，辦事十分巴結。王伯丹的文章，也改得十分周到。對同事各人，也十分和氣。並備了一分鋪蓋，在衙門裏設一個床鋪；每每公事忙時，就在衙門裏下榻。人家都說他過於巴結了，自己公館近在咫尺，何必如此？王太尊也是說他辦事可靠。那裏知道他是別有用心的呢？他書啓一席，就有了二十兩的薪水；王太尊喜他勤慎，又在道臺那邊，代他求了一個洋務局掛名差使，也有十多兩銀子一月；連他自己鬼鬼祟祟做手弄腳的，一個月也不在少處。後來太湖捕獲鹽梟案內，太尊代他開個名字，向太湖水師統領處說個人情，列入保舉案內，居然過了縣丞班。過得兩年，太尊調了蘇州首府，他也跟了進省。不幸太尊調任未久，就得病死了。那時候，他手邊已經積了幾文，想要捐過知縣班，到京辦引見。算來算去，還缺少一點。正在躊躇設法，他那位弟婦過班的太太，不知和那一個情人一同逃走了，把他幾年的積蓄，雖未盡行捲逃，卻已經十去六七了。他那位夫人，一向本來已是公諸同好，作為謀差門路的。一旦失了，就同失了靠山一般；何況又把他積年心血弄來的，捲了一大半去；只氣得他一個半死。自己是個在官人員，家裏出了這個醜事，又不便聲張，真是『啞子吃黃蓮，自家心裏苦』。久而久之，同寅中漸漸有人知道了；指前指後，引為笑話。他在蘇州頓不住了，才求分了上海道差遣，跑到上海來。因為沒了美人局，只怕是一直瘸到此刻的。這是莫可文的來歷。至於那卜子修呢，他的出身更奇了；他是寧波人，姓卜，卻不叫子修，叫卜通。小時候在寧波府城裏一家雜貨店當學徒。有一天，他在店樓上洗東西，洗完了，拿一盆髒水，從樓窗上潑出去。不料鄞縣縣大老爺，從門前經過；這盆水不偏不倚，恰恰潑在縣大老爺的轎子頂上。……」

金子安聽我說到這裏，忙道：「不對不對！他在樓上看不見底下，容或有之；大凡官府出街，一定是鳴鑼開道的，難道他聾了，聽不見？」我道：「你且慢著駁，這一天恰好是忌辰，官府例不開道鳴鑼呢。縣大老爺大怒，喝叫停轎，要捉那潑水的人。眾差役如狼似虎般擁到店裏，店裏眾夥計誰敢怠慢，連忙從樓上叫了他下來；那差役便橫拖豎曳，把他抓到轎前；縣大老爺喝叫打，差役便把他按倒在地，褪下袴子，當街打了五十小板子。」金子安道：「忌辰例不理刑名，怎麼他動起刑來？」我道：「這就叫做只許州官放火，不准百姓點燈。當時把他打得血流漂杵。只這一打，把他的官興打動了。他暗想做了官，便如此威風，可以任意打人；若是我被人潑點水在頭上，頂多不過罵兩聲，我還可以和他對罵；他如果打我，我也就不客氣，和他對打了。此刻我的水不過潑在他轎子上，並沒有潑濕他的身，他便把我打得這麼利害！一面想，一面喊痛，哼聲不絕。一面又想道：『幾時得我做了官，也拿人家這樣打打，才出了今日的氣。』可憐這幾下板子，把他打得潰爛了一個多月，方才得好。東家因為他犯了官刑，便把他辭歇了。他本是一個已無父母，不曾娶妻的人，被東家辭了，便無家可歸。想起有個遠房叔祖，曾經做過一任那裏典史的，刻下住在鎮海；不免去投奔了他，請教請教，做官是怎樣做的？像我們這樣人，不知可以去做官不可以？如果可以的，我便上天入地，也去弄個官做做，方才遂心。主意打定，便跑到鎮海去。

「不一日到了，找到他叔祖家去。他叔祖名叫卜士仁，曾經做過幾年溧陽縣典史；後來因為受了人家二百文銅錢，私和了一條命案；偏偏弄得不周到，苦主那邊，因止淚費上吃了點虧，告發起來，便把他功名幹掉了。他才回到鎮海，其時已經七十多歲了。兒子卜仲容，在鄉間的土財主家裏，管理雜務，因此不常在家。孫子卜才，在府城裏當裁縫。還有個曾孫，叫做卜兌，只有八歲，代人家放牛去了。卜士仁一個老頭子，在家裏甚是悶氣；雖然媳婦、孫媳婦都在身邊；然而和女人們，總覺沒有什麼談頭。忽看見姪孫卜通來了，自是歡喜。問長問短，十分親熱。卜通也一一告訴，只瞞起了被鄞縣大老爺打屁股的事。他談談便問起做官的事。說道：『叔公是做了幾十年官的了，外頭做官的規矩，總是十分熟的了；不知怎樣才能有個官做？不瞞叔公說，姪孫此刻也很想做官，所以特地到叔公跟前求教的。』卜士仁道：『你的志氣，倒也不小；將來一定有出息的。至於官，是拿錢捐來的，錢多，官就大點；錢少，官就小點；你要做大官小官，只要問你的錢有多少。至於說是做官的規矩，那不過是叩頭，請安，站班，卻都要歷練出來的。任你在家學得怎麼純熟，初出去的時候，總有點躡手躡腳的。等歷練得多了，自然純熟了。這是外面的話。至於骨子裏頭，第一個秘訣，是要巴結；只要人家巴結不到的，你巴結得到；人家做不出的，你做得出。我明給你說穿了：你此刻沒有娶親，沒有老婆；如果有了老婆，上司叫你老婆進去當差，你送了進去；那是有缺的，馬上可以過班；候補的，馬上可以得缺；不消說的了。次一等的，是上司叫你呵□□，你便馬上遵命；還要在這□□上頭，加點恭維話，這也是陞官的吉兆；你不要說做這些事難為情，你須知他也有上司，他巴結起上司來，也是和你巴結他一般的，沒甚難為情。譬如我是個典史，巴結起知縣來，是這樣；那知縣巴結知府，也是這樣；知府巴結司道，也是這樣；司道巴結督撫，也是這樣。總而言之，大家都是一樣，沒甚難為情。你千萬記著『不怕難為情』五個字的秘訣，做官是一定得法的。如果心中存了『難為情』三個字，那是非但不能做官，連官場的氣味，也聞不得一聞的了。這是我幾十年老閱歷得來的，此刻傳授給你但不知你想做個什麼官？』卜通道：『其實姪孫也不知做什麼官好？譬如要做個縣大老爺，不知要多少錢捐來？』卜士仁道：『好！好！好大的志氣！那個叫做知縣，是我的堂翁了。』又問：『你讀過幾年書了？』卜通道：『讀書幾年？一天也沒有讀過。不過在學堂門口聽聽，聽熟了「趙錢孫李，周吳鄭王」兩句罷了。』卜士仁道：『沒有讀過書，怎樣做得文官？你看我足足讀了五年書，破承題也作過十多次；出起身來，不過是個捕廳。像你這不讀書的，只好充地保罷了。』

「卜通不覺楞住了，說道：『不讀書，不能做官的麼？』卜士仁道：『如果沒讀過書，都可以做官的；那個還去讀書呢？』又沈吟了一會道：『我看你志氣甚高，你文官一途，雖然做不得；但是武弁一路，還不妨事。我有一張六品藍翎的功牌，從前我出一塊洋錢買來的，本來打算給我孫子去用的，怎奈他沒志氣，學了裁縫；我此刻拿來給了你，你只要還我一塊洋錢就是了。』卜通道：『六品藍翎的功牌，是個什麼官？』卜士仁道：『不是官，是個頂戴；你有了他，便可以戴個白石頂子，拖根藍翎，到營裏去當差。』卜通道：『此刻姪孫有了這個，可是跑到營裏，就有人給我差使？』卜士仁道：『那裏有這麼容易，就有了這個，也要有人舉薦的。』卜通道：『那麼姪孫有了這個，到那裏去找人薦事情呢？』卜士仁又沈吟了一會道：『路呢，是有一條；不過是要我走一趟。』卜通道：『如果叔公可以薦我差使，我便要了那張什麼功牌。』卜士仁道：『這麼說罷，我們大家賭個運氣，我們做伴到定海去走一趟。定海鎮的門政大爺，是我拜把子的兄弟！我去託他，把你薦在那裏，吃一份口糧。這一趟的船錢，是各人各出；事情不成，我白賠了來回盤纏；如果事成了，你怎樣謝我？』卜通道：『叔公怎說怎好，只請叔公吩咐就是了。』卜士仁道：『如果我薦成功了你的差使，我要用你三個月口糧的；但是你每月的口糧都給了我，你自己一個錢都沒了，如何過得？我和你想一個兩得其便的法子：三個月的口糧，你分六個月給我，這六個月之中，每月大家用半個月的錢；你不至於吃虧，我也得了實惠了。你看如何？』卜通道：『不知每月的口糧是多少？』卜士仁道：『多多少少是大家的運氣，你此刻何必多問呢！』卜通道：『那麼就依叔公就是了。』卜士仁道：『那功牌可是一塊錢，我是照本賣的，你不能少給一文。』卜通道：『去吃一份口糧，也要用那功牌麼？』卜士仁道：『暫時用不著，你帶在身邊，總是有用的；將來高陞上去，做百長，做哨官，有了這個，就便宜許多。』卜通道：『這樣罷，姪孫身邊實在不多幾個錢，來不及買了；此刻一塊洋錢兌一千零二十文銅錢，我出了一千二百文；如果事情成功，我便要了，也照著分六個月拔還，每月還二百文罷。可有一層：事情不成功，我是不要他的。』卜士仁見有利可圖，便應允了。當日卜士仁叫添了一塊臭豆腐，留姪孫吃了晚飯。晚上又教他叩頭請安站班，各種規矩，卜通果然聰明，一學便會。

「次日一早，公孫兩個，附了船，到定海去。在路上，卜士仁悄悄對卜通道：『你要得這功牌的用處，你就不要做我姪孫。』卜通吃驚道：『這話怎講？』卜士仁道：『這張功牌，填的名字叫做賈沖；你要了他，就要用他的名字，不能再叫卜通了。』卜通還不懂其中玄妙，卜士仁逐一解說給他聽了，他方才明白。說道：『那麼我一輩子要姓賈，不能姓卜的了？』卜士仁道：『只要你果然官做大了，可以呈請歸宗的。』卜通又不懂那歸宗是什麼東西，卜士仁又再三和他解說，他才明白。卜士仁道：『有此一層道理，所以你不能做我的姪孫了。回來到了那邊，你叫我一聲外公，我認你做外孫罷！』兩個商量停當，又把功牌交給卜通收好。到了定海，卜士仁帶著卜通，問到了鎮臺衙門。挨到門房前面，探頭探腦的張望。便有人問找那個的。卜士仁忙道：『在下要拜望張大爺，不知可在家裏？』那人道：『那麼你請裏面坐坐！他就下來的。』卜士仁便帶了卜通到裏面坐下。歇了一會，張大爺下來了。見了卜士仁，便笑吟吟的問道：『老大哥，是什麼風吹你到這裏的？許久不見了！』卜士仁也謙讓了兩句，便道：『我有個外孫，名叫賈沖，特為帶他來叩見你。』說罷，便叫假賈沖過來叩見。賈沖是前一夜已經演習過的，就走過來跪下，恭恭敬敬叩了三個頭，起來又請了一個安。張大爺道：『好漂亮的孩子！』卜士仁道：『過獎了。』又交代賈沖道：『張大爺是我的把兄；論規矩，你是稱呼太老伯的；然而太覼瑣了。我們索性親熱點，你就叫一聲叔公罷！』張大爺道：『不敢當！不敢當！』一面問幾歲了？一向辦什麼事？卜士仁道：『一向在鄉下，不曾辦過什麼。我在江蘇的時候，曾經代他弄了個六品功牌，打算拜託老弟，代他謀個差使當當，等他小孩子歷練歷練。』張大爺道：『老大哥你也是官場中過來人；文武兩途，總是一樣的，此刻的世界，唉！還成個說話嗎？遊擊，都司，空著的一大堆；守備，千總，求當個什長，都比登天還難；靠著一個功牌，想當差使，不是做兄弟的說句荒唐話，免了罷！』卜士仁忙道：『不是這麼說，但求鼎力，位置一件事；或者派一份口糧。至於事情，是無論什麼，都不拘的。』張大爺道：『那麼或者還有個商量！』卜士仁連連作揖道謝。

「賈沖此時真是福至心靈，看見卜士仁作揖，他也走前一步，請了個安；口稱：『謝叔公大人栽培。』張大爺想了一會道：『事情呢，是現成有一個在這裏；但是我的意思，是要留著給一個人的。』卜士仁連忙道：『求老弟臺栽培了罷！左右老弟臺這邊衙門大，機會多，再揀好的栽培那一位罷！』說時，賈沖又是一個安。張大爺道：『但不知你們可嫌委屈？』卜士仁道：『豈有此理！你老弟臺肯栽培，那是求之不得的，那裏有甚委屈的話！』張大爺道：『可巧昨天晚上，上頭攆走了一個小跟班，方才我上去，正是上頭和我要人；這個差使，只要當得好，出息也不算壞；現在的世界，隨便什麼事，都是事在人為的了。但不知老大哥意下如何？』卜士仁道：『我當是一件什麼事，老弟臺要說委屈；這是面子上的差使，便連我愚兄也求之不得，何況他小孩子？就怕他初出茅廬，不懂規矩，當不來是真的。』張大爺道：『這個差使沒有什麼難當，不過就是跟在身邊，伺候茶煙，及一切零碎的事。不過就是一樣，一天到晚，是走不開的。除了上頭到了姨太太房裏去睡了，方才走得開一步。』卜士仁道：『這是當差的一定的道理，何須說得。但怕他有多少規矩禮法，都不懂得，還求老弟臺教訓教訓！』張大爺道：『這個他很夠的了；但是穿的衣服不對。』低頭想了一想道：『我暫時借一身給他穿罷！』賈沖又忙忙過來請安謝了。張大爺就叫三小子去取了一身衣服，一雙挖花雙梁鞋子來，叫他穿上。那身衣服，是一件嫩藍竹布長衫，二藍寧綢一字肩的背心。賈沖換上了，又換鞋子。張大爺道：『衣服長短倒對了；鞋子的大小對不對？』賈沖道：『小一點不要緊的，還穿得上。』穿上了，又向張大爺打了個扦謝過。張大爺笑道：『這身衣服，還是我五小兒的，你就穿兩天罷。』賈沖又道了謝。卜士仁道：『穿得小心點，不要弄壞了；弄髒了，那時候賠還新的，你叔公還不願意呢！』張大爺又道：『你的帽子也不對，不要戴罷！左右天氣不十分冷，還要重打個辮子。』三小子在旁邊聽了，連忙叫了剃頭的來，和他打了一根油鬆辮子。張大爺端詳一會道：『很過得去了。』這時候，已是吃中飯的時候了，便留他祖孫兩個便飯。吃飯中間，張大爺又教了賈沖多少說話；又叫他買點好牙粉，把牙齒刷白了；又交代蔥蒜是千萬吃不得的。卜士仁在旁又插嘴道：『叔公教你的，都是金石良言，務必一一記了，不可有負栽培！』一時飯罷，略為散坐一會。張大爺便領了賈沖上去。

「賈沖因為鞋子小，走起路來，一扭一捏的，甚為好看。果然總鎮李大人一見便合，叫權且留下，試用三天再說。三天過後，李大人便把他用定了，批了一分口糧給他。他從此之後，便一心一意的伺候李大人。又十分會巴結，大凡別人做不到的事，他無有做不到的。李大人站起來，把長衣一撩，他已是雙手捧了便壺，屈了一膝，把便壺送到李大人胯下；李大人偶然出恭，他便拿了水煙袋，半跪著在跟前裝煙；李大人一面才起來，他早已把馬子捧到外間去了；連忙回轉來，接了手紙，才帶馬子蓋出去；跟著就是捧了熱水進來，請李大人洗手；凡此種種，雖然是他叔祖教導有方，也是他福至心靈，官星透露，才得一變而為聞一知十的聰明人。所以不到兩個月功夫，他竟做了李大人跟前第一個得意的人。無論坐著睡著，寸步離他不得。又多賞了他一份什長口糧，他越是感激厚恩的了不得。卻有一層，他面子上雖在這裏當差，心裏卻是做官之念不肯稍歇；沒事的時候，和同事的談天，不出幾句話，不是打聽捐官的價錢，便是請教做官的規矩；同事的嫉妒他的專寵，又嫌他的呆氣，便相約叫他『賈老爺』。他道：『你們莫笑我！我賈沖未必沒有做老爺的時候。』同事的都不理他。光陰似箭，不覺在李大人那裏伺候了三四個年頭，他手下也積了有幾個錢了。李大人有個兒子，捐了個同知，從京裏引見了回來；向李大人要了若干錢，要到河南到省去。這位少大人是有點放誕不羈的；暗想此次去河南，行李帶得多，自己所帶兩個底下人恐怕靠不住；看見賈沖伺候老人家，一向小心翼翼；若得他在路上招呼，自己可少煩了多少心。不如向老人家處要了他去，豈不是好。主意定了，便向李大人說知此意。李大人起初不允，禁不得少大人再四相求，無奈只得允了，叫了賈沖來說知，並且交代送到河南，馬上就趕回來，路上不可耽擱。賈沖得了這個差使，不覺大喜。」正是：

騰身逃出奴才籍，奮力投歸仕宦林。

不知賈沖此次跟了小主人出去，有何可喜之處，且待下回再記。

第一百回 巧機緣一旦得功名 亂巴結幾番成笑話

「賈沖得了送少大人的差使，不覺心中大喜。也虧他真有機智，一面對著李大人故意做出多少戀戀不捨的樣子；一面對於少大人，竭力巴結。少大人的家眷尚在湖南原籍，此次是單身到河南稟到。因為一向以為賈沖靠得住，便把一切重要行李，都交代他收拾。他卻處處留心，什麼東西裝在那一號箱子裏，都開了一張橫單；他雖不會寫字，卻叫一個能寫的人在旁邊，他口中報著，叫這個人寫；忙忙的收拾了五天，方才收拾停當。這一天長行，少大人到李大人處叩辭。賈沖等少大人行過了禮，也上去叩頭辭行。李大人對少大人道：『你此次帶賈沖出去，只把他當一員差官相待，不可當他下人。等他這回回來，我也要派他一個差使的了。』賈沖聽了，連忙叩謝。少大人道：『孩兒的意思，就是如此；不消爹爹吩咐！』說罷，便辭別長行。自有一眾家人親兵等，押送行李。賈沖緊隨在少大人左右，招呼一切。上了輪船，到了上海，便到一家什麼吉陞棧住下。那少大人到了上海，自有他一班朋友請吃花酒，吃大菜，看戲，自不必題。那兩個帶來的家人，也有他的朋友招呼應酬，不時也抽個空，跑到外頭玩去。只有賈沖獨自一個，守在棧裏，看守房間。

「你道他果然赤心忠良，代主人看行李麼？原來他久已存了一個不良之心，在寧波時，故意把某號箱子裝的什麼東西，某號箱子裝的什麼衣服，都開出帳來，交給主人。主人是個闊佬，拿過來不過略為過目，便把那篇帳夾在靴掖子裏去了，那裏還一一查點。他卻在收拾行李時，每個衣箱裏，都騰出兩件不寫在帳上；這不寫在帳上的，又都做了暗號，又私下配好了鑰匙。到了此時，他便乘隙，一件件的偷出來，放在自己箱子裏。他為人又乖巧不過，此時是四月天氣，那單的夾的紗的，他卻絲毫不動；只揀棉的皮的動手。那棉皮東西，是此時斷斷查不著的；等到查著時，已經隔了半年多，何況自己又有一篇帳交出去的。箱子裏東西，只要和帳上對了，就隨便怎樣，也疑心不到他了。你道他的心思細不細？深不深？險不險？他在棧裏做這個手腳，也不是一天做得完的。恰好這天做完了，收拾停當，一個家人名叫李福的，在外回來了，坐下來就歎氣。賈沖笑問道：『那裏受了氣來了！卻跑回來長吁短歎！』李福道：『沒有受氣，卻遇了一件極不得意的事。』賈沖道：『在這裏不過是個過客罷了，有甚得意不得意的事？』李福道：『說來我也是事不干己的；我從前伺候過一位卜老爺，叫做卜同羣，是福建候補知縣，安徽人氏。』賈沖聽得一個『卜』字，便伸長了耳朵去聽。李福又道：『一位少爺，名叫卜子修，隨在公館裏；恰好那兩年臺灣改建行省，劉省三大人，放了臺灣撫臺。少爺本只有一個監生，想弄個官出來當差；便到臺灣投效，得了兩個獎札。後來卜老爺死了，少爺扶柩回籍安葬；起復後，便再到福建，希圖當個差使。誰知局面大變了，在那裏一住十年，窮到吃盡當光。此刻老太太病重了，打電報叫他回去送終。他到得上海來，就盤纏斷絕了。此刻拿了一張監照，兩個獎札，在這裏兜賣。』賈沖道：『是獎的什麼功名？要賣多少錢呢？』李福道：『頭一個獎，是不論雙單月，選用從九；第二個是免選本班，以縣丞歸部儘先選用；都是臺灣改省，開墾案內保的，只要賣二百塊錢。聽說此刻單是一個三班縣丞，捐起來，最便宜也要三百多兩呢；還是會想法子的人去辦，不然還辦不來；此刻只要賣二百塊，東西是便宜的。』賈沖道：『只要是真的，我倒有個朋友要買。』李福道：『東西自然是真的；這是我們看他弄來的東西，怎麼會假？但不知這朋友可在上海？』賈沖道：『是在上海的，你去把東西拿來，等我拿把前路看看，我們也算代人家做了一件方便事情。』李福道：『如果真有人要，我便馬上去拿來。』賈沖道：『自然是有人要，我騙你做什麼？』李福道：『那麼我去拿來。』說罷，匆匆去了。

「原來賈沖在定海鎮衙門混了幾年，他是一心要想做官的，遇了人便打聽，又隨時在公事上留心；他雖然不認得字，但是何處該用硃筆，何處該用墨筆；咨移呈札，各種款式，他都能一望而知的了。並且一切官場的毛病，什麼冒名頂替，假札假憑等事，他尤為查察得爛熟胸中。此刻恰好碰了一個姓卜的獎札，如何不心動？因叫李福去取來看。不一會，李福取了來。他接過仔細察看了一遍，雖然不識字，然而公事的款式，處處不錯。便說道：『待我拿去給朋友看看，但不知二百塊的價錢，可能讓點？』李福道：『果然有人要了，再說罷。』賈沖便拿了這東西，到外面去混跑了一回。心中暗暗打算，這東西倒像真的，可惜沒有一個內行人好去請教。但是據李福說，看著他弄來的，料來假不到那裏。一個人蕩來蕩去，沒個著落；只得到占卦攤上去占個卦，以定吉凶。那占卦的，演成卦象，問占什麼事。賈沖道：『求名。』占卦的道：『求名卦，財旺生官，近日已經有了機緣，可惜還有一點點小阻礙。過了某日，日干衝動官爻，當有好消息。』賈沖道：『我只問這個功名是真的是假的？』占卦的道：『官爻持世，真而又真，可惜未曾發動。過了某日，子水子孫，沖動已火官鬼；況且財爻得助，又去生官；那就恭喜，從此一帆風順了！』賈沖聽了，付過卦資，心中倒有幾分信他。因他說的什麼財旺生官，自己本要拿錢去買這東西，這句已經應了。又說什麼目下有點阻礙，這明明是我信不過他的真假，做了阻礙了。又回頭一想，在衙門裏曾聽見人說，拿了假官照出來當差，只要不求保舉，是一輩子也鬧不穿的。但不知獎札會鬧穿不會？忽又決意道：『管他真的假的，我只要透便宜的還他價；他若是肯的，就是在外頭當不得差；拿回鄉下去，嚇嚇鄉下人，也是好的。』定了主意，便回到棧去。只見仍是李福一個人在那裏，便把東西交還他道：『前路怕東西靠不住，不肯還價。』李福著急道：『這明明是我的舊日小主人，在臺灣當差得來的；那時候還有上諭，登過申報；我們還戴上大帽子，和老主人叩喜的；怎麼說靠不住？』賈沖道：『就是真的，前路也出不起這個價；他說若是十來塊洋錢，不妨談談。』李福道：『那是上天要價，下地還錢，我不怪他；若說是個假的，他買了這東西，我肯跟他到部裏投供去；如果部裏說是假的，那就請部裏辦我。』賈沖聽了這話，心中又一動、暗想看他這著急樣子，確是像真的。因說道：『你且去問問他價錢如何再說！』李福歎道：『人到了背時的時候，還有甚說得！』說罷，自去了。過了一會，又回來說道：『前路因為老太太有病急於回去，說至少要一百塊；少了，他就不賣了。』賈沖又還他二十塊，叫他去問；李福不肯，賈沖又還到三十，李福方才肯去。如此往返磋商，到底五十塊洋錢成的交。

「少大人應酬過幾天，便要到外面買東西；什麼孝敬上司的，送同寅的，自己公館用的，無非是洋貨。他們闊少到省，局面自然又是一樣；凡買這些東西，總是帶了賈沖去；或者由賈沖到店裏，叫人送來看。買完了洋貨，又買綢緞。這兩宗大買賣，又調劑賈沖賺了不少。賈沖心中一想，我買了那獎札，是要謀出身的；此刻除了李福，沒有人知道。萬一我將來出身，這名字傳到河南去，叫他說穿了，總有許多不便，不如設法先除了他。恰好這幾天李福在外面打野雞，身上弄了些毒瘡，行走不便；那野雞妓女，又到棧裏來看他。賈沖便乘勢對少大人說：『李福這個人，很有點不正經，恐怕靠不住。就在棧裏這幾天，他已經鬧得一身毒；還弄些什麼婆娘，三天五天，到棧裏來。照這個樣子，帶他到河南去，恐怕於少大人官聲有礙。

此刻不過出門在客中，他尚且如此；跟少大人到了河南，少大人得了好差使，他還了得麼？在外面歡喜玩笑的人，又沒本事賺錢，少不免偷拐搶騙，亂背虧空；鬧出事情來，卻是某公館的家人。雖然與主人不相干，卻何苦被外頭多這麼一句話呢！何況這種人，保不住他不借著主人勢子，在外頭招搖撞騙。請少大人的示！怎樣儆戒儆戒他才好？不然，帶到河南去，倒是一個累。』他天天拿這些話對少大人說，少大人看看李福，果然滿面病容，走起路來，是有點不便當的樣子。便算給工錢，把他開發了。另外託朋友，薦過一個人來。又過了幾天，少大人玩夠了，要動身了；賈沖忽然病起來，一天到晚，哼聲不絕。一連三天，不茶不飯；請醫生來給他看過，吃了藥下去，依然如此。少大人急了，親到他榻前，問他怎樣了？可能走得動？他趴在枕上叩頭道：『是小的沒福氣跟隨少大人，所以無端生起病來；望少大人上緊動身，不要誤了正事！小的在這裏將養好了，就兼程趕上去伺候。』少大人道：『我想等你病好了，一起動身呢！』賈沖道：『少大人的前程要緊，不要為了小的耽誤了；小的的病，自己知道早晚是不會好的。』少大人無奈，只得帶了兩個家人，動身到鎮江，取道清江浦，往河南去了。這邊少大人動了身，那邊賈沖馬上就好了。另外搬過一家客棧住下，不叫賈沖。就依著獎札的名字叫了卜子修。結交起朋友來，託了一家捐局，代他辦事，就把這獎札寄到京裏，託人代他在部裏改了籍貫，辦了驗看，指省江蘇。部憑到日，他便往蘇州稟到，分到上海道差遣。他那上衙門，是天天不脫空的。又稟承了他叔祖老大人的教訓，見了上司，那一種巴結的勁兒，簡直形容他不出來。所以他分道不久，就得了個高昌廟巡防局的差使。

「高昌廟本是一個鄉僻地方，從前沒有什麼巡防局的；因為同治初年，湘鄉曾中堂、合肥李中堂，奏准朝廷，在那邊設了個江南機器製造總局。那局子一年年的擴充起來，那委員司事，便一年多似一年；至於工匠小工之類，更不消說了，所以把局前一片荒野之地，慢慢的成了一個聚落。有了兩條大路，居然是個鎮市了；所以就設了一個巡防局。卜子修是初出茅廬的人，得了那個差使，猶如抓了印把子一般，倒也凡事必躬必親；他自己坐在轎子裏，看見路上的東洋車子攔路停著；他便喝叫停下轎子，自己拿了手板跑出來，對那些車夫亂打；嚇得那些車夫四散奔逃；他嘴裏還是混帳王八蛋，娘㜷洗亂炮的亂罵。製造局裏的總辦提調都是些道府班；他又多一班上司伺候了。新年裏頭，他忽然到總辦那裏稟見。總辦不知他有甚公事，便叫請他進來。見過之後，就有他的家人，拿了許多魚燈，荷花燈，兔子燈之類上來，還有一個手版；他便站起來，垂手稟道：『這是卑職孝敬小少爺玩的，求大人賞收！』總辦見了，又是可笑，又是可惱。說道：『小孩子玩的東西，何必老兄費心？』卜子修道：『這是卑職的一點窮孝心，求大人賞收了！』又對總辦的家人道：『費心代我拿了上去，這手版說我替小少爺請安。』總辦倒也拿他無可如何。從此外面便傳為笑柄。

「那年恰好碰了中東之役，製造局是個軍火重地，格外戒嚴；每天晚上，各廠的委員司事，都輪班查夜；就是總辦提調，也每夜輪流著到處稽查；到半夜時，都在公務廳會齊一次，叫做『會哨』。這卜子修雖是局外的人，到了會哨時候，他一定穿了行裝，帶了兩名巡勇，去獻殷勤。時常還帶著些點心，去孝敬總辦，請各委員司事。有一天晚上，他叫人抬了一口行竈，放在公務廳天井裏，做起湯圓來。總辦來了，看見了，問是做什麼的。家人回說是巡防局卜老爺做湯圓的。總辦道：『算了！東洋人這場仗打下來，如果中國打了勝仗，講起和來，開兵費賠款的帳，還要把卜老爺的點心帳開上一筆呢。』不提防卜子修已在旁邊站著班，聽了這句話，走前一步，請了個安道：『謝大人栽培！』總辦見了，又是好氣，又是好笑，卻又不好拿他怎樣；只有對著別人，微微的冷笑一聲。此時會哨的人都已齊集，大家不過談些日來軍事新聞。只有卜子修，趕出趕進，催做湯圓，眾人見他那副神氣，都在肚子裏暗笑。卜子修只不覺著。催得湯圓熟時，一碗一碗的盛在那裏，未曾拿上去，子修自己親來一看，見是每碗四個。便拿起湯匙來，在別個碗上，取了兩個，湊在一個碗裏；細數過一次，是六個無疑了。便親自雙手捧了，送至總辦跟前；雙手一獻至額道：『這是卑職孝敬大人的祿位高陞！』總辦倒也拿他無可如何，笑說道：『老兄太忙了！破了鈔，不算數，還要那麼忙，這是叫我們下回不敢再查夜了。』總辦說話時，他還垂著手，挺著腰，洗耳恭聽。等總辦說完了，他便接連答應『是，是，是。』旁邊的人，都幾乎笑起來，他總是不覺著。又去取一碗，添足了九個；親自捧了，又拿了一個手版，走到總辦的家人跟前道：『費心費心！代我拿上去，孝敬老太太。說是卑職卜子修孝敬老太太的，久長富貴。這個手版，費心代回一回，是卑職卜子修恭請老太太晚安。』總辦道：『算了罷！不要覼瑣了，老太太早已睡了！』卜子修道：『這是卑職的一點孝心，老太太雖然睡了，也一定歡喜的。』總辦無可如何，只得由他去鬧。

「諸如此類的笑話，也不知鬧了多少。最可笑的，是有一回一個什麼大員路過上海，本地地方官，自然照例辦差。等到那位大員駕到之日，自然闔城印委各員，都到碼頭迎迓。那卜子修打聽得大員坐的是招商局船，泊在金利源碼頭，便坐了轎子去迎迓。偏偏那轎子走得慢，看見那製造局總辦提調，以及各廠的紅委員，凡夠得上去接的；一個個都坐了馬車，超越在轎子前頭，如飛的去了。那總辦提調，都是一個人一輛馬車；其餘各委員，也有兩個人一輛的，也有三個人一輛的；最寒塵的，是四個人一輛。卜子修心中無限懊悔，悔不和別人打入夥，僱個馬車，那就快得多了。一面想，一面罵轎班走得慢。你們吃老爺的飯，都吃到那裏去了？腿也跑不動了？一面罵，一面在轎子裏跺腳；跺得轎班的肩膀生痛，越發走不動了。他更是恨得了不得，罵道：『等一會回到局子裏，叫你們對付我的板子！』嘴裏罵著，心中生怕到得遲了，那邊已經上了岸，那就沒意思了。又想道：『怎樣能再遇見一個熟人，是坐馬車的，那就好了；我就不管三七二十一，喊住了他，附坐了上去了。』思想之間，轎子將近西門，忽然看見一輛轎子馬車，從轎後超越到轎前去。卜子修定睛從那轎車後面的玻璃看進去，內中只坐了一人，便大呼小叫起來道：『馬車停一停！馬車停一停！』前頭那馬車夫聽見了，回頭一看，是卜老爺坐在轎子裏，招手叫停車，也不知他有什麼要緊公事，姑且把馬韁勒住，看他作何舉動。卜子修見馬車停住了，便喝叫停轎；自己走了下來，交代轎班，趕緊到碼頭去伺候。到遲了，誤了我的差使，小心你們的狗腿！說罷，三步兩步，跑到那馬車跟前；伸手把機關一擰，用力一拉，開了門，一腳跨了上去；抬頭一看，只把他急個半死。你道車子上是誰？正是卜子修的頂頭上司，欽命二品銜，江南分巡蘇松太兵備道。卜子修這一嚇，竟是魂不附體。那馬夫看見他一腳上了車，便放開韁繩，那馬如飛而去了。只有卜子修此時，臉紅過耳，連頸脖子都紅了；還有一半身子在車子外面，跨又跨不進去，退又退不出來；彎著身子，站又站不直；急得又開口不得。道臺見了這個情形，又可笑，又可惱；便冷笑道：『你坐下罷！』卜子修如奉恩詔一般，才敢把第二條腿拿了進來，順手關上車門。誰知身上佩帶的檳榔荷包上一顆料珠兒，夾在門縫裏，那門便關不上。只好把一隻手拉著門。這一邊呢，又不敢和道臺平坐；若要斜簽著身子呢，一條腿又要壓到道臺膝蓋上，鬧得他左不是右不是；他平日見了上司是最會說話的，這回卻急得無話可說。」正是：

大人莫漫嫌唐突，卑職專誠附驥來。

未知卜子修到底怎樣下場，且待下回再記。

第一百一回　王醫生淋漓談父子　梁頂糞恩愛割夫妻

「幸喜馬車走得快，不多幾時，便到了金利源碼頭了。卜子修連忙先下了車，垂手站著；等道臺下車時，他還回道：『是大人叫卑職坐的！』道臺看了他一眼，只得罷了。後來他在巡防局裏，沒有事辦，便常常與些東洋車夫為難；又每每誤把製造局委員司事的包車夫拿了去；因此大家都厭惡了他。有起事情來，偏偏和他作對。他自己也覺得乏味了，便託人和道臺說，把他調到城裏東局去。一直當差到此刻，也算當得長遠的了。這個便是卜子修的來歷。」

且慢！從九十七回的下半回起敘這件事，是我說給金子安他們聽的。直到此處，一百一回的上半回，方才煞尾。且莫問有幾句說話，就是數數字數，也一萬五六千了。一個人那裏有那麼長的氣？又那個有那麼長的功夫去聽呢？不知非也，我這兩段故事，是分了三四天和子安他們說的。不過當中說說停住了，那些節目，我懶得敘上，好等這件事成個片段罷了。這三四天功夫，早又有了別的事了。原來這兩天苟才又病了，去請端甫，端甫推辭不去。苟才便寫個條子給繼之，請繼之問他，是何原故？繼之便去找著端甫，問道：「聽說苟觀察來請端翁，端翁已經推掉了。」端甫道：「不錯！推掉了。」繼之道：「端翁，你這個就太古板了！他這個又不是不起之症，你又何必因一時的疑心，就辭了人家呢？」端甫道：「不起之症，我還可以直說；他公館裏住著一個要他命的人，叫我這做醫生的，如何好過問？我在上海差不多二十年了，雖然沒甚大名氣，卻也沒有庸醫殺人的名聲。我何苦叫他栽我一下？雖然是非曲直，自有公論；但是現在的世人，總是人云亦云的居多；況且他家裏人，既然有心弄死他，等如願以償之後，賊人心虛，怕人議論，豈有不盡力推在醫生身上之理？此刻只要苟觀察離了他公館，或者住在寶號，或者逕到我這裏住下，二十天、半個月光景，我可以包治好了。要是他在公館裏請我，我一定不去的。」繼之聽了，倒也沒得好說。只得辭了出來，便去找苟才。

其實苟才沒甚大病，不過仍是怔忡氣喘罷了。繼之見面之下，只得說端甫這個人，是有點脾氣的。偶然遇了有甚不如意的事，莫說請出門，就是到他那裏門診，他也不肯診的。說是心緒不寧，恐怕診亂了脈，誤了人家的事。苟才道：「這個倒好，這種醫生才難得呢！等他心緒好了再請他。」說話時，苟才兒子龍光走進來，和繼之請過了安。便對苟才道：「前天那個人又來了，在那屋裏等著，家人們都不敢來回。」苟才道：「你在這裏陪著吳老伯。」又對繼之道：「繼翁請寬坐！我去去就來。」說罷，自出去了。繼之不免和龍光問長問短，又問公館裏有幾位老夫子及令親。龍光道：「從前人多，現在只有帳房先生丁老伯，書啓老夫子王老伯；至於舍親等人，早年就都各回旗去了；此刻沒有什麼。」繼之忽然心中一動道：「我何妨設一個法，試探試探他看呢？」因問道：「尊大人的病，除了咳喘怔忡，還有什麼病？近來請那一位先生？」龍光道：「一向是請的老伯所薦的王端甫先生；這兩天請他，不知怎的，王先生不肯來了。昨天今天都是請的朱博如先生。」繼之道：「是那一位薦的？」龍光道：「沒有人薦的；不過在報上看見告白，請來的罷了。」老伯有甚朋友高明的，務求再薦一兩個人，好去請教請教；也等家父早日安痊。」繼之又想了一想道：「尊大人這個病是不要緊的；不過千萬不要吃錯了東西！據我聽見的，這個咳喘怔忡之症，最忌的是鮑魚。」龍光道：「什麼鮑魚？」繼之道：「就是海味鋪裏賣的鮑魚，還有洋貨鋪子裏賣那個東洋貨，是裝了罐子的，這東西吃了，要病勢日深的。」

剛說完了話，苟才已來了。龍光站起來，俄延了一會，就去了。繼之和苟才略談了一會，也就辭回號裏，對我們眾人談起朱博如來。管德泉道：「朱博如，這個名字熟得很，是在那裏見過的？」金子安道：「就是什麼兼精辰州符，失物圓光的那個，天天在報上上告白的；還有誰！」德泉道：「哦！不錯了！然而苟觀察何以請起這種醫生來？」繼之道：「他花了錢，自然是愛請誰請誰；誰還管得了他？我不過是疑心端甫那句說話。他家裏說共一個兒子，一個帳房，一個書啓，是那個要弄死他？這件事要做，只有兒子做。說起憤世嫉俗的話來，自然處處都有梟獍；但是平心而論，又何必人人都是梟獍呢？何況龍光那孩子，心裏我不得而知；看他外貌，不像那樣人。我今天已下了一個探聽的種子，再過幾天，就可以探聽出來了。」我道：「怎麼探聽有種子的？」繼之道：「你且不要問，你記著，下一個禮拜，提我請客。」我答應了。

光陰似箭，轉瞬又過了一禮拜了。繼之便叫我寫請客帖子，請的苟才是正客，其次便是王端甫，餘下就是自己幾個人；並且就請在自己號裏，並不上館子。下午，端甫先來，問起：「請客是甚意思，可是又要我和苟觀察診脈？」繼之道：「並不！我並且代你辯得甚好的。你如果不願意，只說自己這兩天心緒不寧，不肯替人診脈的就是了！」不多一會，苟才也來了。大家列坐談天。苟才又央及端甫診脈。端甫道：「診脈是可以，方子可不敢開；因為近來心緒不寧，恐怕開出來方子不對。」苟才道：「不開方不要緊，只要賜教脈象如何？」端甫道：「這個可以！」苟才便坐了過來，端甫伸出三指，在苟才兩手上診了一會道：「脈象都和前頭差不多，不過兩尺沈遲一點；這是年老人多半如此，不要緊的！」苟才道：「不知應該吃點什麼藥？」端甫道：「這個，實在因為心緒不安，不敢亂說。」苟才也就罷了。一會兒，席面擺好了。繼之起身把盞讓坐。酒過三巡，上過魚翅之後，便上一碗清燉鮑魚。繼之道：「這是我這個廚子，拿手的一樣精品。」說罷，親自一一敬上兩片。苟才道：「可惜這東西，我這兩天吃得膩了。」繼之聽了，顏色一變，把筷子往桌上一擱。苟才不曾覺著。我雖覺著了，因為繼之此時，尚沒有把對龍光說的話告訴我，所以也莫名其妙。因問苟才道：「想來是頓頓吃這個？」苟才道：「正是！因為那醫生說是要多吃鮑魚，才易得好。所以他們就頓頓給我這個吃。」端甫道：「據食物本草，這東西是滋陰的；與怔忡不寐什麼相干？這又奇了！」繼之問苟才道：「公子今年貴庚多少了？」苟才道：「二十二歲了。」繼之道：「年紀也不小了，何不早點代他弄個功名，叫他到外頭歷練歷練呢？」苟才道：「我也有這個意思，並且他已經有個同知在身上；等過了年，打算叫他進京辦個引見，好出去當差。」繼之道：「這又不是揀日子的事情，何必一定要明年呢？」苟才笑道：「年裏頭也沒有什麼日子了。」

端甫是個極聰明、極機警的人，聽了繼之的話，早已有點會意；便笑著接口道：「我們年紀大的人，最要有自知之明；大凡他們年輕的少爺奶奶，看見我們老人家，是第一件討厭之物；你看他臉上十分恭順，處處還你規矩；他那心裏頭，不知要罵多少老不死、老殺才呢！」說得合席人都笑了。端甫又道：「我這個是在家庭當中，閱歷有得之言；並不是說笑話。所以我五個小兒，沒有一個在身邊；他們經商的經商，處館的處館；雖是娶了兒媳，我卻叫他們連媳婦兒帶了去。我一個人在上海，逍遙自在，何等快活！他們或者一年來看我一兩趟，見了面，那種親熱要好孝順的勁兒，說也說不出來。平心而論，那倒是他們的真天性了。何以見得呢？大約父子之間，自然有一份父子的天性。你把他隔開了，他便有點掛念；越隔得遠，越隔得久，越是掛念的利害。一旦忽然相見，那天性不知不覺的自然流露出來。若是終年在一起的，我今天惱他做錯了一件什麼事，他明天又怪我罵了他那一項；久而久之，反為把那天性汩沒了。至於他們做弟兄的，尤其要把他遠遠的隔開；他那友于之請才篤。若是住在一起，總不免那爭執口角的事情。一有了這個事情，總要鬧到兄弟不相完結。這還是父母窮的話；若是父母有錢的，更是免不了爭家財，爭田舍等事。若是個獨子呢？他又惱著老子在前，不能由得他揮霍，他還要恨他老子不早死呢！」說著，又專對苟才說道：「這是兄弟泛論的話，觀察不要多心。」苟才道：「議論得高明得很，我又多心什麼？兄弟一定遵兩位的教，過了年，就叫小兒辦引見去。」繼之道：「端翁這一番高論，為中人以下說法，是好極了！」端甫道：「若說為中人以下說法，那就現在天下算得沒有中人以上的人；別的事情，我沒有閱歷，這家庭的閱歷，是見得不少了。大約古聖賢所說的話，是不錯的。孟夫子說是：『父子之間，不責善；責善，賊恩之大者。』此刻的人卻昧了這個道理，專門責善於其子。這一著呢，還不必怪他；他期望心切，自然不免出於責善一類。最奇的，他一面責善，一面不知教育。你想父子之間，還有相得的麼？還有一種人，自己做下了多少男盜女娼的事，卻責成兒子做仁義道德，那才難過呢！」

談談說說，不覺各人都有了點酒意，於是吃過稀飯散坐。苟才因是有病的人，先辭去了。繼之才和端甫說起前兩天見了龍光，故意說不可吃鮑魚的話；今日苟才便說吃得膩了。看來這件事，竟是他兒子所為。端甫拍手道：「是不是呢？我斷沒有冤枉別人的道理！但是已經訪得如此確實，方才為甚不和他直說？還是那麼吞吞吐吐的。你看苟才，他應酬上很像精明；但是於這些上頭，我看也平常得很，不見得他會得過意來。」繼之道：「直說了，恐怕有傷他父子之情呢！」端甫跳起來道：「罷了！罷了！不直說出來，恐怕父子之情，傷得更甚呢！」繼之猛然省悟道：「不錯！不錯！我明天就去找他，把他請出來，明告訴他這個底細罷！」端甫道：「這才是個道理。」又談了一會，端甫也辭去了。一宿無話。

次日，繼之便專程去找苟才，誰知他的家人回道：「老爺昨天赴宴回來，身子不大爽快，此刻還沒起來。」繼之只得罷了。過一天再去，又說是這兩天厲害得很，不會客；繼之也只得罷休。誰知自此以後，一連幾次，都是如此。繼之十分疑心，便說：「你們老爺不會客，少爺是可以會客的，你和我通報通報！」那家人進去了一會，出來說請。繼之進去，見了龍光，先問起：「尊大人的病，為甚連客都不會了？不知近日病情如何？」龍光道：「其實沒什麼，不過醫生說務要靜養，不可多談天，以致費氣勞神；所以小姪便勸家父不必會客。五庶母留在房裏，早晚伏侍；方才睡著了，失迎老伯大駕！」繼之聽說，也不能怎樣，便辭了回來。過一天，又寫個條子去約苟才出來談談；詎接了回條，又是推辭。繼之雖是疑心，卻也無可如何。光陰如駛，早又過了新年。到了正月底邊，忽然接了一張報喪條子，是苟才死了。大家都不覺吃了一驚。繼之和他略有點交情，不免前去送殯，順便要訪問他那致死之由；誰知一點也訪不出來。倒是龍光哭喪著臉，向繼之叩頭，說上海並無親戚朋友，此刻出了大事，務求老伯幫忙。繼之只得應允。

到了春分左右，北河開了凍，這邊號裏接到京裏的信，叫這邊派人去結算去年帳目。我便附了輪船，取道天津。此時張家灣，河西務兩處所設的分號，都已收了；歸併到天津分號裏。天津管事的是吳益臣，就是吳亮臣的兄弟。我在天津盤桓了兩日，打聽得文杏農已不在天津了，就雇車到京裏去。此時京裏分號，已將李在茲辭了，由吳亮臣一個人管事。我算了兩天帳目，沒甚大進出，不過核對了幾條出來，叫亮臣再算。我沒了事，就不免到琉璃廠等處逛逛。順便到山邑會館問問王伯述蹤跡。原來應暢懷倒在那裏，伯述是有事回山東去了。只見一個年輕貌美的少年，在暢懷那裏坐著；暢懷和我介紹，代通姓名。原來這個人是旗籍，名叫喜潤，號叫雨亭，是個內閣中書。這一天拿了一個小說回目，到應暢懷這邊來，要打聽一件時事，湊上對一句。原來京城裏風氣，最歡喜謅些對子及小說回目等，異常工整。謅了出來，便一時傳誦，以為得意。但是謅的人，全是翰林院裏的太史公。這位喜雨亭中書，有點不服氣，說道：「我不信只有翰林院裏有人才，我們都夠他不上。」因得了一句，便硬要對一句；卻苦於沒有可對的事情。我便請教是一句什麼。暢懷道：「你要知道這一句，卻要先知道這樁事情的底細才有味。」我道：「那就費心你談談！」暢懷道：「有一位先生，姓溫，號叫月江；孟夫子說的：『人之患在好為人師。』這位溫月江先生，卻是最喜的是為人師。凡有來拜門的，他無有不笑納。並且視贄禮之多少，為情誼之厚薄。生平最惱的是洋貨，他非但自己不用，就是看見別人用了洋貨，也要發議論的。有一天，他又收了一個門生，預先託人送過贄禮，然後謁見。那位門生去見他時，穿了一件天青呢馬褂，他便發話了，說什麼孟子說的：『吾聞用夏變夷者，未聞變於夷者也。』若是服夷之服，簡直是變於夷了。老弟的人品學問，我久有所聞，是很純正的；但是這件馬褂，不應該穿。我們不相識呢，那是彼此無從切磋起；今日既然忝在同學，我就不得不說了。那門生道：『門生這件馬褂，還是門生祖父遺下來的；門生家寒，有了兩個錢，買書都不夠，那裏來得及置衣服？像這個馬褂，門生一向都不敢穿的；因為係祖父遺物，恐怕穿壞了，無以對先人。今天因為拜見老師，禮當恭敬的，才敢請出來用一用。』溫月江聽了，倒肅然起敬起來，說道：『難得老弟這一點追遠之誠，一直不泯；真是可敬！我倒失言了！』那門生道：『門生要告稟老師一句話，不知怕失言不怕？』溫月江道：『請教是什麼話？但是道德之言，我們儘談。』那門生道：『門生前天託人送進來的贄禮一百元，是洋貨！』溫月江聽了，臉紅過耳，張著口半天，才說道：『這，這，這，這，可，可，可，可，可不是嗎？我，我，我馬上就叫人拿去換了銀子來了。』自從那回之後，人家都說他是個臭貨。但是他又高自位置，目空一切，自以為他的學問，誰都及不了他。人家因為他又高又臭，便上他一個徽號，叫他做梁頂糞。取最高不過屋梁之頂，最臭不過是糞之義。那年溫月江來京會試，他自以為這一次禮闈，一定要中要點的。所以進京時，就帶了家眷同來。來到京裏，沒有下店，也不住會館，住在一個朋友家裏。可巧那朋友家裏，已經先住了一個人，姓武，號叫香樓，卻是一位太史公。溫月江因為武香樓是個翰林，便結交起來。等到臨會場那兩天，溫月江因為這朋友家在城外，進場不便；因此另外租了考寓，獨自一人住到城裏去。這本來是極平常的事情，誰知他出場之後，忽然出了一個極奇怪的變故。」正是：

白戰不曾持寸鐵，青巾從此晉頭銜。

未知出了什麼變故，且待下回再記。

第一百二回　溫月江義讓夫人　裘致祿孽遺婦子

「溫月江出場之後，回到朋友家裏，入到自己老婆房間。自以為這回三場得意，一定可以望中的。正打算拿頭場首藝念給老婆聽聽，以自鳴其得意。誰知一腳才跨進房門口，耳邊已聽得一聲『哇』！溫月江吃了一驚，連忙站住了。抬頭一看，只見他夫人站在當路，喝道：『你是誰？走到我這裏來！』月江訝道：『什麼事？什麼話？』他夫人道：『嚇！這是那裏來的？敢是一個瘋子？丫頭們都到那裏去了？還不給我打出去！』說聲未了，早跑出四五個丫頭，手裏都拿著門閂棒搥，打將出來。溫月江只得抱頭鼠竄而逃，自去書房歇下。這書房，本是武香樓下榻所在；與上房雖然隔著一個院子，卻與他夫人臥室遙遙相對。溫月江坐在書桌前面，臉對窗戶；從窗戶望過去，便是自己夫人的臥室。不覺定著眼睛，出了神，忽然看見武香樓從自己夫人臥室裏出來，向外便走。溫月江直跳起來，跑到院子外面，把武香樓一把捉住。嚇得香樓魂不附體，頓時臉色泛青，心裏突突兀兀的跳個不住，身子都抖起來。溫月江把他一把拖到書房裏，捺他坐下；然後在考籃裏，取出一個護書；在護書裏取出一疊場稿來道：『請教請教看！還可以有望麼？』武香樓這才把心放下。定一定神，勉強把他頭場文稿看了一遍，不住的擊節讚賞道：『氣量宏大，允稱元作；這回一定恭喜的了！』月江不覺洋洋得意。又強香樓看了二三場的稿。香樓此時，心已大放，便樂得同他敷衍；無非是讀一篇，讚一篇；讀一句，讚一句。及至三場的稿都看完了，月江呵呵大笑道：『兄弟此時也沒有什麼望頭，只希望在閣下跟前，稱得一聲老前輩就夠了！』香樓道：『不敢當！不敢當！這回一定是恭喜的。』從此以後，倒就相安了。不過溫、武兩個，易地而處罷了。這一科溫月江果然中了，連著點了；誰知他偏不爭氣，才點了翰林，便上了一個什麼摺子，激得萬歲爺龍顏大怒，把他的翰林革了。他才死心塌地，回家鄉去。近來聽說他又進京來了，不知鑽什麼路子，希圖開復。人家觸動了前事，便謅了一句小說回目，是『溫月江甘心戴綠帽』。這位喜雨翁要對上一句，卻對了兩天，沒有對上。」我道：「這個難題，必要又有個那麼一回實事，才謅得上呢。若是單對字面，卻是容易的。不過溫對涼，月對星，江對海……之類就得了。」喜雨亭道：「無奈沒有這件實事，總是難的。」當下我見伯述不在，談了幾句，就走了。

回到號裏，只見一個人在那裏和亮臣說話，不住的唉聲歎氣，滿臉的愁眉苦目；談了良久才去。亮臣便對我說道：「所謂『貨悖而入者亦悖而出』，這句話真是一點不錯！」我問是什麼事。亮臣道：「方才這個人，是前任福建侯官縣知縣裘致祿的妾舅；裘致祿他在福建日子甚久，仗著點官勢，無惡不作，歷署過好幾任繁缺，越弄越紅；後來補了缺，調了侯官首縣。所刮得的地皮，也不知多少。後來被新調來的一位閩浙總督，查著他歷年的多少劣跡，把他先行撤任；著實參了他一本。請旨革職，歸案訊辦。這位裘致祿信息靈通，得了風聲，便逃走到租界地方去。等到電旨到日，要捉他時，他已是走得無影無蹤了。後來訪著他在租界，便動了公事，向外國領事要人。他又花言巧語，對外國人說他自己並沒有犯事，不過要改革政治；這位總督不喜歡他，所以冤枉參了他的。外國人向來有這麼個規矩，凡是犯了國事的，叫做『國事犯』，別國人有保護之例。據他說所犯的是『改革政治』，就是『國事犯』，所以領事就不肯交人。閩浙總督急得了不得，派了委員去辯論；派了一起，又是一起，足足耽誤了半年多。好不容易才把他要了回來，自然是惱得火上加油，把他重重的定了罪案，查抄家產，發極邊充軍。當時就把他省城寓所查抄了，又動了電報，咨行他原籍，也把家產抄沒了；還要提案問他寄頓之處。裘致祿便供家產盡絕了，然後起解充軍。

「這裘致祿有個兒子，名叫豹英，因為家產被抄，無可過活，等他老子起解之後，便悄悄向各處寄頓的人家去商量，取回應用。誰知各人不約而同的，一齊抵賴個乾乾淨淨。你道如何抵賴得來？原來裘致祿得了風聲時，便將各種家財，分向各相好朋友處寄頓；一一要了收條，藏在身邊。因為兒子豹英，一向揮霍無度，不敢交給他，他自己逃到租界時，便帶了去。等到一邊外國人把他交還中國時，他又把那收條，託付他一個朋友，代為收貯。其時他還仗著上下打點，以為頂多定我一個革職查抄罷了；萬不料這一次總督大人動了真怒，錢神技窮，竟把他發配極邊；他當紅的時候，是傲睨一切的；多少同寅，沒有一個在他眼裏的。因此同寅當中，也沒有一個不恨他入骨。此次他犯了事，凡經手辦這個案的人，沒有一個不拿他當死囚看待的。有時他兒子到監裏去看他時，前後左右看守的人，寸步不離；沒有一個不是虎視眈眈的。父子兩個，要通一句私話，都不能夠；要傳遞一封信，更是無從下手。直到他發配登程的那天，豹英去送他，才覷了個便，把幾家寄頓的人家，說個大略；還不曾說得周全，便被那解差叱喝開了；又忘記了說寄放收條的那個朋友。豹英呢，也是心忙意亂；聽了十句倒忘了四五句；所以鬧得不清不楚，便分手去了。

「代他存放收條的那個朋友，本是福建著名的一個大光棍，姓單，名叫占光；當日得了收條，點一點數，一共是十三張；每張上都開列著所寄的東西，也有田產房契的，也有銀行存據的，也有金珠寶貝的，也有衣服箱籠的，也有字畫古董的；估了估價，大約總在七八十萬光景。單占光暗想，這廝原來在福建刮的地皮有這許多，此刻算算已有七八十萬；還有未曾拿出來的，以及匯回原籍的呢，還許他另有別處寄頓的呢。此刻單占光已經有意要想他的法子的了。等到裘致祿定了充軍罪案，見了明文，他便帶了收條，逕到福州省城，到那十三家出立收條人家，挨家去拜望。只說是裘致祿所託，要取回寄頓各件，又拿出收條來照過；大家自然沒有不應允的道理。他卻是只有這麼一句話，說過之後，卻不來取；等十三家人家挨次見齊之後，裘致祿的案一天緊似一天，那單占光又拿了收條，挨家去取。卻都只取回一半；譬如寄頓十萬的，他卻只收回五萬，在收條上注了某月某日，收回某物字樣；底下注了裘致祿名字。然後發出帖子去請客，單請這十三家人；等都到齊了，坐了席，酒過三巡。單占光舉起酒杯，敬各人都乾了一鍾道：『列位！可知道裘致祿一案，已是無可挽回的了；當日他跑到租界，兄弟也曾經助他一臂之力；無如他老先生運氣不對，以至於有今日之事。想來各位都與他相好，一定是代他扼腕的。』眾人聽了，莫不齊聲歎息。

「單占光又道：『兄弟今天又聽了一個不好的消息，不知諸位可曾知道？』各人齊說：『弟等不曾聽得有甚消息。』占光道：『兄弟也知道列位未必有那麼信息靈通，所以特請了列位來，商量一個進退。』眾人又齊說：『願聞大教。』占光道：『兄弟這兩天，代他經手取了些寄頓東西出來，原打算向上下各處打點打點，要翻案的；不料他老先生不慎，等我取了東西，將收條交還他時，卻被禁卒看見了，一齊收了去，說是要拿去回上頭。我想倘使被他回了上頭，是連各位都有不是的。一經吊審起來，各位都是窩家，就是兄弟這兩天代他向各位處取了些東西，也要擔個不是，所以請了各位來商量個辦法。』眾人聽了，面面相覷，不知所對。占光又催著道：『我們此刻，統共一十四個人，真正同舟共命；務求大家想個法子，脫了干係才好！』眾人歇了半天無話。占光又再三相促。眾人道：『弟等實無善策，還求閣下代設個法兒！非但閣下自脫干係，就是我等眾人，也是十分感激的。』占光道：『法子呢，是還有一個，幸而那禁卒頭兒，兄弟和他認得，一向都還可以說話；為今之計，只有花上兩文，把那收條取了回來，是個最高之法。』眾人道：『如此最好。但不知要花多少？』占光道：『少呢，我也不能向前途說；多呢，我也不能對眾位說；大約你們各位，多則一萬一個人，少則八千一個人，是要出的。』眾人一聽大驚道：『我們那裏來這些錢花？』占光把臉一沈，默默不語。慢慢的說道：『兄弟是洋商所用的人，萬一有什麼事牽涉到我，只要洋東一出面，就萬事都消了。兄弟不過為的是眾位，或在官的，或在幕的，一旦牽涉起來，未免不大好看，所以多此一舉罷了。各位既然不原諒我兄弟這個苦衷，兄弟也不多管閒事了。』說著，連連冷笑。內中有一個便道：『承閣下一番美意，弟等並不是不願早了此事；實係因為代姓裘的寄存這些東西，並無絲毫好處，卻無辜被累，平空要花去一萬、八千，未免太不值得！所以在這裏躊躇罷了。』占光呵呵大笑道：『虧你們！虧你們！還當我是壞人，要你們掏腰呢！花了一萬、八千，把收條取回來，一個火燒掉了，他來要東西，憑據呢？請教你們各位，是得了便宜？是失了便宜？至於我兄弟，為自己脫干係起見，絕不與諸位計較，辦妥這件事之後，酬謝我呢，我也不卻；不酬謝我呢，我也不怪；聽憑各位就是了。』眾人聽了，恍然大悟道：『如此我等悉聽占翁吩咐辦理就是了。』占光道：『辦！我只管去辦；至於各出多少使費，那是要各位自願的，兄弟不便強派。』眾人聽了，又互相商議；有出一萬的，有出八千的，有出五六千的；統共湊起來，也有十一萬五千了。占光搖頭道：『這點恐怕不夠！白費唇舌不要緊，兄弟是在洋東處告了假出來，不能多耽擱的，怕的是耽擱時候。』眾人見他這麼說，便又商量商量，湊夠了十二萬銀子給他，約定日子過付。他等銀子收到了，又請了一天客；把十三張收條，取了出來，一一交代清楚，眾人便把收條燒了。所以等到豹英去取時，眾人樂得賴個乾乾淨淨。

「豹英至此，真是走頭無路，忽然想起他父親有一房姨太太，寄住在泉州；那姨太太還生有一個小兄弟，今年也有八歲了。那裏須有點財產，不免前去分點來用用。想罷，便逕到泉州來，尋著那位姨娘，說明來意。那姨娘道：『阿彌陀佛！我這裏每個月靠的是老爺寄來十兩銀子過活；此刻有大半年沒寄來了，我娘兒兩個，正愁著沒處過活，要投奔大少爺呢。』說著，便抽抽咽咽起來。豹英不覺楞住了。但既來之則安之，姑且住下再說。姨娘倒也不能攆他，只得由他住下。豹英終日覼瑣，總說老人家有多少錢寄頓在這裏，姨娘如果不拿出來，我只得到晉江縣去告了，姨娘急了，便悄悄的請了自己兄弟來商量，不如把家財各項，暫時寄頓到乾媽那裏去。原來這位姨娘，是裘致祿從前署理晉江縣的時候所置；及至卸任時，因為家中太太潑惡不過，不敢帶回去；便另外置了一所房裏，給他居住。又恐怕沒有照應，因在任時，有一個在籍翰林楊堯嵩太史，十分交好。這楊堯嵩，本名叫楊堯嵩，因為應童子試時屢試不受，大家都說他名字不利；他有一回小試，就故意把嵩字寫成萵字，果然就此進了學，聯捷上去。因為點到翰林那年，已經四十多歲了，就不肯到京供職，只回到家鄉，靠著這太史公的頭銜，包攬幾件詞訟，結識兩個官府，也就把日子過去了。裘致祿在任時，和他十分相得；交卸之後，這位姨娘，已經有了六個月身孕，因為叫他獨住在泉州，放心不下，所以和楊太史商量，把這個姨娘，拜在楊太史的姨太太膝下做乾女兒。過了三四個月，姨娘便生下個孩子。此時致祿早已晉省去了。這邊往來得十分熱鬧，楊太史又給信與致祿，和他道喜。致祿得了信，又到泉州走了一次。見母子相安，又重新拜託了楊太史照應。所以一向乾爹、乾媽、乾女兒，叫得十分親熱。此時豹英來了，開口告官，閉口告官；姨娘沒了主意，便悄悄叫了自己兄弟來，和他商量。不如把緊要東西，先寄頓在乾娘那裏；就是他告起來，官府來抄，也沒得給他抄去。定了主意，便把那房產田契，以及金珠首飾，值錢的東西，放在一個水桶裏，上面放了兩件舊布衣服；叫一個心腹老媽子，裝做到外頭洗衣服的樣子，堂哉皇哉，拿出了大門；姨娘的兄弟，早在外頭接應著；跟著那老媽子，看著他進了楊太史的大門，方才走開。如此一連三天，把貴重東西，都運了出去。連姨娘日常所用的金押髮簪子，都除了下來拿去；自己換上一支包金的，恰好豹英這天吃醉了酒，和姨娘大鬧。鬧到不堪，便仗著點酒意，自然翻箱倒篋起來。搜了半天，除了兩件細毛衣服之外，竟沒有一樣值錢東西。豹英至此，也自索然無味。只得把幾件父親所用的衣服，及姨娘幾件細毛衣服要了，動身回省。

「這邊姨娘等大少爺去了，便親帶了那老媽子去見乾媽，仍舊十分親熱。及至問起東西時，楊姨太太不勝驚訝，說是不曾見來。姨娘也大驚，指著老媽子道：『是我叫他送來的，一共送了三次，難道他交給乾爹了？』連忙請了楊太史來問。楊蕘道：『我沒看見啊！是幾時拿來的？』姨娘道：『是放在一個水桶裏拿來的。』楊姨太太笑道：『這便有了。』連忙叫人在後房取出三個水桶來。姨娘一看，果然是自己家中之物，幾件破舊衣服，還在那裏。連忙把衣服拿開一看，裏面是空空洞洞的，那裏有什麼東西。姨娘不覺目定口呆。老媽子便插嘴道：『是我第一天送來這個桶，裏面兩個拜匣，我都親手拿出來交給姨太太的；我還要帶了水桶回去，姨太太說是不必拿去了。你出來時候，那衣服堆在桶口；此刻回去，卻瘍在桶底，叫人見了，反要起疑心；我才把桶丟在這裏。第二天送來是一個大手巾包，也是我親手交給姨太太的，姨太太還說有什要緊東西，趕緊拿來；如果被你家大少爺看見了，就不是你家姨娘的東西了。第三天送來是兩個福州漆盒，因為那盒子沒有鎖，還用手巾包著，也是我親手點交姨太太的。怎麼好賴得掉！』楊太史道：『住了！這拜匣、手巾包、盒子裏，都是些什麼東西？你且說說。』姨娘道：『一個拜匣裏，全是房契田契，其餘都是些金珠首飾。』楊太史道：『嚇！你把房契田契，金珠首飾，都交給我了。好！好！你家的東西，為什麼要交給我呢？』姨娘道：『因為我家大少爺要來霸佔，所以才寄到乾爹這裏的。』楊太史道：『那些東西，一股腦兒值多少錢呢？』姨娘道：『那房產是我們老爺說過的，置了五萬銀子；那首飾，是陸續買來的，一時也算不出來，大約也總在五六萬光景』。楊太史道：『你把十多萬銀子的東西交給我，就不要我一張收條；你就那麼放心我！你就那麼糊塗！哼，我看你也不是什麼糊塗人！你不要想在這裏撒賴！』姨娘急得哭起來，又說老媽子幹沒了。老媽子急得跪在地下，對天叩響頭，賭咒，把頭都碰破了，流出血來。楊太史索性大罵起來，叫攆。姨娘只得哭了回去，和兄弟商量，只有告官一法。你想一個被參謫戍知縣的眷屬，和一個現成活著的太史公打官司，那裏會打得贏？因此縣裏，府裏，道裏，司裏，一直告到總督，都不得直。此刻跑到京裏來，要到都察院裏去告。方才那個人，便是那姨娘的兄弟，裘致祿的妾舅了。莫說告到都察院，只怕等皇帝出來叩閽，都不得直呢！」正是：

莫怪人情多鬼蜮，須知木腐始蟲生。

不知這回到都察院去控告，得直與否，且待下回再記。

第一百三回　親嘗湯藥媚倒老爺　婢學夫人難為媳婦

我這回進京，才是第二次。京裏沒甚朋友，符彌軒已經丁了承重憂，出京去了。北院同居的車文琴，已經外放了。北院裏換了一家旗人住著，我也不曾去拜望。只有錢鋪子裏的惲洞仙，是有往來的；時常到號裏來談談。但是我看他的形跡，並不是要到我號裏來的；總是先到北院裏去，坐個半天，才到我這邊略談一談；不然，就是北院裏的人不在家，他便到我這邊來坐個半天；等那邊的人回來，他就到那邊去了。我見得多次，偶然問起他，洞仙把一個大拇指頭豎起來道：「他麼？是當今第一個的紅人兒！」我聽了這個話，不懂起來，近日京師奔競之風，是明目張膽，冠冕堂皇做的；他既是當今第一紅人，何以大有「門庭冷落車馬稀」的景象呢？因問道：「他是做什麼的？是那一行的紅人兒？門外頭宅子條兒也不貼一個？」洞仙道：「他是個內務府郎中，是裏頭大叔的紅人；差不多的人，到了裏頭去，是沒有坐位的；他老人家進去了，是有個一定的坐位。這就可想了！」我道：「永遠不見他上衙門拜客，也沒有人拜他，那裏像個紅人？」洞仙道：「你儜不大到京裏來，怨不得你儜不知道。這紅人兒裏頭，有明的，有暗的；像他那是暗的。」我道：「他叫個甚名字？說他紅，他究竟紅些什麼？你告訴告訴我，等我也好巴結巴結他！」

洞仙道：「巴結上他倒也不錯，像我兄弟一家大小十多口人吃飯，仰仗他的地方也不少呢！」我笑道：「那麼我更要急於請教了！」

洞仙也笑道：「他官名叫多福，號叫貢三，是裏頭經手的事，他都辦得到；而且比別人便宜。每年他的買賣，也不在少處。這兩年元二爺住開了，買賣也少了許多。」我道：「怎麼又鬧出個元二爺來了？」洞仙道：「這位多老爺有兩個兒子，大的叫吉祥，我們都叫他做祥大爺，是個傻子；第二個叫吉元，我們都叫他做元二爺，捐了個主事，在戶部裏當差。他父子兩個，向來是聯手。多老爺在暗裏招呼，元二爺在明裏招徠生意。」我道：「那麼為什麼又要住開了呢？」洞仙道：「這個一言難盡了！多老爺年紀大了，斷了絃之後，一向沒有續娶；先是給傻子祥大爺娶了一房媳婦，不到兩年，就難產死了多老爺也沒給他續娶，只由他買了一個姨娘就算了。卻和元二爺娶了親，親家那邊，是很體面的；一副妝嫁，十分豐厚，還有兩個陪嫁丫頭，大的十五歲，小的才十二歲；過了兩三年，那大丫頭有了十七八歲了，就嫁了出去。只有這個小的，生得臉蛋兒很俊，人又機靈；元二爺很歡喜他，一直把他養到十九歲還沒嫁。元二爺常常和他說笑鬼混，那位元二奶奶看在眼裏，惱在心裏；到底是大家姑娘出身，懂得規矩禮法，雖是一大罈子的山西老醋，擱在心上，卻不肯潑撒出來。只有心中暗暗打算，覷個便，要早早的嫁了他。後來越看越不對了，那丫頭眉目之間，有點不對了；行動舉止，也和從前兩樣了，心中越加焦急。

那丫頭也明知二奶奶吃他的醋，不免懷恨在心。恰好多老爺得了個脾泄的病，做兒媳婦的；別的都好伺候；惟有這攙扶便溺，替換小衣，是辦不到的。就是僱來的老媽子，也不肯幹這個。元二奶奶一想，不如撥了這丫頭去伺候公公；等伺候得病人好了，他兩個也就相處慣了；希冀公公把他收了房，做個姨娘，就免了二爺的事了。打定了主意，便把丫頭叫了來，叫他去伺候老爺。

「這丫頭是一個絕頂機警的人，一聽了這話，心中早已明白；便有了主意，唯唯答應了。即刻過去伺候老爺。多老爺正苦沒人伺候，起臥都覺得不便；忽然蒙媳婦派了這個丫頭來伺候，心中自是歡喜。況且這丫頭又善解人意，嘴唇動一動，便知道要茶；眼睛抬一抬，便知道要煙；無論是茶是藥，一定自己嘗過，才給老爺吃。起頭的兩天，還有點縮手縮腳的；過得兩天慣了，更是伺候得周到；老爺要上馬子，他抱著腰；老爺躺下來，他搥著背；並且他自從過來之後。便把自己鋪蓋，搬到老爺房裏去。到了晚上，就把自己鋪蓋開在老爺炕前地下假寐；那炕前又是夜壺，又是馬子，又是痰盂，他並覺得不厭煩。半夜裏老爺要小解了，他怕老爺著了涼，拿了夜壺，遞到被窩裏，伏侍小解；那夜壺是瓷的，老爺大腿碰著了，哼了一聲，說冰涼的；丫頭等小解完後，便把夜壺舀乾淨，拿來焐在自己被窩裏；等到老爺再要用時，已是焐得暖暖兒的了。及至次日，請了大夫來，凡老爺夜來起來幾次？小解大解幾次？是什麼顏色？稀的稠的？幾點鐘醒？幾點鐘睡？有吃東西沒有？只有他說得清清楚楚。所以那大夫用藥，就格外有了分寸。有時晚上老爺要喝蔘湯，坐起來呢，怕冷，轉動又不便當；他便問准了老爺，用茶漱過口，刷過牙，刮過舌頭，把蔘湯呷到嘴裏，伏下身子，一口一口的慢慢哺給老爺吃。有時老爺來不及上馬子，弄髒了袴子，他卻早就預備好了的；你說他怎麼預備來？他預先拿一條乾淨袴子，貼肉橫束在自己身上；等到要換時，他伸手到被窩裏，拭擦乾淨了，才解下來，替老爺換上，又是一條暖暖兒的袴子了；這一條才換上，他又束上一條預備了。如此伺候了兩個多月，把老爺伺候好了。雖然起了炕，卻是片時片刻，也少他不得了。便和他說道：『我兒！辛苦你了！怎樣補報你才好！』他這兩個多月裏頭，已經把老爺巴結得甜蜜兒一般；由得老爺撫摩玩弄，無所不至的了。聽了老爺這話，便道：『奴才伺候主子，是應該的，說什麼補報！』老爺道：『我此刻倒是一刻也離不了你了。』丫頭道：『那麼奴才就伏侍老爺一輩子！』老爺道：『這不是誤了你的終身，你今年幾歲了？』丫頭道：『做奴才的，還說什麼終身！奴才今年十九歲，不多幾天就過年，過了年，就二十歲了；半輩子都過完了。還有那半輩子，不還是奴才就完了嗎？』老爺道：『不是這樣說，我想把你收了房，做了我的人，你說好麼？』丫頭聽了這句話，卻低頭不語。老爺道：『你可是嫌我老了？』丫頭道：『奴才怎敢嫌老爺！』老爺道：『那麼你為什麼不答應？』丫頭仍是低頭不語。問了四五遍，都是如此。老爺急了，握著他兩隻手，一定要他說出個道理來。丫頭道：『奴才不敢說。』老爺道：『我這條老命，是你救回來的；你有話，管說就是了；那怕說錯了，我不怪你！』丫頭道：『老爺、少爺的恩典，如果打發奴才出去，那怕嫁的還是奴才，甚至於嫁個化子；奴才是要一夫一妻做大的，不願意當姨娘。如果要奴才當姨娘，不如還是當奴才的好。』老爺道：『這還不容易！我收了你之後，慢慢的把你扶正了就是。』丫頭道：『那還是要當幾天姨娘。』老爺道：『那我就簡直把你當太太，拜堂成禮如何？』丫頭道：『老爺這句話，可是從心上說出來的？』老爺道：『有甚不是！』丫頭咕咚一聲，跪下來，叩頭道：『謝過老爺！天高地厚的恩典！』老爺道：『我和你已經做了夫妻，為甚還行這個禮？』丫頭道：『一天沒有拜堂，一天還是奴才；等拜過了堂，才算夫妻呢！還有一層：老爺便這般抬舉，還怕大爺二爺，他們不服呢？』老爺道：『有我擔了頭，怕誰不服！』

「丫頭此時也不和老爺客氣了，挨肩坐下，手握手的細細商量。丫頭說道：『雖說是老爺擔了頭，沒誰敢不服；但是事前必要機密，不可先說出來；如果先說出來，總不免有許多阻擋的說話。不如先不說出來，到了當天才發作。一會兒「生米便成了熟飯」，叫他們不服也來不及。至於老爺續娶，禮當要驚動親友，擺酒請客的。我看這個不如也等當天一早出帖子，不過多用幾個家人分頭送送罷了。』此時老爺低著頭聽吩咐。丫頭說一句，老爺就答應一個是字，猶如下屬對上司一般；等吩咐完了，自然一切照辦。好丫頭！真有本事，有能耐！一切都和老爺商量好了，他卻是不動聲色，照常一般。有時伺候好了老爺，還要到元二奶奶那邊去敷衍一會。這件事竟是除了他兩個之外，沒有第三個人知道的。家人們雖然承命去刻帖子，卻也不知道娶的是那一門親。就是那帖子簽子都寫好了，只有日子是空著，等臨時填寫的；更不知道是那一天。老爺又吩咐過不准叫大爺和二爺知道的，更是無從打聽，只有照辦就是了。直到了辦事的頭一天下午，老爺方才吩咐出來，叫把帖子填了明天日子，明日清早派人分頭散去。又吩咐明天清早傳儐相，喜娘，傳樂工，預備燈彩。這一下子，合宅上下人等都忙了。卻一向不見行聘，不知女家是什麼人。祥大爺是傻的，不必說他；元二爺便覺著這件事情古怪，想道：『這兩三個月都是丫頭在老爺那邊伺候，叫他來問，一定知道。』想罷，便叫老媽子去把丫頭叫來，問道：『老爺明天續絃，娶的是那一家的姑娘？怎麼我們一點不曉得？你天天在那邊伺候，總該知道！』丫頭道：『奴才也不知道，也是方才叫預備一切，才知道有這回事！』二爺道：『那邊要鋪設新房了，老爺的病也好了許久了；你的鋪蓋也好搬回這邊來了。』丫頭道：『是！奴才就去回了老爺搬過來！』說著，去了。過了一會，又空身跑了過來道：『老爺說要奴才伺候新太太，等伺候過了三朝，才叫奴才搬過來呢。』說罷，又去了。元二爺滿腹疑心，又暗笑老頭子辦事糊塗，卻還猜不出個就裏。到了明天早起，元二爺夫妻兩個方才起來，只見傻大爺的姨娘跑了來，嘴裏不住的稱奇道怪道：『二爺，二奶奶！可知道老爺今天娶的是那一個姑娘？』二爺見他瘋瘋傻傻的，不大理會他。二奶奶問道：『這麼大驚小怪的做什麼？不過也是個姑娘罷了！不見得娶個三頭六臂的來！』姨娘道：『只怕比三頭六臂的還奇怪呢！娶的就是二奶奶的丫頭！』二爺、二奶奶聽了這話，一齊吃了一驚，問道：『這是那裏來的話？』姨娘道：『那裏來的話！喜娘都來了，在那裏代他穿衣服打扮呢！我也要去穿衣服了，回來怕有女客來呢！』說著，自去了。這邊夫妻兩個，如同呆了一般，想不出個什麼道理來。歇了一會，二爺冷笑道：『吃醋咧，怕我怎麼咧，叫他去伺候老人家咧；當主子使喚奴才不好，倒要做媳婦去伺候婆婆；你看罷咧！日後的戲有得唱呢！』一面說，梳洗過了，換上衣服，上衙門去了。可憐二奶奶是個沒爪子的螃蟹，走不動；只好穿上大衣，先到公公那邊叩喜。

「此時也有得帖子早的來道喜了。一會兒，吉時已到，喜娘扶出新太太，儐相贊禮拜堂。因為辦事匆促，一切禮節都從簡略。所有拜天地，拜花燭，廟見，交拜，都併在一時做了。過後便是和眾人見禮。傻大爺首先一個走上前去，行了一跪三叩首的禮。老爺自是兀然不動，便連新太太，也直受之而不辭。傻大爺行過禮之後，家人們便一迭連聲叫二爺。有人回說二爺今天一早，奉了堂諭，傳上衙門去了。老爺已是不喜歡。二奶奶沒奈何，只得上前行禮，可惱這丫頭居然兀立不動。一時大眾行過禮之後，便有許多賀客，紛紛來賀，熱鬧了一天。二爺是從這天上衙門之後，一連三天不曾回家；只苦了二奶奶，要還他做媳婦的規矩，天天要去請早安，請午安，請晚安。到了請安時，碰了新太太高興的時候，鼻子裏哼一聲；不高興的時候，正眼也不看一看。二奶奶這個冤枉，真是無處可伸。倒是傻大爺的姨娘上去請安，有說有笑。二爺直到了第四天才回家，上去見過老爺請過安，便要走；老爺喝叫站著，二爺只得站著。老爺歇了好一會，才說道：『你這一向當的好紅差使，大清早起就是堂官傳了，一傳傳了三四天，連老子娘都不在眼睛裏了！』二爺道：『兒子的娘早死了，兒子丁過內艱來。』老爺把桌子一拍道：『嚇！好利嘴！誰家的繼母不是娘？』二爺道：『老爺在外頭娶一百個，兒子認一百個娘，娶一千個，兒子認一千個娘；這是兒媳婦房裏的丫頭，兒子不能認他做娘！』老爺正待發作，忽聽得新太太在房裏道：『什麼丫頭不丫頭？我用心替你把老子伺候好了，就娘也不過如此！』老爺道：『可不是？我病在炕上，誰看我一看來？得他伺候的我好了，大家打夥兒倒翻了臉了。你出來！看他認娘不認！』新太太巴不得一聲走了出來，二爺早一翻身向外跑了。老爺氣得叫抓住了他！抓住了他！二爺早一溜煙，跑到門外，跳上車子去了。

「這裏面一個是老爺氣得暴跳如雷，大叫反了反了；一個是新太太撒嬌撒癡，哭著說二爺有意丟我的臉，你也不和我做主；你既然做不了主，就不要要我。鬧個不了。二奶奶知道是二爺闖了禍，連忙過來賠罪。向公公跪下，請息怒！老爺氣得把鬍子一根根都豎了起來。新太太還在那裏哭著。良久，老爺才說道：『你別跪我！

你和你婆婆說去！』二奶奶站了起來，千委屈，萬委屈，對著自己陪嫁的丫頭跪下。新太太撇著嘴，把身子一扭，端坐著不動。二奶奶千不是，萬不是，賠了多少不是；足足跪了有半個鐘頭。新太太才冷笑道：『起去罷！少奶奶！不要折了我這當奴才的！』二奶奶方才站了起來，依然伺候了一會，方才退歸自己房裏。越想越氣，越氣越苦，便悄悄的關上房門，取一根帶子，自己吊了起來。老媽子們有事要到房裏去，推推房門不開，聽了聽寂無聲息，把紙窗兒戳破一個洞，往裏一瞧，嚇得魂不附體，大聲喊救起來。驚動了闔家人等，前來把房門撞開了；兩個粗使老媽子，便端了櫈子墊了腳，解將下來；已經是筆直挺硬的了，舌頭吐出了半段，眼睛睜得滾圓。傻大爺的姨娘一看道：『這是不中用的了！』頭一個先哭起來。便有家人們，一面去找二爺，一面往二奶奶娘家報信去了。這裏幸得一個解事的老媽子道：『你們快別哭別亂！快來抱著二奶奶！此刻是不能放他躺下的。』便有人來抱住。那老媽子便端一張櫈子來，自己坐下，才把二奶奶抱過來道：『你們扳他的腿，扳得彎過來，好叫他坐下。』於是就有人去扳彎了。這老媽子，把自己的波羅蓋兒，堵住了二奶奶的谷道；一隻手便把頭髮提起，叫人輕輕的代他揉頸脖子，捻喉管；又叫人揪他肩膀；又叫拿管子來吹他兩個耳朵；眾人手忙腳亂的搓揉了半天，覺得那舌頭慢慢的縮了進去。那老媽子又叫拿個雄雞來，要雞冠血，灌點到嘴裏。這才慢慢的覺著鼻孔裏有點氣了。正在忙著，二爺回來了；可巧親家老爺、親家太太，也一齊進門。二爺嚷著怎樣了。親家太太一跨進來，就哭了。那老媽子忙叫：『別哭別哭！二爺快別嚷！快來和他度一口氣罷！』二爺趕忙過來度氣，用盡平生之力，度了兩口，只聽得二奶奶哼的一聲哼了出來。那老媽子道：『阿彌陀佛！這算有了命了；快點扶他躺下罷！只能灌點開水，薑湯是用不得的！』那親家太太看見女兒有了命，便叫過一個老媽子來，問那上吊的緣由，不覺心頭火起。此時親家老爺也聽明白了，站起來便去找老爺。見了面，就是一把辮子。」正是：

好事誰知成惡事，親家從此變冤家。

不知親家老爺這一把辮子，要拖老爺到那裏去，且待下回再記。

第一百四回　良夫人毒打親家母　承舅爺巧賺朱博如

「你道那親家老爺是誰？原來是內務府掌印郎中良果，號叫伯因，是內務府裏頭一個紅人。當著這邊多老爺散帖子那天，元二爺不是推說上衙門，大早就出去了麼？原來他並不曾上衙門，是到丈人家去，把這件事情告訴了丈人丈母。所以這天良伯因雖然接了帖子，卻並不送禮，也不道喜，只當沒有這件事。打算將來說起來，只說沒有接著帖子就是了。他那心中，無非是厭惡多老爺把丫頭抬舉得太過分了，卻萬萬料不到有今天的事。今天忽然見女婿又來了，訴說老人家如此如此。良伯因夫妻兩個，正在歎息，說多老爺年紀大了，做事顛倒了。忽然又見多宅家人來說：『二奶奶上了吊了！』這一嚇，非同小可；連忙套了車，帶了男女僕人，喝了馬夫，重重的加上兩鞭，和元二爺一同趕了來。一心以為女兒已經死了，所以到門便奔向二奶奶那邊院子裏去。看見眾人正在那裏救治，說可望救得回來的，鼻子裏已經有點氣了，夫妻兩個權且坐下。等二奶奶一聲哼了出來，知道沒事的了。良夫人又把今天新太太如何動氣，二奶奶如何下跪賠罪的話，問了出來；良伯因站起來，便往多老爺那邊院子裏去。多老爺正在那裏罵人呢，說什麼婦人女子，動不動就拿死來嚇唬人，你們不要救他，由他死了；看可要我公公抵命？說聲未了，良老爺飛跑過來，一把辮子拖了就走道：『不必說抵命不抵命，咱們都是內務府的人，官司也不必打到別處去，咱們一同去見堂官，評評這個理看！』多老爺陡然吃了一驚道：『親……親……親家！有話好……好的說！』良老爺道：『說什麼？咱們回堂去，左右不叫你公公抵命的。』多老爺道：『回什麼堂？你撒了手好說話啊！』良老爺道：『世界已經反了，還說什麼話！我也不怕你跑了，有話你說！』說著，把手一撒，順勢向前一推，多老爺跌了兩步，幾乎立腳不住。良老爺揀了一把椅子坐下道：『有話你說！』此時家人僕婦，紛紛的站了一院子，看新聞。三三兩兩傳說：幸得二奶奶救過來了，不然，還不知怎樣呢？這句話被多老爺聽見了，便對良老爺說道：『你的女兒死了沒有啊？就值得這麼的大驚小怪！』

「良老爺道：『你是要人死了才心安呢！我也不說什麼，只要你和我回堂去，問問這縱奴凌主，是那一國的國法？那一家的家法？』正說話時，只見家人來報，說親家太太來了。多老爺吃了一驚，暗想一個男的已經鬧不了，又來一個女的，如何是好？想猶未了，只見良夫人帶了自己所用的老媽子，咯嘣咯嘣的跑了過來。見了多老爺，也不打招呼，直奔到房裏去。房裏的新太太，正在那裏打主意呢；他起頭聽見說二奶奶上吊，心裏還不知害怕；以為這是他自己要死的，又不是我逼死他；就死了有什麼相干？正這麼想著，家人又說親家老爺、親家太太都來了；新太太聽了這話，倒吃了一驚；暗想這是個主子，他回來拿起主子的腔來，我就怎樣呢？回頭一想，他到了這裏，須是個客，我迎出去，自己先做了主人，和他行賓主禮，叫他親家母，他自然也得叫我親家母，總不能拿我怎樣。心中正自打定了主意，卻遇了良老爺過來，要拉多老爺到內務府裏去；聲勢洶洶，不覺又替多老爺擔憂。呆呆的側耳細聽，倒把自己的心事擱過一邊。不提防良夫人突如其來，一直走到身邊，伸出手來，左右開弓的，劈劈啪啪，早打了七八個嘴巴。新太太不及提防，早被打得耳鳴眼花。良夫人喝叫帶來的老媽子道：『王媽！抓了他過去！我問他！』王媽便去攙新太太的膀子。良夫人把桌子一拍道：『抓啊！你還和他客氣！』原來這王媽，是良宅的老僕婦。這位新太太當小丫頭時，也曾被王媽教訓過的。此刻聽得夫人一喝，便也不客氣，順手把新太太的簪子一拔，一把頭髮抓在手裏。新太太連忙掙扎，拿手來擋，早被王媽劈臉一個巴掌，罵道：『不知死活的蹄子！你當我抓你，這是太太抓你呢！』王媽的手重，這一下，只把新太太打得眼中火光迸裂，耳中轟的一聲，猶如在耳邊放了一門大炮一般。良夫人喝叫抓了過去。王媽提了頭髮，橫拖豎曳的先走；良夫人跟在後頭便去。多老爺看見了道：『這是什麼樣子？這是什麼樣子？』嘴裏只管說，卻又無可如何，由得良夫人押了過去。

「到得二奶奶院裏，良夫人喝叫把他衣服剝了。王媽便去動手，新太太還要掙扎，那裏禁得二奶奶所用的老媽子，為了今天的事，一個個都把他恨入骨髓。一哄上前，這個捉手，那個捉腳；一霎時把他的一件金銀嵌的大襖剝下，一件細狐小襖也剝了下來。良夫人又喝叫把棉褲也剝了。才叫把他綁了；喝叫帶來的家人包旺：『替我用勁兒打！今天要打死了他才歇！』這包旺又是良宅的老家人，他本在老太爺手下當書僮出身，一直沒有換過主子；為人極其忠心。今天聽見姑爺來說，那丫頭怎生巴結上多老爺，怎生做了太太，怎生欺負姑娘；他便嚷著磨腰刀，我要殺那浪蹄子去。後來良老爺帶他到這邊來，他一到，便想打到上房裏，尋丫頭廝打；無奈規矩所在，只得隱忍不言。今聽得太太吩咐打，正中下懷；連忙答應一聲，便跑到門外，問馬夫要了馬鞭子來，對準丫頭身上，用盡平生之力，一下一下抽將下去；抽得那丫頭殺豬般亂喊，滿地打滾。包旺不住手的一口氣抽了六七十，把皮也抽破了，那血跡透到小衣外面來，新太太這才不敢撒潑了，膝行到良夫人跟前跪著道：『太太饒了奴才的狗命罷！奴才再也不敢了！情願仍舊到這邊來，伏侍二奶奶！』良夫人劈臉又是一個嘴巴道：『誰是你二奶奶？你是誰家的奴才？你到了這沒起倒的人家來，就學了這沒起倒的稱呼；我一向倒是模模糊糊的過了，你們越鬧越不成話了！奴才跨到主子頭上去了！誰是你的二奶奶？你說！』說著，又是兩個嘴巴。新太太忙道：『是奴才糊塗！奴才情願仍舊伺候姑奶奶了！』良夫人叫包旺道：『把他拉到姑娘屋裏再抽，給姑娘下氣去。』新太太聽說，也不等人拉，連忙站起來跑到二奶奶屋裏，二奶奶正靠著炕枕上哭呢。新太太咕咚一下跪下來，可憐他雙手是反綁了的，不能趴下來叩頭。只得彎下腰，把頭向地下咯嘣咯嘣的亂碰。說道：『姑奶奶啊！開恩罷！今天奴才的狗命，就在姑奶奶的身上了！再抽幾下，奴才就活不成了！』說猶未了，包旺已經沒頭沒腦的抽了下來。嘴裏說道：『不是天地祖宗保佑，我姑奶奶的性命，就送在你這賤人手裏。今兒就是太太、姑奶奶饒你，我也不饒你！活活的抽死你，我和你到閻王爺那裏打官司去。』一面說，一面著力的亂抽；把新太太臉上也七縱八横的，抽了好幾條血路。包旺正抽得著力時，忽然外面來了兩三個老媽子，把包旺的手拉住道：『包二爺！且住手！這邊的舅太太來了。』包旺只得住了手出來。對良夫人道：『太太今天如果饒了這賤人，天下從此沒有王法了。就是太太、姑奶奶饒了他，奴才也要一頭撞死了，到閻王爺那裏告他，要他的命的。』良夫人道：『你下去歇歇罷！我總要懲治他的。』

「原來元二爺陪了丈人、丈母到家，救得二奶奶活了，不免溫存了幾句。二奶奶此時雖然未能說話，也知道點點頭了。元二爺便到多老爺院子裏去，悄悄打聽。只聽到良老爺口口聲聲要多老爺去見堂官。這邊良夫人，又口口聲聲要打死那丫頭。想來這件事情，是自己父親理短，牽涉著自己老婆，又不好上去勸。哥哥呢，又是個傻子，今天這件事，沒有人解勸，一定不能下場的。躊躇了一會，便撇下了二奶奶，出門坐上車子，趕忙到舅老爺家去。如此這般說了一遍，要求娘舅、舅母同去解圍。舅老爺先是惱著妹夫糊塗不肯去，禁不得元二爺再三央求，又叩頭請安的說道：『務望娘舅不看僧面看佛面，只算看我母親的面罷！』舅老爺才答應了，叫套車。元二爺恐怕耽擱時候，把自己的車，讓娘舅舅母坐了，自己騎了匹牲口，跟著來家。虧得這一來，由舅老爺、舅太太兩面解勸，方才把良老爺夫妻勸好了，坐了車子回去。元二爺從此也就另外賃了宅子，把二奶奶搬開了。向來的生意，多半是元二爺拉攏來的；自從鬧過這件事之後，元二爺就不去拉攏了，生意就少了許多。」我笑道：「原來北院裏住的是個老糊塗，但不知那丫頭後來怎樣發落？」洞仙道：「此刻不還是當他的太太？」我道：「他兒子媳婦雖說是搬開了，然而總不能永不上門，以後怎樣見面呢？」洞仙道：「這個就沒有去考求了。」說著，北院裏有人來請他，洞仙自去了。

我在京又耽擱了幾天，接了上海的信；說繼之就要往長江一帶去了，叫我早回上海。我看看京裏沒事，就料理動身；到天津住了兩天，附輪船回上海。在輪船上卻遇見了符彌軒。我看他穿的還是通身綢縐，不過帽結是個藍的；暗想京裏人家都說他丁了承重憂出京的，他這個裝扮，那裏是個丁憂的樣子？又不便問他。不過在船上沒有伴，和他七拉八扯的談天罷了。船到了上海，他殷殷問了我的住處，方才分手。我自回到號裏，知道繼之前天已經動身了，先到杭州，由杭州到蘇州，由蘇州到鎮江，這麼走的。歇息了一天，到明天忽然外面送了一封信來，拆開一看，卻是符彌軒請我即晚吃花酒的。到了晚上，我姑且去一趟。座中幾個人，都是浮頭滑腦的，沒有什麼事可記。所最奇的，是內中有一個是苟才的兒子龍光；我屈指一算，苟才死了好像還不到百日；龍光身上穿的是棗紅摹本銀鼠袍，泥金寧綢銀鼠馬褂，心中暗暗稱奇。席散回去，和管德泉說起看見龍光，並不穿孝，屈指計來，還不滿百日，怎麼荒唐到如此的話。德泉道：「你的日子也過糊塗了。苟才是正月廿五死的，二月三十的五七開弔，繼之還去弔的；初七繼之動身，今天才三月初十，離末七還有三四天呢，你怎便說到百日了？」我聽了倒也一呆。德泉又道：「繼之還留下一封長信，叫我給你；說是苟才致死的詳細來歷，都在上頭，叫我交給你，等你好作筆記材料。是我忘了，不曾給你。」我聽了，便連忙要了來，拿到自己房裏，挑燈細讀。

原來龍光的老婆，是南京駐防旗人，老子是個安徽候補府經歷。因為當日苟才把寡媳送與上司，以謀差缺，人人共知，聲名洋溢；相當的人家，都不肯和他對親，才定了這頭親事。誰知這位姑娘，有一個隱疾，是害狐臭的；所以龍光與他不甚相得。雖不曾反目，卻是恩義極淡的。倒是一個妻舅，名叫承暉的，龍光與他十分相得。把他留在公館裏，另外替他打掃一間書房；郎舅兩個，終日在一處廝鬧。常常不回臥室歇息，就在書房抵足。龍光因為不喜歡這個老婆，便想納妾。卻也奇怪，他的老婆聽說他要納妾，非但並不阻擋，並且竭力慫恿。也不知他是生性不妒呢？還是自慚形穢？或是別有會心？那就不得而知了。龍光自是歡喜。然而自己手上沒錢，只得和老子商量。苟才卻不答應，說道：『年紀輕輕的，不知道學好，只在這些上頭留心；你此刻有了什麼本事？養活得起多少人？不能瞞你們的，我也是五十歲開外才納妾的。」一席話，教訓得龍光閉口無言。退回書房，喃喃吶吶的，不知說些什麼東西。承暉看見，便問何事。龍光一一說知。承暉道：「這個叫做只許州官放火，不許百姓點燈，向來如此的。你看太親翁那麼一把年紀，有了五個姨娘還不夠，前一回還討個六姨。姊夫要討一個，就是那許多說話。這個大約老頭子的通脾氣，也不是太親翁一個人如此。」龍光道：「他說他五十歲開外才討小的，我記得小時候，他在南京討了個釣魚巷的貨，住在外頭；後來給先母知道了，找得去打了個不亦樂乎；後來不知怎樣打發的，這些事他就不提一提呢。」承暉道：「總而言之，是自己當家，萬事都可以做得了主。若是自己不能當家，莫說五十歲開外；只怕六十、七十開外，都沒用呢。」說得龍光默然。

兩個年輕小子，天天在一起，沒有一個老成人在旁邊，他兩個便無話不談。真所謂言不及義，那裏有好事情串出來？承暉這小子，雖是讀書不成，文不能文，武不能武；若要他設些不三不四的詭計，他卻又十分能幹。就和龍光兩個，幹了些沒天理的事情出來。龍光時時躲在六姨屋裏，承暉卻和五姨最知己，四個人商量天長地久之計。承暉便想出一個無毒不丈夫的法子來。恰好遇了苟才把全眷搬到上海來就醫，龍光依舊把承暉帶了來，卻不叫苟才知道。到了上海，租的洋房地方有限，不比在安慶公館裏面，七八個院子，隨處都可以藏得下一個人。龍光只得將自己臥室隔作兩間，把後半間給舅爺居住。雖然暫時安身，卻還總嫌不便；何況地方促迫，到處都是謦欬相聞的，因此逼得承暉毒謀愈急。

起先端甫去看病時，承暉便天天裝了病，到端甫那裏門診；病情說得和苟才一模一樣，卻不問吃什麼可以痊癒，只問忌吃什麼。在他與龍光商量的本意，是要和醫生串通，要下兩樣反對的藥，好叫病人速死；因看見端甫道貌岸然，不敢造次，所以只打聽忌吃什麼，預備打聽明白，好拿忌吃的東西給苟才吃，好送他的老命。誰知問了多天，都問不著。偏偏那天又在公館裏，被端甫遇見，做賊心虛，從此就不敢再到端甫處搗鬼了。過了兩天，家人去請端甫，端甫忽然辭了不來；承暉、龍光兩個，心中暗喜，以為醫生都辭了，這病是不起的了。誰知苟才按著端甫的舊方，調理起來，日見痊癒。承暉心急了，又悄悄的和五姨商量，凡飲食起居裏頭，都出點花樣。年老人禁得幾許食積，禁得幾次勞頓，所以不久那舊病又發了。

原來苟才煞是作怪，他自到上海以來，所寵幸的，就是五姨一個，日夜都在五姨屋裏；所以承暉愈加難過。在五姨，也是一心只向承暉的，看見苟才的髯髯鬍子，十分討厭。所以聽得承暉交代，便依計而行，苟才果然又病了。承暉又打聽得有一個醫生，叫朱博如，他的招牌是「專醫男婦老幼大小方脈」，又是專精傷寒，咽喉、痘疹諸科，包醫楊梅結毒，兼精辰州神符治病失物圓光，是江湖上一個人物。在馬路上租了一間門面，兼賣點草頭藥的。便慫勇龍光，請朱博如來看。龍光告知苟才，苟才因為請端甫不動，也不知上海那個醫生好，只得就請了他。那承暉卻又照樣到朱博如那裏門診，也是說的病情和苟才一模一樣，問他忌吃什麼。朱博如是個江湖子弟，一連三天，早已看出神情，卻還不說出來。這天繼之去看苟才的病，故意對龍光說忌吃鮑魚，龍光便連忙告訴了承暉；承暉告訴五姨；五姨交代廚子：「有人說老爺這個病，要多吃鮑魚才好。」從此便煎的是鮑魚，燉的是鮑魚，湯也是鮑魚，膾也是鮑魚，把苟才吃膩了。繼之的請客，也是要試探他有吃鮑魚沒有。可惜試了出來，當席未曾說破他，就誤了苟才一命。

原來繼之請客那天，正是承暉、龍光、朱博如定計的那天。承暉一連到博如處去了幾天，朱博如看出神情，便用言語試探，彼此漸說漸近；不多幾天，便說合了龍。這一天便約定在四馬路青蓮閣煙間裏，會齊商量辦法。龍光、承暉到時，朱博如早已到了。還有三四個不三不四的人，同在一起。博如見了他兩個，便撇了那幾個人，迎前招呼。另外開了一隻燈，博如先道：「你兩位的意思，是要怎樣辦法？」承暉道：「我們明人，不必細說。只要問你先生，辦得到辦不到。要多少酬謝便了？」博如道：「這件事要辦，是人人辦得到的；不過就是看辦得乾淨不乾淨罷了。若要辦得不乾淨的，也無須來與我商量，就是潘金蓮對付武大郎一般就得了。我所包的就是一個乾淨；隨便他叫神仙來驗，也驗不出一個痕跡。不過不是一兩天的事情，總要個把月才妥當。」龍光道：「你要多少酬謝呢？」博如道：「這件事不小，弄起來是人命關天的；老實說，少了我不幹，起碼要送二萬銀子！」龍光不覺把舌頭吐了出來。承暉默然無語。忽然站起來，拉龍光到欄杆邊上，唧唧噥噥的好一會，又用手指在欄杆上再三畫給龍光看。龍光大喜道：「如此！一聽尊命便了！」承暉便過來和朱博如再三磋商，說定了一萬兩銀子。承暉道：「這件事，要請你先說出法子來呢，你不信我，要我先付錢呢，我不信你；怎生商量一個善法呢？」博如聽了，也呆著臉，一籌莫展。承暉道：「這樣罷，我們立個筆據罷！不過這個筆據，若是真寫出這件事來，我們龍二爺是萬萬不肯的；若是不明寫出來，只有寫借據之一法。若是就這麼糊裏糊塗寫了一萬銀子借據，知道你的法子靈不靈呢？借據落了你手，你就不管靈不靈，也可以拿了這憑據來要錢的。這張票子，到底應該怎樣寫法呢？若是想不出個寫法來，這個交易只好作為罷休。」正是：

舌底有花翻妙諦，胸中定策賺醫生。

未知到底想出什麼法子來，且待下回再記。

第一百五回　巧心計暗地運機謀　真膿包當場寫伏辯

朱博如聽得承暉說出來的話，句句在理上，不覺回答不出來。並且已經說妥的一萬銀子好處，此刻十有九成的時候，忽然被這難題目難住，看著就要撒決了。但是看承暉的神情，又好像胸有成竹一般。回心一想，我幾十年的老江湖，難道不及他一個小孩子。這裏頭一定有個奧妙，不過我一時想不起來罷了。想到這裏，拿著煙槍在那裏出神。承暉卻拉了龍光出去，到茶堂外面，看各野雞妓女，逗著談笑。良久，才到煙榻前去，問博如道：「先生可想出個法子來了？」博如道：「想不出來！如果閣下有妙法，請賜教了罷！」承暉道：「法子便有一個，但是我也不肯輕易說出。」博如道：「如果實在有個妙法，其餘都好商量。」承暉道：「老實說了罷！你這一萬銀子，肯和我對分了，我便教你這個法子。」博如道：「那裏的話！我也擔一個極大干係的，你怎麼就要分我一半？」承暉道：「也罷！你不肯分，我也不能強你；時候不早了，我們明日會罷！」博如著急道：「好歹商量妥了去，忙什麼呢？」龍光道：「一萬兩我是答應了；此刻是你兩個的事情，你們商量罷！我先走了！」博如道：「索性三面言明了，就好動手辦事了。」承暉道：「這是你自己不肯通融，與我們什麼相干？」博如道：「你要分我一半，未免太狠；這樣罷，我打八折收數，歸你二成罷。」承暉不答應。後來再三磋商，言定了博如七折收數，以三成歸承暉。兩面都允了。承暉又要先訂合同。博如道：「我這裏正合同都不曾定，這個忙什麼？」承暉道：「不行！萬一我這法子說了出來，你不認帳，我又拿你怎樣呢？」博如只得由他。承暉在身邊取出紙筆來，一揮而就。寫成一式兩紙，叫博如簽字。博如一看，只見寫的是：

> 茲由承某介紹朱某，代龍某辦一要事。此事辦成之後，無論龍某以若干金酬謝朱某，朱某情願照七折收數；其餘三成，作為承某中費。兩面訂明，各無異言；立此一式兩紙，各執一紙為據。

朱博如看了道：「怎麼不寫上數目？」承暉道：「數目是不能寫的；我們龍二爺出手闊綽，或者臨時他高興，多拿一千、八百出來，請你吃茶吃酒，那個我也要照分的。如果此時寫實了一萬，一萬之外我可不能分你絲毫了。這個我不幹。」博如聽了，暗暗歡喜；便簽了字。承暉也簽了字。各取一紙，放在身邊。博如就催著問是何妙法?承暉道：「這件事難得很呢！我拿你三成謝金，實在還嫌少；你想罷！若不明寫出來，不成個憑據；若明寫了，說是某人託某人設法致死其父，事成，酬銀若干；萬一鬧穿了，非但出筆據的人要凌遲！只怕代設法的人也不免要殺頭呢！這個非但他不敢寫，寫了，你也不敢要。」博如道：「這個我知道。」承暉道：「若是不明寫，卻寫些什麼？總不能另外謅一樁事情出來。若說是憑空寫個欠據，萬一你的法子不靈呢，欠據落在你手裏；你隨意可以來討的。叫龍二爺拿什麼法子對付你？數目又不在少處，整萬呢！」博如道：「這個我都知道，你說你的法子罷。」承暉道：「時候不早了，這裏人多，不是談機密地方。你趕緊吃完了煙，另外找個地方去說罷！」博如只得匆匆吸完了煙，叫堂倌來收燈，給過煙錢。博如又走過去，和那幾個不三不四的人說了幾句話，方才一同走出。

龍光約了到雅敘園，揀一個房間坐下，點了菜。博如又急於請教。承暉坐近一步，先問道：「據你看起來，那老頭子到底幾時才可以死得？」博如道：「弄起來看，至遲明年二月裏，總可以成功了。」承暉又坐近一步，拿自己的嘴對了博如的耳朵道：「此刻叫龍二爺寫一張借據給你，日子就寫明年二月某日，日子上空著，由得你臨時填上。那借據可是寫的：

立借據某人，今因猝遭父喪大故，匯款未到；暫向某人借到銀一萬兩。匯款一到，立即清還。蒙念相好，不計利息。棘人某某親筆。

等到明年二月，老頭子死了；你就可以拿這個借據，向他要錢了。」博如側著頭一想道：「萬一不死呢？」承暉道：「就是為的是這個，如果老頭子不死，他又何嘗有甚父喪大故，向人借錢？又何故好好的自稱棘人？這還不是一張廢紙麼？當真老頭子死了，他可是為了父喪大故借用的；又有蒙念相好，不計利息的一層交情在裏面；他好欠你分毫嗎？」朱博如不覺恍然大悟道：「妙計妙計！真是鬼神不測之機也！」於是就叫龍光照寫。龍光拿起筆來，猶如捧了鐵棒一般；半天才照寫好了。卻嫌「萬」字的筆畫太多，只寫了個方字缺一點的「万」字。朱博如看過了，十分珍重的藏在身邊。恰好跑堂的送上酒菜，龍光讓坐，斟過一巡酒，然後承暉請教博如法子。博如道：「要辦這件事，第一要緊不要叫他見人；恐怕有人見愈調理，病癒深，要疑心起來。明日再請我，等我把這個話先說上去；只說第一要安心靜養，不可見人，不可勞動，不可多說話費氣，包管他相信了。你們自己再做些手腳。我天天開的藥方，你們只管撮了來煎，卻不可給他吃。」龍光道：「這又是何意？」博如道：「這不過是掩人耳目；就是別人看了方子，也是藥對脈案的；但是服了對案的藥，他如何得死，所以掩了人耳目之後，就不要給他吃了。我每天另外給你們兩個方子，分兩家藥店去撮，回來和在一起給他吃。」龍光又道：「何必分兩家撮呢？」博如道：「兩個方子是寒熱絕不相對的，恐怕藥店裏疑心。」承暉道：「這也是小心點的好。」博如又附耳教了些什麼法子，方才暢飲而散。

從次日起，他們便如法泡製起來；無非是寒熱兼施，攻補並進。拿著苟才的臟腑，做他藥石的戰場。上了年紀的人，如何禁受得起？從年前十二月，捱到新年正月底邊，那藥石在臟腑裏面，一邊要堅壁清野，一邊要架雲梯、施火炮；那戰場受不住這等蹂躪，頓時城崩池潰，四郊延蔓起來，就此嗚呼哀哉了。三天成殮之後，龍光就自己當家。正是「一朝權在手，便把令來行」。陸續把些姨娘先打發出去；有給他一百的，有給他八十的，任他自去擇人而事。大、二、三、四，四個姨娘，都不等滿七，就陸續的打發了。後來這班人，無非落在四馬路，也不必說他了。只有打發到五姨，卻預先叫承暉在外面租定房子，然後打發五姨出去；面子上是和眾人一般；暗底子不知給了承暉多少。只有六姨留著。又把家中所用男女僕人等，陸續開除了，另換新人。開過弔之後，便連書啓、帳房兩個都換了。這是他為了六姨，要掩人耳目的意思。朱博如知道苟才已死，把那借據填了二月初一的日子，初二便去要錢。承暉道：「你這個人真是性急！你要錢也要有個時候，等這邊開過弔，才像個樣子。照你這樣做法，難道這裏窮在一天？初一急急要和你借，初二就有得還你了？天下那有這種情理？」一席話說得朱博如閉口無言，只得別去。直捱到開弔那天，他還買了點香燭紗元，親來弔奠。承暉看見了大喜，把他大書特書記在禮簿上面。又過了三天，認真捱不住了；恰好這天龍光把書啓、帳房辭去，承暉做了帳房；一切上下人等，都是自己牙爪，是肆無忌憚的了。

承暉見博如來了，笑吟吟的請他坐下。說道：「先生今天是來取那筆款子的？」

博如道：「是。」承暉道：「請把筆據取出來！」博如忙在身邊取出，雙手遞與承暉。承暉接過看了一看道：「請坐請坐！我拿給先生！」博如此時真是心癢難抓，眼看著立時三刻，就是七千兩銀子到手了；忙向旁邊一張椅子上坐下。承暉拿了借據，放在帳桌上，提起筆來，點了兩點；隨手拿了一張七十兩銀子的莊票，交給博如道：「一向費心得很！」博如吃了一驚道：「這……這……這是怎麼說？」承暉道：「那三成歸了兄弟，也是早立了字據的。」博如道：「不錯，我只收七折；但是何以變做七十兩呢？」承暉笑道：「難道先生眼睛不便，連這票據上的字，都沒有看出來？」博如連忙到案頭一看，原來所寫的那一万的「万」字，被他在一撇一鈎的當中，加了兩點，變成個「百」字了。博如這一怒非同小可，一手便把那借據搶在手裏。承暉笑道：「先生惱什麼？既然不肯還我票據，就請仍把莊票留下。」博如氣昏了，便把莊票摔在地下要走。承暉含笑攔住道：「先生惱什麼？到那裏去？茶還沒喝呢。來啊！舀茶來啊！客來了茶都不舀了！你們這班奴才，是幹的什麼事啊！」一面說，一面重復讓坐。又道：「先生還拿了這票子到那裏去呢？」博如怒道：「我只拿出去請大眾評評這道理，可是『万』字可以改『百』字的！」承暉道：「『萬』字本不能改『百』字啊！這句話怎講？」博如道：「我不和你說，你們當初故意寫個小寫的『万』字，有意賴我！」承暉笑道：「這句話先生你說錯了！數目大事，你再看看，那票子上『一』字尚且寫個『壹』字，豈有『萬』字倒小寫起來之理？只怕說出去，人家也不相信。」博如道：「我不管，我就拿了這票子到上海縣去告；告你們塗改數目，明明借我的一萬銀子，硬改作為一百。這個改的樣子，明明在那裏，是瞞不過的。」

說話時家人送上茶來。承暉接過，雙手遞了一碗茶。說道：「好！好！這個怪不得先生要告，整萬銀子的數目，變了個一百，在我也是要告的。但不知先生憑什麼作證？」博如道：「你就是個證人，見了官，我不怕你再賴！」承暉道：「是！是！我絕不敢賴！但是恐怕上海縣問起來，他不問你先生，只問我。問道：『苟大人是兩省的候補道，當過多少差使，署過首道，署過藩臺；上海道臺，是苟大人的舊同寅，就是本縣，從前也伺候過苟大人來；後來到了安徽，當了多少差使，誰不知道苟大人是有錢的。一旦不幸身故了，何至於就要和人家借錢辦喪事？就說是一時匯款沒到，凑手不及；本縣這裏啊，道臺那裏啊，還有多少闊朋友；那裏挪不動一萬、八千？卻要和這麼個賣草頭藥的江湖醫生去借錢。苟大人是署過藩臺的，差不多的人，那裏夠得上和他拉交情？這個什麼朱博如，他夠得上和苟大人的少爺說相好，不計利息的話嗎？他們究竟有什麼交情？你講！』這麼一篇話問下來，應該怎樣回答？還請先生代我打算打算！預先串好了供，免得臨時慌張。」朱博如聽了，默默無言。良久，承暉又道：「先生！這官司你是個原告，上海縣他也不能不問你話的。譬如他問：『你不過是個江湖醫生，你從那裏和苟大人父子拉上的交情，可以整萬銀子，不計利息的借給他？你這個人，倒很慷慨，本縣很敬重你。但不知你借給他的一萬銀子，是那裏來的？在那裏賺著的？交給龍光的時候，還是鈔票？還是元寶？還是洋錢？還是那家銀行的票子？還是那家錢莊的票子？』這麼一問，先生你又拿什麼話回答？也得要預先打算打算！免得臨時慌張。」

朱博如本來是氣昂昂，雄赳赳的；到了此時，不覺慢慢的把頭低下去，一言不發。承暉又道：「大凡打到官司，你說得不清楚，官也要和你查清楚的；況且整萬銀子的出進，豈有不查之理？他先把你寶號的帳簿調去一查，有付這邊一萬銀子的帳沒有！再把這裏的帳簿調去一查，看有收到你一萬銀子的帳沒有？你的帳簿呢，我不敢知道；我們這邊帳簿，是的確沒有這一筆；沒有這筆倒也罷了，反查出了某天請某醫生醫金若干，某天請某醫生醫金若干，……官又問了，說：『你們既然屬在相好，整萬銀子都可以不計利息的；何以請你診病，又要天天出醫金呢？相好交情在那裏？』並且查到禮簿上，你先生的隆奠是『素燭一斤，紗元四匣』；與不計利息的交情，差得那裏去了？再拿這個一問，先生你又怎麼說呢？這個似乎也要預備預備！」說罷，仍舊坐在帳桌上去，取過算盤帳簿，剔剔撻撻算他的帳去了。一會兒就有許多人來領錢的，來回事的，絡繹不絕。一個家人拿了票子來，說是綢莊上來領壽衣價的，共是七十一兩五錢六分銀子。承暉呆了一呆道：「那裏來這靦瑣帳；什麼幾錢幾分的？」想了一會道：「這麼罷，這一張七十兩的票子，是朱先生退下來不要的；叫他先拿去罷！那個零頭併在下回算，總有他們便宜。」那家人拿了去。

朱博如坐在那裏聽著，好不難過；站起來急到帳桌旁邊，要和承暉說話。承暉又是笑吟吟的道：「先生請坐！我這會忙，沒功夫招呼你。要茶啊，煙啊，只管叫他們，不要客氣。來啊！招呼客的茶煙！」說著，又去辦他的事了。一會兒，又跑了一個家人來，對承暉說道：「二爺請！」承暉便把帳簿往帳箱裏一放，拍撻一聲鎖上了，便上去。博如連忙站起來要說話，承暉道：「先生且請坐！我馬上就來。」博如再要說話時，承暉已去得遠了；無奈只得坐著等。心中暗想，這件事，上當上得不小，而且這口氣咽不下去。看承暉這廝，今天神情大為兩樣，面子上雖是笑口吟吟的，那神氣當中，卻純乎是挖苦我的樣子。我想這件事，一不做，二不休；縱使不能告他欠項，他藥死父親，可是真的。我就拿這個去告他，我雖然同謀，自首了總可以減等。我拚了一個「充軍」的罪，博他一個「凌遲」，總博得過。心裏顛來倒去，只是這麼想，那承暉可是一去不來了。看看等到紅日沈西，天色要黑下來了；才聽得承暉一路嚷著說：「怎麼還不點燈啊？你們都是幹什麼的？一大夥兒都是木頭，撥一撥動一動！」一面嚷著，走到帳房裏，見了博如，又道：「哎呀！你看我忙昏了，怎麼把朱先生撂在這裏？」連連拱手道：「對不住對不住！不知先生主意打定了沒有？如果先生有什麼意思，我們都好商量。」博如道：「總求閣下想個法兒，替我轉個圜！不要叫我太吃虧了。」承暉道：「在先生的意思，怎樣辦法呢？」博如道：「好好的一萬，憑空改了個一百，未免太下不去！」承暉道：「你先生還是那麼說，我就沒了法子了。」博如道：「這件事，如果一定鬧穿了，只怕大家也不大好看。」承暉道：「什麼不好看呢？」博如道：「你們請我做什麼來的呢？」承暉正色道：「下帖子，下片子，請了大夫來，自然為的是治病。」

正說話間，忽然龍光走了進來，一見了博如，便回身向外叫道：「來啊！」外面答應一聲，來了個家人。龍光道：「趕緊出去，在馬路上叫一個巡捕來！把這王八蛋，先抓到巡捕房裏去！」那家人答應去了。博如吃了一大驚道：「二爺！這是那一門？」龍光不理他，又叫：「王二啊！」便有一個人進來。龍光道：「你懂兩句外國話不是？」王二道：「是！家人略懂得幾句。」龍光又叫：「來啊！」又走了一個人進來。龍光道：「到我屋裏去，把那一疊藥方子拿來。」那人去了，龍光方才坐下。博如又道：「二爺！你這個到底是那一門？」龍光也不理他。此時承暉已經溜出去了。一會兒，那個人拿了一疊藥方來。龍光接在手裏，指給王二說道：「這個都是前天上海縣官醫看過了的。你看哪！這一張是石膏，羚羊，犀角，這一張是附子，肉桂，泡薑；一張一張都是你不對我，我不對你的。上海縣方大老爺前天當面說過，叫把這王八蛋，扭交捕房，解新衙門，送縣辦他。你可拿好著！這方子上，都蓋有他的姓名圖書，是個真憑實據。回來巡捕來了，你跟著到巡捕房裏去，說明這個原故，請他明天解新衙門。巡捕房要這方子做憑據的，就交給他；若不要的，帶回來明日呈堂。」王二一一答應了。龍光又問：「舅爺呢？」家人們便一迭連聲請舅爺。承暉便走了進來。龍光道：「那天上海縣方大老爺說這個話的時候，新衙門程大老爺也在這裏聽著的，你隨便寫個信給他，請他送縣。我現在熱喪裏頭，不便出面，信上就用某公館具名就是了。」承暉一一答應。只見那去叫巡捕的家人來說：「此刻是巡捕交班的時候，街上沒有巡捕。」龍光道：「你到門口站著，有了就叫進來，不問是紅頭白臉的。」那家人答應出去了。龍光又指著博如對王二道：「他就交給你，不要放跑了！」說著揚長而去。

博如此時真是急得手足無措，走又走不了；站著不是，坐著不是；心裏頭就如臘月裏喝了涼水一樣，瑟瑟的亂抖。無奈何走近一步，向承暉深深一揖道：「這是那一門的話？求大爺替我轉個圜罷！」承暉仰著臉冷笑道：「鬧穿了不過大家不好看，有甚要緊！」博如又道：「大爺，我再不敢胡說了！求你行個方便罷！」承暉道：「你就認個『庸醫殺人』，也不過是個『杖罪』，好像還有『罰鍰贖罪』的例；花幾兩銀子就是了，不要緊的。」說著，站起來要走。嚇得博如連忙扯住跪下道：「大爺！你救救我罷！這一到官司啊，這上海我就不能再住了。」一面說，一面取出那借據來，遞給承暉道：「這個我也不敢要了。」承暉道：「還有一張什麼七折三成的呢？」博如也一併取了出來，交給承暉。承暉接過道：「你可再胡鬧了？」

博如道：「再也不敢了！」承暉道：「你可肯寫下一張伏辯來，我替你想法子。」

博如道：「寫！寫！寫！寫！大爺要怎樣寫，就怎樣寫。」正是：

未得羊肉吃，惹得一身臊。

未知這張伏辯如何寫法，且待下回再記。

第一百六回　符彌軒調虎離山　金秀英遷鶯出谷

朱博如當下被承暉佈置的機謀所窘，看著龍光又是赫赫官威；自己又是個外路人，帶了老婆兒子來上海；所有吃飯穿衣，都靠著自己及那草頭藥店賺來的。此刻聽說要捉他到巡捕房裏去，解新衙門，送上海縣，如何不急？只急得他「上天無路，入地無門」，便由得承暉說什麼是什麼。承暉便起了個伏辯稿子來，要他照寫。無非是：「具伏辯人某某，不合妄到某公館無理取鬧，被公館主人飭僕送捕；幸經某人代為求情，從寬釋出。自知理屈，謹具伏辯。從此不敢再到某公館滋鬧，並不敢在外造言生事。如有前項情事，一經察出，任憑送官究治」云云。博如一一照寫了，承暉方才放他出去。他們辦了這件事之後，自以為神不知鬼不覺的了；誰知他打發出來的幾個姨娘，以及開除的男女僕人，不免在外頭說起，更有那朱博如，雖說是寫了伏辯，不得在外造言生事，那禁得他一萬銀子變了七千，七千又變了七十，七十再一變，是個分文無著，還要寫伏辯；那股怨氣如何消得了？總不免在外頭逢人申訴。旁邊人聽了這邊的，又聽了那邊的，四面印證起來，便知得個清清楚楚。古語說的「若要人不知，除非己莫為」，果然說得不錯！我仔仔細細把繼之那封信看了一遍，把這件事的來歷透底知道了，方才安歇。

此次到了上海之後，就住了兩年多。這兩年多，凡長江，蘇，杭各處，都是繼之去查檢。因為德泉年紀大了，要我在上海幫忙之故。我因為在上海住下，便得看見龍光和符彌軒兩個演出一場怪劇。原來符彌軒在京裏頭，久耳苟才的大名。知道他創辦銀元局，發財不少。恰遇了他祖父死了，他是個承重孫，照例要報丁憂；但是丁憂之後，有甚事業可做呢？想來想去，便想著了苟才。恰好那年的九省欽差，到安慶查辦事件，得了苟才六十萬銀子的那位先生，是符彌軒的座主。那一年安慶查案之後，苟才也拜在那位先生的門下，論起來是個同門。因此彌軒求了那位先生一封信給苟才。便帶了家眷，扶了靈柩出京；到得天津，便找了一處義地，把他祖父的棺材厝了；又找了一處房子，安頓下家眷。在侯家後又胡混了兩個多月，方才自己一個人轉身到上海。一到了，安頓下行李，即刻去找苟才。誰知苟才已經死了，見著了龍光。彌軒一看龍光這個人，舉止浮躁，便存了一個心；假意說是從前和苟才認得，又把求來那封信交給龍光。他們旗人，是最講究交情禮節的；龍光聽見說是父親的同門相好，便改稱老伯。彌軒謙不敢當。談了半天，彌軒似有行意。龍光道：「老伯尊寓在那裏？恕小姪在熱喪裏，不便回候。」彌軒道：「這個閣下太迂了，我並不是要閣下回候，但是住在上海，大可以從權；你看兄弟也是丁著承重憂，何嘗穿什麼素？雖然，也要看處的是什麼地位；如果還在讀書的時候，或是住在家鄉，那就不宜過於脫略。如果是在場上應酬的人，自己又是個創事業的材料，那就大可以不必守這些禮節了。況且我看閣下是個有作有為的人才，隨時都應該在外頭碰碰機會；而且又在上海，豈可以過於拘謹，叫人家笑話。我明天就請閣下吃飯，一定要賞光的。」說著，便辭了去。又去找了幾個朋友，就有人請他吃飯。

上海的事情，上到館子，總少不免叫局；彌軒因為離了上海多年，今番初到，沒有熟人；就託朋友薦了一個。當席就約了明天吃花酒。到了次日，他再去訪龍光，面訂他晚上之局。龍光道：「老伯跟前，小姪怎敢放恣！」彌軒道：「你這個太客氣！其實當日我見尊大人時，因尊大人齒德俱尊，我是稱做老伯的；此刻我們拉個交情，拜個把罷！晚上一局，請你把帖子帶到席上，我們即席換帖。」龍光道：「這個如何使得？」彌軒道：「如果說使不得，那就是你見外了。」龍光見彌軒如此親熱，便也欣然應允。彌軒又諄囑：「晚上不必穿素衣，須知花柳場中，就是炎涼世界；你穿了布衣服去，他們不懂什麼道理，要看不起你的。我們既然換到帖，總不給你當上的。」龍光本是個無知紈袴，被彌軒一次兩次的說了，就居然薙了喪髮，換上綢衣，當夜便去赴席。從此兩個人便結交起來。

龍光本來是個混蛋，加以結識了彌軒，更加昏天黑地起來。不到百日孝滿，便接連娶了兩個妓女回去。花錢猶如潑水一般。彌軒屢次要想龍光的法子，因看見承暉在那裏管著帳；承暉這個人，甚是精明強幹；而且一心照顧親戚。每每龍光要花些冤枉錢，都是被他止住，因此彌軒不敢下手。暗想總要設法把他調開了，方才妥當。看苟才死的百日將滿，龍光偶然說起，嫌這個同知太小，打算過個道班。彌軒便乘機竭力慫恿，又說：「徒然過個道班，仍是無用；必要到京裏去設法走路子，最少也要弄個內記名；不然就弄個特旨班才好。」龍光道：「這樣又要到京裏跑一趟。」彌軒道：「你不要嫌到京裏跑一趟辛苦；只怕老弟就去跑一趟，受了辛苦，還是無用。」龍光道：「何以故呢？」彌軒道：「不是我說句放恣的話；老弟太老實了！過班上兌，那是沒有什麼大出進的。要說到走路子的話，一碰就要上當。白冤了錢，影兒也沒一個。就是路子走的不差，會走的和不會走的，花錢差得遠呢。」龍光道：「既然如此，也只好說說罷了。」彌軒道：「那又不然。只要老弟自己不去，打發一個能辦事的人替你去就得了。」龍光道：「別樣都可以做得，難道引見也可以叫人代的麼？」彌軒笑道：「你真是少見多怪！便是我，就替人家代過引見的了。」龍光歡喜道：「既如此，我便找個人代我走一趟。」彌軒道：「這個人必要精明強幹，又要靠得住的才行。」龍光道：「我就叫我的舅爺去，還怕靠不住麼？」彌軒暗喜道：「這是好極的了！」龍光性急，即日就和承暉商量，要辦這件事，承暉自然無不答應。便向往來的錢莊上，託人薦了一個人來做公館帳房，承暉便到京裏去了。

彌軒見調虎離山之計已行，便向龍光動手。說道：「令舅進京走路子，將來一定是恭喜的。然而據我看來，還有一件事要辦的。」龍光問是什麼事。彌軒道：「無論是記名，是特旨，外面的體面是有了，所差的就是一個名氣。老弟才二十多歲的一個人，如果不先弄個名氣在外頭；將來上司見了，難保不拿你當紈袴相待。」龍光道：「名氣有什麼法子可以弄出來的？」彌軒道：「法子是有的，不過要花幾文，然而倒是個名利兼收的事情。」龍光忙問：「是怎麼個辦法？要花多少錢？」彌軒道：「現在大家都在那裏講時務，依我看，不如開個書局。專聘了人來，一面著時務書，一面翻譯西書；等著好了，譯好了，我們就拿來揀選一遍；揀頂好的出了老弟的名，只當老弟自己著的譯的。那平常的，就仍用他本人名字。一齊印起來發賣。如此一來，老弟的名氣也出去了，書局還可以賺錢，豈不是名利兼收麼？等到老弟到省時，多帶幾部自己出名的書去，送上司，送同寅，那時候誰敢不佩服你呢？博了個『熟識時務，學貫中西』的名氣，怕不久還要得明保密保呢。」龍光道：「著的書還可以充得；我又沒有讀過外國書，怎樣好充起翻譯來呢？」彌軒道：「這個容易！只要添上一個人名字，說某人口譯，你自己充了筆述，不就完了麼？」龍光大喜，便託彌軒開辦。彌軒和龍光訂定了合同，便租起五樓五底的房子來；亂七八糟，請了十多個人，翻譯的，著撰的；一面向日本人家定機器，定鉛字。各人都開支薪水。他認真給人家幾個錢一月，不得而知。他開在帳上，總是三百一月，五百一月的；鬧上七八千銀子一月開銷。他自己又三千一次，二千一次的，向龍光借用。龍光是糊塗的，由他混去。這一混足足從四五月裏混到年底下，還沒有印出一頁書來。龍光也還莫名其妙，卻遇了一個當翻譯的，因為過年等用，向彌軒借幾十塊錢過年。彌軒道：「一局子差不多有二十人，過年又是人人都要過的；一個借開了頭，便個個都要借了。」因此沒有借給他。

彌軒開這書局，是專做毛病的，差不多人人都知道，只有龍光一個是糊塗蟲。那個借錢不遂的翻譯先生挾了這個嫌，便把彌軒作弊的事情，寫了一封匿名信給龍光。後來越到年底，人家等用的越急，一個個向他借錢，他卻是一個不應酬，因此大家都同聲怨他。那翻譯先生，就把寫信通知東家的一節，告訴了兩個人，於是便有人學樣起來。龍光接二連三的接了幾封信，也有點疑心，便和帳房先生商量。帳房先生道：「做書生意，我本是外行；但是做了大半年，沒有印出一部書來，本是一件可疑的事。為今之計，只有先去查一查帳目，看他一共用了多少錢？統共譯了著了多少書？要合到多少錢一部？再問他為甚還不印出來的道理？看是怎樣的再說！」龍光暗想這件事最好是承暉在這裏，就辦得爽快；無奈他又到京裏去了。雖然他有信來過，說過班一事，已經辦妥；但是走路子一事，還要等機會。正不知他幾時才回上海。此刻無可奈何，只得就叫這個帳房先生去查的了。想罷，就將此意說出來。帳房先生道：「查帳是可以查的，但是那所譯所著的書，精粗美惡，我可不知道。」龍光道：「好歹你不知，多少總看得見的，你就去查個多少罷了。」帳房先生奉命而行。次日一早，便去查帳。彌軒問知來意，把臉色一變道：「這個局子是東家交給我辦的，就應得要相信我。要查帳，得東家自己來查。這個辦書的事情，不是外行人知道的。並且文章價值，有甚一定；古人『一字千金』尚且肯出。你回去說，我這裏的帳是查不得的；等我會了他面再說。」帳房先生碰了一鼻子灰，只得回去告訴龍光。龍光十分疑訝，且等見面之後再說。當天晚上，彌軒便請龍光吃花酒。龍光以為彌軒見面之後，必有一番說話。誰知他卻是一字不提，猶如無事一般。龍光甚是疑心，自己又不好意思先問。席散之後，回去和帳房先生說起。帳房先生道：「他不服查帳，非但是有弊病，一定是存心不良的了。此刻已到年下，且等過了年，想個法子，收回自辦罷！」龍光也只好如此。光陰荏苒，又過了新年，龍光又和帳房先生商量這件事。帳房先生道：「去年要查一查他的帳，尚且不肯；此刻要收他回來，更不容易了。此刻的世界，只有外國人最凶；人家怕的也是外國人，不如弄個外國人去收他回來。諒他見了外國人，也只得軟下來了。」龍光道：「那裏去弄個外國人呢？」帳房先生道：「外國人是有的；只要主意打定了，就好去弄。」龍光道：「就是這個主意罷！叫他再辦下去，不知怎樣了局呢？」帳房先生便去找了一個外國人來，帶了翻譯，來見龍光。龍光說知要他收回書局的話；由翻譯告訴了外國人。又兩面傳遞說話，言明收回這家書局之後，就歸外國人管事。以一年為期，每月薪水五百兩。外國人又叫龍光寫一張字據，好向彌軒收取。龍光便寫了，遞給外國人。外國人拿了字據，興興頭頭去見彌軒，說明來意。彌軒道：

「我在這裏辦得好好的，為甚又叫你來接辦？」外國人道：「我不知道！龍大人叫我來辦，是有憑據給我的。」說罷，取出字據來給彌軒看。彌軒道：「龍大人雖然有憑據叫你接辦，卻沒有憑據叫我退辦，我不能承認你那張憑據。」外國人道：「東家的憑據，你那裏有權可以不承認？」彌軒道：「我自然有權。我和龍大人訂定了合同，辦這個書局；合同上面，沒有載定限期；這個書局，我自然可以永遠辦下去。就是龍大人不要我辦了，也要預先知照我；等我清理一切帳目，然後約了日子，注銷了合同，你才可以拿了憑據來接收啊。」外國人說他不過，只得去回覆龍光。龍光吃了一驚，去對帳房先生說。帳房先生吐出了舌頭道：「這個人，連外國人都不怕，還了得！」再和他商量時，他也沒了法子了。過了三天，那外國人開了一篇帳來，和龍光要六千銀子。說是講定在前，承辦一年，每月薪水五百，一年合了六千；此刻是你不要我辦，並不是我不替你辦。這一年薪水，是要給我的。龍光沒奈何，只得給了他。暗想若是承舅爺在這裏，斷不至於叫我面面吃虧。此刻不如打個電報，請他先回來罷。定了主意，便打個電報給承暉，叫他不要等開河，走秦皇島先回來。

這邊的符彌軒，自從那外國人來過之後，便處處迴避，不與龍光相見。卻拿他的錢，格外撒潑的支用起來；又天天去和他的相好鬼混。他的相好妓女，名叫金秀英，年紀已在二十歲外了；身邊掙了有萬把銀子金珠首飾；然而所背的債，差不多也有萬把。原來上海的妓女，外面看著，雖似闊綽；其實他穿的戴的，十個有九個是租來的。而且沒有一個不背債。這些債，都是向那些龜奴，鼈爪，大姐，娘姨等處借來的，每月總是二三分利息。龜奴等輩，借了債給他，就跟著伺候他，其名叫做「帶擋」。這種風氣，就同官場一般，越是背得債多的，越是紅人，那些帶擋的，就如官場的帶肚子師爺一般。這金秀英，也是上海一個紅妓女；所以他手邊雖置了萬把銀子首飾，不至於去租來用；然而所欠的債，也足抵此數。符彌軒是一個小白臉，從來姐兒愛俏；彌軒也垂涎他的首飾；便一個要娶，一個要嫁起來。這句話也並非一日了，但是果然要娶他，先要代他還了那筆債；彌軒又不肯出這一筆錢，只有天天下功夫去媚秀英，甜言蜜語去騙他；騙得秀英百依百順。兩個人樣樣商量妥當，只待時機一到，即刻舉行的了。可巧他們商量妥當，承暉也從京裏回來。龍光便和他說知彌軒辦書局的事情，不服查帳，不怕外國人，一一都告訴了。承暉又一一盤問了一遍道：「你此刻是打算追回所用的呢？還是不要他辦算了呢？」龍光道：「算了罷！他已經用了的，怎麼還追得回來？能夠不要他辦，我就如願了。」承暉道：「這又何難？怎麼這點主意都沒有？你只要到各錢莊去知照一聲，凡是書局裏的摺子，一律停止付款，他還辦什麼？」龍光恍然大悟，即刻依計而行。

彌軒見忽然各莊都支錢不動，一打聽，是承暉回來了。想道：「這傢伙來了！事情就不好辦了！」連忙將自己箱籠舖蓋搬到客棧裏去，住了兩天。這天打聽得天津開了河，泰順輪船今天晚上開頭幫，廣大輪船同時開廣東。彌軒便寫了兩張泰順官艙船票，叫底下人押了行李上泰順船。卻到金秀英家，說是附廣大輪船到廣東去。開銷了一切酒局的帳。金秀英自然依依不捨，就是房裏眾人，因為他三天碰和，兩天吃酒的，也都有些捨不得他走之意。這一天的晚飯，是在秀英家裏吃的。吃過晚飯，又俄延到了十二點多鐘，方才起身。秀英便要親到船上送行，於是叫了一輛馬車同去；房裏一個老媽子，也跟著同行。三個人一輛車，直到了金利源碼頭，走上了泰順輪船，尋到官艙，底下人已開好行李在那裏伺候。彌軒到房裏坐下，秀英和他手攙手的平排坐著喁喁私語。那老媽子屢次催秀英回去，秀英道：「忙什麼？開船還早呢。」直到兩點鐘時，船上茶房到各艙裏喊道：「送客的上岸啊！開船啊！」那老媽子還不省得；直等喊過兩次之後，外邊隱隱聽得抽跳的聲音，秀英方才正色說出兩句話來，只把老媽嚇得尿屁直流。正是：

報道一聲去也，情郎思婦天津。

未知金秀英說出什麼話來，且待下回再記。

第一百七回 覷天良不關疏戚 驀地裏忽遇強梁

當時船將開行，船上茶房，到各艙去分頭招呼。喊道：「送客的上岸啊！開船咧！」如此已兩三遍，船上汽筒又嗚嗚的響了兩聲；那老媽子再三催促登岸。金秀英直到此時方才正色道：「你趕緊走罷！此刻老實對你說，我是跟符老爺到廣東的了！你回去對他們說，一切都等我回來，自有料理。」老媽子大驚道：「這個如何使得？」秀英道：「事到其間，使得也要使得；使不得也要使得的了。你再不走，船開了，你又沒有舖蓋，又沒有盤纏，外國人拿你吊起來，我可不管。無論你走不走，你快到外頭去罷！這裏官艙，不是你坐的地方。」說時，外面人聲嘈雜，已經抽跳了。那老媽子連爬帶跌的跑了出去。急忙忙登岸，回到妓院裏去，告訴了龜奴等眾，未免驚得魂飛魄散。當時夜色已深，無可設法，惟有大眾互相埋怨罷了。這一夜，害得他們又急又氣又恨，一夜沒睡。到得天亮，便各人出去設法。也有求神的，也有問卜的；那最有主意的，便去找了個老成的嫖客，請他到妓院裏來。問他有什麼法子可想。那嫖客問了備細，大家都說是坐了廣大輪船到廣東去的。就是昨天跟去的老媽子，也說是到廣大船去的。又是晚上，又是不識字的人，他如何鬧得清楚？就是那嫖客，任是十分精明，也斷斷料不到再有他故。所以就代他們出了個法子，作為拐案，到巡捕房裏去告，巡捕房問了備細，便發了一個電報到香港去，叫截拿他兩個人。誰知那一對狗男女，卻是到天津去的。只這個便是高談理學的符彌軒所作所為的事了。

唉！他人的事，且不必說他，且記我自己的事罷！我記以後這段事時，心中十分難過；因為這一件事，是我平生第一件失意的事。所以提起筆來，心中先就難過。你道是什麼事？原來是接了文述農的一封信，是從山東沂州府蒙陰縣發來的。看日子，卻是一個多月以前發的了。文述農何以又在蒙陰起來呢？原來蔡侶笙自弄了個知縣到山東之後，憲眷極隆，歷署了幾任繁缺，述農一向跟著他做帳房的。侶笙這個人，他窮到擺測字攤時，還是一介不取的；他做起官來，也就可想了，所以雖然署過幾個缺，仍是兩袖清風。前兩年補了蒙陰縣，所以述農的信，是從蒙陰發來的。當下我看見故人書至，自然歡喜，連忙拆開一看，原來說的不是好事；說是：「久知令叔聽鼓山左，弟自抵魯之後，亟謀一面，終不可得。後聞已補沂水縣汶河司巡檢，至今已近十年；以路遠未及趨謁。前年蔡侶翁補蒙陰，弟仍為司帳席。沂水於此為鄰縣；汶水距此不過百里。到任後，曾專車往謁。得見顏色，鬚鬢蒼然矣！談及閣下，令叔亦以未得一見為憾！今年七月間，該處癘疫盛行，令叔令嬸，相繼去世。遺孤二人，才七八歲，聞身後異常清苦。此間為鄉僻之地，往來殊多不便。弟至昨日，始得信。閣下應如何處置之處，敬希裁奪！專此通知」云云。

我得了這信，十分疑惑。十多年前，就聽說我叔父有兩個兒子了；何以到此時，仍是兩個？又只得七八歲呢？我和叔父，雖然生平未嘗見過一面；但是兩個兄弟，同是祖父一脈，我斷不能不招呼的。只得到山東走一趟，帶他們回來。又想這件事我應該要請命伯父的。想罷，便起了個電稿，發到宜昌去。等了三天，沒有回電。我沒有法子，又發一個電報去，並且代付了二十個字的回電費。電報去後，恰好繼之從杭州回來，我便告知底細。繼之道：「論理，這件事，你也不必等令伯的回電，你就自己去辦就是了。不過令叔是在七月裏過的，此刻已是十月了，你再趕早些去，也來不及；就是再耽擱點，也不過如此的了。我在杭州，這幾天只管心驚肉跳，當是有什麼事，原來你得了這個信。」我道：「到沂水去這條路，還不知怎樣走呢？還是從煙臺走？還是怎樣？」繼之道：「不，不，山東沂州，是和這邊徐州交界。大約走王家營去不遠。要走煙臺，那是要走到登州了。」管德泉道：「要是走王家營，我清江浦有個相熟朋友，可以託他招呼。」我道：「好極了！等我動身時，請你寫一封信。」

閒話少提，轉眼之間，又是三日；宜昌仍無回電，我不覺心焦之極，打算再發電報。繼之道：「不必了！或者令伯不在宜昌，到那裏去了；你索性再等幾天罷！」我只得再等，又過了十多天，才接著我伯父的一封厚信。連忙拆開一看，只見雞蛋大的字，寫了四張三十二行的長信紙。說的是：「自從汝祖父過後，我兄弟三人，久已分炊，東西南北，各自投奔，禍福自當，隆替無涉。汝叔父逝世，我不暇過問。汝欲如何，便如何。據我之見，以不必多事為妙」云云。我見了這封信，方悔白等了半個多月。即刻料理動身，問管德泉要了信，當夜上了輪船到鎮江。在鎮江耽擱一夜，次日一早上了小火輪，到清江浦去。到了清江，便叫人挑行李到仁大船行，找著一個人，姓劉，號叫次臣，是這仁大行的東家，管德泉的朋友。我拿出德泉的信給他，他看了，一面招呼請坐，喝茶；一面拿一封電報給我道：「這封電報，想是給閣下的。」我接來一看，不覺吃了一驚。我才到這裏，何以倒先有電報來呢？封面是鎮江發的。連忙抽出來一看，只見：「仁大劉次臣轉某人」幾個字，已經譯了出來；還有幾個未譯的字，連忙借了電報新編，譯出來一看，是：「接滬電，繼之丁憂返里」幾個字，我又不覺添一層煩悶。怎麼接二連三都是些不如意的事？電報上雖不曾說什麼，但是內中不過是叫我早日返滬的意思。我已經到了這裏，斷無折回之理！只有早日前去，早日回來罷了。

當下由劉次臣招呼一切，又告訴我到王家營如何僱車上路之法，我一一領略。次日，便渡過黃河，到了王家營，僱車長行。走了四天半，才到了汶河。原來地名叫做汶河橋，這回路過宿遷，說是楚項王及伍子胥的故里；過郯城，說有一座孔子問官祠；又過沂水，說是二疏故里，諸葛孔明故里，都有石碑可證。許多古蹟，我也無心去訪了。到了汶河橋之後，找一家店住下，要打聽前任巡檢太爺家眷的下落；

那真是大海撈針一般，問了半天，沒有人知道的。後來我想起一法，叫了店家來，問你們可有認得巡檢衙門裏人的沒有。店家回說沒有。我道：「不管你們認得不認得，你可替我找一個來；不問他是衙門裏的什麼人，只要找出一個來，我有得賞你們。」店家聽說有得賞，便答應著去了。過了半天，帶了一個弓兵來，年紀已有五十多歲。我便先告訴了我的來歷，並來此的意思。弓兵便叫一聲少爺，請了個安，一旁站著。我便問他：「前任太爺的家眷，住在那裏，你可知道？」弓兵回說：「在這裏往西去七十里赤屯莊上。」我道：「怎麼住到那裏呢？兩個少爺有幾歲了？」弓兵道：「大少爺八歲，小少爺只有六歲。」我道：「你只說為什麼住到赤屯莊去？」弓兵道：「前任老爺，聽說斷過好幾回絃，娶過好幾位太太了，都是不得到老；少爺也生過好幾位了，聽說最大的大少爺，如果在著，差不多要三十歲了，可惜都養不住。那年到這邊的任，可巧又是太太過了。就叫人做媒，把赤屯馬家的閨女兒娶來，養下兩個少爺。今年三月裏，太太害春瘟過了。老爺也那麼得了病，一直沒好過；到七月裏頭就過了。」我道：「躺下來之後，誰在這裏辦後事呢？」弓兵道：「虧得舅老爺剛剛在這裏。」我道：「那個舅老爺？」弓兵道：「就是現在少爺的娘舅，馬太太的哥哥，叫做馬茂林。」我道：「後事是怎樣辦的？」弓兵道：「不過買了棺木來，把老爺平日穿的一套大衣服裝裏了去；就把兩個少爺，帶到赤屯去了。」我道：「棺木此刻在那裏呢？」弓兵道：「在就近的一塊義地上邱著。」

我道：「你有公事嗎？可能帶我去看看？」弓兵道：「沒事。」我就叫他帶路先走。我沿途買了些紙錢香燭之類，一路同去，果然不遠就到了。弓兵指給我道：「這是老爺的，這是太太的。」我叫他代我點了香燭，叩了三個頭，化過紙錢。生平雖然沒有見過一面，然而想到骨肉至親，不過各為謀食起見，便鬧到彼此天涯淪落，各不相顧。今日到此，已隔著一塊木頭，不覺流下淚來。細細察看，那棺木卻是不及一寸厚的薄板。我不禁道：「照這樣，怎麼盤運呢？」弓兵道：「如果要盤運，是要加外槨的了；要用起外槨來，還得要上沂州府去買呢。」徘徊了一會，回到店裏。弓兵道：「少爺可要到赤屯去？」我道：「去是要去的，不知一天可以趕個來回不？」弓兵道：「七十多里地呢！要是夏天，還可以，此刻冬月裏，怕趕不上來回。少爺明日動身，後天回來罷！弓兵也去請個假，陪少爺走一趟。」我道：「你是有公事的人，怎好勞動你？」弓兵道：「那裏的話？弓兵伺候了老爺十年多，老爺平日待我們十分恩厚；不過缺苦官窮，有心要調劑我們，也力不從心罷了。我們難道就不念一點恩義的麼？少爺到那邊，他們一個個都認不得少爺，知道他們肯放兩個小的跟少爺走不呢？多弓兵一個去了，也幫著說說。」我道：「如此，我感激你得很！等去了回來，我一起謝你。」弓兵道：「少爺說了這句話，已經要折死我了！」說著，便辭了去。

一宿無話。次日一早，那弓兵便來了。我帶的行李，只有一個衣箱，一個馬包；

因為此去只有兩天，便不帶衣箱，寄在店裏；只把在清江浦換來的百把兩碎紋銀，在箱子裏取出來，放在馬包裏；重新把衣箱鎖好，交代店家，便上車去了。此去只有兩天的事，我何必拿百把兩銀子放在身邊呢？因為取出銀包時，許多人在旁邊，我怕露了人眼不便，因此就整包的帶著走了。我上了車，弓兵跨了車簷，行了半天，在路上打了個尖，下午兩點鐘光景就到了。是一所七零八落的村莊。那弓兵從前是來過的，認得門口；離著還有一箭多地，他便跳了下來，一迭連聲的叫了進去。說什麼「大少爺來了啊！你們快出來認親啊！」只他這一喊，便驚動了多少人出來觀看。我下了車，都被鄉里的人圍住了，不能走動。那弓兵在人叢中伸手來拉了我的手，才得走到門口。弓兵隨即在車上取了馬包，一同進去。弓兵指著一個人對我道：「這是舅老爺！」我看那人時，穿了一件破舊繭綢面的老羊皮袍，腰上束了一根腰裏硬，腳上穿了一雙露出七八處棉花的棉鞋；雖在冬月裏，卻還光著腦袋，沒帶帽子。我要對他行禮時，他卻只管說：「請坐啊！請坐啊！地方小，委屈得很啊！」看那樣子是不懂行禮的，我也只好糊裏糊塗敷衍過了。忽然外面來了一個女人，穿一件舊到泛白的青蓮色繭綢老羊皮襖，穿一條舊到泛黃的綠布紫腿棉袴，梳一個老式長頭，手裏拿了一根四尺來長的旱煙袋。弓兵指給我道：「這是舅太太。」我也就隨便招呼一聲。舅太太道：「這是姪少爺啊，往常我們聽姑老爺說得多了；今日才見著。為甚不到屋裏坐啊？」於是馬茂林讓到房裏。只見那房裏佔了大半間是個土炕，土炕上放了一張矮腳几，几那邊一團東西，在那裏蠕蠕欲動。弓兵道：「請炕上坐罷！這邊就是這樣的了；那邊坐的，是他們老姥姥。」我心中又是一疑，北邊人稱呼外祖母，多有叫姥姥的；何以忽然弄出個「老姥姥」來？實在奇怪！我這邊才坐下，那邊又說姥姥來了；就見一個老婆子，一隻手拉了個小孩子同來。我此刻是神魂無主的，也不知是誰打誰，惟有點頭招呼而已。

弓兵見了小孩子，便拉到我身邊道：「叫大哥啊！請安啊！」那孩子便對我請了個安，叫一聲大哥。我一手拉著道：「這是大的嗎？」弓兵道：「是！」我問道：「你叫什麼名字？」孩子道：「我叫祥哥兒。」我道：「你兄弟呢？」舅太太接口道：「今天大姨媽叫他去吃大米粥去的，已經叫人叫去了。小的叫魁哥兒，比大的長得還好呢。」說著話時，外面魁哥兒來了。兩手捧著一個吃不完的棒子饅頭，一進來便在他姥姥身邊一靠，張開兩個小圓眼睛看著我。弓兵道：「小少爺！來！來！來！這是你大哥，怎麼不請安啊？」說著，伸手去攙他，他只管躲著不肯過來。姥姥道：「快給大哥請安去！不然，要打了！」魁哥兒才慢騰騰的走近兩步，合著手，把腰彎了一彎，嘴裏說得一個「安」字，這想是夙昔所教的了。我彎下腰去，拉了過來，一把抱在膝上。這隻手又把祥哥兒拉著，問道：「你兩個的爸爸呢？好苦的孩子啊！」說著，不覺流下淚來。這眼淚煞是作怪，這一流開了頭，便止不住了。兩個孩子見我哭了，也就嘩然大啼。頓時惹得滿屋子的人一齊大哭，連那弓兵都在那裏擦眼淚。哭夠多時，還是那弓兵把家人勸住了；又提頭代我說起要帶兩個孩子回去的話。馬茂林沒甚說得，只有那姥姥和舅太太不肯。後來說得舅太太也肯了，姥姥依然不肯。這冬日子短得很，天氣已經快斷黑了。舅太太又去張羅晚飯，炒了幾個雞蛋，烙了幾張餅，大家圍著糊裏糊塗吃了，就算一頓。這是北路風氣如此，不必提他。

這一夜，我帶著兩個兄弟，問長問短，無非是哭一場，笑一場。到了次日一早，我便要帶了孩子動身。那姥姥又一定不肯。說長說短，說到中午時候，他們又拿出麵飯來吃；好容易說得姥姥肯了。此時已是擠滿一屋子人，都是鄰居來看熱鬧的。我見馬家實在窮得可憐，因在馬包裏，取出那包碎紋銀來，也不知那一塊是輕的是重的，生平未曾用過戥子，只揀了一塊最大的遞給茂林道：「請你代我買點東西，請姥姥他們吃罷！」茂林收了道謝。我把銀子包好，依然塞在馬包裏。舅太太又遞給我一個小包裹，說是小孩子衣服。我接了過來，也塞在馬包裏。車夫提著出去。我抱了魁哥兒，弓兵抱了祥哥兒，辭別眾人，一同上車。兩個小孩子哭個不了。他的姥姥在那裏倚門痛哭，我也禁不住落淚。那舅太太，更是兒啊肉啊的哭喊。便連趕車的，眼圈兒也紅了。那哭聲震天的光景，猶如送喪一般。外面看的人擠滿了，把一條大路，緊緊的塞住；車子不能前進。趕車的拉著牲口，慢慢的走；一面嘴裏喊著「讓，讓，讓，讓啊！讓啊！」才慢慢的走得動。路旁看的人，也居然有落淚的。走過半里多路，方才漸漸人少了。

我在車上盤問祥哥兒，才知道那老姥姥是他姥姥的娘；今年一百零四歲，只會吃，不會動的了。在車上談談說說，不覺日已沈西。今天這兩匹牲口，煞是作怪，只管走不動。看看天色黑下來了，問問程途，說還有二十多里呢。忽然前面樹林子裏，一聲嘯響，趕車的失聲道：「罷了！」弓兵連忙抱過魁哥兒，跳下車去道：「少爺下來罷！好漢來了！」我雖未曾走過北路，然而「響馬」兩個字，是知道的；但不知對付他的法子。看見弓兵下了車，我也只得抱了祥哥兒下來。趕車的仍舊趕著牲口向前走。走不到一箭之地，那邊便來了五六個彪形漢子，手執著明晃晃的對子大刀；奔到車前，把刀向車子裏一攪，伸手把馬包一提，提了出來，便要走；此時那弓兵和趕車的都站在路旁，行所無事，任其所為。我見他要走了，因向前說道：「好漢！且慢著！東西你只管拿去，內中有一個小包裹，是這兩個小孩子的衣服；你拿去也沒用，請你把他留了。免得兩個孩子受冷，便是好漢們的陰德了！」那強盜果然就地打開了馬包，把那小包裹提了出來。又打開看了一看，才提起馬包，大踏步向樹林子裏去了。我們仍舊上車前行。那弓兵和那趕車的說起：「這一夥人，是從赤屯跟了來的，大約是瞥見那包銀子之故。」趕車的道：「我和你懂得規矩的。我很怕這位老客，他是南邊來的，不懂事，鬧出亂子來。」我道：「鬧什麼亂子呢？」弓兵道：「這一路的好漢，只要東西，不傷人；若是和他爭論搶奪，他便是一刀一個！」我道：「那麼我問他討還小孩子衣服，他又不怎樣呢！」趕車的道：「是啊！從來沒聽見過遇見好漢，可以討得情的。」一路說著，加上幾鞭，直到定更時分，方才趕回汶水橋。正是：

只為窮途憐幼稺，致教強盜發慈悲。

未知到了汶水橋之後，又有何事，且待下回再記。

第一百八回　負屈含冤賢令尹結果　風流雲散怪現狀收場

我們趕回汶水橋，仍舊落了那個店。我仔細一想，銀子是分文沒有了，便是鋪蓋也沒了。取過那衣箱來，翻一翻，無非幾件衣服。計算回南去，還有幾天；這大冷的天氣，怎樣得過？翻到箱底，卻翻著了四塊新板洋錢；不知是幾時，我愛他好玩，把他收起來的。此時交代店家弄飯。那弓兵還在一旁。一會兒，店家送上些什麼片兒湯、烙餅等東西，我就讓那弓兵在一起吃過了。我拿著洋錢問他，這裏用這個不用。弓兵道：「大行店還可以將就，只怕吃虧不少。」我道：「這一趟，我帶的銀子，一起都沒了；辛苦你一趟，沒得好謝你，送你一個玩玩罷！」弓兵不肯要，我再四強他，說這裏又不用這個的，你拿去也不能使用，不過給你玩玩罷了！他才收了。我又問他這裏到蒙陰有多少路。弓兵道：「只有一天路，不過是要趕早。少爺可是要到那邊去？」我道：「你看我錢也沒了，鋪蓋也沒了，叫我怎樣回南邊去？蒙陰縣蔡大老爺是我的朋友，我趕去要和他借幾兩銀子才得了啊！」弓兵道：「蔡大老爺麼？那是一位真正青天佛菩薩的老爺！少爺你和他是朋友嗎？那找他一定好的。」我道：「他是鄰縣的縣大老爺，你們怎麼知道他好呢？」弓兵道：「今年上半年，這裏沂州一帶起蝗蟲，把大麥小麥吃個乾淨；各縣的縣官，非但不理，還要徵收上忙錢糧呢。只有蔡大老爺墊出款子，到鎮江去販了米糧，到蒙陰散帳。非但蒙陰百姓，忘了是個荒年，就是我們鄰縣的百姓，趕去領帳的，也幾十萬人，蔡大老爺也一律的散放，直到六月裏方才散完。這一下子，只怕救活了幾百萬人。這不是青天佛菩薩嗎？少爺你明天就趕著去罷。」說著，他辭去了。

我便在箱子裏翻出兩件衣服，代做被窩，打發兩個兄弟睡了。我只和衣躺了一會。次日一早，便動身到蒙陰去。這裏的客店錢，就拿兩塊洋錢出來，由得他七折八扣的勉強用了。催動牲口，向蒙陰進發。偏偏這天又下起大雪來，直趕到斷黑，才到蒙陰，已經來不及進城了，就在城外草草住了一夜。次日趕早，仍舊坐車進城。進城走了一段路，忽然遇了一大堆人，把車子擠住，不得過去。原來這裏正是縣前大街的一個十字街口，此時頭上還是紛紛大雪，那些人並不避雪，都擠在那裏。我便下車，分開眾人，過去一看；只見沿街舖戶，都排了香案，供了香花燈燭，一盂清水，一面銅鏡；幾十個年老的人，穿了破缺不全的衣帽，手執一炷香，都站在那裏，涕淚交流。我心中十分疑惑，今天來了，又遇了什麼把戲。正在懷疑之間，忽然見那一班老者都紛紛在雪地上跪下，嘴裏紛紛的嚷著；不知他嚷些什麼，人多聲雜，聽不出來。只彷彿聽得一句青天大老爺罷了。回頭看時，只見一個人，穿了元青大褂，頭上戴了沒頂的大帽子，一面走過來，一面跺腳道：「起來啊！這是朝廷欽命的，你們怎麼攔得住？」我定睛細看時，這個人正是蔡侶笙。面目蒼老了許多，嘴上留了鬍子，顏色亦十分憔悴。我不禁走近一步道：「侶翁！這是什麼事？」侶笙向我仔細一看，拱手道：「久違了！大駕幾時到的？我此刻一言難盡！述農還在衙門裏，請和述農談罷！」說著，就有兩個白鬍子的老人，過來跪下說：「青天大老爺啊！你這是去不得的哪！」侶笙跺腳道：「你們都起來說話，我是個好官啊！皇上的天恩，我是保管沒事的；我要不是個好官呢，皇上有了天恩，天地也不容我。你們替我急的是那一門啊！」一面說，一面攙起兩個老人，又向我拱手道：「再會罷！恕我打發這班百姓，都打發不了呢！」說著，往前行去。有兩個老百姓，撐著雨傘，跟在後頭，代他擋雪；又有一頂小轎，跟在後頭，緩緩的往前去了；後頭尾隨的人，也不知多少。一般的都是手執了香，涕淚交流的，一會兒都漸漸跟隨過去了。

我暗想侶笙這個人，真了不得！鬧到百姓如此愛戴，真是不愧為民父母了！一面過來招呼了車子，放到縣署前，我投了片子進去，專拜前任帳房文師爺。述農親自迎出外面來，我便帶了兩弟進去，教他叩見。不及多說閒話，只述明了來意。述農道：「幾兩銀子，事情還容易；不過你今天總不能動身的了；且在這裏住一宿，明日早起動身罷！」我又談起遇見侶笙如此如此。述農道：「所以天下事，是說不定的；我本打算十天半月之後，這裏的交代辦清楚了，還要到上海，和你或繼之商量借錢，誰料你倒先遇了強盜！」我道：「大約是為侶笙的事。」述農道：「可不是！四月裏各屬鬧了蝗蟲，十分利害；侶笙便動了常平倉的款子，先行振濟；後來又在別的公款項下，挪用了點，統共不過花到五萬銀子。這一帶地方，便處治得安然無事。誰知各鄰縣，同是被災的，卻又匿災不報；鬧得上頭疑心起來。說是蝗蟲是往來無定的，何以獨在蒙陰？就派了查災委員下來查勘。也不知他們是怎樣查的，都報了無災。上面便說這邊揑報災情，擅動公款，勒令繳還。侶笙鬧了個典盡賣絕，連他夫人的首飾都變了。連我歷年積蓄的，都借了去；我幾件衣服也當了；七拼八湊，還欠著八千多銀子。上面便參了出來，奉旨革職嚴追。上頭一面委人來署理，一面委員來守提。你想這件事冤枉不冤枉！」我道：「好在只差八千兩，總好商量的；倒是我此刻幾兩銀子，求你設個法！」述農道：「你急什麼？我頂多不過十天八天，算清了交代，也到上海去代侶笙張羅。你何妨在這裏等幾天呢？」我道：「我這車子是從王家營僱的長車，回去早一天，少算一天價，何苦在這裏耽擱呢？況且繼之丁憂回去了。」述農驚道：「幾時的事？」我道：「我動身到了清江浦，才接到電報的。電報簡略，雖沒有說什麼，然而總是囑我早回的意思。」述農道：「雖然如此，今天是萬來不及的了。」我道：「一天半天，是沒有法子的。」

述農事忙，我便引過兩個孩子，逗著玩笑，讓述農辦事。捱過了一天，述農借給我兩份舖蓋，二十兩銀子，我便坐了原車，仍舊先回汶水橋。此時缺少盤費，靈柩是萬來不及盤運的了，備了香楮，帶了兩個兄弟，去叩別了，然後長行。到了王家營，開發了車價，渡過黃河，到了清江浦，入到仁大船行。劉次臣招呼到裏面坐下，請出一個人來和我相見。我抬頭一看，不覺吃了一大驚。原來不是別人，是金子安。我道：「子翁為甚到這裏來？」子安道：「一言難盡！我們到屋裏說話罷！」我就跟了他到房裏去。子安道：「我們的生意，已經倒了。」我吃驚道：「怎樣倒的？」子安道：「繼之接了丁憂電報，我們一面發電給你，一面寫信給各分號，東家丁了憂，通個信給夥計，這也是常事；信裏面不免提及你到山東，大約是這句話提壞了；他們知道兩個做主的都走開了，漢口的吳作猷頭一個倒下來，他自己還捲逃了五萬多；恰好有萬把銀子藥材，裝到下江來的；行家知道了，便發電到沿江各埠，要扣這一筆貨；這一下子，可全局都被牽動了。那天晚上，一口氣接了十八個電報，把德泉這老頭子當場急病了。我沒了法子，只得發電到北京，天津，叫停止交易。蘇，杭是已經跟著倒下來的了。當夜便把號裏的小夥計叫來，有存項的，都還了他；工錢都算清楚了；還另外給了他們一個月工錢，叫他們悄悄的搬了舖蓋去。次日，就不開門了。管德泉嚇得家裏也不敢回去，住在王端甫那裏。我也暫時搬在文述農家裏。」我道：「述農不在家啊！」子安道：「杏農在家裏。」我道：「此刻大局怎樣了？」子安道：「還不知道，大約連各處算起來，不下百來萬。此刻大家都把你告出去了，卻沒有繼之名字。」我道：「本來當日各處都是用我的名字，這不能怪人家；但是這件事怎了了呢？」子安道：「我已有電給繼之，大約能設法弄個三十來萬，講個折頭，也就了結了。我恐怕你貿貿然到了上海，被他們扣住，那就糟糕了！好歹我們留個身子在外頭好辦事，所以我到這裏來迎住你。」

我聽得倒了生意，倒還不怎樣；但是難以善後，因此坐著呆想主意。子安道：「這個公事談完了，還有你的私事呢。」說罷，在身邊取出一封電報給我。我一看，封面是寫著宜昌發的。我暗想何以先有信給我，再發電報呢？及至抽出來一看，卻是已經譯好的：「子仁故，速來！」五個字。不覺又大吃一驚道：「這是幾時到的？」子安道：「同是倒閉那天到的；連今日有七天了。」我道：「這樣我還到宜昌去一趟，家伯又沒有兒子，他的後事，不知怎樣呢？子翁你可有錢帶來？」子安道：「你要用多少？」我便把遇的強盜一節，告訴了他。又道：「只要有了幾十元，夠宜昌的來回盤費就得了。」子安道：「我還有五十元，你先拿去用罷！」我道：「那麼兩個小孩子，託你代我先帶到上海去。」子安道：「這是可以的；但是你到了上海，千萬不要多露臉，一直到逑農家裏才好！」我答應了。當下又商量了些善後之法。次日一早，坐了小火輪到鎮江去；恰好上下水船都未到，大家便都上了躉船。子安等下水到上海，我等上水到漢口去。到了漢口，只得找個客棧住了。等了三天，才有宜昌船。船到宜昌之後，我便叫人挑了行李進城，到伯父公館裏去。入得門來，我便逕奔後堂，在靈前跪拜舉哀。續絃的伯母從房裏出來，也哭了一陣。我止哀後，叩見伯母，無非是問問幾時得信的？幾時動身的？我問問伯父是什麼病？怎樣過的？講過幾句之後，我便退到外面。到花廳裏，只是坐著兩個人：一個老者，鬚髮蒼然；一個是生就的小白臉，年紀不過四十上下，嘴上留下漆黑的兩撇鬍子，眉下生就一雙小圓眼睛，極似貓兒頭鷹的眼，猝然問我道：「你帶了多少錢來了？」我愕然道：「沒有帶錢來！」他道：「那麼你來做什麼？」我愕然道：「這句話奇了！是這裏打了電報叫我來的啊！」他道：「奇了！誰打的電報？」說著，往裏去了。我才請教那老者貴姓。原來他姓李，號良新，是這裏一個電報生的老太爺。因為伯父過了，請他來陪伴的。他又告訴我，方才那個人，姓丁，叫寄篋，南京人，是這位陳氏伯母的內親；排行第十五，人家都尊他做十五叔。自從我伯父死後，他便在這裏幫忙，天天到一兩次。

我兩個才談了幾句，那個什麼丁寄篋又出來了，伯母也跟在後頭，大家坐定。寄篋說道：「我們一向當令伯是有錢多的，誰知他躺了下來，只賸得三十吊大錢；算一算他的虧空，倒是一千多吊；這件事怎樣辦法？還得請教！」我冷笑一聲，對良新道：「我就是這幾天裏，才倒了一百多萬；從江漢關道起，以至九江道，蕪湖道，常州道，上海道，以及蘇州，杭州，都有我的告案。這千把吊錢，我是看得稀鬆；既然伯父死了，我來承當，叫他們就把我告上一狀就是了。如果伯母怕我倒了百多萬的人拖累著，我馬上滾蛋也使得！」我說這話時，眼睛卻是看著丁寄篋。伯母道：「這不是使氣的事，不過和少爺商量辦法罷了。」我道：「姪兒並不是使氣，所說的都是真事；不然啊，我自己的都打發不開；不過接了這裏電報，當日先伯母過的時候，我又兼祧過的，所以不得不來一趟。」伯母道：「你伯父臨終的交代，說是要在你叔叔的兩個兒子裏頭，擇繼一個呢。」丁寄篋道：「照例有一房有兩個兒子的，就沒有要單丁那房兼祧規矩。」我道：「老實說一句，我老人家躺下來的時候，膝下萬把銀子，我錢毛兒也沒撈著一根，也過到今天了。兼祧不兼祧，我並不爭；不過要擇繼叔父的兒子，那可不能！」丁寄篋變色道：「這是他老人家的遺言，怎好不依？」我道：「伯父遺言，我沒聽見；可是伯父先有一個遺囑給我的。」說罷時，便打開行李，在護書裏取出伯父給我的那封信，遞給李良新道：「老伯！你請先看！」良新拿在手裏看，丁寄篋也過去看；又念給伯母聽。我等他們看完了，我一面收回那信，一面說道：「照這封信的說話，伯父是不會要那兩個姪兒的。要是那兩個孩子還在山東呢，我也不敢管那些閒事。此刻兩個孩子，經我千辛萬苦帶回來了；倘使承繼了伯父，叫我將來死了之後，見了叔叔，叔叔問我，你既然得了伯父那封信，為什麼還把我的兒子過繼他？叫我拿什麼話回答叔叔？」丁寄篋聽了，看看伯母，伯母也看看丁寄篋。寄篋道：「那兩位令弟，是在那裏找回來的？」我便將如何得信，如何兩次發電給伯父，如何得伯父的信，如何動身，如何找著那弓兵，那弓兵如何念舊，如何帶我到赤屯，如何相見，如何帶來，如何遇強盜，如何到蒙陰借債，如何在清江浦得這裏電報，一一說了。又對伯母說道：「姪兒斗膽說一句話，我從十幾歲上，拿了一雙白手空拳出來，和吳繼之兩個混。我們兩個向沒分家，掙到了一百多萬；大約少說點，姪兒也分得著四五十萬的了。此刻並且倒了，世面也算見過了。那個王八蛋崽子，才想著靠了兼祧的名目，圖謀家當！既然十五叔這麼疑心，我就搬到客棧裏住去。」寄箕道：「啊啊啊！這是你們的家事，怎麼派到我疑心起來？」伯母道：「這不是疑心，不過因為你伯父虧空太大了，大家商量個辦法。」我道：「商量有商量的話；我見了伯父，還我伯父的規矩，這是我們的家法。他姓差了一點的，配嗎？」寄箕站起來對伯母道：「我還有點事，去去再來。」說罷，去了。我對伯母道：「這是個什麼混帳東西！我一來了，他劈頭就問我道：『你來做什麼？』我又不認得他，真是豈有此理！他要不來，來了，我還要好好的當面損他呢！」伯母道：「十五叔向來心直口快，每每就是這個上頭討嫌。」又說了幾句話，便進去了。

我便要叫人把行李搬到客棧裏去，倒是良新苦苦把我留住。坐了一會，忽聽得外面有女子聲音。良新向外一張，對我道：「寄箕的老婆來了。」我也並不在意。到了晚上，我在花廳對過書房裏，開了舖蓋，便寫了幾封信，分寄繼之，子安，述農等。又起了一個訃帖稿子，方才睡下。無奈翻來覆去，總睡不著。到得半夜時，似乎房門外有人走動；我悄悄起來一張，只見幾個人，在那裏悄悄的抬了幾個大皮箱往外去，約莫有七八個。我心中暗暗好笑，我又不是山東路上強盜，這是何苦。到了明日，我便把訃帖稿子發出去叫刻。查了有幾處是上司，應該用寫本的，便寫了；不多幾日，寫的寫好了，刻的印好了；我就請良新把伯父的朋友，一一記了出來，開個橫單；一一照寫簽字。也不和伯母商量，填了開弔日子，發出去。所有送奠禮來的，就煩良新經手記帳。到了受弔之日，應該用什麼的，都拜託良新在人家送來的尊分錢上開支。我只穿了期親的服制，在旁邊回禮。那丁寄篋被我那天說了之後，一直沒有來過。直到開弔那天才來，行過了禮就走了。忙了一天，到了晚上，我便把舖蓋拿到上房，對著伯母打起來；又把箱子拿進去開了，把東西一一檢出來，請伯母看過道：「姪兒這幾件東西來，還是這幾件東西去，並不曾多拿一絲一縷。姪兒就此去了。」伯母呆呆的看著，一言不發。

我在靈前叩了三個頭，起來便叫人挑了行李出城。偏偏今天沒有船，就在客棧住了兩夜，方才附船到漢口。到了漢口，便過到下水船去，一直到了上海。叫人挑了行李進城，走到也是園濱，文述農門首。抬頭一看，只見斷壁頹垣，荒涼滿目；看那光景，是被火燒的；那燒不盡的一根柱子上，貼了一張紅紙，寫著「文宅暫遷運糧河濱」八個字。好得運糧河濱離此不遠，便叫挑夫挑了過去，找著了地方挑了進去。只見述農敝衣破冠的迎了出來，彼此一見，也不解何故，便放聲大哭起來。我才開發了挑夫，問起房子是怎樣的。述農道：「不必說起！我在蒙陰算清了交代，便趕回上海；才知道你們生意倒了，只得回家，替侶笙設法。本打算把房子典去，再賣幾畝田；雖然不夠，姑且帶到山東，在他同鄉同寅處，再商量設法。看見你兩位令弟，方代你慶慰。誰知過得兩天，廚下不戒於火，延燒起來，燒個罄盡。連田上的方單，都燒掉了。不補了出來，賣不出去；要補起來呢，此刻又設了個什麼『升科局』，補起來，那費用比買的價還大。幸而只燒我自己一家，並未延及鄰居。此刻這裏，是暫借舍親的房屋住著。」我道：「令弟杏農呢？」述農道：「他又到天津謀事去了。」我道：「子安呢？」述農道：「這裏房子少，住不下，他到他親戚家去了。」我道：「我兩個舍弟呢？」述農道：「在裏面。這兩天和內人混得很熟了。」說著，便親自進去，帶了出來見我。彼此又太息一番。述農道：「這邊的訟事消息，一天緊似一天；日間有船，你不如早點回去商議個善後之法罷！」

我到了此時，除回去之外，也是束手無策，便依了述農的話。又念我自從出門應世以來，一切奇奇怪怪的事，都寫了筆記；這部筆記，足足盤弄了二十年了。今日回家鄉去，不知何日再出來？不如把他留下給述農；覓一個喜事朋友，代我傳揚出去；也不枉了這二十年的功夫。因取出那個日記來，自己寫了個簽是「二十年目睹之怪現狀」，又注了個「九死一生筆記」，交給述農，告知此意，述農一口答應了。我便帶了兩個小兄弟，附輪船回家鄉去了。看官！須知第一回楔子上說的，那在城門口插標賣書的，就是文述農了。死裏逃生得了這部筆記，交付了橫濱新小說社；後來新小說停版，又轉託了上海廣智書局，陸續印了出來。到此便是全書告終了。正是：

悲歡離合廿年事，隆替興亡一夢中。

家圖書館出版品預行編目資料

二十年目睹之怪現狀／(清)吳沃堯作. --三版. --臺北市：五南, 2018.07
面；　公分
ISBN 978-957-11-9227-7 (上冊：平裝)
ISBN 978-957-11-9228-4 (下冊：平裝)

857.44　　106009231

中國經典

8R47　二十年目睹之怪現狀(下)

原　　者　清、吳沃堯
總 經 理　楊士清
封面設計　王麗娟
責任編輯　程于倩

發 行 人　楊榮川
出 版 者　五南圖書出版股份有限公司
地　　址　台北市和平東路2段339號4樓
電　　話　02－27055066
傳　　真　02－27066100
郵政劃撥　01068953
網　　址　http://www.wunan.com.tw
電子郵件　wunan@wunan.com.tw

顧　　問　林勝安律師事務所　林勝安律師

出版日期　2003年 8 月 初版一刷
　　　　　2010年 7 月 二版一刷
　　　　　2018年 7 月 三版一刷
定　　價　新台幣280元整